EX LIBRIS

王者归来

THE RETURN OF THE KING

[英]
J.R.R. 托尔金 著
路旦俊 译

J.R.R.Tolkien
Volume 3: The Return of the King
THE LORD OF THE RINGS

图书在版编目（CIP）数据

魔戒 . 3，王者归来 /（英）J.R.R. 托尔金著；路旦俊译 . -- 北京：人民文学出版社，2024
ISBN 978-7-02-018431-6

Ⅰ . ①魔… Ⅱ . ①J… ②路… Ⅲ . ①长篇小说－英国－现代 Ⅳ . ①I561.45

中国国家版本馆 CIP 数据核字（2024）第 008201 号

责任编辑	冯　娅　翟　灿
装帧设计	陶　雷
责任印制	王重艺

出版发行　人民文学出版社
社　　址　北京市朝内大街166号
邮政编码　100705

印　　刷　天津善印科技有限公司
经　　销　全国新华书店等

字　　数　1008千字
开　　本　880毫米×1230毫米　1/32
印　　张　51.375　插页12
印　　数　1—10000
版　　次　2024年5月北京第1版
印　　次　2024年5月第1次印刷

书　　号　978-7-02-018431-6
定　　价　248.00元（全三册）

如有印装质量问题，请与本社图书销售中心调换。电话：010-65233595

目录

卷 五

第一章　米那斯提力斯　003
MINAS TIRITH

第二章　灰衣小队出发　039
THE PASSING OF THE GREY COMPANY

第三章　洛汗大军集结　065
THE MUSTER OF ROHAN

第四章　刚铎之围　087
THE SIEGE OF GONDOR

第五章　洛希尔人出马　121
THE RIDE OF THE ROHIRRIM

第六章　佩兰诺平原之战　135
THE BATTLE OF THE PELENNUR FIELDS

第七章　德内梭尔的火葬堆　153
THE PYRE OF DENETHOR

第八章　治疗院　165
THE HOUSES OF HEALING

第九章　最后的辩论　185
THE LAST DEBATE

第十章　黑门开启　201
THE BLACK GATE OPENS

卷六

第一章　奇立斯温格尔之塔　219
THE TOWER OF CIRITH UNGOL

第二章　魔影之地　247
THE LAND OF SHADOW

第三章　末日山　271
MOUNT DOOM

第四章　科瑁兰原野　293
THE FIELD OF CORMALLEN

第五章　宰相与国王　309
THE STEWARD AND THE KING

第六章　一别再别　331
MANY PARTINGS

第七章　回家之旅　353
HOMEWARD BOUND

第八章　整治夏尔　367
THE SCOURING OF THE SHIRE

第九章　灰港　399
　　THE GREY HAVENS

附　录

附录 I　列王纪事　417
　　第一篇　努门诺尔诸王　418
　　第二篇　埃奥尔家族　462
　　第三篇　都林一族　473

附录 II　编年史（西部地区编年史）　488

附录 III　家族谱系　514

附录 IV　历法　521

附录 V　文字与拼写　531
　　第一篇　单词与名称的发音　531
　　第二篇　文字　539

附录 VI　553
　　第一篇　第三纪元的语言和种族　553
　　第二篇　翻译原则　563

003

卷五

第一章
米那斯提力斯
Minas Tirith

——— 至于勇敢，那是不能用身高来衡量的。

——— 慷慨的行为不应该被冷酷的忠告所阻止。

甘道夫的斗篷遮护着皮平。他从斗篷下向外望去，不知道自己究竟是醒了还是仍在梦中，不知道是否仍然处于长途骑行以来一直包裹着他的那场梦中，而且梦还在不断变化。风在他耳边呼啸，黑暗世界在他身旁匆匆而过。他只能看到星移物换，看到右边天空映衬出的巨大阴影，那是不断后退的南方群山。他很困倦，试着估算这趟行程的不同时间点和阶段，但他的记忆昏昏沉沉，难以确定。

起初是一刻不停地疾驰，速度惊人，然后在黎明时分，他看到了一道淡淡的金光，他们来到一个寂静的城镇，抵达了山上那座巨大的空屋。他们刚进屋，长有翅膀的阴影又一次掠过，大家都吓蔫了，但甘道夫轻声安慰了他。他睡在角落里，又是疲惫又是不安，隐约感觉到人来人往，有人在说话，甘道夫在下达命令。然后又是骑马，而且是在夜里骑行。这是他看了那颗晶石之后的第二个晚上，不，是第三个晚上。那段可怕的记忆让他的睡意消失得无影无踪，他打了个寒噤，听到风声中充斥着各种恫吓声。

天空突然亮起了一道光，那是黑暗屏障后面出现的一团黄色火焰。皮平吓得往后缩了缩，一时感到很害怕，想知道甘道夫把他带到了一个怎样可怕的地方。他揉了揉眼睛，才发现原来是月亮正从东方的阴影中升起，而且几乎可以算是一轮满月。这么说来，夜晚还远远没有过去，黑暗的旅程还要持续几个小时。他动了动身子，开口询问。

"我们在哪儿，甘道夫？"他问。

"在刚铎境内，"巫师回答道，"正经过阿诺瑞恩。"

又是片刻的沉默。然后，"那是什么？"皮平突然喊道，一把抓住甘道夫的斗篷，"看！火，红艳艳的火！这片土地上有龙吗？看，那儿还有一只！"

甘道夫没有作声，而是对着他的马大声喊道："快，捷影！我们必须加快速度。时不我待。看！刚铎的烽火已经点燃，那是在求救。战火已经点燃。看，阿蒙丁上火光冲天，艾莱纳赫上也烈焰熊熊。烽火正向西快速传播过去：纳多、埃瑞拉斯、明里蒙、卡伦哈德和洛汗国边界的哈利菲瑞恩。"

但捷影停了一下，放慢脚步，然后抬起头嘶鸣。黑暗中传来了其他马匹的嘶鸣声，不一会，嗒嗒的马蹄声传来，三个骑马的人嗖的一声超越过去，犹如掠过月亮的幽灵，消失在西边。随后，捷影打起精神，撒腿疾驰，黑夜如呼啸的狂风从它头上飘过。

皮平再次昏昏欲睡，心不在焉地听着甘道夫给他介绍刚铎的习俗。甘道夫说，白城城主让人在大山脉两侧的偏远山顶上修建了烽火台，并且派人驻扎在这些地方，精力充沛的马匹时刻准备载着信使奔向北面的洛汗，或者南面的贝尔法拉斯。"北方的烽火台已经很久没有点燃过了，"他说，"古时候的刚铎根本不需要烽火台，因为他们有七晶石。"皮平不安地动了动。

"再睡一会儿吧，不要害怕！"甘道夫说，"因为你不是像弗罗多那样去魔多，而是要去米那斯提力斯，你在那里会和在这些日子里所待过的任何地方一样安全。如果刚铎沦陷，或者魔戒被夺走，那么夏尔也将不再是避难之地。"

"你这话真不算是安慰。"皮平说，但睡意还是笼罩了他。在进入梦乡之前，他记得的最后一件事是看到高高的白色山峰，在西沉月亮洒下的光辉映衬下，宛如飘浮在云层之上的小岛，银光闪闪。他不知道弗罗多在哪里，不知道他是不是已经到了魔多，是不是还活着。他不知道，远方的弗罗多正望着同一轮明月在天亮前落到刚铎的背后。

说话声吵醒了皮平。白天躲藏，夜晚疾驰，一天转瞬而过。东方破晓，寒冷的黎明再次到来，冰冷刺骨的灰色薄雾包裹着他们。捷影站在那里，浑身是汗，冒着热气，但它骄傲地扬起脖子，丝毫没有疲倦的迹象。它的身旁站着许多身披厚重斗篷的高个人类，他们身后的迷雾中隐约可见一堵石墙，看似部分被毁。但是，黑夜还没有完全过去，匆忙劳作的声音就已经响起：锤子的敲打声，铲子的叮当声，车轮的嘎吱声。到处可见火把和火堆，但发出的亮光在晨雾中略显暗淡。甘道夫正挡在他前面的人说话，皮平刚听了一会儿就意识到他们是在谈论他。

"是的，我们认识您，米斯兰迪尔，"首领说道，"您知道七环城门的口令，当然可以过去。但我们不认识您的同伴。他是什么人？一个来自北方山区的侏儒？ 在现在这种时刻，我们不希望这片大地上出现陌生人，除非他们力大无穷，携带了武器，而且我们可以信任他们的忠诚，并能指望得到他们的帮助。"

"我可以在德内梭尔的王座前为他担保，"甘道夫说，"至于勇敢，那是不能用身高来衡量的。他经历过的战斗和危险比你多，英戈尔德，尽管你的身高是他的一倍。他刚从艾森加德之战中归来，而且我们带来了此战的消息。若非他现在很疲惫，我肯定会叫醒他。他叫佩里格林，是个非常勇敢的人。"

"人？"英戈尔德将信将疑，其他人哈哈大笑。

"人！"皮平嚷了起来，他这时已经完全清醒了，"人！确实不是！我是霍比特人，既不是人类，也不勇敢，除非有时迫不得已。你们不要被甘道夫骗了！"

"许多功成名就的人也是这样说的，"英戈尔德说，"可什么是霍比特人？"

"半身人，"甘道夫回答，"不，不是传说中的那一位。"看到那两个男人脸上惊奇的神色，他又补充说，"不是他，不过是他的一个亲属。"

"是的，还有一个和他一起旅行的人，"皮平说，"你们城市的波洛米尔当时和我们在一起，他在北方的雪地里救了我，最后面对大量敌人，为保护我不受伤害而献出了生命。"

"别说了！"甘道夫说，"这个不幸的消息应该首先告诉他父亲。"

"大家早已猜到了，"英戈尔德说，"因为最近这里出现了一些奇怪的征兆。但是你们赶紧过去吧！米那斯提力斯的城主急于见到任何有他儿子最新消息的人，无论他是人类还是——"

"霍比特人，"皮平说，"我能为你主人效力的事非常有限，但凡我所能做的，我都愿意去做，只为了记住勇敢的波洛米尔。"

"再见了！"英戈尔德说。于是，大家给捷影让路，让它穿过城墙上的一道窄门。"愿您在德内梭尔和我们所有人需要的时候带来好的建议，米斯兰迪尔！"英戈尔德大声说道，"可是他们说，您总是带来悲伤和危险的消息。"

"因为我很少来，除非有人需要我的帮助，"甘道夫答道，"至于给你的建议，我想说，你们修理佩兰诺围墙为时已晚。要想抵御即将到来的风暴，勇气才是你们最好的防御——这就是我带给你们的建议，也是我带给你们的希望，因为我带来的并不都是坏消息。不过，你们还是丢掉铲子，把剑磨快吧！"

"天黑之前就能完工，"英戈尔德说，"这是围墙的最后一部分，即将承担防御重任，也是最不容易受到攻击的地方，因为它面向我们洛汗的朋友。您了解他们吗？您觉得他们会响应我们的召唤吗？"

"会的，他们会来的，只是他们已经在你们背后打了很多仗。这条大道也好，任何一条大道也好，都已不再安全。保持警惕！多亏了风暴乌鸦甘道夫，否则你会看到从阿诺瑞恩来的不是洛汗的骑兵，而是一大群敌人。也许你仍然会看到那一幕的。再见吧，别睡了！"

甘道夫穿过围墙，进入了辽阔的大地。伊希利恩在大敌的魔影下沦陷之后，刚铎人付出巨大的劳力建造了这堵外围墙，并将它叫作拉马斯埃霍尔。它始于山脚，绵延十多里格再绕回来，把佩兰诺平原围在里面：美丽肥沃的城邦大地分布在长长的山坡和台地上，一直延伸到安度因河的深处。东北方向的围墙距离白城主城门最远，相距四里格，修建在隆起的河岸上，俯瞰河边狭长的平原。人们把它修得又高又坚固，因为大道从欧斯吉利亚斯的不同渡口和桥梁延伸而来，连接到两边有围墙的堤道上，再穿过严阵以待的塔楼之间一道守卫森严的大门。围墙离白城最近的地方只相距一里格多，而且是在东南方向。安度因河绕着伊希利恩南部埃敏阿尔能群山兜了一个大圈之后急转向西，外围墙就耸立在那里的河岸上；它的下面是哈拉德的码头和停船处，供南部封地逆流而来的船只使用。

城邦的土地十分肥沃，到处可见大片耕地和众多果园，家家户户都有烘房、谷仓、羊圈和牛栏。多条小溪潺潺流淌，穿过绿地，从高地一直流到安度因河。然而，居住在那里的牧民和农夫人数并不多，刚铎的大部分人要么住在白城的七环中，要么住在边境群山中高海拔的山谷里，要么住在洛斯阿尔那赫，或者住在更为靠南的美丽的莱本宁，那里有五条湍急的溪流。群山与大海之间居住着一个吃苦耐劳的民族，大家都认为他们是刚铎人类，但他们的血统却比较混杂，其中一些人身材矮小、肤色黝黑，其祖先是那些已经被人遗忘的人，曾在诸王到来之前的黑暗年代居住在群山阴影中。但是在更远的地方，在贝尔法拉斯的大封地里，住着伊姆拉希尔亲王，他的城堡多阿姆洛斯坐落在海边。他血统高贵，他的同胞也一样，个个身材高大，长着海灰色的眼睛，高傲无比。

甘道夫骑马走了一段时间后，天已经大亮。皮平醒了过来，抬头打量四周。他的左边有一片薄雾海洋，腾升到东方一片凄凉的阴影中，但是在他的右边，巍峨的群山高耸在他们的头顶上方，从西一路绵延而来。陡峭的山峰在此戛然而止，仿佛在大地形成的过程中，安度因河冲破了一大障碍，雕刻出了一个壮观的山谷，而这里即将成为战斗与争端之地。正如甘道夫所承诺的那样，在埃瑞德尼姆拉伊斯的白色山脉尽头，皮平看到了黑黢黢的明多路因山，看到了它高海拔峡谷的深紫色阴影，还有它在晨光中不断泛白的高大山体。在它凸出的膝头般山坡上便是守卫之城，有着七道古老而坚固的石墙，仿佛这座城不是人类所建造，而是巨人们用大地之骨雕凿而成。

就在皮平惊奇地凝视那里的时候，城墙从朦胧的灰色变成了白色，在黎明的曙光中微微泛红。突然，太阳越过东方的阴影，射出万道霞光，照在城市的表面。这时，皮平大叫一声，因为高矗在最高一道城墙内的埃克塞理安塔，在天空的映衬下闪闪发光，如一根用珍珠和白银打造的尖钉熠熠生辉，高大、洁白、匀称，仿佛水晶制成的塔尖在不断闪烁。在晨风的吹拂下，雪白的旌旗在城垛上飘扬。他听到远方的高处传来了一道清亮的银号声。

甘道夫和佩里格林就这样在太阳升起的时候，策马来到了刚铎人类的主城门前，两扇铁门隆隆作响，为他们打开。

"米斯兰迪尔！米斯兰迪尔！"人们喊叫道，"我们现在知道暴风雨确实就要来了！"

"快要降落到你们头上了。"甘道夫说，"我只是乘着它的翅膀而来。让我过去！趁着你们的德内梭尔大人还在管事，我必须赶紧去见他。无论发生什么,你们所熟悉的刚铎已经走到了尽头。让我过去!"

大家在他的命令下后退了几步,没有再问他什么,只是惊奇地盯着坐在他前面的霍比特人和驮着他的马,这是因为城里的人类很少骑马,街头也很难见到马,城主大人的信使所骑的那些马除外。他们说:"这一定是洛汗国王的骏马之一吧? 也许洛希尔人很快就会来支援我们。"但是捷影已经骄傲地踏上了蜿蜒而上的长路。

米纳斯提力斯是这样建造的:全城共有七层,每一层都挖入山中,每一层都有城墙,每一道城墙都有大门。然而,这些城门并不在一条直线上:主城门位于第一圈城墙的东边,但是第二层城门却半朝南,第三层城门半朝北,以此类推,盘旋而上。这样一来,通往顶层城堡的石板路在山体上首先转向这边,然后再转向那边,每次经过主城门那条直线时,都要穿过一条拱形隧道。隧道贯穿了一块凸出的巨岩,而正是这块巨岩将这座城市的每条环一分为二,只有第一条环算是例外。或许是因为这座山的原始形状,或许是因为古人超凡的工艺和艰辛的劳动,城门背后宽阔的庭院后面耸立着一座雄伟的石头堡垒,它的边缘面向东方,如船的龙骨般锋利。它一直上升到与最高一环持平,顶上还建有城垛。如此一来,城堡里的人可以像一艘山岩打造的巨船上的水手那样,从最高处俯瞰七百呎下的主城门。城堡的入口也朝东,却是从岩心中挖出来的;那里有一长段被灯光照亮的斜坡,通向第七层的城门。到了这里,人们才终于抵达王宫,抵达白塔脚下的喷泉广场。白塔高大匀称,从塔底到塔尖高五十呎,宰相的旗帜便飘扬在平原一千呎之上的塔尖上。

这确实是一座坚固的城堡,只要城堡内有人能拿起武器,敌人就难以将它占领,除非有敌人从背后来袭,爬上明多路因山较低的山脚,再爬上连接警卫山和巨大山体的狭窄山脚。但是,山肩与第五道城墙一般高，周围的护墙一直修到了最西端凸出在外的悬崖峭壁处，那里布满了昔日国王和王公的陵寝与圆顶坟墓，在山峦和高塔之间，永远寂静无声。

皮平眼睛一眨不眨地凝视着这座伟大的石头城，心中越来越惊奇。它比他梦想过的任何东西都更广阔、更壮观，比艾森加德更宏大、更坚固、更美丽。然而，它实际上是在年复一年地衰败，原本可以在那里安居的人已经少了一半。在每条街道上，他们都会经过一些豪宅或者庭院，大门和拱门上都刻着许多美丽的字母，形状奇特而古老。皮平猜测那是曾经住在里面的大人物及其家族的名字。可是这里一片寂静，宽阔的人行道上听不到脚步声，大厅里听不到人们说话的声音，也没有人从门口或者空荡荡的窗户向外张望。

他们终于走出阴影，来到了第七道城门前。正当弗罗多行走在伊希利恩的林间空地上时，照耀在大河对岸的温暖太阳也照耀在了光滑的墙壁和坚固的柱子上，照耀在了巨大的拱门上——拱门上的拱顶石雕采用了加冕王者的形象。甘道夫下了马，因为城堡不准马匹入内，捷影只好在听到主人的柔声细语后被带走。

城门卫兵身着黑色长袍，头戴形状奇特的高冠头盔，头盔上长长的护颊紧贴着脸庞，盔顶上插着白色的海鸟羽毛。不过，这些头盔闪耀着夺目的银光，因为它们的确是用秘银打造的，是古代荣耀时期留下来的传家宝。黑色长袍上方绣着银色皇冠和多角星星，下方用白线绣着一棵繁花如雪的大树。这便是埃兰迪尔继承人的制服，除了白树曾经生长的喷泉庭院前的禁卫军外，整个刚铎现在已经没有人穿它。

他们到来的消息似乎已经比他们早一步传到了这里。他们立刻获准进入，没有人出声，更没有人发问。甘道夫快步穿过铺着白石的庭院。在清晨的阳光下，一股甘甜的喷泉在戏耍喷涌，周围是一片鲜绿的草地。不过，正中央却是一棵已经没有了生命气息的枯树，枝条垂落在池塘上方，水滴从它光秃秃的断枝上，凄凄惨惨地滴落进清澈的水中。

皮平看了一眼便急忙跟上了甘道夫。枯树的样子令人惋惜，他想。他不明白为什么这棵枯树会留在这里，而周围的一切似乎都有人在悉心打理。

七颗星星，七块晶石和一棵白树。

他的脑海中回响起了甘道夫曾经喃喃说过的那句话。接着，他来到了闪耀高塔下的大厅门口。他跟在巫师身后，经过那些高大、沉默的守门人，走进了石殿内回声响亮的清凉阴影中。

他们沿着一条铺砌的通道往前走，通道很长，空无一人。甘道夫轻声对皮平说道："注意待会儿你要说什么，佩里格林少爷！现在可不是霍比特人鲁莽无礼的时候。希奥顿是一位和蔼的老人，德内梭尔则截然不同。他虽然不是国王，却傲慢而又狡猾，并且有着更为强大的血统和权力。不过，他的说话对象应该主要是你，而且他会问你很多问题，因为你可以告诉他关于他儿子波洛米尔的事。他非常爱波洛米尔，也许爱得太深了。更重要的是，他们父子属于两类人。可是在这份爱的掩饰下，他会认为从你那里比从我这里更容易得知他所希望了解到的事。不需要说的话就绝对不要告诉他，更不要提及弗罗多的使命。我会在适当的时候处理此事。不到万不得已，对阿拉贡也要只字不提。"

"为什么不能提？神行客怎么了？"皮平小声说，"他不是打算来这儿的吗？反正他很快也会到来的。"

"也许吧，也许吧。"甘道夫说，"如果他来的话，很可能会以某种出乎所有人意料的方式，就连德内梭尔也想不到。最好是这样。至少不应该由我们宣告他的到来。"

甘道夫在一扇锃亮的金属大门前停下脚步。"听着,皮平少爷,现在没有时间给你讲授刚铎的历史。要是你在夏尔的树林里掏鸟窝逃学的时候,了解一点刚铎的历史,情况可能会好一些。照我说的做!把继承人的死讯告诉一个强大的王者,再与他谈论另一个人的到来,这是极不明智的事,因为那个人一旦来了,就会索取王权。你明白了吗?"

"王权?"皮平大吃一惊。

"是的,"甘道夫说,"如果说你这些天既不用耳朵也不动脑子,那么现在该醒醒了!"他敲了敲门。

门开了,却不见有人开门。皮平的眼前出现了一个宏伟的大厅。两排高大的柱子支撑着屋顶,柱子外面各有一个宽阔的侧廊,光线便从那里的窗户透了进来。柱子采用的是整块的黑色大理石,巨大的柱头上雕刻着许多奇形怪状的野兽和树叶,高处的阴影中有金光在宽阔的拱顶上若隐若现。地面铺着磨光的石头,泛着白光,上面还镶嵌着各种颜色的流畅图案。在这个又长又庄严的大厅里,既看不到帷幔,也看不到图案带故事情节的壁毯,甚至看不到任何编织物和木制品,但是在石柱之间,却默默地站立着一群高大冰冷的石像。

皮平突然想起了阿戈那斯那些凿过的岩石,因此,当他望着这条由已故国王组成的大道时,敬畏之情油然而生。一级级台阶构成一个高台,顶上有一个高高的王座,王座上方的大理石华盖宛如隆起的头盔;后面的墙壁上雕刻着一棵用宝石镶嵌而出的树,树上繁花盛开。但是王座上没有人。高台最下面一级台阶又宽又深,上面有一把黑色的石椅,没有任何装饰。一个老人坐在上面,低头凝视着自己的膝盖。他手握一根带有金色柱头的白杖。他没有抬头。甘道夫和皮平神色庄重,越过长长的地面向他走去。他们来到离他的脚凳三步远的地方,站住脚,甘道夫开了口。

"向您致敬，米那斯提力斯的城主和宰相、埃克塞理安之子德内梭尔！在这黑暗的时刻，我带来了建议和消息。"

这时，老人抬起头来。皮平看到了他那张如刀刻般的脸，颧骨凸出，皮肤如象牙般白皙，目光深邃，乌黑的眼睛中间长着长长的鹰钩鼻子。这副尊容与其说让他想起了波洛米尔，还不如说让他想起了阿拉贡。"现在的确是黑暗时刻，"老人说道，"米斯兰迪尔，你总是在这种时候到来。虽然所有迹象都预示着刚铎的末日即将来临，但对我而言，我心中的黑暗远甚于这即将到来的黑暗。有人告诉我，你带来了一个目睹我儿子陨落的人。就是他吗？"

"是的，"甘道夫说，"是两个人中的一个，另一个人与洛汗的希奥顿在一起，以后可能会来。你看，他们是半身人，却不是预言里提到的那一位。"

"可仍然是一个半身人，"德内梭尔冷酷地说，"我对半身人这个名称没有多少好感，因为那些可恶的文字干扰了我们的建议，还把我儿子拉去办那疯狂的差事，让他去送死。我的波洛米尔！我们现在正需要你啊。应该让法拉米尔代替他去的。"

"法拉米尔本来会去的，"甘道夫说，"哪怕是心中悲痛，您也应该公正待人！波洛米尔主动要求得到这个差事，而且绝不允许别人得到它。他很专横，想要什么就一定要得到什么。我和他一起远行，对他的情绪了解甚多。不过你说到他陨落的事，我们来之前你就知道了吗？"

"我收到了这个。"德内梭尔说着，放下手杖，把他一直盯着的东西从膝上拿了起来。他两只手各举着半只从中分开的大角：一个用银丝缠绕的野牛角。

"那是波洛米尔一直带在身上的号角！"皮平喊道。

"正是，"德内梭尔说，"我也曾将它带在身上，我们家族的每个长子都曾拥有过它,这个传统可以追溯到诸王血脉衰败之前那些消逝的岁月,也就是马迪尔的父亲沃隆迪尔在遥远的鲁恩平原猎杀阿拉武的野牛的年代。十三天前,我隐约听到北方边境传来了它吹响的声音,大河将它带到了我身旁,可它已经破裂,再也无法吹响。"他停顿了一下,气氛凝重,谁也不说话。突然,他将阴沉的目光转向了皮平,"对此你有什么可说的,半身人?"

"十三,十三天,"皮平结结巴巴地说,"是的,我想大概就是那个时候。是的,他吹响号角的时候,我就站在他身边。但是没有人来帮忙,只有更多的奥克。"

"这么说来,"德内梭尔死死盯着皮平的脸,"你当时在场?告诉我更多的详情!为什么没有人来帮忙?你是怎么逃出来的,而他却逃不掉?像他这样强大的人,而且面对的只有奥克。"

皮平脸一红,忘记了心中的恐惧。"哪怕是最强大的人,一支箭也会要了他的命,"他说,"波洛米尔身上多处中箭。我最后见到他的时候,他倒在一棵树旁,从身体一侧拔出一根带有黑色羽毛的箭杆。然后我昏倒了,成了俘虏。我再也没有见过他,也没有更多他的消息。但我一想起他就会对他充满敬意,因为他非常勇敢。他为救我们而死,为了救我和我的同胞梅里阿道克,在树林里遭到了黑暗魔君手下的伏击。虽然他倒下了,失败了,但我仍然感激他。"

然后,皮平直视着老人的眼睛,因为老人那冷冰冰的声音里所带的轻蔑与怀疑刺痛了他,不可思议地激发起了他内心的那份骄傲。"毫无疑问,您是一位伟大的人类城主,而我这个霍比特人、一个来自北方夏尔的半身人能为您所做的事微不足道。尽管如此,我还是要为您效力,以此来偿还我所欠的债。"皮平撩开身上的灰色斗篷,抽出他的小剑,放在德内梭尔的脚前。

老人的脸上掠过一抹淡淡的微笑,就像冬日黄昏里一缕冰冷的阳光,但他还是低下头,伸出手,把野牛角的碎片放到一边。"把武器给我!"他说。

皮平拿起剑,把剑柄递给他。"这把剑来自何处?"德内梭尔问,"很多、很多年了。这把剑一定是远古时期我们北方的族人打造的吧?"

"它出自我们国家边界上的坟冢,"皮平说,"但是现在只有邪恶的死灵住在那里,我不愿意说他们更多的事。"

"我看得出,你经历了一些稀奇古怪的事,"德内梭尔说,"这再一次证明了人不可貌相——或者说,半身人不可貌相。我接受你为我效力,因为你不因他人的言语而胆怯。虽然对我们南方人类而言,你说话的声音听上去有些怪异,但你说话时礼貌得体。在未来的日子里,我们将需要所有知书达理之人,无论他们身材高大还是矮小。现在向我发誓!"

"握住剑柄,"甘道夫说,"如果你下定决心要这么做的话,就跟着城主大人发誓。"

"我已下定了决心。"皮平说。

老人把剑放在膝盖上,皮平把手放在剑柄上,跟着德内梭尔慢慢说道:

"我在此发誓,无论说话还是沉默,主动还是被动,是来还是去,贫穷还是富裕,和平还是战争,是生还是死,从此时此刻起,我将忠诚并服务于刚铎,忠诚并效忠于这个王国的君主与宰相,直至我主解除我的束缚,或者死神带走我的生命,或者世界终结。发誓人:来自半身人之地夏尔的帕拉丁之子佩里格林。"

"而我,埃克塞理安之子德内梭尔,刚铎的领主,至高王的宰相,欣闻此誓言,必将永记于心,必将回报此誓言:以关爱回报忠诚,以荣誉回报勇猛,以复仇回报背叛。"然后皮平收回他的剑,把它插进剑鞘。

"现在,"德内梭尔说,"我给你的第一个命令是:开口说话,不要沉默!把你的全部经历告诉我,我的孩子,一定要尽量回忆起波洛米尔的一切。现在坐下来,开始说吧!"说着,他敲了敲脚凳旁的一个小银锣,仆人们立刻走上前来。皮平这时才发现,这些人一直站在门两侧的凹室中。他和甘道夫进来时并没有看到他们。

"请两位客人落座,上一些好酒和美食,"德内梭尔说,"一个钟头内不要打扰我们。"

"我只能抽出这么多时间,因为要处理的事情太多,"他对甘道夫说,"而且很多事务看似更为重要,但在我眼里此刻已不再那么紧迫。也许我们晚上还可以再谈谈。"

"希望越早越好,"甘道夫说,"因为我从一百五十里格外的艾森加德风驰电掣地赶到这里,不只是为了给您带来一个彬彬有礼的小勇士。希奥顿打了一场大仗,艾森加德已经被推翻,我折断了萨鲁曼的权杖,这对您来说无关紧要吗?"

"这对我固然很重要,但是,我对这些事已了如指掌,足以引以为戒,应对来自东方的威胁。"他把黑眼睛转向甘道夫,皮平这时看到了他们之间的相似之处,也感受到了他们之间的紧张情绪,就好像他看到了一条冒着青烟的火线,从一方的眼睛射向对方的眼睛,随时都可能突然爆发,化为熊熊火焰。

德内梭尔看起来确实比甘道夫更像一个伟大的巫师,更有王者风范,更英俊,更强大,也更年迈。然而,除了眼睛看到的之外,皮平却能够感受到甘道夫有着更强大的力量和更深邃的智慧,还有一种被掩盖的威严。他年纪更大,而且要远远大得多。"究竟大多少?"他想知道,然后又想,真奇怪,自己以前怎么从来没有想过这个问题。树须说过一些巫师的事,但即使在那时,他也没有想到甘道夫是巫师中的一员。甘道夫究竟是什么人?他是在什么遥远的时间和地点来到这个世界的,又将在什么时候离开这里?这时,他的沉思戛然而止,他发现德内梭尔和甘道夫仍在对视,仿佛在揣摩对方的心思。但首先收回目光的却是德内梭尔。

"是啊,"他说,"因为他们说,虽然晶石丢了,但刚铎诸王的眼力还是比普通人敏锐,他们会得到很多信息。先坐下吧!"

随后,有人搬来一把椅子和一张矮凳,还有人端来了一个托盘,上面放着银壶、银杯和白色蛋糕。皮平坐了下来,但仍然目不转睛地望着年迈的城主。城主刚才说到晶石的时候,突然瞥了皮平一眼。皮平琢磨着,城主是真的瞥了自己一眼,抑或仅仅是自己的错觉?

"现在给我说说你的故事吧,我的爱卿,"德内梭尔半是和蔼半是嘲弄地说道,"一位我儿相交的人所说的话,我必然洗耳恭听。"

皮平永远不会忘记在大厅里熬过的那一个小时。他时刻处在刚铎领主锐利的目光下,时刻被对方那些狡猾的问题所刺痛,同时还时刻意识到甘道夫就在他身边,看着他,听着他,(皮平觉得)他在克制着自己不断攀升的愤怒与不耐烦。一个小时过去后,德内梭尔又敲了一下锣,皮平感到筋疲力尽。"现在最多是9点钟,"他想,"我现在可以一口气吃下三顿早餐。"

"把米斯兰迪尔大人领到为他准备的住所,"德内梭尔说,"他的同伴如果愿意的话,可以暂时和他住在一起。但是请记住,我已让他宣誓效忠于我,他将被称为帕拉丁之子佩里格林。把一些次要口令教给他。通知将领们,第三个钟头的钟声一响,他们就必须来此待命。

"至于你,我的米斯兰迪尔大人,如果愿意的话,也要过来。除了我短暂睡眠的几个钟头外,你可以随时来见我,任何人不得阻拦。不要再为一位老人的愚蠢行为感到愤怒,再给我一些安慰吧!"

"愚蠢行为?"甘道夫说,"不,城主大人,一旦成了个老糊涂,就离死不远了。您甚至可以把悲伤当作掩护。您让我坐在一旁,却对一个知之甚少的人盘问了一个钟头,您以为我不明白您这样做的目的吗?"

"既然你已经明白,那就聊以自慰吧。"德内梭尔不甘示弱,"在需要帮助和忠告的时候仍然高高在上,这种傲慢才是愚蠢;不过,你向来按照自己的计划送出这样的礼物,只是刚铎的领主绝不会沦为他人的工具,无论对方多么有价值。对他而言,世界上最高的目标莫过于刚铎的利益。大人,刚铎的统治权属于我,不属于任何人,除非国王再度归来。"

"除非国王再度归来?"甘道夫说,"好吧,我的宰相大人,您的任务是保住某个王国不受那件事的影响,只是依旧看好那件事的人如今已寥寥无几。在那项任务中,您将得到您乐意要求的一切帮助。但我想说的是:无论是刚铎还是其他国家,无论是大是小,我不会统治任何一个国家。就目前的形势来看,但凡有价值的东西都危在旦夕,而这些才是我所关心的。在我心中,哪怕刚铎化为乌有,只要有任何东西能熬过今晚,并在未来的日子里再次茁壮成长、开花结果,那么我的任务就不算完全失败。因为我也是宰相[1]。你不知道吗?"说完,他转身大步走出大厅,皮平跟在他身边跑着。

甘道夫一路上既没有看皮平一眼,也没跟他说一句话。向导把他们带到大厅外,然后领着他们穿过喷泉广场,进入了高大石头建筑物之间的一条小巷。拐了几道弯之后,他们来到北面靠近城堡城墙的一所房子前,离连接小山与大山的那道山肩不远。进屋后,向导带着他们爬上宽大的雕花楼梯,来到街道上方的二楼,把他们领进一个漂亮的房间。房间光线明亮,通风良好,四周挂着没有图案、泛着暗淡金光的挂毯。房间里陈设很少,只有一张小桌、两把椅子和一条长凳。

---

[1] 原文为 steward,可以译为"管家"或"代理人"。由于刚铎的国王尚未回归,因而将掌权管理的人译为"宰相"。

两边各有一个凹室，以帘子遮挡，里面的床铺得整整齐齐，旁边还有洗濯用的器皿和脸盆。三扇又高又窄的窗户，向北越过薄雾笼罩的安度因河湾，远眺埃敏穆伊和拉乌洛斯大瀑布。皮平必须爬上长凳，才能从宽阔的石头窗台朝外望去。

"你生我的气吗，甘道夫？"向导关门出去后，皮平问道，"我已经尽力了。"

"的确是的！"甘道夫突然大笑起来。他走过来，站在皮平身旁，用胳膊搂住霍比特人的肩膀，凝视着窗外。皮平惊异地看了一眼紧挨着他的那张脸，因为甘道夫的笑声中透着愉快与兴奋，而他最初在巫师的脸上看到的却是一道道忧虑与悲伤。不过，当他更加仔细地观察时，却发现这一切表象之下隐藏着巨大的喜悦：一种只要喷涌而出，就足以让整个王国开怀大笑的欢乐之泉。

"你确实尽力了，"巫师说，"我希望短期内你不要再次被两个这么可怕的老人逼得进退两难。但是，皮平，刚铎城主从你这里了解到的情况比你想象的要多。你隐瞒不了这样一个事实：离开墨瑞亚的那些人并不是由波洛米尔带队，而且你们当中有一位尊贵的人即将来到米那斯提力斯，他还有一把名剑。人们对刚铎昔日的故事仍然记忆犹新；自从波洛米尔走了以后，德内梭尔就对那首诗以及'伊希尔杜的克星'这个词思考了很久。

"他和这个时代的其他人不一样，皮平，不管他作为儿子从父亲那里继承了什么样的血统，也许出于巧合，他身上几乎毫无疑问流淌着西方之地的血液，他的另一个儿子法拉米尔也一样，但他最喜欢的波洛米尔却不是。他有远见。他只要专心致志，就能觉察到许多人的思想，甚至那些住在远处的人。要想欺骗他很难，而且那样做也很危险。

"记住！你已经宣誓效忠于他。我不知道究竟是什么想法或者心意驱使你那样做的,但是你做得很好。我没有阻止,因为慷慨的行为不应该被冷酷的忠告所阻止。你的行为打动了他的心,同样(我可以这么说),也使他心情愉快。至少在你没有任务的时候,你可以在米那斯提力斯随意走动。不过这还有另外一面:你听命于他,他不会忘记。所以你仍然要小心!"

他沉默了片刻,叹了口气:"好吧,用不着去想明天会发生什么。首先,在未来许多天里,每一个明天肯定都会比每一个今天更糟。我也无能为力。棋盘已经摆好,棋子已经动了起来。我很想找到法拉米尔这枚棋子,因为他现在是德内梭尔的继承人。我想他应该不在城里,但我也没有时间去搜集消息。我得走了,皮平。我得去参加将领们的会议,尽我所能去了解情况。现在轮到敌人走下一步了,他即将发动全盘进攻,即便是卒子也能看出个大概。帕拉丁之子佩里格林,刚铎的战士,把你的剑磨锋利吧!"

甘道夫走到门口,转过身来。"我赶时间,皮平,"他说,"你出去的时候帮我一个忙。如果你不太累,就在休息之前去找到捷影,看看它被安置得怎么样。这些人心地善良,聪明睿智,也善待动物,但他们照顾马匹的本领不如其他一些人类。"

说完,甘道夫就走了出去。就在这时,城堡的高塔传来了清脆悦耳的钟声。钟声响了三下,如银铃般在空中划过,然后一切回归寂静。此时正是太阳升起后的第三个钟头。

过了一分钟,皮平走到门口,下了楼梯,在街上四处张望。太阳温暖而明亮地照耀着,几座高塔和高大的房屋向西投射出长长的清晰影子。在蔚蓝的高空,明多路因山揭开了它的白色头盔和雪白的披风。全副武装的人在城里的道路上来来往往,似乎是在钟声报时后要赶去换岗。

"如果是在夏尔，我们会说现在9点钟了，"皮平大声自言自语道，"正是在春日阳光下、坐在敞开的窗边享用美味早餐的时候。我多么想吃早餐啊！这些人吃早餐吗，还是早餐已经结束了？他们什么时候吃晚饭，在哪里吃？"

不一会儿，他注意到一个人身穿黑白相间的衣服，正沿着狭窄的街道从城堡中心向他走来。皮平感到很孤独，便决定在那个人走过时跟他说说话，但他的想法显然是多余的。那个人径直向他走来。

"你就是半身人佩里格林？"他说，"我听说你已经宣誓要为城主和这座城市效力。欢迎光临！"他伸出手，皮平握住了他的手。

"我是巴拉诺尔之子贝瑞冈德。今天早上我没有什么任务，就被派来教你口令，并告诉你一些你肯定想知道的事情。至于我，我也想了解你，因为我们以前从未在这片土地上看到过半身人。虽然我们听到过他们的传言，但在我们所熟悉的故事中很少提到他们。再说，你是米斯兰迪尔的朋友。你跟他熟吗？"

"嗯，"皮平说，"这么说吧，在我短短的一生中，我一直都和他很熟，最近还跟他走了很远的路。他就像一本巨著，里面要读的东西太多，而我最多才看了一两页。尽管这样，除了几个人之外，还就算我对他了解最多。我想，我们远征队中只有阿拉贡一个人真正了解他。"

"阿拉贡？"贝瑞冈德说，"他是谁？"

"哦，"皮平结结巴巴地说，"他是和我们同行的人。我想他现在应该在洛汗。"

"我听说你去过洛汗。我也想从你这里更多地了解那个地方，因为我们把仅有的一点希望都寄托在了洛汗人的身上。我差一点忘了我的任务，那就是先回答你的问题。你想知道什么，佩里格林少爷？"

"呃，好吧，"皮平说，"恕我冒昧，眼下我脑子里最急迫的问题是，嗯，早餐之类的问题。我的意思是，要是你能听明白我的话，什么时间吃饭，要是有餐室的话，那又在哪儿呢？有酒馆吗？我看了看，可我们骑马过来的时候，一家也没有看到。我一直心存希望，希望我们一到贤士贵人的家里，就能喝上一口麦芽啤酒。"

贝瑞冈德一本正经地望着他。"我看出来了，你是个久经沙场的老兵，"他说，"尽管我去过的地方不多，但是大家都说，出门打仗的人总是希望得到吃的喝的。那你今天还没用餐吗？"

"嗯，用过，说客气话，用过，"皮平说，"不过，承蒙你家城主的好意，只喝了一杯葡萄酒，吃了一两块白蛋糕；可是他为此足足问了我一个钟头的问题，把我折磨得够呛，我都饿坏了。"

贝瑞冈德笑了："我们都说，人小肚大。不过你已经像城堡里所有人一样吃完了早餐，还享受了更大的荣誉。这里是一座堡垒，也是一座守卫塔，现在又处于战争状态。太阳出来之前，我们就已经起床，在朦胧的光线中吃点东西，然后在日出时分去履行职责。但是不要绝望！"他看到皮平脸上的沮丧表情后，又笑了起来，"那些承担重大职责的人会在上午的中间时段吃点东西来恢复体力。然后还有午餐，时间就在中午或者履行完职责之后。日落时分，大家会聚在一起享用正餐，享受为时不多的欢乐。

"走！我们走一会儿，然后去找点吃的东西，在城垛上边吃边喝，顺便看看美丽的早晨。"

"等一下！"皮平红着脸说，"你的殷勤让我萌生了贪念，也让我感到了饥饿，但是我差一点忘了。甘道夫，也就是你们口中的米斯兰迪尔，让我去照看他的战马捷影。那可是洛汗国的一匹骏马，据说是国王的掌上明珠，不过他把它送给了米斯兰迪尔，以感谢他的帮助。我想它的新主人对它的爱胜过他对许多人的爱，要是他的善意对这座城市有任何价值，你们就应该以无上的荣誉来对待捷影。如果可能的话，要比你对待我这个霍比特人更和善。"

"霍比特人吗？"贝瑞冈德说。

"我们就是这么称呼自己的。"皮平说。

"我很高兴知道这些，"贝瑞冈德说，"我现在可以说，奇怪的口音并不妨碍文雅的谈吐，而霍比特人的确是谈吐文雅的民族。走吧！你得把这匹骏马介绍给我。我喜欢各种动物，因为我的族人来自山谷，在那之前来自伊希利恩，不过在这座石头城市里我们很少见到动物。但是不要害怕！我们只是过去看一下，算是礼节性拜访，然后我们就去食品室。"

皮平看到捷影住得很好，也受到了很好的照料。城堡城墙外的第六环有一些漂亮的马厩，里面养着几匹快马，紧挨着城主那些信使骑手的住处：信使们随时待命，准备接受德内梭尔或将领们的紧急命令。但是现在所有的马和骑手都出去执行任务了。

皮平走进马厩，捷影嘶鸣着，转过头来。"早上好！"皮平说，"甘道夫会尽快赶来的。他很忙，让我代他向你问好，我来看看你是否一切安好。我希望你在漫长的辛劳之后好好休息一下。"

捷影把头一甩，蹄子重重地踏在地上，但是它允许贝瑞冈德轻轻抚摸它的脑袋，抚摸它鼓鼓的肚子。

"看它这样子根本不像刚刚经过长途跋涉，反而像急着要参加赛跑似的。"贝瑞冈德说，"它多么强壮、多么骄傲啊！它的马具在哪里？应该非常奢华漂亮吧。"

"再奢华漂亮的马具配上它都不为过，"皮平说，"它不需要。如果它愿意载你，它会的；如果它不愿意，那么，任何马嚼子、缰绳、鞭子都无法驯服它。再见了，捷影！要有耐心。战斗即将来临。"

捷影抬起头，嘶鸣起来，马厩开始摇晃，他们赶紧捂住耳朵。他们看到马槽里装满了饲料之后就告辞了。

"现在轮到我们的马槽了。"贝瑞冈德说,然后领着皮平回到城堡,来到高塔北侧的一扇门前。他们走下凉爽的长楼梯,进入一条灯火通明的宽阔小巷。旁边的墙壁上有几个小窗口,其中一个开着。

"这是我们禁卫军小队的仓库和食品室,"贝瑞冈德说,"你好,塔尔贡!"他冲着窗口里面喊道,"虽然时间还早,但是城主挑选了一位新人来为他效劳。他勒紧腰带从遥远的地方一路骑马而来,今天还累了一上午,所以他饿了。给我们一点吃的吧!"

他们得到了面包、黄油、奶酪和苹果,是冬天最后的贮藏品,虽然皱巴巴的,却没有坏,而且很甜;还有一个装着新酿麦芽啤酒的皮壶,外加木制的浅盘和杯子。他们把所有东西放进一个柳条篮里,爬回到太阳下。贝瑞冈德把皮平带到巨大的外凸城垛东端的一个地方,那里的墙壁上有一个炮眼,窗台下有一个石头座位。他们可以从那里眺望晨光中的整个世界。

他们边吃边喝,一会儿聊着刚铎和它的风俗习惯,一会儿聊着夏尔和皮平所见过的那些奇怪的国度。他们交谈得越多,贝瑞冈德便感到越是惊讶。他更加惊讶地看着这个霍比特人,看着他要么在座位上摆动着短腿,要么踮起脚尖从窗台上俯瞰下面的土地。

"不瞒你说,佩里格林少爷,"贝瑞冈德说,"在我们眼里,你几乎像个孩子,一个大约过了九个夏天的孩子。然而,你所经历的危险,所看到的奇迹,就连我们胡子花白的老人,都没有几个能吹嘘自己经历过或者看到过。我还以为是我们城主心血来潮,按照古代国王的方式,给自己选了一个高贵的侍从呢。但我现在明白不是这样的,你必须原谅我的愚蠢。"

"我原谅你,"皮平说,"不过你也没有完全说错。在我们那里的人看来,我还是个孩子,还得再过四年,才能像我们在夏尔所说的那样,'成年'。别为我操心了。过来看看,告诉我能看到什么。"

太阳正在上升,山谷里的迷雾已经散开,最后几缕薄雾在头顶化为朵朵白云,被强劲的东风吹向了远方。城堡的旌旗和白色的王旗在风中飞舞。远处的峡谷底部,目测五里格之外,可以看到灰色的大河在闪烁,从西北方向流过来,朝南然后再朝西猛地拐了一个大弯,最后变成波光粼粼的水雾,消失在视野中。再过去五十里格便是大海。

皮平可以看到整个佩兰诺平原。极目远眺,农舍、矮墙、谷仓和牛棚星罗棋布,却没有牛或其他动物的踪迹。绿色的原野上,人造小径纵横交错,人来人往:马车排成一行朝主城门驶来,另一些马车则从门内驶出。不时会有人骑马过来,从马鞍上跳下来,奔进城里。不过,大多数车辆都沿着主干道离城而去,干道转向南方,以比大河更急的弯道绕过山丘,很快就消失在视野中。干道很宽,铺设得非常好,东边有一条宽阔的绿色马道,道外有一堵墙。马道上到处都是来回穿梭的骑手,不过似乎整条道上都挤满了南去的运货马车。皮平很快就发现一切都井井有条:运货的马车排成三列,速度较快的一列由马拉着;速度稍慢的大型马车由牛拉着,车体五颜六色,非常漂亮;干道的西侧边缘则是一辆辆小推车,由步履艰难的人拖着。

"这条大道通向图姆拉登山谷、洛斯阿尔那赫山谷和山村,然后再通往莱本宁,"贝瑞冈德说,"这是最后一批马车,运送那些必须去避难的老人、儿童和妇女。他们必须在中午以前离开城门,离城门一里格范围内的干道上不得有人滞留。这是命令,虽然令人悲哀,却是万不得已的事。"他叹了口气,"现在离别的那些人当中,也许很少有人能再相聚。这座城市里的孩子向来太少,现在更是一个也没有了——几个不愿离去的少年除外,其中就包括我儿子,他们可能会找到一些差事来做。"

他们沉默了一会儿。皮平焦急地望着东方,仿佛随时都可能看到成千上万的奥克拥入平原。"那边是什么?"他指着安度因河大拐弯的中间问道,"那是另一个城市,还是什么?"

"那曾经是一座城市,"贝瑞冈德说,"刚铎以前的都城,而这里只是一座要塞。那就是安度因河两岸的欧斯吉利亚斯废墟,我们的敌人很久以前占领并烧毁了它。但我们又在德内梭尔年轻时将它夺了回来,不是为了居住,而是将它当作一个前哨来坚守,并且重建了桥梁,让我们的军队通过。后来,从米那斯魔古尔来了凶残的骑士。"

"黑骑士?"皮平说着,睁开了眼睛,眼睛又大又黑,昔日的恐惧重新被唤醒。

"是的,他们全身漆黑,"贝瑞冈德说,"虽然你在讲述自己的经历时从来没有提到过他们,我看得出你对它们有些了解。"

"我知道他们,"皮平轻声说道,"但是我现在不想谈论他们,太近了,近在咫尺。"他突然停了下来,抬头望着大河上方,他觉得自己满眼看到的只是一个令人胆战心惊的巨大黑影。或许那只是山峦隐约浮现在视野的远方,近二十里格的雾气淡化了山峦锯齿状的边缘;或许那只是一堵云墙,它的后面又是一片更深的幽暗。但是,就在他看着那里的时候,他觉得眼中的那片幽暗越来越大,越来越浓,正慢慢地、非常缓慢地湮灭太阳照耀的区域。

"离魔多近在咫尺吗?"贝瑞冈德轻声说,"是的,它就在那儿。我们很少提及它的名字,但我们这里只要抬头就能看到魔影。它有时显得更暗淡、更遥远,有时又显得更近、更黑暗。它现在正变得越来越庞大,越来越黑暗,所以我们的恐惧和不安也与日俱增。还有那些凶残的骑士,他们不到一年前夺回了渡口,我们许多勇士惨遭杀戮。最后还是波洛米尔把敌人赶出了西海岸,我们才得以守住欧斯吉利亚斯近一半的地方。只是暂时守住,我们时刻在那里等待新一轮进攻,或许那就是即将到来的这场战争的总攻。"

"什么时候?"皮平说,"你能猜到吗? 因为两天前的夜里,我看见烽火台点燃了,也看到了信使骑手。甘道夫说这是战争开始的征兆,他当时似乎非常着急,可现在一切好像又都慢了下来。"

"那是因为一切都已准备就绪,"贝瑞冈德说,"这只是在跳入水中之前做个深呼吸而已。

"可是两天前的夜里为什么要点燃烽火台呢?"

"如果在遭到围困之后再发出求援信号,那就太晚了,"贝瑞冈德回答道,"但我不知道城主和将领们的计谋。他们有许多办法收集消息。德内梭尔城主也不像其他人,他的视力非常人所及。有人说,当他晚上独自坐在塔中高高的房间里,左思右想时,他可以勘测未来,而且他有时候能够揣摩敌人的心思,和对方斗智斗勇。是啊,他老了,而且还未老先衰,但不管怎么样,法拉米尔大人现在不在国内,他在大河那边执行某项危险的任务,或许已经送回了消息。

"不过,关于为什么点燃了烽火台,如果你想听听我的看法,那就是当天晚上从莱本宁传来了消息。一支庞大的舰队正在逼近安度因河口,由南方的乌姆巴尔海盗操控。他们早已不再惧怕刚铎的力量,并且已经与大敌结盟,正为了自己的大业发动进攻。我们原本指望能得到来自莱本宁和贝尔法拉斯的帮助,因为那里的人很顽强,人数众多,但海盗的进攻会拖住他们大部分人。我们对北方洛汗的期望越高,便越为你们带来的胜利消息感到高兴。

"然而,"他停了下来,站起身,朝北、东、南环顾了一圈,"艾森加德的所作所为应该算是对我们的一种警告,我们正陷入一张阴谋诡计的大网中。这不再是浅滩上的斗嘴,不再是来自伊希利恩和阿诺瑞恩的突袭,不再是伏击和抢劫。这是一场蓄谋已久的战争,无论我们多么自负,我们只是其中的一枚棋子。有消息说,内陆海以东地区,北边的幽暗森林和更远的地方,南边的哈拉德,都有蠢蠢欲动的迹象。现在所有王国都将接受考验:在魔影笼罩下,是挺立,还是倒下。

"此外,佩里格林少爷,我们还享有一个殊荣:黑暗魔君的仇恨之火总是第一个落在我们身上,因为这种仇恨源自远古,越过了深邃的大海。这里的打击将会最为猛烈。正因为这样,米斯兰迪尔才如此匆忙地来到这里。一旦外面倒下,还有谁能挺得住呢。佩里格林少爷,你觉得我们还有希望挺住吗?"

皮平没有回答。他望着高大的城墙、高塔、英勇的旗帜、苍穹上的太阳,然后又望着东方越来越浓的阴影。他想到了魔影的爪牙:森林和大山中的奥克,艾森加德的背叛,有着邪恶之眼的群鸟,夏尔小巷里的黑骑士——还有长着翅膀的恐怖之物那兹古尔。他打了个寒战,希望似乎在破灭。甚至就在那一刻,太阳暗淡了片刻,仿佛有一只黑色的翅膀从上面掠过。他觉得他听到天空高处传来了微不可察的呼喊:很微弱,但令人心寒,凶残而冷酷。他脸色苍白,蜷缩在墙边。

"那是什么?"贝瑞冈德问道,"你也感觉到了什么?"

"是的,"皮平喃喃地说道,"这是我们沦陷的征兆,是末日的阴影,是空中一个凶残的骑士。"

"是的,末日的阴影,"贝瑞冈德说,"我担心米那斯提力斯会沦陷。黑夜即将到来,连我的血液似乎都已经失去了暖意。"

有好一会儿,他们低着头坐在一起,没有说话。然后,皮平突然抬起头,看到太阳还在照耀,旗帜还在微风中飘扬。他抖了抖身子。"它过去了,"他说,"不,我的心还不会绝望。甘道夫也曾倒下过,但他回来了,和我们在一起。我们会挺住的,哪怕只剩下一条腿,甚至哪怕只剩下膝盖。"

"说得对!"贝瑞冈德大声说道。他站起来,迈着大步走来走去,

"不,虽然万物总有终结的时候,但刚铎还不会灭亡。哪怕尸骨堆积如山,哪怕城墙被残暴的敌人攻陷,我们还有其他的藏身之处,还有通往山里的秘道。希望和记忆将永远活在某个绿草如茵的隐秘山谷里。"

"不管怎样,无论好坏,我都希望这一切能结束,"皮平说,"我根本不是什么勇士,一想到战斗就心生厌倦,最糟糕的是既然无法逃避这场战斗,却还不得不无休止地等待着。这是多么漫长的一天啊!如果我们先下手为强,而不是在一旁无所事事地观望,那我会更加高兴的。我想,如果不是甘道夫,洛汗是不会出手的。"

"啊,你这话算是戳到了许多人的痛处!"贝瑞冈德说,"但是,法拉米尔回来后,情况可能会改变。他很勇敢,远超许多人的想象。现在的人很难相信,这个世界上居然会有他那样的将领,既聪明睿智、精通诗词歌谣,又能在战场上快速判断、杀伐果敢。但法拉米尔就是这样的人。他不像波洛米尔那样鲁莽、急切,但是就坚决果断而言,他毫不逊色。可他又能做什么呢?我们总不能攻打那……那个国度的群山吧。我们的攻击范围缩小了,只有在敌人进入我们的攻击范围时,我们才能进攻。那时,我们一定会重拳出击!"他敲打着剑柄。

皮平看着他:高大、高傲、高贵,就像他在这片土地上见过的所有人类一样,而且一想到战斗,他的眼睛就会闪烁着光芒。"唉!可惜我自己的手感觉轻如羽毛,"他想,但什么也没有说,"甘道夫说我是个卒子?也许吧,但出现在了错误的棋盘上。"

他们一直聊到红日当中,正午的钟声突然响了起来,城堡里一阵骚动。除了哨兵外,众人都去吃饭了。

"你愿意和我一起去吗?"贝瑞冈德问,"你今天可以到我们小队去吃饭。我不知道你会被分到哪个小队,也许城土会要你留在他身边听令。不过，我们随时欢迎你。趁着现在还有时间，你不妨多认识一些人。"

"我很高兴跟你一起去，"皮平说，"说实话，我很孤独。我最好的朋友都留在了洛汗，这里没有人和我聊天或者开玩笑。也许我真的可以加入你们小队？你是队长吗？如果是的话，你可以录用我，或者替我美言几句？"

"不，不，"贝瑞冈德笑道，"我不是队长。我既没有官职，也没有爵位，我只是城堡第三小队的一名普通士兵。话虽这么说，佩里格林少爷，只要能加入刚铎的禁卫军，在城内都会备受尊重，在整个国家也是莫大的荣誉。"

"那就远远超出我的能力了，"皮平说，"带我回房间吧，如果甘道夫不在，我就一直跟着你——做你的客人。"

甘道夫不在住处，也没有捎信过来。于是，贝瑞冈德带着皮平走了，并把他介绍给了第三小队的人。贝瑞冈德似乎和他的客人一样挣足了面子，因为皮平很受欢迎。城堡里早就有了传闻，说米斯兰迪尔的同伴与城主在密室里谈了很久。有谣言说，一位半身人王子从北方来效忠刚铎和它的五千名战士，还有人说，洛汗的骑兵到来时，他们每个人都会带着一个半身人勇士，也许个头不大，但很勇敢。

虽然皮平不得不非常遗憾地毁掉这个充满希望的说法，但他却无法摆脱新获得的殊荣，因为大家都认为，只有这样的殊荣才配得上波洛米尔的朋友和德内梭尔大人所尊崇的对象。他们对他的到来表示感谢，对他所说的异域之事津津乐道，并给了他尽可能多的食物和麦芽啤酒。其实，按照甘道夫的建议，他唯一的麻烦就是要"谨言慎行"，不能像霍比特人在朋友中那样喋喋不休。

最后，贝瑞冈德站了起来。"现在要与你道别了！"他说，"太阳落山前我还有任务，我想这里的其他人也一样。但如你所说，如果你感到孤独，或许你会想要一个快乐的向导带你在城里转转。我儿子会很乐意陪着你。我得说，他是个好孩子。如果你愿意的话，可以去最下面一环，打听一下老客栈，就在拉斯凯勒尔丹，也就是灯匠街上。你会在那里见到他，还有其他留在城里的少年。在主城门关闭之前，那里或许有些东西值得一看。"

他出去了，不一会儿，其他人也都跟着走了出去。天空依然晴朗，只是雾霭渐起，就算是在如此遥远的南方，这样的3月也是够热的。皮平感到有点困，但是住处又似乎很乏味，于是便决定下去看看这座城市。他拿上给捷影省下的一点食物去看它，对方很客气地收下了，尽管那匹马似乎并不缺这些。然后，他沿着一条条弯弯曲曲的道路往下走。

他走过时，人们都盯着他看。当着他的面，人们都非常谦恭，依照刚铎的习俗，低着头，双手放在胸前向他致意；但是他刚一走过，便听到了许多声音，门外的人喊着屋里的人出来看看半身人王子、米斯兰迪尔的同伴。许多人说的不是通用语，而是别的语言，但没过多久，他就至少明白了 *Ernil I Pheriannath*[1] 的意思，知道这个头衔已经先他一步传到了下面的城中。

最后，他经过了一条条圆弧形的街道、许多漂亮的小巷和人行道，来到了最底下也是最宽的一环。有人指点他去了通向主城门的一条宽阔大道，这就是灯匠街。他在这里找到了老客栈。老客栈很大，用灰色石头砌成，石头已经风化。客栈左右两边各有一排厢房，从街面往后延伸，中间有一块狭窄的草坪，草坪的后面则是主屋，上面有

---

1 辛达语，意思是"半身人王子"。

许多窗户。主屋正面为廊柱式门廊，外加一道通往草坪的台阶。几个男孩在廊柱间玩耍，这也是皮平在米那斯提力斯唯一见到的孩子，于是他停下脚步，看着他们。不一会儿，其中一个男孩看见了他，大叫一声，跑过草坪，来到街上，后面跟着另外几个孩子。他站在皮平面前，上下打量着他。

"你好！"男孩说，"你是哪儿来的？从来没有在城里见过你。"

"是啊，"皮平说，"可他们说我在刚铎已经是大人了。"

"哦，得了吧！"男孩说，"那我们几个也都是大人喽？你究竟多大了，叫什么名字？我今年十岁，马上就会长到五呎高。我比你高。不过我父亲是禁卫军，是最高的卫兵之一。你父亲是做什么的？"

"我该先回答哪个问题呢？"皮平说，"我父亲在夏尔的白井周围种地，那里离塔克自治镇很近。我快二十九岁了，在这一点上胜你一筹。我现在只有四呎高，除了长胖之外，再长高是甭想了。"

"二十九岁！"那少年说着便吹了声口哨，"哦，这么老了！和我叔叔伊奥拉斯一样老。不过，"他满怀希望地补充道，"我敢打赌，我可以把你倒着提起来，或者把你打翻在地。"

"如果我允许的话，你也许可以做到，"皮平笑着说，"也许在你身上，我也可以做到，因为在我们那个小国家，大家都会一些摔跤技巧。我告诉你吧，在我们那里，大家都认为自己非常高大强壮，我绝不会允许有人把我倒着提起来。所以，如果万不得已，真的要试一下的话，我可能会要了你的命。随着年龄的增长，你会明白，人不可貌相。虽然你可以把我当成一个软弱的陌生人，容易被欺负，但我要警告你，我不是，我是个半身人，冷酷、勇敢、邪恶！"皮平绷着脸，男孩往后退了一步，但他立刻毫不示弱地攥紧拳头，眼睛里闪着战斗的光芒。

"不！"皮平笑了，"也不要相信陌生人自我吹嘘的话！我不是什么斗士。但不管怎么样，我可以让挑战者自报家门，这样会显得更有礼貌。"

男孩骄傲地挺直了身子。"我是禁卫军卫士贝瑞冈德之子贝尔吉尔。"他说。

"不出我所料,"皮平说,"因为你长得像你父亲。我认识他,是他让我来找你的。"

"那你为什么没有马上说呢?"贝尔吉尔说,脸上突然露出了惊愕的神色,"不要告诉他改变了主意,要把我和姑娘们一起送走!可是不对呀,最后几辆马车已经走了。"

"他的口信就算不好,也没有那么糟糕。"皮平说,"他说,如果你更喜欢不把我倒着提起来,你可以带我在城里转转,让我不再感到孤独。作为回报,我可以给你讲一些遥远国家的故事。"

贝尔吉尔拍着手,如释重负地笑了。"那太好了,"他喊道,"走吧!我们正准备去主城门那里看看呢。我们现在就走。"

"那里发生了什么事?"

"外域的将领们会在日落之前从南大道过来。跟我们来吧,你会看到的。"

事实证明,贝尔吉尔是个好战友,也是皮平和梅里分开以来最好的伙伴。他们很快便兴高采烈地谈笑风生,在街上走着,根本不理会人们向他们投来的目光。没过多久,他们就身处人群之中,一起拥向主城门。在那里,贝尔吉尔对皮平的敬意更是上了一个台阶,因为在皮平说出自己的名字和口令时,卫兵向他行礼,让他通过;更重要的是,卫兵还允许他带上同伴。

"太好了!"贝尔吉尔说,"如果没有长辈的陪同,我们男孩子现在不能通过主城门。这下我们可以看得更清楚了。"

主城门外是一个铺有石板的广场,所有米那斯提力斯的道路都在这里汇聚。此刻,广场和道路边站满了人,所有的目光都转向南方。不一会儿,人群中响起了一片喃喃声:"那里尘土飞扬!他们来了!"

皮平和贝尔吉尔挤到人群的前面,等待着。不远处传来了号角声,欢呼声如同越来越强的风向他们吹来。接着传来一声响亮的军号声,周围的人都在叫喊。

"佛朗!佛朗!"皮平听到有人在呼喊。"他们说什么?"他问。

"佛朗来了,"贝尔吉尔回答,"胖子老佛朗,洛斯阿尔那赫的领主!那是我祖父生活的地方。好哇!他来了。好人老佛朗!"

走在队伍前面的是一匹四肢壮实的大马,马背上骑着一个人,肩膀宽阔,腰身粗壮,但是胡须花白,上了年纪。只见他身穿铠甲,头戴黑盔,手里拿着一根又长又重的长矛。在他身后列队行军的是一列风尘仆仆的士兵,个个装备精良,手持战斧。他们表情严肃,比皮平在刚铎见过的人类要矮一些,皮肤也略黑一些。

"佛朗!"人们喊道,"患难见真情,真正的朋友!佛朗!"但是,当洛斯阿尔那赫的士兵经过时,他们低声议论道:"人这么少!才两百人,他们有多强?我们希望是这个数字的十倍。这应该与黑色舰队的那些新消息有关。他们只能派出十分之一的力量。虽然杯水车薪,但是有总比没有强。"

就这样,一支支队伍到来,在赞扬和欢呼声中穿过城门。外域的士兵在这黑暗的时刻行军前来保卫刚铎城,但来的人总是太少,总是少于希望,少于所需。凛格罗谷地的士兵在他们领主之子德尔沃林的身后大步走来:三百人。高大的杜因希尔与他的儿子杜伊林和德茹芬,以及五百名弓箭手,来自墨松德,也就是黑源河大谷地。从安法拉斯,也就是遥远的长滩,来了一队各式各样的人,猎手、牧民和小村庄的人类,除了他们的领主戈拉斯吉尔家的人之外,其他人装备很少。从拉梅顿来了几个神情严肃的山民，却没有将领。埃希尔的渔民来了数百人，都是从渔船上抽出来的。品纳斯盖林的"绿丘美男子"希尔路因带来了三百名身穿绿衣的勇士。最后到来的，也是最骄傲的，是刚铎领主的族人、多阿姆洛斯的伊姆拉希尔亲王，金光闪闪的旗帜上绣着"大船"和"银天鹅"家徽，还有一队骑着灰马、全副武装的骑士；他们身后是七百名全副武装的士兵，个个长得像贵族一样高大，灰眼睛，黑头发，一路歌声相伴。

就这些，总共不到三千人。再也不会有人来了。他们的呼喊声和脚步声进入白城，然后渐渐消失。看热闹的人默默地站了 会儿。暮色凝重，风已经停止，空气中弥漫着灰尘。主城门关闭的时间已经快到了，红日已经落到了明多路因山的背后。阴影开始笼罩这座城市。

皮平抬头看了看，觉得天空突然变成了灰烬的颜色，好像有一团巨大的灰尘和烟雾悬浮在他们的头顶上，就连光线穿过时也暗淡了许多。但是在西边，夕阳的余晖将一切化为了火红色，在灰烬点缀的烈焰中，明多路因山显得尤为黑暗。"晴朗的一天就在愤怒中结束了！"他说，忘记了身边的少年。

"如果我没有在日落钟声响起前赶回去，真的会是那样的，"贝尔吉尔说道，"走吧！城门关闭的号角响了。"

他们手拉着手回到城里，成了城门关闭前最后进城的两个人。来到灯匠街的时候，所有高塔上的钟都庄严地敲响了。许多窗户透出了灯光，城墙沿线的房屋和士兵们居住的地方传出了歌声。

"这一次再见了，"贝尔吉尔说，"代我向我父亲问好，感谢他派人来陪伴我。我恳求你尽快再来找我。我现在真的希望没有战争，因为那样我们就可以有一段快乐的时光。我们本可以去洛斯阿尔那赫，去我祖父家。春天去那里再好不过，树林和田野里到处开满了鲜花。

不过,也许我们还会一起去的。他们永远无法战胜我们的领主,我父亲也非常勇敢。再见,早点再来!"

他们分了手,皮平急忙返回城堡。路似乎变得很长,他又热又饿。夜晚迅速降临,四周一片黑暗。没有星星刺破天空。他赶到食堂时正餐已经开始,贝瑞冈德高兴地招呼他,让他坐在自己身边,听他讲述儿子的情况。饭后,皮平待了一会儿就离开了,因为不知为何,他感到心里堵得慌,急于想再见到甘道夫。

"你能找到路吗?"贝瑞冈德站在城堡北侧面积较小的大厅门口问,他们刚才一直坐在那里,"夜晚很黑,而且自从下达了命令以后,城里的灯光都必须调小,城墙上不准有亮光,所以夜晚更加黑暗。我还可以透露给你另一个命令:德内梭尔大人明天一早会传唤你。恐怕你不会为第三小队效力了。不过,我们还是希望能再见到彼此。再见了,睡个好觉!"

除了桌上放着的一个小灯笼外,住处的屋子里一片漆黑。甘道夫不在。皮平的情绪更加低落。他爬上长凳,想从窗户往外看,可他看到的仿佛是一潭墨水。他从长凳上下来,关上百叶窗,上床睡觉。他躺了一会儿,侧耳倾听是否有甘道夫回来的动静,然后便心神不宁地睡着了。

夜里,他被灯光惊醒,看到甘道夫已经回来了,正在凹室帘子后面的房间里来回踱步。桌上点着蜡烛,还放着几卷羊皮纸。他听见巫师叹了口气,嘟囔着:"法拉米尔什么时候回来?"

"你好!"皮平说,从帘子后面探出头来,"我还以为你把我全忘了呢。很高兴看到你回来了。真是漫长的一天。"

"但今晚时间太短了,"甘道夫说,"我回来是因为我必须一个人安静一会儿。趁着现在还有床可以睡觉,赶紧去睡吧。日出的时候,我将再次带你去见德内梭尔大人。不,不是日出的时候,而是传唤到来的时候。黑暗开始了。不会再有黎明。"

第二章
灰衣小队出发
THE PASSING OF THE GREY COMPANY

"您无非是在说：您是一个女人，您的角色应该在家中。可是，当男人们在战斗中陨落、赢得荣誉的时候，您却只能留在家里被活活烧死，因为男人们不再需要它了。但我是埃奥尔家族的人，不是女仆。我能骑马，能挥剑，既不惧怕痛苦，也不惧怕死亡。"

"那您害怕什么，公主？"他问。

"我害怕牢笼，"她说，"我怕被关在牢笼里，直到年迈体衰，随遇而安，直到所有建功立业的机会化为泡影，甚至连回忆与渴望的机会都没有。"

甘道夫走了，捷影嗒嗒的马蹄声消失在黑夜中。梅里回到了阿拉贡身边。他只有一个很轻的小包袱，因为他的背包在帕斯嘉兰丢失了，身上只剩下他在艾森加德的废墟中捡来的一些有用的东西。哈苏费尔已经安上了马鞍。莱戈拉斯和吉姆利带着他们的马站在旁边。

"这么说，远征队还剩下四个人，"阿拉贡说，"我们继续一起骑行，只是与我原先所想不同，我们并非独自前往刚铎。国王现在已经决定立刻出发。自从那长着翅膀的黑影到来后，他就想在黑夜的掩护下回到山上去。"

"然后去何处？"莱戈拉斯问。

"我还不能说，"阿拉贡答道，"至于国王，他已经在埃多拉斯下达了命令，四个夜晚之后，他会赶到集结地点。我想，他会在那里听到战争的消息，洛汗的骑兵会去米那斯提力斯。至于我，还有任何愿意和我一起去的人……"

"算我一个！"莱戈拉斯喊道。"还有我吉姆利！"矮人说。

"对我来说，"阿拉贡说，"前方一片黑暗。我也要去米那斯提力斯，但我现在还看不到前方的道路。精心准备的一个时刻就要到了。"

"别把我丢下！"梅里说道，"我是没有发挥太大的作用，可我不想被抛在一边，像行李一样，等一切都结束后被人认领。我觉得那些骑兵已经不想再带上我这个累赘。当然，国王确实说过，等他回到王宫时，要让我坐在他身边，给他介绍夏尔的一切。"

"是的,"阿拉贡说,"梅里,我想你的出路在他那里,但不要指望美好的结局。恐怕要过很长时间,希奥顿才能重新安逸地坐在美杜塞尔德宫里。许多希望都会在这个苦涩的春天里枯萎。"

很快,所有人都做好了出发的准备。总共二十四匹马,吉姆利坐在莱戈拉斯身后,梅里坐在阿拉贡身前。不一会儿,他们便趁着夜色策马飞奔,经过艾森渡口的坟冢后不久,一个骑兵从他们的后方疾驰而来。

"陛下,"他对国王说道,"我们后面有骑兵。我们刚才穿过渡口的时候,我觉得我听到了他们的声音。现在我们可以肯定,他们正拼命追赶我们。"

希奥顿立刻命令大家停下。骑兵们转过身来,握紧长矛。阿拉贡下了马,把梅里放在地上,拔出剑站在国王的马镫旁。伊奥梅尔带着他的手下骑到了后面。梅里比以往任何时候都觉得自己像个多余的包袱,他在想如果真要打起来,他该怎么办。假如国王的小卫队被包围并且落败,而他却逃进了黑暗中——独自一人留在洛汗的旷野里,面对无尽的荒野,却不知身在何处,万一那样该怎么办?"不好!"他想。他抽出剑,勒紧腰带。

一片巨大的浮云遮住了西沉的月亮,但月亮又突然清晰起来。接着,他们都听到了马蹄声,同时看到几个黑影沿小路从渡口迅速逼近。矛尖反射着月光。追赶者人数不详,看样子至少与国王的卫队人数相当。

当他们相距大约五十步时,伊奥梅尔大声喊道:"站住!站住!什么人在洛汗国策马飞奔?"

追赶者突然勒马停了下来。片刻的沉默;然后,在月光下,可以看到一个骑手下了马,慢慢向前走来。他举起一只手,白皙的手掌向外,表示并无恶意,但国王的手下仍然紧握着武器。那人走到相距十步的地方,停下了脚步,黑暗中的身影显示他身材非常高大。然后,他清晰的声音响起。

"洛汗?你是说洛汗?这个词真令人高兴。我们从远方匆匆赶来寻找这个地方。"

"那你算是找到了,"伊奥梅尔说,"你一过那边的渡口就进入了洛汗,但这是希奥顿国王的王国,除非他许可,谁也不得在此骑马。你是什么人?为什么如此匆忙?"

"我是杜内丹人哈尔巴拉德,属于北方游侠一族。"那人高声说道,"我们在寻找阿拉松之子阿拉贡,听说他在洛汗。"

"你也找到他了!"阿拉贡喊道。他把缰绳交给梅里,跑上前去拥抱新来的人。"哈尔巴拉德!"他说,"真是喜从天降!"

梅里松了一口气。他原以为这是萨鲁曼的最后一招,趁国王身边人数不多时伏击他,但现在看来没有必要为保护希奥顿而死了,至少现在没有这个必要。他把剑插进剑鞘。

"一切正常,"阿拉贡转过身说,"这些是我的血亲,从我居住过的远方而来。至于他们为什么到来,他们有多少人,哈尔巴拉德会告诉我们的。"

"我带了三十个人,"哈尔巴拉德说,"时间仓促,我们只召集到这些族人,但是埃尔拉丹和埃尔洛希尔兄弟也和我们一起来了,想要去打仗。你的召唤一到,我们就骑马飞奔而来了。"

"可我并没有召唤你们,"阿拉贡说,"只是有过这种愿望。我时常想起你们,尤其是今晚,叫我并未给你们捎过信。不过,走吧!所有这些事情可以稍微缓一缓。你们不顾危险,一路匆匆赶来寻找我们,如果国王允许,现在就跟我们一起走吧。"

希奥顿听到这个消息后确实很高兴。"太好了!"他说,"如果这些族人都像你一样,我的阿拉贡大人,那么三十个这样的骑士将是一支劲旅，不能用人数来计算。"

然后，骑兵们再次出发，阿拉贡在杜内丹人身旁骑行了一会儿。聊完了北方和南方的消息之后，埃尔洛希尔对他说：

"我给你带来了我父亲的口信：时日不多。如匆忙行事，勿忘亡灵之路。"

"我总觉得时日不多，难以实现我的愿望。"阿拉贡回答说，"但是，不到万不得已，我不会踏上那条道的。"

"那很快就会见分晓了，"埃尔洛希尔说，"我们不要再在大路上谈这些事情了！"

阿拉贡对哈尔巴拉德说："兄弟，你手里拿的是什么？"因为他看到哈尔巴拉德手中拿的不是长矛，而是一根长棍，好像是一面旗帜，但是被裹在一块黑布里，上面还绑着一道道皮绳。

"这是幽谷公主让我带给你的礼物，"哈尔巴拉德说，"这是她悄悄做的，耗时很久。她也给你捎了话：现在时日不多。要么我们的希望得以实现，要么一切希望化为乌有。所以我将为你所造的送与你。再见了，精灵宝石[1]！"

阿拉贡说："我已经知道你手中之物。再帮我拿一会儿吧！"说着，他转过身，望着星空下的北方，陷入了沉默。在当晚的整个旅程中，他没有再说一句话。

当他们终于策马从海尔姆深谷中的宽谷回到号角堡时，黑夜已过，东方已经破晓。他们要在那里躺下休息一会儿，商量对策。

梅里一直睡到莱戈拉斯和吉姆利将他叫醒。"太阳已经升到了半

---

[1] 精灵宝石，阿拉贡的别名，译自昆雅语"埃莱萨"。

空中，"莱戈拉斯说，"其他人都起来干活了。来吧，懒汉少爷，趁着现在还有机会，好好看看这个地方！"

"三天前的晚上这里爆发了一场战斗，"吉姆利说，"莱戈拉斯和我玩了一场游戏，我赢了，只比他多杀了一个奥克。过来看看当时的场面！还有洞穴呢，梅里，神奇的洞穴！莱戈拉斯，你觉得我们要去看看吗？"

"不！没时间了，"精灵说，"不要匆忙煞了风景！我已经向你保证，如果和平与自由的日子再次到来，我将和你一起回到这里。不过现在快到中午了，我听说我们就在这个时候吃饭，然后再次出发。"

梅里站起来打了个呵欠。对他来说，几个小时的睡眠远远不够；他很累，也很沮丧。他想念皮平，觉得自己只是一个累赘，而人人都在为他并不完全了解的大事制定快速的计划。"阿拉贡在哪里？"他问。

"在城堡高处的一个房间里，"莱戈拉斯说，"我想他既没有休息，也没有睡觉。他几个小时前去了那里，说他必须思考一下，只有他的族人哈尔巴拉德和他一起去了。某种不祥的疑虑或者忧虑正压在他的心头。"

"这些新来的人真奇怪，"吉姆利说，"他们身材魁梧，仪表堂堂，洛汗国的骑兵跟他们在一起简直像孩子。他们表情严肃，饱经风霜，犹如历经风吹雨打的磐石，甚至像阿拉贡本人，却又沉默寡言。"

"他们还真的像阿拉贡，一旦开口说话，便总是彬彬有礼。"莱戈拉斯说，"你有没有注意到埃尔拉丹和埃尔洛希尔兄弟？他们的装束不像其他人那样灰暗，而且他们像精灵贵族一样相貌英俊，英气勃勃，真不愧是幽谷的埃尔隆德之子。"

"他们为什么而来，你们听说了吗？"梅里问。他已经穿好衣服，把灰色斗篷披在肩上。三个人一起出了房间，朝号角堡被毁的大门走去。

"你也听到了，他们是在响应召唤，"吉姆利说，"他们说，幽谷得到了信息：阿拉贡需要族人。让杜内丹人骑马去洛汗找他！但这条信息从何而来,他们现在还不确定。我猜是甘道夫送出的。"

"不,是加拉德瑞尔,"莱戈拉斯说,"她不是借着甘道夫的嘴,说过灰衣小队从北方来的事吗?"

"是的,你说对了,"吉姆利说,"森林夫人!她看透了许多人的心思和欲望。为什么我们就不能希望有我们自己的族人来帮忙呢,莱戈拉斯?"

莱戈拉斯站在门前,明亮的眼睛望着遥远的北方和东方,英俊的脸上露出了不安的神色。"我想不会有人来的,"他回答说,"他们没有必要骑马去打仗。战火已经蔓延到了他们自己的国度。"

三个同伴一起散了会儿步,谈论着这场战斗峰回路转的过程,然后从毁坏的堡门走下来,经过路边绿草地上掩埋着阵亡将士的土丘,直到他们站在海尔姆护墙上,向宽谷望去。死岗矗立在那里,又黑又高,布满了石头,可以清楚地看到胡奥恩对草地的践踏和破坏。黑蛮地人和号角堡的许多守军都在护墙、田野里忙碌着,残破的围墙周围也有他们的身影。然而,一切似乎出奇地平静:暴风雨过后,这个疲惫的山谷正在休息。他们很快就转了回来,去城堡大厅吃午饭。

国王已经到了,他们一进去,他便呼唤梅里,并让人在他身边给梅里安排了一个座位。"这不是我的本意,"希奥顿说,"因为这里与我在埃多拉斯的美丽宫殿有着天壤之别。你的朋友走了,他本来也应该在这里。不过,你和我也许要等很久,才能坐到美杜塞尔德高贵的餐桌旁,而等我回到那里,恐怕就没有时间开席设宴了。现在过来吧!尽情地吃喝,趁着还有机会,让我们一起聊聊天,然后你就可以骑马与我同行了。"

"我可以吗?"梅里又惊又喜,"那太好了!"对于别人的善意之词,他还从来没有像现在这样感激涕零过,"恐怕我只会给大家添麻烦,"他结结巴巴地说,"可是您知道,我愿意做任何力所能及的事。"

"我毫不怀疑,"国王说,"我已经为你准备了一匹上好的矮马。在我们要走的路上,它会载着你像任何一匹马那样快。我会从号角堡出发,走山路,而不是平原,然后通过黑蛮祠到达埃多拉斯,伊奥温公主在那里等着我。如果你愿意,你可以做我的侍从。伊奥梅尔,这地方有没有作战装备,可以让我的佩剑侍从使用?"

"陛下,这里没有大的武器库,"伊奥梅尔答道,"也许可以给他找个小头盔;但像他这样身材的人,我们没有铠甲和宝剑。"

"我有剑。"梅里说着,从座位上爬了起来,然后从黑色的剑鞘里抽出他那把又小又亮的剑。他的心中突然充满了对这位老人的爱,于是他单膝跪下来,握住老人的手吻了吻。"我可以把夏尔的梅里阿道克之剑放在您的膝上吗,希奥顿国王?"他大声说道,"如果您愿意,请接受我为您效力吧!"

"我很乐意接受。"国王说。他把苍老、修长的大手放在霍比特人棕色的头发上,为他祝福。"起来吧,洛汗美杜塞尔德家族的侍从梅里阿道克!"他说,"拿起你的剑,祝你好运!"

"我将视您为父。"梅里说。

"暂且如此吧。"希奥顿说。

他们边吃边聊。没过多久,伊奥梅尔开口道:"陛下,我们定下的出发时间快到了。要我下令吹响号角吗?可是阿拉贡在哪里?他的座位空着,他也没有吃东西。"

"我们做好出发的准备,"希奥顿说,"派人告诉阿拉贡大人,就说时间快到了。"

国王带着卫兵和身边的梅里走出城堡大门,来到骑兵们聚集的草地上。许多人已经上了马。这次的队伍将会非常庞大,因为国王只给号角堡留了一个禁卫军小队，能抽调的所有其他人都将赶往埃多拉斯参加出征仪式。事实上，夜里已经有一千名手持长矛的骑兵走了，但仍然有五百多人跟随着国王，大多来自西伏尔德的平原和山谷。

离他们不远的地方，游侠井然有序，一声不响地骑在马背上。他们全副武装，手持长矛、弓箭和长剑，披着深灰色斗篷，兜帽盖在头盔和头上。他们的马高大强壮，威风凛凛，但毛发粗糙。另一匹马站在那里，背上没有骑手，那是阿拉贡的马，是他们从北方带来的，名叫洛赫林。他们的装备和马具上没有镶嵌闪亮的宝石或黄金，也没有任何美丽的装饰物；骑手们没有佩戴任何徽章或标记，但是每件披风的左肩上都别着一枚银质胸针，形状酷似一颗光芒四射的星星。

国王骑上他的雪鬃马，梅里跨上名为斯蒂巴的矮马，骑在他旁边。不久，伊奥梅尔走出了大门，身旁跟着阿拉贡，哈尔巴拉德手持黑布包着的长杆走在他们后面，另外还有两个看不出年龄的高个子男人。他们都是埃尔隆德的儿子，像是一个模子里刻出来的，人们很难将他们区分开来：黑头发、灰眼睛，精灵般俊美的脸庞，身穿亮晶晶的铠甲，外披银灰色斗篷。莱戈拉斯和吉姆利跟在他们后面，但梅里的眼里只有阿拉贡，他在阿拉贡身上看到了惊人的变化，仿佛一夜之间老了好多岁，而且脸色阴沉，疲惫不堪。

"陛下，我心里很不安，"他站在国王的马旁边说，"我听到了怪异的话语，也看到远方有新的危险。我想了很久，恐怕得改变我的目标了。告诉我，希奥顿，你现在骑马去黑蛮祠，要多久才能到达那里？"

"中午已经过了整整一个钟头，"伊奥梅尔说，"从现在算起，第三天晚上之前，我们就能到达要塞。那将是月亮满月后的第二夜，国王下达的召集令将在次日生效。如果要集结洛汗的力量，再快也难以做到。"

阿拉贡沉默了片刻。"三天，"他喃喃地说，"洛汗到那时才开始集结。我知道现在不能急于求成。"他抬起头，似乎做出了一个决定，脸上的不安表情稍稍缓和了一点,"那么,陛下,如果您允许,我必须为我自己和我的族人重新规划一下。我们必须单独行动,不再秘密行事。对我来说,隐身的时代已经过去。我要走最快的路向东,我要走亡灵之路。"

"亡灵之路!"希奥顿浑身发抖,"你为什么提及它?"伊奥梅尔转过身来凝视着阿拉贡。梅里似乎看到在场的骑兵听到"亡灵之路"时脸色都变了。"如果真有这样的路,"希奥顿说,"它的大门就在黑蛮祠;但是活人别想从那里通过。"

"唉!阿拉贡,我的朋友!"伊奥梅尔说,"我本希望我们能策马同赴战场,但是如果你非要走亡灵之路,那么我们分离的时刻就要到来了,再见面的机会微乎其微。"

"尽管如此,我还是要走那条道,"阿拉贡说,"但是我要告诉你,伊奥梅尔,尽管魔多的军队会挡在我们中间,我们还是会在战斗中再次相遇的。"

"你想怎么做就怎么做吧,我的阿拉贡大人,"希奥顿说,"也许,你命中注定要走别人不敢走的路。这次离别我很伤心,我的力量也因此有所减弱,但现在我必须走山路,不能再耽搁了。再见!"

"再见了,陛下!"阿拉贡说,"愿你名扬天下!再见了,梅里!我把你托付给了可以信赖的人,比我们追杀奥克到范贡时所希望的要好。我希望莱戈拉斯和吉姆利还会和我一起追杀奥克,但我们不会忘记你。"

"再见!"梅里找不出别的话可说。他觉得自己非常渺小,而且这些悲观的话让他感到困惑和沮丧。他比以往任何时候都更想念皮平那无时不在的快乐。骑兵们已经准备就绪,战马也开始焦躁不安,梅里希望他们赶紧出发,结束这一切。

这时,希奥顿吩咐了伊奥梅尔几句,然后举起手,高喊一声,骑兵们听到后立刻出发。他们越过护墙,穿过宽谷,然后迅速转向东方,

049

踏上了一条小道。小道绕着山麓绵延了一哩左右，然后向南转，又回到群山中，消失在大家的视野中。阿拉贡骑马来到护墙，久久地凝望着，目送国王的人马到了宽谷很远的地方。然后他转向哈尔巴拉德。

"我爱的那三个人走了，尤其是那个身材最小的，"他说，"他不知道这一去会有什么结果，可即便他知道，他还是会继续向前。"

"夏尔人虽然身材矮小，却很有价值，"哈尔巴拉德说，"他们对我们为保卫他们的边境所做的长期努力知之甚少，但我毫无怨言。"

"我们的命运如今交织在了一起，"阿拉贡说，"可是，唉！我们只能在此分手。行了，我得吃点东西，然后我们也得赶紧走了。过来，莱戈拉斯和吉姆利！我得边吃边跟你们说。"

他们一起回到了号角堡。然而，阿拉贡在大厅的桌子旁默默地坐了好一会儿，其他人等着他开口。"说吧！"莱戈拉斯终于忍不住了，"说出来会舒服一点，可以抛却烦恼！自从我们在灰蒙蒙的早晨回到这个可怕的地方以后，发生了什么事？"

"对我来说，这是一场比号角堡战役更严酷的战斗。"阿拉贡回答说，"朋友们，我查看了欧尔桑克之石。"

"你查看了那块受诅咒的魔法石！"吉姆利喊道，脸上露出了恐惧和惊讶的表情，"你对——对他说了什么？就连甘道夫也害怕以那种方式遇上他。"

"你忘了你在跟谁说话。"阿拉贡严厉地说道，眼睛里闪着光，"你怕我对他说什么？我不是在埃多拉斯门前公开宣布了我的头衔吗？不，吉姆利，"他的语气柔和了一些，脸上阴沉的神情一扫而光，他看上去像是在痛苦中彻夜辛劳了多日，"不，朋友们，我是那块晶石的合法主人，我有权力也有力量使用它，至少我是这么认为的。我的权力毋庸置疑，我的力量足够——勉强足够。"

他深吸了一口气："那是一场艰苦的较量，之后的疲倦恢复得很慢。我没有和他说话，最后我扭转了晶石，让它服从我的意志。仅仅这一点就会使他觉得难以忍受。他看见了我。是的，吉姆利大人，他看到了我，但看到的是另一个身份的我。如果这对他有帮助的话，那就是我干了件错事，但我不这么认为。我想，知道我还活着，而且还在人间行走，这对他是一个打击，因为他对此向来一无所知。欧尔桑克的眼睛没有看透希奥顿的盔甲，但索隆没有忘记伊希尔杜和埃兰迪尔之剑。现在，正当他实施那伟大计划的时刻，伊希尔杜的继承人和埃兰迪尔之剑露面了，因为我给他看了重新锻造的剑。他还没有强大到无所畏惧，没有，怀疑会永远折磨着他。"

"可他仍然拥有巨大的统治权，"吉姆利说，"现在他会更加迅速地出击。"

"忙中出错，"阿拉贡说，"我们必须向敌人施压，不能再等着他采取行动。听着，我的朋友们，我在掌握晶石的那一刻，便了解到了许多事情。我看到突如其来的巨大灾难将从南方降临刚铎，这将消耗米那斯提力斯的强大防御力量。如果不迅速反击，我认为这座城市将在十天之内沦陷。"

"那就只能让它沦陷，"吉姆利说，"现在还有什么援军能派往那里呢？即便有，又怎么能及时赶到呢？"

"我无人可派，所以只能亲自走一趟，"阿拉贡说，"但是，只有一条路能够穿越群山，能够在一切沦陷之前赶到海边。那就是亡灵之路。"

"亡灵之路！"吉姆利说，"这可是一个凶险的名字，据我所知，洛汗的人类根本不喜欢它。活着的人能走这样的路而不灭亡吗？就算你通过那里，对于抵抗魔多的攻击，这几个人又能起到什么作用？"

"自从洛希尔人来了以后，活着的人类从来没有走过这条路，"阿拉贡说，"因为这条路对他们关闭了。但是在这个黑暗的时刻，伊希尔杜的继承人也许可以使用它，只要他敢。听着！埃尔隆德的两个儿子从幽谷给我带来了他们父亲的话，他可是传说中最睿智的人：让阿拉贡记住先知的话，记住亡灵之路。"

"那先知说过什么？"莱戈拉斯问。

"在弗诺斯特末代国王阿维杜伊的时代，先知马尔贝斯这样说过。"阿拉贡说——

> 长影魇大地，黑翼正西侵，
> 高塔寒战战，末日近王陵。
> 时辰终已至，背誓魂复生；
> 亡者将苏醒，黑石得簇拥，
> 石名埃瑞赫，先祖以约盟。
> 号角荡山岳，何处吹号声？
> 谁人召亡者，声声破灰冥？
> 亡者沉寂久，游魂无人知；
> 立誓当效忠，今其后裔来。
> 自北而南下，军情逼迫急：
> 行险亡灵路，唯入此禁门。

"毫无疑问，这是黑暗之路，"吉姆利说，"但对我来说，这几句诗更加黑暗。"

"如果你们想更好地理解这些诗句，那么我请你们跟我一起去，"阿拉贡说，"因为那是我现在将要走的路。这样做并非因为我乐意，而是迫不得已。所以，我只会在你们完全自愿的情况下让你们一起去，因为你们将会感到非常辛苦，感到极度的恐惧，甚至更糟。"

"无论结果如何，哪怕是亡灵之路，我也会陪伴你。"吉姆利说。

"我也一起去，"莱戈拉斯说，"因为我不怕亡灵。"

"我希望被遗忘的人们不会忘记如何战斗，"吉姆利说，"否则我看不出我们为什么要去麻烦他们。"

"我们只有到了埃瑞赫才会知道，"阿拉贡说，"他们当初违背了与索隆战斗的誓言，因此，如果他们想兑现诺言，就必须战斗。埃瑞赫还有一块黑色的石头，据说是伊希尔杜从努门诺尔带来的。黑石被安放在一座小山上，刚铎建国之初，山岳之王曾在山上宣誓效忠于伊希尔杜。但是，当索隆回来并再次变得强大之后，伊希尔杜召集山民履行他们的誓言，他们却拒绝了，因为他们在黑暗年代曾崇拜过索隆。

"于是，伊希尔杜对他们的王说：'你将是最后一位王。如果西方世界比你的黑暗魔主更强大，我向你及其族人降下以下诅咒：你们在履行誓言之前，将永远不得安息。这场战争将持续无数年月，你们将在战争结束前再次被召唤。'面对伊希尔杜的愤怒，他们仓皇而逃，不敢为索隆出战。他们躲在山中的秘密地方，不与别人来往，但在荒山里日趋衰败。不眠亡灵的恐惧笼罩着埃瑞赫山和他们所待过的所有地方。但是我必须走那条路，因为没有活着的人来帮助我了。"

他站了起来。"走！"他喊着，拔出了自己的剑，剑在号角堡昏暗的大厅里闪闪发光，"去埃瑞赫之石！我在寻找死亡之路。愿意的人跟我走！"

莱戈拉斯和吉姆利没有作声，但他们站起来，跟着阿拉贡离开了大厅。戴兜帽的游侠们静静地等在草地上。莱戈拉斯和吉姆利上了马。阿拉贡跃到洛赫林的背上。这时，哈尔巴拉德举起了一只巨大的号角，嘹亮的号角声在海尔姆深谷中回荡。他们在号角声中策马而去，闪电般冲下了宽谷，而所有留在护墙上或号角堡里的人目瞪口呆。

当希奥顿在山间小道上缓慢前行时，灰衣小队快速穿过平原，第二天下午抵达了埃多拉斯。他们在那里稍作停留便越过山谷，在夜幕降临时来到了黑蛮祠。

伊奥温公主迎接他们,并为他们的到来而高兴,因为她从未见过有谁比杜内丹人和埃尔隆德两个俊美的儿子更强大,但她所有的目光还是集中在阿拉贡身上。他们和她坐在一起吃晚饭,大家一起交谈,她听到了希奥顿骑马离开后发生的一切,而关于这些,只有那些最快的消息传到她那里。她听他们述说着海尔姆深谷之战,述说着敌人惨遭屠杀,述说着希奥顿和他的骑兵冲锋陷阵,她的眼睛顿时亮了起来。

但她最后说道:"各位大人,你们都累了,赶紧到仓促准备的床铺上睡个安稳觉吧。不过,明天会给你们找到更漂亮的住处。"

但是阿拉贡说:"不,公主,不要为我们麻烦!只要我们今晚能睡在这里,明天能用顿早餐,那就足够了。我们有一件非常紧急的事要办,所以天一亮就得走。"

她微笑着对他说:"我的大人啊,您千里迢迢绕道把消息带给伊奥温,还在她颠沛流离的时候和她说话,您真是义薄云天。"

"说实话,大家都觉得跑这一趟物有所值。"阿拉贡说,"不过,公主,如果不是我必须走的那条路把我带到了黑蛮祠,我也无法来这里。"

她仿佛听到了不想听到的话,赶紧回答道:"大人啊,您走错路了,因为祠边谷没有向东或向南的道路,您最好现在就原道回去。"

"不,公主,"他说,"我没有迷路。在您出生之前,我已经行走在这片土地上。山谷里有条路,我要走那条路。我明天将沿着亡灵之路骑行。"

然而,她像受到了重重一击般死死盯着他,脸色苍白,久久地不说话,大家也都沉默地坐着。"但是,阿拉贡,"她终于开口说道,"那么,您的使命就是赴死吗?因为在那条路上只能见到死亡。他们不允许活人通过。"

"他们或许会容许我通过,"阿拉贡说,"但至少我要冒险一试。

没有别的路可以走。"

"但这太疯狂了,"她说,"在座的各位皆是名声显赫、英勇无畏,您不应该将他们带往暗处,而应该将他们领向需要人手的战场。我恳求您留下来和我哥哥一起骑行,因为到那时,我们都将欣喜无比,我们的希望也将变得更加光明。"

"这不是疯狂,公主,"他回答说,"因为我走的是指定的路,跟随我的人也都出于自愿。如果他们现在想留下来与洛希尔人并肩作战,他们皆可留下。迫不得已的话,我将独自踏上亡灵之路。"

他们不再说话,默默地吃着东西。但她的眼睛一直盯着阿拉贡,其他人均看得出她内心非常痛苦。最后,他们站起来,向公主告别,感谢她的照料,然后去休息了。

阿拉贡将与莱戈拉斯和吉姆利合住同一顶帐篷。两个同伴进去后,伊奥温公主出现在阿拉贡的身后,叫住了他。他转过身来,看到她穿了一身白衣,宛如黑夜里的一道微光,但是她的眼睛在燃烧。

"阿拉贡,"她说,"您为什么要走这条有去无回的道路?"

"因为我必须去,"他说,"只有这样,我才有希望在对抗索隆的战争中尽我的一份力量。我不会选择危险的道路,伊奥温。如果我只是随心所往,我会在遥远的北方,漫游在幽谷那些美丽的山谷之中。"

她沉默了片刻,仿佛在思索这句话的含义。突然,她把手放在他的胳膊上。"您严于律己,杀伐决断,"她说,"这样的男人才能赢得名声。"她停顿了一下,"大人,"她说,"如果您一定要去,请让我跟在您后面,因为我已经厌倦了躲在山里。我希望能自曲危险,参加战斗。"

"您的责任是与您的百姓在一起。"他回答道。

"责任这个词我听得太多了,"她提高了嗓门,"难道我不是埃奥尔家族的人吗?难道我不是女战士,而是一个保姆吗?我已经犹豫不决了太久。既然现在不再犹豫,我就不能按照自己的意愿去生活吗?"

055

"如此深明大义之人甚少，"他回答，"至于您，公主，您不是接受了在领主归来之前管理人民的职责吗？如果您没有被选中，那么就会有一个元帅或将领被派到这个地方来。不管他是否厌倦，他都不能擅离职守。"

"难道我永远只有被选的命吗？"她苦涩地说，"骑兵们离开的时候，我就永远只能留下来吗？在他们建功立业的时候，我只能照料家务，而在他们归来时，我只能为他们安排食宿吗？"

"也许很快会有那么一天，"他说，"谁也回不来了。那么我们就需要默默无闻的勇敢行为，因为没有人会幸存下来去铭记我们在最后保卫家园时付出的一切。然而，那些英勇的行为不会因为没有得到人们的赞颂而逊色。"

她回答说："您无非是在说：您是一个女人，您的角色应该在家中。可是，当男人们在战斗中陨落、赢得荣誉的时候，您却只能留在家里被活活烧死，因为男人们不再需要它了。但我是埃奥尔家族的人，不是女仆。我能骑马，能挥剑，既不惧怕痛苦，也不惧怕死亡。"

"那您害怕什么，公主？"他问。

"我害怕牢笼，"她说，"我怕被关在牢笼里，直到年迈体衰，随遇而安，直到所有建功立业的机会化为泡影，甚至连回忆与渴望的机会都没有。"

"可您刚才不是还劝我不要在我选择的道路上冒险，因为它危机四伏吗？"

"劝说别人很容易，"她说，"但我并不是要您逃离危险，而是要您骑马上战场，在那里您的剑可以为您赢得名声和胜利。我不愿意看到一个高贵、优秀的东西被毫无必要地抛弃。"

"我也不会，"他说，"因此，我对您说，夫人，留下来吧！因为您没有去南方的使命。"

"与您同去的那些人也没有。他们之所以要去，完全是因为他们不愿与您分开——因为他们爱您。"她说完便转身消失在了夜色中。

天刚亮，太阳还没有越过东方高高的山脊，阿拉贡就准备出发了。他的同伴都已上马，正当他要翻身上马时，伊奥温公主来与他们告别。她身着骑兵服，佩带着长剑。她手里端着一个杯子，放在唇边喝了一点，祝他们快捷如风。然后，她把杯子递给阿拉贡，他喝了下去，说："再见，洛汗的公主！我为您的家族、您和您人民的命运干杯。请告诉您的兄弟：越过重重黑影，我们将再次相会！"

这时，旁边的吉姆利和莱戈拉斯似乎看到她流泪了，对于这样一个不苟言笑、骄傲的人而言，流泪变得更为令人心痛。但她说："阿拉贡，您非要去吗？"

"是的。"他说。

"那您就不能接受我的请求，让我与你们同行吗？"

"我不能，公主。"他说，"没有国王和您哥哥的允许，我不能答应。他们明天才会到这里。但现在每时每刻，甚至每分钟，对我都至关重要。再见了。"

这时，她跪了下来："我求求您！"

"不，公主。"他说，然后拉着她，扶她站了起来。他吻了吻她的手，跳上马背，头也不回地骑马走了。只有那些熟悉他、与他亲近的人才能看到他所承受的痛苦。

但是伊奥温一动不动地站在那里，宛如一尊石雕。她双手死死抓着身体两侧，目送他们离去，直到他们穿行在黑黢黢的"鬼影山"德维莫伯格中，那便是亡灵之门。他们消失在视线之外后，她转过身，像盲人似的绊了一下，回到了自己的住处。但是她的臣民中谁也没有看见这场分别，因为他们出于害怕仍然躲藏着，一直要等到天光大亮才会出来,而此时那些鲁莽的陌生人早已离去。

有人说:"他们是精灵变成的怪物。让他们去该去的地方,去黑暗的地方,永远不要回来。这世道已经够邪恶的了。"

他们策马前行。四周仍然一片灰暗,太阳尚未爬上他们面前"鬼影山"黝黑的山脊。他们穿过一排排古老的岩石,来到迪姆霍尔特,恐惧顿时袭上心头。在连莱戈拉斯都无法长久忍受的黑树阴影中,他们在山脚下发现了一个凹地,必经之路的正中央矗立着一块巨大的石头,犹如一根象征着末日的手指。

"我的血都凉透了。"吉姆利说,但其他人都默不作声,因此他的声音落在了脚边潮湿的杉树针叶上。马匹不肯经过那块恐怖的石头,骑手们只好下马,牵着它们绕过去。就这样,他们终于走进山谷深处。那里有一道陡峭的岩壁,岩壁上便是黑暗之门,像黑夜的大嘴一样在他们面前张开着。宽阔的拱门上方刻着各种符号与数字,光线太暗,无法看清。恐惧像灰色的雾气一样从里面飘出来。

队伍停了下来,每个人的心都在颤抖,只有来自精灵一族的莱戈拉斯除外,因为人类的鬼魂恐吓不了他。

"这道门很邪恶,"哈尔巴拉德说,"它的背后就是死亡。尽管如此,我仍然敢通过,可是马不愿意进去。"

"但我们必须进去,所以马也必须进去,"阿拉贡说,"因为我们一旦能穿过这片黑暗,前面还有很多里格的路要走,在那里每耽搁一个钟头,索隆就会离胜利更近一些。跟我来!"

然后,阿拉贡走在最前面,此刻的他意志坚定,足以让所有杜内丹人和他们的马跟在他身后。的确,游侠的马匹深爱着它们的骑手,只要主人走在它们身旁,它们便会意志坚定,愿意面对哪怕是那道大门带来的恐惧。但洛汗国的马阿罗德却拒绝进去,只是站在那里,汗流浃背,浑身颤抖,那种恐惧让人不忍心看下去。这时,莱戈拉斯把手放在它的眼睛上,唱了几句,歌声在黑暗中听上去是那么轻柔。这匹马终于愿意让人带它进去,之后只剩下矮人吉姆利孤零零地站在那里。

他的膝盖在颤抖,他在生自己的气。"这是前所未闻的事!"他说,"一个精灵可以去地下,而一个矮人却不敢!"说完,他也冲了进去。但是,他在跨过门槛时,觉得双腿如铅一般沉重,刚一进去,他的眼前便是一片漆黑。他是格罗因之子,曾无所畏惧地闯过世界的许多深处,此刻却也是两眼一抹黑。

阿拉贡从黑蛮祠带来了火把,此刻正高举一支火把走在前面。埃尔拉丹和另一个人走在最后方,吉姆利在后面跌跌撞撞,想追上他。除了火把微弱的火焰,他什么也看不见,但是,只要大家停下脚步,他的周围似乎就会有各种声音在没完没了地窃窃私语,所用的语言他以前从来没有听到过。

既没有什么东西袭击他们,也没有什么东西挡住他们的去路,可是矮人越往前走,心里就越害怕,最重要的是,他知道自己已经没有了回头路,因为身后所有小路上都挤满了看不见的人群,在黑暗中尾随着他们。

时间就这样不知不觉地过去了,直到吉姆利看到了他后来再也不愿回忆的一幕。他可以判断出脚下的路很宽,但此时大家却忽然进入了一个巨大的空间,两边不再有墙壁。恐惧压在他的心头,他几乎迈不开步子。阿拉贡的火炬靠近时,左边有什么东西在黑暗中闪闪发光。然后阿拉贡停下来,走过去看看那究竟是什么。

"他不感到害怕吗?"小矮人嘟囔着,"如果是在其他洞穴,格罗因之子吉姆利一定会第一个奔向金光之处。但不是在这里!不要去碰那玩意儿吧!"

尽管如此,他还是走近了一点,看见阿拉贡跪在地上,埃尔拉丹高举着两个火把。他面前有一位身材高大之人的骸骨。那人穿着铠甲,身旁的马具仍然完好无损,因为洞穴里的空气干燥如尘土。他的锁子甲镀了金,腰带用黄金和石榴石打造而成。他脸朝下倒在地上,骷髅头上戴着头盔,上面缀满了黄金装饰物。现在可以看到,他倒在了山洞深处的墙壁前,面前有一扇紧闭的石门,他的手指骨还插在门缝里。一把有缺口的断剑躺在他身旁,仿佛他在最后的绝望中还在用它劈砍那块岩石。

阿拉贡没有碰他,但是在默默地凝视了一会儿之后,他站起身,叹了口气。"辛贝穆奈[1]之花将永远不会在此开放,直至世界末日。"他喃喃地说,"九座坟冢,七座已经长满了绿草,而这么多年来他就一直躺在那道他打不开的门前。那道门通向何方? 他为何要通过? 永远不会有人知道!"

"因为那不是我的使命!"他喊道,转过身来,对着身后低语声不断的黑暗说道,"留着那些你们在受诅咒的岁月里隐藏起来的宝物与秘密吧! 我们只要快速通过。让我们通过,然后跟上来! 我召唤你们去埃瑞赫之石!"

没有回答,只有彻底的沉默,比刚才的窃窃私语更为可怕。接着,一阵寒风吹来,火把摇曳了几下后熄灭,再也无法重新点燃。随后的一段时间,或许是一个钟头,或许是几个钟头,吉姆利也记不清了,只知道其他人都在往前赶,而他总是落在最后,并且有一种恐怖的东西总是跟着他,在他身后摸索着,似乎随时都要抓住他。嗒嗒的声音从他身后传来——那是无数只脚发出的响声。他跌跌撞撞地走着,

---

[1] 辛贝穆奈,洛汗语,"永志花"。

到了最后竟然像野兽一样在地上爬行,同时感到自己再也忍受不下去了。他必须找到一个逃脱的办法来结束这一切,不然的话,就必须疯狂地跑回去,面对身后的恐惧。

突然,他听到了水的叮咚声,真实而又清晰,就像一块石头掉进了黑暗阴影构成的梦境中。光线越来越亮,瞧!队伍穿过了又一道宽大的拱门,旁边还流淌着一条小溪。门里面有一条陡峭的下行道路,两边是垂直的悬崖,如刀锋般直插云天。中间的峡谷又深又窄,就连天空也阴暗无比,只有星星在闪闪发亮。然而,吉姆利后来得知,那是他们从黑蛮祠出发的同一天,而且离日落还有两个小时,可他当时只觉得那或许是多年后的黄昏,或许是另一个世界的黄昏。

大家再度上马,吉姆利也回到了莱戈拉斯的身旁。众人一前一后地走着。夜幕降临,黄昏的天空呈深蓝色,但恐惧仍挥之不去。莱戈拉斯转身想跟吉姆利说话,矮人看到了精灵那双明亮的眼睛在闪烁。埃尔拉丹骑行在他们身后,虽然是队伍的最后一人,却不是最后一个往下走的。

"死灵跟在后面呢,"莱戈拉斯说,"我看到了人和马的形状,看到了云块一样苍白的旗帜,还看到了如雾蒙蒙的冬夜里灌木丛一样的长矛。亡灵跟在我们后面。"

"是的,后面有亡灵骑马跟着。他们已经听到了召唤。"埃尔拉丹说。

大家终于出了山谷,仿佛从墙缝里钻出来一样突然。前面是一个巨大山谷的高处,旁边的小溪向下流淌,形成一道道瀑布,发出冷漠的汩汩声。

"我们在中土世界的什么地方?"吉姆利问。埃尔拉丹回答说:"我们已经从墨松德河的高处来到了下面,这条漫长而寒冷的河流最终将流向冲刷着多阿姆洛斯城墙的大海。以后你不必问它的名字是怎么来的：人类叫它黑源河。"

墨松德河谷形成了一个巨大的河湾，河水拍打着山脉南面垂直的山体。陡峭的山坡上绿草如茵，但是此刻一切都是灰色的，因为太阳已经下山。在下面很远的地方，人类的房屋里闪烁着灯光。山谷很富饶，因而许多人生活在里面。

这时，阿拉贡头也不回地大声喊道，以便让所有人都能听到："朋友们，忘掉身上的疲惫吧！继续骑行！我们必须在明天到来之前赶到埃瑞赫之石，前面的路还很长。"于是，他们不再犹豫，沿着山上的田地往前骑行，一路来到一座桥前，桥下的水流越发湍急。他们看到了一条通向陆地的道路。

他们到来时，各家各户、各个村子都灭了灯，关紧了门窗，田野里的人惊叫着，如同被追捕的鹿一样狂奔。在渐浓的夜色里，到处传来了相同的呼喊声："亡灵之王！亡灵之王来了！"

远处响起了钟声，所有人都在阿拉贡面前逃之夭夭，但灰衣小队如猎人般疾驰，到最后连他们胯下的马都累得摇摇晃晃。就这样，午夜之前，在山洞般漆黑的夜色中，他们终于来到了埃瑞赫山。

长久以来，小山及其周围空旷的田野便笼罩着亡灵带来的恐惧。山顶上立着一块一人高的黑色巨石，如巨大的球体般滚圆，只是它的一半埋在了地下。黑石看上去不属于这方世界，仿佛正如一些人所相信的那样，是从天上掉下来的。但是，那些仍记得西方传说的人却说，它来自努门诺尔的废墟，是伊希尔杜登陆时放在那里的。山谷里的人都不敢靠近它，也不敢在附近居住，因为他们说那是幽灵人聚集的地方，每逢恐怖时期到来，幽灵人便会聚集于此，围拢在石头周围，窃窃私语。

灰衣小队在夜深人静时来到那块石头前，停下了脚步。埃尔洛希尔递给阿拉贡一个银角,后者将它吹响。站在近处的人似乎听到了回应的号角声,仿佛是来自远处山洞里的回声。他们没有听见其他声音,却知道小山周围聚集了一大群人。一股寒风从山上吹下来,如同鬼魂的气息。阿拉贡下了马,站在石头旁大声喊道:

"违背誓言的人,你们为何而来?"

黑夜中传来了一个声音,仿佛有人在很远的地方回答他:

"来履行我们的誓言,得到安宁。"

阿拉贡说:"这一时刻终于到了。我现在要去安度因河畔的佩拉基尔,你们将随我同行。在这片土地彻底清除掉索隆的爪牙之时,我将承认你们履行了誓言,尔等便可得到安宁,永远离开,因为我是埃莱萨,伊希尔杜的刚铎继承人。"

说到这里,他吩咐哈尔巴拉德展开他带来的大旗。看哪!旗帜是黑色的,即使上面有什么图案,也藏在黑暗中。然后是一片寂静,整个漫漫长夜再也听不到一声低语或一声叹息。灰衣小队在石头旁安营,但几乎谁也睡不着,因为周围那些鬼魂让他们感到不安。

当寒冷而苍白的黎明到来时,阿拉贡立刻站了起来,带着小队踏上了旅途。除了他,其他人都深知接下来的旅程将会极度迅疾,极度疲惫,只能凭借他的意志驱动着大家继续前行。能坚持下去的唯有北方的杜内丹人、矮人吉姆利和精灵莱戈拉斯,任何凡人都挺不住。

他们经过塔朗颈,来到了拉梅顿;亡灵大军紧随其后,但他们散发出的恐怖却已先他们一步抵达。等他们来到了奇尔河畔的卡伦贝尔时,血红的太阳已经落到了他们身后西边的品纳斯盖林丘陵后面。他们发现小镇和奇利尔河的渡口空无一人,因为许多人上了战场,剩下的人都在听到亡灵之王到来的消息后逃进了山里。但是第二天黎明没有到来,灰衣小队继续前进,进入了魔多风暴的黑暗中,消失在人们的视线中。但亡灵 直跟着他们。

第三章
洛汗大军集结
THE MUSTER OF ROHAN

————————— 他爱山，或者说他爱的是对山的念想，对那些远方传来的故事中若隐若现的山的念想，但此时此刻，中土世界难以承受的重量压垮了他。他渴望身处一间安静屋内，生着炉火，将无边无际的天地关在外面。

————————— 一个骑兵悄悄走过来，在霍比特人的耳旁低声说话。"我们说，只要意志坚定，万事皆有可能，"他低声说，"我就是这样找到了勇气。"

此时，所有大道都朝着东方汇集，迎接战争的到来，应对魔影的进攻。正当皮平站在主城门口，看着多阿姆洛斯亲王率领手下高举旗帜、骑马进城的时候，洛汗国王也正从山中下来。

天色渐弱。在最后一缕阳光中，骑兵们在他们的身前投下了又长又尖的身影。陡峭的山坡上覆盖着冷杉树林，夜幕已经在树林的沙沙声中悄悄降临。白天将尽，洛汗国王慢慢地骑着马。不久，小路绕过一块光秃秃的巨大岩石山肩，直接进入了发出阵阵轻叹声的阴暗树林。他们排成一长列蜿蜒的纵队，一路下行。当他们最后来到峡谷底部时，发现夜晚早已降临到峡谷深处。太阳落山了。暮色笼罩着瀑布。

在他们下方很深的地方，整天都有一股激流从后面高高的山口奔流而下，在两边松树覆盖的山壁之间，劈开一条狭窄的通道。溪水从一道石门流出，进入一个更为宽阔的山谷。骑兵们沿着溪流前进，突然间，他们眼前出现了祠边谷，流水的喧闹声在傍晚尤其响亮。雪河泛着白浪，在一些小溪注入之后奔流而下，撞击石头时形成团团水雾，然后流向埃多拉斯、绿色的山丘和平原。山谷尽头的右边，雄伟的尖刺山耸立在一望无际的群山之上，云雾雾罩；它那锯齿状的峰顶终年积雪覆盖，在尘世之上闪烁着光芒，处在阴影中的东面呈蓝色，而西面则被夕阳染成了红色。

梅里惊奇地望着这个陌生的国度，在他们漫长的旅途中，他听过许多关于这个国度的故事。这是一个看不到天空的世界，透过朦胧的云雾，他的眼睛只能看到连绵不断的山坡，层层相叠的宏大石墙，以及雾气缭绕的嶙峋峭壁。他恍恍惚惚地坐了一会儿，听着流水声、幽暗树林的低语声、石头裂开的噼啪声，还有这一切背后不断酝酿、等待的寂静之声。他爱山，或者说他爱的是对山的念想，对那些远方传来的故事中若隐若现的山的念想，但此时此刻，中土世界难以承受的重量压垮了他。他渴望身处一间安静屋内，生着炉火，将无边无际的天地关在外面。

他非常疲倦。他们骑行的速度虽然不快，但中途很少休息。一个钟头又一个钟头，时而上坡，时而下坡。他越过了隘口，穿过了漫长的溪谷，蹚过了多条溪流，筋疲力尽地骑行了将近三天。有时候，道路比较宽，他便会骑在国王身边，却没有注意到许多骑兵看到他们在一起时都露出了微笑：霍比特人骑着他那匹毛茸茸的矮种灰马，而洛汗国王骑着他那匹高大的雪鬃马。他与希奥顿聊天，给他讲他家乡的事和夏尔人的举止行为，或者反过来听国王讲述马克和古时候它那些勇士们的故事。但大多数时候，尤其是在这最后一天，梅里都独自骑在国王身后，一言不发，试着听懂他身后的人说话时那种缓慢而洪亮的言辞。这种语言中的许多词他似乎都知道，只是说出来时比夏尔人运用时更丰富、更有力，然而他却无法将它们连在一起。时不时地，某个骑兵会用清亮的嗓子高声唱起激动人心的歌，梅里虽然听不懂歌词，却也感到自己热血沸腾。

尽管如此，他还是感到孤独，而且在这一天即将结束的时候，这种孤独感更为强烈。他想知道皮平在这个奇怪的世界里究竟去了哪里，也想知道阿拉贡、莱戈拉斯和吉姆利怎么样了。突然间，他想起了弗罗多和山姆，心里一阵冰凉。"我都快忘记他们了！"他自言自语地责备自己，"可是他们比我们所有其他人都重要。我是来帮助他们的。如果他们还活着，现在肯定在几百哩之外了。"他打了个寒战。

"终于到祠边谷了！"伊奥梅尔说，"我们的旅程即将结束。"大家停了下来。道路出了狭窄的峡谷之后便急剧下降。暮色中，只能大概看出下方巨大的山谷，那感觉仿佛是在透过一扇高大的窗户看进去。可以看到一盏小灯在河边闪烁。

"这段旅程也许结束了，"希奥顿说，"但我还有很长的路要走。两天前的晚上是满月，明天早上我将骑马去埃多拉斯，赶到马克大军的集结地。"

"但是请接受我的劝告，"伊奥梅尔低声说，"集结结束之后请回到这里来。无论战争是输是赢，都要在此等到战争结束。"

希奥顿笑了："不，我的孩子，我愿意这样称呼你，不要冲着我这年老的耳朵说出佞舌那些毫无骨气的话！"他挺直身子，回头望着身后渐渐消失在暮色中的长长队伍，"自从我骑马西行以来，好像已经过了无数岁月，但我已无须再依靠拐杖。如果战争失败，我躲在山里又有何用？如果获胜，即使我倒下，用尽最后的力气，那又有什么好伤心的？但我们现在不讨论这个。今晚我要在黑蛮祠要塞休息。至少我们还有一晚的安宁。让我们继续前进吧！"

暮色越来越浓，他们进入了山谷。雪河一直流到溪谷西边的石墙旁。他们不久便沿着小道来到了一个渡口。河水不深，撞在石头上哗哗作响。渡口有人把守。国王走近时，许多人从岩石阴影中跳了出来，但看到国王后，他们高兴地喊道："希奥顿国王！希奥顿国王！马克之王回来了！"

有人吹响了号角，悠长的号角声在山谷中回响。更多的号角声响起，此起彼伏，河对岸亮起了灯光。

忽然，高处号角齐鸣，似乎来自某个空洞，所有音符汇成一个声音，在石墙间翻滚、回荡。

就这样，马克之王从西部凯旋而归，来到了白色山脉脚下的黑蛮祠。他看到那里已经聚集了子民们的剩余力量。一听说他来了，将领们立刻骑马到渡口迎接他，给他带去了甘道夫的口信。祠边谷的首领敦赫尔站在最前方。

"陛下，三天前的黎明，"他说，"捷影像一阵风从西方来到埃多拉斯，甘道夫带来了您获胜的消息，让我们欣喜若狂。但他也带了您的口信，让骑兵们迅速集结。然后便有长着翅膀的魔影到来。"

"长着翅膀的魔影？"希奥顿说，"我们也看到了，但那是在甘道夫离开我们之前的深夜。"

"也许吧，陛下，"敦赫尔说，"也许是同一个东西，或者另一个类似的东西，反正都一样。那天早晨，一个漆黑的东西飞过埃多拉斯，形状像鸟怪，所有人都害怕得浑身发抖。它向美杜塞尔德俯冲，贴近山墙时发出一声尖叫，吓得我们心都停止了跳动。然后，甘道夫建议我们不要在田野里集合，而是在山脚下的山谷里迎接你们。他吩咐我们，除了基本所需，不要额外点灯或者生火。我们一直遵守他的命令，因为甘道夫说话很有威望。我们相信这是您所希望的。那些邪恶的东西此后再也没有出现在祠边谷。"

"很好，"希奥顿说，"我现在就骑马去要塞，在我休息之前，我要在那里会见统帅和将领。让他们尽快来找我吧！"

道路笔直向东，穿过山谷，此处的山谷只有半哩多宽。四周都是平地和草甸，粗硬的绿草在渐浓的暮色中呈灰色，但是在前方山谷的另一边，梅里看到了一堵狰狞的岩墙。那是尖刺山露在外面的最后一道山麓，早已在无尽的岁月里被河水冲刷得千疮百孔。

所有平地上都挤满了人。一些人拥向路边，高声欢迎国王和从西边过来的骑兵。但是，从他们身后一直延伸到很远的地方，一排排帐篷和棚子、一队队拴在木桩上的马匹井然有序，还有大量的武器，以及宛如新栽树木般挺立着的一根根长矛。黑暗开始笼罩在场的所有人，尽管夜晚的寒气从高处袭来，却没有人点亮提灯，也没有人生火。裹着厚厚斗篷的巡夜人在来回巡逻。

梅里琢磨着这里究竟有多少骑兵。在越来越浓的夜色中，他猜不出他们人数，但在他看来，这支大军人数过万，非常强大。正当他东张西望的时候，国王的队伍来到了山谷东侧的悬崖下。向上的道路突然变陡，梅里惊奇地抬起头来。他已经踏上了一条他从未见过的道路，一条人类在歌谣都未曾记载的远古时候凭双手打造出来的杰作。道路向上盘旋，如巨蟒盘绕，在陡峭的岩石斜坡上硬生生地穿行。它像楼梯一样陡峭，时而朝后，时而朝前，一圈圈地蜿蜒而上。马可以在上面行走，马车也可以慢慢地拖上去，但是只要上方严密防守，任何敌人都无法从这条道路上来，除非他们来自空中。道路的每个转弯处都有巨石，雕刻成人类的形状，巨大而笨拙，盘腿蹲着，粗短的胳膊交叉放在圆鼓鼓的肚子上。有些石像历经岁月的风吹雨打已经失去了所有特征，只剩下眼睛仍然悲伤地盯着路过的人。骑兵们几乎没有看它们一眼。他们称石像为"菩科尔人"，很少注意它们：它们身上既没有力量，也无法给人带来恐惧，然而，当它们悲哀地出现在夜色中时，梅里惊奇地望着它们，心中不免产生了一丝怜悯。

过了一会儿，他回头望去，发现自己已经爬上了山谷几百呎高的地方，但是在下方远处，他依稀看到一队骑兵蜿蜒而行，穿过渡口，沿着大路，列队向为他们准备好的营地前行。只有国王和他的禁卫军进入了要塞。

最后，国王的队伍来到了一个陡峭的悬崖边，盘旋而上的道路进入了岩壁之间的一个口子，再经过一个短短的斜坡，来到了一片宽阔的高地上。人们将这里称作菲瑞恩费尔德。这片长满了青草与帚石楠的绿色山野，坐落在后方群山的半山腰上，下面便是雪河冲刷而成的深深的河道：朝南是尖刺山，朝北是犬牙交错的艾伦萨加山体，中间是骑兵们所面对的"鬼影山"德维莫伯格阴森森的黑色崖壁，高耸在长满阴暗松树的陡峭山坡之上。两排未经雕刻的立石将高地分成两半，这些立石在暮色中渐渐淡去，消失在树林里。那些敢于沿着这条路走下去的人，很快就来到了德维莫伯格下黑色的迪姆霍尔特，来到那可怕的石柱和那扇禁门张着巨口的阴影前。

这便是黑暗的黑蛮祠，一群被遗忘的人留下的杰作。他们的名字早已消失在了历史长河中，连歌曲和传说都没有记住他们。洛汗的人也说不清楚他们究竟是为了什么目的建造了这个地方，是一座城镇、一座神秘的庙宇还是诸王的坟墓。他们在黑暗年代于此劳作，那时还没有一艘船来到西方海岸，也没有杜内丹人建立的刚铎国。他们现在已经消失，只剩下那些古老的菩科尔人石像，仍然坐在道路的转弯处。

梅里盯着那两排摆出行军姿势的大石：漆黑的石头已经风化，犹如两排饥饿的老牙齿，有的倾斜了，有的倒下了，有的裂开了，有的破碎了。他不知道它们会是什么，只希望国王不会跟着它们进入远处的黑暗中。这时，他看到石头路的两边有一簇簇的帐篷和棚子，但无论是帐篷还是棚子，都远离那些树木，朝着悬崖边的方向挤在一起。右边的数量更多，因为那里的菲瑞恩费尔德更宽；左边有个小一点的营地，正中央有一顶特别高大的帐篷。有人骑马从这一侧出来迎接他们，他们随即拐弯离开了道路。

他们走近时，梅里发现骑马的是一个女人，长长的辫子在暮色中反射着微光，但她戴着头盔，上半身穿得像个勇士，腰间还佩带着一把剑。

"向您致敬，马克之王！"她高声喊道，"您回来了，我心里很高兴。"

"你好，伊奥温，"希奥顿说，"一切都好吗？"

"一切都好。"她回答。可是梅里觉得她说话的声音听起来不对劲，如果不是她脸上表情严肃，他都以为她一直在哭泣呢，"一切都好。让大家突然离开家园，一路跋涉来到这里，他们自然会有怨言，因为已经很久没有战争把我们赶离绿色田野了，但是这里并没有发生什么恶劣的事。如您所见，一切都已安排妥当。您的住处已经准备就绪，因为我得到了您的全部消息，知道您什么时候来。"

"这么说阿拉贡来过了，"伊奥梅尔说，"他还在这儿吗？"

"不，他已经走了。"伊奥温转过身去，看着东方和南方天空映衬出的黑黢黢的群山。

"他去哪里了？"伊奥梅尔问道。

"我不知道，"她回答，"他是晚上来的，昨天早晨太阳还没有爬过山顶，他就骑马走了。他走了。"

"你很伤心，女儿，"希奥顿说，"发生了什么事？告诉我，他提到那条路了吗？"他顺着那两排渐渐变暗的立石指向德维莫伯格，"亡灵之路？"

"是的，陛下，"伊奥温说，"他已经进入了无人生还的阴影中。我劝不住他。他走了。"

"这么说，我们要兵分两路了，"伊奥梅尔说，"他已经走了。我们必须单独出发，而且我们的希望愈加渺茫了。"

他们慢慢穿过低矮的灌木丛和高山草地，默默地来到国王高大的帐篷前。梅里看到这里一切准备就绪，连他也没有被人忘记：国王的住处旁边已经为他支起了一个小帐篷。梅里独自坐在那里，外面人来人往，人们纷纷进去拜见国王，与他商议。夜色渐深，西边隐约可见的山头上挂满了星星，而东方却是一片漆黑，看不到任何东西。那两排立石慢慢从视线中消失，但在它们背后，盘踞在那里的德维莫伯格山的巨大阴影比夜色更加黑暗。

"亡灵之路,"他喃喃地自言自语道,"亡灵之路?这一切意味着什么?他们现在都离开了我,各自走向了某种厄运:甘道夫和皮平去了东方的战场;山姆和弗罗多去了魔多;神行客、莱戈拉斯和吉姆利去了亡灵之路。不过,我想很快就该轮到我了。我想知道他们在商议什么,国王打算做什么。我必须去他现在要去的地方。"

在这些令人不快的思绪中,他突然想起自己饿极了,于是便站起身来,想看看这个陌生的营地里是否还有其他人也有同样的感觉。可就在这时,号角响了,有人来召唤他,让他这位侍从去国王的宴席上等候。

大帐篷靠里面的地方有一个小空间,四周围着绣花帷幔,地上铺着兽皮。那儿有一张小桌子,旁边坐着希奥顿、伊奥梅尔、伊奥温和祠边谷的领主敦赫尔。梅里站在国王的凳子旁待命,不一会儿,老人从沉思中回过神来,转身朝他微笑。

"过来,梅里阿道克少爷!"他说,"不能让你站着。只要我还在自己的国土上,你就会坐在我身边,用故事来安慰我的心。"

国王的左手边给霍比特人腾出了地方,但是没有人要梅里讲故事。大家话语很少,只是默默地吃着喝着。最后,梅里鼓起勇气,问了那个一直折磨着他的问题。

"陛下,我已经听到亡灵之路两次了,"他说,"什么是亡灵之路?神行客,我是说阿拉贡大人,他去哪儿了?"

国王叹了口气,但是没有人回答,最后还是伊奥梅尔开了口。"我们不知道,所以心情很沉重,"他说,"至于亡灵之路,你自己已经在上面迈出了第一步。不,不吉利的话我就不说了!我们爬上来的这条道路通往那道门,门后面是迪姆霍尔特,再过去有什么,无人知道。"

"无人知道，"希奥顿说，"不过，现在很少有人提起的古老传说还是透露了一些信息。如果埃奥尔家族代代相传的那些古老传说是真的，那么德维莫伯格下面的那道门通往一条密道，而这条密道则穿行在山底下，去往某个被遗忘的终点。但是，自从布雷戈之子巴尔多经过这道门、从人间消失之后，再也没有人冒险进去探究它的秘密。布雷戈将刚建成的美杜塞尔德封为圣地，并为此举办了盛宴。巴尔多干完了牛角杯中的酒，轻率地发出誓言，结果便再也未能回来继承他该得到的王位。

"有人说，黑暗时代的亡灵守护着那条道路，不会让活人进入他们隐藏的大厅，但人们有时会看到亡灵像影子一样走出那道门，沿着立石标出的路走下来。祠边谷的人此时便会关紧大门，遮住窗户，胆战心惊。但是亡灵很少出现，除非出现大动荡，或者死亡来临。"

"可是祠边谷有人说，"伊奥温压低了声音，"不久前在几个无月之夜，有一大群奇怪的人列队经过。谁也不知道他们来自何处，但他们走上了立石标出的道路，消失在了山中，仿佛要去幽会似的。"

"那阿拉贡为什么要走那条路？"梅里问，"你是不是知道什么，可以解释这一切？"

"除非他把你当作朋友，对你说过我们没有听到的话，"伊奥梅尔说，"我们这个世界没有人知道他想干什么。"

"自从我在王宫里第一次见到他以来，我觉得他变化很大。"伊奥温说，"老了一些，情绪更为低落。我觉得他很古怪，仿佛被亡灵召唤了似的。"

"也许他是被召唤了，"希奥顿说，"我的心告诉我，我再也见不到他了。不过，出身高贵，命运不凡。放心吧，女儿，在你为这位客人悲伤之时，你似乎需要安慰。据说，埃奥尔一族当年从北方出发，寻找一些固若金汤的避难之处，以防万一。他们最终爬上雪河时，布雷戈和巴尔多爬上了要塞的台阶，来到了那道门前。门槛上坐着一个老人，年事已高。他曾经高大而高贵，如今却像一块旧石头般枯萎了。他们起初以为他是块石头，因为他一动也不动，一句话也不说。就在他们要从他身边经过并进入那道门的时候，他的身上传出了一个声音，仿佛来自地下，而且令他们吃惊的是，那声音说的居然是西部语言：'此路已断。'

"于是，他们停下来，望着他，看到他还活着，但是他没有看他们。'此路已断，'他再次说道，'此路由那些死去的人所建，由亡灵守护。在那一刻到来之前，此路已断。'

"'那要等到何时？'巴尔多问。但他始终没有得到答案，因为就在这时，老人脸朝下倒在地上死了。我们的百姓从未听说过大山中那些古代居民的其他消息。不过，也许预言中的那一刻终于到来了，阿拉贡或许能通过。"

"可是，除了冒险去闯那道门外，怎么能知道那一刻是否到来呢？"伊奥梅尔说，"哪怕魔多大军站在我面前，只剩下我一个人无处藏身，我也不会走那条路。唉，在这个急需帮助的时刻，如此雄心大志的人竟然走火入魔！这世上的恶魔难道还不够多，还要到地下去寻找吗？战争就要爆发了。"

他停了下来，因为就在这时，外面传来了嘈杂声，有人在喊希奥顿的名字，卫兵在盘问。

不一会儿，卫兵队长掀开了帘子。"陛下，有个人来了，"他说，"刚铎来的信使。他希望马上见到您。"

"让他进来！"希奥顿说。

一个高个子男人走了进来，梅里差一点喊出声。刹那间，他仿佛觉得波洛米尔死而复生回来了。随后，他才明白事情并不是这样。虽然这个人与波洛米尔很像，宛如他的血亲，高高的个子，灰色的眼睛，很高傲，这却是一个陌生人。他穿着一身骑兵装束，精美的盔甲外面披了一件墨绿色的斗篷，头盔上刻着一颗小银星。他手里拿着一支箭，黑色的箭翎，钢制的倒刺，但箭镞被涂成了红色。

他单膝跪下，把箭递给希奥顿。"万岁，洛希尔人之王，刚铎的朋友！"他说，"我叫希尔巩，是德内梭尔的信使，我给您带来了这个出战的信物。刚铎急需援助。洛希尔人曾经多次帮助过我们，但德内梭尔城主还是请求您竭尽全力、全速驰援，以免刚铎最终沦陷。"

"红箭！"希奥顿握着它说，就像一个人接到了期待已久、真正到来时却又非常可怕的召唤。他的手在颤抖，"我这么多年从未在马克见过红箭！真的到了这种地步吗？在德内梭尔大人看来，怎样才能算竭尽全力、全速驰援呢？"

"陛下，这一点您最清楚，"希尔巩说，"但要不了多久，米那斯提力斯被围的消息就会传来。我主德内梭尔命令我转达他的话，他认为洛希尔人强大的军队在城墙内更能发挥优势，除非您有力量打破多股势力的围攻。"

"可是，他应该知道我们国家的人善于在开阔地带骑马作战，而且知道我们国家的人散居在各地，骑兵需要时间才能聚集在一起。希尔巩，米那斯提力斯的城主所知道的比他所传达的信息要多，这是不是真的？我们早已参战，而且正如你所见，我们并非毫无准备。灰袍巫师甘道夫一直在我们中间，即使是现在，我们也在集结，准备去东方作战。"

"德内梭尔城主对于所有这一切究竟知道或者猜出了什么，我不得而知，"希尔巩回答，"但我们的情况确实十分危急。城主大人并没有给您下达命令，他只是请求您不要忘记昔日的友谊和很久以前发下的誓言，并为您自己的利益尽您所能。据我们所知，有许多国王从东方赶来为魔多效劳。从北方到达戈拉得战场，到处都有冲突和战争的谣言在流传。在南方，哈拉德人正在全面动员，恐惧笼罩了我们所有的沿海地区，所以我们能从那里得到的帮助少之又少。请尽快发兵！因为我们时代的命运将在米那斯提力斯城墙前决定，如果潮水在那里不被阻止，那么它将会淹没洛汗所有美丽的土地，即使这个群山中的要塞，也将无法成为避难之所。"

"不祥的消息，"希奥顿说，"但并非都出乎意料。请转告德内梭尔，即使洛汗本身没有危险，我们也会帮助他。但我们在与叛徒萨鲁曼的战斗中损失惨重，而且正如他自己掌握的消息所示，我们还得考虑北部和东部边界。黑暗魔君现在似乎拥有了强大的力量，足以将我们牵制在城外的战斗中，同时又能让强大的兵力从双王之门那里的大河对岸大举出击。

"但是我们不再谈论谨慎之策了。我们一定会来。出征仪式早已定在了明天。一切准备就绪之后，我们就出发。我本可派出一万长矛军穿越平原，让敌人惊慌失措。恐怕现在人数得有所减少，因为我必须留下部分军力守卫要塞。但是，至少将有六千人随我出征。请转告德内梭尔，在这一时刻，马克之王将亲临刚铎的国土，哪怕他可能再也无法荣归故里。只是路途遥远，人和马匹到达那里时必须仍有作战之力。也许从明天早上起一个星期内，你们就会听到来自北方的埃奥尔子孙们的呐喊声。"

"一个星期！"希尔巩说，"既然别无他法，那就只能如此。但是，除非另有他人前来相助，否则，七天之后，您将只看到残垣断壁。不过，您至少可以骚扰奥克和黑肤人在白塔中的欢宴。"

"这一点我们至少能做到，"希奥顿说，"但我本人也是刚从战场归来，而且经过了长途跋涉，现在需要休息。今晚你就在这里留宿，你在看到洛汗国的集结场面后会更加高兴地离去，而且休息后也会一路更加迅捷。早晨最适合议事，夜晚会改变很多想法。"

国王说完后站了起来，大家也一起起身。"你们各自去休息吧，"他说，"好好睡一觉。还有你，梅里阿道克少爷，今晚你不用伺候我了。不过，太阳一升起，你就准备好听我的召唤吧。"

"我会准备好的，"梅里说，"哪怕您要我和你一起走亡灵之路。"

"不要说不吉利的话！"国王说，"因为叫这个名字的道路可能不止一条。但我并没有说我会让你和我一起走任何一条路。晚安！"

"我不要留下来，等您归来时再听从召唤！"梅里说，"不要留下来，决不。"他一遍又一遍地重复着这句话，终于在帐篷里睡着了。

他是被人摇醒的。"醒醒，醒醒，霍尔比特拉少爷！"那人大声喊着。梅里终于从梦中醒来，猛然坐了起来。他想，好像天还没有亮。

"怎么啦？"他问。

"国王召唤你。"

"可是太阳还没有升起呢。"梅里说。

"不，太阳今天不会升起了，霍尔比特拉少爷。在这种阴云之下，没有人认为太阳还会升起。可即便太阳消失，时间也不会停止。赶快！"

梅里匆匆穿上衣服，朝外面看了看。整个世界在渐渐暗下来，连空气似乎都变成了棕色。周围的一切灰蒙蒙、黑漆漆的，连影子都没有。四周一片寂静。天空没有云朵的踪迹，只有遥远的西方除外，但即便是在那里，巨大的阴影也如手指一般不断地向前探索，离得最远的那根手指仍在一点点地向前挪动，指缝中透出了一丝亮光。头顶上仿佛高悬着一个沉重的屋顶，阴沉而单调，光线似乎不增反减。

梅里看到许多人站着，抬头仰望，喃喃自语。人人脸色苍白，表情悲伤，有些人还显得很恐慌。他心情沉重，向国王走去。刚铎的信使希尔巩站在国王面前,旁边还站着一个人,模样和衣着与他相同,只是比他更矮更壮实。梅里进来时,他正与国王说话。

"陛下,一定是从魔多过来的,"他说,"昨晚日落时分开始出现。我在贵国东伏尔德的山丘上看到它升起,慢慢覆盖整个天空。我整晚都在骑行,而它就在我身后,吞噬一颗颗星星。这无边的乌云现在已经覆盖了这里与阴影山脉之间的所有地方,而且还在加深。战争已经爆发了。"

国王默默地坐了一会儿,最后开口道:"我们终于还是遇上了。这是我们这个时代的一场大战,许多东西都将在这场战争中成为过去,但至少我们不再需要躲藏了。我们将沿最短的路大大方方地全速前进。立即开始集结,不必再等那些拖延的人。米那斯提力斯的物资储备充足吗?我们如果需要全速前进,就必须轻装上阵,只带足够让我们赶到战场的食物和水。"

"我们已经准备了很久,粮草充沛,"希尔巩回答,"轻装出行,越快越好!"

"召传令官,伊奥梅尔,"希奥顿说,"让骑兵们立刻集合!"

伊奥梅尔走了出去,不久,要塞里传出了号角声,而下面则是传来了众多号角的回应声,只是梅里觉得这些号角声不如前一晚那样清晰勇敢,在沉闷的空气中反而显得沉闷而刺耳,带着一丝不祥的预兆。

国王转身望着梅里。"我要去打仗了,梅里阿道克少爷,"他说,"我过一会儿就会出发。我解除你的义务,但我们的友谊依旧。只要你愿意,就可以住在这里,侍奉伊奥温公主。她将代替我管理人民。"

"可是,可是,陛下,"梅里结结巴巴地说,"我发誓为您效劳。我不想就这样与您分开,希奥顿国王。我所有的朋友都去了战场,留下来只会让我蒙羞。"

"可我们所骑的马又高又大,"希奥顿说,"你虽然有雄心壮志,却无法驾驭这样的马。"

"那就把我绑在马背上,或者挂在马镫上什么的,"梅里说,"这条道路跑起来的确很长,可如果我无法骑马,那我就一定会跑着追上去,哪怕磨掉双脚,哪怕晚到几个星期。"

希奥顿笑了。"如果是那样,我宁愿让你共骑雪鬃马,"他说,"不过,你至少可以和我一起骑行到埃多拉斯,去看看美杜塞尔德,因为我会路过那里。在赶到那里之前,斯蒂巴还能跟得上,我们到达半原后,风驰电掣般的奔跑才会开始。"

这时,伊奥温站了起来。"跟我来,梅里阿道克!"她说,"我带你去看看我为你准备的装备。"他们一起走了出去。"阿拉贡只向我提出了一个请求,"他们穿行在帐篷之间时,伊奥温说,"那就是让你全副武装地去参加战斗。我已经答应了,尽我所能。我心里很清楚,在一切终结之前,你将需要这样的装备。"

她带着梅里来到国王禁卫军居住的一个棚子前。一个军械官给她拿来一顶小头盔、一面圆盾和其他装备。

"我们没有适合你的铠甲,"伊奥温说,"也没有时间另外为你打造锁子甲,但这里有一件结实的皮背心、一根皮带和一把刀。剑你已经有了。"

梅里鞠躬致谢,公主给他看了那面盾,与吉姆利得到的那面盾很像,上面刻着白马的图案。"把这些东西都拿去,"她说,"带着它们去争取好运吧!再见了,梅里阿道克少爷!你和我也许还会再见面的。"

就这样,在渐浓的昏暗中,马克之王为率领手下骑兵向东前行做好了准备。人家心情沉重,许多人在阴影中有所畏缩,但他们天生不屈不挠，对国王忠心耿耿，就连要塞中流离失所的埃多拉斯流亡者的营地里——那里居住着妇女、儿童和老人——也几乎听不到哭泣声或抱怨声。厄运笼罩着他们，但他们默默地面对。

两个小时转瞬即逝，国王骑在白马上，在半明半暗的光线中隐约可见。他显得高大伟岸，威风凛凛，高高的头盔下飘动的头发犹如白雪。许多人为他感到惊奇，见他不屈不挠、无所畏惧，内心也开始变得无比坚定。

河水哗哗地流淌，河边宽阔的平地上集结了多个小队，大约有五千五百名全副武装的骑兵，外加数百名其他轻装人员，带着备用的马匹。一声号响。国王举起手，马克大军开始悄悄出发。走在最前面的是十二名国王的亲卫，均为声名显赫的骑兵。随后便是国王，伊奥梅尔在他的右边。国王已经在上面的要塞中与伊奥温告别过了，但那一幕仍然让他痛彻心扉；不过，他现在已经把注意力转到了前方的道路上。在他身后，斯蒂巴背上的梅里与刚铎的信使骑在一起，他们身后又跟着十二名国王的亲卫。道路两边是严阵以待的队伍，人人神情严肃，不露声色。但是，当他们快要到达队伍末尾时，其中一人抬起头，敏锐地瞥了一眼霍比特人。梅里瞥了他一眼，心想，这个人很年轻，身高和腰围都不及大多数人。梅里看到了那双清澈的灰色眼睛中的光芒，然后打了个寒战，因为他突然意识到，只有不抱希望、一心赴死的人才有那样的面孔。

雪河哗哗地冲刷着河中的石头，他们沿着河边灰色的道路前进，穿过下祠村和上河村。许多妇女从黑洞洞的门里向外张望，脸上写满了哀伤。就这样，没有号角、没有竖琴、没有士兵的歌喉相伴，伟大的东征之旅开始了。洛汗的歌谣将世世代代颂扬这次的东征。

　　群山深处蛮祠暗，

开拔之际晨光昏，
扬鞭催马希奥顿，
麾下云集将与军。
埃多拉斯旧王庭，
马克诸王卫古城，
如今迷雾重重锁，
金柱无光暗影生。
一别乡土自由民，
二别家园炉火亲，
三别圣地高王座，
忆昔宴饮长日多。
魔影已降昼无光，
王者驱驾向前方，
恐惧抛却寄天命，
身负誓言气昂昂。
誓言践行皆不虚，
希奥顿王忙奔袭。
五日五夜蹄未歇，
埃奥尔族东征急。
洛汗旧都伏尔德，
边陲沼泽芬马克，
山间橡林菲瑞恩，
六千铁骑昼夜过。
铁骑矛指太阳地，
蓝峰高耸守卫山，
南方之国海工都，

深陷敌攻烽火连。
命运驱驰遇劫难,
骠骑良驹难生还,
蹄声远遁归沉寂,
只余此曲义行传。

国王的确是在不断加深的阴暗中来到埃多拉斯的,但如果按时间计算,那不过是中午。他在那里稍作停留,队伍多了六十多人,都是没有赶上出征仪式的骑兵。饭后,他准备再次出发,于是向梅里亲切道别,但梅里最后一次请求不要和他分开。

"我对你说过,这趟征程不适合斯蒂巴这样的马,"希奥顿说,"梅里阿道克少爷,虽然你是佩剑侍从,人小志高,可是在刚铎那样无边的战场上,你能做什么呢?"

"至于这一点,谁知道呢?"梅里回答说,"可是陛下,如果不是让我留在您身边,您为何要接受我为佩剑侍从呢?我不希望人们在歌中提到我时,只说我永远留在后方!"

"我接受你的效劳是为了你的安全,"希奥顿回答说,"也是为了让你听从我的命令。我的骑兵没人能带上你这个负担。如果战场在我的家门口,也许你的事迹会被吟游诗人们铭记,但德内梭尔是蒙德堡的领主,离这里还有一百零二里格。此事就此作罢。"

梅里鞠了一躬,悻悻地走到一旁,两眼盯着那一列列骑兵。各个小队早已准备出发:士兵们正在勒紧马肚带,寻找马鞍,抚摸着他们的战马,有些人不安地凝视着阴沉沉的天空。一个骑兵悄悄走过来,在霍比特人的耳旁低声说话。

"我们说,只要意志坚定,万事皆有可能,"他低声说,"我就是这样找到了勇气。"梅里抬头一看,正是他早上注意到的那个年轻骑兵,"我从你的脸上看出来了,你想去马克之王要去的地方。"

"是的。"梅里说。

"那你就跟我去吧,"骑兵说,"我让你坐在我前面,再用斗篷遮住你,直到我们远离这里,直到这片黑暗变得更加黑暗。你这样的善意不应被拒绝。不要再跟任何人说话,快来!"

"真心感谢!"梅里说,"谢谢你,先生,只是我还不知道你的大名。"

"你不知道吗?"骑手轻声说,"那就叫我德恩海尔姆吧。"

事情就这样定了。国王出发时,霍比特人梅里阿道克坐在德恩海尔姆的前面,这对大灰马追风驹来说根本算不上负担,因为德恩海尔姆虽然身体柔韧,体格健壮,却比许多人轻。

他们朝着那片阴影疾驰。那天晚上,他们在雪河注入恩特泽河处的柳树林中扎营,这里位于埃多拉斯以东十二里格处。他们再次上路,穿过伏尔德,穿过芬马克——在他们的右边,高大的橡树林一直向上蔓延到丘陵边缘,而丘陵之上则是刚铎边界哈利菲瑞恩的阴影;在他们的左边,大雾笼罩着由恩特泽河口滋养的沼泽地。大军策马前进时,传来了北方出现战事的谣言。一个个独行的人骑马狂奔,带来了敌人进攻东部边境的消息,还有奥克人军朝洛汗荒原进军的消息。

"继续前进!继续前进!"伊奥梅尔喊道,"现在回头为时已晚。恩特泽的沼泽一定会守卫我们的侧翼。我们现在需要加快步伐。继续前进!"

就这样,希奥顿国王离开了自己的国度,漫漫长路蜿蜒落到身后,一座座烽火山纷纷后退:卡伦哈德、明里蒙、埃瑞拉斯、纳多。但这些烽火台上的火焰早已熄灭。灰色的大地一片寂静,他们面前的阴影越来越暗,每个人心中的希望越来越渺茫。

第四章
刚铎之围

THE SIEGE OF GONDOR

———————— "不要轻易因为怨恨而抛弃自己的生命。"他说,"这里会需要你的,不是为了打仗。你父亲爱你,法拉米尔,他会永远记住你的。再见!"

皮平是被甘道夫叫醒的。只有微弱的亮光从窗户透进来，所以房间里点着蜡烛。空气非常凝重，雷电正蓄势待发。

"几点了？"皮平打着哈欠问。

"第二个钟点已过，"甘道夫说，"该起来打扮一下了。城主传唤你过去熟悉派给你的新任务。"

"他会提供早餐吗？"

"不会！我已经预备好了，中午前只有这么多。食物现在都是按命令分发。"

皮平懊恼地看着那一小块面包，还有摆在他面前（他认为）微不足道的一小块黄油，旁边是一杯稀牛奶。"你为什么带我来这儿？"他说。

"你很清楚，"甘道夫说，"为了让你不再捣蛋搞恶作剧。如果你不喜欢待在这里，那么要记住，这是你自找的。"皮平没有再说什么。

不一会儿，他又跟着甘道夫走过阴冷的走廊，来到了白塔大厅的门口。德内梭尔坐在灰蒙蒙的阴影中，似乎从前一天起就没有动过。皮平觉得他就像一只耐心的老蜘蛛。德内梭尔示意甘道夫坐下，却没有理皮平，任由他站在那里。过了一会儿，老人转过身来对他说：

"呃，佩里格林少爷，我希望你昨天有所收获，心满意足，不过我担心木城的饮食可能会不如你意。"

皮平有一种不舒服的感觉：不知怎么的，城主对他的一言一行了如指掌，对他的想法也能猜出个大概。他没有作声。

"你准备如何为我效劳？"

"大人，我还以为您会给我分派任务呢。"

"我会的，只要我知道你适合做什么，"德内梭尔说，"不过，如果我把你留在我身边，也许我很快就会知道的。我的内室侍从已经请求去外面驻防，所以你将顶替他一段时间。如果战争和会议还能让我有片刻闲暇，你得侍候我，替我跑腿，和我说话。你会唱歌吗？"

"会的，"皮平说，"嗯，是的，我们那里的人都觉得我唱得很好，可是，大人，我们没有适合在宏伟大厅和邪恶时代唱的歌曲。我们很少歌唱比风和雨更可怕的东西。我的大部分歌曲唱的都是让我们发笑的事情；当然，还有关于美食美酒的歌。"

"为什么这样的歌不适合我的大厅、不适合现在这样的时刻呢？我们长期生活在魔影笼罩之下，或许可以听听来自一片不受其影响的大地的回声吧？那样的话，我们会觉得自己日夜警戒并非徒劳无功，虽然这种警戒也许是吃力不讨好。"

皮平的心一沉。他可不想给米那斯提力斯城主唱夏尔的歌，尤其是他最熟悉的那些滑稽的歌。那些歌在这种场合显得太土气。不过，他暂时躲过了这场磨难。德内梭尔没有要求他唱歌，而是转向甘道夫，询问洛希尔人的情况及其政策，还有国王的外甥伊奥梅尔的地位。看到城主虽然已经多年没有骑马出国，却对一个生活在遥远国度的民族知之甚多，皮平感到非常惊奇。

很快，德内梭尔向皮平挥了挥手，又把他打发走了。"去城堡的军械库，"他说，"领取白塔侍卫的制服和装备。昨天下达的命令，现在应该准备好的。穿戴整齐后再回来！"

正如城主所说，皮平很快就穿上了奇怪的制服，浑身上下不是黑色便是银色。他穿了一件小小的锁子甲,甲上的圆环大概是用钢锻造的,却黑如墨玉。头上戴了一顶高冠头盔,头盔两侧各有渡鸦双翅纹饰,圆形纹饰的正中央镶有一颗银星。铠甲外面套了一件黑色短上衣,胸前用银线绣着白树纹章。他把旧衣服叠好后收了起来,但他获准保留罗里恩的灰色斗篷,只是执勤时不能穿它。如果他知道的话,他现在看上去的确像人们口中的 *Ernil I Pheriannath*,也就是半身人王子。但他觉得不舒服,那片阴影重重地压在他的心头。

一整天都昏沉沉、阴森森的。从没有了太阳的黎明到黄昏,凝重的阴影越来越暗,城里每个人的心情都非常压抑。高空之上,一片巨大的乌云乘着战争之风,从黑暗之地慢慢向西流动,一路吞噬着光明。乌云下的空气静止不动,令人窒息,仿佛整个安度因河谷都在等待一场毁灭性的风暴到来。

大约在第十一个钟头,皮平终于被打发出来,可以短暂休息一会儿。他出来寻找吃的喝的,让自己沉重的心情有所好转,也让自己更能承担伺候城主的重任。他在食堂又遇到了贝瑞冈德,他去主道上的守卫塔办事,刚从佩兰诺平原回来。他们一起走到墙边,因为皮平感到室内气氛压抑,就连待在高耸的城堡里也感到窒息。他们再次肩并肩坐在朝东的炮眼里,也就是他们昨天一起吃饭聊天的地方。

已是日落时分,但是那巨大的帷幕已经远远地延伸到了西方,只有在它最后落入大海之际,太阳才得以逃脱,在夜晚到来之前送出一道短暂的告别余晖。此时,弗罗多在十字路口看到那道余晖落在已故国王的石像头上。但是,明多路因山阴影笼罩下的佩兰诺平原却没有落日余晖,只有一片阴沉的灰暗。

对于皮平而言,上一次坐在那里的情景恍若隔世。曾几何时,他还是一个霍比特人,一个无忧无虑的游子,几乎从未接触过最近所经历的种种危险。然而，现在的他却身处一座即将迎来大规模进攻的城市中，成为城中的一名小兵，穿着酷似守卫之塔的那种令人自豪却又色彩单调的装束。

如果换个地点，换个时间，皮平或许会对自己的新装束感到高兴，但他知道，他现在不是在参加演出；他真心实意地成了一个处于最大危险中的冷酷主人的仆人。锁子甲很沉，头盔也重重地压在他头上。斗篷已经被他扔在了座位上。他把疲倦的目光从下面黑暗的平原移开，打了个哈欠，然后叹了口气。

"你今天很累吗？"贝瑞冈德说。

"是的，"皮平说，"很累，无所事事的等待，让人筋疲力尽。我的主人与甘道夫、亲王和其他大人物争论不休，我却在他房间门口慢慢度过了好几个钟头，无聊透顶。贝瑞冈德大人，我还不习惯饿着肚子伺候别人吃饭。这对霍比特人来说是个痛苦的考验。你肯定会认为我应该为此感到非常荣幸，可这种荣幸有什么好处呢？的确，在这不断蔓延的阴影之下，有吃有喝又能怎么样呢？这一切究竟意味着什么？连空气都显得浑浊凝重！是不是每次刮东风，你们这里都这样阴暗？"

"不，"贝瑞冈德说，"这不是天气问题。这是他某种恶毒的诡计，是他从火焰之山散发出来的炙热烟雾，为的是毒害我们的心灵，左右我们的意见。这一点他的确是做到了。我希望法拉米尔大人能回来。他不会灰心的。但是现在，谁知道他还会不会从黑暗中越过大河回来呢？"

"是啊，"皮平说，"甘道夫也很着急。我想，没能在这里见到法拉米尔，他一定很失望。他到哪儿去了？午饭前，他离开了城主的会议，我当时就觉得他心情不好。也许他预感到了什么坏消息。"

他们聊着聊着，突然像遭到重击般哑口无言，如同一旁洗耳恭听的石像一样惊呆了。皮平缩成一团，双手捂着耳朵。贝瑞冈德刚才谈到法拉米尔时，一直在城垛上向外张望，此刻却站在那里，身体僵直，惊恐的眼睛紧盯着外面。皮平知道他所听到的那种令人战栗的叫声是什么：那是他很久以前在夏尔的泽地听到过的叫声，但是现在它的威力和仇恨都已增强，正将恶毒的绝望扎入人们的心中。

最后，贝瑞冈德吃力地开了口。"他们来了！"他说，"鼓起勇气看看吧！下面便是那些凶残的东西。"

皮平极不情愿地爬上座位，朝墙外望去。他的下面是朦胧的佩兰诺平原，一直延伸到大河隐约可见的河岸上。这时，他看见下面的半空中有五个鸟形物体，如过早到来的夜晚黑影，盘旋着越过大河，飞速逼近。它们比鹰还要巨大，如食腐肉的飞禽般可怕，又像死亡一样残忍。它们一会儿俯冲过来，冒险接近城墙的弓箭射程，一会儿又盘旋而去。

"黑骑士！"皮平喃喃道，"空中的黑骑士！可是看哪，贝瑞冈德！"他叫了起来，"它们一定是在找什么东西吧？看它们不停地盘旋、俯冲，总是飞到那边那个地方！你能看到地上有什么东西在动吗？几个小黑点。是的，骑马的人：四五个。啊！我受不了了！甘道夫！甘道夫救救我们！"

又一声长长的尖叫响起，然后消失。皮平再次从墙边向后一退，像一只被追捕的动物那样喘着粗气。在那令人心悸的尖叫声中，他听到下方传来微弱而遥远的号角声，最后一个的音悠长而高亢。

"法拉米尔！法拉米尔大人！这是他的号角声！"贝瑞冈德喊道，"多么勇敢的人啊！可是，如果这些邪恶的地狱之鹰除了恐惧还有其他武器，他如何才能成功抵达大门呢？但是瞧啊！他们在坚持。他们会抵达大门的。不！那些马在发疯似的奔跑。看！那些人摔下马了，他们在奔跑。不，还有一个人骑在马上，但他骑回去找其他人了。那一定是将领大人,只有他能够驾驭人和马。啊!那些肮脏的东西,有一个正朝他俯冲。救救他!救救他呀!没有人出去救他吗?法拉米尔!"

说完,贝瑞冈德一跃而起,向黑暗中跑去。看到卫兵贝瑞冈德首先想到的是他所爱的将领,皮平为自己的恐惧感到羞愧。他站起来,向外张望。就在这时,他看见一道白色银光从北方飞来,像一颗小星星落在黄昏的平原上。它以箭一般的速度移动,并且迅速与那四个向大门奔去的人会合在一起。皮平似乎看到它的周围有一道苍白的光在扩散,凝重的阴影在它面前不断地退让;然后,当它靠近时,他觉得自己听到了一个响亮的声音,犹如墙壁间的回声。

"甘道夫!"他喊道,"甘道夫!他总是在最黑暗的时候出现。去吧!去吧,白骑士!甘道夫,甘道夫!"他疯狂地喊着,就像在一场大赛中,观众在冲着不需要鼓励的选手喊加油一般。

但是,俯冲的黑影已经注意到了新来的人,其中一个黑影转身朝他飞来。皮平似乎觉得他举起了手,手里射出一束白光。那个那兹古尔发出一声长长的哀号,转身飞走了,剩下的四个犹豫了片刻,然后迅速盘旋上升,向东消失在低垂的云层中。笼罩着佩兰诺平原的黑暗似乎淡了一点。

皮平目不转睛地望着,看到马背上的人和白骑士见面后停住脚,等待着那些步行的人。人们急忙出城迎接他们;很快,他们便消失在了外城墙中,皮平知道他们正进入主城门。他猜他们会立刻去白塔见城主,便急忙朝城堡入口跑去。赶到那里时,他的周围已经聚集了许多人,他们都从高墙上目睹了奔跑和营救的过程。

没过多久,外面几环通往城堡的街道上便传来了喧闹声,许多人在欢呼,在呼喊法拉米尔和米斯兰迪尔的名字。皮平很快便看到了火把,一群人走了过来,最前方有两个人骑马慢行。其中一人身穿白衣,不再全身发光，脸色在微光中略显苍白，他的烈焰仿佛已经熄灭或者被遮蔽了；另一人皮肤黝黑，低着头。他们下了马，将捷影和另一匹马交给马夫，然后朝门口的哨兵走去。甘道夫步履坚定，灰色斗篷耷拉在身后，眼中仍然燃着火焰。另一个人穿着一身绿衣服，步履蹒跚，像是疲倦不堪或者受伤的人那样走得很慢。

他们经过拱门下的照明灯时，皮平向前挤了挤。一看到法拉米尔苍白的脸，他立刻屏住了呼吸。这张脸的主人遭受过巨大的恐惧或痛苦，但已经控制住了自己，现在神情平静。他骄傲而庄重地站了一会儿，对卫兵说着话，皮平凝视着他，发现他酷似他哥哥波洛米尔——皮平从一开始就非常喜欢波洛米尔，钦佩那位大人物高贵而亲切的举止。然而，法拉米尔却突然打动了他，让他产生了一种前所未有的感觉。眼前这个人有着高贵的气质，就像阿拉贡有时所表现出来的那样，也许不如阿拉贡那么高贵，但也不像阿拉贡那么难以捉摸和高不可攀：这是一位人类之王，虽然出生在较晚的时代，却仍然带有年长种族的智慧与悲伤。他现在明白了为什么贝瑞冈德会满怀爱意地说出他的名字。这是一个会有人追随的将领，也是他皮平愿意追随的人，哪怕现在处于黑色翅膀的阴影之下。

"法拉米尔！"他和其他人一起大声叫道，"法拉米尔！"法拉米尔在白城人的喧闹声中听到了他怪异的口音，转过身来，低头看着他，感到很惊讶。

"你从哪里来？"他说，"一个半身人，还穿着白塔的制服！从何……？"

但他话还没有说完，甘道夫就走到他身边开了口。"他是和我一起从半身人之地来的，"他说，"他随我而来。我们还是不要在此停留。有许多话要说，有许多事要做，你也很疲倦。他将和我们一起进去。的确，他必须这样做，如果他不比我更容易忘记自己的新职责的话，他必须在这个钟头再次侍奉城主大人。来吧,皮平,跟我们来!"

最后,他们来到了城主的私人房间,里面有一个炭火盆,周围摆放了几张高背椅;酒也拿来了。皮平站在德内梭尔的椅子后面,几乎没有人注意到他。他非常急切地听着他们所说的一切,忘记了疲劳。

法拉米尔吃完白面包,喝了一大口酒,便坐在父亲左手边的矮椅子上。在稍远一点的另一边,甘道夫坐在一把木雕椅上,起初好像睡着了。法拉米尔一开始只叙述了他十天前被派去执行的任务。他带来了伊希利恩的消息,还有大敌及其盟友调兵遣将的情况。他讲述了路上击败哈拉德的手下及其巨兽的战斗经过。但是,在甘道夫听来,这就像一位将领向其上级报告一些司空见惯的事,都是一些边境冲突这样的小事,如今更是显得毫无用处,微不足道,更不值得炫耀。

这时,法拉米尔突然望着皮平。"我们现在来说说一些怪事,"他说,"因为这已经不是我第一次看到半身人从北方传说中走出来,来到南方了。"

听了这话,甘道夫坐直了身子,紧紧抓住椅子扶手。但是他什么也没有说,只是用目光制止了皮平已经到了嘴边的惊叫。德内梭尔看着他们的脸,点了点头,仿佛在表示他一切均已知晓。其他人都静静地坐着,法拉米尔慢慢地讲起了他遇到的事,他的眼睛大多数时候都盯着甘道夫,时不时地也会瞟皮平一眼,仿佛要唤醒他对所见过的其他人的记忆。

他说到了他与弗罗多及其仆人见面的过程,说到了汉奈斯安努恩发生的事。在他讲述的过程中,皮平意识到甘道夫握着木椅雕花扶手的双手在颤抖。那双手白皙、苍老,皮平看着它们,突然感到一阵恐惧,因为他知道甘道夫自己也很不安,甚至害怕。房间里空气凝重,一片寂静。最后,法拉米尔说到他与两个半身人告别,说到他们要去奇立斯温格尔。此时,他的声音低了下来,他摇摇头,叹了口气,甘道夫猛地站了起来。

"奇立斯温格尔?魔古尔山谷?"他说,"什么时候,法拉米尔,什么时候的事?你什么时候和他们分开的?他们什么时候能到达那个遭到诅咒的山谷?"

"两天前的早上我和他们分手,"法拉米尔说,"如果他们一直往南走,从那儿到魔古尔度因河谷还有十五里格;这样一来,他们离那遭到诅咒的塔还有五里格。他们最快也要今天才能赶到那里,也许他们还没有赶到呢。我的确知道你害怕什么,但黑暗的起因并非他们的冒险行为。它始于昨天傍晚,整个伊希利恩昨晚都笼罩在阴影之下。我很清楚,大敌早就计划对我们发动进攻,而且在那两个半身人脱离我的保护之前,进攻的时间就已经定下了。"

甘道夫来回踱着步子:"两天前的早晨,走了将近三天的路!你们分手的地方有多远?"

"直线距离大约二十五里格,"法拉米尔回答,"但我的速度没有那么快。我昨晚在凯尔安德罗斯过夜,那是大河北边我们用于防守的一个长岛,马匹则留在了这边的河岸上。天色渐黑,我知道必须赶紧走,于是我和另外三个会骑马的人从那里出发。我把手下其余人员派往南边,加强欧斯吉利亚斯渡口的守备力量。希望我没有做错事吧?"他看着父亲。

"做错事?"德内梭尔吼道,眼睛里突然迸发出一道精光,"你为什么问这个?那些人都由你指挥。还是说,你要我来评判你的所作所为?你在我面前姿态卑下,可你早就对我的意见置若罔闻。瞧,你说话像从前一样巧妙,可我……难道我没有看到你的眼睛一直盯着米斯兰迪尔,想知道自己说得好不好,有没有言多必失?你的心早已在他的掌控之中。

"我的儿子,你父亲虽然老了,但还没有糊涂。我一如既往,能看能听;你说了一半或者没有说的话,在我面前无法隐藏。我知道许多谜团的答案。唉,唉,波洛米尔!"

"如果我所做的事令您不快,我的父亲,"法拉米尔平静地说,"我真希望您在委我以重任、给予我如此严苛的判定之前,曾经给过我建议。"

"那会改变你的判断吗?"德内梭尔说,"我认为你还是会这样做的。我很了解你。你永远希望自己看上去高贵大方,像古时候的王者,和蔼可亲,温文尔雅。如果大权在握,又处在和平时代,你的愿望倒是与一个高贵的种族相配。但是在绝望的时刻,与人为善带来的回报可能是死亡。"

"虽死无憾。"法拉米尔说。

"虽死无憾!"德内梭尔吼道,"但死的不只是你,法拉米尔大人,还有你的父亲和你所有的子民。既然波洛米尔已经死了,你就有责任保护他们。"

"那么,"法拉米尔说,"您是希望死了的是我?"

"是的,我确实希望如此,"德内梭尔说,"因为波洛米尔忠于我,不是什么巫师的学生。他会记得父亲的所需,不会浪费他的天赋。他会给我带来一件了不起的礼物。"

法拉米尔一时未能克制住:"我的父亲,我想请您记住为什么是我而不是他在伊希利恩。至少有一次我还是听从了您的意见,就在不久前。是城主大人您把任务交给了他。"

"这杯苦酒是我自己酿的,你不要再把它搅浑。"德内梭尔说,"我不是每晚都品尝到它的苦涩,而且知道杯底的渣滓更苦吗?我现在体会尤深。真希望不是这样!真希望那件东西落到我手中!"

"您应该感到宽慰!"甘道夫说,"波洛米尔绝不会把它带给你。他死了,而且死得光荣,愿他安息!然而你在欺骗自己。一旦他向那东西伸手，将它据为己有，他就会沦落。他会把它留给自己，而当他回来的时候，你会认不出那个儿子。"

德内梭尔的脸冷若冰霜。"你觉得波洛米尔不太好掌控，对不对？"他轻声说，"但是我这个父亲说他会把它带给我的。米斯兰迪尔，你也许很聪明，虽然诡计多端，却没有那么多的智慧。办法无处不在，但既不会是巫师的罗网，也不会是愚人的鲁莽。在这件事情上，我的学识和智慧远超你所知。"

"那么您的智慧是什么呢？"甘道夫说。

"足以让我意识到需要避免两件蠢事。第一，动用这个东西很危险。第二，在这个时候，如你所做的那样，将它交给一个愚蠢的半身人，再派他和我儿子将它带进大敌本人的领地，这是疯狂之举。"

"那么德内梭尔大人会怎么做呢？"

"都不会。但是，毫无疑问，他绝对不会仅仅为了一丝希望，就让那件东西遭遇危险。万一大敌夺回了他失去的东西，毁灭的将是我们。不，应该将它保管好，把它藏起来，藏到又暗又深的地方。我说，不到万不得已，千万不能动用它，但是要让他无法得手，除非最终获胜的是他，而那时的我们已经死去，无论什么样的后果都不会再困扰我们。"

"大人，这是您的习惯，只考虑刚铎，"甘道夫说，"可这个世界还有其他人，其他生命，还有未来的时光。对我来说，就连他的奴隶都值得怜悯。"

"如果刚铎沦陷，其他人会去哪里寻求帮助呢？"德内梭尔回答说，"如果我现在把这东西藏在城堡深处的地宫里，我们就不会在这黑暗中因恐惧而颤抖，担心出现最坏的情况，我们的会议也不会受到干扰。如果你认为我会经不住考验，那只能说你还不了解我。"

"尽管如此，我还是无法相信你。"甘道夫说，"如果我相信你，我早就可以把这东西送到这里来交给你保管，我和其他人也可以因此省去许多痛苦。刚才听了你说的这番话，我更加不相信你，就如我当初不相信波洛米尔一样。不，别生气了！在这件事情上，我连我自己都不相信，所以我拒绝了这东西，哪怕它是免费赠送的礼物。你很坚强，在某些事情上还能控制自己，德内梭尔；可是，如果你接受了这东西，它会让你沦陷。即使把它埋在明多路因山底下，随着黑暗加剧，它也会烧毁你的心智，更糟糕的事情很快就会降临在我们身上。"

有那么一会儿，德内梭尔面对甘道夫的时候，再次两眼发光，皮平又一次感受到了他们的意志在交锋。他们针锋相对，目光犹如刀锋，刀光剑影中不时迸出火花。皮平浑身颤抖，害怕会有可怕的一击落到自己身上。但是，德内梭尔突然放松下来，重新变得冷酷无情。他耸了耸肩。

"如果是我！如果是你！"他说，"这些话，还有这些'如果'毫无意义。那东西已经进入了阴影之中，只有时间才能证明等待它、等待我们的是什么命运。这时间不会太长。在剩下的时间里，让所有以各自方式对付大敌的人团结一致，尽量保持希望，哪怕是希望破灭，也要坚定不移，慨然赴死。"他转向法拉米尔，"你觉得欧斯吉利亚斯的驻军怎么样？"

"不强，"法拉米尔说，"我说过，我已经派伊希利恩的军队去增援了。"

"我认为还不够，"德内梭尔说，"那里将首先遭到攻击，所以那里需要一位强悍的将领。"

"那里，还有很多地方都需要，"法拉米尔叹了口气说，"唉，只可惜我那哥哥，我也爱他！"他站了起来，"父亲，我可以告退吗？"他一下子没有站稳，靠在了父亲的椅子上。

"我看你是累了，"德内梭尔说，"我听说你马不停蹄地从那么远的地方过来，而且空中还有邪恶阴影一路追随。"

"我们别提那件事了！"法拉米尔说。

"那就不说了。"德内梭尔说，"现在去好好休息吧。明天的形势将会更加严峻。"

大家告别了城主，抓紧时间休息。外面一片漆黑，天上没有星星，皮平手持一个小火把，与甘道夫一起朝住处走去。他们一直到关上门之后才说话。皮平拉住甘道夫的手。

"告诉我，"他说，"有没有希望？我是说弗罗多，至少主要是说弗罗多。"

甘道夫抚摸着皮平的头。"从来就没有多大希望，"他回答说，"有人告诉过我，那只是一线希望。当我听说奇立斯温格尔……"他突然打住，大步走到窗前，仿佛他的眼睛能穿透东方的黑夜。"奇立斯温格尔！"他喃喃自语，"为什么要走那条道？"他转过身，"皮平，刚才听到这个名字的时候，我的心几乎要崩溃了。但事实上，我相信法拉米尔带来的消息是有希望的。很明显，大敌在弗罗多仍然平安的情况下终于迈出第一步，发动了战争。这样一来，在接下来的许多天里，他的眼睛必然会顾此失彼，忽略自己的大本营。皮平，隔着这么远，我都能感觉到他的匆忙与恐惧。他还没有充分准备好就开始动手，肯定发生了什么事，触动了他。"

甘道夫站在那里，沉思了一会儿。"也许，"他咕哝着说，"也许连你的愚蠢举动也起了作用，我的孩子。让我想想：大约五天前，他会发现我们战胜萨鲁曼，拿走了晶石。可那又怎样？我们拿在手上用途并不大，而且只要使用，他必然会知道。啊！我真想知道。是阿拉贡吗？考验他的那一刻快要到了。他强壮而坚定，皮平；大胆，坚毅，能够自己决定并且在需要的时候敢于冒巨大的风险。也许就是这样。他有可能为了这个目的使用了晶石，让大敌看到他，向大敌发出挑战。我真想知道。好吧，一旦洛汗的骑兵到来，一切就将真相大白，只是希望不要来得太晚。邪恶的日子在等待着我们。抓紧时间睡觉！"

"但是……"皮平说。

"但是什么？"甘道夫说，"今晚只允许你说一个但是。"

"咕噜，"皮平说，"他们怎么可能跟他在一起，甚至跟着他走呢？我看得出来，法拉米尔和你一样不喜欢他要带他们去的地方。什么地方出错了吗？"

"我现在无法回答这个问题，"甘道夫说，"但我在心里猜测，无论是好是坏，弗罗多和咕噜都会在末日到来之前相遇，但是关于奇立斯温格尔，我今晚不会说。背叛，我害怕的是背叛，害怕那可怜的家伙背叛。应该是这样。我们要记住，一个叛徒可能会背叛自己，做他不打算做的好事。有时候会是这样的。晚安！"

第二天到来的时候，早晨宛如褐色的黄昏，人们的心情因为法拉米尔的归来而一度振奋，此刻再次低落。这一天，长有翅膀的黑影没有出现，然而，城市上空不时传来隐约的叫声，许多听到的人被一闪而过的恐惧吓得呆若木鸡，而一些胆小的人则会畏缩、哭泣。

法拉米尔已经再次出城。"他们不让他休息，"有人低声说，"城主把儿子逼得太厉害了，他现在必须承担两个人的重任，一个是他自己，另一个是那永远不会再回来的人。"人们不停地向北眺望，并且问："洛汗的骑兵在哪儿？"

其实，法拉米尔这次出城完全是身不由己，但城主掌控着议会，而他那天没有心情妥协。他一大早就召开了会议，所有将领都认为，由于南边面临威胁，他们手中的兵力过于薄弱，无法独自发动任何攻势，除非洛汗的骑兵仍能到来。与此同时，他们必须守在城墙上等待。

"然而,"德内梭尔说,"我们不应该轻易放弃外面的防御工事,当年修建拉马斯时耗费了那么多。大敌必须为渡过大河付出沉重的代价。要想渡河集中兵力攻打本城,他或者取道北面的凯尔安德罗斯,或者取道南面的莱本宁,但这两处他都做不到,因为前者有沼泽,后者河面宽阔,需要大量船只。他会主攻欧斯吉利亚斯,就像波洛米尔之前在那里阻止他时一样。"

"上次只是试探,"法拉米尔说,"今天,我们或许能让大敌在渡河时付出十倍于我们的损失,但我们会为此而后悔,因为他可以承受损失一支大军,而我们却承受不起损失一个小队。如果他人获全胜,我们投入到前线去的人员在撤退时将会面临致命危险。"

"那凯尔安德罗斯呢?"城主问,"要想守住欧斯吉利亚斯,就必须守住凯尔安德罗斯。我们不要忘记左边的危险。洛希尔人可能会来,也可能不会来。但法拉米尔告诉过我们,有大量兵力前往了黑门。那里可能出来不止一支大军,攻击的也可能不止一个渡口。"

"战争期间必须勇于冒险,"德内梭尔说,"凯尔安德罗斯有人驻守,目前也无人可派。但是,我不会不战而退,放弃大河和佩兰诺平原——哪怕只剩下一位将领有勇气遵从主上的意愿。"

随后便是一片沉默。最后还是法拉米尔开了口:"我会遵从您的意愿,父亲大人。既然您失去了波洛米尔,我将替他而去,竭尽所能——如果您下令的话。"

"我下令。"德内梭尔说。

"那么我就此告退!"法拉米尔说,"但是,如果我能回来,请改变对我的看法!"

"那要看你以何种方式归来了。"德内梭尔说。

法拉米尔骑马东行之前,最后一位与他交谈的是甘道夫。"不要轻易因为怨恨而抛弃自己的生命。"他说,"这里会需要你的,不是为了打仗。你父亲爱你,法拉米尔,他会永远记住你的。再见!"

就这样,法拉米尔大人再度出发,只带上了那些愿意随他而去的人,以及可以调配的兵力。城墙上,一些人透过黑暗眺望那座被毁的城市,想知道究竟什么情况,因为他们什么也看不见。还有一些人始终向北看,计算着洛汗的希奥顿离这里还有多远。"他会来吗?他会记得我们古老的盟约吗?"他们说。

"会的,就算是再晚,他也会来的,"甘道夫说,"但是想想看!红箭最早也是两天前才到达他那里,而埃多拉斯与这里相距甚远。"

消息传来时又到了夜晚。有人从渡口骑马疾驰而来,说米那斯魔古尔出来了一支军队,正在逼近欧斯吉利亚斯,并且已经与南方和哈拉德人那些残暴且高大的军团会合。"我们还得知,"信使说,"统领他们的又是那位黑将领,而他所带来的恐惧已经先他一步越过了大河。"

皮平来到米那斯提力斯的第三天就在这些不祥的流言之中结束了。几乎没有人去休息,因为人们现在对法拉米尔能长久守住渡口已经不抱希望。

第二天,尽管黑暗已经达到了无法加深的地步,它却更加沉重地压在人们的心头,让他们惊恐万状。坏消息很快再次传来。大敌占领了安度因河渡口。法拉米尔正朝着佩兰诺围墙撤退,召集他的手下到主道双堡集合,但敌人的数量是他的十倍。

"就算他成功穿过佩兰诺平原回来,敌人也会接踵而至,"信使说,"他们渡河时付出了很大的代价,但比我们预期的要小。我们的计划制定得没有错。现在看来,他们早就在东欧斯吉利亚斯秘密建造了大量筏子和驳船。他们像甲虫一样蜂拥而至,但打败我们的是黑将领。

就连他即将到来的谣言,也没有几个人能承受得住。他的手下对他十分畏惧,只要他一声令下,他们甚至会自相残杀。"

"这么说来,那里比这里更需要我。"甘道夫说完后立刻骑马走了,他的光芒很快就消失在大家的视线之外。皮平无法入眠,独自在城墙上站了整整一夜,目不转睛地盯着东方。

天亮的钟声再次响起,但是在没有光明的黑暗中,这钟声就是一种嘲讽。皮平远远地看见,佩兰诺围墙所在的昏暗空间冒出了火光。守夜人大声呼喊,城里所有的人拿着武器站了出来。不时有红光一闪,凝重的空气中慢慢地可以听到低沉的隆隆声。

"他们占领了佩兰诺围墙!"人们叫喊了起来,"他们正在围墙上炸开一个个缺口。他们来了!"

"法拉米尔在哪里?"贝瑞冈德惊慌地喊道,"千万别说他牺牲了!"

甘道夫第一个带来了消息。晌午时分,他带着几个骑兵,护送一队马车进了城。车上都是伤员,从主道双堡救出来的只有这么多。他立刻去找德内梭尔。城主此刻坐在白塔大厅上方一间高大的房间里,身旁站着皮平,他那双乌黑的眼睛透过昏暗的窗户望着东、南、北三个方向,仿佛要刺穿包围他的厄运阴影。他大多数时候都眺望北方,并不时停下来倾听,似乎他的耳朵能借助某种古老法术听到远处平原上的马蹄声。

"法拉米尔回来了吗?"他问。

"没有,"甘道夫说,"但我离开的时候他还活着。他决心留在那里防守,以免佩兰诺的撤退变成溃败。他也许能带着手下坚持一段时间,但我对此持怀疑态度。他所面对的敌人太强大,而且正是我所担心的敌人。"

"不是——不是黑暗魔君吧?"皮平喊道,惊恐中他忘记了自己的身份。

德内梭尔苦笑着说:"不,还不到时候,佩里格林少爷!他必须战胜我,赢得一切,在那之前他不会来的。他把别人当作武器。半身人少爷,所有伟大的领主只要有智慧,都会这样做的。否则的话,我为什么要坐在高塔里,思考,观望,等待,甚至牺牲我的儿子?因为我还能披甲上阵。"

他站起来,撩开黑色长斗篷,瞧!他里面穿着铠甲,腰间系着长剑,巨大的剑柄露在黑银两种颜色的剑鞘之外。"我行走时向来这身打扮,而且多年来就寝时也不会脱去,"他说,"唯恐随着年龄的增长,身体会变得柔软,内心会变得胆怯。"

"但是现在,巴拉督尔之主手下最凶残的那位将领已经占领了外围墙。"甘道夫说,"这位很久以前的安格玛之王、巫师、戒灵、那兹古尔之王,如今已经成为索隆手中的利矛,成为绝望的阴影。"

"这么说来,米斯兰迪尔,你有了一个匹敌的对手。"德内梭尔说,"就我本人而言,我早就知道黑暗妖塔大军的统帅是谁。你回来就为了说这些吗?或者说你是被打败后撤退回来的?"

皮平浑身发抖,担心甘道夫会突然发怒,但他的恐惧纯属多余。"也许是这样,"甘道夫轻声回答,"但考验我们力量的时刻还没有到来。如果古时候的传言属实,那么他就不会死于人类之手,等待他的厄运就连智者也不得而知。不管怎样,这位给人带来绝望的统帅尚未向前推进。他遵循你刚才所说的智慧,在后面指挥,让他的奴隶在前面打头阵,疯狂拼杀。

"不,我回来是为了保护那些还能痊愈的伤员,因为拉马斯外墙已千疮百孔,魔古尔大军很快就会从多个地方进来。我来主要是为了告诉你。战场上的战斗一触即发。必须做好出击的准备。让骑兵出击。我们短暂的希望就寄托在他们身上,因为敌人的配备只有一个欠缺:

他的骑兵少得可怜。"

"我们的骑兵也不多。现在真希望洛汗的兵力能及时到来。"德内梭尔说。

"我们可能会先看到其他援军，"甘道夫说，"从凯尔安德罗斯退回来的兵力已经到了我们这里。那座岛屿已经沦陷。另一支军队来自黑门，从东北方向过河。"

"米斯兰迪尔，有人指责你以给人带来坏消息为乐，"德内梭尔说，"但对我来说，这已经不是什么新闻了，昨天傍晚以前我已知晓一切。至于这次出击，我已经考虑过了。我们下去吧。"

时间流逝。终于，城墙上的哨兵看到了撤退的外围部队。疲惫不堪、大多带伤的士兵三三两两地走在前面，毫无秩序；有些人在狂奔，仿佛后面有人在追赶。遥远的东面，火苗在闪烁，看似在整个平原上到处蔓延。房屋和谷仓都在燃烧。然后，红色的火焰如同一条条小河，从许多地方匆匆流淌而来，蜿蜒穿过黑暗，朝主城门通往欧斯吉利亚斯的宽阔大道汇合。

"是敌人，"人们低声说，"护墙被攻破了，他们正从缺口拥进来！他们好像拿着火把。我们自己的人在哪里？"

天色已近黄昏，光线昏暗，就连城堡中原本可以看到很远的那些人，也几乎看不清战场上的情况，只看到燃烧的火焰越来越多，火线越来越长，蔓延的速度越来越快。最后，在离城不到一哩的地方，一群秩序井然的人出现在人们的视野中。他们不是奔跑，而是列队前进，依然保持着队形。

哨兵们屏住了呼吸。"法拉米尔一定在那里，"他们说，"他能驾驭人和马。他会成功的。"

撤退的主力现在离城不到两弗朗。黑暗中，一小队骑兵从后面疾驰而来，这是后卫部队仅剩的兵力。他们勒马转身，面对逼近的一道道火线。突然，一阵暴怒的喊叫声响起，敌人的骑兵席卷而来。一条条火线变成了奔腾的洪流，一队接一队的奥克举着火把，还有疯狂的南蛮子挥舞着红色旗帜。他们用刺耳的语言吼叫着，汹涌而上，追上了撤退的队伍。随着一声刺耳的尖叫，昏暗的天空中出现了几个长着翅膀的影子，那兹古尔开始俯冲杀戮。

撤退变成了溃败。士兵们早已四下分散，愚蠢地疯狂乱跑。他们扔掉武器，惊恐地大叫着，倒在地上。

就在这时，城堡里响起了号角声，德内梭尔终于下令出击了。城里所有骑兵早就聚集在城门的阴影下，以及城堡外若隐若现的城墙下，等待他的信号。他们一跃而出，排成队形，加速疾驰，大声呼喊着冲过去。城墙上响起了回应的呼喊声。骑在最前方的是多阿姆洛斯的天鹅骑士，而他们的亲王更是高举蓝色旗帜一马当先。

"阿姆洛斯为刚铎而战！"他们喊叫着，"阿姆洛斯支援法拉米尔！"

他们如雷电般向撤退大军两侧的敌人猛冲过去，但是有一位骑手比他们更快一步，像风吹过草地一样迅疾：捷影载着他，他举起手，射出一道光芒，再次照亮了他的脸庞。

那兹古尔尖叫着飞走了，因为他们的统帅还没有前来挑战敌人的白色火焰。魔古尔大军一心扑在他们的猎物上，在毫无防备的情况下，如狂风中的火花般溃不成军。在撤退大军中押后的小队欢呼起来，转身向追赶他们的敌人猛扑过去。猎人变成了猎物，撤退变成了猛攻。战场上到处都是受伤的奥克和人类，扔掉的火把散发着臭味，在盘旋的烟雾中熄灭。骑兵继续前进。

但是德内梭尔不允许他们走远。虽然敌人被牵制住并且暂时被击退，但大批敌军正从东方拥入。撤退的号角再次响起。刚铎的骑兵停了下来。在他们的掩护下，后卫部队重新整队，开始稳步后撤。他们来到主城门，昂首阔步走进去，城里的人自豪地看着他们，大声赞扬他们，但他们内心却很不安，因为每个小队都已严重减员。法拉米尔损失了三分之一的兵力。他在哪里？

他最后一个回来。他的手下进了城。那些骑士也回来了，出现在队伍最后的是多阿姆洛斯的旗帜和亲王。亲王怀抱自己的亲人、德内梭尔之子法拉米尔的躯体，是他在阵地上发现的。

"法拉米尔！法拉米尔！"人们喊着，在街上哭泣。但他没有回答，于是他们抬着他，沿着盘旋的道路，来到城堡和他父亲那里。就在那兹古尔躲避白骑士的进攻时，一支致命的飞镖飞来，法拉米尔挡住了一位骑在马上的哈拉德勇士，摔到了地上。他躺在那里，等着南方之地的红色利剑砍到他身上，但多阿姆洛斯的攻击救了他一命。

伊姆拉希尔亲王把法拉米尔带到白塔，他说："大人，您的儿子在完成了伟大壮举之后回来了。"他把亲眼所见的一切都讲了出来，但德内梭尔站起来，看着儿子的脸，没有说话。然后，他吩咐他们在房间里铺一张床，把法拉米尔放在上面后就离开，而他本人却独自进了塔顶下的密室。许多人在那一刻抬头望着那里，他们看见狭窄的窗户发出一道淡淡的白光，闪烁了片刻之后消失。德内梭尔下来后，走到法拉米尔身旁坐下来，没有再说话，但是脸色发灰，比儿子更像个死人。

就这样，米那斯提力斯终于被敌人包围得严严实实。拉马斯外墙已经被突破，佩兰诺平原全部落到了大敌手中。城墙外传来的最后一个消息，是城门还没有关闭前，那些沿着通往北方的大道奔驰而来的人带回的。他们是留在阿诺瑞恩和洛汗通往城镇的道路所在地的残余守卫。他们属于英戈尔德的手下，不到五天前，就是英戈尔德让甘道夫和皮平进来的,那时太阳还在升起,早上还有希望。

"仍然没有洛希尔人的消息,"他说,"洛汗的人现在不会来了。就算他们来了,对于我们而言也力有不逮。我们之前得到消息,说有敌人新的大军要来,结果这些敌人却是最先到达,而且据说是从安德罗斯渡河过来的。他们很强大:大批魔眼手下的奥克,还有数不清的一种我们从未见过的新人种,个子不高,但结实而冷酷,像矮人一样留着胡须,挥舞着巨斧。我们认为,他们来自辽阔东方的蛮荒之地。这些敌人驻守北面的大道,许多已经挺进到了阿诺瑞恩。洛希尔人无法过来。"

主城门关上了。城墙上的哨兵整夜都能听到敌人的动静。他们在城外四处游荡,焚烧田地和树木,砍劈在城外发现的所有人,无论是活的还是死的。黑暗中无法猜出究竟有多少敌人已经渡过大河,但是当早晨或者说早晨朦胧的影子悄悄掠过平原时,可以看到真正的人数超过了人们晚上于惊恐中的猜测。平原上黑压压的全是行军的队伍,黑暗中,视线所及之处,这座被围困的城市四周如邪恶的蘑菇般冒出了无数顶黑色或深红色的巨大帐篷。

奥克像蚂蚁一样忙碌着,在城墙弓箭射程之外不停地挖呀挖,挖出一行行战壕,形成一个巨大的圆环;战壕完成后,每条战壕里都燃起了烈火,但究竟火是如何点燃的,燃料又是什么,采用了什么手段或者魔法,谁也看不清。他们忙碌了一整天,米那斯提力斯的人冷眼观望,无法阻止。每当一里格战壕完成,城上的人便能看到一辆辆大车驶来。很快,更多的敌人到来,每个小队都躲在壕沟掩体后面,安装巨大的抛石器装置。城墙上没有威力强大的抛石器,无法将石头投掷到那么远,也无法阻止敌人安装装置。

人们起初开心大笑,并不太害怕这种装置,因为主城墙又高又厚,修建的时候努门诺尔的力量和技艺都还没有像后来流亡中那样减退。它的外层就像欧尔桑克塔,坚硬、漆黑而又光滑,非钢铁或火焰所能征服,除非它所屹立的大地发生剧烈震动,否则它坚不可摧。

"不,"他们说,"哪怕是不能提及名字的那一位亲临,哪怕他在我们有生之年进入城内,他也休想攻破城墙。"但是有些人回答说:"在我们有生之年?多少年?他有一件武器,自世界诞生以来,这件武器就曾让许多强大之地俯首称臣。那就是饥饿。道路已被切断。洛汗人不会来了。"

但是抛石器没有把抛石浪费在坚不可摧的城墙上。下令攻击魔多之主的最强大敌人的既不是土匪,也不是奥克首领,而是一种邪恶的力量和思想。巨大的抛石机刚刚就位,就在一阵喊叫声以及绳子和绞车的嘎吱声中,开始把抛石抛到惊人的高度,越过城垛,重重地落在城市的第一环内。许多抛石由于某种秘术在落下时爆发出了火焰。

很快,城墙后面便燃起了暗藏危机的大火,所有幸免于难的人都忙着扑灭多处冒出来的火焰。紧接着,巨大的抛石中夹带的冰雹般的东西落了下来,这些东西虽然破坏力不大,却更可怕。这些圆形小弹丸落在主城门后的大街小巷,却没有燃烧,可当人们跑去看个究竟时,却一个个不是大声惊叫就是流泪哭泣,因为敌人把欧斯吉利亚斯、拉马斯外墙或者战场上所有阵亡者的头颅扔进了城里。这些头颅面目狰狞,尽管一些破碎变形,另一些被残忍砍坏,但仍有许多人的面容清晰可辨,似乎是在痛苦中死去的,而且全都烙上了无睑魔眼这一肮脏标记。然而,尽管它们遭到毁坏玷污,还是有许多人认出了自己熟悉的脸庞,它们也曾自豪地握着武器行走,也曾在田地里耕种,曾从绿色的山谷骑马来城里度假。

人们徒劳地向聚集在城门前毫无人性的敌人挥舞着拳头。那些敌人毫不理会对他们的咒骂,也听不懂西部人类的语言,只会像野兽和食腐鸟那样发出刺耳的声音。但是很快,米那斯提力斯便没有几个人有勇气站起来反抗魔多的军队了,黑暗妖塔之主还有一种比饥饿更快的武器:恐惧和绝望。

那兹古尔又来了。随着它们的黑暗魔君越来越强大,并且开始释放力量,它们虽然只传递他的意志与恶念,声音里仍然充满了邪恶和恐惧。它们时刻盘旋在城市上空,像秃鹰一样期待着吃饱那些注定要灭亡的人的血肉。它们飞出了人们的视线,飞到了射程之外,但它们一刻也没有离去,致命的叫声冲破了天际。在一声声的尖叫中,人们变得愈发难以忍受。最后,即使是最勇敢的人,也会在隐藏的威胁掠过他们的时候倒在地上,要不就是站在那里,任由武器从无力的手中掉下来,听凭一道黑暗随之进入他们的脑海,让他们忘却战斗,只想着躲藏、匍匐爬行和死亡。

在这黑暗的一天,法拉米尔一直躺在白塔房间的床上,饱经高烧的折磨。有人说他"奄奄一息",不久,城墙和街上的人都在念叨着"奄奄一息"。他父亲坐在他旁边,只是默默地看着他,不再理会防御事务。

即使当初身处乌鲁克族人的魔爪之下,皮平也从未体验过如此黑暗的时刻。他的职责是侍候城主,他也确实在尽职,努力控制着心中的恐惧,站在没有灯光的房间门口,但他似乎被人遗忘了。他看着德内梭尔,觉得这位城主正在他眼前变老,仿佛他那高傲的意志中有什么东西突然折断,他那严肃的思想也被推翻了。也许是悲伤和悔恨造成的。他看到那张曾经没有眼泪的脸上挂着泪珠,比愤怒更让人难以忍受。

"不要哭,城主大人,"他结结巴巴地说,"也许他会好起来的。你问过甘道夫了吗?"

"别用巫师来安慰我！"德内梭尔说，"那傻瓜的希望破灭了。大敌已经找到了它，现在他的力量在增长。他看到了我们的想法，而我们所做的一切都是毁灭性的。

"我把儿子派出去冒不必要的风险，没有得到感谢，没有得到祝福，如今他躺在这里，毒液在他血管里流淌。不，不，不管这场战争如何发展，我这一脉即将终结，甚至宰相家族也将没落。一旦潜伏在山里的人类之王最后的子孙被搜寻出来，那些卑劣的东西将统治他们。"

人们来到门口，呼唤城主。"不，我不下来，"他说，"我必须留在儿子身边。临死前他可能还会说话，而那一刻即将到来。你们愿意听从谁都可以，哪怕是那位希望已经破灭的灰袍傻瓜。我就待在这里。"

于是，甘道夫开始指挥刚铎城的最后一场保卫战。无论他走到哪里，人们都会再次振奋起来，长着翅膀的黑影会从他们的记忆中消失。他不知疲倦地从城堡大步走到主城门，沿着城墙从北走到南。与他同行的是多阿姆洛斯亲王，身穿闪亮的铠甲。他和他的骑士们仍然像努门诺尔家族的王者一样处事不乱。看到他们的人都低声说道："或许古老的传说没有错，那些人的血管里流淌着精灵的血液，因为宁姆洛德尔的人很久以前曾经居住在那片土地上。"然后，人们就会在黑暗中唱上《宁姆洛德尔之歌》中的几段，或者逝去岁月流传下来的安度因河谷的其他歌曲。

然而，这两个人离开后，那些黑影再次向人们袭来，他们的心变得冰冷，刚铎的勇敢也随之化为灰烬。就这样，他们慢慢地熬过了充满恐惧的灰暗白天，进入了绝望的黑夜。大火在城市的第一环中肆无忌惮地蔓延，外墙上的守军已经在许多地方被切断了撤退的后路。坚守岗位的士兵寥寥无几，大多数人已经逃进了第二道城门。

在遥远的后方，大河上已经快速架起了桥梁，更多的军队和装备一整天都在奔涌而过。敌人终于在半夜发动了进攻。先锋队从之前留下的许多迂回曲折的小道中穿过火焰熊熊的战壕。他们不顾损失,仍然成群结队地一路前进,来到了城墙上弓箭手的射程之内。尽管火光照亮了许多目标,足以让刚铎曾经引以为豪的弓箭手展露自己的箭术,但留在城墙上的人实在太少,不足以给敌人造成太大的伤害。这时,看到这座城市的勇气已经被压制,隐藏的敌军将领释放出了他的力量。在欧斯吉利亚斯建造的巨大攻城塔在黑暗中向前缓缓推进。

信使们再次来到白塔的那个房间,皮平看到他们焦急万分的神情,便让他们进去了。德内梭尔慢慢地把头从法拉米尔的脸上转开,默默地看着他们。

"城里的第一环着火了,大人,"他们说,"您的命令是什么? 您仍然是城主和宰相。并非所有人都听从米斯兰迪尔。人们纷纷逃离,城墙现在无人防守。"

"为什么? 那些傻瓜为什么要逃离?"德内梭尔说,"早烧死比晚烧死好,反正我们都会被烧死。回到你们的篝火旁去! 至于我吗? 我要去我的火葬柴堆。去我的火葬柴堆! 德内梭尔和法拉米尔都不会有坟墓。再也不用经过防腐处理后慢慢沉睡死去。我们将像西方第一艘船抵达这里之前的异教徒国王那样被烧成灰烬。西方已经失败了。回去烧吧!"

信使没有鞠躬,也不回答,转身就跑。

德内梭尔站了起来,松开握着的法拉米尔发烫的手。"他在燃烧,早已在燃烧,"他伤心地说,"他的灵魂之屋在瓦解。"说完,他轻轻地走向皮平,低头看着他。

"永别了!"他说,"永别了,帕拉丁之子佩里格林! 你效劳的时间很短,现在即将结束。我解除你剩下的那一点义务。去吧,以你认为最好的方式赴死。你想和谁在一起都行,甚至是那个愚蠢地把你带入死亡的朋友。叫我的仆人来,然后就走吧。永别了!"

"我不会与您永别的,我的主人。"皮平跪着说。突然,他又变回了霍比特人,站起来直视着老人的眼睛。"我这就离去,大人,"他说,"因为我非常想见甘道夫。可他不是傻瓜,在对生活失去信心之前,我不会去想死亡的事。但是凭着我为您效力的誓言,我不希望在您活着的时候被解除义务。如果他们最终来到城堡,我希望能站在这里,站在您身边,也许还能以自己的行动配得上您给我的武器。"

"随你便,半身人少爷,"德内梭尔说,"但我的生命即将结束。叫我的仆人来!"他将目光重新转向法拉米尔。

皮平去叫仆人,他们随后赶来,是城主府里的六个男人,个个强壮、英俊,但听到召唤时浑身发抖。德内梭尔轻声吩咐他们给法拉米尔盖上暖和的毯子,然后把床抬起来。他们听从吩咐,抬着床出了房间。他们放慢脚步,尽量不惊动高烧中的法拉米尔。德内梭尔弯腰拄着拐杖,跟在他们后面。皮平走在最后。

他们像赶赴葬礼一样,走出白塔,进入黑暗之中。暗红色的火光照亮了空中浮云的下方。他们轻轻走过巨大的庭院,听到德内梭尔的命令后,在那棵枯树旁停下脚步。

四周一片寂静,只有下方的城里传来交战的动静。他们听到水从枯枝上悲凉地滴进黝黑的水潭里。然后他们继续穿过城堡大门,当他们经过时,哨兵惊奇而不安地盯着他们。他们向西转,终于来到第六环后墙上的一扇门前。这里被称作"芬霍尔兰",因为除了葬礼期间,它始终关闭着,而且只有城主或者那些佩戴坟墓标志、看管坟冢的人才能通过。再往前是一条弯弯曲曲的道路,七拐八拐地通向明多路因悬崖下的一块窄地,那里矗立着已故国王及宰相的陵寝。

一个守门人坐在路边的小屋里，手里拎着一盏提灯，眼里带着恐惧走了出来。听到城主的命令后，他打开门锁，门毫无声息地向后打开。他们接过他手中的提灯，穿过了那道门。道路很黑，一边是古老的墙壁，另一边是在摇曳的提灯亮光中若隐若现的多个柱状栏杆。他们慢慢地向下走去，缓慢的脚步声在回荡。他们终于来到了"寂静之街"拉斯迪能，两边都是苍白的圆顶、空荡荡的大厅和早已作古之人的雕像。他们进入宰相家族的墓室之后便放下了抬着的卧床。

皮平站在那里，不安地环顾着四周，发现自己置身于一个宽大的圆顶房间里，小小提灯投下了巨大的黑影，宛如帷幔遮掩着墙壁。几排大理石雕刻的桌子隐约可见，每张桌子上都安放着一个保持睡姿的人形，双手合十，头枕在石头上，但是旁边一张宽大的桌子上却空无一物。在德内梭尔的示意下，他们把法拉米尔和他父亲并排放在桌上，用一个毯子盖住他们，然后如死者床边哀悼的人那样低头站在一旁。这时，德内梭尔低声说话了。

"我们在这儿等着，"他说，"但不要叫那些防腐师过来。给我们拿些易燃的木头，将它们放在我们周围和下面，再倒一些油上去。听到我的命令时，将火把插进去。照我说的做，别再跟我说话。永别了！"

"容我告辞，大人！"皮平说，惊恐地转身逃离了死亡之屋。"可怜的法拉米尔！"他想，"我必须找到甘道夫。可怜的法拉米尔！很可能他需要的是药而不是眼泪。我在哪儿能找到甘道夫？我想一定是在最艰难的地方，而且他会没有时间浪费在将死之人或者疯子身上。"

走到门口时，他转身对一个看守的仆人说："你们的主人已经失去了理智。脚步放慢一些！只要法拉米尔还活着，就别把火带到这里来！什么都不要做，等待甘道夫到来！"

"米那斯提力斯的主人究竟是谁？"那人反问道，"是德内梭尔城主还是灰袍漫游客？"

"除了灰袍漫游客，别无他人。"皮平说，然后使出浑身解数，沿着弯弯曲曲的道路飞快地往回跑，经过满脸惊愕的守门人，穿过门，一直跑到城堡大门口。哨兵在他走过时向他打招呼，他听出是贝瑞冈德的声音。

"你要跑哪里去，佩里格林少爷？"他大声问。

"去找米斯兰迪尔。"皮平回答。

"城主交代的任务很紧急，我不应该耽误，"贝瑞冈德说，"如果可以的话，请你快告诉我，发生了什么事？城主大人去了哪里？我刚来值班，但我听说他朝禁门去了，还有人抬着法拉米尔走在他前面。"

"是的，"皮平说，"去了寂静之街。"

贝瑞冈德低下头，不让人看见他的眼泪。"他们说他快死了，"他叹了口气，"现在是真的死了。"

"不，"皮平说，"还没有。我想，即便是现在，他的死也是可以避免的。但是，贝瑞冈德，城主在他的城市被攻陷之前就倒下了。他古怪而又危险。"他飞快地讲述了德内梭尔的奇怪言行，"我必须马上找到甘道夫。"

"那么你必须到战场上去。"

"我知道。城主已经准许我离开。但是，贝瑞冈德，如果可以的话，想办法阻止任何可怕的事情发生。"

"城主不允许那些穿禁卫军制服的人离开岗位，除非他本人下令。"

"好吧，你必须在命令和法拉米尔的生命之间做出选择，"皮平说，"至于命令，我想你要对付的是一个疯子，不是城主。我得赶紧跑了。如果可以的话，我会回来的。"

他不停地跑着，奔向城市的外围几环。从大火中逃回来的人与他擦肩而过，有些人看到他的制服后转过身来大声叫喊，但他根本不理会。最后，他终于穿过了第二道城门，看到两道城墙之间烈焰熊熊。

117

然而，这里似乎安静得有些诡异。没有任何声音，也听不到战斗的呐喊声或者武器碰撞的喧嚣声。突然，一声可怕的喊叫传来，接着便是强烈的震动，还有低沉的轰鸣声。一阵恐惧和惊悚袭来，压得皮平差一点跪在地上，但他强忍着转过一个拐角，来到了城门后面的宽阔处。他猛地停住脚步，惊呆了。他找到了甘道夫。但他退缩了，躲进了阴影里。

从半夜开始，强攻就一刻未停。战鼓隆隆。一队队的敌人从北面和南面向城墙推进。巨大的怪兽来了，如房屋般在断断续续的红色亮光中移动。这些便是哈拉德的猛犸，拖着巨大的攻城塔和抛石器穿行在大火中的小道上。然而，它们的将领丝毫不关心它们做了什么，也不关心它们有多少会遭到杀戮。它们的目的只是测试防御的强度，并让刚铎士兵在许多地方忙个不停。将领的目标是给予主城门最沉重的打击。钢铁打造的城门或许很坚固，而且还有坚不可摧的石塔和堡垒守护，然而门才是关键所在，是固若金汤的高大城墙中最薄弱的地方。

战鼓声越来越响。烈焰冲天。巨大的机械装置缓缓穿过平原，正中央是一个庞大的破城锤，大如林中的巨树，一百呎长，拴在巨大的链子上，不停地摇晃着。它在魔多黑暗的铁匠铺里锻造了很久，黑钢铸就的丑陋锤头犹如一只贪婪的恶狼，上面还施加了毁天灭地的咒语。他们将它命名为格隆德，以纪念古时候的"地狱之锤"。巨兽拖拉着它，奥克围在它的四周，山中食人妖则跟在后面操纵它。

但主城门周围的抵抗仍然很顽强，多阿姆洛斯的骑士和最顽强的守备部队仍在苦苦支撑。箭矢和标枪雨点般落下，攻城塔要么倒塌，要么突然像火把一样燃烧起来。城门两边的城墙前，武器残片和尸体堆积如山，然而更多敌人如疯了一般继续拥来。

格隆德缓慢向前推进。它的身上不会着火；尽管时不时地会有拖着它的巨兽发狂,一脚踩死无数保卫它的奥克,但这些奥克的尸体会被扔到一旁,其他奥克立刻补充进来。

格隆德缓慢向前推进。战鼓声响成一片。堆积如山的尸体上方出现了一个可怕的身影:身材高大,戴着兜帽,披着黑斗篷,骑着马。他踩着尸体,慢慢地向前骑行,对飞来的箭矢视若无睹。他停下来,举起一把苍白的长剑。那一刻,无论是守军还是敌人,所有人都感到极大的恐惧。士兵们双手垂在腰间,战弓不再作响。一时间,一切都静止了。

隆隆的战鼓声重新响起。格隆德被一双大手向前推去,快速到达了主城门前。它摆动了一下。一道低沉的隆隆声响彻整个城市,犹如乌云中咆哮的雷声。但铁门和钢柱经受住了冲击。

黑将领踩着马镫站起来,用可怕的声音大声喊叫。他说的是一种被人类遗忘了的语言,话语充满了力量与恐怖,足以撕裂人心和岩石。

他喊叫了三声。巨大的破城锤轰鸣了三次。最后一击过后,刚铎之门突然被攻破。仿佛被什么爆破咒击中一样,一道灼热的闪电转瞬即逝,城门四分五裂,滚落到地上。

那兹古尔的首领策马向前。在远处火光的映衬下,他化身为一个巨大的黑影,逐渐清晰,成为茫茫于世的威胁,令人绝望。那兹古尔的首领策马向前,正要穿过从未有敌人经过的拱门。

所有人在他面前逃之夭夭,只有一个人例外。甘道夫骑在捷影的背上,在大门前的空地上静静地等待着。世间未被奴役的马匹中,唯有捷影能承受这种恐惧。它一动不动地站在那里,如拉斯迪能的雕像般坚定不移。

"你不能进来。"甘道夫说,巨大的影子停了下来,"滚回为你准备的深渊!滚!堕入等待你和你主人的虚无之中。滚!"

黑骑士掀掉兜帽，瞧！他戴着一顶王冠，可王冠下面却看不见脑袋，王冠与裹着斗篷的宽大黑暗肩膀之间，只有红色的火焰闪耀。无形的嘴里发出了致命的笑声。

"老傻瓜！"他说，"老傻瓜！这是我的时刻。当你看见死亡时，难道你认不出来吗？去死吧，你诅咒也徒劳无功！"说着，他高举长剑，火焰顺着剑身往下流。

甘道夫没有动。就在这时，在城市的某个院子里，一只公鸡开始打鸣，声音尖厉而清晰，丝毫不受魔法或战争的影响，迎接着黎明的到来。那是远在死亡阴影之上的天空所迎来的黎明。

仿佛是要做出应答，远处传来了另一个声音。号角声，一声接着一声，此起彼伏，在黑暗的明多路因山两侧隐约回荡。这是北方的号角在疯狂地吹响。洛汗的援军终于来了。

第五章
洛希尔人出马
THE RIDE OF THE ROHIRRIM

他亮出了金色的盾牌,看哪!它如太阳一样闪耀着光芒,身下的骏马白蹄翻飞,周围的青草在火焰的映照下化作了一片绿色。天亮了,早晨已经来临,风正从海上吹来。黑暗已经消失,魔多人军在哀号,恐惧笼罩着他们。他们四下逃窜,倒地而亡,愤怒的蹄子踏在他们身上。接着,洛汗大军齐声高歌,一边杀戮一边歌唱,因为战斗的喜悦降临在他们身上,他们那美妙而可怕的歌声甚至传到了石城。

天很黑，梅里裹着毯子躺在地上，什么也看不见。空气凝重，没有一丝风，尽管如此，周围所有隐藏的树木都在轻声叹息。他抬起头，再次听到了：那像是绿树成荫的山丘和山坡隐约传来的鼓声。那悸动的声音会突然停止，然后又在某个时间点上再次响起，时近时远。他不知道哨兵是否听到了。

虽然看不见他们，但他知道周围都是一队队的洛希尔人。黑暗中，他能闻到马匹的气味，能听到它们移动的动静，还能听到它们在布满松针的地面上轻轻跺脚的响声。大军在艾莱纳赫烽火台周围的松林里扎营，这座高高的山丘耸立在德鲁阿丹森林长长的山脊之上，旁边就是东阿诺瑞恩的大道。

梅里很疲倦，却怎么也睡不着。他已经连续骑行了四天，越来越浓的忧郁慢慢地压在他的心头。他开始纳闷，明明他有各种理由，甚至国王都给他下了命令，让他留在山谷里，可他为什么还那么急着要来。他也不知道年迈的国王一旦知道他违抗命令的事之后会不会生气。也许不会。埃尔夫海尔姆这位将领指挥他们现在所处的伊奥雷德大军，他似乎与德恩海尔姆达成了某种约定。他和他的部下都对梅里视而不见，就算梅里说话，他们也假装没有听见。他或许只是德恩海尔姆多带的一个包。德恩海尔姆也没有安慰他：他从不和任何人说话。梅里感到自己渺小，多余，而且孤独。现在时间紧迫，大军处于危险之中。他们离围绕城乡的米那斯提力斯外墙不到一天的路程。斥候已经提前派了出去。有些人还没有回来，另一些匆匆赶回来的人则报告说，道路有强兵把守。一支敌军在阿蒙丁以西三哩处安营扎寨，一些人类正沿着道路过来，距离这里不到三里格。奥克在路旁的山丘和树林里游荡。国王和伊奥梅尔连夜举行了会议。

梅里想找个人说话，于是便想起了皮平，但这更加剧了他心中的不安。可怜的皮平，被关在这宏大的石头城里，孤单又害怕。梅里希望自己是一个像伊奥梅尔那样高大的骑兵，可以吹响号角之类的东西，可以驰骋过去营救皮平。他坐起来，听着再次响起的战鼓声，鼓声已近在咫尺。过了一会儿，他听到有人在低声说话，看到遮了一半的昏暗提灯在树林中穿行。附近的人开始在黑暗中不安地走动。

一个高大的身影出现在他面前，在他身上绊了一下，咒骂着树根。他听出那是埃尔夫海尔姆将领的声音。

"我不是树根，大人，"他说，"也不是袋子，而是一个受伤的霍比特人。作为补偿，你至少应该告诉我出了什么事。"

"在这种该死的黑暗中，什么事都可能发生，"埃尔夫海尔姆回答道，"但是陛下已经传令，我们必须做好准备。可能会有突然行动的命令。"

"那么敌人来了吗？"梅里焦急地问，"那是他们的战鼓吗？我都开始以为那是我想象出来的呢，因为其他人似乎根本没有注意到。"

"不，不是的，"埃尔夫海尔姆说，"敌人在大道上，不是在山里。你听到的是野人——森林里的野人，他们就是这样隔着老远交谈的。据说他们仍然在德鲁阿丹森林里出没。他们是远古时代遗留下来的，数量很少，极其隐秘，像野兽一样狂野而谨慎。他们不会跟随刚铎或马克去打仗，但他们现在也被黑暗和奥克的到来所困扰。他们担心黑暗岁月卷土重来，而且这种可能性很大。我们应该感谢他们没有猎杀我们，因为据说他们会用毒箭，他们的木巫术也无可比拟。不过，他们已经提出为希奥顿效力。就在此刻,他们的一个首领正被带去见国王。灯光去那边了。我听到的就这么多。我得忙着执行国王的命令去了。赶紧收拾好,袋子少爷!"他消失在了黑暗中。

梅里不喜欢什么野人和毒箭这番话,但除此之外,他还有一种非常沉重的恐惧感。等待让人难以忍受。他渴望知道将会发生什么事。他站起来,小心翼翼地去跟踪那些提灯,赶在最后一盏灯消失在树林中之前追上了它。

不久,他来到一片空地,人们在一棵大树下为国王支起了一个小帐篷。树枝上挂着一盏大灯,上面有东西罩着,给下方投下一圈淡淡的白光。希奥顿和伊奥梅尔坐在那里,他们面前的地上坐着一个奇怪的矮胖男人,凸出的骨节宛如古老的石头,稀疏的胡子像干苔藓一样散落在疙疙瘩瘩的下巴上。他的腿很短,胳膊很粗,身材又矮又壮实,只有腰间围了一些草。梅里觉得自己以前在什么地方见过他,随即便想起了黑蛮祠的菩科尔人。这或许是那些古老雕像中的一个死而复生,或许他的祖先很久以前充当过那些佚名工匠的雕刻原型,而他则是祖先历经无数岁月留下来的后人。

梅里蹑手蹑脚地一点点靠近,四周一片寂静,然后野人开始说话,似乎是在回答什么问题。他的声音低沉,带着很重的喉音,但令梅里吃惊的是,他虽然结结巴巴,说的却是通用语言,还夹杂着一些粗话。

"不,驭马人之父,"他说,"我们不打仗。只打猎。在树林里杀死埚尔衮[1],憎恨奥克。你们也讨厌埚尔衮。我们尽自己所能提供帮助。野人耳聪目明,对所有道路了如指掌。在石头之屋出现之前,在高大的人类从水上过来之前,野人就生活在这里了。"

---

[1] 埚尔衮(gorgûn),野人语言中的"奥克"。

"但我们需要的是战争中的援助,"伊奥梅尔说,"你和你的族人将如何帮助我们?"

"透露消息,"野蛮人说,"我们从山上观察动静。我们爬上大山往下看。石头城城门紧闭。外面有大火在燃烧,现在城里也有了大火。你还想去那儿吗? 那你一定要快。但是埚尔衮和远方来的人,"他向东方挥动着关节粗大的短胳膊,"正坐在马道上。很多人,比骑马的人还要多。"

"你怎么知道的?"伊奥梅尔问。

老人那张扁平的脸和那双黑眼睛平静如水,但他的声音变得阴沉,透着愠怒。"野人生活在野外,无拘无束,但不是孩子,"他回答说,"我是伟大的首领,悍-不里-悍。我数过很多东西:天上的星星,树上的叶子,黑暗中的人。你们的人数是二十乘以二十的十五倍。他们人更多。大战一场,谁会赢? 还有更多的人绕着石头房子的墙走。"

"唉! 他说得太准了,"希奥顿说,"我们的斥候说他们在马路对面挖了战壕,打了木桩。我们无法一下子把他们全歼。"

"可我们需要急速而行,"伊奥梅尔说,"蒙德堡已经成了一片火海!"

"让悍-不里-悍把话说完!"野人说,"他知道的路不止一条。他会带你们走一条路,没有坑,没有埚尔衮,只有野人和野兽。石屋家族的人更强大的时候,开辟了许多道路。他们像猎人切割野兽肉一样开山辟地。野人还以为他们把石头当食物吃了。他们坐着大马车穿过德鲁阿丹去了里蒙。他们再也没有走过那条路,也把它忘得一干二净,但野人没有忘记。那条道翻山越岭,静静地躺在草地和大树底下,在里蒙的后面,向下到阿蒙丁,最后再回到骑马人的路上。野人会带你们走那条路。然后你们就可以杀死埚尔衮,用闪亮的铁器赶走邪恶的黑暗,野人就可以回到野人的树林里睡觉了。"

伊奥梅尔和国王用本国语言交谈。最后希奥顿转向野人。"我们会接受你的提议，"他说，"哪怕我们在后方留下一支敌人的大军，那又何妨？如果石城沦陷，我们将无路可退。如果能将它解救，那么奥克大军本身就会被切断。只要你守信，悍－不里－悍，我们将给予你丰厚的报酬，你将永远得到马克的友谊。"

"死人成不了活人的朋友，不要给他们任何礼物，"野人说，"但是，如果你能在黑暗过后得以幸存，那就让野人单独生活在森林里，不要再像野兽一样猎杀他们。悍－不里－悍不会把你们引入陷阱。他会随驭马人之父同行，如果他带错路，你可以杀了他。"

"那就这么定了！"希奥顿说。

"从敌人身边经过再回到大道上要多长时间？"伊奥梅尔问道，"如果你给我们带路，我们只能步行。我相信这条路肯定很窄。"

"野人走路很快，"悍说，"在那边的马车谷，道路很宽，足够四匹马并排前进，"他向南面挥了挥手，"只是头尾比较窄。野人可以从日出到中午从这里步行到阿蒙丁。"

"那么我们必须给先头部队留出至少七个小时，"伊奥梅尔说，"但其他人估计需要留出大概十个小时。也许会有一些意外阻碍我们，如果大军队伍拉长，出山时重新整队需要很长时间。现在什么时间？"

"谁知道呢？"希奥顿说，"整个都是黑夜。"

"天很黑，但并非整个都是黑夜，"悍说，"太阳升起的时候，尽管被黑影遮挡，我们还是能感觉到她。她已经爬上了东部山脉。这是天空中一天的开始。"

"那么我们必须尽快出发，"伊奥梅尔说，"即便如此，恐怕今天也难以帮到刚铎。"

梅里没有再听下去，而是悄悄走开，去为行军做准备。这是战斗前的最后阶段。在他看来，他们中的许多人都会捐躯沙场。但他想到了皮平和米那斯提力斯的大火,于是放下了心中的恐惧。

这一天诸事顺畅,他们既没有看到也没有听到有敌人等着伏击他们。野人派出了一批谨慎的猎人做掩护,以防奥克或四处游荡的探子知道山里的动静。当他们接近被围困的米那斯提力斯时,光线比以往任何时候都要暗淡,骑兵们排成纵队,宛如人和马的黑影向前迈进。每个小队都有一个野人樵夫带路,年迈的悍走在国王身旁。起点处的速度比预期的要慢,因为骑兵们牵马步行,花了很长时间才在露营地后面茂密的山脊上找到路,下山后进入隐蔽的石马车山谷。下午晚些时候,先头部队来到了阿蒙丁东侧广阔的灰色灌木丛前,灌木丛遮住了从纳多到阿蒙丁东西向的山脉中一个巨大的豁口。很久以前,那条被人遗忘的马车大道会穿过豁口,回到始于石城、穿越阿诺瑞恩的主马车道上;可是现在,无数代人类之后,树木已经占领了这条大道,它已经消失、破碎,掩埋在经年累月堆积的树叶之下。但灌木丛给骑兵们提供了最后的希望,让他们在进入开阔战场之前有所掩护,因为他们的前方便是大道和安度因河平原,而东边和南边是光秃秃的岩石山坡,扭曲的山丘聚集在一起,层层叠叠,不断上升,融入明多路因巨大的山体和山肩。

先头部队奉命暂停,后面的大军从石马车山谷深处鱼贯而出,分散开来,去往灰色树木下的营地。国王召集将领开会。伊奥梅尔派出斥候去打探大道上的情况,但年迈的悍只是摇了摇头。

"派骑马的人去没有用,"他说,"野人已经看到了这种恶劣空气中能看到的一切。他们很快就会来这儿跟我说话的。"

将领们来了;随后,又有几个菩科尔人般的人小心翼翼地从树林里走了出来,外貌酷似年迈的悍,梅里很难分清他们。他们和悍说话,声音沙哑,语言怪异。

不久,悍转向国王。"野人说了很多事情,"他说,"首先,要小心!

还有很多人在阿蒙丁那边的营地里,离这里步行一个钟头。"他朝西边黑色的烽火山挥了挥手,"可是从这里到石城人的新墙之间看不到一个人。很多人在墙那里忙碌着。那里的围墙已经没有了,埚尔衮用大地之雷和黑铁棍把它们摧毁了。他们粗心大意,不注意四周,以为他们的朋友会监视所有道路!"说到这里,年迈的悍发出一种奇怪的咯咯声,好像是在大笑。

"好消息!"伊奥梅尔高声说道,"即使在这样的黑暗中,希望之光已再次出现。敌人的诡计常常尽善尽美地为我们服务。被诅咒的黑暗本身就是我们的斗篷。而现在,他的奥克想要摧毁刚铎,把它化为一块块石头扔出去,结果却带走了我害怕的事。外墙本来可以阻挡我们很长时间。我们现在可以所向披靡——只要我们能够冲到那里。"

"再次感谢你,树林里的悍-不里-悍,"希奥顿说,"感谢你带给我们的消息,感谢你给我们领路,祝你好运!"

"杀了埚尔衮!杀了奥克!野人最高兴听到的就是这个,"悍回答道,"用闪亮的钢铁驱散污浊的空气和黑暗!"

"我们千里迢迢赶过来就是为了做这些事,"国王说,"我们将竭尽全力,至于结果,明天便会知晓。"

悍-不里-悍蹲下来,用角质的额头触碰地面,表示告别。然后他站了起来,好像要离开。突然,他站在那里,抬起头来,像一只受惊的森林动物,嗅着一种奇怪的空气。他的眼睛亮了起来。

"风向变了!"他大声说,然后,眨眼之间,他和他的同伴就消失在黑暗中,洛汗的骑兵从此再也没有见过他们。不久,遥远的东方再次响起了微弱的鼓声,只是大军中的所有人都不再担心野人不忠诚,尽管他们长相怪异,貌似不讨人喜欢。

"我们不需要向导了,"埃尔夫海尔姆说,"因为在和平的日子里,大军中的一些骑兵曾骑马去过蒙德堡。我就去过。我们抵达大道时就会看到，道路拐向了南方，继续前进七里格之后，我们才能到达城区的外墙。道路沿途大部分地方两边都是草地。刚铎的信使认为他们走这段路速度最快。我们可以急速前进，不发出任何动静。"

"既然我们即将面对生死之战，需要全力以赴，"伊奥梅尔说，"我建议我们现在休息，夜间再出发，把时间计算好，赶到战场时或者国王下令时正好是明天黎明。"

国王点头同意，众将领离去，但不久埃尔夫海尔姆又回来了。"陛下，斥候在灰色森林之外没有发现任何情况，"他说，"只发现了两个人：两个死人和两匹死马。"

"什么？"伊奥梅尔说，"怎么回事？"

"陛下，他们是刚铎的信使，其中一人也许是希尔巩。他的手里还握着红箭，但他的头已经被砍飞了。从这些迹象可以看出，他们掉下马背时正向西逃跑。我的分析是，他们赶回来时，发现敌人已经攻破了外城墙或者正在进攻——如果他们按惯例在驿站更换新的马匹，那应该发生在两个晚上之前。他们进不了城，所以就折返了。"

"唉！"希奥顿说，"这么看来，德内梭尔没有得到我们赶来的消息，将会为此感到绝望。"

"凡事不能耽搁，迟来胜于不到，"伊奥梅尔说，"也许这一次将会证明，这句古老的谚语将比以往任何时候都更可信。"

夜幕降临，洛汗大军在大道两旁悄无声息地行进。此时，沿着明多路因外围绕行的大道转向了南方。遥远的正前方，黑沉沉的天空下闪着一道红光，在红光的映衬下，明多路因的山体漆黑如墨。他们正在逼近佩兰诺的拉马斯外墙，但是黎明尚未到来。

国王骑在先头部队中间，周围是他的禁卫军，后面跟着埃尔夫海尔姆的伊奥雷德大队。梅里这时注意到，德恩海尔姆已经离开了自己的位置，在黑暗中稳步向前，最后终于骑行在了国王禁卫军的后面。队伍停了下来。梅里听到前面有人轻声说话。斥候回来了，他们冒险向前，一路到了城墙边上，现在来到了国王面前。

"陛下，前方有大火。"其中一个人说，"石城到处都是熊熊火焰，平原上布满了敌人，但所有人的注意力似乎都集中在攻击上。据我们猜测，外墙上的敌人寥寥无几，而且正漫不经心地忙着搞破坏。"

"您还记得野人的话吗，陛下？"另一人说，"我叫维德法拉，和平年代就生活在北高原野外，因而知道风会给我带来不同的消息。风向已经转了。南方传来一丝气息，虽然很淡，但它有一股海腥味。早晨会带来新的东西。您只要穿过那堵外墙，浓烟的上方将是黎明。"

"如果你说得没错，维德法拉，那么今日过后，愿你在幸福的岁月中度过余生！"希奥顿说。他转向身旁的禁卫军，开口说话，声音清晰，就连第一梯队伊奥雷德中的许多骑兵也听到了：

"时刻到了，马克的骑兵们，埃奥尔的子孙！敌人和火焰就在你们面前，你们的家园在身后的远方。然而，尽管你们在异邦的土地上作战，你们在那里收获的荣耀将永远属于你们。你们许下的誓言，为了领主、大地和盟友，现在就去履行吧！"

众人用长矛拍打着盾牌。

"伊奥梅尔，我的儿子！你统领第一梯队伊奥雷德，"希奥顿说，"它将作为中军跟在国王的旗帜后面。埃尔夫海尔姆，我们通过城墙后，你率部下向右。格里姆博纳德将率部下向左。后面的其他部队只要有机会就紧随这三支先头部队。攻击敌人聚集的地方。我们还无法制定其他计划，因为我们尚不清楚战场上的局势。出发，不要害怕黑暗！"

先头部队立刻疾驰而去，因为无论维德法拉预言会有什么样的变化，现在尚未天亮。梅里骑在德恩海尔姆身后，左手紧紧搂着他的腰，右手试着把剑从剑鞘里抽出来。他现在痛苦地意识到老国王的话是对的：在这样一场战斗中，你又能做什么呢，梅里阿道克？"只会是这样，"他想，"只会让一名骑兵受累，同时希望自己能牢牢地坐在马背上，别被飞奔的马蹄踩死！"

现在距离外墙不到一里格路程。他们一眨眼就到，对梅里来说太快了。人群中爆发出一阵疯狂的喊叫声，还有武器的碰撞声，但转瞬即逝。外墙周围忙碌的奥克数量很少，一个个大为惊讶，很快便被杀死或赶跑。在拉马斯北门废墟前，国王又停了下来。第一梯队的伊奥雷德跟在他身后以及左右两边。尽管埃尔夫海尔姆的手下应该在右翼，德恩海尔姆却一直不离国王太远。格里姆博德的手下转向一边，绕过东面较远的地方，那里的外墙上有一个大缺口。

梅里从德恩海尔姆背后偷偷张望。远处，大约十哩或更远的地方，有大火在熊熊燃烧，但是在大火与骑兵之间还有一条条烈焰火线，组成一个巨大的新月形，最近的地方距离他们不到一里格。在黑暗的平原上，他几乎什么也看不清，而且到目前为止，他既没有看到黎明到来的希望，也没有感觉到有风，不管风向是否改变。

洛汗大军悄无声息地进入了刚铎的平原，如涨潮时的潮水穿过人们以为安全的堤坝决口一样，缓慢而稳定地涌入。但是，黑统帅的所有心思和意志此刻都集中在这座即将沦陷的城市上，而且到目前为止，他还没有得到任何消息表明他的计划有缺陷。

过了一会儿，国王带着禁卫军往东移动了一点，来到包围城市的大火与外围平原之间。他们仍然没有遇到抵抗，希奥顿也仍然没有发出信号。最后他再次停了下来。现在离城市更近了。空中弥漫着一股焦味，笼罩着死亡的阴影。战马感到不安，但国王却一动不动地骑在雪鬃马的背上，凝视着米那斯提力斯遭受的苦难，仿佛突然为极度的痛苦或恐惧所震撼。他似乎因年迈而起了胆怯之心，开始畏缩。梅里自己似乎也感到一股巨大的恐惧和疑虑压在他的心头。他的心跳得很慢。时间似乎难以确定。他们来晚了！迟来比不来更糟糕！也许希奥顿会畏惧，会低下他苍老的头颅，转身偷偷离去，躲进山里。

突然间，毫无疑问，梅里终于感觉到了：变化。有风吹过他的脸庞！光线渐露。在极其遥远的南方，云朵隐约可见，犹如灰色的阴影，不停地翻卷、飘动：早晨就在云朵背后。

但也就在这一刻，一道亮光闪过，仿佛闪电从石城的地下冲天而起。石城在那炫目的一瞬间屹立在远方，黑白分明，熠熠生辉，最高的塔宛如一根闪闪发光的针；接着，黑暗再次吞噬一切，一声巨响响彻平原。

听到这声音，国王弯曲的身躯突然直立起来。他看上去重新显得高大而又骄傲。他踩着马镫站起来，高声叫喊，声音洪亮、清晰，远甚于任何凡人：

> 奋起，奋起，希奥顿麾下骠骑！
> 魔物苏醒，烧杀屠城！
> 当撼长矛碎铁盾，
> 挥剑浴血待日升！
> 飞奔，飞奔！朝向刚铎飞奔！

说完后，他从旗手古斯拉夫那里抢过一个大号角，对着它猛地一吹，结果用力太大，号角炸成了碎片。大军中所有的号角立刻响起，洛汗的号角在那一刻震耳欲聋，宛如平原上的暴风雨，山上的雷声。

飞奔，飞奔！朝向刚铎飞奔！

突然，国王朝雪鬃马喊了一声，骏马一马当先，向前冲去。他身后的旗帜在风中飘扬，旗帜上的图案是一匹白马驰骋在绿草地上，但他身先士卒，冲在最前方。禁卫军紧跟着他，但他始终在他们前面。伊奥梅尔骑到了那里，头盔上的白色马尾随着他的急速奔驰在空中飘动，伊奥雷德的先锋军像浪花拍打海岸一样呼啸向前，却仍然追赶不上希奥顿。他看起来有些古怪，或者说他父亲的战斗怒火像新的火焰在他的血管里燃烧，马背上的他犹如古代的神，甚至这个世界年轻时维拉之战中的欧洛米大帝。他亮出了金色的盾牌，看哪！它如太阳一样闪耀着光芒，身下的骏马白蹄翻飞，周围的青草在火焰的映照下化作了一片绿色。天亮了，早晨已经来临，风正从海上吹来。黑暗已经消失，魔多大军在哀号，恐惧笼罩着他们。他们四下逃窜，倒地而亡，愤怒的蹄子踏在他们身上。接着，洛汗大军齐声高歌，一边杀戮一边歌唱，因为战斗的喜悦降临在他们身上，他们那美妙而可怕的歌声甚至传到了石城。

第六章
佩兰诺平原之战
THE BATTLE OF THE PELENNOR FIELDS

德恩海尔姆似乎在笑,声音如同钢铁碰撞一样清脆。"可我不是活着的男人!你正看着一个女人。我是伊奥温,伊奥蒙德的女儿。你挡在我和我的至亲国王之间。只要你不是永生之躯,那就滚吧!不管你是活人还是黑暗中的幽灵,只要你碰他,我就痛揍你。"

赴死吧!冲讨夫,冲向毁灭,冲向世界末日!

但是，率军攻打刚铎的既不是奥克首领，也不是土匪。黑暗消散的速度太快，远远早于黑暗之主预定的日期：命运在这一刻背叛了他，整个世界都在与他为敌；即使他伸出手，想抓住战机，但胜利依然正从他的手中溜走。不过，他的手臂很长。他仍然大权在握，仍然威力巨大。他是君王，是戒灵，是那兹古尔之首，他有很多武器。他离开城门，消失了。

马克之王希奥顿已经来到了从城门通往大河的大道，他转向不到一哩外的石城。他稍稍放慢了速度，开始寻找新的敌人。他的禁卫军围了过来，德恩海尔姆也跟着他们。前方，埃尔夫海尔姆的手下离城墙更近，已经来到了攻城机械当中，不断地劈砍、杀戮，将敌人逼入火坑。佩兰诺的北半部几乎全被占领了，那里的营地一片火海，奥克像猎人前面的牛群一样朝大河奔去。洛希尔人可以随心所欲地四处出击，但他们还没有突破围城的敌军，也没有夺下城门。城门前有大量敌人，远处另一半平原上还有其他尚未参战的敌军。大道南面是哈拉德人的主力部队，他们的骑兵聚集在首领的旗帜旁。首领向远处望去，在越来越亮的光线中，他看到了国王的旗帜，看到旗帜在战斗中一马当先，周围的人很少。他怒火中烧，大声叫嚷着，举起他的大旗，猩红的大旗上有着黑蛇图案。他率领一大群人向那匹白马和绿色旗帜冲去。南蛮人抽出弯刀，宛如一片闪烁的星海。

这时，希奥顿发现了他。他不愿等待对方发动攻势，而是冲着雪鬃马大喊一声，一头冲过去迎向敌人。他们的交锋非常激烈。但北方人类的白色怒火燃烧得更为炽热，他们的骑术更为精湛，手中的长矛运用得更为娴熟，而且人人更为凶猛。他们人数虽少，却像射向森林的火弩箭一样，撕裂了南蛮人的队伍。森格尔之子希奥顿从人群中冲过来，将敌人首领挑下战马时，手中的长矛在颤抖。他抡起长剑，直冲大旗，砍断了旗杆，砍杀了旗手。黑蛇落到了地上。剩下那些未被斩杀的敌军骑兵全都转身逃向了远方。

可是，看哪！正当国王志得意满之际，他的金色盾牌突然黯然失色。崭新的早晨被天空的阴云所遮蔽。黑暗笼罩了他。战马全都直立着尖叫起来。骑兵从马鞍上摔下来，匍匐在地上。

"冲过来！冲过来！"希奥顿喊道，"埃奥尔的子孙们，站起来！不要害怕黑暗！"但雪鬃马惊恐地高高抬起前蹄，踢向空中，然后发出一声嘶鸣，侧身倒在地上：一支黑箭射穿了它。国王被压在了它的身下。

巨大的阴影像一片下坠的乌云那样开始降落。看哪！它是一种有翅膀的动物，如果说它是鸟，那它比其他所有的鸟都大，浑身赤裸，既没有羽毛，也没有绒毛，巨大的翅膀就像尖尖的手指之间蒙着网状的兽皮，而且通身发出恶臭。也许它是来自更古老世界的生物，它的同类在月下被遗忘的寒冷群山中徘徊，苟延残喘地熬过了它们的岁月，在可怕的巢穴中孕育了这最后一批不合时宜的后代，而且一心向恶。黑暗魔君带走了它，并用腐肉喂养它，直到它长得超过任何其他会飞的东西。他把这东西给了自己的仆人当坐骑。它下降得越来越低，然后，它折叠起手指撑开的肉膜，呱地怪叫一声，落在雪鬃马身上，爪子扎进尸体内，光秃秃的长脖子垂下来。

它的背上坐着一个庞然大物，披着黑色斗篷，阴森可怕。他戴着一顶钢冠，但钢冠下面的边缘与斗篷之间什么也没有，只有眼睛流露出的致命光芒：这就是那兹古尔的首领。他刚才趁着黑暗尚未消失，急忙回到空中，召唤他的坐骑。他现在回来了，带来了毁灭，把希望变成绝望，把胜利变成死亡。他挥舞着一根巨大的黑色狼牙棒。

但是希奥顿并非孤立无援。他的禁卫军要么被杀，倒在他的周围，要么被他们疯狂的战马带向了远方。然而，有一个人仍然站在那里：年轻的德恩海尔姆，无比忠诚，毫不畏惧。他在哭泣，因为他爱国王如爱自己的父亲。在冲锋的过程中，梅里　直毫发无损地留在他身后，直到魔影到来。然后，惊恐万状的追风驹将他们抛在了地上，独自在平原上狂奔。梅里像头晕目眩的野兽一样四肢匍匐爬行，恐惧包裹着他，让他感到恶心，眼前一片漆黑。

"国王的侍从！国王的侍从！"他的内心在呼喊，"你必须留在他身边。你说过要敬他如父。"但是他的意志没有回应，他的身体在颤抖。他不敢睁开眼睛，也不敢抬头张望。

这时，尽管心中一片黑暗，他觉得自己听见德恩海尔姆在说什么，但是那声音有些奇怪，让他想起了另一个熟悉的声音。

"走开，肮脏的怨灵，吃腐尸的东西！让死者安息！"

一个冷酷的声音回答道："不要挡在那兹古尔和它的猎物之间！否则的话，轮到你的时候，它不会杀死你，只会把你带到一切黑暗尽头的哀恸之所，在那里吞噬你的肉体，把你枯萎的心灵裸露在无睑之眼面前。"

拔剑出鞘的响声。"悉听尊便，但只要我能做到，就一定要阻止。"

"阻止我？你这蠢货。只要是活着的男人[1]，谁也别想阻止我！"

---

[1] 此处原文为"man"，含有双重意思，一是"人类"，二是"男人"。

梅里在这一刻听到了世界上最奇怪的声音。德恩海尔姆似乎在笑，声音如同钢铁碰撞一样清脆。"可我不是活着的男人！你正看着一个女人。我是伊奥温，伊奥蒙德的女儿。你挡在我和我的至亲国王之间。只要你不是永生之躯，那就滚吧！不管你是活人还是黑暗中的幽灵，只要你碰他，我就痛揍你。"

那长着翅膀的生物冲着她尖叫，但戒灵没有回答，沉默不语，仿佛突然产生了怀疑。一时之间，梅里的恐惧被惊愕所压倒。他睁开眼睛，黑暗从眼前消失了。巨兽就坐在离他几步远的地方，周围一片漆黑，那兹古尔首领像绝望阴影一样笼罩着它。他们对面略微靠左的地方站着那个自称为德恩海尔姆的女人。但是她掩盖身份的头盔已经掉到地上，一头亮晶晶的头发得以摆脱束缚，披在肩上，闪着淡金色的光芒。她那双如大海般深邃的灰眼睛透着坚定与凶狠，但她的脸颊上仍然挂着泪水。她手握利剑，举起盾牌抵挡敌人的眼睛所带来的恐惧。

是伊奥温，也是德恩海尔姆。梅里的脑海里闪过他从黑蛮祠骑马回来时看到的那张脸：那张决然赴死、不抱希望的脸。他的心中充满了怜悯，还有惊奇，霍比特一族缓慢燃起的勇气在那一刻突然苏醒了。他握紧了拳头。她那么美丽，那么绝望，不应该死！至少她不应该孤立无援地死去。

敌人的脸并没有转向他，但他仍然不敢移动，唯恐那致命的目光会落在他身上。慢慢地，慢慢地，他开始往旁边爬；但是黑统帅带着怀疑和恶意，全神贯注地盯着面前的女人，对梅里就像对泥淖里的一条虫子一样不屑一顾。

突然，巨兽拍打它那可怕的翅膀，带来一阵邪风。它再次跃入空中，迅速扑向伊奥温，尖叫着，用喙和爪子发动攻击。

然而她并没有退缩，她是洛希尔人的公主，是诸王的后代，纤细却如钢刃，美丽却可怕。她快速挥出一剑，手法娴熟，致命。她把伸过来的脖子砍断,砍下的头颅像石头一样落了下来。她向后一跳,只见那庞大的身躯轰然倒下,巨大的翅膀展开,扑倒在地上,黑影随之消失。一道亮光落在她身上,她的头发在初升的阳光中闪闪发亮。

黑骑士从残骸中站起身,阴森可怖,高大的身躯矗立在她面前。他发出一声仇恨的喊叫,像毒液一样刺痛着耳朵,然后挥舞起手中的狼牙棒。她的盾牌被打得粉碎,她的手臂也断了;她一个踉跄,跪了下来。他像乌云般俯下身,眼睛闪闪发亮。他举起狼牙棒,准备杀戮。

突然间,他痛苦地大叫一声,摇晃着向前迈出一步,狼牙棒失去目标,砸到了地上。梅里从背后给了他一剑,穿透他的黑色披风,从锁子甲下方刺穿了他结实的膝盖后面的肌腱。

"伊奥温!伊奥温!"梅里大喊道。然后,她摇摇晃晃地挣扎着站起来,用尽最后的力气,趁着对方硕大的肩膀在她面前弯下时,朝他的王冠与披风之间挥出一剑。利剑破裂成了许多闪闪发光的碎片。王冠当啷一声落地滚走。伊奥温向前扑向她倒下的敌人。可是,瞧啊!披风和锁子甲里面是空的,现在不成形地掉在地上,支离破碎,四处滚动。一声惨叫融入战栗的空气中,然后变成了尖厉的哀号,随风而逝。这是一个没有形体的怪物发出的虚弱声音,消亡后被吞没,在这个世界的那个时代再也没有人听到过。

霍比特人梅里阿道克站在被杀死的人中间,像日光下的猫头鹰一样眨着眼睛,因为眼泪遮住了他的视线。伊奥温一动不动地躺在地上,梅里透过一层薄雾看着她美丽的头颅。他看着志得意满时陨落的国王。雪鬃马虽然在极度痛苦中翻了个身,露出了被它压在身下的国王,但它仍然是主人陨落的祸根。

梅里弯下腰,握起国王的手,亲吻了一下,瞧啊!希奥顿睁开了眼睛,而且眼睛很清澈。他说话很吃力,但声音很安静。

"永别了，霍尔比特拉少爷！"他说，"我的身体已支离破碎，要去见我父亲了。即便是跻身于他们伟大的行列之中，我也不会感到羞愧。我砍倒了那条黑蛇。一个残酷的早晨，一个愉快的日子，还会有一个金色的日落！"

梅里说不出话来，只是再次默默流泪。"原谅我，陛下，"他最后说，"如果我违背了您的命令，那么我为您效劳微不足道，只会在分别时流泪哭泣。"

老国王笑了："不会难过！我原谅你。伟大的心灵不会被否定。活在幸福中；当你安静地抽着烟斗时，想想我吧！因为现在的我再也不会像我承诺的那样，在美杜塞尔德和你坐在一起，也不会听你介绍那些草药了。"他闭上眼睛，梅里在他身边鞠了一躬。不一会儿，他再次开口，"伊奥梅尔在哪里？我的眼前越来越黑，我要在离去之前见到他。他必须在我离世之后继承王位。我会派人给伊奥温送信。她，她不愿意让我离开她，现在我再也见不到她了，她比女儿还亲。"

"陛下，陛下，"梅里断断续续地说，"她……"但就在这时，他们周围响起了一阵喧闹声，号角齐鸣。梅里环顾四周，他已经忘记了战争，忘记了周围的世界。国王骑马倒下好像已经过了几个钟头，但实际上只是短短的一段时间。但现在他看到，大战即将爆发，他们正处于被困的危险之中。

敌人的增援部队正沿着大道从河边迅速赶来；魔古尔的军团从城墙下拥出；哈拉德的步兵从南边的原野过来，前面是骑兵，后面是猛犸巨大的背脊，上面驮着战塔。但是在北面，伊奥梅尔将洛希尔人重新集结在一起，率领他们组成强有力的前锋，让他们跟随在自己白色的盔顶之后。城中所有兵力倾城而出，多阿姆洛斯的银天鹅骑士一马当先，把仇敌赶出城门口。

一时间，梅里的脑海里闪过一个念头："甘道夫在哪儿？他不在这儿吗？他能不能救国王和伊奥温？"但这时伊奥梅尔匆忙骑马过来了，随他一起到来的还有幸存的禁卫军，他们重新骑到了马上。他们惊讶地看着地上那具巨兽的尸体。他们的战马不肯靠近，但是伊奥梅尔跳下马背，来到国王身边，默默地站在那里。悲伤和沮丧笼罩着他。

这时，其中一名禁卫军从牺牲的骑手古斯拉夫手中拿起国王的旗帜，将它举了起来。希奥顿慢慢睁开了眼睛。看到旗帜后，他示意将它交给伊奥梅尔。

"向你致敬，马克之王！"他说，"现在上马，向着胜利前进！替我向伊奥温告别！"他就这样离开了这个世界，丝毫不知道伊奥温就躺在他身边。那些站在旁边的人哭着说："希奥顿王！希奥顿王！"但是伊奥梅尔对他们说：

> 悼亡切勿过悲！
> 强者殒也堪豪，
> 死得其所无憾。
> 陵冢他日起时，
> 妇人再把泪抛。
> 此刻唯有一战！

然而，他自己也止不住地流泪。"禁卫军留在这里，"他说，"将他的遗体抬出战场，以示敬意，以免遭到战斗破坏！是的，还有其他倒在这里的禁卫军。"他看着那些牺牲的人，回想着他们的名字。突然，他看见自己的妹妹伊奥温躺在那里，立刻认出了她。一时间，他呆立在那里，仿佛一个人在喊叫时被一箭穿心而死；接着，他的脸变得死一般的苍白，一股冰冷的怒火在他心中生起，他一时说不出话来。一种怪诞的情绪攫住了他。

"伊奥温，伊奥温！"他终于大声喊道，"伊奥温，你怎么来了？这是什么样的疯狂或邪恶？死亡，死亡，死亡！死亡将带走我们所有人！"

然后，他没有征求任何意见，也没有等待城内士兵的到来，就直接冲到大军的最前方，吹响号角，大声下令进攻。平原上响起了他清晰的号令："赴死吧！冲过去，冲向毁灭，冲向世界末日！"

就这样，大军动了起来。但是洛希尔人不再唱歌。他们异口同声地呼喊着"赴死"，声音响亮而可怕。他们开始加速，如潮水般越过陨落的国王，呼啸着向南而去。

霍比特人梅里阿道克仍然站在那里，含着眼泪眨巴着眼睛，没有人跟他说话，似乎根本没有人注意到他。他擦去泪水，弯下腰捡起伊奥温给他的绿色盾牌，把它背在背上。然后，他开始寻找掉在地上的那把剑。就在他刚才挥出那一剑的时候，他的胳膊已经麻木，现在只能用左手。看哪！他的武器躺在那里，但刀刃却像一根被捅进火里的干树枝，冒着烟。它在他的眼皮底下扭动，枯萎，消失。

来自坟岗、由西方人打造的宝剑就这样毁灭了。不过，很久以前在北方王国慢慢打造出这把宝剑的人肯定会为它的命运高兴，那个时候杜内丹人还很年轻，他们的主要敌人是可怕的安格玛王国和它的巫师国王。即便挥舞宝剑的人再强大，没有哪一把剑能够像这把剑一样给敌人如此痛苦的一击，劈开他的不死之躯，打破将他无形的肌肉与意志结合在一起的咒语。

大家把披风绑在长矛柄上做成担架，把国王放在上面，轮流抬着他向石城而去。其他人轻轻抬起伊奥温，跟在国王后面。但是他们无法将禁卫军带离战场，因为有七名禁卫军牺牲在那里，包括他们的队长狄奥怀恩。于是人们将他们与仇敌和那头被杀的巨兽分开，在他们周围竖起一圈长矛。等一切结束，人们会回到这里，点燃大火，将那巨兽的尸体烧掉。至于雪鬃马，他们挖了一个坟墓将其埋葬，并在上面立了一块石头，还用刚铎和马克的语言刻了两行字：

  忠马良驹，妨主灾星；
  捷足之后，神行雪鬃。

雪鬃马的坟冢上从此绿草如茵，而焚烧巨兽的地方却从此漆黑一片，寸草不生。

梅里慢慢地走在抬担架的人旁边，心中万分悲伤，不再关心战事。他疲惫不堪，浑身疼痛，四肢像打摆子一样颤抖不已。大海那边刮过来瓢泼大雨，似乎世间一切都在为希奥顿和伊奥温哭泣，用灰色的眼泪扑灭城市里的大火。透过雨雾，他很快就看到刚铎的先锋队向他们奔来。多阿姆洛斯亲王伊姆拉希尔骑马过来，在他们面前勒住缰绳。

"洛汗人啊，你们抬着谁呀？"他大声问。

"希奥顿王。"他们回答，"他陨落了。但是伊奥梅尔国王已经奔赴战场，他头盔上的白色马尾在风中飘扬。"

亲王听到后立刻下了马，跪在担架旁，向国王和他指挥的伟大进攻表示敬意；他流下了泪水。他站起来看着伊奥温，感到很惊讶。"这一定是一位女士吧？"他说，"就连洛希尔人的女人也在我们需要的时候来打仗了吗？"

"不！只有一位。"他们回答，"她是伊奥温公主，伊奥梅尔的妹妹。我们直到此刻才知道她骑马而来，我们为此非常后悔。"

亲王这时看到了她惊艳的容貌，尽管她的脸苍白而冰冷。他俯下身去仔细察看，摸了摸她的手。"洛汗的男人啊！"他大叫道，"你们中间没有大夫吗?她是受了伤,也许奄奄一息,但我相信她还活着。"他把锃亮的臂甲凑近她冰冷的唇前,瞧!上面蒙起了一层薄雾,几乎看不见。

"现在需要抓紧时间。"他说着,便派了一个人骑马迅速赶回城里去搬救兵。他本人则向牺牲的士兵深深鞠躬,向他们告别,然后策马奔赴战场。

此时,佩兰诺平原上的战斗愈演愈烈,到处都是武器碰撞的叮当声,伴随着人的叫喊和马的嘶鸣。号角在吹响,喇叭在鸣叫,猛犸被驱赶上战场后也在怒吼。在石城的南城墙下,刚铎的步兵击退了仍聚集在那里的魔古尔军团。但是骑兵则向东去支援伊奥梅尔,包括掌钥官"长身"胡林、洛斯阿尔那赫的领主、绿丘陵的希尔路因,还有英俊的伊姆拉希尔亲王和他周围的骑士。

他们的驰援来得正是时候,因为伊奥梅尔被愤怒冲昏了头脑,陷入了困境。他狂怒地发动攻击,彻底击溃了敌军先锋。他手下的骑兵组成楔形战队,突破了南蛮人的防线,让敌人的骑兵纷纷落马,步兵四散奔逃。但是,只要有地方出现猛犸,战马就不愿意过去,而是退缩、转向离开。这些庞然怪物无法撼动,像防御塔一样屹立在那里,哈拉德人则聚集在它们周围。如果说洛希尔人发动攻势时遭遇的敌人是自己的三倍,那么现在的情况更为糟糕,敌人的援军正源源不断地从欧斯吉利亚斯拥来。他们在那里集结,等待着黑统帅的召唤,准备洗劫这座城市,凌辱刚铎。如今黑统帅已经被杀,但魔古尔的副统帅勾斯魔格仍然将他们赶进了战场:手持战斧的东夷人,可汗德地区的瓦里亚格人,身穿猩红军服的南蛮人,还有遥远哈拉德过来的黑人,一个个长着白眼睛,红舌头,像混血食人妖。一些敌人从洛希尔人身后匆匆追来,另一些敌人则在西面阻击刚铎的军队,防止他们与洛汗人会合。

就在这一天开始对刚铎不利、让刚铎人的希望动摇的时候，城里又响起了叫喊声。这时已经是上午，天上刮着大风，大雨在迅速北移，阳光灿烂。在晴朗的天空下，城墙上的哨兵看到远处出现了新的恐怖景象，他们最后的希望也随之破灭。

安度因河在哈拉德拐了个弯后再缓缓流去，因此城里的人可以俯瞰好几里格的河道，目光锐利的人能够看到任何靠近的船只。他们看向那里，惊慌地呼喊，因为在波光粼粼的河水映衬下，他们看到了一支顺风前进的舰队，黑压压的一大片：大型快速帆船，还有吃水很深、多支船桨划水的大帆船，微风将黑色的船帆鼓满。

"乌姆巴尔的海盗！"人们喊叫道，"是乌姆巴尔的海盗！看！乌姆巴尔的海盗来了！贝尔法拉斯被占领了，埃希尔被占领了，莱本宁也被占领了。海盗来攻打我们了！这是末日的最后一击！"

城里已经找不到人充当指挥，于是一些人在没有得到命令的情况下，跑到大钟前，敲钟报警。还有一些人吹响了撤退的号角。"回到城里来！"他们高喊着，"快回到城里来！趁着现在还没有全军覆没，赶紧撤回到城里来！"但是，风儿不仅吹送战舰疾驰而来，也吹散了所有的喧闹声。

其实洛希尔人既不需要情报，也不需要警报。他们可以清楚地看到黑色的船帆，因为伊奥梅尔现在离哈拉德不到一哩，遇到的第一批敌人就在他与港口之间，而敌人的增援部队正从身后急速赶来，使他无法与亲王会合。此时，他望向大河，心中的希望已经破灭。他曾经祝福过的风，现在却成了他诅咒的对象。但魔多大军却备受鼓舞，充满了新的欲望和愤怒，吼叫着发起了进攻。

伊奥梅尔此刻清醒了过来，脑海里再次一片明朗。他吹响号角，召集所有能集合的人。他想在最后筑起一道巨大的盾墙，站在那里徒步作战，直到所有人倒下为止。他想在佩兰诺平原上再现歌中颂扬的伟业，尽管西部不会留下任何人来记住他这位马克的末代之王。于是，他骑马登上一座绿色的小山丘，将他的旗帜插在那里，旗帜上的图案白马在风中翻飞。

> 冲出疑虑破黑暗，一路奔向天光灿。
> 我随旭日东升来，纵声高歌出鞘剑。
> 策马本为心怀望，岂料心碎王魂断。
> 待我血染夜幕降，摧枯拉朽怒冲冠！

他含笑说出了这些诗句。战斗的欲望又一次涌上他的心头；他还年轻，安然无伤，而且他是国王，一个即将落败的民族的国王。瞧！就在他绝望地发声大笑之时，他再次看向那些黑色的船只，举起剑向它们挑战。

然后，他感到一阵惊奇，随后便是极大的喜悦。他在阳光下高高抛起宝剑，边唱着歌边接住宝剑。所有人的眼睛都跟随着他的目光，瞧！最前面的那艘船上突然出现了一面大旗，船在转向哈拉德时，风儿吹开了大旗。旗帜上绣着一棵缀满鲜花的白树，那是刚铎的标志。但是白树周围有七颗星环绕，上面有一顶高高的王冠，这是埃兰迪尔的标志，多年来从未有哪位君王高举过这面旗帜。星星在阳光下闪耀，因为它们是埃尔隆德之女阿尔玟用宝石绣成；那顶王冠在早晨显得异常明亮，因为它是用秘银和黄金绣成的。

就这样，阿拉松之子阿拉贡，埃莱萨，伊希尔杜的继承人，乘着大海刮来的劲风来到了刚铎王国。洛希尔人的欢乐化为洪流般的笑声和一片刀光剑影，而石城内的惊喜则变成了喇叭齐鸣、钟声回响的音乐声。但魔多大军却迷惑不解，他们觉得己方的船载满了敌人，这完全是通天法术。一种黑色的恐惧降临在他们身上,因为他们知道命运之潮已经转为对他们不利,他们的厄运就在眼前。

东面,多阿姆洛斯的骑士们一路骑行,驱赶所遇到的敌人:食人妖一般的人类、瓦里亚格人和厌恶阳光的奥克。南面,伊奥梅尔大步走来,敌人在他面前纷纷逃窜,他们已经腹背受敌。这时,船上的人纷纷跳到哈拉德码头上,像风暴一样向北疾驶而去。随后到来的是莱戈拉斯,挥舞着斧头的吉姆利,手握旗帜的哈尔巴拉德,额头上戴着星钻的埃尔拉丹和埃尔洛希尔,还有英勇无比的北方游侠杜内丹人。他们带领着莱本宁、拉梅顿和南方封地骁勇善战的民众,但冲在最前面的是手持西方之焰的阿拉贡,安督利尔如新点燃的烈火,重新锻造过的纳熙尔一如既往地致命。他的额头上佩戴着埃兰迪尔之星。

就这样,伊奥梅尔和阿拉贡终于在战斗中重逢,他们各自倚着剑,望着对方,非常高兴。

"尽管魔多的大军挡在我们中间,我们还是又见面了,"阿拉贡说,"我在号角堡不是这样说过吗?"

"你是这样说的,"伊奥梅尔说,"但是希望常常具有欺骗性,我当时并不知道你能预见未来。然而,不期而遇的帮助是双倍的幸福,这次的老友相逢令人更加开心。"他们的手紧紧握在一起。"而且再及时不过,"伊奥梅尔说,"你来得正是时候,我的朋友。我们损失惨重,内心悲痛。"

"那就让我们先报仇,然后再谈其他的事!"阿拉贡说,然后他们一起骑马返回战场。

仍然有一场持久的殊死厮杀在等待着他们,因为南蛮人勇敢而冷酷,在绝望中很凶狠,而东夷人身强力壮,久经沙场,从不会跪地求饶。因此,无论在何处,无论是在被烧毁的家园或谷仓,还是在小丘或土堆上，抑或在城墙下和平原上，他们仍然聚集起来，重新整合，再次作战，直到白天悄然过去。

太阳终于落到了明多路因山背后，整个天空一片火红，丘陵和群山也都染成了血色；火焰在大河中闪烁，佩兰诺的青草在黄昏中呈现红色。就在那一刻，伟大的刚铎平原之战结束了，拉马斯外墙内再也没有一个活着的敌人。除了那些死里逃生的，所有敌人不是死于刀剑之下，便是在大河的红色泡沫中溺水而亡。向东逃回到魔古尔或魔多的寥寥无几，而一段故事则从远方传到了哈拉德人的世界：一个关于刚铎的愤怒与恐怖的谣传。

阿拉贡、伊奥梅尔和伊姆拉希尔骑马朝城门而去，他们现在既高兴又悲伤，更是疲惫不堪。这三个人毫发无伤，因为他们的运气、武技和武器的威力无与伦比，在他们愤怒的时刻，几乎无人敢迎战，甚至都没人敢看他们的脸。但还是有许多人在战场上受伤、致残或死亡。佛朗独自交战，落马后死于战斧之下；墨松德的杜伊林和他兄弟率领弓箭手近距离射击猛犸的眼睛，却被这怪物踩死。美男子希尔路因将再也回不到品纳斯盖林，格里姆博德回不到格里姆斯拉德，骁勇善战的游侠哈尔巴拉德也回不到北国。无论有名还是无名，无论是将领还是士兵，倒下的人不在少数，因为这是一场伟大的战斗，任何故事都无法将它详细述说。很久以后，洛汗的一位诗人在他的《蒙德堡坟冢》歌中写道：

群山激荡号角声，南国闪耀刀剑影。
岩石之城战火起，铁骑驰援疾如风。
森格尔之子希奥顿，英勇舍命此地薨；
黄金熠熠王堂远，碧草茵茵牧场青，
可叹大军至高主，北地一别成永诀。

古斯拉夫为旗手,同袍骠勇哈尔丁,
敦赫雷与狄奥威,格里姆博德同冲锋。
悍不畏死赫法拉,捐躯异乡赫布兰德,
法斯雷德与霍恩,蒙德堡墓中长安眠。
地下并肩有盟友,刚铎封地多统领:
希尔路因殒战中,难返海边绿丘陵,
阿纳赫谷花盛放,凯旋不见老佛朗。
德茹芬与杜伊林,兄弟高大神箭手,
永别故乡黑源水,群山影下幽河流。
破晓之后长日尽,死神取命视同仁:
不分高低与贵贱,同眠河畔坟草深。
如今大河泣灰波,银粼闪闪泪痕多,
长忆战时翻赤浪,咆哮染血烧残阳;
群山入夜燃烽火,晨露猩红落城墙。

第七章
德内梭尔的火葬堆
THE PYRE OF DENETHOR

你们所知道的刚铎时代也一同过去了,无论是好是坏,它都已结束。这里曾发生过恶行,但你们之间的一切仇恨现在都要消除,因为这仇恨是大敌所设下的,而且按照他的意志运行。你们因职责不同而相互敌对,却不知已经深陷并非由你们自己编织的罗网之中。

城门口的黑影退去后,甘道夫仍然一动不动地坐在马背上。但是皮平站了起来,仿佛身上卸下了一件沉重的包袱。他站在那里,听着号角声,觉得那号角声让他兴奋得心都要碎了。从此以后,每当他听到远处传来的号角声,他的眼睛里就会涌出泪水。可是他现在突然想起了自己的使命,于是赶紧向前跑去。就在这时,甘道夫动了一下,对捷影说了句什么,然后准备骑马穿过城门。

"甘道夫,甘道夫!"皮平喊道,捷影停下了脚步。

"你在这儿干什么?"甘道夫说,"城里的法律不是规定,除非城主允许,否则凡是穿黑银两色制服的人都必须留在城堡里吗?"

"他允许了,"皮平说,"他把我打发走了。可是我很害怕。那上面可能会发生可怕的事情。我觉得城主准是疯了。我担心他会自杀,也会杀了法拉米尔。你有没有什么办法?"

甘道夫从敞开的城门向外望去,已经听到了战场上越来越嘈杂的战斗声。他握紧拳头。"我得走了,"他说,"黑骑士就在外面,他会给我们带来毁灭。我没有时间。"

"可是法拉米尔!"皮平喊道,"他还活着,如果没有人阻止他们,他们要把他活活烧死。"

"活活烧死?"甘道夫说,"究竟怎么回事?快说!"

"德内梭尔去了陵寝,"皮平说,"他带走了法拉米尔,还说我们都会葬身于火海,而他不愿意等死。他们要准备火葬堆,把他和法拉米尔放在上面烧死。他已经派人去取木柴和燃油了。我已经告诉贝瑞冈德,但他在执勤,恐怕不敢离开岗位。再说了,他又能做什么呢?"皮平一口气说完后,伸出颤抖的双手,碰了碰甘道夫的膝盖,"难道你不能救法拉米尔吗?"

"也许我可以,"甘道夫说,"但如果我那样做了,恐怕其他人就会死。好吧,我必须去,因为没有别的人能帮到他。但是这会诱发邪恶与悲伤。即便是在我们坚固的城中心,大敌也有能力攻击我们,因为这一切的背后是他的意志在发挥作用。"

于是,他下定决心,迅速采取行动。他一把抓起皮平,把他放在自己前面的马背上,下令让捷影掉头。他们穿过米那斯提力斯蜿蜒的街道,马蹄发出嗒嗒嗒的响声,身后是战场上的厮杀声。到处都有人从绝望和恐惧中站起来,抓起武器,彼此呼喊着:"洛汗人来了!"将领们在呼喊,队伍在集结;许多人已经向城门进发。

他们遇到了伊姆拉希尔亲王,他大声问他们:"米斯兰迪尔,你现在去哪里?洛希尔人正在刚铎平原上战斗!我们必须集中能找到的所有力量。"

"你们需要每个人,甚至更多,"甘道夫说,"抓紧时间。我将尽快赶来,但我现在有刻不容缓的事要见德内梭尔城主。城主不在的时候由你担任指挥!"

他们一路向前,越爬越高,接近城堡时能够感觉到风吹在他们脸上。他们看到了远处的晨光,那是南方天空中不断变亮的曙光。但这并没有给他们带来多少希望,因为他们不知道有什么祸患在等着他们,担心他们来得太迟。

"黑暗正在消逝,"甘道夫说,"但它仍然凝重地笼罩着这座城市。"

他们在城堡门口没有发现卫兵。"那么贝瑞冈德已经去了。"皮平的心中多了一分希望。他们转过身,匆匆沿着大道向禁门奔去。门敞开着,守门人躺在门前。有人杀了他之后拿走了钥匙。

"是大敌干的!"甘道夫说,"他喜欢干这种事:让朋友自相残杀,让忠诚在人心混乱中支离破碎。"他下了马,吩咐捷影回马厩去。"因为,我的朋友,"他说,"你和我早就该奔赴平原战场了,但是别的事情耽误了我。如果我呼唤你,你要快来!"

他们穿过禁门,沿着陡峭曲折的道路继续往前走。天色渐亮,路旁高大的柱子和雕像如灰色的幽灵一样慢慢后退。

突然,寂静被打破了,他们听到下面传来了喊叫声和刀剑的叮当声:自从这座城市建成以来,这些神圣的地方还从未听到过这样的声音。最后他们来到了拉斯迪能,急匆匆地奔向宰相陵寝,巨大穹顶下的墓室在晨光中若隐若现。

"住手!住手!"甘道夫高喊,疾步向前,冲到门前的石阶上,"停下这疯狂的举动!"

德内梭尔的仆人手持剑和火把,但在门廊最高的台阶上站着身穿黑银两色卫兵制服的贝瑞冈德。他正挡着不让他们进门,其中两人已经倒在他的剑下,鲜血玷污了圣地。其他人咒骂他,说他是亡命之徒,是主人的叛徒。

甘道夫和皮平跑上前,却听到墓室里传出了德内梭尔的声音:"快点,快点!照我说的做!给我杀了这个叛徒!难道还要我亲自动手吗?"话音刚落,贝瑞冈德用左手拉住的那扇门被猛地打开,他的身后站着高大凶狠的城主。只见他两眼闪着火光,手里握着一把出鞘的剑。

但甘道夫跳上了台阶,大家立刻从他身边退了下来,用手捂住了眼睛,因为他来了,犹如白光射入黑暗之地,并且带着怒火而来。他举起手,就在这一击中,德内梭尔的剑脱手而出,飞到了空中,落在他身后墓室的阴影里。面对甘道夫,德内梭尔惊讶万分,连连后退。

"这是怎么回事,大人?"巫师说,"王者的陵寝不是活人该待的地方。城门前已是战火纷飞,为什么还要在圣地动刀动剑?难道是我们的大敌已经来到拉斯迪能了?"

"刚铎的城主从什么时候开始需要听你指挥了?"德内梭尔说,"难道我连自己的仆人都不能吩咐吗?"

"当然可以。"甘道夫说,"可当你的意志变成疯狂和邪恶时,其他人可以不遵从你的意志。你儿子法拉米尔呢?"

"他躺在里面,"德内梭尔说,"发烧,一直烧着。他们在他体内放了一把火。但很快一切都会化为灰烬。西方已经失败了。一切都将在烈火中燃烧殆尽,化为乌有。只剩下灰烬!只剩下被风吹走的灰烬和烟!"看到他这副疯狂的样子,甘道夫担心他已经做了什么坏事,于是赶紧加快步伐向前走去,身后跟着贝瑞冈德和皮平。德内梭尔步步后退,一直退到里面的桌子旁。他们看到法拉米尔躺在桌子上,还在发着高烧,神志不清。桌子下面堆着木头,四周的木柴也堆得很高,所有的东西都被浇了油,包括法拉米尔的衣服和被单,不过目前这些都还没有点燃。这时,甘道夫显露了隐藏在他体内的力量,就像他的力量之光隐藏在他的灰色斗篷下一样。他跳上柴堆,轻轻抱起法拉米尔后跳了下来,抱着他向门口走去。就在这时,法拉米尔呻吟了一声,在梦中呼唤着父亲。

德内梭尔像是从恍惚中猛然惊醒,眼睛里的火焰随之熄灭。他流着泪说:"不要把儿子从我身边夺去。他在叫我。"

"他是在叫你,"甘道夫说,"但你现在还不能见他,因为他仍在死亡线上徘徊,哪怕根本找不到治疗方法,也必须找人给他治疗。你的任务是出去为石城而战,在那里等待你的也许是死亡。你对此心知肚明。"

"他再也醒不来了，"德内梭尔说，"继续战斗徒劳无益。我们为什么还要希望继续活下去？我们为什么就不能并肩赴死？"

"刚铎的宰相，你无权决定自己的死亡时间。"甘道夫回答，"只有那些在黑暗力量统治下的异教徒国王才这样做，在骄傲和绝望中杀死自己，杀害自己的亲人来减轻自己的死亡。"说完，他走出屋门，把法拉米尔从那致命的墓室里抱出来，放到把他抬来的担架上，而担架此刻就在门廊里。德内梭尔跟着他，浑身颤抖，站在那里望着儿子的脸，心中充满了渴望。一时间，所有人都沉默不语，看着城主在痛苦中挣扎。他终于动摇了。

"来吧！"甘道夫说，"外面需要我们。你还能做很多事。"

突然，德内梭尔笑了。他又骄傲地挺直腰杆，快步走回到桌子旁，拿起他枕过的枕头。他走到门口，扯开枕套，瞧！他手里握着一个帕蓝提尔。他举起帕蓝提尔，在那些观望的人看来，那个圆球内部似乎有火焰开始发光，城主消瘦的脸庞在火光映照下，仿佛用坚硬的石头雕刻而成，阴暗分明，高贵，骄傲，可怕。他的眼睛闪闪发光。

"骄傲与绝望！"他喊叫道，"你以为白塔的眼睛瞎了吗？不，我看到的比你知道的多，灰袍傻瓜，因为你的希望不过是无知。那就去尽心尽力地医治他吧！去战斗吧！任凭虚荣心作怪吧！你也许能在小范围内获胜，也许能有一天的胜利，但是与已经崛起的力量抗衡，毫无胜算。它还只是把一根手指伸向了这座城市，整个东方都在调兵遣将。即便是这一刻，希望之风也在欺骗你，将一支黑帆舰队沿着安度因河吹送了过来。西方已经失败，是时候让所有不愿意做奴隶的人离开了。"

"这样的建议的确会让敌人大获全胜。"甘道夫说。

"那就继续心存希望吧！"德内梭尔放声大笑，"难道我不了解你吗，米斯兰迪尔？你希望代替我统治这里，希望站在每一个国王的身后，无论是北方、南方还是西方。我已经读懂了你的心思和你的策略。难道我不知道这半身人是在你命令下保持沉默的吗？不知道他被带到这里来，就是要在我身边安插一个眼线吗？然而，在我们交谈过程中，我已经知道了你所有同伴的名字和目的。是啊！你左手将我用作抵御魔多的盾牌，右手将这位北方游侠带来替代我。

"但我要告诉你，甘道夫·米斯兰迪尔，我不会成为你的工具！我是阿纳瑞安家族的宰相。我不会退位去当某个新贵的糊涂老管家。即使他向我证明了自己的身份，他也不过是伊希尔杜家族的人。我不会向这样一个人低头，一个长期失去了权力和尊严的破家族的最后一个人。"

"如果一切如你所愿，"甘道夫说，"你会怎么做？"

"我会按我之前的模式行事，"德内梭尔回答，"与我之前的先辈们一样：安安静静地做这个城市的城主，退位后将权力交给一个儿子，让他成为自己的主人，不再对什么巫师言听计从。但如果命中无缘，那我将无欲无求：既不愿生命缩短，也不愿关爱减半，更不愿荣誉受损。"

"在我看来，一位宰相如果真心实意地交出权力，他所享有的爱和荣誉不会减少丝毫，"甘道夫说，"在你儿子生死未卜之际，你至少不能剥夺他的选择权。"

听到这番话后，德内梭尔的眼睛再次冒出火花。他把晶石夹到腋下，抽出一把刀，大步走向担架，但贝瑞冈德冲过去，挡在了法拉米尔之前。

"哼！"德内梭尔喊道，"你已经偷走了我儿子对我一半的爱，现在又偷走了我骑士的心，让他们终于完全夺走我的儿子。但至少有一点你将无法违抗我的意志，那就是你无法主宰我本人的结局。"

"过来！"他向仆人们喊道，"只要不是胆小鬼，就过来吧！"两个仆人顺着台阶向他跑去。他飞快地从一个仆人手里夺过火把，冲进墓室。甘道夫还没有来得及阻止他，他就把火种塞进柴堆里，火种立刻噼啪作响，轰的一声燃烧起来。

然后，德内梭尔跳上桌子，全身被烈火和浓烟所包裹。他拿起脚边的宰相权杖，在膝盖上折断后将它扔进火焰里，鞠了一躬，躺在桌子上，双手紧握帕蓝提尔，放在胸前。据说，从那以后，如果任何人看着那块晶石，除非他有强大的意志力改变它的用途，否则他只能看到两只苍老的手在火焰中枯萎。

甘道夫又是悲伤又是惊恐。他转过脸，关上了门，站在门口沉思了片刻，一言不发，而外面的人也听到了里面的火焰贪婪的呼呼声。这时，德内梭尔大喊一声，之后就不再出声，凡人再也没有见过他。

"埃克塞理安之子德内梭尔就这样死了。"甘道夫说。然后他转向贝瑞冈德和城主的仆人，他们都吓呆了，"你们所知道的刚铎时代也一同过去了，无论是好是坏，它都已结束。这里曾发生过恶行，但你们之间的一切仇恨现在都要消除，因为这仇恨是大敌所设下的，而且按照他的意志运行。你们因职责不同而相互敌对，却不知已经深陷并非由你们自己编织的罗网之中。但是想想吧，你们这些只知道盲目服从的城主仆人，如果不是贝瑞冈德的背叛，白塔的将领法拉米尔现在也会被烧死。

"把你们倒下的战友从这个不幸的地方抬走。我们要把刚铎的宰相法拉米尔送到一个可以让他安睡的地方。就算他命中难逃一劫，也应该给他换个地方。"

然后，甘道夫和贝瑞冈德抬着担架，向治疗院走去，皮平低头跟在他们后面。但是城主的仆人们仍然站在那里，凝视着墓室，仿佛受到了天大的打击。就在甘道夫走到拉斯迪能尽头的时候，后面传来了巨大的响声。他们回头一看，只见墓室的穹顶出现了条条裂缝，浓烟从中腾起。接着，穹顶在石块隆隆的撞击声中坍塌，化为一片火海，但火焰仍在废墟中肆意跳动、摇曳。仆人们惊恐地跟着甘道夫逃走了。

最后，他们回到宰相之门前，贝瑞冈德悲伤地望着守门人。"这将是我一辈子后悔的事，"他说，"可我当时急疯了，而他根本不听我分说，直接拔剑攻击我。"他拿起从被杀的人手里夺过来的钥匙，把门关上，上了锁。"这把钥匙现在应该交给法拉米尔大人。"他说。

"多阿姆洛斯亲王正代替城主指挥战斗，"甘道夫说，"既然他不在这里，这件事只能由我亲自来决定。我命令你留着钥匙，守住它，直到这座城市恢复秩序。"

他们终于进入了石城最高的几环，在晨光中向治疗院走去。这些美丽的建筑与其他房屋相隔一段距离，原本是用来照顾危重病人的，现在却被用来照顾来自战场的伤员和垂死之人。它们位于第六环，离城堡大门不远，靠近城堡的南墙，周围有一个花园和一片绿树成荫的草地。石城只有一个这样的地方，里面住着少数获准留在米那斯提力斯的妇女，不是擅长治疗就是可以给治疗师当下手。

但是，就在甘道夫和他的同伴们把担架抬到治疗院正门口时，他们听到主城门前的平原上传来了一声大叫，那声音尖厉刺耳，直插云天，然后消失在风中。这叫声实在太可怕，一时间所有人都惊呆了，可在它消失后，他们突然精神一振，心中充满了希望，而这种希望是自黑暗从东方袭来之后他们从未有过的。在他们的眼中，光线似乎变得更为明朗了，太阳也冲破了云层。

但甘道夫却是满脸的严肃与悲伤，他命令贝瑞冈德和皮平将法拉米尔抬进治疗院。他爬上附近的城墙，站在初升的太阳下，向外望去，整个人如同白色雕像。凭借他被赋予的视力，他看到了所发生的一切。看到伊奥梅尔骑着马从先锋队伍中走出来，站在那些倒下的战友身旁，甘道夫叹了口气，重新披上斗篷，离开了城墙。贝瑞冈德和皮平出来时，看到他正站在治疗院的门前沉思。

他们看着他，他沉默了一会儿，最后开口说道："我的朋友们，还有这个城市和西方诸国的所有人！巨大的悲伤和极度的荣耀之事都已经发生。我们该哭泣还是高兴？敌人的统帅已经在我们不抱希望时被消灭，你们已经听到了他最后绝望喊叫的回声。但他的离去却给我们留下了痛苦和巨大的损失。如果不是因为德内梭尔的疯狂，我本可以避免这一切。大敌的手居然伸得这么长！唉！但现在我明白了他的意志是如何能够进入石城中心的。

"尽管宰相们认为这是一个只有他们自己才知道的秘密，但是我很久以前就猜到白塔至少保存了一块七晶石。头脑清醒的时候，德内梭尔知道自己力量有限，不会用它来挑战索隆。可在他失去理智之后，随着他的王国面临越来越大的危险，我估计他看了那块晶石，结果被骗了。我猜，自从波洛米尔离开后，他经常看晶石。他太强大，不会屈服于黑暗力量的意志，尽管如此，他只看到了黑暗力量允许他看到的东西。他从中得到的消息无疑常常对他有帮助，然而他所看到的魔多强大的幻象却让他内心绝望，直到他精神崩溃。"

"我现在明白当初为什么觉得那么奇怪了！"皮平说。一想到往事，他不禁打了个寒战，"城主离开了法拉米尔躺着的房间，他回来时，我第一次觉得他变了，变得苍老而憔悴。"

"就在法拉米尔被带到塔里的那一刻，我们许多人都看到塔顶的房间里有奇怪的光芒。"贝瑞冈德说，"不过我们以前也见过这种光芒，而且城里早就有传言说，城主有时在与大敌进行意志上的较量。"

"唉！那我猜对了，"甘道夫说，"索隆的意志就这样进入了米那斯提力斯，我也因此被耽搁在了这里。我还得留在这里，因为我很快就会有其他重任，不仅仅是法拉米尔。"

"我现在必须下去迎接那些到来的人。我在田野上看到了令我痛心的一幕，更大的悲痛也许还会到来。跟我来，皮平！但是你，贝瑞冈德，应该回到城堡，将发生的事告诉禁卫军首领。恐怕他的职责就是让你退出禁卫军。但你要对他说，如果我可以给他出个主意，他应该把你派往治疗院，成为法拉米尔的护卫和仆人，在他醒来的时候陪伴在他身边——如果他还能醒来的话，因为是你让他免遭火葬的厄运。现在就去吧！我很快就回来。"

说完，他转过身，和皮平一起往城市下方走去。就在他们匆匆赶路的时候，风带来了灰蒙蒙的雨，所有大火随之熄灭，他们面前升起了巨大的烟雾。

第八章
治疗院

THE HOUSES OF HEALING

———————— 看，太阳已经如一团烈焰落山！这标志着许多事情已经终结、衰落，也标志着世界潮流已经改变。

他们走近米那斯提力斯主城门时，梅里泪眼蒙眬，浑身乏力。他对周围的废墟和残骸视而不见。空气中弥漫着烈火过后的浓烟，还夹杂着恶臭，因为许多攻城机械不是被烧毁就是被扔进了火坑，许多阵亡者的结局也一样。到处可见南蛮人巨兽的尸体，有的被烧焦了一半，有的被投石砸碎，有的被墨松德勇敢的神箭手射穿了眼睛。飘落的雨水停了一会儿，太阳在头顶照耀着，但石城下面几环仍然笼罩在余烬发出的恶臭中。

人们已经开始费力地在废墟中开辟出一条道路。这时，有人抬着担架从城门外走了进来。他们轻轻地把伊奥温放在几只柔软的枕头上，却给国王的遗体盖上了一大块金色的布。他们举着火把围在国王周围，火把在风中摇曳，在阳光下显得很苍白。

希奥顿和伊奥温就这样来到了刚铎城，所有看到他们的人都摘下帽子，鞠躬致敬。他们穿过这一环的灰烬和烟雾，沿着石头铺就的街道继续往前走。对梅里来说，这段上坡路好像永无尽头，宛如可恨的梦中一段毫无意义的旅程，一路向前，走向某个记忆无法抓住的昏暗终点。

他前面的火把慢慢地摇曳着熄灭了，他走在黑暗中，心想："这是一条通向坟墓的地道，我们将永远待在那里。"突然，一个活生生的声音进入了他的梦中。

"啊，梅里！谢天谢地，我找到你了！"

他抬起头来,眼前的迷雾消散了一些。是皮平!他们正面对面地站在一条狭窄的巷子里,周围没有别人。他揉了揉眼睛。

"国王在哪儿?"他问,"伊奥温呢?"说完,他一个趔趄,坐到门前台阶上,又哭了起来。

"他们已经去上面的城堡了。"皮平说,"我想你一定是走着走着就睡着了,结果拐错了弯。我们发现你没有跟他们在一起时,甘道夫就派我来找你。可怜的梅里!重新见到你,我真是太高兴了!你已经累坏了,我就不再说话让你心烦了。可是告诉我,你身上哪里疼吗,有没有受伤?"

"没有,"梅里说,"嗯,我想没有。可是,皮平,在我捅了他之后,我的右胳膊就动不了了。我的剑也像木头一样烧了个精光。"

皮平的脸上露出焦急的神情。"好吧,你最好尽快跟我走,"他说,"我真希望能抱得动你。你不能再走路了。他们根本不应该让你走路,不过你得原谅他们。城里发生了那么多可怕的事情,梅里,一个从战场回来的可怜的霍比特人很容易被忽视。"

"被人忽视并非总是坏事,"梅里说,"刚才忽视我的人有——不,不,我不能说。帮我一把,皮平!我的眼前又开始发黑了,胳膊也是一片冰凉。"

"靠着我,梅里老伙计!"皮平说,"走吧!一步一步走。不是太远。"

"你会把我埋葬吗?"梅里说。

"当然不会!"皮平说,尽量显得很开心,只是他的内心因恐惧和怜悯而痛苦,"不,我们要去治疗院。"

小巷的一边是高楼,另一边是第四环的外城墙。他们出了小巷,回到了通往城堡的大街上。他们一步一步地走着,梅里摇摇晃晃,嘴里喃喃自语,像是在梦游。

"我永远也不可能把他弄到那儿去,"皮平想,"没有人来帮我吗?我不能把他留在这里。"就在这时,他意外地看到一个男孩从后面跑了过来。经过他身旁时,皮平认出那是贝瑞冈德的儿子贝尔吉尔。

"喂,贝尔吉尔!"他喊道,"你要去哪儿?很高兴再次见到你。没想到你还活着!"

"我在为治疗师们跑腿,"贝尔吉尔说,"没时间和你聊天。"

"不是聊天!"皮平说,"不过请告诉上面的人,我这儿有个霍比特病人,注意,他是个半身人,从战场上过来的。我想他实在走不动了。如果米斯兰迪尔在那里,他听得这个消息后会非常高兴的。"贝尔吉尔向前跑去。

"我最好在这儿等着。"皮平想。于是,他让梅里轻轻躺在人行道上,沐浴在一片阳光中,然后在他身边坐下,把梅里的头放在他的膝盖上。他轻轻摸着梅里的身体和四肢,然后握住他的双手。梅里的右手摸起来冰凉。

没过多久,甘道夫本人就来找他们了。他俯下身,抚摸着梅里的额头,然后小心翼翼地把他抱起来。"应该风风光光地把他抬进城的,"他说,"他没有辜负我对他的信任,因为如果埃尔隆德没有向我让步,你们俩谁也不会踏上这条路,而今天的苦难会更加令人痛心。"他叹了口气,"可是我手上还有另一项任务,而一切都还悬而未决。"

就这样,法拉米尔、伊奥温和梅里阿道克都躺在了治疗院的病床上,受到了无微不至的护理。尽管远古时期的所有知识后来已逐渐消失在历史长河中,但刚铎人的医术仍然超凡脱俗,能够熟练地治愈各种创伤和疼痛,以及大海以东凡人的所有疾病。只有衰老除外,因为他们对此也束手无策。事实上,他们的寿命现在已经缩短到了和其他人类差不多的程度,除了一些血统更纯洁的家族外,他们当中能够精力充沛地活过一百岁的人越来越少。他们的医术和医学知识此刻一筹莫展,因为许多人得了一种无法治愈的疾病。他们称它为"黑魔影病",病因来自那兹古尔。得了这种病的人会慢慢在梦境中越陷越深,最后归于沉寂,浑身冰凉,一命呜呼。在治疗师们看来,这种疾病在梅里和洛汗公主的身上最为严重。然而,当早晨慢慢过去时,他们时不时地会开口说话,在梦中喃喃自语。治疗师们听着他们所说的一切,希望能了解到一些情况,帮助他们弄明白病情。但是没过多久,这两个人便开始陷入昏睡中,太阳转向西边时,他们的脸上慢慢出现了灰色的阴影,而法拉米尔则是高烧不退。

甘道夫忧心忡忡地从一个人走到另一个人身旁,治疗师们将自己听到的一切都告诉了他。这一天就这样过去了,外面的大战仍在继续,希望和各种奇怪的消息每时每刻都在变化。甘道夫仍然等待着,观望着,没有走出去。直到最后,夕阳将整个天空染成一片血红,晚霞透过窗户照在病人灰色的脸上。这时,站在病床旁的人似乎觉得,他们三个人的脸在红光中泛起了柔和的红晕,仿佛他们在慢慢恢复健康,但这不过是对希望的嘲弄。

治疗院最年长的医师是一位老妇,名叫伊奥瑞丝。她望着法拉米尔英俊的脸庞哭了起来,因为所有人都爱他。她说:"唉!他竟然快要死了。他们说,要是刚铎像从前那样也有国王就好了!因为古老的传说曾经记载:国王之手乃医者之手。这样,大家才会知道谁是名正言顺的国王。"

站在旁边的甘道夫说:"伊奥瑞丝,人们会永远记住你的话!因为你的话包含着希望。也许真的有一个国王回到了刚铎,难道你没有听到城里传来的奇怪消息吗?"

"我忙东忙西的,顾不上理会那些喊叫声,"她回答说,"我只希望那些杀人的魔鬼不要到治疗院来打扰病人。"

甘道夫匆匆走了出去，天空烈焰般的晚霞已经消失，血红的山峦也渐渐隐去，灰蒙蒙的夜幕笼罩了平原。

太阳落山的时候，阿拉贡、伊奥梅尔和伊姆拉希尔率领将领和骑士慢慢靠近石城。他们来到城门前时，阿拉贡说：

"看，太阳已经如一团烈焰落山！这标志着许多事情已经终结、衰落，也标志着世界潮流已经改变。但这座城市和这个国家多年来一直由宰相掌管，我担心如果我不请自来，会引起怀疑与争论。战事尚未结束，不应该发生这种事。我要等到我们和魔多决出胜负之后才会进城，才会提出任何要求。我会让人在平原上搭好帐篷，在这里等候城主来欢迎我。"

但是伊奥梅尔说："您已经举起了国王的旗帜，展示了埃兰迪尔家族的标志。难道您愿意受到质疑？"

"不愿意，"阿拉贡说，"但我认为时机尚未成熟；除了大敌和他的仆人，我无意与人竞争。"

伊姆拉希尔亲王说："大人，如果我作为德内梭尔城主的亲戚能在这件事上给您出主意的话，您的话是明智的。他意志坚强，为人骄傲，但已经上了年纪；自从他儿子陨落后，他的情绪一直很怪异。但我不愿意看到您像个乞丐一样站在门外。"

"我不是乞丐，"阿拉贡说，"而是游侠将领，游侠待在城市和石头屋子里会不习惯的。"他吩咐将他的旗帜收起来，然后摘下北方王国之星，将它交给埃尔隆德的儿子们保管。

于是，伊姆拉希尔亲王和洛汗的伊奥梅尔离开了他，穿过城市和喧嚣的人群，向上来到了城堡。他们走到白塔大厅，寻找宰相，却发现他的王座上没有人，而在王座的高台前，马克之王希奥顿躺在一张

171

豪华的床上，周围插着十二支火炬，还站着十二名卫兵，都是洛汗国和刚铎的骑士。床帷绿白相间，但国王的身上盖着一块巨大的金色布，一直覆盖到胸前，上面放着出鞘的宝剑，脚边放着他的盾牌。在火把亮光的照耀下，他的白发丝丝发亮，宛如阳光在喷泉的水花中闪烁，但他的脸庞英俊、年轻，只是上面有着一种超越青春的宁静。他仿佛睡着了。

他们在国王旁边默默站了一会儿，伊姆拉希尔说："宰相在哪里？米斯兰迪尔又在哪里？"

一个卫兵回答说："刚铎的宰相在治疗院。"

但是伊奥梅尔说："我妹妹伊奥温公主在哪儿？难道不应该让她躺在国王的身旁，得到同样的荣誉吗？他们把她送到哪里去了？"

伊姆拉希尔说："可他们把伊奥温公主抬回来时，她还活着。你不知道吗？"

伊奥梅尔的心中充满了突如其来的希望，关切和担忧也再次袭上心头。他没有再说什么，而是转身迅速离开了大厅，亲王跟着他走了出去。他们出来的时候，夜幕已经降临，天上布满了星星。甘道夫走了过来，随行的还有一个人，身上披着灰色斗篷。他们在治疗院门前相遇。他们向甘道夫打了个招呼，说："我们在找宰相，据说他在治疗院。他受伤了吗？伊奥温公主在哪里？"

甘道夫回答说："她躺在里面，还活着，但是已经奄奄一息。你们也听说了，法拉米尔大人被一支邪恶的箭射中。他现在是新的宰相，德内梭尔已经死了，他的墓室已经化为灰烬。"他们对他所说的一切既感到悲伤，也感到惊奇。

但是伊姆拉希尔说："如果说刚铎和洛汗同一天失去了君主，那么这场胜利没有多少喜悦，它的代价过于惨痛。伊奥梅尔将统治洛希尔人，那现在谁来统治这座城市？我们现在不去请阿拉贡大人过来吗？"

披着斗篷的人说:"他已经来了。"当他走到门旁的提灯亮光中时,他们看到那正是阿拉贡,铠甲外面罩着罗里恩的灰色斗篷,身上除了加拉德瑞尔赠送的绿晶石外,没有佩戴任何其他信物。"我因甘道夫的请求而来,"他说,"但我目前只是阿尔诺的杜内丹人统领。在法拉米尔苏醒之前,多阿姆洛斯亲王将统治这座城市。但是,我建议甘道夫应该在接下来的日子里以及在我们与大敌较量的过程中领导我们。"大家全都同意。

甘道夫开口道:"我们不要站在门口,时间很紧迫。我们先进去吧!因为只有阿拉贡到来,躺在治疗院里的病人才有一线希望。刚铎的女贤士伊奥瑞丝说过:'国王之手乃医者之手。这样,大家才会知道谁是名正言顺的国王。'"

阿拉贡第一个进去,其他人跟在后面。门口站着两个身穿城堡制服的卫兵:一人个子很高,但另一人还没有孩子那么高,可当他看到他们时,他又是惊讶又是高兴地叫了起来。

"神行客!太棒了!你知道吗,我当时就猜你肯定在那些黑船上,可他们都是高喊'海盗',根本不听我的。你是怎么做到的?"

阿拉贡笑着拉住霍比特人的手。"见到你真高兴!"他说,"但现在还不是聊天的时候。"

但伊姆拉希尔却对伊奥梅尔说:"难道我们要用这种方式对诸王说话吗?也许他会用别的名字登基!"

阿拉贡听到他的话后转过身来说:"没错,因为在古时候的高等语言中,我叫埃莱萨,意思是精灵宝石,也叫恩温雅塔,意思是复兴者。"说着,他从胸前取出那块绿晶石,"但如果我的家族能够建立起来的话,我将命名它为神行客。它在高等语言中并不难听,我和我的所有继承人都将叫作泰尔康塔。"

他说完后，他们进了治疗院。在去病房时，甘道夫向他们讲述了伊奥温和梅里阿道克的事迹。"因为，"他说，"我在他们身边站了很久，起初他们在梦中说了很多话，然后就沉入了致命的黑暗之中。我也因而看到了许多远方发生的事。"

阿拉贡先去看了法拉米尔，然后去看了伊奥温公主，最后去看了梅里。看到病人的脸以及他们的伤势后，他叹了口气。"我必须在这里使出我所有的力量和技艺，"他说，"要是埃尔隆德在这里就好了，因为他在我们族人中最年长，拥有更强大的力量。"

伊奥梅尔看到他既悲伤又疲惫，就说："你必须先休息一下，要不要先吃点东西？"

但阿拉贡回答说："不用，对这三个人来说，时间所剩不多，尤其是法拉米尔。我们必须抓紧时间。"

他叫来伊奥瑞丝，说："这个治疗院储存有治病的药草吗？"

"有的，大人，"她回答道，"但恐怕不够，每个人都需要。我确实不知道什么地方能再找到药草，因为在这些可怕的日子里，一切都乱了套，到处都是火焰，到处都有东西在燃烧，而且跑腿的小伙子又少得可怜，道路还都堵死了。唉，已经好多天没有人从洛斯阿尔那赫来市场做生意了！不过，我们治疗院的人还都在竭尽所能，我相信大人也会明白这一点。"

"我看了之后自会判断。"阿拉贡说，"现在还缺少一样东西，还缺少说话的时间。你们有阿塞拉斯吗？"

"大人，我肯定不知道，"她回答说，"至少不知道这个名字的药草。我去问问药草大师，他知道所有药草古老的名字。"

"它也叫王叶草，"阿拉贡说，"也许你知道它的这个名字，乡下人现在就是这么叫它的。"

"哦，是那个！"伊奥瑞丝说，"嗯，如果大人一开始就用这个名字,我早就能告诉您了。没有,我肯定我们没有。我从没有听说过它有什么了不起的功效。说实在的,我们在树林里看到它的时候,我经常对我的姐妹们说:'王叶草,多么奇怪的名字啊,真想知道为什么叫这个名字。如果我是国王,我会在花园里种上更加艳丽的花草。'不过,把它捣碎后,它还是很香的,不是吗?如果用'甜蜜'这个词形容它很合适的话,那么'有益于身心'也许更贴切。"

"非常有益于身心,"阿拉贡说,"夫人,如果你爱法拉米尔大人,那就请你拿出说话的速度,赶紧去给我找来王叶草,如果城里尚有一片叶子的话。"

"如果没有,"甘道夫说,"我将带着伊奥瑞丝骑马去洛斯阿尔那赫,她将带我去森林,但不是去见她的姐妹。捷影会让她明白'赶紧'的含义。"

伊奥瑞丝走了之后,阿拉贡吩咐其他女人把水烧热,一只手握住法拉米尔的手,另一只手放在他的额头上。额头上布满了汗珠,但是法拉米尔没有动,也没有任何表示,似乎连呼吸都快没有了。

"他快不行了,"阿拉贡转向甘道夫说,"但不是伤口造成的。看!伤口在愈合。如果他真像你所想的那样,被那兹古尔的毒箭所伤,那他当晚就会死去。我猜这是南蛮人的箭伤。是谁把箭拔出来的?还保留着吗?"

"是我把它拔出来的,"伊姆拉希尔说,"然后堵住了伤口。但我没有留下那支箭,因为我们要做的事实在太多。我记得那正是南蛮人使用的箭,但我相信箭是天上的魔影射出的,否则无法解释他的这种高烧和病症,因为伤口不深,也不致命。你怎么看这件事?"

"疲惫,父亲情绪带来的悲伤,伤口,尤其是黑瘴,"阿拉贡说,"他的意志非常坚强,在骑马去外城墙作战之前,就已经接近到魔影了。黑暗一定是慢慢向他袭来的，大概就在他拼尽全力守住前哨的时候。我要是早点到就好了！"

这时，药草大师走了进来。"大人想要乡下人所说的'王叶草'，"他说，"也就是高等语言中的阿塞拉斯，或者对那些稍微懂一点维林诺语的人来说……"

"我懂，"阿拉贡说，"我不在乎你现在称它是'阿西亚·阿兰尼安'还是'王叶草'，只要你有一些就行。"

"请大人原谅！"那人说，"我看您学识渊博，不只是一位战场的将领。但是，唉！大人，我们治疗院只接受重病或重伤的人在这里进行治疗，所以没有这种药草库存。除了能让污浊的空气变得清新，或者给人提神之外，我们不知道它还有什么用途。当然，除非您留意过那些古代诗歌。像我们那位善良的伊奥瑞丝一样的女人虽然不懂其中的含义，却仍然在背诵。

> 黑瘴吹袭时，
> 死亡阴影深，
> 光明皆消逝；
> 阿塞拉斯至！
> 阿塞拉斯至！
> 起死回生草，
> 王者手中藏！

"恐怕这不过是一些老太太记忆里的打油诗。如果它真的有什么意义的话，就由您自己判断吧。但老年人仍然用这种药草泡水来治疗头痛。"

"那么，以国王的名义，去找一个学识少一点、智慧多一点的老人,也就是家里存有这种药草的老人!"甘道夫大声说道。

阿拉贡跪在法拉米尔身旁,一只手放在他的额头上。旁观的人觉得一场势均力敌的较量正在进行,因为阿拉贡的脸因疲惫而变得苍白。他不时地喊着法拉米尔的名字,但在他们听来,他的每一次喊叫都越来越微弱,仿佛阿拉贡本人已经离开了他们,在某个黑暗的山谷里走了很远,呼唤着一个迷途的人。

终于,贝尔吉尔跑了进来,拿着一块布包着的六片叶子。"大人,这是王叶草,"他说,"但恐怕不新鲜,至少是两周前采摘的。大人,我希望这能用得上,会吗?"他看着法拉米尔,哭了起来。

但阿拉贡笑了。"会有用的,"他说,"最糟糕的时刻已经过去了。放心吧!"说着,他拿起两片叶子,放在手上,对着它们吹了一口气,然后将它们揉碎,整个房间立刻充满了一种鲜活的清新气息,仿佛空气本身苏醒了,刺痛了,正闪耀着喜悦的光芒。他把叶子扔进端给他的碗里,里面盛着开水,所有人立刻心头一震,因为弥漫到每个人那里的芬芳,宛如记忆中某块大地上铺满露珠的早晨,阳光灿烂,万里无云。在那里,春天的美好世界本身不过是转瞬即逝的记忆。但阿拉贡清醒地站了起来,把碗端到仍然沉浸在梦中的法拉米尔面前。他的眼睛里透着微笑。

"天哪!谁会相信呢?"伊奥瑞丝对站在她身边的一个女人说,"我没有料到这种杂草会如此神奇。这让我想起了年轻时见过的伊姆络丝美路伊的玫瑰,就连国王见过之后也别无他求。"

突然,法拉米尔动了一下。他睁开眼睛,看到了弯腰俯视他的阿拉贡。他的眼睛里闪烁着感悟和爱的光芒,他轻声说道:"陛下,你召唤我,我来了。陛下有何指示?"

"切勿再在阴影里行走,醒来吧!"阿拉贡说,"你很疲倦。休息一会儿，吃点东西，做好准备，等我回来。"

"我会的，陛下，"法拉米尔说，"因为国王回来了，谁还会闲躺着呢？"

"那先就此别过！"阿拉贡说，"其他人需要我，我必须过去。"说完，他和甘道夫、伊姆拉希尔一起离开了房间，但贝瑞冈德和他儿子留了下来，难以抑制心中的喜悦。皮平跟在甘道夫后面，关上门，听到伊奥瑞丝在大叫：

"陛下！你听到了吗？我说什么了？我说过，医者之手。"不久，有消息从治疗院传出，说国王果然来到了他们中间，战争结束后开始治愈病人。这消息传遍了整个城市。

但是阿拉贡来到伊奥温身边后却说："她受到了重创，伤势非常严重。断了的那只胳膊经过了适当的护理，只要她还有力气活下去，胳膊会慢慢治愈的。虽然断了的是持着盾牌的那只胳膊，但是主要伤害却是来自握剑的那只胳膊。它看上去似乎完好无损，却没有任何生气。

"唉！因为她所面对的敌人在身心两方面都强于她。如果有人想用武器对付这样的敌人，那些人必须比钢铁更坚强，只有这样才不会毁于敌人的打击。一种邪恶的厄运安排她挡在了他的道路上。她是一个美丽的少女，是王后家族中最美丽的公主，可是我不知道该怎么说她。我第一次看到她并且察觉她不幸福时，我仿佛看到了一朵白花傲然站立在那里，形如百合，但我知道这朵花非常坚硬，仿佛由精灵工匠们用钢铁打造而成。或者，也许是一场寒霜把树液冻成了冰，所以它站立在那里，美丽，但内心苦涩，却受到过打击，很快就会倒下死去？她的病早在今天之前就开始了，不是吗，伊奥梅尔？"

"大人，您这样问我，令我感到万分惊讶，"他回答道，"像在其他事情一样，您在这件事情上也无可指责；但我不知道我妹妹伊奥温在看到您第一眼之前就已经受到了寒霜的侵袭。在佞舌当道、国王受其蛊惑的日子里,她和我一样忧心忡忡,虽然一直照料着国王,心中却越来越担心。但这并没有使她走到这一步!"

"我的朋友,"甘道夫说,"你有战马,有赫赫战功,有任你尽情驰骋的原野,但是她,尽管有着不弱于你的精神和勇气,却生就了女儿之身。她命中注定要侍候一位老人,一位她敬如慈父的老人,却眼睁睁地看着他陷入卑鄙耻辱的昏庸之中。在她看来,她的作用似乎比不上国王所依靠的那根权杖。

"你以为佞舌只对希奥顿的耳朵有效吗?'老糊涂!埃奥尔家族的宫殿不过是茅草屋,一群土匪不顾恶臭在里面酗酒作乐,他们家的小崽子和狗在地上厮混。'你以前没有听过这些话吗?佞舌的老师萨鲁曼就说过,而且我相信,佞舌一定熟能生巧地用更狡猾的措辞来掩饰这些话的意思。我的大人,如果不是你妹妹出于对你的爱,如果她不是仍然忠于自己的职责,竭力克制自己去守口如瓶,那么你也许会从她嘴里听到这些话。但是,在夜深人静的时候,在她的生命似乎不断枯萎之时,在她闺房的墙壁要将她包围起来,变成可以把某种野兽困在里面的笼子的时候,谁知道她独自对黑暗说了些什么呢?"

伊奥梅尔听后默不作声,只是看着妹妹,好像在重新思考他们过去在一起生活的日子。但阿拉贡开口道:"伊奥梅尔,你看到的一切,我也都看到了。在这个世界上,很少有比看到一个如此美丽勇敢的女人所付出的爱无法得到回报更令一个男人痛苦和羞愧的事了。自从我绝望地把她留在黑蛮祠,骑马走向亡灵之路,悲伤和怜悯就一直伴随着我。我虽然也害怕那条道路,但我更害怕她会遭遇厄运。然而,伊奥梅尔,我告诉你,她爱你比爱我更真诚;她爱你,也懂你;但在我身上,她只爱一个影子和一个想法:一个荣耀与丰功伟绩的希望,还有远离洛汗的土地。

"也许我有治愈她身体的力量,能把她从黑暗的山谷中唤醒,但她苏醒过来后将面对什么,是希望,还是遗忘,抑或绝望,我不知道。如果是绝望,她就会死去,除非有其他我无能为力的治愈方法。唉!她的功绩已经让她与那些声名显赫的王后齐名。"

阿拉贡弯下腰,仔细看着她的脸,那张脸果然如百合般洁白,如寒霜般冰冷,又如石雕般坚硬。但他弯下腰,吻了吻她的额头,温柔地呼唤她,说道:

"伊奥蒙德之女伊奥温,醒来吧!你的敌人已死!"

她没有动弹,却开始深呼吸起来,胸脯在白色亚麻布被单下上下起伏。阿拉贡再次将两片阿塞拉斯揉碎,扔进热气腾腾的水中,然后用这水擦拭她的额头,还有她搁在床单上冰冷无力的右臂。

然后,不知是因为阿拉贡的确具有一些被人遗忘的西方之地的力量,还是因为他评价伊奥温公主的那番话对周围的人起到了作用,随着草药的芳香弥漫整个房间,一股刺骨的寒风也从窗户吹了进来,没有气味,却焕然一新、纯净、充满活力,仿佛刚刚诞生于繁星闪烁的苍穹下高高的雪山,或者来自远方大海泡沫不停冲刷的银色海岸,从未被任何生物呼吸玷污过。

"洛汗公主伊奥温,醒来吧!"阿拉贡又说了一遍,然后握住她的右手,感觉到生命在回归,手在变温暖,"醒来吧!黑影已经消失,一切黑暗都已清除!"然后他把她的手放在伊奥梅尔的手上,后退了几步。"呼唤她!"他说完便默默地走出了房间。

"伊奥温,伊奥温!"伊奥梅尔泪流满面,大声呼唤着。她睁开了眼睛,说道:"伊奥梅尔!太令人高兴了!因为他们说你被杀了。不,那只是我在梦中听到的邪恶声音。这个梦我做了多久?"

"不久,我的妹妹,"伊奥梅尔说,"但别再想它了!"

"真是奇怪,我感到非常疲倦,"她说,"我必须休息一会儿。不过先告诉我，马克王怎么样了？唉！不要告诉我那是一个梦，因为我知道那不是梦。正如他所预见的那样，他陨落了。"

"他是陨落了，"伊奥梅尔说，"但他让我向比他女儿还亲的伊奥温告别。他现在躺在刚铎的城堡里，无比荣耀。"

"真是令人心痛，"她说，"可这远远好于我在黑暗日子里的企盼，那时的埃奥尔宫殿似乎都不如牧羊人的茅舍尊贵。国王那位半身人侍从呢？伊奥梅尔，他非常勇敢，你应该封他为马克驭马地骑士！"

"他也躺在治疗院内，离这里不远，我这就去找他。"甘道夫说，"伊奥梅尔需要留在这里，陪你一段时间。但是，在你完全康复之前，还是不要谈及战争和灾祸。很高兴看到你苏醒过来，勇敢的公主，而且醒来后等待你的是健康和希望！"

"健康吗？"伊奥温说，"也许是吧。至少，只要有某个阵亡骑兵的马鞍空出来，我就能顶上去，干一番大事。可是希望呢？我不知道。"

甘道夫和皮平来到梅里的房间，看到阿拉贡正站在床边。"可怜的梅里老伙计！"皮平高喊着，跑到床边，因为在他看来，他朋友的情况更趋恶化，脸色苍白，仿佛多年的悲伤压在了他身上。突然，一种恐惧攫住了皮平，他担心梅里会死。

"不要害怕，"阿拉贡说，"我来得正是时候，已经把他召唤回来了。他现在身体疲惫，内心悲伤，他敢于向那致命的东西出手，因而也像伊奥温公主一样身受重伤。他天性乐观，意志坚强，这些邪恶的伤害是可以治愈的。他不会忘记心中的悲痛，但这种悲痛不会让他内心趋于阴暗，反而会教给他智慧。"

阿拉贡把手放在梅里的头上，轻轻抚摸着他的棕色鬈发，摸了摸他的眼睑，呼唤着他的名字。阿塞拉斯的芳香悄悄弥漫在房间里，宛如果园的清香，又如阳光下蜜蜂飞舞的帚石楠花的芬芳。突然，梅里醒了过来，开口说道：

"我饿了。几点了？"

"已经过了用晚餐的钟点，"皮平说，"不过我敢保证，只要他们允许，我可以给你带点吃的东西来。"

"他们当然允许，"甘道夫说，"无论这位洛汗骑兵想要什么东西，只要能在米那斯提力斯找到，他都可以得到，因为他的威名响彻了整个石城。"

"太好了！"梅里说，"那么我想先吃晚饭，然后再抽上一斗烟。"话刚一出口，他便眉头紧锁，"不，不是烟斗。我想我不会再抽烟了。"

"为什么呢？"皮平问。

"因为，"梅里慢慢地回答道，"他已经死了。一说到抽烟，我就想起了所有的事情。他说他很抱歉，一直没有机会和我聊聊烟草的事。那可以算是他说的最后的话。我以后只要再抽烟，就一定会想起他，想起他骑马来到艾森加德那天的情景，皮平，他当时那样彬彬有礼。"

"那么抽烟吧，好好怀念他！"阿拉贡说，"因为他心地善良，恪守誓言，是位伟大的国王。他从阴影中站起来，迎接最后一个晴朗的早晨。虽然你为他效力的时间很短，但这将成为你一生快乐和光荣的回忆。"

梅里笑了。"那好吧，"他说，"只要神行客能提供所需的东西，我就抽烟好好想想。我的背包里有萨鲁曼的上好烟丝，但我不知道经过这场战斗之后还会是什么样子。"

"梅里阿道克少爷，"阿拉贡说，"如果你认为我带着剑、带着火，穿过高山，越过刚铎的国土，就为了给一个扔掉装备的粗心大意的士兵带来烟草，那你就错了。如果你的包还没找到，那你就得去找这个治疗院的草药大师。他会告诉你，他不知道你想要的那种草有什么益处，但是知道平民百姓把它叫作'西部人草'，王公贵族把它叫作嘉兰纳斯,在其他更深奥的语言里还有别的名称。然后,他会给你念上几首连他自己都不明白的被遗忘的韵律诗,再遗憾地告诉你治疗院没有这种草药,留下你独自反思各种语言的历史。我现在也必须抽上一口了,因为离开黑蛮祠之后,我还没有在这样的床上睡过,而且从黎明前的黑暗到现在还没吃过东西。"

梅里抓住他的手吻了一下。"我非常抱歉,"他说,"赶紧去吧!自从在布里遇到你那天晚上起,我们就一直拖累你,但我们族人向来喜欢在这种时候说些轻描淡写的话,而且心里想的远比嘴上说的要多。我们害怕言多必失。一旦玩笑开错了地方,我们就不知道该说什么了。"

"我很清楚这一点,不然也不会以同样的方式对待你们。"阿拉贡说,"愿夏尔永远繁荣昌盛!"他亲了亲梅里,走了出去,甘道夫也跟着走了。

皮平留了下来。"世上有他这样的人吗?"他说,"当然,甘道夫除外。我想他们一定是亲戚。我亲爱的笨驴,你的背包就在床边,我遇见你的时候你还背着它。当然,他一直看在眼里。反正我也有自己的东西,是长谷镇的叶子。我去找点吃的,你先把烟斗装满,然后我们就能快活一会儿。我的天哪!我们图克家和白兰地鹿家的人住在这么高的地方可别想长命百岁。"

"是啊,"梅里说,"我就做不到,反正目前做不到。可是,皮平,至少我们现在能见到他们,尊重他们。我想,最好还是先爱适合你爱的:你必须有起步的地方,必须有根基,而夏尔的土壤很深。这个世界上还有一些更深、更高的东西;如果是一个乡下老头,不管他是否知道,但如果没有这些更深、更高的东西,他都无法在他所称的和平中打理自己的花园。我很高兴我能知道这些,哪怕只有一点点。可我也不知道自己为什么要这样说。那叶子在哪里?我的烟斗要是没有断，把它从包里拿出来。"

阿拉贡和甘道夫找到了治疗院的院长，并且建议他让法拉米尔和伊奥温留在治疗院里，继续好好照顾一段时间。

"伊奥温公主很快就会要求起床离开，"阿拉贡说，"但绝对不允许她这样做。如果您有办法留住她，那至少要让她在这里待上十天。"

"至于法拉米尔，"甘道夫说，"必须尽快让他知道他父亲死了。但是，在他完全康复并且能够承担重任之前，不要把德内梭尔发疯的全部经过告诉他。还要注意，别让当时在场的贝瑞冈德和半身人把这些事告诉他！"

"另一个叫梅里阿道克的半身人现在由我照料，怎么处理他？"院长问。

"他很可能明天就能下床了，可以站一会儿，"阿拉贡说，"如果他愿意，就让他这么做吧。他可以在朋友们的照顾下走几步。"

"他们这个种族真是了不起，"院长点点头说，"坚忍不拔。"

治疗院的不同病房门口聚集了许多人，都要见阿拉贡，然后便跟在他身后。等他终于吃过晚饭，人们纷纷上前，请求他去治愈他们受伤病危或者被黑魔影笼罩过的亲朋好友。阿拉贡起身走了出去，并派人请来了埃尔隆德的两个儿子，三个人一直忙碌到深夜。于是，全城都在流传："国王真的回来了。"他们因他所佩戴的绿宝石而叫他"精灵宝石"。就这样，他的臣民为他选择了他出生时被预言将拥有的名字。

当他累得无力以继时，他披上斗篷，溜出城，在黎明前回到自己的帐篷，睡了一会儿。早晨，白塔上飘起了多阿姆洛斯的旗帜，上面绣着一艘白船，宛如天鹅般浮在蓝色的大海之上。人们抬头仰望，想知道国王的到来是否只是一场梦。

第九章
最后的辩论
THE LAST DEBATE

我们的职责不是掌控世界所有的潮流,而是竭尽全力去拯救我们所处的时代,铲除我们所知田野中的邪恶根源,让后人有一片可耕作的清洁天地。

战后的次日,早晨如期到来,天高云淡,东风阵阵。莱戈拉斯和吉姆利早早出了帐篷,请求获准去城里一趟,因为他们渴望见到梅里和皮平。

"很高兴知道他们还活着,"吉姆利说,"当初穿越洛汗的时候,那两个家伙让我们苦不堪言,我可不想让那样的痛苦付之东流。"

精灵和矮人一起进入了米那斯提力斯,人们看到这两个人的组合都大为惊讶,因为莱戈拉斯俊朗的脸庞远非人类能够企及,并且他边走边用清亮的嗓子唱着一首精灵之歌;而吉姆利趾高气扬地走在他身旁,一边抚摸着自己的胡子,一边打量着四周。

"这里的石匠活有些还不错,"他看着墙壁说,"但有些却差点意思,街道可以设计得更好一些。等阿拉贡登基后,我会让孤独大山的石匠过来为他效力,把这地方打造成让人引以为豪的城市。"

"他们需要更多的花园,"莱戈拉斯说,"这些屋子死气沉沉,能快乐生长的东西少之又少。如果阿拉贡登基,幽暗森林里的人会给他带来唱歌的鸟儿和永不枯萎的树木。"

最后,他们来到了伊姆拉希尔亲王面前,莱戈拉斯看着他,深深地鞠了一躬,因为他发现这个人的身上确实流淌着精灵的血液。"向您致敬,大人!"他说,"宁姆洛德尔的人离开罗里恩的林地已经很久了,但我们仍然可以看到,并非所有人都从阿姆洛斯港口乘船西行。"

"我们领地的传说也一样，"亲王说，"可那里已经不知多少年没有出现过美丽种族的一员了。我很惊讶能在这悲伤的时刻、在这场战争中见到一位。你在追求什么？"

"我是和米斯兰迪尔一起从伊姆拉德里斯出发的九个同伴之一，"莱戈拉斯说，"我和这个矮人朋友是和阿拉贡大人一起来的。我们想见见我们的朋友梅里阿道克和佩里格林。我们听说他们在您这里。"

"他们在治疗院，我将带你们过去。"伊姆拉希尔说。

"大人，您派一个人带我们过去就行了，"莱戈拉斯说，"因为阿拉贡让我们给您带个口信。他现在无意再度进城，但将领们必须立即召开会议。他请您和洛汗的伊奥梅尔尽快去他的帐篷。米斯兰迪尔已经在那里了。"

"我们会去的。"伊姆拉希尔说。他们礼貌地道别了。

"真是一位英俊的贵族，也是一位伟大的将领。"莱戈拉斯说，"如果刚铎在目前这种衰亡之时仍有这样的人，那么它当初崛起时一定无比荣耀。"

"而且毫无疑问，这些精美的石雕年代更为久远，应该是第一批完成的。"吉姆利说，"无论做什么，人类刚开始的时候总是尽善尽美，可一旦春天出现了霜冻，夏天发生了干旱，他们就无法善始善终。"

"可他们的种子很少就此泯灭，"莱戈拉斯说，"它会躺在尘土中腐烂，并在意想不到的时间和地点重新发芽。人类的成就会比我们更久远地留在历史中，吉姆利。"

"我猜，到头来会化为泡影，只剩下'原本应该如此'。"矮人说。

"精灵们对此也不知道答案。"莱戈拉斯说。

这时，亲王的仆人到来，带他们去了治疗院。他们在花园里找到了自己的朋友，大家见面时非常开心。他们一边散步一边聊天，身处微风轻拂的城市上面几环,心平气和地享受早晨短暂的宁静,大家都非常高兴。看到梅里走累了,他们就走过去,坐在墙上,身后是治疗院的草坪。在他们的南面,阳光下的安度因河波光粼粼,流入莱本宁和南伊希利恩的广阔平原与绿色雾霭中,就连莱戈拉斯锐利的眼睛都看不见那里。

大家都在说话,莱戈拉斯却沉默了下来。他迎着阳光凝视着远方,看到白色的海鸟沿着大河飞来。

"看!"他喊道,"是海鸥!它们居然飞到了这么遥远的内陆。它们在我的眼里是奇迹,在我的心中却是烦恼。在抵达佩拉基尔之前,我这辈子从未见过海鸥。我们骑马去攻打战舰的时候,我听到它们在空中鸣叫。我当时惊呆了,忘记了中土世界的战争,因为它们的阵阵悲鸣声在向我诉说着大海。大海!唉!我还没有见过。但在我所有亲人的内心深处,都有一种对大海的渴望,一旦唤醒将会非常危险。唉!那些海鸥啊。无论是在山毛榉树下还是在榆树下,我的心将再也无法平静。"

"不要这样说!"吉姆利说,"中土世界还有无数东西值得一看,还有很多大事等着我们去做。如果美丽的精灵一族都去了灰港,对于那些注定要留下来的人来说,这个世界将会无聊很多。"

"确实会变得无聊而可怕!"梅里说,"莱戈拉斯,你千万不要去灰港。总会有一些人,无论大小,甚至还有一些像吉姆利这样聪明的矮人,他们需要你。至少我希望如此。我觉得这场战争最糟糕的时刻还在后面。我多么希望一切都已结束,而且有个好结果!"

"别这么悲观!"皮平大声说道,"阳光明媚,我们至少要在一起待一两天。我想多听听你们的事。说吧,吉姆利!你和莱戈拉斯今天早上已经多次提到你们和神行客的奇异之旅了,可你还什么都没有告诉我。"

"太阳也许会照耀这里，"吉姆利说，"但我不希望再去唤醒那条道路给我留下的黑暗记忆。早知道我将面临什么的话，我想我无论如何也不会踏上亡灵之路，哪怕兄弟之间情深似海。"

"亡灵之路？"皮平说，"我听阿拉贡说过，但我不知道那是什么意思。你不能给我们多讲一点吗？"

"不愿意，"吉姆利说，"因为我在那条道路上丢尽了脸面。我是吉姆利，格罗因之子，自认为比人类更顽强，在地底下比任何精灵都更坚强，但我却没有能证明这两点。是阿拉贡的意志把我逼上了那条道路。"

"还有他的爱，"莱戈拉斯说，"因为所有认识他的人都会以自己的方式爱着他，就连洛希尔人那位冷若冰霜的美女也不例外。梅里，在你们抵达黑蛮祠的当天，我们一早就离开了那里。所有人都很担心，除了现在受伤躺在下面治疗院里的伊奥温公主外，谁也没有为我们送行。离别时的痛苦场面连我都不忍心看下去。"

"唉！我当时只顾着自己了，"吉姆利说，"不！我不愿意说那一路上的经历。"

他陷入了沉默。不过，看到皮平和梅里那副眼巴巴的样子，莱戈拉斯只好开口说道："为了让你们安心，我就给你们说说吧，因为我没有感到恐惧，也没有害怕那些人类的亡灵。我当时只觉得他们软弱无力。"

于是，他快速讲起了山脚下那条闹鬼的道路，讲起了埃瑞赫的那场黑暗中的约会，讲起了从那里前往安度因河畔的佩拉基尔、长达九十三里格的骑行壮举。"我们从黑石出发，整整骑行了四天四夜，第五天才到达。"他说，"瞧！在魔多的黑暗中，我燃起了希望，因为在那种黑暗中，亡灵大军似乎变得越来越强大，越来越可怕。我看见有人在骑马，有人在大步行走，但所有人的速度都一样快。他们默不作声，但眼睛里却闪着光芒。他们在拉梅顿高地追上了我们，围在我们身边。如果不是阿拉贡禁止,他们会从我们身边疾驰而过。

"在他的命令下,他们后撤了。'就连人类的亡灵也服从他的意志,'我当时在想,'也许还会为他所用呢!'

"第一天有亮光,我们一路骑行;然后便是没有黎明的第二天,我们继续骑行,越过了奇利尔河和凛格罗河;第三天,我们来到了吉尔拉因河口上方的林希尔。在那里,拉梅顿的手下与逆流而上的乌姆巴尔海盗和哈拉德的败军正在激战,争夺浅滩。但是当我们到来,并且高喊亡灵之王降临时,攻守双方立刻停止交战,落荒而逃,只有拉梅顿的领主安格博鼓足勇气迎接我们。阿拉贡吩咐他等灰色大军过去后,召集他的族人,如果他们有胆量的话,就跟在后面。

"'在佩拉基尔,伊希尔杜的继承人会需要你们。'他说。

"就这样,我们渡过了吉尔拉因河,击溃了挡道的魔多盟军,休息了一会儿。但很快,阿拉贡站了起来,说道:'看!米那斯提力斯已经遭到攻击。我担心它会在我们出手相助之前就沦陷。'于是,我们在夜幕降临之前重新上马,以马匹所能承受的最快速度在莱本宁平原上奔驰。"

莱戈拉斯停下来,叹了口气,将目光转向南方,轻轻地唱了起来:

凯洛斯到埃茹伊,条条河流如银,
莱本宁乃五河地,原野青青如翠!
芳草高高,大海送风来;
百合洁白,摇曳海风里。
珃洛斯与阿尔费琳,金钟花儿不凋谢,
生在青青莱本宁,
摇曳海风里!

"在我族人的歌中,田野一片碧绿,但此时的田野却一片漆黑,展露在我们眼前的宛如灰色荒原。在这片广阔的土地上,我们践踏着花草,不顾一切地追击敌人一天一夜,终于来到了大河的出海口。

"我当时心想,我们已经接近大海了,因为黑暗中的海水无边无际,数不清的海鸟在岸边鸣叫。唉,海鸥的哀鸣!罗里恩的那位夫人不是告诉我要当心它们吗?而我现在却无法忘掉它们。"

"我根本没有注意到它们,"吉姆利说,"因为当时我们终于来到了真正的战场。乌姆巴尔海盗的主力舰队就在佩拉基尔,五十艘大船,小船更是不计其数。我们所追杀的敌人中有许多已经比我们早一步赶到了港口,随之而去的还有对我们的惧怕。有些船已经驶离了岸边,想逃到河的下游去,或者逃到对岸去。火焰笼罩了许多小一点的船只,但是身临绝境的哈拉德人反而掉过头来反扑,而且他们在绝望中变得异常凶猛。他们看着我们时哈哈大笑,因为他们人数仍然占优。

"但阿拉贡停住脚步,用洪大的声音喊道:'快来!我以黑石之名召唤你们!'突然间,一直尾随在后的幽灵大军像一股灰色的浪潮般涌了上来,卷走了一切。我听到了隐隐约约的叫喊声,若隐若无的号角声,还有无数遥远声音的喃喃低语,仿佛是很久以前黑暗岁月中被遗忘的战争的回声。苍白的利剑拔了出来,但我不知道那样的刀刃是否还能伤人,因为亡灵不再需要任何武器,只需要恐惧。没有人能抵挡他们。

"他们登上每一艘逼近的船只,或者越过水面登上那些下锚的船只。所有水手都吓疯了,纷纷跳入水中,只剩下被镣铐固定在船桨旁的奴隶。我们不顾一切地在逃跑的敌人中间策马飞奔,像秋风扫落叶一样将他们赶到岸边。然后,阿拉贡向剩下的每一艘大船派遣了一位杜内丹人,他们安慰仍在船上的俘虏,命令他们不要恐惧,并给了他们自由。

"那黑暗的一天还没有过去,胆敢留下来抵抗我们的敌人就已经一个不剩。他们要么淹死了,要么就是逃往了南面,企图靠双脚逃回老家。我当时觉得这一切真是不可思议而又怪异至极,魔多的阴谋竟然被代表恐惧与黑暗的亡灵大军所挫败。真是自作自受啊!"

"确实很怪异。"莱戈拉斯说,"那一刻,我看着阿拉贡,心想,如果他把魔戒据为己有,凭借他的意志力,他会成为一个多么伟大、多么可怕的君主啊。魔多对他的恐惧并非无中生有,但他的精神比索隆所推测的更高尚,因为他可是露西恩的后人啊。即便斗转星移,这条血脉也永远不会断。"

"这样的预言矮人们是看不到了,"吉姆利说,"但阿拉贡那天确实很强大。瞧! 整个黑色舰队都在他的掌控中,于是,他选了其中最大的那一艘,将它用作旗舰,并登了上去。然后,他让人吹响了从敌人手中缴获的号角,亡灵大军撤退到岸边。他们静静地站在那里,几乎看不到身影,只有他们的眼睛映照着燃烧的船只,闪着红光。阿拉贡大声对那些亡灵说道:

"'伊希尔杜的继承人现在有话对你们说! 你们完成了誓言。回去吧,不要再骚扰那些山谷了! 去吧,安息吧!'

"亡灵之王听到这番话后,走到大军最前方,折断手中的长矛,扔到地上。然后,他深深地鞠了一躬,转过身,整个灰色大军迅速离去,像迷雾突然被一阵风吹散了似的,消失得无影无踪。我觉得自己仿佛刚刚从梦中醒来。

"那天晚上,我们在休息,别人却在忙碌着,因为有许多俘虏要释放,还有许多奴隶要被解放,他们都是刚铎人,是在突袭中被抓的。不久,从莱本宁和埃希尔来了一大群人,拉梅顿的安格博也召集了所有的骑兵。既然对亡灵的恐惧已经消除,他们便过来帮助我们,并且来见伊希尔杜的继承人,因为这个名字已经如黑暗中的火焰一样传开了。

"我们的故事快讲完了。那天从傍晚到深夜,许多船只准备就绪,配备了人手。第二天早上,舰队出发。现在看来似乎已经过了很久,可那不过是前天早上的事,而且是我们从黑蛮祠出发后的第六个早晨。但阿拉贡还是担心时间太短。

"'从佩拉基尔到哈拉德总共四十二里格,'他说,'但我们明天必须赶到哈拉德,否则会一败涂地。'

"划桨的是获得自由的奴隶,他们用尽了全力。然而,我们在大河上的速度还是太慢,因为我们是逆流而上。南面的水流虽然不急,但也没有风力助我们一臂之力。要不是莱戈拉斯突然大笑起来,即使在港口取得了胜利,我的心情仍然会很沉重。

"'都林之子,翘起你的胡子吧!'他说,'不是还有句古话叫绝处逢生吗?'可是隔着那么远,他究竟看到了什么希望,他却没有说出来。夜幕降临,四周变得更加黑暗,而我们人人热血沸腾,因为我们看到遥远的北方有一道红光在云层下闪烁。阿拉贡说:'米那斯提力斯已经被烈火笼罩。'

"但是到了午夜,希望果然再次出现。善于航海的埃希尔人凝视着南面,说是风向有变,从大海吹来了新鲜的海风。早在天亮以前,有桅杆的船全都扯起了风帆,我们的速度越来越快,到了黎明时分,船头泛起了阵阵白沫。正如你们所知,我们是在清晨第三个钟头到来的,微风和煦,太阳升起,我们在战斗中展开了那面伟大的旗帜。不管之后会发生什么,这都是伟大的一天,伟大的时刻。"

"无论未来如何,伟大的壮举永远不会被贬低。"莱戈拉斯说,"骑马走过亡灵之路就是伟大的壮举,哪怕在未来的日子里,刚铎无人能幸存下来歌唱它,这依然将是伟大的壮举。"

"很可能会出现那样的情况,"吉姆利说,"因为阿拉贡和甘道夫都脸色严峻。我很想知道他们在下面的帐篷里讨论什么。我和梅里一样,真心希望这场战争能随着我们的胜利就此结束,不过,为了孤独大山人的荣誉,无论还要做什么,我都希望能参与其中。"

"而我则是为了大森林里的人,还有为了对白树之王的爱。"莱戈拉斯说。

几个人陷入了沉默,在高处坐了一会儿,每个人都沉浸在自己的思绪中,而此时,众将领则在辩论着。

伊姆拉希尔亲王与莱戈拉斯和吉姆利分手之后,立刻派人去请伊奥梅尔,然后与他一起从城里下来,来到阿拉贡的帐篷区。这些帐篷就搭建在离希奥顿国王倒下的地方不远的平原上。两个人在那里与甘道夫、阿拉贡和埃尔隆德的儿子们一起商议。

"各位大人,"甘道夫说,"刚铎的宰相死前曾说过一番话,我们不妨听一听:你们也许能在佩兰诺平原获胜,也许能有一天的胜利,但是与已经崛起的力量抗衡,毫无胜算。我不要求你们像他那样绝望,但我要求你们思考这番话所透露的真相。

"真知晶石不会说谎,即使是巴拉督尔之主也无法让它们说假话。也许,他可以凭自己的意志选择让心智较弱的人看到哪些东西,或者让他们误解所看到的事物的意义。尽管如此,当德内梭尔看到魔多集结了庞大的军队来对付他时,毫无疑问,他看到了真相。

"我们的力量只够击退第一次大进攻,而他们下一次的进攻规模将会更大。正如德内梭尔所察觉到的那样,这场战争最后不会有任何希望。无论你是坐在这里挺过一次又一次的围攻,还是出征到大河彼岸后全军覆没,武力无法给我们带来胜利。任何一个选项都是死路一条。出于谨慎,你们会增援目前所拥有的那些强大的地方,在那里等待进攻到来,因为这样可以稍稍延缓最终的结果。"

"你是想让我们撤退到米那斯提力斯,或者多阿姆洛斯和黑蛮祠,像孩子一样面对汹涌而来的潮水却依然坐在沙雕城堡里?"伊姆拉希尔说。

"这可不是什么新建议,"甘道夫说,"在德内梭尔掌权的日子里,难道你们没有做过这样的事吗？但是不！我刚才说过，这是谨慎之举。我不建议谨慎行事。我说过，武力无法给我们带来胜利。我仍然希望赢得胜利，但不是凭借武力，因为在所有策略之中还有力量之戒，而这正是巴拉督尔的根基，也是索隆的希望。

"诸位大人，你们现在都已知道了这件事，足以理解我们和索隆的困境。如果他重新得到它，你们的勇敢努力将付诸东流，他的胜利将迅速而彻底，彻底到只要这个世界还存在，就没有人能预见它的结局。如果力量之戒遭到毁灭，他将一败涂地，永无崛起之日，因为他将失去与生俱来的那部分力量，而这种力量所带来的一切将土崩瓦解，他将永远成为一个废人，变成一个怨灵，不断在阴影中折磨自己，无法再次化形，也无法成长壮大。这个世界将永远清除掉一大恶魔。

"未来可能还会出现其他恶魔，因为索隆本身不过是个仆人或使者。然而，我们的职责不是掌控世界所有的潮流，而是竭尽全力去拯救我们所处的时代，铲除我们所知田野中的邪恶根源，让后人有一片可耕作的清洁天地。至于他们会遭遇什么样的天气，那不是我们所能掌控的。

"索隆现在知道了这一切，知道他丢失的这个珍贵的东西又被找回了，但他还不知道它在哪里，至少我们希望如此。他现在很怀疑，因为，如果我们找到了这东西，我们当中就有人有足够的力量去驾驭它。这一点他也知道。阿拉贡，如果我没有猜错的话，你已经通过欧尔桑克晶石在他面前现身了吧？"

"我在离开号角堡之前就这样做了，"阿拉贡回答，"我当时认为时机已经成熟，晶石正是为了这个目的而来到我身旁的。持戒人那时已经离开拉乌洛斯，向东走了十天，我觉得应该吸引索隆之眼，让其将注意力转向自己的领地之外。自从回到高塔之后，他还很少遇到过挑战。不过，如果我早料到他会如此迅速地反击，也许我就不敢露面了。害得我差一点没有赶过来帮你们。"

"这究竟是怎么回事？"伊奥梅尔问道，"你说，如果他拥有了魔戒，我们的努力都将化为泡影。可如果我们拥有了魔戒，为什么他不认为攻击我们会徒劳无果呢？"

"他还不确定，"甘道夫说，"而且他也不像我们那样，等到敌人羽翼丰满时才建立自己的力量。我们也无法在一天之内就掌握魔戒的全部力量。事实上，它只能由一个主人单独使用。索隆会寻找时机，一直等到我们当中的某位大能宣称自己为魔戒之主并且开始压制其他人的时候才会出手。届时，如果他出其不意，魔戒也许能助他一臂之力。

"他在密切关注着一切，许多事都逃不过他的耳目。他的那兹古尔仍在四处巡视，今天日出之前还从这片平原飞过，只是大家要么过于疲惫，要么进入了梦乡，很少有人注意到它们。他在研究各种迹象：当时让他失去宝物的那把剑已经重铸成功；命运的风向已经转为对我们有利；他第一次出手便出乎意料地惨败，还损失了一员将帅。

"甚至就在此时此刻，就在我们讨论的时候，他的疑心也会越来越重。他的魔眼会集中在我们身上，对其他动静视而不见。因此，我们必须让他继续保持这样。这便是我们全部的希望，这也是我的建议。魔戒不在我们手中。无论这是聪明的上策还是愚蠢的下策，魔戒都被送往了别处，为的是将它毁灭，免得它毁灭我们。在没有魔戒的情况下，我们无法靠武力打败他的军队，但我们必须不惜一切代价让他的眼睛远离他真正的危险。我们是无法靠武力取得胜利，但我们可以用武力给持戒者创造唯一的机会，尽管这个机会成功的概率不高。

"既然阿拉贡已经出手，我们就必须继续下去。我们必须把索隆逼到孤注一掷的地步。我们必须引诱出他隐藏的力量，这样他的地盘就会空无一人。我们必须立即出发去迎战他。哪怕他的利齿会咬住我们，我们也必须让自己成为诱饵。他会带着希望和贪婪上钩，因为看到我们如此鲁莽的行动时，他会认为他看到了魔戒新主人的自大，他会说:'哼!既然他这么快就把脖子伸得这么长,那就让他来吧。瞧着吧,我要让他落入陷阱,永远无法逃脱。我要在这个陷阱里粉碎他,他在傲慢无礼中获得的东西将永远属于我。'

"我们必须鼓足勇气,光明正大地走进那个陷阱,但留给我们自己的希望将会非常小。因为,诸位大人,这将是一场远离人间的战斗,而我们很可能会在这场黑暗的战斗中彻底灭亡;因此,即使巴拉督尔被推倒,我们也不会活着看到一个新的纪元。但我认为,这是我们的责任,反正要好于在这里坐以待毙,内心知道我们一旦陨落,将永远不会再有新纪元。"

他们沉默了一会儿。最后,阿拉贡开口了:"既然我已经出手,我就会坚持到底。我们现在正处于希望和绝望并存的边缘。动摇就是失败。现在谁也不要拒绝甘道夫的建议,他与索隆的长期交锋终于迎来了考验。如果不是他,一切早已失去。尽管如此,我还不想命令任何人。让别人自己选择吧。"

这时,埃尔洛希尔说道:"我们从北方过来就是为了这个目的,我们从父亲埃尔隆德那里带来的建议也是一样。我们不会回头。"

"至于我自己,"伊奥梅尔说,"我对这些深奥的问题知之甚少,但我也不需要知道那么多。我只知道一点,而这一点就足够了,因为我的朋友阿拉贡曾帮助过我和我的人民,所以当他召唤我时,我会帮助他。我会去。"

"至于我,"伊姆拉希尔说,"不管阿拉贡大人是否承认,我都将他视为我的君主。他的愿望对我来说就是命令。我也会去。不过,既然我暂时担任刚铎宰相,我就必须首先考虑刚铎的百姓。我们仍然必须谨慎行事。我们必须防备所有可能出现的情况,不管是好是坏。也许我们会胜利,只要还有一丝获胜的希望,就一定要保护好刚铎。我不希望我们带着胜利回来时,只见到一座成为废墟的城市和一片被踩蹸的土地。然而，我们从洛希尔人那里得知，我们的北侧还有一支军队尚未作战。"

"那倒是真的，"甘道夫说，"我不建议你让这座城市无人防守。事实上，我们东征的军队并不需要强大到足以对魔多发动进攻，只需强大到对其发起挑战就行了，而且必须尽快行动。因此，我问各位将领：最迟在两天之内，我们能召集多少兵力？他们必须非常勇敢，知道自己会面临危险，但仍然心甘情愿地去。"

"所有人都疲惫不堪，很多人都有轻伤或重伤在身，"伊奥梅尔说，"我们的战马损失严重，对我们相当不利。如果我们必须尽快赶路，那我就连带走两千人的希望也没有，更何况还要留下同样数量的人保卫城市。"

"我们不仅要对付那些在这个战场上战斗的人，"阿拉贡说，"现在海岸已经被摧毁，新的力量正从南方封地赶来。我两天前从佩拉基尔派了四千人马，穿过洛斯阿尔那赫，而率领他们的正是无畏的安格博。如果我们再过两天出发，他们就会在我们出发之前到达。此外，还有许多人奉命搭乘他们能找到的任何船只，跟着我去往大河上游。按照现在的风势，他们很快就能抵达，事实上，已经有好几艘船已经到了哈拉德。我估计我们可以出动七千骑兵和步兵，而这座城市的防御甚至比遭到攻击前还要强。"

"城门已经被摧毁了，"伊姆拉希尔说，"现在何处还有技术再造城门并把它安装上去呢？"

"在达因王国的埃瑞博山就有这种技能。"阿拉贡说，"只要我们所有的希望没有破灭，那么到时候我就会派格罗因之子吉姆利去孤独大山请工匠。但是人比城门强，如果人们弃门而去，没有一扇门能抵挡我们的敌人。"

这就是各位大人讨论的结果：两天后的早晨，如果能召集到足够人马，他们将率领七千人出发。这支军队将以步兵为主，因为他们要去的地方过于邪恶凶险。阿拉贡会找到他在南方召集的两千多名士兵，但伊姆拉希尔应该能找到三千五百人。伊奥梅尔召集了五百名洛希尔人，他们虽然只能弃马步行，但人人骁勇善战，而他本人则亲自率领五百名最精锐的骑兵。另外还有一支五百人的骑兵部队，其中便有埃尔隆德的两个儿子、杜内丹人、多阿姆洛斯的骑士。整支大军共计六千步兵和一千骑兵。但是，洛希尔人的主力军将由埃尔夫海尔姆指挥，这三千多人仍能骑马作战，他们将在西大道伏击阿诺瑞恩的敌人。他们立刻派出了一些敏捷的骑手往北，打探欧斯吉利亚斯以东以及通往米那斯魔古尔的道路情况。

他们计算完了己方的全部兵力，考虑了即将开始的征程以及应该选择的道路，伊姆拉希尔突然大笑起来。

"的确，"他大声说道，"这是刚铎历史上最大的笑话：我们居然带着七千人马去攻打黑暗大地的大山和坚不可摧的大门，而这七千人马的数量还不及当年鼎盛时期的先头部队！一个孩子也会用绿柳和绳子做的弓来威胁一个身着盔甲的骑士！米斯兰迪尔，如果黑魔王正如你说的那样知晓一切，他会不会宁愿微笑也不愿恐惧，然后用他的小手指把我们捏碎，就像捏碎一只想叮他的牛虻那样？"

"不，他会设法把牛虻困住，拔掉它的刺。"甘道夫说，"我们当中有些人的身价超过一千名全身盔甲的骑士。不，他不会笑的。"

"我们也不会。"阿拉贡说，"如果这是玩笑，那它苦涩得让人笑不出来。不，这是非常危险的最后一步棋，对这一方或那一方来说，这都将终结这场游戏。"然后，他拔出安督利尔剑，将它高高举起，宝剑在阳光下闪闪发光，"在最后一场战斗结束之前，你不再归鞘。"

第十章
黑门开启
THE BLACK GATE OPENS

狂风呼啸,号角齐鸣,箭矢在空中嗡嗡作响。南移的太阳被魔多的恶臭气体所笼罩,透过一层险恶的迷雾远远地投来一缕红光,仿佛这是一天的终结,或许是整个光明世界的终结。越聚越浓的黑暗中传来了那兹古尔冰冷的声音,发出死亡的呼唤,然后,一切希望就此破灭。

两天后,西方大军全部集结在佩兰诺平原上。奥克大军和东夷人撤出了阿诺瑞恩,但是在洛希尔人的围攻下四散奔逃,几乎没有交战就逃往了凯尔安德罗斯。随着这一威胁彻底消除,再加上新的兵力从南方赶来,石城的防守人员配备空前充实。斥候报告说,一直到陨落之王十字路口,东面的道路上已经没有任何敌人。万事俱备,只等最后一击。

莱戈拉斯和吉姆利再次共骑一马,身边是阿拉贡和甘道夫,还有杜内丹人和埃尔隆德的两个儿子,他们组成了先锋。梅里感到很羞愧,因为他无法同行。

"这种长途跋涉并不适合你,"阿拉贡说,"但是不要感到羞愧。哪怕你在这场战争中不再有所作为,你也已经赢得了巨大的荣誉。佩里格林将代表夏尔人出征;你不要因为他获得这九死一生的机会就对他有怨言,因为他虽然已经竭尽所能,却仍然比不上你。说实话,我们所面临的危险大同小异。我们很可能都会痛苦地陨落在魔多大门前,但如果真的发生那种事,你们也会迎来最后一战,要么在这里,要么在任何被黑色浪潮淹没的地方。再见了!"

于是,梅里只好垂头丧气地站在那里,看着大军集结。贝尔吉尔站在他身旁,同样非常沮丧。他父亲将要带领一群石城士兵出征,因为在擅离职守的案子审理完毕之前,贝瑞冈德无法重返禁卫军。皮平作为刚铎的一名士兵也加入了这个小队。梅里可以看到他就在不远处,在米那斯提力斯身材高大的士兵之中,他显得非常矮小,却仍然站得笔直。

终于,号角声响起,大军开始行动。一支又一支,一队又一队,转了一个大弯后向东而去。他们沿着通往主道的大路前进,消失得无影无踪,过了很久,梅里依然站在那里。朝阳照在长矛和头盔上,反射出点点亮光,而最后一抹闪光消失后,梅里依然站在那里,低着头,心情沉重,觉得自己成了孤家寡人,周围没有一个朋友。他所在乎的每一个人都消失在了东方遥远天空下的黑暗中,对于能否再见到他们,他已经不抱任何希望。

仿佛被绝望的心情唤醒似的,他的手臂再次疼痛起来,他感到虚弱而苍老,阳光也显得很微弱。贝尔吉尔用手碰了他一下,他顿时回过神来。

"走吧,半身人少爷!"贝尔吉尔说,"我看得出来,你还在疼。我扶你回治疗院。不要害怕!他们会回来的。米那斯提力斯的人永远不会被征服,而且他们现在还有了精灵宝石大人,外加禁卫军贝瑞冈德。"

大军在中午前抵达了欧斯吉利亚斯。所有能抽调出来的工人和工匠都在那里忙碌着。一些人在加固敌人建造的渡船和船桥,敌人在逃跑时将它们部分摧毁了。另一些人在收集各种补给品和战利品,河东岸的其他人也在匆忙修筑防御工事。

刚铎先锋继续前进,穿过已成废墟的刚铎古国,渡过宽阔的大河,踏上漫长的笔直大道。这条大道修建于刚铎的鼎盛期,从美丽的太阳之塔通往高高的月亮之塔,也就是如今那条邪恶的山谷中的米那斯魔古尔。经过欧斯吉利亚斯之后,他们又前进了五哩才停下来,结束了第一天的行军。

但骑兵继续赶路，傍晚前抵达了十字路口和环状林带。周围一片寂静。他们没有看到任何敌人的迹象，没有听到任何叫喊或呼唤，也没有箭镞从路旁的岩石或灌木丛中飞出，然而，每向前迈出一步，他们都能感到这片大地的警戒在增强。树木和石头，绿草和树叶都在侧耳倾听。黑暗已被驱散，在遥远的西方，夕阳映照着安度因河谷，白色的山峰在蔚蓝的天空中泛着红晕，但一道黑影和一片昏暗却笼罩着埃斐尔度阿斯。

这时，阿拉贡在通往环状林带的四条路上分别安排了号手，他们吹响了嘹亮的号角，传令官们大声喊道："刚铎之王回来了，他们收回这片属于他们的土地。"雕像上丑陋的奥克人头被扔到地上，摔成了碎片，老国王的头被抬起，重新安放到原来的位置上，头上仍然戴着白色和金色相间的花冠。大家费力地清洗、刮掉奥克在石头上留下的污秽字迹。

众人就下一步行动展开了讨论。有人建议首先进攻米那斯魔古尔，如果成功就将它彻底摧毁。"也许吧，"伊姆拉希尔说，"那里有条道路通往上面的山口，从那里攻击黑魔王要比从北门攻击他更容易。"

但甘道夫当即反对这个建议，一方面是因为盘踞在山谷里的邪恶力量会让人丧失心智，变得疯狂和恐惧，另一方面是因为法拉米尔带来的消息。如果持戒人真的打算走那条道，那他们尤其不能把魔多之眼引到那里。所以第二天，当大军主力部队到达时，他们在十字路口布置了精兵强将，以防魔多派军队越过魔古尔隘口，或者从南方调来更多的兵力。他们挑选的守卫大多是熟悉伊希利恩情况的弓箭手，这些人会藏身于道路交汇处的树林中和山坡上。但是，甘道夫和阿拉贡却随先头部队来到魔古尔山谷的入口，注视着这座邪恶的城市。

那里一片漆黑，毫无生气，因为居住在那里的奥克和魔多其他低等生物都已葬身在之前的战斗中，而那兹古尔尚未回来。然而，山谷里的空气充满了敌意，令人恐惧。他们摧毁了那座邪恶的桥梁，放火烧毁了那些有毒的田野，然后就离开了。

第二天，也就是他们从米那斯提力斯出发后的第三天，大军开始沿着大道向北进军。从十字路口到莫拉农河，这条路有好几百哩。一路跋涉而来，前方等待他们的会是什么，无人知晓。他们没有掩饰自己的行踪，但是一路上却非常谨慎，道路前方有骑马的斥候，左右两边有步兵斥候，尤其是东侧，因为那里有阴森的灌木丛，还有一片崎岖的土地，到处都是岩石和峭壁，再往后便是向上隆起的埃斐尔度阿斯的漫漫陡坡，阴森可怖。世间的天气依然晴朗，西风依旧，但没有任何东西能驱散笼罩在阴影山脉周围的阴郁和凄凉的迷雾。山后每隔一段时间就会升起浓烟，在高空盘旋。

甘道夫时不时地让人吹响号角，传令官们会高呼："刚铎之王驾到！要么离开这片土地，要么俯首称臣！"但是伊姆拉希尔说："不要说刚铎之主。要说埃莱萨国王。虽说他还没有登基，但这却是千真万确的。如果传令官们使用这个名字，敌人就会三思而行。"从此以后，传令官们每天三次宣布埃莱萨国王驾到。但没有人出来接受挑战。

尽管如此，他们一路前进虽然貌似风平浪静，但是从级别最高的将领到级别最低的士兵，所有人都感到心情低落，每向北走上一哩，不祥的预感就在他们身上加重一分。从十字路口出发到第二天即将结束时，他们第一次遭遇了战斗。一只由奥克和东夷人组成的强大军队试图伏击他们的先头部队。这里正是法拉米尔伏击哈拉德人的地方，向东延伸的山丘上有一个隆起之处，大道在这里变成了一条深深的壕沟。但是西方的将领们已经从斥候那里得到了预警，这些斥候来自汉奈斯安努恩，由玛布隆率领，人人经验丰富。于是，伏击者反而落入了陷阱。骑兵向西绕了个大弯，迂回从敌人的侧翼和后方冲了上来。

敌人不是被消灭，就是被赶进了东边的山区。

但是胜利并没有让将领们欢欣鼓舞。"这只是个幌子，"阿拉贡说，"我认为，它的主要目的与其说是要给我们造成很大的伤害，不如说是为了让我们错误地猜测敌人很弱。"从那天晚上起，那兹古尔就开始跟踪大军，注意他们的一举一动。它们仍然飞得很高，除了莱戈拉斯，谁也看不见它们，但大家都能感觉到它们的存在，就如同那越来越深的阴影，和那越来越暗淡的太阳。虽然这些戒灵还没有俯冲下来攻击敌人，也没有发出叫声，但谁也无法摆脱对它们的恐惧。

就这样，时间流逝，无望的行军仍在继续。到了他们从十字路口出发的第四天，也就是离开米那斯提力斯后的第六天，他们终于到达了生命之地的尽头，开始进入奇立斯高格隘口前的荒凉之地。他们可以看到向北和向西延伸至埃敏穆伊的沼泽和沙漠。这些地方如此荒凉，笼罩在他们身上的恐怖如此之深，大军中一些人竟然到了几近崩溃的地步，无论是徒步还是骑马，都无法继续朝北迈出一步。

阿拉贡看着他们，眼里流露出的不是愤怒，而是怜悯。这些不是来自洛汗或者遥远的西伏尔德的年轻人，就是来自洛斯阿尔那赫的农夫。对他们来说，魔多是他们从孩提时候就听说过，却不存在于他们生活中的一个邪恶名字，是与他们淳朴的生活无关的一个传说。如今，他们就像行走在化为真情实景的噩梦中，既不明白这场战争，也不明白为什么命运会把他们引向这样的境地。

"去吧！"阿拉贡说，"但是仍然要保持你们的荣誉，千万别跑！有一个任务你们可以尝试一下，所以不必感到羞耻。一直朝西南方向走，直到抵达凯尔安德罗斯。如果不出我所料，那里仍然被敌人占领，所以，如果可以的话，你们要重新将它夺回来，并且要为保卫刚铎和洛汗坚守到底！"

阿拉贡的宽宏大量让一些人感到羞愧，他们克服恐惧，继续前行；而另一些人在听到自己仍然可以在力所能及的范围内有英勇壮举，便纷纷燃起新的希望，转身离去。这样一来，由于之前在十字路口留下了许多人，西方将领们最终来到黑门前、面对魔多强大力量的时候，他们的兵力不足六千人。

他们现在慢慢地向前推进，时刻等待着敌人回应他们的挑战。他们聚在一起，因为从大军中派出斥候或小部队纯粹是浪费兵力。从魔古尔山谷出发后的第五天傍晚，他们搭起了最后一个营地，并且用能找到的枯木和帚石楠在营地周围点起了一堆堆篝火。他们彻夜未眠，清楚地意识到有许多隐约可见的东西在他们周围行走和徘徊，他们还听到了狼嗥。风已经停了，空气似乎也已静止。能见度非常低，虽然天空万里无云，上弦月也已经到了第四个晚上，但地面上仍有烟雾缭绕，魔多的薄雾遮挡着白色的新月。

天气越来越冷。天亮了，风再次刮起，不过现在是从北方吹来的，不久便化为了清新的微风。夜间活跃的东西已经不见踪影，大地似乎空无一人。在北边那些令人作呕的坑洞中，矿渣、破碎的岩石和炸裂的泥土堆积如山，这些都是魔多的蝼蚁留下的腌臜之物；但是南边不远处耸立着奇立斯高格的巨大城墙，最中间是黑门，两边是又高又黑的尖牙之塔。由于在最后一次行军中，将领们避开了向东转弯的旧道路，避开了暗藏的群山这一危险，所以他们现在正从西北方向接近魔栏农。这正是弗罗多之前采用的路线。

黑门上方有着阴森的拱门，拱门下方的两扇巨大铁门紧闭着。城垛上什么也看不见。四周一片寂静，但警惕的眼睛无处不在。他们终于来到了这次愚蠢远征的终点，披着灰蒙蒙的晨光，孤立无援地站在寒风中。哪怕他们带来了威力巨大的攻城机械，哪怕敌人只有大门和城墙的守卫这么多，他们仍然没有任何希望能攻打面前的高塔和城墙。他们还知道，魔栏农周围的所有山丘和岩石背后都布满了隐藏的敌人，远处那条幽暗的峡谷更是由成群的恶兽挖掘出了条条隧道。他们站在那里的时候，看到所有那兹古尔聚集到了一起，像秃鹰一样盘旋在尖牙之塔之上。他们知道敌人在监视他们，但敌人仍然无动于衷。

他们别无选择，只能将自己的角色演到底。因此，阿拉贡把大军布置成最恰当的阵列，分散在两座炸碎的石头和泥土大山上，这些都是奥克多年辛劳堆积起来的。在他们的前方，朝着魔多的方向，那里有一大片散发着恶臭的沼泽和池塘，颇似一条护城河。一切布置就绪后，将领们骑马向黑门进发，身后跟着一支由骑兵、旗手、传令官和号手组成的大军，里面有首席传令官甘道夫、阿拉贡和埃尔隆德的两个儿子，还有洛汗的伊奥梅尔和伊姆拉希尔。莱戈拉斯、吉姆利和佩里格林也奉命上前，这样一来，魔多各个种族的敌人便都有了见证人。

他们来到魔栏农近处，展开大旗，吹响号角。传令官们站了出来，将他们的声音传到了魔多的城垛上。

"出来！"他们喊道，"让黑暗大地的领主出来！他将受到公正的审判。他卑鄙地向刚铎开战并夺取了它的土地，因此刚铎之王要求他赎罪，永远离开。出来！"

一阵长时间的沉默，无论是城墙上还是城门内都听不到回应的喊叫声，一片寂静。但索隆已经制定好了计划，他想在动手杀死这些老鼠之前，先残酷地玩弄它们。于是，就在将领们准备转身离开的时候，寂静突然被打破了。大山中响起了连绵不绝的隆隆鼓声，宛如群山中的雷声，接着便是一阵刺耳的号角声，震得石头颤抖，也震聋了人们的耳朵。与此同时，黑门哐当一声打开，从里面出来了黑暗妖塔的使团。

领头的是一个高大而邪恶的身影，骑着一匹黑马——如果能把那称作马的话。它体形巨大，阴森可怖，脸是一个可怕的面具，与其说那是一个活人的头，不如说是一个骷髅，而且它的眼窝和鼻孔里燃烧着火焰。骑马的人穿着一身黑衣服，戴着黑色的高头盔，但这不是戒灵，而是一个活人。他是巴拉督尔塔的副官，任何传说都没有记住他的名字，因为就连他本人也忘记了自己叫什么。他说："我是索隆之口。"但据说他是一个叛徒，来自一个叫作"黑努门诺尔人"的种族。他们于索隆统治时期在中土世界建立了住所，因而崇拜索隆，迷恋邪恶知识。黑暗妖塔刚一重建，他就开始为其效力。由于为人狡猾，他在索隆那里很受宠，地位也越来越高。他学会了许多魔法，对索隆的心思了如指掌，而且比任何奥克都更残忍。

现在骑马出去的正是他，跟他一起来的只有一小群身着黑甲的士兵，他们打着一面黑旗，上面用红色绘着魔眼。他在距离西方将领几步远的地方停住脚，上下打量着他们，大笑起来。

"你们这群乌合之众当中谁有权跟我说话吗？"他问，"或者确切地说，谁有智慧能听懂我的话？至少你不行！"他嘲笑道，轻蔑地转向阿拉贡，"要想成为一个国王，光靠一块破精灵宝石或者这样的蜂营蚁队远远不够。嘿，山上随便一个土匪都能有这样的跟班！"

阿拉贡没有回应，而是紧紧盯着对方的眼睛，两个人就这样较量了一会儿。但没过多久，尽管阿拉贡一动不动，也没有动手去拿武器，对方还是退缩了，仿佛遇到了要挨一拳的威胁。"我是传令官，也是使者，不能受到攻击！"他大声说道。

"在此类法律有效的地方，"甘道夫说，"使者不得蛮横无理，这也是惯例。没有人威胁过你。在你的使命完成之前，你不用害怕我们。但是，如果你的主子没有悟出新的智慧，你和他所有的奴仆都将有大难。"

"是吗！"使者说，"那么你就是代言人喽，灰胡子老家伙？难道我们不是偶尔听说过你，听说过你到处浪迹，总是在安全的距离之外酝酿阴谋和恶作剧吗？但这次你的鼻子伸得太长了，甘道夫大人，你将看到，在索隆大帝脚下布下愚蠢罗网的人会有什么下场。我奉命给你看几样东西——是专门给你看的，只要你敢来。"他向一个卫兵做了个手势，后者拿着一个黑布裹着的包袱走上前来。

使者打开裹着的黑布，让所有将领感到诧异和惊愕的是，他先是举起了山姆随身携带的短剑，然后举起了一件镶有精灵胸针的灰色斗篷，最后又举起了一件弗罗多穿在破烂衣服里面的秘银铠甲。众人眼前一黑，在这片刻的寂静中，他们仿佛觉得整个世界没有了动静，而他们的心已经死了，最后的希望也已破灭。站在伊姆拉希尔亲王身后的皮平悲伤地大叫一声，跳上前去。

"安静！"甘道夫严厉地说，把他推了回去，但使者却放声大笑。

"这么说你又带来了一个这样的小鬼！"他大声说道，"我猜不出你觉得他们有什么用，但如果你是派他们去魔多做奸细，那你比以往更为愚蠢。不过，我还是要感谢他，因为很显然，至少这小子以前见过这些东西，你现在要否认也没有用。"

"我不想否认，"甘道夫说，"的确，我认识这些东西，也知道它们的来历。尽管你瞧不起这些东西，你这肮脏的索隆之口，但你却对它们知之甚少。可你为什么将它们带到这里来？"

"矮人的铠甲，精灵的披风，沦陷西部的短剑，还有来自耗子国夏尔的奸细——不，不要惊讶！我们很清楚，这些都是你们玩弄阴谋诡计的证据。也许曾经拥有这些东西的那个人，你并不会因为失去他而伤心，也许真相刚好相反：或许他是你的亲人？如果是这样，就用你仅存的那点智慧快速地想一想吧，因为索隆不喜欢奸细，而他的命运现在就取决于你的选择了。"

没有人回答他，但是他看到他们的脸因为恐惧而发灰，看到他们的眼睛里流露出了惊恐的神色，于是他再次放声大笑，因为他觉得自己玩的这场游戏进展顺利。"好，好！"他说，"我看得出来，他对你至关重要，或者说你绝不希望看到他肩负的使命失败？可这个使命已经失败了。他现在将承受多年的缓慢折磨，而我们神塔里的各种手段无穷无尽，要多漫长就多漫长，要多缓慢就多缓慢。他永远不会被释放，除非他为了能回到你身旁而身心巨变，那时候你就会看到自己做了什么。除非你接受我主的条件，否则这将是必然结果。"

"说出条件吧。"甘道夫坚定地说，但周围的人看到了他脸上的痛苦，此刻的他看起来像一个干瘪的老人，终于被击垮、被打败了。他们并不怀疑他会接受。

"条件如下，"使者说，然后微笑着扫视他们，"刚铎的乌合之众和他们受了蒙骗的盟友必须立即撤退到安度因河之外，并且必须先发誓不再公开或秘密地攻击索隆大帝。安度因河以东的所有土地将永远属于索隆。安度因河以西直到迷雾山脉和洛汗隘口都将是魔多的附属国，那里的人不能携带任何武器，但是将自行管理自己的事务。不过，他们将帮助重建被他们肆意摧毁的艾森加德，那地方将属于索隆，他的副官将住在那里：不是萨鲁曼，而是一个更值得信赖的人。"

他们盯着使者的眼睛，看出了他的心思。他将成为那个副官，把西部剩下的一切都集中在他的控制之下；他将成为他们的暴君，而他们将成为他的奴隶。

但是甘道夫说："仅仅为了移交一个仆人，你的主人就能得到他必须多年征战才能得到的东西，这是狮子大开口！莫非刚铎的战场摧毁了他依靠战争取胜的希望，让他陷入了讨价还价的地步？如果我们真的如此看重这个囚犯，我们又怎能保证索隆这个背信弃义的卑鄙之徒会恪守承诺呢？这个囚犯在哪里？把他带出来交给我们，然后我们再考虑这些要求。"

甘道夫全神贯注地看着他，仿佛正在面对一个与之生死搏斗的劲敌。使者一时手足无措，紧接着便又放声大笑。

"不要用你的傲慢无礼和索隆之口斗嘴！"他大声说道，"你想要保证！索隆绝不会给的。如果你想请求他的宽恕，那就必须先执行他的命令。这是他的条件，随你接不接受！"

"我们只接受这些东西！"甘道夫突然说道。他掀开披风，一道白光如利剑般划过这片黑暗的地方。在他高举的大手面前，可恶的使者退缩了。甘道夫上前，从他手中夺过了那些东西：铠甲、斗篷和宝剑。"我们只接受这些，以纪念我们的朋友，"他大声说道，"至于你的条件，我们断然拒绝。你走吧，因为你的使者任务已经结束，死亡离你很近。我们来这里不是为了与背信弃义、万恶不赦的索隆浪费口舌，与他的奴隶就更没有什么可说的。滚吧！"

魔多的使者此时再也笑不出来了。他的脸因惊诧和愤怒而扭曲，活像一只蹲伏着捕食猎物的野兽，却突然被一根带刺的大棒击中了嘴巴。他怒不可遏，嘴里淌着口水，喉咙里发出难以捉摸的愤怒之声。但是，当他看到将领们垮着的脸庞和致命的眼睛时，恐惧战胜了愤怒。他大叫一声，转身跳上马背，带着他的同伴发疯似的向奇立斯高格奔去。他们离去的时候，他的士兵吹响了号角，发出了早已安排好的信号。他们还没有逃回到大门前，索隆就启动了陷阱。

鼓声震天，烈火飞腾。黑门的两扇大门猛地向后打开，从里面拥出来一支大军，犹如水闸提起时旋转的水流奔涌而下一样迅速。

将领们再次上马，骑了回来，而魔多大军则传来了讥讽的喊叫声。尘土飞扬，空气中弥漫着令人窒息的气息，一支东夷军队从不远处奔驰而来，他们一直躲在另一座塔背后的埃瑞德利苏伊的阴影中，等待着信号。无数的奥克从魔栏农两边的山上蜂拥而下。西方的人落入了陷阱，很快，在他们所站的灰色土丘周围，十倍乃至百倍于他们的敌军如大海般将他们团团包围。索隆用钢牙咬住了送上门来的诱饵。

阿拉贡根本来不及下达作战指令。他和甘道夫一起站在小山上,美丽的白树七星旗帜也在那里高高飘扬,但此刻却透着一丝绝望。紧挨着的另一座山上立着洛汗的白马旗帜和多阿姆洛斯的银天鹅旗帜。每座山丘周围都有一圈防守士兵,到处都是密集的长矛和利剑。第一场苦战将会在面对魔多的前方爆发,那里的左边是埃尔隆德的两个儿子,杜内丹人环绕在他们身边,右边是伊姆拉希尔亲王和多阿姆洛斯那些高大英俊的骑士,外加守卫之塔的精锐。

狂风呼啸,号角齐鸣,箭矢在空中嗡嗡作响。南移的太阳被魔多的恶臭气体所笼罩,透过一层险恶的迷雾远远地投来一缕红光,仿佛这是一天的终结,或许是整个光明世界的终结。越聚越浓的黑暗中传来了那兹古尔冰冷的声音,发出死亡的呼唤,然后,一切希望就此破灭。

皮平听到甘道夫拒绝了那些条件,知道弗罗多将注定在黑暗妖塔里备受折磨,他吓得弯下了腰。但他控制住了自己,和伊姆拉希尔的人一起站在刚铎大军的最前面,与贝瑞冈德并肩作战。因为对他来说,既然一切都已毁灭,那还不如尽早死去,结束他一生的痛苦经历。

"我真希望梅里也在这儿。"他自言自语道。尽管他看到敌人冲了过来,他的脑子里还是闪过了一些思绪,"好吧,好吧,至少现在我对可怜的德内梭尔多了一点理解。梅里和我,既然我们一定会死,为什么不能死在一起呢? 既然他不在这里,我希望他能找到不那么痛苦的结局。但我此刻必须竭尽全力。"

他抽出宝剑,端详着那红色和金色交织的剑形,流畅的努门诺尔文字如火焰般在刀刃上闪耀。"这正是为这样的时刻打造的。"他想,"要是我当时能用它杀死那个可恶的使者就好了,那样我就几乎可以和老梅里平起平坐了。好吧,我要在一切结束之前干掉几个这样的混蛋。我希望能再次看到凉爽的阳光和绿色的青草！"

就在他想到这些的时候，他们遭遇了第一轮进攻。山前的泥沼挡住了奥克，他们停下来，朝着对方的防御队伍射箭。但是，一大群来自高格洛斯的山间食人妖如野兽般咆哮着，从他们中间大步走来。他们比人类更高更魁梧，身上只裹着密密麻麻的角质鳞片，也许那就是他们丑陋的皮肤，但他们握着又大又黑的圆盾，骨节粗大的手挥舞着沉重的铁锤。他们不顾一切地跳进水塘，涉水过河，边走边咆哮。他们像风暴一样冲向刚铎的防线，锤子落在头盔、脑袋、武器和盾牌上，如同铁匠在锤打炽热的弯铁一样。皮平身边的贝瑞冈德被击中后弯腰倒了下去；食人妖首领将他击倒后又俯身向他伸出了利爪，因为这些残暴的生物会先把人击倒，然后再咬他们的喉咙。

这时，皮平向上刺出了一剑，带有西方铭文的剑刃刺穿了兽皮，深深扎进了食人妖的要害器官，黑色的血液喷涌而出。他向前一倾，像一块落下的岩石一样轰然倒下，把身下的人埋了下去。黑暗、恶臭和剧痛袭来，皮平的思维陷入了一望无际的黑暗之中。

"这结局果然与我猜想的一样。"他的思绪在飞离时说道。它在逃走之前，在他心里笑了一下，似乎为终于摆脱了所有的疑虑、忧虑和恐惧而开心。就在它飞得快要忘记过去的时候，它听到了一些声音，这些声音仿佛在上面某个已经遗忘的世界里大喊：

"巨鹰来了！巨鹰来了！"

皮平的思绪又踌躇了片刻。"比尔博！"它说，"可是不对！那是很久很久以前他讲的故事。这是我的故事，就此结束了。再见！"他的思绪逃向了远方，他闭上了眼睛。

卷六

第一章
奇立斯温格尔之塔

THE TOWER OF CIRITH UNGOL

———————— 在这备受考验的时刻,让他依然守住心智的主要是他对少爷的爱,还有他内心深处那尚未被征服的朴素的霍比特人意识。

———————— "你拿到了它?"弗罗多大吃一惊,"你把它带到这儿了? 山姆,你真是个奇迹!"他的语气随之迅速变得非常怪异。"把它给我!"他站起来,伸出一只颤抖的手,大声喊道,"马上给我! 你不能拥有它!"

山姆从地上爬起来，浑身疼痛。他一时不知道自己身在何处，但所有的痛苦和绝望随即又回到了他的心头。此刻的他正身处奥克堡垒地下大门外的黑暗中，而那两扇黄铜大门仍然紧闭着。他一定是在撞门的时候晕了过去，但他不知道自己在那里躺了多久。他当时怒火中烧，绝望而愤怒，此刻却浑身发冷，颤抖不已。他爬到门边，把耳朵贴在门上。

他隐约能听到门内很远的地方有奥克的吵闹声，但吵闹声不久便停了下来，要么就是超出了他的听觉范围，周围一片死寂。他头痛欲裂，眼睛在黑暗中看到了各种幻影，但他努力让自己平静下来，开始思考。很明显，他无论如何也无法通过那道门进入奥克的堡垒。或许要等上好几天那道门才会打开，而他根本等不及：每一分每一秒都无比珍贵。他对自己的职责已不再有任何怀疑：他必须拯救少爷，或者在拯救的过程中献出生命。

"献出生命的可能性更大，而且会容易得多。"他神情凝重地自言自语道，然后把刺叮插进剑鞘，转身离开了铜门。他不敢使用精灵之光，只好在黑暗中沿着隧道慢慢摸索着往回走。他一边走，一边试着把他和弗罗多离开十字路口之后发生的事情结合起来思考。他想知道现在是什么时间。他猜想是在这一天和第二天之间的某个时候，可就连日子他也已经记不清了。他现在身处一片黑暗的土地，世上的日子似乎已经被遗忘，而且所有进入这里的人也都被遗忘了。

"不知道他们会不会惦记我们，"他说，"他们那边的人现在怎么样了？"他茫然地挥了挥手，但是在回到希洛布的隧道之后，他实际上是面朝南，而不是朝西。在外面的西方世界，这时正是夏尔历3月第十四天将近中午时分，阿拉贡正率领黑舰队从佩拉基尔出发，梅里正骑马随洛希尔人进入石马车山谷，而在米那斯提力斯，火焰腾腾，皮平正看着德内梭尔的眼神变得越来越疯狂。然而，尽管面对各种担心和恐惧，这些朋友时刻在惦念着弗罗多和山姆。他们没有被遗忘，只是这些朋友远在天边，爱莫能助，再多的惦念也无法给汉姆·法斯特之子山姆怀斯带来任何帮助。他已经完全陷入了孤立无援的境地。

他终于回到了奥克通道的石门前，仍然找不到门上的把手或门闩。他像以前一样爬过去，轻轻落在地上。然后，他蹑手蹑脚地走到希洛布隧道的出口，她那张破碎大网的蛛丝还在冷风中飘动。离开了散发着恶臭的黑暗环境之后，这里的寒风让他冷得直打哆嗦，却也让他清醒了许多。他小心翼翼地爬了出去。

周围寂静无声，透着凶兆。光线昏暗，堪比阴天的黄昏。从魔多升起的巨大雾气向西奔流，低低地掠过头顶，暗红色的光照亮了一团团云雾和浓烟的底部。

山姆抬头朝奥克塔望去，那些狭窄的窗户里突然亮起了灯光，犹如一个个红色的小眼睛在盯着外面。他怀疑那是不是什么信号。他在愤怒和绝望中一度忘记了对奥克的恐惧，但是这种恐惧现在又再度袭来。在他看来，只有一条路可走：他必须往前走，设法找到那可怕的塔楼的正门。但他双膝发软，浑身发抖。他将目光从前方的塔楼和裂口两侧的尖角收回，一面竖起耳朵，一面凝视着漆黑的岩石阴影，强迫移动不听使唤的双脚，沿原路返回，经过了弗罗多倒下的地方——那里还留有希洛布的恶臭，然后一路向上，直到再次站在裂口中。他曾在这里戴上魔戒，看着沙格拉特带着手下走过。

他停下脚步，坐了下来，一时无法再驱使自己往前走。他觉得一旦越过山口顶部，真正踏入魔多之地一步，那就再也无法回撤了。他将永无回头之路。他毫无目的地掏出魔戒，将它重新戴上。他立刻感觉到了它的沉重，重新感受到了魔多之眼的恶意，而且比以往任何时候都更强烈、更迫切。它在寻找，试图穿透它为保护自己而制造的重重阴影，只是在它的不安与怀疑中，这些阴影也阻碍了它。

与之前一样，山姆发现自己的听力变得敏锐了，但是在他的眼中，这个世界上的事物似乎在变得稀薄而模糊。小径两边的石壁呈灰白色，仿佛人们隔着一层薄雾看到的情景，但他仍能听到希洛布在远处痛苦地发出吐泡泡般的响声。他听到了清晰刺耳的叫喊声和金属的碰撞声，仿佛近在咫尺。他跳了起来，紧贴在路边的石壁上。他很庆幸戴上了魔戒，因为又有一队奥克走了过来，至少他最初是这么认为的。突然间，他意识到事实并非如此，他的听觉误导了他：奥克的叫声来自塔楼，而塔顶的尖角此刻正好在他上方，位于裂口的左手边。

山姆打了个寒战，试图强迫自己移动。那上面显然有什么可怕的事在发生。也许那些奥克全然不顾各种命令，尽情地展现自己凶残的一面，正在折磨弗罗多，甚至凶残地将他砍成碎片。

他侧耳细听，而就在听着的时候，他看到了一线希望。毫无疑问，塔楼里有人在打斗，肯定是奥克起了内讧，沙格拉特和戈巴格动了拳头。尽管这种猜测给他带来的希望微不足道，却足以让他鼓起了勇气。也许还有机会。他对弗罗多的爱超越了一切，他忘记了自己的危险，大声喊道："我来了，弗罗多少爷！"

他向前冲上那条上行的小道，一路跑到顶上。道路突然在那里向左拐，并且陡然下降。山姆就这样进入了魔多。

或许是内心深处预感到了危险，他摘下了魔戒，不过他安慰自己只是想看得更清楚一点。"最好看看最坏的情况，"他喃喃地说，"在雾中瞎闯没有好处!"

他看到的大地坚硬、残酷、痛苦。埃斐尔度阿斯最高的山脊在他脚跟前陡然下降,一座座险峻的悬崖扎入一条黑暗的山沟,沟的对面是另一条山脊,低了很多,但边上的峭壁凹凸不平,如同交错的犬牙,在背后红光的映衬下漆黑如墨。这就是阴森的魔盖,魔多大地的防御内圈。在它的远处,差不多在它的正前方,越过点缀着小火光的黑黢黢的大湖,那里有一道熊熊烈焰发出的火光。火光中腾起粗大的烟柱,盘旋而上。烟柱底部呈暗红色,漆黑的顶端与笼罩着这片受诅咒大地的云盖融为一体。

山姆此刻看到的正是奥罗德鲁因,火焰之山。时不时地,它那灰色锥形山体下面的熔炉便会聚集起热量,熔岩汹涌而上,不停地翻滚,从山坡的裂缝中流淌下来,形成一条条岩浆河。有些岩浆河带着炽热的火焰,顺着沟渠流向巴拉督尔;有些蜿蜒流入石质平原,直到冷却下来,躺在那里,宛如痛苦的大地吐出来的扭曲的恶龙。山姆在疲惫不堪的时刻看到了末日山。高耸的埃斐尔度阿斯遮挡了它的亮光,因而从西边沿小路爬上来的人完全看不见它,但此刻的火光在漆黑岩壁的映衬下光耀夺目,使得石壁看似被鲜血染红了一般。

山姆站在那里,望着那恐怖的亮光,目瞪口呆。他朝左边望去,终于看到了奇立斯温格尔塔的全貌。他之前从另一边看到的一角只是它最上面的角楼。它的东面为三层,每一层空间巨大,耸立在下方的岩架上;它的背后是一座巨大的悬崖,在悬崖的映衬下,尖锐的棱堡向外凸出,层层相叠,越往上越小;南北两面为笔直的石墙,修建得巧夺天工。最底下一层位于山姆脚下两百呎处,那里有一堵垛墙,包围着一个狭窄的院子。它的大门靠近东南侧,通向一条宽阔的道路;道路两旁的外护墙位于悬崖的边缘,一直延伸到向南转弯处,然后再蜿蜒下行,进入黑暗之中,与越过魔古尔隘口的道路汇合。然后,道路穿过魔盖的一个锯齿状裂口，进入高格洛斯山谷，到达巴拉督尔。山姆站在狭窄上坡路的顶上，路的另一边是台阶和陡峭的小径，急转直下，一直通往塔楼大门旁阴森围墙下的大道。

山姆凝视着高塔，突然意识到一点：建造这座堡垒不是为了把敌人挡在魔多之外，而是为了把他们关在里面。这让他感到非常震惊。这的确是很久以前刚锋的杰作之一，是伊希利恩防御工事的东部前哨，是在最后联盟结束后西方之地的人类在索隆的邪恶之地上建造的，因为那里仍然潜伏着索隆的爪牙。但是，就像尖牙之塔纳霍斯特和卡霍斯特一样，这里的警戒也已失效，叛徒把塔交给了戒灵之王，现在它已经被邪恶的东西占据了多年。自从回到魔多，索隆便发现这座塔大有用处，因为他的爪牙很少，更多的是对他敬畏万分的奴隶，而他的主要目的一如既往，那就是防止他们从魔多逃走。不过，如果真有敌人胆敢秘密进入这片土地，那么它也是最后一个不眠不休的守卫，足以预防任何有可能逃脱魔古尔和希洛布警戒的人。

山姆心里非常清楚，想要在警惕的眼睛无处不在的墙壁下爬下去，再穿过那扇时刻保持警惕的大门，那将是无望之举。就算真的这样做了，他也无法在布满守卫的道路上走得太远。即便是红光无法照亮到的黑暗之处，也不可能长时间让他避开那些有着夜视眼的奥克。但是，这条路再怎么令人绝望，也比不上他现在的任务：不是避开大门逃跑，而是独自从大门进去。

他的思绪转向魔戒，但魔戒不会给他安慰，只会给他恐惧和危险。他一看到远方燃烧着的末日山，就意识到身上的魔戒发生了变化。随着它越来越接近远古时候铸造了它的熔炉，它的魔力也越来越大。它变得越发堕落，只有强大的意志才能驾驭它。山姆站在那里，尽管没有将魔戒戴在手上，而是用链子将它挂在脖子上，却仍然觉得自己在变大，仿佛被自己扭曲的巨大阴影所笼罩，变成了停留在魔多山壁上的一个充满不祥的巨大威胁。他觉得从这一刻起,他只有两个选择:要么不管魔戒带给他的折磨放弃它,要么占有它,去挑战隐藏在阴影之谷之外的黑暗势力。魔戒已经在诱惑他,啃噬着他的意志和理智。各种幻象在他脑海中浮现;他看到了这个纪元的英雄——强大的山姆怀斯——手持烈焰腾腾的宝剑,大步穿过黑暗之地,率领听命于他的大军去推翻巴拉督尔。然后,乌云退去,白日高照,在他的命令下,高格洛斯山谷变成了一个花园,地上鲜花如毯,树上果实累累。他只需戴上魔戒,将它据为己有,这一切都会成真。

在这备受考验的时刻,让他依然守住心智的主要是他对少爷的爱,还有他内心深处那尚未被征服的朴素的霍比特人意识。他很清楚,就算那些幻象不是必然会背叛他的骗局,他也没有伟岸到足以承担如此重任的地步。做一个自由自在的园丁,拥有一个小花园,这才是他的全部需要和应得的东西,而不是什么膨胀为王国的大花园。他要用自己的双手去打理这个花园,而不是命令别人为他效力。

"反正那些想法都是骗人的花招,"他自言自语道,"我都来不及喊叫一声,他就会发现我,威胁我。如果我戴上魔戒,而且是在魔多,他很快就会知道的。好吧,我只能说,一切就像春天里出现霜冻一样,毫无希望。就算隐形的确能帮我一把,但我不能动用魔戒!如果我再往前走,每一步都会变成累赘和负担。现在该怎么办呢?"

他的心中其实并没有任何疑问。他知道自己必须下去,必须去大门口,绝对不能再浪费时间。他耸了耸肩,仿佛要甩掉阴影,赶走幻象,然后开始慢慢地往下走。每走一步,他似乎都在变小。没走多远,他就重新缩小成了身材矮小、惊慌失措的霍比特人。此刻的他正从塔楼的墙下经过,即使不戴魔戒,也能听到打斗的动静和喊叫声。这时,声音似乎是从外墙内的院子里传来的。

山姆沿着小径走到一半的时候，两个奥克从黑暗的大门冲了出来，进入到红光中。他们没有朝他跑过来，而是向主大道奔去。他们跑着跑着，突然一个踉跄，倒在地上一动不动。山姆没有看到箭，但他猜测那两个奥克可能是被城垛上或是藏在大门阴影里的其他奥克射死的。他紧贴着左边的墙继续往前走。他抬头一看，就知道根本无法爬上那道墙。石墙高三十呎，既没有裂缝也没有突起，像倒立的台阶一样上大下小。大门是唯一的入口。

他继续慢慢往前走，边走边想，究竟有多少奥克与沙格拉特一起住在塔里，戈巴格的手下又有多少奥克，他们之间如果真的发生了争吵，那又是为了什么。沙格拉特的手下似乎有四十人左右，戈巴格手下的人数要多一倍。当然，沙格拉特的巡逻队只是他所管辖驻军的一部分。几乎可以肯定，他们是在为弗罗多和战利品争吵。山姆停了一下，因为他突然明白了一切，就好像他亲眼看到了一样。那件秘银锁子甲！它当然穿在弗罗多的身上，而他们肯定会发现的。山姆从他们的争吵声中听出，戈巴格已经盯上了秘银锁子甲。黑暗妖塔的命令是弗罗多目前唯一的保护伞，如果他们对此置若罔闻，那弗罗多随时都可能被杀死。

"快点，你这个可怜的懒家伙！"山姆冲着自己喊道，"现在必须豁出去了！"他拔出刺叮，朝敞开的大门跑去。但是，就在他即将从巨大的拱门下经过那一刻，他感到身子一震，仿佛撞上了希洛布的蛛网，只是看不见而已。他看不到任何障碍，但有一种他的意志无法克服的强大的东西挡住了他的去路。他环顾四周，在大门的阴影里，他看到了那两个监视者。

它们就像坐在宝座上的巨大塑像，各有三个相连的身体，三个脑袋分别朝外、朝内、朝向大门口。这些脑袋有着秃鹫般的脸，爪子似的大手搁在巨大的膝盖上。它们似乎是用巨石雕刻而成，一动不动，却有着自己的意识。它们体内居住着某种可怕的幽灵,时刻保持着警惕。它们能识别敌人,不管是显形的还是隐形的,都别想逃过它们的感知。它们会禁止敌人进入或逃跑。

山姆鼓起勇气,再次向前冲去,然后猛地停住,踉跄着,仿佛胸口和脑袋被打了一拳。这时,由于想不出别的办法,他灵机一动,慢慢掏出加拉德瑞尔的水晶瓶,将它举了起来。瓶中的白光立刻向四周扩散,驱散了黑暗拱门下的阴影。凶恶的监视者坐在那里,冷冰冰的,一动不动,丑陋的外形展露无遗。山姆看到它们石头雕刻成的黑眼睛里闪过一丝亮光,其中的恶意让他不寒而栗。但慢慢地,他感到它们的意志动摇了,化为了恐惧。

他一跃而过,顺便把水晶瓶放回怀里,可就在那一刻,他却清楚地意识到,仿佛有一道钢制门闩在他身后啪的一声合上了,它们重新保持警戒。那些邪恶的脑袋里传出一声尖厉的喊叫,在山姆面前的高墙间回荡。高处某个地方响起了一道刺耳的钟声,像是在回应。

"真是太妙了!"山姆说,"现在我已经按响了前门的门铃!快点来个人呀!"他喊道,"告诉沙格拉特队长,伟大的精灵战士来了,还带着他的精灵宝剑!"

无人回答。山姆大步向前。刺叮在他手里闪着蓝光。层层阴影笼罩着院子,但他仍能看到地上到处都是尸体。他的脚边就有两个奥克弓箭手,背上插着刀。远处还有更多的尸体,有的被砍死了,有的被射杀死了。其他的尸体则是成双成对,相互扭打在一起,被对方捅刀、卡脖子、撕咬,痛苦地死去。石头上到处都是黑血,很滑。

山姆看到了两种制服,一种上面绣着红眼标记,另一种上面绣着骷髅面孔似的变形月亮,但他没有停下来仔细观察。院子对面,塔楼最下方的大门半开着,一道红光透了进来。一个巨大的奥克死了之后躺在门槛上。山姆从尸体上跳过去,走进塔楼,然后茫然地环顾四周。

一条宽阔的通道从门口通向山腰，人走在其中会有回声。墙上的托架上点着火把，灯光暗淡，但远处的尽头消失在了黑暗中。能够看到通道两侧有多个门和开口，但除了两三个躺在地上的尸体外，里面空无一人。山姆从队长们的谈话中得知，无论是死是活，弗罗多最有可能在角楼最上方的某个房间内，但他可能要花一天时间才能找到路。

"我猜应该在靠近后面的什么地方，"山姆喃喃地说，"整个塔楼好像是向后爬升的。不管怎样，我最好还是顺着这些灯光走。"

他沿着过道往前走，但现在走得很慢，每一步都显得更加无可奈何。恐惧再次袭上心头。除了他的双脚发出的哒哒声，周围一片寂静，而他的脚步声似乎越来越响，变成了回声，就像有大手在拍打着石头。尸体，空虚；在火把的映照下，潮湿的黑色墙壁似乎在滴血；他害怕死亡就潜伏在门口或阴影里，而他的身后还有大门口时刻保持警戒的那道恶意。这一切几乎超出了他敢于面对的范围。他更愿意面对一场战斗——一次不要有太多的敌人——而不是面对这种可怕且阴云密布的不确定性。他强迫自己去想弗罗多，躺在这种可怕的地方，要么被绑着，要么痛苦不堪，要么死了。他继续向前。

他走出了火把照亮的地方，几乎来到了走廊尽头一扇巨大的拱门前，也就是他猜对了的地下大门的内侧。就在这时，高处传来了一声可怕的、令人窒息的尖叫。他立刻停了下来，随即便听到有脚步声在逼近。有人正急急忙忙地从头顶上的楼梯跑下来，脚步声在回响。

他的意志不够坚定，反应也太慢，没有能控制住自己的手。他的手拽着链子，抓住了魔戒。但山姆没有戴上它，因为就在他将魔戒握在胸前时，一个奥克哒哒地跑了下来，从右边一个黑暗的洞口跳出来，朝他奔来。他在离他不到六步远的地方抬起头，看见了他。山姆能听到他的喘息声，能看到他充血的眼睛里闪烁的凶光。他吓呆了，猛地停住脚，因为他看到的不是一个惊慌失措的小霍比特人在试图拿稳一把剑,而是一个无声的巨大身影,裹在灰色的阴影中,在身后摇曳的光线下若隐若现。那个身影一手握剑,剑上的微光让奥克感到一阵剧痛,另一只手虽然紧紧抓着胸口,却隐藏着某种难以名状的威胁,充满了力量与厄运。

那个奥克先是缩成一团,然后发出一声可怕的尖叫,像来的时候一样,转身逃了回去。看到敌人出乎意料地掉头逃跑,山姆比看到一条狗夹着尾巴逃走还要高兴。他大叫一声追了过去。

"没错!精灵战士来了!"他喊道,"我来了。快带我上去,不然就剥了你的皮!"

但那个奥克在自己的地盘上,灵活而又精力充沛。山姆在这里两眼一抹黑,而且饥寒交迫,筋疲力尽。楼梯又高又陡,盘旋而上。山姆开始气喘吁吁。奥克很快就消失在了视线之外,只能隐约听到他爬上爬下时哒哒哒的脚步声。他时不时地发出一声喊叫,叫声在墙壁间回荡。但渐渐地,所有声音都消失了。

山姆艰难地往前走。他觉得自己走对了路,因而情绪也高涨了不少。他把戒指塞进口袋,勒紧腰带。"好,好!"他说,"要是他们都这样讨厌我和我的刺叮,那么结果可能比我希望的要好。不管怎么样,看起来沙格拉特、戈巴格和他们的手下已经差不多替我把活儿都干完了。除了那只受惊的小老鼠,我相信这地方一个活口都没有!"

话一说完,他猛地停住脚,仿佛脑袋撞到了石墙上。他突然意识到了那句话的全部含义,顿时像被人打了一拳似的。一个活口都没有!刚才那临死前的惨叫是谁发出的?"弗罗多,弗罗多!少爷!"他边抽泣边喊道,"如果他们杀了你,我该怎么办?好了,我终于来了,一定要到上面去看看究竟是怎么回事。"

他不停地往上爬。除了转弯处或通往塔楼高层的入口旁偶尔有火炬在燃烧，四周一片漆黑。山姆试着数步数，但数到两百步后就数忘了。他现在蹑手蹑脚地向前走，因为他觉得他能听到说话的声音，就在不远处的上方。看样子活着的老鼠不止一只。

正当他觉得自己已经再也喘不上气来、膝盖也弯不动的时候，楼梯突然到了尽头。他站在那里，一动不动。说话声越来越大，越来越近。山姆瞥了一眼四周。他一直爬到了塔楼的第三层，也是最高一层的平顶露台上。这地方非常开阔，宽约二十码，还有一道低矮的护墙。平台中央有一个圆顶小房间，东西两面各有一扇低矮的门，楼梯就通向了小房间。山姆向东可以看到下面黑暗而辽阔的魔多平原，还有远处燃烧的火山。幽深的山口如翻江倒海般不断涌出新的岩浆，一条条烈焰之河发出刺眼火光，即使相距数十哩，火光依然把塔顶照得通红。向西望去，巨大的角楼底座挡住了视野。角楼位于屋顶平台的后方，高高地耸立在环绕的群山之上。有亮光从窗户缝隙里透出，而门离山姆站的地方不到十码。门开着，但里面很黑，声音就是从阴影里传出来的。

山姆起初没有去听那些声音。他从朝东的门往外走了一步，环顾四周。他立刻发现这里的战斗最为激烈。整个平台上堆满了奥克的尸体，被砍下的头颅和四肢散落一地。这地方充满了死亡的恶臭。一声咆哮，接着是一记重击和一声喊叫，他急忙躲了起来。随即便响起了一个奥克怒火冲天的咆哮声，声音刺耳、凶残、冷酷。他立刻听出了那个声音。那是沙格拉特，塔楼的头领。

"你说你不会再去了？诅咒你，斯那嘎，你这个小蛆虫！要是你觉得我受伤了就可以随意嘲笑我，那你就错了。过来，我要把你的眼睛打爆，就像我刚才对拉德布格那样。等援手一到，我就来对付你，把你送到希洛布那儿去。"

"他们不会来的，至少在你死之前不会来的，"斯那嘎愠怒地回答，

"我已经告诉过你两遍了，戈巴格手下那些蠢猪先到了大门，而我们没有一个出去。拉格杜夫和穆兹嘎什跑出了大门，却被射杀了。我告诉你，我是从窗口看到的。他们是最后两个。"

"那么你必须去。反正我受伤了，必须留在这儿。但愿黑坑吞掉戈巴格那个肮脏的叛徒！"沙格拉特的声音越来越低，最后竟然变成了一连串污秽不堪的脏话和咒骂，"我给他的东西比我自己得到的还要好，而他却用刀子捅我，那个臭狗屎！我都还没有来得及掐死他。你必须去，不然我就吃了你。必须把消息传给鲁格布尔兹，否则我们都得去黑坑。是的，你也一样。你躲在这儿是逃不掉的。"

"我再也不下楼了，"斯那嘎咆哮道，"不管你是不是头领。绝不！把你的手从刀子上拿开，不然我就一箭射穿你的肠子。他们一旦听到这些事情，你当头领的日子也就到头了。我一直为塔楼而战，对抗那些臭气熏天的魔古尔老鼠，可你们两位宝贝头领为了分赃，把事情搞得一团糟。"

"够了！"沙格拉特咆哮道，"我有我的命令。是戈巴格先动的手，他想独占那件漂亮的衣服。"

"是你那高高在上、趾高气扬的德行把他惹毛了。反正他比你更有脑子。他不止一次告诉你，这些奸细中最危险的人还没有被抓住，而你就是不听，现在更是听不进去。我告诉你，戈巴格是对的。附近有个很厉害的勇士，要么是心狠手辣的精灵，要么是肮脏的塔克[1]。你听着，他就要来这里了。你听到了警钟声。监视者没有能发现他，这就是塔克的能耐。他在楼梯上。只要他还在楼梯上，我就不会下去。哪怕你是那兹古尔，我也不去。"

"原来是这样，对吗？"沙格拉特吼道，"你想做什么就做什么？

---

1 见附录六。

等他来了，你就抛下我，逃之夭夭？不，你想都别想！我要先在你肚子上戳出几个红色的蛆虫洞。"

身形较小的奥克从角塔门里飞奔而出，身后跟着沙格拉特这个巨大的奥克。沙格拉特的双臂很长，弓着身子奔跑时，手臂垂到了地上，但其中一只胳膊软弱无力地耷拉着，似乎在流血，而另一只手臂则抱着一个黑色的大包袱。山姆躲在楼梯门后，借着火红的亮光，在他跑过时瞥见了那张邪恶的脸。那张脸似乎被爪子抓破了，血肉模糊，突出的獠牙滴着口水，嘴里发出野兽般的咆哮。

在山姆汗视的月光中，沙格拉特一直在屋顶上追逐斯那嘎，直到那个小奥克左右躲闪，尖叫着冲回塔楼，消失得无影无踪。沙格拉特见状停了下来。躲在东门里面的山姆可以看见他站在护栏边，喘着粗气，左爪用力握紧，然后又无力地松开。他把包袱放在地上，用右爪抽出一把红色长刀，朝上面吐了口唾沫。他走到护栏前，俯下身，望着下面远处的外院。他喊了两声，但下面没有人应答。

突然，正当沙格拉特背朝屋顶，俯身在城垛上向外望去时，山姆惊奇地发现其中一具尸体动了。它慢慢爬行，伸出一只爪子，一把抓住那个包袱。它摇摇晃晃地站起来，另一只手拿着一支断了矛柄的宽头长矛，摆出一副戳刺的姿势。但就在这时，一道嘶嘶声从它的牙缝间漏了出来，那是痛苦或仇恨的喘息声。沙格拉特像蛇一样闪到一旁，转过身来，将刀刺进了敌人的喉咙。

"逮到你了，戈巴格！"他大声喊道，"还没死透，嗯？好吧，我现在就送你上路。"他朝倒在地上的那具尸体扑过去，狂怒之下又是跺脚又是踩踏，还不时弯下腰用刀子对它又刺又砍。他终于感到满意了，仰起头，得意扬扬地发出可怕的咯咯声。然后，他舔了舔刀子，用牙咬住，抓起包袱，朝楼梯旁边的门奔去。

山姆来不及多想。他本可以从另一扇门溜出去，但那样做很难不被人看见，而且他也不能总是和这个丑陋的奥克玩捉迷藏。他竭尽自己所能，大叫一声跳出来，直接面对沙格拉特。他没有握着魔戒，但魔戒仍然在那里，一种隐藏的力量，一种对魔多奴隶的恐吓。他手握刺叮，剑光刺进奥克的眼睛，宛如可怕的精灵国度里那些冷酷的星星发出的光芒。对于沙格拉特来说，哪怕是梦见那光芒都能让他恐惧得如入冰窖。沙格拉特无法一面对抗山姆，一面保住手中的宝贝。他停下来，咆哮着，露出尖牙。然后，他再次以奥克的招数灵活闪开，在山姆扑向他的那一刻，将那沉重的包袱当作盾牌和武器，朝山姆的脸狠狠地甩过去。山姆一个踉跄，可还没等他回过神来，沙格拉特就飞快地从他身边跑过，下了楼。

山姆边追边骂，但是刚跑出几步便想起了弗罗多，想起了另一个跑回角楼的奥克。他再次面临一个可怕的选择，也没有时间去仔细考虑。如果沙格拉特逃走了，那么他很快就会找到援手赶回来。如果山姆去追他，那么另一个奥克就可能会在上面做些可怕的事。再说了，山姆还有可能追不上沙格拉特，有可能被对方杀死。他迅速转身朝楼上跑去。"我想我又错了，"他叹了口气，"但不管接下来发生什么，我必须首先上到楼顶。"

沙格拉特背着珍贵无比的包袱，奔下楼梯，越过庭院，穿过大门。如果山姆能看到他，知道他的逃跑会带来何种麻烦，他可能会感到害怕，但此刻的他一门心思都在想着如何最终找到弗罗多。他小心翼翼地来到角楼门口，走了进去。里面漆黑一片，但他很快便睁大眼睛，发现右手边有一束微弱的光。那束光来自通往另一个楼梯的开口，而且那楼梯又黑又窄，似乎沿着圆形外墙的内侧盘旋而上。一支火把在上面什么地方发出微光。

山姆开始悄悄地往上爬。他来到那支或明或暗的火把前，看到火把固定在他左边一道门的上方，而那扇门正对着朝西的窗户：这便是他和弗罗多在下面的隧道口看到的其中一只红眼睛。山姆快速穿过门,匆匆朝二楼爬去,同时担心随时会受到攻击,担心有手指从背后伸过来掐住他的喉咙。他来到一扇朝东的窗户旁,那里还有一道门,门的上方也有一个火把。这道门的后面是一个通道,穿过角楼中央。门开着,通道里一片漆黑,只有火把的微弱亮光,以及窗缝里透进来的外面的红光。但是楼梯在这里到了尽头,不再向上延伸。山姆悄悄进入通道,看到两边各有一扇低矮的门,但是都上了锁。一点声音也没有。

"爬了这么久居然是一条死路,"山姆喃喃地说,"这里不可能是塔顶,可我现在能做什么呢?"

他跑回到下面一层,试着去推门,但是门纹丝不动。他又跑到楼上,汗水开始顺着他的脸颊往下淌。他觉得每一分每一秒都异常宝贵,然而时间却在一分钟一分钟地溜走,而他什么也做不了。他不再关心沙格拉特,不再关心斯那嘎,不再关心任何孵化出来的奥克。他只想见到他家少爷,只渴望看看他的脸,摸摸他的手。

到了最后,他疲惫不堪,觉得自己终于失败了。他在低于通道地面的一级台阶上坐下来,双手抱着头。四周很安静,安静得可怕。那支火把在他到达这里的时候就已经燃烧得差不多了,现在更是噼啪一声灭了。他感到黑暗像潮水一样在把他淹没。这时,让他自己都惊讶的是,在这趟漫长旅程以无果的方式结束之际,在这悲伤的时刻,山姆居然被心中说不清道不明的想法所感动,轻轻地唱起了歌。

他的声音在冰冷黑暗的塔里听起来微弱而又颤抖:那是一个孤独疲惫的霍比特人的声音,任何奥克听到后都不会把它误认为是精灵领主的清亮歌声。他低声哼唱着夏尔的童谣,还有比尔博先生的零星诗句,它们就像家乡乡间的美景从他心中闪过一样突然出现在他的脑海中。他体内突然涌出了一股新的力量,他的歌声越来越响亮,他自己想出的词句也不由自主地与那简单的曲调相契合。

> 西地故土沐阳光，
> 春来生芳华；
> 泉水流淌树萌芽，
> 金雀喜叽喳。
> 或逢晴朗无云夜，
> 山榉摇晚风，
> 精灵星辰如银珠，
> 闪闪藏树杈。
> 如今在此困穷途，
> 深陷黑暗中。
> 塔楼高耸坚如铁，
> 峰峰皆直矗；
> 阴影难遮旭日升，
> 星辰永栖处。
> 不言白昼已尽失，
> 星光照我路。

"塔楼高耸坚如铁。"他再次唱道，然后突然停住了。他觉得好像听到一个微弱的声音在回答他，但转眼却又什么都听不见了。是的，他可以听到声音，却不是人的声音。那是不断逼近的脚步声。楼上通道里的一扇门被悄悄地打开了。铰链吱嘎作响。山姆蹲下来听。门砰的一声关上了，然后传来了一个奥克的咆哮声。

"喂！上面那个臭老鼠！别再叽叽歪歪的，不然我就来找你算账。你听到了吗？"

没有人回答。

"好吧。"斯那嘎咆哮道,"不过我还是要来看看你,看看你在干什么。"

门上的铰链再次嘎吱作响,山姆从通道门槛的角落里朝外张望,看见一扇开着的门里有灯光在摇曳,一个奥克的模糊身影走了出来。他好像在搬梯子。山姆突然明白了:通道顶上有一个活板门,通向最上面的房间。斯那嘎把梯子往上一推,稳固住之后,就爬了上去,不见了踪影。山姆听到了门闩拉开的响声,然后听到了那个可怕的声音。

"你安静地躺着,否则你会付出代价的!我想,你剩下的好日子不多了,如果你不想现在就开始找乐子,那就闭嘴,明白吗?这是给你的提醒!"然后便是啪的一声,像是在抽鞭子。

山姆听到后,心中的怒火腾起,变成了狂怒。他跳了起来,跑过去,像猫一样爬上了梯子。他的脑袋从一个圆形大房间的地板中央探了出来。屋顶上挂着一盏红灯,朝西的窄窗又高又黑。窗户下方的墙边躺着什么东西,一个黑乎乎的奥克身影正叉开腿俯视着它。奥克又一次举起鞭子,但鞭子再也没有能落下。

山姆大叫一声,手握刺叮,从地板一端冲了过去。奥克转过身,但还没有来得及动一下,山姆就斩断了他握着鞭子的手。奥克疼痛难熬,在恐惧和绝望之中号叫着一头冲向山姆。山姆的第二剑没有击中目标,自身却失去了平衡。他向后倒去,一把抓向从他身边踉跄跑过的那个奥克。他还没来得及爬起来,就听到一声喊叫和砰的一声。原来,奥克在狂奔中绊到了楼梯顶端,从打开的活板门摔了下去。山姆想也不想就奔向蜷缩在地板上的那个人。那是弗罗多。

他一丝不挂地躺在一堆肮脏的破布上,像是昏了过去。他高举胳膊,护着头,身体一侧有一道恐怖的鞭伤。

"弗罗多!弗罗多少爷,亲爱的!"山姆大声喊着,眼泪几乎模糊了他的视线,"我是山姆,我来了!"他扶起他家少爷,把他抱在怀里。弗罗多睁开了眼睛。

"我还在做梦吗?"他喃喃自语,"可别的梦都那么可怕。"

"你根本不是在做梦,少爷,"山姆说,"这是真的。是我。我来了。"

"我简直不敢相信,"弗罗多一把抓住他说道,"有一个拿着鞭子的奥克,然后他变成了山姆!这么说,我刚才听到下面的歌声还试着回应,这一切根本不是在做梦?唱歌的是你吗?"

"的确是我,弗罗多少爷。我差一点就要放弃希望了。我找不到你。"

"你现在找到了,山姆,亲爱的山姆。"弗罗多说,然后躺在山姆温柔的怀里,闭上眼睛,就像对黑夜的恐惧被亲人的声音或手赶走之后,安然入睡的孩子。

山姆觉得自己可以就那样无比幸福地坐下去,但他显然无法做到。对他来说,仅仅找到少爷远远不够,他还必须设法救他。他吻了吻弗罗多的前额。"好了!醒醒,弗罗多少爷!"他说,努力让自己的声音听起来像夏天早晨在袋底洞拉开窗帘时那样愉快。

弗罗多叹了口气,坐了起来。"我们在哪里?我是怎么到这里的?"他问。

"弗罗多少爷,我们必须先离开这里,然后再说其他的事。"山姆说,"你现在是在塔顶上,就是在奥克抓住你之前,你和我从隧道里远远地看到的那座塔楼。我不知道那是多久以前的事了。我想,一天多了吧。"

"只有一天多吗?"弗罗多说,"我觉得好像几个星期了。有机会的话,你一定要把一切都告诉我。有东西击中了我,对不对?我陷入了黑暗和噩梦之中,醒来后发现情况更糟糕。我周围都是奥克。我想他们刚才往我喉咙里灌了些火辣辣的可怕饮料。我的头脑清醒了,但我又痛又累。他们夺走了我的一切,然后两个凶神恶煞般的大家伙过来盘问我，问得我都快发疯了。他们站在我旁边，幸灾乐祸地指着手中的刀。我永远也忘不了他们的爪子和眼睛。"

"弗罗多少爷，你越说就越难忘记他们，"山姆说，"如果不想再见到他们，我们越早走越好。你还能走吗？"

"可以，我能走。"弗罗多说着慢慢起身，"我没有受伤，山姆。只是觉得很累，这儿还疼。"他用手摸着左肩上方的后颈。他站了起来，在山姆看来，他仿佛裹着一件火焰外衣：他裸露的皮肤在上面的灯光照耀下呈猩红色。他在地板上来回走了两趟。

"好多了！"他说，精神也稍稍振作了一点，"哪怕是屋里只剩下我一个人，或者有卫兵进来，我都不敢动，直到喊叫声和打斗开始。那两个凶神恶煞般的畜生争吵了起来，我想肯定是为了我和我的东西起了内讧。我躺在这里，吓坏了。然后一切都变得死寂，情况变得更糟。"

"是的，他们好像吵架了，"山姆说，"这地方一定有好几百个这种肮脏的家伙。你可能会说，山姆·甘姆吉对付他们有点难。不过他们都自相残杀死了。这算是好运，但现在没有时间把这编成一首歌，我们得离开这里。现在该怎么办呢？你不能光着身子走在黑暗之地上呀，弗罗多少爷。"

"他们夺走了一切，山姆，"弗罗多说，"我的一切。你明白吗？一切！"亲口说出这番话后，他完全明白了这场灾难的严重性，绝望的情绪压倒了他，他重新蜷缩在地上，垂着脑袋，"任务失败了，山姆。就算我们能离开这里，我们也逃不出去。只有精灵能逃出去。远离这里，远离中土世界，越过大海去往远方。但愿大海足够宽阔，能够将魔影阻挡在外。"

"不，不是一切，弗罗多少爷。任务没有失败，还没有。弗罗多少爷，请原谅，我拿了它，把它保管得很好。它就挂在我的脖子上，而且是一个可怕的负担。"山姆摸索着去找戒指和它的链子，"但是我想你一定得把它收回去。"到了这一步,山姆实在不愿意交出魔戒,不愿意让他家少爷再次背负上沉重的负担。

"你拿到了它?"弗罗多大吃一惊,"你把它带到这儿了?山姆,你真是个奇迹!"他的语气随之迅速变得非常怪异。"把它给我!"他站起来,伸出一只颤抖的手,大声喊道,"马上给我!你不能拥有它!"

"好的,弗罗多少爷。"山姆吓了一跳,"它在这里!"他慢慢掏出魔戒,把链子从头上取下来,"可你现在是在魔多,少爷。从这里出去后,你就会看到火山和一切。你会发现魔戒现在非常危险,非常难以承受。如果这活儿太难的话,也许我可以和你一起分担?"

"不,不!"弗罗多喊道,从山姆手中夺过魔戒和链子,"不行,你这个贼!"他大口喘着气,瞪大眼睛盯着山姆,眼睛里充满了恐惧和敌意。突然,他握紧拳头,牢牢抓住魔戒,怔怔地站在那里。他眼中的迷雾似乎已经消散,他用手摸了摸疼痛的额头。伤痛和恐惧让他感到一丝茫然,但刚才那可怕的景象在他看来却又是那么真实。山姆在他的眼前再次变成了奥克,一个肮脏的小生物,长着贪婪的眼睛,还有流着口水的嘴巴,斜睨着他的财宝,伸出爪子,想将它据为己有。但现在这幻象已经消失。他的面前跪着山姆,像被人捅了一刀似的,痛苦得脸都变了形,两眼泪水汪汪。

"啊,山姆!"弗罗多喊道,"我说了什么?我做了什么?原谅我!你做了那么多。这就是魔戒可怕的力量。我真希望它从来没有被找到。但是别介意我,山姆。我必须把这担子扛到底。这无法改变。你不能挡在我和厄运之间。"

"没关系,弗罗多少爷,"山姆说着用袖子擦了擦眼睛,"我明白,但我还是能帮忙的,不是吗?我得带你离开这里。马上!不过你首先需要一些衣服和装备,然后是食物。衣服的事最简单。既然是在魔多,我们最好按魔多的样子打扮,反正也没有别的选择。恐怕只能是奥克的衣服了，弗罗多少爷。我也一样。如果我们结伴而行，穿戴最好相一致。现在先披上这个吧！"

山姆解开自己的灰色斗篷，披在弗罗多的肩膀上，然后取下背包，放在地板上。他从剑鞘里抽出刺叮，剑刃上几乎看不到任何闪光。"我差点忘了，弗罗多少爷，"他说，"不，他们没有拿走所有东西！不知道你是否还记得，你借给我刺叮，还有夫人的水晶瓶。这两样东西还在我这里。但是再借给我一段时间吧，弗罗多少爷。我得去看看能找到什么。你待在这里，走动走动，活动一下腿脚。我不会去太久的，也不会走太远。"

"小心点，山姆！"弗罗多说，"动作要快！可能还有奥克活着，潜伏在那里伺机而动。"

"我得碰碰运气。"山姆说。他走到活板门前，下了梯子。不一会儿，他又探出头来，将一把长刀扔在地上。

"这东西可能会有用，"他说，"用鞭子抽你的那个家伙死了，好像是在匆忙逃命中摔断了脖子。弗罗多少爷，如果你还有力气的话，现在把梯子拉上去，没有听到我的口令就不要把它放下来。我会喊埃尔贝瑞丝。那是精灵的词儿，奥克不会说的。"

弗罗多坐了一会儿，浑身发抖，恐惧的念头在他的脑海里一个接一个地涌现。他站起身，裹紧身上的灰色精灵斗篷。为了不让自己走神，他开始来回走动，窥探囚禁他的这个小屋的每一个角落。

没过多久（虽然恐惧让他觉得至少有 个钟头），他就听到山姆在楼下轻声呼唤：埃尔贝瑞丝，埃尔贝瑞丝。弗罗多放下重量很轻的梯子。山姆气喘吁吁地爬了上来，头上顶着一个大包袱。他砰的一声把它扔到地上。

"快点，弗罗多少爷！"他说，"我好不容易才找到这些小衣服，刚好可以满足我们的需求。我们只好将就一下，但动作一定要快。我没有见到活口，什么都没有见到，但我心里发毛。我觉得有人在监视这地方。我也解释不清楚，只是有一种感觉，附近好像有一个会飞的黑骑士，躲在上面的黑暗中，不让人看见。"

他打开包袱。弗罗多厌恶地看了看里面的东西，但他没有别的办法：要么穿上那些东西，要么赤身裸体。里面有一条用下贱兽皮做成的长裤，上面还留有长长的毛发，外加一件肮脏的皮制外衣。他把这些穿在身上，又在上衣外面套了一件结实的锁子甲。这件锁子甲对一个正常体型的奥克来说太短，但对弗罗多来说却是又长又重。他在锁子甲外面系上一根腰带，又在腰带上挂上一根短鞘，里面插着一把宽刃短剑。山姆带来了几个奥克戴的头盔，其中一顶帽子对弗罗多来说还算合适。那是一顶带铁边的黑色帽子，铁箍上覆盖着皮革，鸟喙状的鼻罩上方画着一只红色的魔眼。

"魔古尔的东西，比如戈巴格的装备，其实更合身，做工也更好，"山姆说，"但是我估计在出了他那档子事之后，再穿着他的衣服进入魔多恐怕不合适。好了，瞧瞧你，弗罗多少爷。请恕我大胆直言，你简直就是一个完美的小奥克——只要能找个面具遮住你的脸，再让你的胳膊变长，让你的腿变成罗圈腿，你至少就会变得很像。这个可以掩盖一些会露馅的地方。"他把一件大黑斗篷披在弗罗多的肩膀上，"你现在已经准备妥当了！我们走的时候，你还可以捡一块盾牌。"

"你呢，山姆？"弗罗多说，"我们的穿戴不是要一致吗？"

"哦，弗罗多少爷，我一直在想，"山姆说，"我最好什么东西都不要留下，也不能把它们毁掉。我总不能把奥克的铠甲穿在衣服外面吧？我得伪装一下。"

他跪在地上，小心翼翼地折好自己的精灵披风。令人称奇的是，它变成了很小的一卷。他把披风装进放在地板上的背包里，然后站起身，把背包甩过肩，戴上一顶奥克的头盔，再披上一件黑斗篷。"瞧！"他说，"我们这下子差不多了。现在我们得走了！"

"我无法一口气走到那里，山姆，"弗罗多苦笑着说，"我希望你打听过沿路旅馆的情况吧？还是你忘了吃的喝的？"

"天哪，可我真忘了！"山姆说。他沮丧地吹了声口哨，"哎呀，弗罗多少爷，你这么一说，倒还真让我感到又饿又渴了！我都不知道上一次喝水吃东西是什么时候的事。为了找你，我都忘了。让我想想看！我上次检查的时候，还有足够多的精灵干粮，法拉米尔将领给我们的东西也还剩不少，必要的话足够支撑我走上两个星期。不过，水壶里的水差不多快喝完了，剩下的根本不够两个人喝。难道奥克不吃不喝吗？还是他们仅靠污浊的空气和毒药生活？"

"不，他们也得吃喝，山姆。孵化他们出来的魔影只会仿造，不会创造，无法创造出真正属于他自己的新东西。我认为他没有给予奥克生命，他只是毁了他们，扭曲了他们。他们如果想活下去，就必须像其他有生命的东西一样生活。如果找不到更好的食物，他们会喝脏水，吃腐肉，但不会吃有毒的东西。他们给我喂过东西，所以我的状况比你要好。这地方一定有食物和水。"

"可我们没有时间去寻找了。"山姆说。

"嗯，情况比你想的要好一点，"弗罗多说，"你刚才出去的时候，我还算有点运气。其实他们并没有拿走一切。我在地上的破布里找到了我的食物袋。他们当然把袋子翻了个底朝天，但我猜他们比咕噜还要更加不喜欢兰巴斯的样子和气味。他们把兰巴斯扔了一地，还踩坏了一些，但我已经把它们收集起来了，不比你少。可他们拿走了法拉米尔给的食物，还砍破了我的水壶。"

"好吧，那就别多说了，"山姆说，"我们已经有了足够的东西，可以出发了。不过水仍然是个大麻烦。好了，弗罗多少爷！我们走吧，不然的话，即便是整整一湖的水也无法帮到我们！"

"得先吃一口东西再走，山姆，"弗罗多说，"这一点我不会让步。给，拿着这个精灵干粮，把水壶里的水都喝完！整件事毫无希望，所以为明天担心无济于事。也许根本就不会再有明天了。"

他们终于动身了。他们爬下梯子，然后山姆扛起梯子，把它放在走廊里那头倒下的奥克蜷缩成一团的尸体旁边。楼梯很黑，但天花板上还能看到火山映照出的亮光，只是亮光正在减弱，现在已经变成暗红色。他们捡起两个盾牌，让伪装更为完善，然后继续前进。

他们迈着沉重的脚步走下巨大的楼梯。此刻，身后塔楼中他们重逢的那个高顶小屋，居然让他们有一种家的感觉，因为他们又回到了空旷的地方，四周的围墙让他们万分恐惧。奇立斯温格尔塔里的人或许都死了，但它的邪恶以及它带给人的恐惧丝毫未减。

最后，他们来到外院门口，停住了脚步。即使是站在那里，他们也能感觉到监视者的恶意不断地朝他们袭来。这两道黑影默默地守在大门两侧，门外依稀可见魔多的亮光。他们穿行在狰狞的奥克尸体中，每一步都变得更加困难。他们还没有走到拱门前，就被迫停了下来。无论是意志还是四肢，每往前走一时都是痛苦和疲惫。

弗罗多已经无力再进行这样的较量。他一屁股坐到地上。"我再也走不动了，山姆，"他喃喃地说，"我要晕过去了。我不知道我是怎么了。"

"我知道，弗罗多少爷。挺住！问题出在大门上，那里有一些邪恶的东西。不过，我既然能进来，现在也能出去。不可能比以前更危险。就是现在！"

山姆再次掏出加拉德瑞尔的精灵水晶瓶。似乎是为了向他的勇敢表示敬意，也为了给劳苦功高并对它充满信心的棕色霍比特人增添光彩，水晶瓶突然爆发出炫目光芒，如闪电般照亮了整个阴暗的庭院，而且继续照耀着，没有消失。

"吉尔松尼尔，啊，埃尔贝瑞丝！"山姆叫道，他也不知道为什么，自己居然突然想到了夏尔的精灵，想到了那首把黑骑士赶出森林的歌。

"*Aiya elenion ancalima!*"[1]弗罗多也在他身后喊道。

如同绳子绷断一样，监视者的意志突然瓦解，弗罗多和山姆身子一歪，向前跌倒。然后，他们开始奔跑，穿过大门，经过那些眼睛闪闪发光的巨大坐像。咔嚓一声，拱顶石落下来，差点砸到他们的脚后跟，上面的墙壁倒塌，成了废墟。他们死里逃生。钟声响起，监视者发出了可怕的高声哀号，黑暗的高空中传来了回应声。漆黑的天空中闪电般落下一个长着翅膀的怪物，凄厉的尖叫声划破了云层。

---

1 "向最明亮的星辰埃兰迪尔致敬！"

第二章
魔影之地

The Land of Shadow

———— 一个念头如箭一般刺入他的心头,清晰又清凉:魔影终究是转瞬即逝、微不足道的东西,在它无法触及的地方,还有永恒的光明与崇高的美。

———— 他在塔楼里唱的歌与其说是希望,不如说是挑战,因为那时候他心中想到的是自己,而这一刻,他自己的命运乃至他家主人的命运,不再让他感到烦恼。他爬回荆棘中,躺在弗罗多身边,把所有恐惧抛在脑后,安然入睡。

山姆还算有点脑子，赶紧把水晶瓶塞进怀里。"快跑，弗罗多少爷！"他大喊，"不，不是那边！墙外面是陡峭的悬崖。跟我来！"

他们顺着大门外的道路飞奔。只跑了五十步，前方便是一个急转弯，绕过悬崖一个凸出的棱堡，离开了塔楼的视线。他们暂时逃脱了。他们蜷缩着，背靠岩石，拼命喘气，突然又紧紧抓住胸口。那个那兹古尔此刻正落在倒塌的大门旁边的墙上，发出致命的叫声。叫声在悬崖间回荡。

他们惊恐万状，跌跌撞撞地往前走。道路很快再次突然往东拐，在那危险的一刻，将他们完全暴露在塔楼的视线中。他们飞快穿过拐弯处，回头望去，看到了城垛上那个巨大的黑影。然后，他们钻进高高岩壁间的一个通道，通道一路向下，与通往魔古尔的道路相连。他们来到了道路交汇处。仍然没有奥克的踪迹，也没有听到那兹古尔的叫声有回应，但他们知道这种沉默不会持续太久。追捕随时都可能开始。

"这样不行，山姆，"弗罗多说，"如果我们是真正的奥克，现在就应该跑回塔楼，而不是逃离那里。我们一遇到敌人就会被识破的。我们必须设法离开这条道路。"

"可是办不到啊，"山姆说，"我们没有翅膀。"

埃斐尔度阿斯的东面山体尽是陡峭悬崖，一直垂落到它们与内侧山脊之间一条漆黑的山沟中。从道路交汇处过去不远，再经过一道陡峭的斜坡，便是一座横跨山坳的石桥，将道路带入魔盖起伏不平的山坡与峡谷中。弗罗多和山姆沿着石桥拼命往前跑，但他们刚跑到桥的另一端，就听到了阵阵叫喊声。他们身后的山坡上耸立着奇立斯温格尔塔，塔上的石墙闪着暗淡的亮光。突然，塔楼里再次响起刺耳的钟声，钟声随即又变成一声轰鸣。号角声传来。桥的另一端响起了回应声。弗罗多和山姆躲在漆黑的山沟里，奥罗德鲁因那致命的光芒无法照到这里。虽然无法看到前方的情况，他们还是听到了铁鞋落在地上的啪嗒声，听到了道路上传来的急促马蹄声。

"快，山姆！我们得跳下去！"弗罗多喊道。他们朝石桥低矮的护墙跑去。幸运的是，他们不用担心会掉进沟里，因为魔盖的大多数斜坡已经隆起到几乎与路面相同的高度。不过，天太黑，他们也无法估计跳下去会有多深。

"好吧，弗罗多少爷，"山姆说，"再见！"

他跳了下去，弗罗多紧随其后。他们在下落的时候听到了骑兵在桥上疾驰而过的马蹄声，还有跟在骑兵后面奔跑的奥克啪嗒啪嗒的脚步声。山姆要是有那个胆量的话，一定会笑出声来。他们有些担心会摔到看不见的岩石上，结果只是下落了十多呎，砰的一声掉在他们万万没想到的东西上：一片带刺的灌木丛，而且压在上面时还发出了嘎吱嘎吱的响声。山姆静静地躺在那里，轻轻吮吸着被扎破的手。

马蹄声和脚步声过去后，他才冒险低声说话："上帝保佑，弗罗多少爷，但我不知道魔多居然还有东西生长！要是早知道的话，这正是我所寻找的。这些刺摸起来肯定有一呎长，居然扎穿了我身上的每一层衣服。要是穿上那件铠甲就好了！"

"奥克的铠甲挡不住这些刺，"弗罗多说，"就连皮背心也不管用。"

他们费了好大的劲才从灌木丛中爬出来。那些荆棘和蒺藜像铁丝一样坚韧，又像爪子一样纠缠。他们的披风都被扯破了，最后才挣脱出来。

"我们现在下去，山姆，"弗罗多低声说，"快下到山谷里去，然后朝北走，越快越好。"

在外面的世界，黎明再次到来，太阳远离魔多的黑暗，爬上了中土世界的东方边缘，但是这里仍然漆黑如夜。火山在聚集能量，火焰已经熄灭，悬崖上的火光也已渐渐消失。他们离开伊希利恩后一直刮着的东风似乎也在这一刻停了。他们慢慢地、痛苦地往下爬，在漆黑的阴影中一路摸索、绊倒，在岩石、荆棘和枯木之间乱爬，往下再往下，直到再也走不动为止。

最后，他们停了下来，肩并肩坐着，背靠一块大石头。两人都大汗淋漓。"哪怕是沙格拉特本人给我一杯水，我也会和他握个手。"山姆说。

"别说这种话！"弗罗多说，"这只会让事情变得更糟。"然后他伸了个懒腰，头昏眼花，疲惫不堪，有一会儿没有吭声。最后，他挣扎着站了起来。令他惊奇的是，他发现山姆睡着了。"醒醒，山姆！"他说，"起来！我们该再做一番努力了。"

山姆爬了起来。"我没有打算睡觉呀！"他说，"我一定是不小心睡着了。弗罗多少爷，我已经很久没有好好睡一觉了，我的眼睛自己闭上了。"

弗罗多在前面领路，按照他估计的方向朝北走去，穿行在布满峡谷底部的大小岩石之间。但他没走几步便又停了下来。

"这不行，山姆，"他说，"我做不到。我是说这件铠甲。以我现在的状态根本承受不了。我累的时候，连我那件秘银甲都显得很重。这件铠甲要重得多，而且有什么用呢？我们无法靠战斗闯出去。"

"但有些战斗避免不了，"山姆说，"还有不长眼睛的刀子和箭，而且咕噜还活着。如果黑暗中有刀子捅过来，我可不愿意看到你身上除了一层皮，什么都没有。"

"听着,山姆,我亲爱的伙计,"弗罗多说,"我累了,疲惫不堪,看不到任何希望。但是,只要我还能动,我就必须竭尽全力抵达火山。魔戒已经够折磨人了,这铠甲多出来的重量更是要我的命。必须把它脱掉。但是别以为我忘恩负义。我真不敢想象,你为了给我找到它,一定在肮脏的奥克尸体堆里费了很多周折。"

"别说了,弗罗多少爷。老天保佑你!如果可以,我愿意把你背在背上。你想脱就脱吧!"

弗罗多将斗篷放到一边,脱下奥克的铠甲,将它扔到远处。他打了个寒战。"我真正需要的是暖和的衣服,"他说,"要么是天冷了,要么就是我着凉了。"

"你可以披上我的斗篷,弗罗多少爷。"山姆说。他取下背包,拿出精灵的斗篷。"这个怎么样,弗罗多少爷?"他说,"你用那块奥克的破布裹住身子,再把腰带系在外面,然后再披上斗篷。这虽然看上去不太像奥克的打扮,却能让你暖和一些,而且我敢说,它比任何其他装备更能保护你不受伤害,因为那是夫人亲手做的。"

弗罗多接过斗篷,披在身上后又扣上胸针。"这样好多了!"他说,"我觉得身上轻了很多。我现在可以继续往前走了,但这伸手不见五指的黑暗似乎正在侵入我的心中。山姆,我躺在囚室里的时候,试着回忆白兰地河、林尾地和流经霍比屯磨坊的那条河,可我现在却看不见它们了。"

"好了,弗罗多少爷,这次提到水的都是你!"山姆说,"要是夫人能看见或者听见我们,我会对她说:'夫人,请原谅我这么说,我们只需要光和水,只要清澈的水和明净的光,远甚于任何珠宝。'但是罗里恩离这里很远。"山姆叹了口气,朝埃斐尔度阿斯的高山挥了挥手。他现在只能猜测黑色天空映衬下颜色更黑的就是山顶。

他们重新上路，没走多远，弗罗多便停住了。"上面有个黑骑士。"他说，"我能感觉到。我们最好先别动。"

他们蹲在一块大石头下，面朝西坐着，好一会儿都没有说话。然后弗罗多松了一口气。"它飞走了。"他说。他们站了起来，然后惊呆了。他们瞪大了眼睛朝南面望去，左边山脉的崇山峻岭在渐渐泛白的天空映衬下开始显现出清晰可辨的黑色轮廓。他们身后的光线越来越亮，并慢慢地向北蔓延。遥远的高空上正在进行着一场战斗。魔多的滚滚乌云节节败退，一股来自现实世界的风将乌云边缘吹得支离破碎，再把浓烟和迷雾赶向生成乌云的黑暗土地。阴沉的天幕掀起一角，朦胧的亮光漏了出来，照进了魔多，宛如苍白的晨光穿过肮脏的窗户进入了囚室。

"看那边，弗罗多少爷！"山姆说，"看那边！风向变了。肯定出事了。他再也无法随心所欲地掌控一切。他的黑暗正在那片世界中土崩瓦解。真希望能看到发生了什么事！"

这是3月15日的早晨，太阳从安度因河谷东边的阴影中升起，西南风阵阵吹来。希奥顿躺在佩兰诺平原上，奄奄一息。

正当弗罗多和山姆站在那里凝视时，亮光的边缘沿着埃斐尔度阿斯山脉轮廓扩散，然后他们看见一个身形从西方急速飞来，最初只是山顶上方条状微光映衬下的一个黑色斑点，但随之逐渐变大，闪电般划过黑暗天幕，从他们头顶上方的高空掠过。它一边飞一边发出一声长长的尖叫。那是那兹古尔的声音，却再也不会让他们感到恐惧，因为那是悲哀和沮丧的叫声，是带给黑暗妖塔的噩耗。戒灵之王已经在劫难逃。

"我刚才说什么来着？肯定出事了！"山姆大声说道，"沙格拉特说'战事进展顺利'，但是戈巴格却有些吃不准。他在这一点上没有看错。一切都在好转，弗罗多少爷。你现在多了一点希望没有？"

"哦，没有，没有多多少，山姆，"弗罗多叹了口气，"那是在山脉的另一边，离这儿远着呢。我们要往东走，不是往西。我太累了，而且魔戒太沉重，山姆。我开始时时刻刻在脑海里看到它，它就像一个巨大的火轮。"

山姆的兴奋之情立刻又低落了下来。他焦急地看着他家少爷，拉住他的手。"好了，弗罗多少爷！"他说，"我已经得到了一样我想要的东西：一点亮光。虽然足以帮助我们，但我猜想那肯定也很危险。试着再往前走一点，然后我们就躺在一起，休息一下。不过，先吃点东西吧，吃一点精灵的食物，它也许能让你振作起来。"

弗罗多和山姆分享了一块兰巴斯饼，用他们干裂的嘴巴使劲地咀嚼着，然后迈着沉重的步子继续往前走。那团亮光虽然只是灰蒙蒙的暮色，却足以让他们看清自己正身处群山之间的山谷深处。山谷缓缓向北抬高，谷底是一条干涸小溪的河床。河道里布满了石头，他们看到河道另一边有一条被人踏出的小路，在西边的峭壁脚下蜿蜒。早知道是这样，他们可以更快到达那里，因为这条小路始于西边桥头的魔古尔主路，沿着岩石上凿出的一段长台阶直达谷底。巡逻兵或信使会使用这条小路快速前往北部的小哨所和要塞，也就是位于奇立斯温格尔与作为卡拉赫安格仁铁山口的艾森毛兹海峡之间的那些小哨所和要塞。

对于这两个霍比特人来说，走这样一条路非常危险，但他们需要赶时间，而且弗罗多也觉得，在巨石间和魔盖无路的峡谷中艰难跋涉，自己无法面对那种艰辛。他判断，追捕他们的人也许根本想不到他们会朝北走。他们首先要彻底搜索的是向东通往平原的道路，或者向西返回隘口的道路。只有到了塔楼北面很远的地方，他才打算掉转方向，想办法往东走，而那将是他这趟征程无比凶险的最后一段。于是他们穿过布满石头的河床，踏上了奥克的小路，沿着它大步向前走了一段时间。他们左边的峭壁悬在头顶,从上面看不见下方的动静。但是这条小路有许多拐弯处,每到一处,他们就紧握剑柄,小心翼翼地向前走。

天色依旧,因为奥罗德鲁因还在喷出巨大的烟雾,对流空气将烟雾向上推得越来越高,直到它抵达风吹不到的高空,在那里弥漫成一个无边无际的天顶,天顶中央的支柱从阴影中拔地而起,超出了他们的视野。他们艰难地走了一个多小时,突然听到一个声音,立刻止住了脚步。难以置信,但明确无误。滴水声。左边有条小沟,又深又窄,像是黑色悬崖被一把巨斧劈开似的,水正从那里滴下来:也许是从阳光明媚的大海汇集的甘甜雨水,最终却不幸落在了这片黑暗之地的山壁上,徒劳地四处流淌后进入尘土中,而这就是最后所剩的一些。水从岩石里流出来,形成涓涓细流,流过小径,然后向南拐去,很快就消失在毫无生气的石头中间。

山姆朝它冲过去。"如果能再见到夫人,我一定会告诉她的!"他大叫道,"先是光,现在是水!"然后他停了下来。"让我先喝,弗罗多少爷。"他说。

"好吧,不过应该够两个人喝的。"

"我不是那个意思,"山姆说,"我的意思是,如果水有毒,或者很快显示里面有不好的东西,那么,少爷,最好我先来。希望你明白我的意思。"

"我当然明白。不过,山姆,我觉得我们应该一起相信自己的运气,或者说相信我们的福佑。但是,如果水冰冷刺骨,还是小心为妙!"

水很凉,但不是冰冷刺骨,味道不佳,他们老家的人会说这水很苦,还带着油腥味。在这里,它似乎超越了一切赞美,超越了恐惧和谨慎。他们喝了个够,山姆也把水壶加满。这之后,弗罗多感觉轻松多了,于是他们又继续往前走了几哩,直到道路变宽,路旁开始出现一堵简陋的护墙。这是在提醒他们,已经逼近另一个奥克据点了。

"我们在这里拐弯,山姆,"弗罗多说,"我们必须朝东走。"他看着山谷对面阴暗的山脊,叹了口气,"我剩下的力气只够在上面找个山洞,然后我必须休息一会儿。"

河床此时已经比小路路面矮了一截。他们爬了下去,开始过河。令他们惊讶的是,他们发现了一些黑黝黝的水潭,是由山谷高处某个源头流出的涓涓细流汇聚而成的。魔多西侧群山下面的边缘地区是块濒死大地,但尚没有完全被死亡所统治,这里仍然有东西在生长,粗糙,扭曲,痛苦,为生存而挣扎。山谷另一边还有魔盖的多条峡谷,里面潜藏着一簇簇贴地生长的低矮灌木,粗糙的灰色草丛在石头间挣扎,上面还爬满了枯萎的苔藓。到处都是扭曲缠绕的荆棘,有些长着尖利的长刺,有些长着刀子一样锋利的钩状倒刺。去年枯萎的枯叶挂在上面,在凄风中嘎嘎作响,但长满蛆虫的花蕾才刚刚绽出。暗褐色、灰色或黑色的苍蝇,像奥克一样带有红色眼睛形状的标记。它们嗡嗡飞来飞去,还会螫人。荆棘丛上方,饥饿的蚊蚋在成群飞舞盘旋。

"奥克的装备根本没有用,"山姆挥舞着手臂说,"真希望我也像奥克那样皮糙肉厚!"

最后,弗罗多再也走不动了。他们已经爬上了一条狭窄的峡谷,但是要想看到最后一道陡峭的山脊,他们还有很长的路要走。"我现在必须休息了,山姆,如果可以的话,好好睡一觉。"弗罗多说。他环顾四周,但在这个凄凉的地方,似乎连一个动物爬进去的地方都没有。一片荆棘如帘子般垂下来,又像毯子似的遮住岩石中的一个凹坑,精疲力竭的两个人悄悄爬了进去。

他们坐在那里,竭尽所能做了一顿饭。他们要把宝贵的兰巴斯留给未来艰难的日子,于是从山姆的背包里取出法拉米尔给的食物,吃掉了其中的一半,都是一些干果,还有一小块腌肉。他们抿了几口水。

他们虽然在山谷里的时候喝过水潭里的水,但现在又渴了。魔多的空气有一种苦涩的味道,让人口干舌燥。一想到水,就连满怀希望的山姆也情绪低落了很多。穿过魔盖之后,还有可怕的高格洛斯平原在等着他们。

"你先去睡吧,弗罗多少爷,"他说,"天又黑了。我想这一天就要过去了。"

弗罗多叹了口气,还没有等山姆把话说完就睡着了。山姆握住弗罗多的手,强忍着不断袭来的睡意,静静地坐着,直到深夜来临。最后,为了让自己保持清醒,他从藏身之处爬了出来,向外张望。这地方似乎到处都是吱吱嘎嘎和窸窸窣窣的声音,但没有说话声,也没有脚步声。西边埃斐尔度阿斯的高空上,夜空仍然暗淡而苍白。山姆朝群山间一块高耸的黑色岩岗之上望去,看到残云间有一颗白星闪烁了片刻。站在这片荒芜大地上抬头望去,白星的美丽震撼了他的心,也让他重新燃起了希望。一个念头如箭一般刺入他的心头,清晰又清凉:魔影终究是转瞬即逝、微不足道的东西,在它无法触及的地方,还有永恒的光明与崇高的美。他在塔楼里唱的歌与其说是希望,不如说是挑战,因为那时候他心中想到的是自己,而这一刻,他自己的命运乃至他家主人的命运,不再让他感到烦恼。他爬回荆棘中,躺在弗罗多身边,把所有恐惧抛在脑后,安然入睡。

他们一起醒来,手握着手。山姆精神抖擞,为新的一天做好了准备,但弗罗多却叹了口气。他睡得很不安稳,整夜梦见熊熊烈火,醒来后依然感到非常不安。然而,他的睡眠并非完全没有疗伤的功效,他的体力恢复了许多,能够更好地肩负重任,再往前走一程。他们不知道时间,也不知道睡了多久。他们吃了一点东西,喝了一小口水,继续沿着峡谷往前走,直到峡谷尽头出现一个由碎石和滚落的石头构成的陡坡。最后的生命形式在这里也放弃了抗争。锯齿状的魔盖顶端寸草不生，荒凉凄惨，如同一块石板。

他们四处转悠，搜寻了很久才找到一条往上爬的路，然后手脚并用爬了最后一百呎，终于到了上面。面前是两块黑色岩石之间的裂缝，他们穿过后发现自己正站在魔多最后一道屏障的边上。他们脚下大约一千五百呎深处，便是魔多的内陆平原，一直延伸到视野之外，变成无形的黑暗。人间的风此刻正从西方吹来，巨大的云朵被高高托起，向东飘去，但只有一缕灰色的亮光照在荒凉的高格洛斯原野上。烟雾飘散在地面上，潜藏在洼地中，还有烟气不断从地缝中泄漏出来。

他们看见了末日山，离他们更远，至少有四十哩。山脚笔直地插入火山灰烬中，巨大的锥形火山体高耸入云，喷发出浓烟的山顶笼罩在云雾中。烈焰暗淡，火山暂时处于积蓄能量的停歇过程中，像一头沉睡的野兽般可怕、危险。它的后方高悬着巨大的阴影，如雷雨云般透着凶兆，而在这片面纱背后的巴拉督尔就耸立在从北方延伸过来的灰烬山脉的一道长长的支脉上。黑暗力量在沉思，魔眼在冥想，思索着带给它怀疑和危险的各种消息。它看到了一把明亮的宝剑和一张属于王者的威严面孔，一时间几乎不再去关注其他事。巨大的城堡，里面的每一道门、每一座塔，都笼罩在阴郁的气息中。

弗罗多和山姆凝视着这片可恨的土地，厌恶和好奇在心中交织在一起。在他们和浓烟滚滚的火山之间，以及山的南北两侧，一切都破败不堪、毫无生气，只是一片燃烧过后令人窒息的荒漠。他们想知道这个疆域的统治者如何维持并养活他的奴隶和军队。然而，他的确拥有军队。在他们的视线所及之处，沿着魔盖的边缘向南，到处都是营地，有些是帐篷，有些则是井然有序的小镇。其中最大的一个营地就在他们正下方不到一哩处，它就像一个巨大的昆虫巢穴一样聚集在平原上,街道笔直、沉闷,到处是棚屋和又长又矮的灰褐色房屋。周围的地面上人来人往,一片忙碌的景象;一条宽阔的道路从这里向东南延伸,与魔古尔主路相连,许多黑色的小身影正沿着这条道路匆匆而行。

"我很不喜欢这里的一切,"山姆说,"我把这地方叫作'希望渺茫',只有一点除外:这里既然有那么多人,肯定就有井和水,更不用说食物了。这些是人类,不是奥克,除非我看错了。"

对于这片广袤大地南部奴隶们辛勤耕作的田野,他和弗罗多一无所知,因为这些田野位于努尔能湖凄凉的黑水旁,被火山的烟雾所遮蔽。他们也不知道这里还有往东和往南通往各个属地的大道,而黑暗妖塔的士兵正是通过这些大道运来了一车车的货物、战利品和新奴隶。这片北方区域有矿山和锻造厂,是为那场蓄谋已久的战争准备的军队集散地。黑暗力量将军队当作棋盘上的棋子,在这里调兵遣将,把他们聚集在一起。它的第一步棋算是初步试探,却在西部战线的南北两个方向遭到了遏制。它暂时将他们撤出去,调来新的部队,让他们聚集在奇立斯高格周围,准备复仇反击。如果它的目的也是保护火山,不让任何人接近,那么它的目的完全达到了。

"唉!"山姆接着说,"不管他们吃什么喝什么,我们都拿不到。我看不见下面有什么路。就算真的能下去,我们也无法穿过那片爬满了敌人的旷野。"

"我们还是得试试,"弗罗多说,"情况并不比我想象的更糟。我从没想过要穿过去,现在也看不出有任何机会,但我还是要尽我所能。眼下最重要的是尽量避免被他们抓住,所以我想我们还是得向北走,看看开阔平原较窄的地方是什么样子。"

"我能猜到那会是什么样子,"山姆说,"在狭窄的地方,奥克和人类会更加密集。你会看到的,弗罗多少爷。"

"如果真能走到那么远，我敢说我会看到的。"弗罗多说完就转身走了。

他们很快就发现，自己根本无法沿着魔盖的山顶或更高的地方前进，因为那里没有路，而且到处都是深谷。最后，他们只好退回到刚才爬上来的山谷，沿着山谷寻找出路。这一路走得很艰难，因为他们不敢穿过山谷去走西边那条小路。他们猜测附近应该有奥克的要塞，果然，他们走了一哩多，便看见要塞就隐藏在悬崖脚下的一个凹陷处：一个漆黑的洞口，周围有一堵围墙，还有一排小石屋。尽管周围没有一点动静，但两个霍比特人往前走的时候还是非常谨慎，紧贴此处旧河道两侧茂密生长的荆棘。

他们又往前走了两三哩，将奥克要塞远远抛在了身后。但是，他们刚开始大口喘气，就听到了奥克大声说话的刺耳声。他们立刻躲到一丛矮小的棕色灌木后。声音越来越近。不一会儿，两个奥克出现在眼前。一个属于那种黑皮肤的矮种奥克，穿着破烂的棕色衣服，手持牛角弓，大鼻孔嗅个不停，显然是什么追踪者。另一个是大块头的作战型奥克，就像沙格拉特的同伙，佩戴着魔眼标记。他还背着一把弓，手持一根宽头短长矛。像所有奥克一样，他们也在争吵，而且由于来自不同种族，使用的是带有各自口音的通用语言。

在距离两个霍比特人藏身处不到二十步的地方，矮小的奥克停了下来。"不！"他咆哮道，"我要回家了。"他指着山谷对面的奥克要塞，"再把鼻子凑到石头上也没有用。一点痕迹都没有，我说。自从听了你的话，我就什么气味都没有嗅到。我告诉你，那气味进了山里，不在这山谷里。"

"你们这些嗅鼻子的小东西没什么用吧？"大块头奥克说，"我觉得眼睛比你们的臭鼻子好。"

"那你的臭眼睛看到了什么？"另一个咆哮道，"呸！你连找什么都不知道。"

"那要怪谁呀？"作战型奥克说，"反正不怪我。要怪就怪上头。他们最先说那是一个身穿亮甲的大个子精灵，然后说是一个矮人一样的小家伙，后来又说那肯定是一群反叛的乌鲁克族，也许是所有这些合在一起。"

"嗬！"追踪者说，"他们肯定是疯了。如果我听到的消息没有错，我猜有些老大会脱层皮。塔楼遭到袭击，几百个你这样的家伙丢了性命，囚犯逃走了。要是你们这些打仗的都这个德行，难怪战场上传来的都是坏消息。"

"谁说有坏消息？"那个士兵喊道。

"嗬！谁说没有呢？"

"这是该死的造反言论，你要是再不住嘴，我就捅死你，明白吗？"

"好吧，好吧！"追踪者说，"我不说了，就心里想想吧。可那个神出鬼没的黑家伙跟这一切有什么关系？就是那个双手长蹼的怪家伙？"

"我不知道。也许没有关系。但他到处打探，我敢打赌他不怀好意。愿他不得好死！他刚从我们身边溜走，就有消息说要活捉他，而且要快。"

"好吧，我希望他们能抓住他，让他好好吃点苦，"追踪者愤愤不平地说，"他在我赶到之前捏了捏他找到的那件扔掉的锁子甲，还在那地方到处转悠，把那里的气味都搞乱了。"

"那倒反而救了他一命，"士兵说，"我当时不知道要抓的就是他，但我隔着五十步射了他一箭，干净利落，正中他的后背。不过，他还是不顾一切地跑了。"

"呸！你根本没有射中，"追踪者说，"你先是射偏了，然后你跑得太慢，再然后你就派人找来了那些可怜的追踪者。我受够你了。"

他大步跑开了。

"你给我回来,"士兵喊道,"不然我要告发你!"

"向谁告发?不是向你那宝贝沙格拉特吧?他的队长当到头了。"

"我会把你的名字和编号告诉那兹古尔,"士兵压低声音说,"这会儿他们就有一个在塔楼管事呢。"

对方站住了,声音里充满了恐惧和愤怒。"你这个该死的、喜欢告密的小人!"他吼道,"你干不好自己的活,还净给自己人拆台。去找你那些肮脏的尖叫鬼吧,要是敌人不先抓住他们,就让他们把你身上的肉冻掉吧!我听说他们的老大已经死了,我希望这是真的!"大块头奥克手拿长矛,朝对方扑去,但追踪者跳到了一块石头后面,趁着大块头跑过来时,一箭射中了他的眼睛。大块头轰然倒地,对方横穿山谷,跑得不见了踪影。

两个霍比特人坐在那里,一时不知道说什么好。终于,山姆动了动。"嗯,这才是心目中的干净利落。"他说,"要是这种友好行为能够在魔多传播开来,我们就可以省掉一半的麻烦了。"

"安静点,山姆,"弗罗多低声说,"附近也许还有别的奥克。我们显然是死里逃生,而且追捕行动比我们想象的更为激烈。不过,山姆,这就是魔多的一贯做法,并且已经蔓延到了它的每一个角落。奥克在没有人管的情况下一直都是这样,所有传说都是这样记载的。他们向来对我们恨之入骨。假如那两个家伙刚才看见了我们,他们就会停止争吵,先把我们干掉。"

又是长时间的沉默。山姆再次先开口,但压低了说话的声音:"你听见他们提到'那个怪家伙'了吗,弗罗多少爷?我告诉过你咕噜没有死,对吧?"

"是的,我记得。我当时还很好奇你是怎么知道的。"弗罗多说,"好吧,算了!我想我们天黑前最好不要离开这里,所以你可以告诉我你是怎么知道的,还有发生了什么事。说话声音小一点。"

"我尽量吧,"山姆说,"可一想到那个臭家伙,我就一肚子火,恨不得大喊大叫。"

两个霍比特人坐在藏身的多刺荆棘丛下,魔多阴暗的光线渐渐淡去,化为没有星辰的黑夜。山姆搜肠刮肚,在弗罗多的耳旁讲述了他所经历的一切,包括咕噜的背叛与攻击,希洛布的恐怖,以及他自己对付奥克的冒险过程。他说完后,弗罗多没有吭声,只是抓住山姆的手,紧紧地握了握。最后,他有了动作。

"嗯,我想我们又得上路了,"他说,"我不知道还会有多久我们才会真正被抓住,然后所有的辛苦与躲藏付诸东流。"他站了起来,"天太黑了,我们不能使用夫人的水晶瓶。替我把它保管好,山姆。除了把它抓在手里,我现在没地方放它,而且在黑夜里我需要双手才能遮住它的光芒。我把刺叮给你。我有一把奥克的刀子,但我认为我不会有机会使用它。"

在这片没有道路的大地上,夜间行走不仅困难重重,而且充满危险,但是这两个霍比特人却高一脚低一脚地沿着山谷的东部边缘慢慢前进,一小时又一小时地向北跋涉。外面的世界早已开启了新的一天之后,一道灰蒙蒙的亮光才重新出现在西边的高地之上。他们再次躲了起来,轮流睡了一会儿。山姆醒着的时候,满脑子想的都是食物。终于,弗罗多醒来后说要吃东西,并且说准备再做一次努力。山姆问了一个让他最为困惑的问题。

"请原谅,弗罗多少爷,"他说,"你知道还有多远吗?"

"不知道,一点也不清楚,山姆,"弗罗多回答,"我出发前在幽谷看过一张魔多的地图,那还是大敌回来之前绘制的,但我只是依稀记得。有一点我记得最为清楚,在北方有一个地方,西部山脉和北部山脉延伸出去的支脉几乎在那里相交,离塔楼后面的桥至少有二十里格。我们也许可以从那里过去。当然,如果我们到了那里,我想我们离火山会更远,大约有六十哩。我估计我们现在已经从桥往北走了大约十二里格。即使一切顺利,我也很难在一周内到达火山。山姆,恐怕这个负担会越来越重,越靠近那里,我就走得越慢。"

山姆叹了口气。"这正是我所担心的,"他说,"好吧,别说水的事了。弗罗多少爷,我们要么少吃一点,要么走快一点,至少在山谷里应该这样做。再咬一口,所有的食物就都吃完了,只剩下精灵的行路干粮。"

"我会尽量走快一点,山姆,"弗罗多深吸一口气说,"来吧!我们再走一段!"

天还没有完全黑下来。他们迈着沉重的脚步继续向前,一直走到深夜。几个小时都是在疲惫不堪、步履蹒跚的旅途中度过的,其间只有几次短暂的休息。当漆黑的天际边缘露出第一丝灰色亮光时,他们再次躲进了一块悬岩下的黑洞里。

光线在慢慢变强,比之前更为清晰。一阵强劲的西风正从高空把魔多的烟雾吹散。没过多久,两个霍比特人就能辨认出周围数哩内的地形。群山与魔盖之间的山沟越往上延伸就越窄,内侧的山脊在埃斐尔度阿斯陡峭的山体面前只是一道岩架,但是在朝东的一面,它一如既往地笔直垂落,扎入高格洛斯平原。前方是河道尽头,破碎的岩石在这里层层相叠。一条荒芜的支脉突然从主山脉中向东延伸,宛如一堵墙壁。北面灰蒙蒙的埃瑞德利苏伊山脉也延伸出一条长长的支脉,与之相会。两条支脉的末端之间有一个狭窄的豁口,这便是被称作"艾森毛兹"的卡拉赫安格仁铁山口[1],它的后面是乌顿深谷。这条深谷

---

[1] 艾森毛兹,译自精灵语名"卡拉赫安格仁",意为"铁口"。

位于魔栏农后方，里面隧道密布，还有深藏于地下的军械库，都是魔多的仆人为保卫他们领土的黑门而建造的。此刻，他们的主人正在那里聚集大军，准备迎接西方将领们的进攻。两条延伸出来的支脉上修建了大量堡垒和塔楼，到处都有营火在燃烧。一道土墙横贯整个豁口，除此之外还有一条很深的壕沟，只能靠一道桥梁通过。

往北几哩处是西方山脉的支脉，拐角高处矗立着古老的杜尔桑城堡，不过它现在已经成为乌顿山谷中众多奥克要塞之一。在越来越亮的光线中，可以看到一条道路蜿蜒而下，直到离两个霍比特人所在的地方一两哩处，然后向东一拐，沿着支脉一侧的岩架向前延伸，进入平原后再前往艾森毛兹。

两个霍比特人向外张望，顿时觉得自己一路向北走完全是白忙活。右边的平原烟雾弥漫，一片昏暗，他们看到那里既没有营地也没有军队移动的迹象。但是，整个地区都在卡拉赫安格仁要塞的监视之下。

"山姆，我们已经走投无路了，"弗罗多说，"如果继续走下去，我们只会靠近那座奥克的塔楼，而唯一可走的就是从塔上下来的那条路——除非我们回去。我们既不能朝西往上爬，也不能朝东往下爬。"

"那我们必须走那条路，弗罗多少爷。"山姆说，"我们必须走那条路，碰碰运气，如果魔多还有什么运气的话。我们与其继续到处瞎转悠，还不如干脆投降，要不就回去。吃的东西所剩不多，我们必须冲一下！"

"好吧，山姆，"弗罗多说，"只要你还心存希望，那就领着我走吧！我已经失去了所有希望。但是我冲不动了，山姆。我只能跟在你后面慢慢走。"

"弗罗多少爷，你需要吃点东西，再睡一会儿，然后才能慢慢走路。来吧，能吃多少就吃多少！"

他给了弗罗多水，一块额外的行路干粮，还用自己的斗篷给他家少爷做了一个枕头。弗罗多实在太累了,不想再争论这个问题,山姆也没有告诉他,他已经喝光了最后一滴水,并且把山姆和他自己的那份食物一起吃了。弗罗多睡着后,山姆俯下身,听着他的呼吸,看着他的脸。消瘦的脸上有皱纹,但在睡梦中却显得很满足,无所畏惧。"好了,少爷!"山姆自言自语道,"我得暂时离开你,听天由命吧。我们必须有水,否则再也无法往前走了。"

山姆爬出来,小心谨慎地从一块石头移动到另一块石头。他下到河道,顺着它往北爬了一段距离,来到岩石相叠的地方,很久以前肯定有泉水在这里飞流直下,形成过一个小瀑布,但如今却是一片干涸沉寂的景象。山姆不愿意放弃任何希望,他弯下腰来侧耳倾听,欣喜地听到了流水声。他往上爬了几步,发现有一条黑色的小溪流从山坡上流出来,汇入一个光秃秃的小池子里,又从池子里溢出来,消失在贫瘠的石头下面。

山姆尝了尝水,感觉还不错。于是,他喝了个够,把水壶装满后转身往回走。就在这时,他瞥见一个黑影从弗罗多藏身附近的岩石间掠过。他强忍着没有喊出声,然后从泉水边一跃而下,从一块石头跳到另一块石头上,拼命往回跑。那是一只机警的生物,很难看清,但山姆对此毫不怀疑:他渴望用手掐住他的脖子。但他听到了他跑来的动静,飞快地溜走了。山姆觉得自己最后还是瞥见了他,看到他从东边悬崖的边缘向后面望了一眼,然后低头消失了。

"好吧,运气还算不错,"山姆喃喃地说,"但那也太危险了!成千上万的奥克还不够,还要让那臭烘烘的浑蛋来打探吗?真希望当初那一箭把他射死!"他在弗罗多身边坐下,没有把他叫醒,自己却也不敢睡觉。最后,当他觉得眼睛快睁不开时,他知道自己再也撑不住了,便轻轻唤醒了弗罗多。

"恐怕咕噜又出现了,弗罗多少爷,"他说,"如果不是他,那么世界上至少有两个他。我出去找水，回来的时候发现他在这里探头探脑。我想我们俩同时都睡着很不安全，所以请你原谅，我的眼皮撑不住了。"

"老天保佑你，山姆！"弗罗多说，"躺下，轮到你了！但是，我宁愿遇到咕噜，也不愿意面对奥克。不管怎样，他是不会把我们出卖给奥克的——除非他自己被抓。"

"可他本人会干抢劫杀人的勾当呀！"山姆低声吼道，"睁大眼睛吧，弗罗多少爷！水壶装满了。喝个痛快吧。我们动身时可以再把水壶装满。"山姆说完就睡着了。

他醒来时，天色又暗了。弗罗多靠着后面的岩石坐着，但他已经睡着了。水壶空了。没有咕噜的踪迹。

魔多再次陷入黑暗，高地上的营火烧得又旺又红，而两个霍比特人也在这一刻再次踏上了他们旅途中最危险的一段。他们先走到泉水旁，然后小心翼翼地往上爬，抵达那条道路。道路在这里向东拐，直达二十哩外的艾森毛兹。路不宽，两边既没有围墙，也没有矮墙，越往前走，路边缘向下的落差也越大。两个霍比特人没有听到任何动静，稍作停留之后便迈着稳定的步伐向东出发。

走了大约十二哩后，他们停了下来。道路在他们身后不远处略微向北拐，因此他们刚才走过的那一段路已经看不见了。情况不妙。他们休息了几分钟，然后继续赶路。但是，他们还没走多远，就在这夜深人静的时刻，突然听到了他们一直暗自害怕的声音：大队人马的脚步声，离他们还有一段路，但回头一看，他们可以看见不到一哩远的拐弯处有火把在闪烁，而且移动的速度非常快，快到弗罗多根本无法沿着前面的道路逃走。

"我很害怕，山姆，"弗罗多说，"我们一直相信运气，但运气却

267

辜负了我们。我们被困住了。"他慌乱地抬头望着古代开路者凿出的嶙峋岩壁,高出他们头顶不知多少呎。他跑到道路另一边,看到下面是深不见底的黑暗凹坑。"我们终于走投无路了!"他说,然后一屁股坐到岩壁下,低下了头。

"好像是吧,"山姆说,"嗯,我们只能等着瞧了。"说罢,他紧挨着弗罗多,在悬崖的阴影中坐了下来。

他们没有等多久。奥克行军的速度非常快,走在最前面的举着火把,红色的火焰不断逼近,在黑暗中越来越亮。山姆也低下了头,希望火把照到他们时能遮住自己的脸。他还把盾牌挡在膝盖前,遮住他们的脚。

"要是他们赶时间,不去理会两个疲惫的士兵,继续行军就好了!"他想。

看来他们会的。前排的奥克耷拉着脑袋,气喘吁吁地大步走了过来。这是一群体形较小的奥克,正被驱赶着,很不情愿地去参加黑暗魔君的战争。他们只关心走完行军路程,躲开鞭子。两个高大凶猛的乌鲁克在队伍两旁跑前跑后,一边挥舞着鞭子,一边大喊大叫。一列列奥克走了过去,原本会暴露他们的火把已经到了前面。山姆屏住呼吸。超过一半的队伍已经过去了。突然,其中一个驱赶奴隶的家伙发现了路边这两个人影。他朝他们挥了挥鞭子,喊道:"嗨,你们!起来!"见他们没有回答,他大喊一声,整个队伍都停了下来。

"起来,你们这两个懒鬼!"他吼道,"这不是偷懒的时候。"他朝他们走了一步,即使是在黑暗中,也认出了他们盾牌上的图案。"要当逃兵,是吗?"他咆哮道,"或者想当逃兵?你们这帮家伙昨天傍晚之前就应该赶到乌顿。你们心知肚明。你们站起来,进入到队伍中去,不然的话,我就把你们的编号报告上去。"

他们挣扎着站起来,弯着腰,像脚疼的士兵那样一瘸一拐,拖着脚向队伍的后方走去。"不，不是去后面！"那家伙喊道，"往前走三排。就待在那儿，要不然等我回头过来你们就知道厉害了！"他把长长的鞭子朝他们头上挥去，鞭子噼啪作响。接着，他又挥了一下鞭子，吼叫一声，让队伍再次快速小跑起来。

可怜的山姆早已疲惫不堪，因此这种奔跑对他来说真是苦不堪言，而对弗罗多来说，这就是一种折磨，并且很快就变成了一场噩梦。他咬紧牙关，尽量不让自己去思考，挣扎着继续前进。周围那些汗流浃背的奥克散发出令人窒息的恶臭，他开始感到口渴，喘不过气来。他们继续前进，他用尽所有的意志力拼命喘气，让两条腿继续往前走。然而，这番辛苦、这番折磨究竟会有什么恶果，他却不敢去想。要想在不被发现的情况下掉队，根本没有可能。那个驱赶其他奥克的家伙时不时地会退回来嘲笑他们。

"瞧见了！"他哈哈笑着，用鞭子轻轻抽打他们的腿，"哪里有鞭子，哪里就有意志，我的懒鬼。跟上！我现在就让你们好好尝个鲜，如果你们赶到营地时太晚，你们肯定会被打得皮开肉绽。那对你们有好处。你们不知道我们在打仗吗？"

他们走了好几哩，这条路终于沿着一个长长的斜坡延伸到了平原上。这时，弗罗多的体力开始衰竭，意志也开始动摇了。他摇摇晃晃，跟跟跄跄。山姆绝望地试图帮助他，扶他起来，尽管他觉得自己也快要无法再跟上这个速度了。他现在知道，末日随时都会来临：他家少爷会晕倒或者摔倒，一切都会被发现，他们的辛苦努力都会化为泡影。"至少我也要杀了那个大块头恶魔。"他想。

就在他把手伸向剑柄的时候，突然出现了意想不到的情况，让他松了口气。他们现在已经到了平原上，接近乌顿的入口。前方不远处，在桥头的大门前，从西边来的路与从南边来的几条路以及从巴拉督尔

269

来的路汇合在一起。每条道路上都有军队在移动,因为西方将领们正在逼近,黑暗魔君正催促他的部队向北推进。因此,几支队伍碰巧在道路交汇处相遇,而周围一片黑暗,城墙上的营火也照不到这里。每支部队都想第一个抵达大门,结束行军之苦,相互之间立刻开始推搡、咒骂。尽管督军叫嚷着,用鞭子抽打,但还是发生了混战,有些人拔出了刀子。一支来自巴拉督尔的重装乌鲁克冲进了杜尔桑队伍的防线,众人立刻陷入了混乱中。

山姆浑身疼痛,筋疲力尽。他虽然头昏眼花,却立刻清醒过来,迅速抓住这个机会,扑倒在地,并且还拖着弗罗多倒在地上。有奥克被他们绊倒了,爬起来后不停地咆哮咒骂。两个霍比特人手脚并用,慢慢地从混乱中爬了出来,神不知鬼不觉地从路的另一侧翻了下去。这里有高高的马路牙子,比开阔地带高出几呎,以便让走在最前面的士兵即使在黑夜或大雾中也有依循的路标。

他们一动不动地躺了一会儿。天太黑了,就算有藏身之处可寻,他们也无法找到。但是山姆觉得他们至少应该远离这些大道,远离火把的照射范围。

"来吧,弗罗多少爷!"他低声说,"再爬一会儿,然后你就可以静静地躺着了。"

弗罗多使出最后一点力气,双手撑起身子,挣扎着向前爬了大约二十码。然后,他一头扎进突然出现在他面前的浅坑中,像死人一样躺在那里,一动不动。

第三章
末日山
MOUNT DOOM

"我说过,哪怕是腰断背折,我也要背你,"他喃喃地说,"我说到做到!"

"少爷!"山姆大喊一声,跪了下来。那一刻,面对整个世界的毁灭,他只感到一种喜悦,极大的喜悦。负担卸掉了,他家少爷得救了,恢复了自我,自由了。

山姆把他那件破烂的奥克披风垫在他家少爷的头底下,再把灰色罗里恩斗篷盖在两个人身上。他这么做的时候,思绪飞到了那片美丽的土地、飞到了精灵们身上。他希望精灵们亲手编织的布料具有某种魔力,能让他们在这片充满恐惧的荒野中侥幸隐藏起来。随着部队通过艾森毛兹,他听到打斗声和喊叫声逐渐平息。看来,各种部队混杂在一起出现了混乱之后,没有人还记得他们,至少现在还没有。

山姆喝了一口水,却逼着弗罗多多喝一些,等他家少爷稍微恢复了一点,又给了他一整块珍贵的行路干粮,逼着他吃下去。然后,他们累得都没有力气感到恐惧,摊开手脚就睡着了。他们睡了一会儿,却睡得很不安稳,坚硬的石头硌着他们的身体,湿透的汗水冻得他们直打哆嗦。一股稀薄的冷空气从北面的黑门吹来,穿过奇立斯高格,在地面上飒飒作响。

早晨,一缕灰蒙蒙的晨光再次出现,因为西风仍在高空吹拂,但是在黑暗大地围墙后面的石头上,空气死气沉沉,寒冷而又令人窒息。山姆从凹坑向外望去。周围的土黄色大地沉闷、平坦。附近的道路上没有任何动静,但山姆害怕北面不到一弗朗处艾森毛兹城墙上那些警惕的眼睛。火山在遥远的东南方向,犹如一个耸立的黑影。浓烟从中滚滚而出,上升到高空的浓烟随后向东消散,巨大的乌云翻滚着从山的两侧飘下来,蔓延至整个大地。东北方向几哩处耸立着灰烬山脉的山麓丘陵,犹如一群灰蒙蒙的幽灵,后面是迷雾笼罩的北方高地,像

273

远处一排乌云般隆起，几乎比低垂的昏暗天幕还要黑。

山姆试着猜测距离，盘算着该走哪条路。"看样子得走上五十哩，"他盯着那座可怕的火山，沮丧地咕哝道，"就弗罗多目前的状况，那至少需要一个星期。"他摇摇头，把事情想明白之后，心中慢慢产生了一个新的阴暗想法。他内心坚定，希望破灭的事从未在他心中生根发芽，而且他一直都没有忘记回家的事。但是他现在终于明白了苦涩的真相：他们的食物充其量只能维持他们到达目的地，任务完成之后，他们也将在一片可怕的沙漠中央结束一切，孤独无援，无家可归，没有食物。他们再也回不去了。

"所以这就是我出发的时候觉得自己必须做的事，"山姆心想，"帮弗罗多少爷走到最后一步，然后和他一起死去？好吧，如果那就是使命，我必须去做。可我很想再见到傍水镇，还有罗茜·科顿和她的兄弟们，还有老头子和玛丽戈德等等。如果根本没有回去的希望，我实在想不出来甘道夫怎么会派弗罗多少爷来完成这个使命。他在墨瑞亚掉下去之后，一切都出了差错。我真希望他没有掉下去。他本来会有所作为的。"

然而，尽管山姆心中的希望已经破灭，或者说即将破灭，这种希望却变成了一种新的力量。山姆那张平凡的霍比特脸变得严肃起来，几乎到了冷酷的地步，因为他坚定了意志，全身的四肢都感到一阵震颤，仿佛自己正蜕变成某种由石头和钢铁构成的生物，无论绝望、疲惫还是无尽的荒芜都无法制服他。

他带着一种新的责任感，将目光移回到四周，研究下一步的行动。天色稍微亮了一点，他惊奇地发现，这片从远处看去似乎宽阔且毫无特色的平地，实际上坑坑洼洼、起伏不平。的确，高格洛斯平原的整个表面布满了巨大的坑洞，就好像在它还是一片软泥的时候，一阵闪电和巨大的石弹就对它狂轰滥炸过似的。最大的坑洞周围有一圈碎石，宽阔的裂缝从洞口向四面八方延伸。在这片大地上，你可以从一个藏身之处爬到另一个藏身之处，除了最警觉的眼睛，任何人都看不到你。这对于一个身体强壮、不需要速度的人来说轻而易举，但是在饥肠辘辘、疲惫不堪的人眼中，尤其是在需要凭借最后一口气长途跋涉的人眼中，这片大地无比邪恶。

山姆想着这一切，回到了他家少爷身边。他没有必要叫醒他。弗罗多仰面躺着，睁大了眼睛，凝视着乌云密布的天空。"嗯，弗罗多少爷，"山姆说，"我四处看了看，想了想。路上什么都没有，趁着还有机会，我们最好赶紧离开。你还走得动吗？"

"我能行，"弗罗多说，"我必须走下去。"

他们再次出发，从一个坑洞爬到另一个坑洞，快速躲在他们能找到的掩体后面，但始终沿一条斜线朝着北方山脉的山麓丘陵前进。然而，当他们前行的时候，最东边的道路也尾随着他们，直到后来掉转方向，紧贴着山脉外缘向前延伸，进入前方远处墙壁般的黑影中。一段段平坦的灰色道路上既没有人类也没有奥克在移动，因为黑暗魔君已经差不多完成了军队调动。即便是在他自己固若金汤的领域内，他也利用夜晚来遮遮掩掩，担心已经转为与他作对的世间之风会撕裂他的面纱，而且有大胆奸细已经突破他的防线的消息也让他很不安。

两个霍比特人疲惫地走了几哩才停下来。弗罗多似乎快要虚脱了。山姆明白，以弗罗多现在前进的方式，他走不了多远，因为他时而爬行，时而弯着腰走，时而慢吞吞地选一条自己也拿不准的路走，时而又跌跌撞撞地奔跑。

"我要趁着天还没有黑回去走大路，弗罗多少爷，"他说，"再相信一回运气吧！上次差点让我们失望，但最终结果还好。在平坦的道路上再走几哩，然后就休息。"

他无法料到那样做的风险有多大，而弗罗多被他肩负的重担和内心的争斗所困，没有心思去辩论，并且他现在感到希望渺茫，根本不在乎。他们爬上大道，艰难地往前走，沿着通往黑暗妖塔的那条残酷的硬面道路走下去。但是他们的运气一直很好，那天剩下的时间里，他们没有遇到任何活着的或会动的东西。夜幕降临时，他们消失在魔多的黑暗中。整片大地如风暴将至前一样都在酝酿等待，因为西方将领已经通过了十字路口，并且焚烧了伊姆拉德魔古尔的致命原野。

于是，令人绝望的旅程仍在继续，魔戒南下，诸王的旌旗北上。对两个霍比特人来说，随着他们的体力越来越弱，大地越来越邪恶，每一天、每一哩都让他们感到更加痛苦。他们白天没有遇到敌人。夜晚，当他们在路边某个藏身之处蜷缩着或者不安地打盹时，他们时不时会听到喊叫声，杂乱的脚步声，或者被人残酷驾驭的骏马疾驰的马蹄声。但是，比这些危险更可怕的却是在他们前进的过程中不断逼近的威胁：那可怕的威胁来自黑暗力量，它躲在王座周围的黑色帷帐之后等待着，彻夜难眠地酝酿着邪念和恶意。它越来越近，越来越黑，像是来自世界尽头的黑夜之墙在迎面扑来。

可怕的夜幕终于降临，就在西方将领们快要赶到生者世界尽头的时候，这两个流浪者却遭遇了最为绝望的时刻。他们从奥克手中逃出来已经四天了，但这段时间就像一场越来越黑暗的梦，被抛在了身后。在这最后一天里，弗罗多始终没有说话，只是半弯着腰走路，经常磕磕绊绊，仿佛他的眼睛再也看不见脚下的路。山姆猜想，在他们遭受的所有痛苦中，弗罗多承受着最恐怖的痛苦，那就是魔戒日益增长的重量，不仅对他的身体是一种负担，而且对他的心灵更是一种折磨。山姆焦急地注意到，他家少爷经常举起左手，仿佛要躲避一击，或者要挡住他那双畏缩的眼睛，以免被一只可怕的眼睛盯上。有时，他会不自觉地把右手放在胸前，紧紧抓住那里，然后，随着意志的恢复，慢慢再将手拿开。

　　黑夜再次到来，弗罗多坐在那里，头埋在两膝间，双臂疲惫地垂在地上，双手无力地抽搐着。山姆一直注视着他，直到夜幕将他们两人遮住，彼此都看不见。他再也不知道自己该说什么，只好将注意力转向了自己的阴暗思绪。至于他自己，虽然疲惫不堪，倍感恐惧，却还有一点力气。兰巴斯很奇妙，如果没有它，他们早就躺倒死去了。但是兰巴斯无法满足食欲，山姆的脑海里有时充满了对美食的回忆，还有对简单的面包和肉类的渴望。如果旅人只依赖这种精灵们的行路干粮，不与其他食物混着吃，那么兰巴斯便会有一种越来越强的功效。它可以加强意志力，让人拥有更强的耐力，并且以人类无法企及的方式去控制四肢和肌肉。但是现在必须做出一个新的决定。他们不能再沿着这条路走下去了，因为道路一直向东延伸到巨大的黑影中，而火山现在却隐约出现在他们的右边，几乎是正南方向，他们必须转向那里。然而，火山前面仍有一片烟雾弥漫、寸草不生、落满灰烬的辽阔大地。

　　"水，水！"山姆喃喃道。他一直忍着，在他干渴的嘴里，舌头似乎又厚又肿。但是，尽管他百倍小心，水已经所剩无几，大概只有半水壶，而他们也许还得走上好多天。如果他们没有大胆地走奥克的道路，恐怕水早就喝完了。这是因为这条道路沿线每隔很长一段距离就建有蓄水池，供匆忙穿过无水地区的部队使用。山姆在其中一处发现了一些被奥克弄得浑浊不清的水，但在他们身处绝境的情况下仍然能凑合。可那已经是一天前的事了。再也没有希望了。

　　最后，忧虑过度的山姆打起了瞌睡，明天的事明天再说，他也无能为力。他时梦时醒，睡得很不安心。他看到了宛如幸灾乐祸的眼睛般的亮光，看到了匍匐的黑色身影，听到了像是野兽发出的噪声，或者是受到折磨的生灵发出的可怕惨叫声。他会突然惊醒，却发现整个世界一片漆黑，周围只有空虚的黑暗。只有一次，当他站在那里疯狂地四下张望时，他觉得虽然醒着，却仍然能看见像眼睛一样的苍白光芒，但很快就闪烁着消失了。

可恶的夜晚极不情愿地慢慢过去，接踵而至的日光依旧昏暗无比，因为离火山越近，空气就越浑浊，而索隆在自己周围编织的魔影之纱正从黑暗妖塔中蔓延出来。弗罗多仰面躺着，一动不动。山姆站在他身边，不愿意说话，但他知道现在必须开口了：他必须让少爷下定决心，再做一次努力。最后，他弯下腰，抚摸着弗罗多的额头，在他耳朵旁说道：

"醒醒，少爷！是时候重新上路了。"

弗罗多仿佛被突然响起的钟声惊醒，迅速站起身来，朝南方望去，可当他的眼睛看到火山和沙漠时，他又开始畏缩了。

"我做不到，山姆，"他说，"这负担太重了，太重了。"

山姆还没开口就知道，自己说什么都无济于事，而且他的话可能会适得其反，但出于对少爷的怜悯，他又无法保持沉默。"那就让我替你分担它的重量吧，少爷，"他说，"你知道，只要我还有力气，我很乐意。"

弗罗多的眼睛里闪过一道疯狂的光芒。"走开！别碰我！"他喊道，"我说，这是我的。走开！"他的手伸向剑柄，但他的声音很快就变了。"不，不，山姆，"他伤心地说，"但是你必须明白。这是我的负担，没有人能承受。现在太晚了，亲爱的山姆。你已经无法再用刚才那种方式帮我。我现在几乎完全被它控制住了。我不能放弃它，如果你要拿走它，我会发疯的。"

山姆点点头。"我明白，"他说，"但我一直在想，弗罗多少爷，其他一些东西我们或许可以不要。为什么不减轻一点负担呢？我们现在要往那边走，而且要尽可能走直线。"他指着火山说，"最好不要带那些我们不一定需要的东西。"

弗罗多再次望着火山。"是啊,"他说,"走那条道的话,我们不需要太多东西。等走到尽头,我们什么都不需要了。"他捡起奥克盾牌扔了出去,接着又扔了头盔。然后,他脱下灰色斗篷,解开沉重的腰带,让它连同鞘中的剑一起掉在地上。他扯下破烂的黑斗篷,将它抛了一地。

"好了,我不再当奥克了,"他喊道,"无论好坏,我都不会带武器。他们想抓我就来吧!"

山姆也学着他的样子,把身上的奥克装备扔到了一旁,并且把背包里的东西都拿了出来。不知怎么的,背包里的东西每一样都突然变得亲切起来了,或许只是因为他曾经辛辛苦苦地将它们背到了这么远的地方。他最舍不得的是厨具。一想到要把它们扔掉,他的眼睛里就涌出了泪水。

"你还记得那锅炖兔肉吗,弗罗多少爷?"他说,"还有我们在法拉米尔将领的家乡那道温暖的河岸旁,就是我看见毛象的那一天,你还记得吗?"

"不,山姆,我恐怕不记得了,"弗罗多说,"但我至少知道发生过这样的事情,只是我看不见。没有食物的味道,没有水的感觉,没有风的声音,没有树、草、花的记忆,没有月亮和星星的形象。我在黑暗中一丝不挂,山姆,我与那个火轮之间没有任何遮掩。即使我睁着眼睛,我也只能看到它,其他一切似乎都变淡了。"

山姆走过去,亲吻了他的手。"那么我们越早摆脱它,就越早得到安宁,"他犹豫不决地说,因为找不到更好的词,"光说不做无济于事。"他自言自语地说,一边收拾起他们选择扔掉的所有东西。他不愿意把它们暴露在荒野里,让所有人都看到。"那个臭家伙好像捡起了那件奥克铠甲,绝不能让他再多一把剑。他两手空空的时候就够难对付的了。也不能让他乱动我的锅！"说着，他把所有东西拿到这片大地上众多裂缝中的一处，将它们全都扔了进去。他那些珍贵的锅子掉在黑暗中时发出的哐当声，犹如丧钟一样敲击着他的心。

他回到弗罗多身边，将他的精灵绳割下一小段，给他家少爷当腰带，再在他腰间把灰色斗篷系紧。他把剩下的绳子仔细盘好，放回背包里。除了绳子之外，背包里只有剩下行路干粮和水壶，而刺叮仍然挂在他的皮带上。他把加拉德瑞尔的水晶瓶以及她送给他的小盒子藏在胸前的外套口袋里。

他们终于面向火山出发，不再考虑躲藏，不再考虑疲惫和不断衰减的意志，全身心地去继续完成这一任务。天昏地暗，即使在这片戒备森严的大地上，也没有任何东西能发现他们，除非近在咫尺。在黑暗魔君的所有奴隶中，只有那兹古尔能警告他有危险在悄悄逼近他严密防守的王国中心。这个威胁虽然微不足道，却坚不可摧。但是那兹古尔和他们长着黑翅膀的坐骑已经外出执行其他任务。他们聚集在很远的地方，跟踪西方将领们的行军脚步，而黑暗妖塔的思绪也转向了那里。

那一天，山姆觉得他家少爷似乎找到了一些新的力量，这一点显然无法仅靠扔掉一些装备和减轻一点负担就能解释得通。第一段路他们不仅走得更远，还走得更快，远超他的希望。这片大地崎岖不平，充满了敌意，但他们还是进展顺利，离火山越来越近。但是随着时间的流逝，微弱的光线飞速消退，弗罗多再次弯下腰，开始步履蹒跚，似乎刚才的努力已经耗尽了他所剩的力气。

他们最后一次停下来时，他一屁股坐到地上，说了一句"我口渴，山姆"，然后就没有再吭声。山姆给他喝了一口水，壶里只剩下了最后一口。他自己没有喝。魔多的黑夜再次降临在他们身上，山姆的脑海里浮现出水的记忆。他所见过的每一条小河，每一条小溪，每一股泉水，流淌在翠柳树荫下，在阳光下粼粼闪烁，此刻都在他闭上眼睛后纷纷起舞、泛着涟漪，折磨着他。他感觉到了脚趾周围清凉的泥浆，那是他和科顿家的乔利、汤姆、尼布斯，还有他们的妹妹罗茜一起在傍水镇的池塘里戏水。"可那是许多年前的事了，"他叹了口气，"而且是在很远的地方。如果真有回家的路，那也得经过火山。"

他睡不着，只能在心里与自己辩论。"好吧，瞧瞧吧，我们所做到的已经超出了希望，"他坚定地说，"反正一开始还不错。我估计今天停下来之前已经走了一半路程，再走一天就到了。"然后他停顿了一下。

"别犯傻了，山姆·甘姆吉，"他自己的声音在回答，"如果他还能动的话，也不可能再走一天的。你把所有的水和大部分食物都给了他，你也撑不了多久。"

"不过我还可以继续赶路，我会的。"

"去哪儿？"

"当然是去火山了。"

"然后呢，山姆·甘姆吉，然后干什么？你到了那里后打算做什么？他自己什么都做不了。"

山姆沮丧地意识到，自己无法回答这个问题。他一点也不清楚。弗罗多对他的使命只字不提，山姆只是模模糊糊地知道，必须以某种方式将魔戒投入火中。"末日之隙。"他喃喃地说，脑海里再次浮现出那个古老的名称，"好吧，也许少爷知道怎么找到，我可不知道。"

"你终于明白了！"那个声音回答，"这一切都是无用功。这是他自己说的。你真是个傻瓜，居然还存有希望，居然还这样辛苦。如果你不是那么固执的话，你们几天前就可以躺下来，一起睡个好觉了。可你还是会死，甚至更糟。你最好现在就躺下来，放弃一切。反正你们永远也到不了山顶。"

"我会到山顶的,哪怕把一切都留下,只留下骨头。"山姆说,"我会亲自把弗罗多少爷背上去,哪怕腰断心碎。别白费口舌了!"

就在这时,山姆感到脚下的大地在颤动,他听到或者感觉到了远处传来的低沉的隆隆声,就像有雷被困在地下一样。一团红色火焰在云层下闪烁,转瞬即逝。火山同样睡得不安宁。

他们迎来了前往奥罗德鲁因的最后一段旅程。山姆从未想过自己能忍受这样痛苦的折磨,他浑身疼痛,口干舌燥,一口食物都咽不下去。天依旧黑着,不仅是因为火山喷出的浓烟,而且似乎有暴风雨即将来临,闪电不断划破东南方向的漆黑天空。最糟糕的是,空气中充满了烟雾,每一次呼吸都很困难,也很痛苦。他们头晕眼花,跟跟跄跄,经常摔倒。然而,他们的意志没有屈服,仍然挣扎着继续往前走。

火山越来越近,到了最后,他们只要抬起沉重的头,它的庞大山体就在他们眼前,占据了他们的整个视野:由火山灰、熔岩和火烧过的石头堆成的庞然大物,一个陡峭的圆锥形山体直插云霄。在漫长的黄昏结束、真正的黑夜再次来临之前,他们一路滚爬,跌跌撞撞地来到了它的脚下。

弗罗多倒抽了一口气,扑倒在地上。山姆坐在他旁边。令他吃惊的是,他虽然感到很累,却轻松了一些,头脑似乎又清醒了,不再有争论扰乱他的思想。他知道绝望一方的所有论调,但他不愿意听。他的意志坚如磐石,只有死亡才能打破它。他不再有欲望,也不再需要睡觉,而是需要警觉。他知道所有的风险和危险现在都集中在一点上:明天将是末日,不是最后一搏,就是遭遇灭顶之灾。那将是最后一击。

但明天什么时候到来?这一夜似乎永无止境,一分钟又一分钟地消逝,加起来却不到一个小时,没有带来任何改变。山姆开始怀疑永无天日的黑暗是否再次降临,白昼是否再也不会出现。最后,他伸手去摸弗罗多的手。那只冰凉的手在颤抖，他家少爷在发抖。

"我不应该把毯子扔掉的。"山姆喃喃地说。他躺下，搂住弗罗多，试图让他舒服一点。然后，他睡着了。在这趟远征的最后一天，昏暗的亮光落在了这两个并排躺着的人身上。从西方吹来的风前一天就已经减弱，现在风从北方吹来，而且越来越强。没有露面的太阳慢慢地将它的光芒渗透进了两个霍比特人所在的阴影里。

"就是现在！最后一搏！"山姆边说边挣扎着站起来。他俯下身，轻轻唤醒了弗罗多。弗罗多呻吟了一声，凭着巨人的意志力，摇摇晃晃地站了起来，然后他又跪了下来。他艰难地抬起眼睛，望着高耸在他头顶上方的末日山黑黢黢的斜坡，令人心痛地用双手朝前爬去。

山姆看着他，心中在哭泣，但他干涩而刺痛的眼睛里却没有眼泪流出来。"我说过，哪怕是腰断背折，我也要背你，"他喃喃地说，"我说到做到！"

"来吧，弗罗多少爷！"他大声说道，"我不能背负它，但我能背负你和它。所以你起来！来吧，亲爱的弗罗多少爷！山姆会载你一程。只要告诉他去哪儿，他都会去。"

弗罗多趴到他的背上，双臂松松地搂住他的脖子，两腿紧紧地夹在他的腋下。山姆摇摇晃晃地站了起来，然后，他惊奇地感到这负担并不重。他曾担心自己恐怕没有力气独自背起自家少爷，除此之外，他还以为要和主人一起分担那该死的魔戒的沉重负担。但事实并非如此。或许是因为长时间的疼痛、刀伤、毒刺、悲伤、恐惧和无家可归的流浪，弗罗多已经变得弱不禁风，或许是被赋予了最后一丝力量，山姆轻松地背起了弗罗多，就像他在夏尔的草地或干草场上背着一个霍比特孩子玩耍一样。他深吸一口气，然后出发了。

他们已经到达了火山北侧稍微偏西的山脚。那里有长长的灰色斜坡，虽然崎岖不平，却并不陡峭。弗罗多没有说话，于是山姆尽他最大的努力继续前进。他没有任何指引，只有赶在他的力量耗尽和意志崩溃之前，拼命往上爬。他吃力地走着，向上，再向上，左拐右拐，尽量减少坡度。他大多数时候都是在跌跌撞撞地向前走，最后竟然像蜗牛背着沉重的负担一样在地上爬行。当他的意志无法驱使他再迈出下一步，他的四肢已经无力时，他停下来，轻轻地把他家少爷放下。

弗罗多睁开眼睛，吸了一口气。来到盘绕飘浮的恶臭上方之后，呼吸容易了一些。"谢谢你，山姆。"他用嘶哑的嗓子低声说，"到上面还有多远？"

"我不知道，"山姆说，"因为我不知道我们要去哪儿。"

他回头看了看，又抬头望去，惊奇地发现他最后的努力居然让他走了这么远。巍然矗立的火山透着凶兆，实际上并没有那么高。山姆现在才发现，它比他和弗罗多爬过的埃斐尔度阿斯的隘口还低。它那嶙峋起伏的山肩从巨大的山基拔地而起，高出平原大约三千呎，高耸的中央火山锥大约是下方山体的一半高，宛如一个巨大的烘干窑或者烟囱，最上方则是锯齿状的火山口。但山姆已经爬过了山基的一半，下方的高格洛斯平原已被烟雾和阴影笼罩，一片昏暗。他抬起头来，如果他干渴的喉咙允许的话，他会大喊一声，因为他清楚地看到，在他头顶上方崎岖的山包和山肩之间有一条路。它像一条腰带从西边向上延伸，如蛇一样缠绕着火山，在视野范围内抵达东侧的火山锥脚下。

山姆看不见最低的那段道路，因为他站的地方有一个陡坡，但他猜测只要他再往上爬一点点，他们就会走到这条小路前。他又恢复了一线希望。他们也许能征服火山。"哈，这地方开了一条路或许有道理！"他自言自语道，"如果没有它，我只能说我最后被打败了。"

这条路不是为山姆而建的。他并不知道，出现在他眼前的正是从巴拉督尔通往"烈火诸室"萨马斯瑙尔的索隆之路。它始于黑暗妖塔宏伟的西门,借助一座巨大的铁桥越过深渊,进入平原后在两处浓烟滚滚的深坑之间延伸一里格,抵达通往火山东侧的上行堤道。这条路从那里开始自南向北环绕整个山体,最终抵达火山锥上部的一个黑暗入口,但是离冒着臭气的山顶仍然很远。入口正对着东面阴影笼罩的索隆要塞里的"魔眼之窗"。火山每次喷发都会堵塞或者摧毁这条路,但每次都会有无数奥克将其修复和清理。

山姆深吸一口气。那里有一条小路,但他不知道该怎么爬上斜坡抵达那里。首先他必须缓解背部的疼痛。他在弗罗多身边平躺了一会儿。两人都没有说话。光线慢慢变亮。突然,山姆心中产生了一种他无法理解的紧迫感。这就好像是在呼唤他:"快,快,否则就太晚了!"他打起精神站了起来。弗罗多似乎也感受到了召唤,挣扎着站了起来。

"我爬过去,山姆。"他气喘吁吁地说。

于是,他们像灰色的小昆虫,一步一步地爬上山坡。他们来到小路前,发现这条路很宽,铺着碎石和压实的灰烬。弗罗多费力爬到路上,然后鬼使神差地慢慢转过身,面向东方。索隆的一道道阴影悬浮在远处,但不是被外面世界的一阵劲风吹破,就是被其内部某种极大的不安撕碎,连覆盖着它们上方的云层也开始旋转,暂时移到了一边。接着,他看到了巴拉督尔最高的塔楼,看到了塔楼一个个冷酷的尖塔和铁顶,高高地耸立在那里,比它所处的巨大阴影还要黑,甚至更黑更暗。一道红色火焰从某扇高不可测的巨大窗户朝北激射而来,那只是一只锐利的魔眼向外张望时闪烁了一下,阴影随之重新聚拢,遮掩了这可怕的幻象。魔眼并没有转向他们,它正注视着北方进退两难的西方将领们,它的全部恶意也都集中在那里,因为黑暗力量正准备发动致命一击。但弗罗多看到这可怕的一幕时,就像受到了致命打击般倒在地上。他伸手去摸脖子上的项链。

山姆跪在他身边。他听到弗罗多用微弱到几乎听不见的声音在说:"帮我,山姆!帮帮我,山姆!握住我的手!我阻止不了它。"山姆握住他家少爷的双手,让它们掌心相对合在一起,亲吻着它们,然后再用自己的双手裹住它们。他的脑海里突然浮现出一个念头:"他发现我们了!一切都完了,或者很快就完了。好吧,山姆·甘姆吉,一切都结束了。"

他再次背起弗罗多,把他的双手拉到自己的胸前,让他家少爷的双腿悬空。然后他低下头,沿着不断向上的道路挣扎着往前走。这并不像一开始看起来那么容易。幸运的是,山姆当初站在奇立斯温格尔山上时看到的巨大动静,那些奔涌而出的烈焰主要流向了南面和西面的斜坡,这一边的道路没有堵塞。但是,道路在许多地方要么坍塌了,要么被巨大的裂缝穿过。它向东延伸了一段距离后,突然急转向西而去。拐弯处的道路是从很久以前火山喷发出的岩石中凿出的,如今早已风化。山姆背着弗罗多,气喘吁吁地来到拐弯处,可就在这时,他眼角的余光瞥见有什么东西从悬崖上掉了下来,像是一小块黑色石头,在他经过的时候砸落了下来。

突如其来的重物击中了他,他向前摔倒在地。由于他的双手仍然紧握着弗罗多的手,因而他摔倒时擦伤了手背。他随即明白发生了什么事,因为倒在地上的他听到上方传来了一个可恨的声音。

"邪恶的主人!"那个声音说话时带着嘶声,"邪恶的主人欺骗我们嘶嘶,欺骗斯密戈,咕噜。他不应该走那条路嘶嘶。他不能伤害宝贝嘶嘶。把它给斯密戈,嘶嘶,给我们!把它交给我们嘶嘶!"

山姆猛一用劲,站了起来。他立刻拔出剑,却无能为力,因为咕噜和弗罗多已经扭打在了一起。咕噜正撕扯着他家少爷,想要夺取项链和魔戒。或许只有一样东西能够唤醒弗罗多心中的余烬和意志:对方的一次攻击,对方试图用武力夺走他的宝贝。他以一股突如其来的狂怒进行反击，让山姆和咕噜都感到吃惊。即便如此，如果咕噜本人没有变化，情况可能会变得截然不同。但是，孤独、饥饿、缺水，无论他在贪婪的欲望和可怕的恐惧驱使下走过了怎样恐怖的道路，这些道路都在他身上留下了严重的印记。他骨瘦如柴，憔悴不堪，蜡黄的皮肤紧绷着。他的眼睛里闪着疯狂的寒光，但他的恶意已经无法再与他之前的蛮力相匹配了。弗罗多把他甩开，颤抖着站起来。

"趴下，趴下！"他喘着气说，用手捂着胸口，紧紧抓住皮衣下的魔戒，"趴下，你这偷偷摸摸的东西，别挡我的路！你的末日到了，现在的你既无法背叛我，也无法杀了我。"

突然之间，山姆仿佛回到了埃敏穆伊的岩檐下，只是看到这两个对手有了截然不同的幻象。一个是蜷缩着的身影，比行尸走肉强不了多少，虽然已经彻底堕落和失败，却依然充满了可怕的欲望和愤怒；在他面前站着一个身穿白衣的身影，严厉、不再被怜悯所困扰，却在胸前握着一个火轮。火焰中传出了一个命令的声音。

"走开，别再来烦我！如果你再敢碰我，你将跳入末日之火中。"

那蜷缩着的身影后退了一步，眨巴的眼睛流露出恐惧，但同时也流露出无法满足的欲望。

接着，幻象消失了，山姆看到弗罗多站在那里，手放在胸前，大口喘着气，咕噜跪在他脚边，张开双手，趴在地上。

"小心！"山姆喊道，"他会跳起来的！"他挥剑向前迈出几步。"快走，少爷！"他气喘吁吁地说，"快走！快走！没时间了。我来对付他。快走！"

弗罗多看着他，仿佛看着一个遥远的人。"是的，我得走了。"他说，"永别了，山姆！终于要结束了。末日将降临在末日之山上。永别了！"他转过身，挺直身子，沿着不断爬升的小路慢慢地继续往前走。

"好了！"山姆说，"我终于可以对付你了！"他持剑跃上前去，准备战斗。但咕噜并没有跳起来。他直挺挺地倒在地上，开始啜泣。

"别杀我们，"他哭着说，"不要用恶毒残忍的钢铁伤害我们嘶嘶！让我们活下去，嘶嘶，再多活一会儿。完了，完了！我们完蛋了。宝贝没了，我们会死，是的，死了之后变成尘埃。"他用瘦长的手指抓着路上的灰烬。"尘埃嘶嘶！"他带着嘶声说道。

山姆的手开始颤抖。一想起对方所做的那些恶事，他就怒气冲天。杀死这个奸诈、凶残的东西很公正，非常公正，对方完全是罪有应得，而且这似乎也是唯一确保安全的办法。但在他的内心深处却有什么东西在阻拦他。面对这个躺在尘土里绝望、毁了一生、凄凄惨惨的东西，他下不了手。他自己也曾短暂携带过魔戒，因而能隐约猜到咕噜萎缩的身心所承受的巨大痛苦。他被魔戒所奴役，再也无法在生活中找到安宁与解脱。但山姆无法用言语表达心中的感受。

"啊，诅咒你，你这个臭气熏天的东西！"他说，"走开！滚！只要你待在我能踢得到你的地方，我就不会信任你。滚！不然的话，是的，我会用恶毒残忍的钢铁伤害你。"

咕噜四肢并用，后退了几步，然后转过身来。山姆朝他踢了一脚，他顺着小路逃跑了。山姆不再理会他。他突然想起了他家少爷。他抬头朝小路望去，却看不到弗罗多。他以最快的速度在路上艰难地走着。如果他回头看，他可能会看到咕噜在下方不远处又转过身来，然后，眼睛里闪着疯狂的光芒，疲倦却又快速地跟在后面，像一道阴影般敏捷地在岩石间穿梭。

小路向上延伸，不久便拐过最后一道弯，沿着火山锥表面的一道切口向东，来到火山一侧黑暗的大门前。这就是萨马斯瑙尔大门。在遥远的地方，太阳正朝着南方升起，犹如一个模糊的红色圆盘，刺破烟霭，不祥地照耀着，但火山周围的整个魔多就像一片死气沉沉的大地，寂静无声，阴影笼罩，等待着可怕的打击。

大门敞开着，山姆走到门口，向里面张望。里面又黑又热，一阵低沉的隆隆声震动了空气。"弗罗多！少爷！"他大声喊道。没有人回答。他站了一会儿，极度的恐惧让他的心狂跳不已，然后他不顾一切地走了进去。他的身后跟着一个影子。

他一开始什么也看不见。在迫切需要的情况下，他再次取出加拉德瑞尔的水晶瓶，但在他颤抖的手中，水晶瓶冰凉，光线苍白，根本无法给那令人窒息的黑暗带来一丝光明。他已经来到了索隆王国的中心，来到了他称霸中土世界时曾经打造出他力量的场所，所有其他力量在这里都受到了压制。山姆胆战心惊地在黑暗中试探着走了几步，突然一道红光向上一闪，打在高高的黑色洞顶上。山姆这时才发现，自己位于一个长长的洞穴或隧道中，直接通往不断冒烟的火山锥内部。但前面不远处有一道裂缝，横穿地面和两边的洞壁，而耀眼的红光便从这道裂缝中射出，时而高高跃起，时而落入黑暗中。与此同时，下方深处不断传来隆隆声，还伴随着一阵骚动，仿佛有巨大的发动机在搏动、辛劳。

那道红光再次跃起，就在裂口的边缘。末日之隙的前面站着弗罗多，在强光的映衬下，漆黑的身影紧张而挺直，一动不动，仿佛化为了石头。

"少爷！"山姆喊道。

弗罗多动了一下，开始用清晰的声音说话，山姆从来没有听过他说话时如此清晰有力。他的声音超越了末日山的悸动和骚动，在洞顶与洞壁间回荡。

"我来了，"他说，"但我现在不愿意做我来这里要做的事。我不会这样做的。魔戒是我的！"突然，他把魔戒戴在手指上，从山姆的视线中消失了。山姆倒抽了一口冷气，但他没有机会喊出声来，因为在那一刻发生了许多事情。

有什么东西狠狠地砸在了山姆的后背上，他的双腿飞到了空中，整个人被甩到一边，脑袋撞在石头地面上，一个漆黑的身影从他身上跳了过来。他静静地躺着，眼前一黑。

当弗罗多戴上魔戒并将其据为己有时，即使是在黑暗王国中心的萨马斯瑙尔，远方巴拉督尔铁塔中的那个力量也为之动摇，整座塔从塔基到它骄傲而苦涩的冠状塔顶都在颤抖。黑暗魔君突然意识到了弗罗多的存在，他的魔眼穿透所有阴影，越过平原，朝他打造的那扇门望去。他瞬间明白自己愚蠢到了何种地步，敌人的所有诡计终于在他面前展露无遗。他的愤怒化为熊熊火焰，但他的恐惧也像一团巨大的黑烟般令他窒息，因为他知道自己已经命悬一线、在劫难逃。

他将所有策略、他所编织的恐惧与背叛之网、一切的计谋与战事全都抛之脑后。他的国度一片战栗，他的奴隶胆怯畏缩，他的军队停步不前，他的将领们突然失去了方向，丧失了意志，摇摆不定，绝望万分，因为他们被遗忘了。操纵着他们的那股力量的全部意志与目的，现在正以势不可挡的力量扑向火山。在他的召唤下，那些戒灵那兹古尔发出撕心裂肺的尖叫，玩命地拍打着翅膀，孤注一掷地向南奔向末日山，飞得比风还要快。

山姆站了起来。他头晕眼花，鲜血从他头上流下来，滴进了他的眼睛。他试探着向前走，然后看到了奇怪而可怕的一幕。咕噜站在深渊边缘，像疯子一样与一个看不见的敌人搏斗。他前后摇晃着，一会儿离悬崖边缘很近，几乎要掉进去，一会儿又被拖回来，摔到地上，爬起来，再摔倒。在这个过程中，他一直发出嘶嘶声，却一句话也没有说。

下面的烈火愤怒地苏醒过来，刺眼的红色火光照亮了整个山洞，酷热难耐。突然，山姆看到咕噜的长手向上伸到嘴边，白色的牙齿闪着光，咬下去的时候咔嚓一响。弗罗多大叫一声，跪倒在裂口的边缘。咕噜像疯了一样手舞足蹈地高高举起魔戒，魔戒中间仍然插着一截手指。此刻的魔戒闪闪发光，仿佛真的是由火焰打造而成似的。

　　"宝贝，宝贝，宝贝！"咕噜叫道，"我的宝贝！啊，我的宝贝！"说着说着，正当他抬起头来得意地欣赏自己的战利品时，他却走得太远，身子一歪，在边缘摇了一会儿，然后尖叫一声，掉了下去。深渊中传来他最后一声凄厉的"宝贝"，然后他就消失了。

　　一阵巨响，然后便是一片混乱的噪声。烈火蹿了上来，舔舐着洞顶。悸动变成了巨大的骚动，火山也开始摇晃。山姆跑向弗罗多，把他扶起来，抱到门口。在黑暗的萨马斯瑙尔门口，在魔多平原之上的高处，他感到无比惊奇和恐惧，站在那里忘记了一切，仿佛石化了一样。

　　一个幻象掠过他的眼前：乌云翻滚，中间耸立着高如山丘的塔楼与城垛，坐落在巍峨的山脉上，俯瞰着无数深坑；巨大的庭院和地牢，悬崖般陡峭而且没有窗洞的监狱，还有张着巨口的坚固钢门。然而这一切烟消云散。塔倒了，山滑了；墙塌了，熔化后倒落；巨大的烟柱和喷射而出的蒸汽滚滚向上，向上，最后如滔天巨浪般倾覆，疯狂的浪尖翻卷而下，泛着泡沫，落在地上。巨浪覆盖的范围内传来了隆隆声，最后变成了震耳欲聋的撞击声和咆哮声。大地震动，平原起伏开裂，奥罗德鲁因摇摇欲坠，火焰从裂开的山顶喷涌而出。天空雷电交加，一阵黑雨如鞭子抽打般落下。伴随着穿透一切声音的尖叫声，那兹古尔闪电般到来，撕开乌云，一头扎进风暴中心，然后被山上和天空中的烈焰包围，噼啪作响，枯萎，消失。

　　"好了，一切都结束了，山姆·甘姆吉。"他身边有个声音说道。

那是弗罗多，脸色苍白，疲惫不堪，却是真实的弗罗多。现在，他的眼中只有平静，没有紧绷的意志，没有疯狂，也没有恐惧。他卸掉了负担，重新成了夏尔那些美好日子里可爱的少爷。

"少爷！"山姆大喊一声，跪了下来。那一刻，面对整个世界的毁灭，他只感到一种喜悦，极大的喜悦。负担卸掉了，他家少爷得救了，恢复了自我，自由了。山姆这时才看到那只受伤流血的手。

"你可怜的手！"他说，"我没有什么东西可以包扎它，也无法让疼痛减轻。我宁愿把自己的一整只手给他，不过他现在已经消失了，永远地消失了。"

"是的，"弗罗多说，"可你还记得甘道夫的话吗：'就连咕噜或许也有自己的使命要完成'？要不是他，山姆，我无法摧毁魔戒。这次的任务本来会徒劳无果，甚至以悲惨的下场结束。所以我们原谅他吧！任务完成了，一切都结束了。我很高兴有你在我身旁，山姆。"

第四章
科瑁兰原野
THE FIELD OF CORMALLEN

——————— 两个小小的黑色身影,孤零零地手牵手站在小山丘上,而他们脚下的世界在震动、喘息,一条条岩浆河在逼近。

——————— 笑声落在他的耳朵里,仿佛是他所知一切欢乐的回声,但他自己却放声大哭。然后,就像一阵春风吹散一场甘雨后,太阳也会更加明亮一样,他止住眼泪,发声大笑,笑着跳下床来。

魔多大军在群山周围肆虐，越聚越多的士兵如大海般将西方将领们淹没。太阳闪耀着红光，在那兹古尔的翅膀下，死亡的阴影笼罩着大地。阿拉贡站在他的旗帜下，沉默而严肃，仿佛沉浸在往事或遥远之事的思绪中，但是他的眼睛如星星般闪烁，而且随着夜色的加深，越加明亮。甘道夫站在山丘顶上，一身白袍，神情冷峻，任何阴影都无法落到他身上。魔多一方的猛攻犹如巨浪冲上被围困的山丘，武器碰撞后碎裂，呐喊声如潮水般呼啸而过。

　　甘道夫的眼睛里仿佛突然出现了某种幻象，他动了一下，转过身，望向北方，那里的天空苍白而晴朗。然后他举起双手，用压倒周围喧嚣的响亮声音喊道："大鹰来了！"许多声音回答着："大鹰来了！大鹰来了！"魔多大军抬起头，想知道这个信号意味着什么。

　　风王格怀希尔来了，还有他的兄弟兰德洛瓦。他们是最伟大的北方大鹰，也是老索隆多最强大的后裔，在中土世界诞生后不久，索隆多就在环抱山脉人迹罕至的山峰上建造了自己的鹰巢。在他们身后，北方山脉的所有附属巨鹰乘着劲风疾驰而来。他们从高空突然俯冲，直接扑向那兹古尔。他们从空中掠过时，宽大的翅膀带起的气浪犹如狂风。

　　但是那兹古尔听到黑暗妖塔突然传来的可怕呼叫后转身就逃，消失在了魔多的阴影里。就在这一刻，魔多的所有人马都在颤抖，心中充满了怀疑。他们的笑声戛然而止，他们的手在颤抖，腿在发软。驱使他们前进、使他们充满仇恨和愤怒的那个力量在动摇，它的意志在离他们而去。他们现在从敌人的眼睛里看到了致命的光芒，心中害怕了。

这时，所有西方将领大声呐喊，虽然身处黑暗中，他们的内心却充满了新的希望。刚铎的骑士、洛汗的骑兵、北方的杜内丹人、并肩作战的友军，全都冲下被包围的山丘，向军心涣散的敌人发起猛攻，用尖锐的长矛杀出一条血路。但甘道夫举起双臂，再次用清晰的声音喊道：

"住手，西方的人类！住手并等待！这是末日来临的时刻。"就在他说话的时候，他们脚下的大地不停地摇晃。接着，一望无际的浓密黑烟夹杂着摇曳的火光迅速升入天空，远远超过了黑门的塔楼，也远远超过了群山。大地在呻吟，在颤动。尖牙之塔先是摇晃，然后倾斜，最后倒塌；雄伟的防御土墙化为废墟；黑门也沦为了一堆垃圾。远处传来了击鼓般的隆隆声，时而依稀可辨，时而震耳欲聋，时而响彻云霄。这是万物毁灭的咆哮声，在天地间久久回荡。

"索隆的王国终结了！"甘道夫说，"持戒者完成了使命。"就在西方将领们向南眺望魔多之地时，他们似乎看到，在乌云的映衬下，那里升起了一个顶端闪电密布、无法看穿的巨大黑影，迅速填满了整个天空。它无边无际，凌驾于世界之上，向他们伸出一只充满威胁的大手，但这只手虽然可怕却又软弱无力，因为就在它向他们伸过来时，一阵劲风卷走了它，将它吹散，消失得无影无踪。然后，万籁俱寂。

众首领都低下了头，等他们重新抬起头来时，瞧！他们的敌人四散奔逃，魔多的力量犹如风中飞扬的尘埃。一旦居住在蚁丘中央、控制着所有蚂蚁的那个臃肿的产卵蚁后死去，其他蚂蚁就会无知无觉、漫无目的地四处游荡，然后虚弱地死去；同样，索隆的那些爪牙，也就是奥克、食人妖或者被咒语奴役的野兽，也漫无目的地四处奔跑。有些相互残杀，有些跳进了坑里，有些哭喊着逃回洞里，躲在远离希望的黑暗之处。但是来自鲁恩和哈拉德的东夷和南蛮人看到这场战争他们必败无疑，也看到了西方将领们无上的威严与荣耀。那些被邪恶奴役得最深最久的人类不但憎恨西方，还都非常骄傲、勇敢。他们聚集在一起，准备发动最后的殊死之战，但他们中的大多数人已尽其所能向东逃去，一些人则放下武器，请求宽恕。

于是，甘道夫把作战与指挥的一切事务都交给了阿拉贡和其他王侯，自己则站在山顶上大声呼喊，风王格怀希尔这只大鹰俯冲而下，站在他面前。

"格怀希尔，我的朋友，你曾载过我两次，"甘道夫说，"如果你愿意的话，第三次过后我们就两清了。当初你载着我飞离兹拉克-兹吉尔的时候，我原来的肉身化为了灰烬。自那以后，我的体重并没有增加多少。"

"我愿意，"格怀希尔回答说，"即便你是石头之躯，无论你要去哪里，我也愿意载着你。"

"那就来吧，让你兄弟随我们同行，还需要你们当中另一个飞得最快的！因为我们需要比风更快的速度，比那兹古尔的翅膀还要快。"

"北风吹拂，但我们能快过它。"格怀希尔说。他载着甘道夫，向南疾飞而去，与他同行的还有兰德洛瓦和年轻迅捷的梅内尔多。他们掠过乌顿和高格洛斯，看到下面整个大地变成了废墟，到处都在骚动，而前方的末日山已是一片火海，正向外倾泻着它的烈火。

"我很高兴有你在我身旁，"弗罗多说，"在这万物终结的地方，山姆。"

"是的，我和你在一起，少爷。"山姆说着，把弗罗多受伤的手轻轻放在自己的胸前，"你和我在一起。旅程结束了。但是走过这么远的路程，我还不想放弃。这有点不像我，你明白我的意思。"

"也许不明白，山姆，"弗罗多说，"但这个世界上的事情就是这样。希望落空。结局到来。我们已经到了最后时刻。我们被困在这毁天灭地的困境中，已经无路可逃。"

"好吧，少爷，我们至少可以离这个危险的地方远一些，离开这个末日裂隙，如果它叫这个名字的话。难道不是吗？来吧，弗罗多少爷，我们还是沿着小路往下走吧！"

"很好，山姆。只要你想走，我就走。"弗罗多说。他们站起来，沿着弯弯曲曲的小路慢慢往下走。就在他们朝不断颤抖的山脚走去时，萨马斯瑙尔突然喷出了一股巨大的浓烟和蒸汽，火山锥的一侧猛地撕裂，铺天盖地的炽热岩浆像瀑布一样从东侧山坡上缓慢翻腾而下，带着雷鸣般的轰隆声。

前路已断，弗罗多和山姆被困在了那里。他们仅存的意志力和体力正在迅速衰退。他们来到山脚下火山灰堆起的一个低矮山丘上，却再也逃不出去了。面对奥罗德鲁因的折磨，山丘就像一个孤岛，坚持不了多久。周围的大地纷纷裂开，深深的裂缝和坑洞不停地冒出黑烟和烟气。在他们身后，火山剧烈震动，山的一侧出现了一道道巨大的裂缝。岩浆如缓缓流淌的河流，顺着长长的山坡向他们滚滚而来，很快就会将他们吞没。滚烫的火山灰正雨点般落下。

他们还站着；山姆仍然握着他家少爷的手，抚摸着它。他叹了口气。"我们经历了一个多么可怕的故事啊，弗罗多少爷，是不是？"他说，"真希望能听人把它讲出来！你觉得他们会说'接下来要讲的是九指弗罗多与末日戒指的故事'吗？然后大家都会安静下来，就像他们在幽谷给我们讲独臂贝伦和伟大宝钻的故事那样。真希望我能听到它！我还想知道我们这一段讲完之后故事怎么发展。"

但是，就在他说这番话的时候，为了把恐惧推迟到最后一刻，他仍然不知不觉地向北望着，向那个风眼望去，看着远方那晴朗的天空。在那里，一阵强劲的冷风吹来，风势越来越大，发展成狂风后驱散了黑暗与残云。

就在这时，格怀希尔乘风而来，不顾天空中的巨大危险，在空中不停地盘旋。他那锐利的眼睛一览无余，立刻看到了这一幕：两个小小的黑色身影，孤零零地手牵手站在小山丘上，而他们脚下的世界在震动、喘息，一条条岩浆河在逼近。甚至当他发现他们并朝他们俯冲下来的时候，他看到他们疲惫不堪地倒下了，要么是被浓烟和热浪呛住，要么是终于被绝望击倒，不愿意亲眼看见自己的死亡过程。

他们并排躺着。格怀希尔冲了下来，兰德洛瓦和迅捷的梅内尔多紧随其后。仿佛是在梦中，两个流浪的人不知道自己遭遇了什么样的命运，就这样被抓起，远离了黑暗和火焰。

山姆醒来时，发现自己正躺在一张柔软的床上，宽大的山毛榉树枝在他头顶上轻轻摇曳，太阳透过它们的嫩叶，洒下绿色和金色的光芒。空气中弥漫着一种甜蜜的混合香味。

他记得那个气味：伊希利恩的芳香。"天哪！"他若有所思地说，"我睡了多久？"因为这个香味将他带回到了他在阳光明媚的河岸下生起小火堆的那一天，可从那之后直到现在所发生的一切，他一时想不起来。他伸了个懒腰，深吸了一口气。"哎呀，我这是做的什么梦啊！"他喃喃自语，"醒来真令人高兴！"他坐起身，看见弗罗多躺在他身边，一只手放在脑后，另一只手放在被单上，睡得很安稳。那是右手，第三根手指不见了。

所有的记忆涌了回来，山姆大声喊道："那不是梦！那我们在哪儿？"

299

一个声音在他身后轻声说道:"在伊希利恩的大地上,在国王的保护下,他正在等你们。"话音刚落,甘道夫就站在了他面前。只见他一身白袍,胡须在透过树叶照下来的阳光映衬下闪闪发亮,宛如纯净的白雪。

"嘿,山姆怀斯少爷,你感觉怎么样?"他说。

但山姆身子往后一仰,目瞪口呆,然后是又惊又喜,一时不知道自己该说什么。最后,他倒抽了一口凉气:"甘道夫!我以为你死了!后来我觉得我自己也死了。难道所有的伤心事都不是真的吗?这个世界到底怎么啦?"

"一个巨大的阴影离开了。"甘道夫说着便笑了起来,笑声如音乐般悦耳,又如久旱大地上的流水般动听。山姆听着听着突然想到,他已经数不清多少天没有听到过笑声——这种纯粹的欢乐之声了。笑声落在他的耳朵里,仿佛是他所知一切欢乐的回声,但他自己却放声大哭。然后,就像一阵春风吹散一场甘雨后,太阳也会更加明亮一样,他止住眼泪,放声大笑,笑着跳下床来。

"我感觉怎么样?"他大声说道,"唉,我不知道该怎么说。我感觉,我感觉——"他挥舞着双臂,"——我感觉像冬天过后的春天,阳光照在树叶上,像小号、竖琴和所有我听过的歌!"他停下来,扭头望着他家少爷。"弗罗多少爷怎么样了?"他说,"他那只可怜的手真令人遗憾,不是吗?但我希望他身上没有别的伤。他经历了一段残酷的时光。"

"是的,我身上没有别的伤,"弗罗多说,然后笑着坐了起来,"山姆,你这个瞌睡虫,我等你醒来,结果自己又睡着了。我今天早上醒得很早,现在一定快到中午了。"

"中午?"山姆试着算了算,"哪一天的中午?"

"新年的14号。"甘道夫说,"或者说,按照夏尔人的算法,今天是4月8号[1]。但是在刚铎，新年总是从3月25号开始，就是索隆覆灭的那一天，也就是你们从烈火中被带到国王面前的那一天。他照料过你们，现在正等着你们。你们将和他一起享用美酒美食。等你们准备好了，我就带你们去见他。"

"国王？"山姆说，"什么国王，他是谁？"

"刚铎的国王，兼西方诸国的君主，"甘道夫说，"他已经收复了古时候的所有领地，不久之后便要登基，但他在等你们。"

"我们穿什么？"山姆问，因为他所能看到的只有他们一路上穿着的旧衣服，叠好后放在床旁的地上。

"穿你们去魔多时穿的衣服，"甘道夫说，"弗罗多，即使是你在黑暗大地穿过的奥克破布也要好好保留。任何丝绸和亚麻布，任何盔甲或纹章都不会比那些更值得人们尊敬。不过，以后我或许会给你们找些别的衣服。"

然后他向他们伸出双手，他们看到其中一只手在发光。"你拿的是什么？"弗罗多叫道，"会不会是……？"

"是的，我把你们的两件宝贝带来了。你们获救时在山姆身上发现的，是加拉德瑞尔夫人送给你们的礼物。你的水晶瓶，弗罗多，还有你的盒子，山姆。看到它们完好无损，你们一定很高兴吧。"

两个霍比特人洗漱穿戴完毕，吃了一顿便餐后，就跟着甘道夫出了门。他们走出了曾经躺过的山毛榉林，朝着一条长长的绿草坪走去。阳光下的草坪闪闪发亮，两旁是枝叶墨绿的高大树木，上面开满了鲜红的小花。他们可以听到大树后面传来的流水声，一条小溪在他们前方潺潺流淌，两岸花团锦簇。小溪一直流到草坪尽头的一片绿林，然

---

[1] 聂尔纪年的3月有三十天。

后再穿过一道树木构成的拱门。他们可以从拱门看到远处的粼粼波光。

他们来到林中的开阔处，惊讶地发现那里站着身穿闪亮铠甲的骑士，还有身着银黑相间制服的高大卫兵，他们恭敬地向三人鞠躬致意。这时，有人吹响了号角，号声悠长。他们走在树林里，旁边的小溪欢快地歌唱着。他们来到了一片开阔的绿地上，再往前是一条宽阔的河，泛着银光。河中有一个树木繁茂的长岛，岸边停着许多船只。但是在他们此刻所站的绿地上，已经集结了一支大军，一列列，一队队，铠甲在阳光下闪着亮光。两个霍比特人走近时，他们拔出宝剑，挥舞长矛，吹响号角和喇叭，用不同的声音和语言呼喊：

"半身人万岁！赞颂他们！

Cuio i Pheriain anann！ *Aglar'ni Pheriannath*！

赞颂他们，弗罗多和山姆怀斯！

Daur a Berhael, Conin en Annûn！ *Eglerio*！

赞颂他们！

Eglerio！

A laita te, laita te！ *Andave laituvalmet*！

赞颂他们！

Cormacolindor, a laita tárienna！

赞颂他们！两个持戒人，赞颂他们！"[1]

弗罗多和山姆满脸通红，眼睛里闪烁着惊奇的光芒。他们走上前，看到喧闹的人群中有三个高高的座椅，下面是绿色草皮。座位后面各有一面旗帜在飘扬：右边的绿色旗帜上绣着一匹自由奔驰的白色骏马；左边的蓝色旗帜上用银线绣着一艘在海上乘风破浪的天鹅船；但是在

---

[1] 前三句为辛达语，后两句为昆雅语，意思依次为："半身人万岁！荣耀属于半身人！""弗罗多和山姆，西方的王子，赞颂他们！""赞颂他们！""啊，祝福他们，祝福他们，永远祝福他们！""持戒人，赞颂他们！"

中央最高的宝座后面,一面巨大的旗帜在微风中飘扬,上面绣着一棵在黑色田野上开花的白树,上方是一顶闪耀的王冠和七颗闪亮的星星。王座上坐着一个身穿盔甲的人,膝盖上放着一把巨大的剑,但他没有戴头盔。他们走近时,他站了起来。于是,尽管他模样变了,变得十分威严、满脸笑意,黑色的头发,灰色的眼睛,浑身散发着人类君王的王者之气,他们还是认出了他。

弗罗多向他跑去,山姆紧跟在他身后。"天哪,这真是太棒了!"他说,"是神行客,不然我就还在梦中!"

"是的,山姆,我是神行客,"阿拉贡说,"从布里到这里,这段路可不长啊,对不对?你在布里的时候可不喜欢我当时的模样。我们都走过了漫长的路,但你们的路最为黑暗。"

接着,山姆又是惊讶又是不知所措地看到,他单膝跪在他们面前,左手握着弗罗多的手,右手握着山姆的手,领着他们来到王座前,让他们坐在上面。他转身对着站在旁边的人们和众将领高声喊道:"赞颂他们!"他的声音传到了每个人的耳朵里。

欢呼声涨到顶点又渐渐平息之后,刚铎的一位吟游诗人走上前,跪下来,请求允许他唱歌,终于让山姆感到心满意足、欣喜若狂。仔细听!诗人开口道:

"听着!领主、骑士、英勇无畏的人们,国王和亲王,刚铎善良的人民,洛汗的骑兵,埃尔隆德的儿子们,北方的杜内丹人,精灵和矮人,夏尔的豪杰,以及西方所有的自由人,现在听我说,因为我要为你们演唱九指弗罗多和末日戒指的故事。"

山姆听到后,高兴得大笑不止。他站起来喊道:"啊,伟大的荣耀与辉煌!我所有的愿望都实现了!"然后他哭了。

所有宾客都笑了,也哭了,在他们的欢乐和泪水中,吟游诗人银铃般的清晰歌声响起,所有人都安静了卜来。他为他们歌唱,时而用精灵语言，时而用西方语言，直到优美的词句伤到他们的心，无以复加；直到他们的喜乐就像利剑刺痛他们；直到他们的思绪进入痛苦与欢乐混为一体的境地；直到泪水成为幸福的甘醇。

终于，当正午的太阳开始西沉，树影开始变长时，他唱完了。"赞颂他们！"他说着跪了下来。阿拉贡起身，所有人也都站了起来。他们来到准备好的帐篷前，尽情地吃喝玩乐，直至夜幕降临。

弗罗多和山姆被带进一个帐篷，在那里脱掉身上的旧衣服。有人将它们叠好，毕恭毕敬地放到一边，然后给了他们干净的亚麻布衣服。接着，甘道夫走了过来，怀里抱着宝剑、精灵斗篷和在魔多被人夺走的秘银锁子甲，让弗罗多大为惊讶。他给山姆带来了一件镀金铠甲，那件沾满尘土、千疮百孔的精灵披风也已经补好。最后，他将两把剑放在他们面前。

"我不想要剑。"弗罗多说。

"至少今晚你应该佩带一把。"甘道夫说。

弗罗多接过那把原本属于山姆的剑，因为它曾在奇立斯温格尔伴随过他。"山姆，我把刺叮送给你了。"他说。

"不，少爷！它是比尔博先生送给你的，和那秘银锁子甲是一套。他不希望别人现在佩带它。"

弗罗多只好让步。甘道夫就像他们的侍从一样，跪下来给他们系好佩剑的腰带，然后起身在他们头上戴上银环。他们装扮妥当后，便赶去赴盛宴。他们与甘道夫一起坐在国王那一桌，同桌的还有洛汗国王伊奥梅尔、伊姆拉希尔亲王和所有的将领，以及吉姆利和莱戈拉斯。

默祷过后，两名侍从进来为国王们斟酒，或者说他们看上去像侍从：一人身着米那斯提力斯禁卫军银色与黑色相间的制服，另一个穿着白色和绿色相间的制服。但山姆不知道这样年轻的男孩在虎背熊腰

的男人军队里做什么。他们走近后,他终于看清了他们,随即惊呼道:

"嘿,快看,弗罗多少爷!看这儿!这不是皮平吗?应该说是佩里格林少爷,还有梅里少爷!他们长高了!我的天哪!但我看得出来,不只有我们两个人有故事。"

"确实有,"皮平转向他说,"宴会一结束,我们就可以开始讲故事了。你们现在可以试着问问甘道夫。他不再像以前那样守口如瓶,但他的笑声还是要比说话声多。我和梅里这会儿都很忙。我希望你们已经注意到了,我们是白城和马克的骑士。"

愉快的一天终于结束了。太阳已经落山,一轮明月缓缓升到安度因河的薄雾之上,透过飘动的树叶洒下银辉。弗罗多和山姆坐在沙沙作响的大树下,沐浴在美丽的伊希利恩的芬芳之中。他们和梅里、皮平、甘道夫一直聊到深夜,没过多久,莱戈拉斯和吉姆利也加入了进来。弗罗多和山姆从他们那里得知了远征队在拉乌洛斯大瀑布旁帕斯嘉兰兵分两路那不幸的一天之后所发生的一切。然而,总是有更多的问题要问,更多的故事要讲。

奥克、会说话的树木、大片的草地、疾驰的骑兵、闪闪发光的洞穴、白色的塔楼、金色的大厅、战斗和航行的大船,所有这些都在山姆的脑海里闪过,让他困惑不已。但是,在所有这些奇迹之中,他总是对梅里和皮平的身高感到惊讶。他让他们与弗罗多和他自己背靠背站着比了一下身高,然后摇了摇头说:"到了你们这个年龄居然还长高,真是看不懂!可这是真的,你们要是没有比之前高出三吋,我就是矮人。"

"你当然不是矮人,"吉姆利说,"可我当时是怎么说的?凡人要是喝了恩特啤酒之后还以为像喝一罐普通啤酒那样没有反应,不出事才怪呢。"

"恩特啤酒？"山姆说，"你又提到了恩特，可我实在不知道他们是什么。哎呀，要把所有这些事情弄清楚，可能需要几个星期呢！"

"的确需要好几个星期，"皮平说，"然后还要把弗罗多关在米那斯提力斯的一座塔里，让他把这一切都写下来。不然的话，他会忘记一半，而可怜的老比尔博就会大失所望了。"

最后，甘道夫站了起来："亲爱的朋友们，国王的手也能祛病消灾。可是，你们当时命悬一线，他只能把你们召唤回来，使出浑身解数，把你们送进甜美的沉睡之中。虽然你们确实幸福地睡了很长时间，但现在又到了再次睡觉的时候。"

"不仅是山姆和弗罗多，"吉姆利说，"还有你，皮平。我爱你，哪怕仅仅是因为你给我带来的痛苦，而那些痛苦我将永远铭记。我也不会忘记上一场战斗中在山丘上找到了你。要不是小矮人吉姆利，你早就没命了。不过，我现在至少知道霍比特人的脚是什么样子了，只要在成堆的尸体下看到那双脚就行了。当我把那具庞大的尸体从你身上拉开时，我确信你已经死了。我真想把胡子扯下来。仅仅过了一天，你就爬起来活蹦乱跳的。现在去睡觉吧。我也是。"

"而我，"莱戈拉斯说，"将在这片美丽大地上的树林里散步，这就足够休息了。在未来的日子里，如果我的精灵之主允许，我们的一些族人可以搬到这里来。当我们到来的时候，这里将会受到我们的祝福，至少会有一段时间：一个月，一生，人类的一百年。但安度因河就在附近，而这条河一直奔流向海！"

> 向海，向海！白羽鸥鸟啼鸣，
> 海风吹荡，白浪飞溅轻盈。
> 西去，西去，一轮圆日已坠，

> 灰船，灰船，可闻召唤声声？
> 吾族前辈召唤，曾在海上先行。
> 别离，别离，生我育我森林；
> 吾族已式微，盛年正凋零，
> 汪洋何辽阔，孤舟我独航。
> 长浪已息极西岸，先祖孤岛唤深情。
> 埃瑞希亚失落岛，凡人难抵精灵乡。
> 万古长春叶不落，吾族之地存永恒！

莱戈拉斯就这样一路唱着走下了山丘。

其他人也走了，弗罗多和山姆上床睡觉。第二天早晨，他们满怀希望，平静地起床，此后在伊希利恩住了多日。大军驻扎的科瑁兰原野离汉奈斯安努恩很近，夜晚可以听到源自瀑布的小溪流淌的汩汩声。溪流穿过汉奈斯安努恩的岩石大门，奔流而下，经过鲜花盛开的草地，在凯尔安德罗斯岛旁注入安度因河。两个霍比特人到处闲逛，又去了他们以前经过的地方。山姆总是希望在树林的阴影里，或者在隐秘的林间空地上，看到一眼那头巨大的毛象。当他得知刚铎被围时出现了很多这种巨兽，而且均已被消灭后，他认为这是一个令人伤心的损失。

"嗯，我想，一个人不可能同时出现在不同的地方，"他说，"但看样子我错过了很多。"

与此同时，军队准备返回米那斯提力斯。疲惫的人已经休息好，受伤的人已经痊愈。有些人与东夷和南蛮的残余势力进行了艰苦的战斗，直到对方全部被征服。而且，那些进入魔多并摧毁北方大地上各种要塞的将士也刚刚返回。

终于，5月来临时，西方将领们再次出发。他们带着所有将士登船，从凯尔安德罗斯启程，沿安度因河而下，直达欧斯吉利亚斯，并在那里住了一天。第二天，他们来到了绿茵茵的佩兰诺平原，再次看到了巍峨的明多路因山映衬下的一座座白塔。这就是刚铎人类的白城，也是西方人类的最后记忆。它在黑暗与烈火中涅槃重生，即将迎来新的一天。

他们在平原中央搭起帐篷，等候黎明到来。这是5月的前夜，国王将在太阳升起的时候走进他的城门。

第五章
宰相与国王
THE STEWARD AND THE KING

———— 国王的时代已经到来,只要维拉的王位尚存,这个时代将永获祝福!

———— 在竖琴、提琴、长笛的音乐声中,在清晰的歌声中,国王穿过铺满鲜花的街道,来到城堡,走了进去。绣着白树七星的旗帜在最高的塔顶上展开,无数歌谣传唱的埃莱萨王的统治开始了。

怀疑与巨大的恐惧笼罩着刚铎之城。对于那些希望渺茫、每天早晨都在等待噩耗的人而言,晴朗的天气和明媚的太阳不过是一种嘲弄。他们的城主已经化为了灰烬,洛汗国王的遗体停放在城堡中,而夜晚到来的新国王再次回到了战场,对抗那些任何伟力和勇气都无法征服的可怕的黑暗力量。没有消息传来。大军离开魔古尔山谷,踏上大山阴影下那条北上的道路之后,既没有信使回来,也没有关于风起云涌的东方正在发生什么事的任何传言。

将领们仅仅离开了两天,伊奥温公主便命令照顾她的妇女将她的衣服取来。她不听劝阻,执意下床。她们给她穿上衣服,用亚麻布将她的胳膊吊好,她就去见了治疗院的院长。

"大人,"她说道,"我忧心忡忡,实在不能再躺在病床上。"

"公主,"他回答说,"您还没有痊愈,我奉命要特别小心地照料您。七天内您不应该起床,至少我得到的命令是这样的。我求求您回去吧。"

"我已经痊愈了,"她说,"至少身体上痊愈了,只剩下左臂,也没有多大问题了。但是,如果我无所事事,我反而会再次病倒。没有战况消息吗?那些女人什么都无法告诉我。"

"什么消息也没有,"院长说,"只知道大人们已经骑马去了魔古尔山谷,人们说来自北方的新将领是他们的统帅。那是一位伟大的王,也是一位医者。我觉得不可思议,医者的手居然也能挥剑。如果古老的传说是真的,那么曾经出现过这样的情况,只是现在的刚铎没有。但是多年来,我们这些医者只是尽力缝合挥剑的人造成的伤口。即使没有战争,我们也轻松不了。这个世界充满了伤害与不幸,战争只会让一切雪上加霜。"

"院长大人,挑起一场战争只需要一个敌人,而不是两个,"伊奥温回答说,"那些没有刀剑的人仍然会死在刀剑下。当黑暗魔君集结军队时,你会让刚铎的人只采集草药吗?肉体上的治愈并不总是好事,马革裹尸也不总是坏事,即使那样很痛苦。如果允许的话,在这个黑暗的时刻,我宁愿选择后者。"

院长看着她。她站在那里,身形高大,苍白的脸上两眼闪着明亮的光芒。她转过身来,紧握右手,凝视着朝东的窗外。他叹了口气,摇摇头。片刻之后,她又转身面对着他。

"难道没有什么事情可做吗?"她说,"谁指挥这个城市?"

"我不太清楚,"他回答,"这些事我不关心。一位元帅统领洛汗国的骑兵。我听说胡林大人在指挥刚铎的人马,但法拉米尔大人依法是这座城市的宰相。"

"我在哪里能找到他?"

"就在治疗院里,公主。他受了重伤,现在恢复得差不多了。可是我不知道——"

"你不带我去见他吗?到时候你就知道了。"

法拉米尔大人独自在治疗院的花园里散步。阳光温暖着他,他感到生命力重新在他的血管里畅流,但他心情沉重,目光越过院墙朝东望去。院长过来,呼唤他的名字,他转过身,看到了洛汗的伊奥温公主。他很感动,又深感同情,因为他看到她受了伤,而且他锐利的目光看出了她的悲伤和不安。

"大人,"院长说,"这位是洛汗的伊奥温公主。她随国王骑马作战,受了重伤,现在由我照料。但是她还不满意,想和白城的宰相谈谈。"

"大人,不要误会他,"伊奥温说,"我不是因为他们照顾不周而感到不满。对那些渴望得到医治的人来说,没有什么地方比这里更美丽。但我不能躺在病床上,无所事事,仿佛被困在牢笼里。我曾渴望战死在疆场上,但我并没有死,而战斗还在继续。"

法拉米尔打了个手势,院长行礼后离去。"您要我做什么,公主?"法拉米尔说,"我自己也被困在了这个牢笼中。"他望着她,作为一个同情心特别容易泛滥的男人,他觉得她在悲伤中流露出来的美好会刺穿他的心。她望着他,在他庄重的眼睛里看到了温柔,但是在战事中长大的她也知道,任何一个马克骑兵都别想在战场上胜过眼前这个人。

"您有什么愿望?"他再次开口道,"只要是我力所能及的事,我一定尽力。"

"我要你命令院长,命令他放我走。"她说。虽然她的话语仍然带着骄傲,她的心却在动摇,她有生以来第一次对自己产生了怀疑。她猜想这个既严厉又温柔的高个子男人可能会认为她只是一时任性,就像一个没有坚定意志把一项枯燥的工作坚持到底的孩子。

"连我本人都由院长管着呢,"法拉米尔回答,"而且我还没有接过这座城市的管理权。不过,就算我已经掌权,不到万不得已,我还是会听他的意见,不会在他的专业事务上违背他的意志。"

"可我并不渴望治愈,"她说,"我希望像我哥哥伊奥梅尔那样骑马上战场,更希望能够像希奥顿国王那样牺牲在战场上,从而得到荣誉与安宁。"

"公主,就算您还有力气,现在也追不上他们了,"法拉米尔说,"但是,不管愿意与否,我们每个人都有可能战死沙场。趁着现在还有时间,不妨先听从院长的命令,您会发现在战场上更能应对自如。

您和我，我们必须耐心地忍受漫长的等待。"

她没有回答，但是当他望着她的时候，他觉得她身上似乎有什么东西软化了，仿佛寒霜在春天第一个微弱预兆到来时消融一般。一颗泪珠夺眶而出，顺着她的脸颊滑落下来，宛如一颗晶莹的雨珠。她骄傲的头微微低下。然后，她更像是在自言自语，而不是在对他说。"可是医生要我在床上躺七天呢，"她说，"而我的窗户并不朝东。"她听上去像一个忧伤的少女。

法拉米尔笑了，虽然心里仍然充满了怜悯。"您的窗户不是朝东的吗？"他说，"这倒是可以补救。在这件事情上我可以命令院长。公主，只要您愿意在我们的照料下继续待在这里，并且好好休息，那么您就可以如愿在阳光明媚的花园里散步。您还可以向东眺望，我们所有的希望都去了那里。您会在这里见到我，一边散步一边等待，同时也向东眺望。如果您能跟我说说话，或者时不时跟我散散步，那就能减轻我的忧虑。"

这时，她抬起头，再次看着他的眼睛，苍白的脸上泛起了红晕。"我怎样才能减轻您的忧虑呢，大人？"她说，"我不想和活着的人说话。"

"您愿意听我说实话吗？"他说。

"我愿意。"

"那么，洛汗的伊奥温，我告诉您，您很美丽。在我们丘陵的山谷中，有美丽明亮的花朵，还有更美丽的少女，但迄今为止，我在刚铎见过的鲜花和少女都不及您的美丽和哀伤。也许再过几天，黑暗就会降临我们的世界，当它降临时，我希望自己能坚定地面对它。但只要太阳还在照耀，我还能看到您，我将安心很多，因为您和我都曾在魔影的翅膀下走过，是同一只手把我们拉了回来。"

"唉，大人，我还没有！"她说，"魔影并没有离我而去。别指望我能治愈您！我是名战士，我的手并不温柔。不过，我至少要感谢您，我不必待在我的房间里了。我将在白城宰相的恩典下走出去。"她向他行礼，然后就走回了治疗院。但是法拉米尔独自在花园里走了很久，他的目光停留在治疗院的时间远比停留在朝东的院墙上要长。

他回到自己的房间后便叫来了院长，从后者的口中得知了洛汗公主的一切。

"但是，大人，"院长说，"我相信您会从在这里接受治疗的半身人那里了解到更多的情况，因为据说他当初随国王出征，最后和公主在一起。"

于是，梅里被派去见法拉米尔。他们这一天在一起谈了很久，法拉米尔了解到了很多情况，比梅里说出来的还要多。他想他现在明白了洛汗的伊奥温为什么会如此悲伤，如此不安。在那美丽的傍晚，法拉米尔和梅里在花园里散步，但是她没有出现。

然而，第二天早晨，法拉米尔走出治疗院时却看到她站在城墙上。她一身白衣，沐浴在阳光中。他叫了她一声，她就走了下来，然后两个人一起在草地上散步或者坐在一棵绿树下，时而沉默，时而交谈。在那之后，他们天天都这样。院长从窗口望去，心里非常高兴，因为他作为医者的责任减轻了。有一点可以肯定，尽管那时候人们心中的恐惧和不祥的预感极为沉重，他所负责的这两个人却渐渐好转、体力日增。

伊奥温公主首次见到法拉米尔之后的第五天，他们再次一起站在城墙上，眺望远处。仍然没有消息传来，每个人都心情低落，就连天气也阴沉了起来。天很冷。夜里起了风，此刻正从北方猛烈地吹来，风势越来越强；周围的大地显得灰暗而凄凉。

他们穿着暖和的衣服，披着厚厚的斗篷。伊奥温公主还在外面罩了一件颜色如夏日深夜的蓝色大披风，褶边和领子上绣着银星。法拉米尔派人取来这件披风，将它裹在她身上。当她站在他身边的时候，他觉得她是那么美丽，那么高贵。这件披风是为他早逝的母亲阿姆洛斯的芬杜伊拉丝做的，而对他来说，母亲不过是遥远岁月中美好的回忆，也是他第一次对悲伤的体验。在他看来，她的长袍完全与伊奥温的美丽和忧伤相配。

不过，此刻的她虽然裹着绣有繁星的披风，却浑身颤抖。她的双眼越过这片苍茫大地，朝北望着远方寒风的来处，望着远方寒冷的风眼，那里的天空冷峻而晴朗。

"你在找什么，伊奥温？"法拉米尔说。

"黑门不就在那边吗？"她说，"他现在不是应该到那里了吗？这都出发七天了。"

"七天，"法拉米尔说，"不过，如果我接下来要说的话会冒犯您，请不要把我想得太坏。这七天给我带来了从未体验过的快乐和痛苦。见到您便是快乐，但痛苦的是，这个邪恶时代带来的恐惧和怀疑越发加深了。伊奥温，我不希望这个世界现在就结束，也不希望这么快就失去我刚找到的东西。"

"失去您刚找到的东西，大人？"她回答。她虽然严肃地望着他，目光中却透着温柔，"我不知道这些天您发现了什么您可能会失去的东西。不过，来吧，我的朋友，我们不要谈这件事了！我们不要说话！我站在一个可怕的边缘，脚下的深渊一片漆黑，但我不知道身后是否有光，因为我还不能转身。我在等待厄运的降临。"

"是啊，我们都在等待厄运的降临。"法拉米尔说。他们不再说话，只是站在城墙上，觉得风止了，光淡了，太阳昏暗了，整个城市或者说周围的大地寂静无声：没有风，没有声音，没有鸟儿的啼鸣，没有树叶的婆娑，就连他们自己的呼吸声也听不到。他们的心跳仿佛已经静止不动。时间在这一刻停止了。

他们就这样站着，两个人的手不知不觉地碰到了一起，握在了一起。他们还在等待,却不知道在等待什么。过了一会儿,他们仿佛觉得,远处群山的山脊上又有一座黑暗的巍峨大山拔地而起,像一个要吞没整个世界的巨浪,周围还有雷电在闪烁。这时,大地震动了一下,他们感到城墙也在颤动。周围的大地传出一个声音,仿佛一声叹息。他们的心突然重新跳动起来。

"这让我想起了努门诺尔。"法拉米尔说,为能够听到自己的说话声感到惊讶。

"努门诺尔?"伊奥温说。

"是的,"法拉米尔说,"让我想起了已经沉沦的西方大地,想起了黑色巨浪越过绿色大地,越过山丘,滚滚而来的情景。还有避无可避的黑暗。我经常梦到。"

"那么你认为黑暗就要降临了?"伊奥温说,"避无可避的黑暗?"她突然向他靠近了一些。

"不,"法拉米尔看着她的脸说,"那只是心中的一个画面。我不知道发生了什么。我清醒的理智告诉我,巨大的邪恶已经降临,末日即将到来。但是我的内心在否定这一想法,我的四肢轻飘飘的,希望和欢乐正莫名其妙地降临在我身上。伊奥温,伊奥温,洛汗的白公主,在这个时刻,我相信任何黑暗都不会持续!"他弯下腰来,亲吻着她的额头。

就这样,他们站在刚铎的城墙上,一阵狂风吹来,他们乌黑的头发和金色的头发在空中飞舞,交织在一起。魔影离去,太阳露面,光明再现。安度因河水泛着银光,城里的各家各户都传出了歌声,人们在为心中突如其来的喜悦而歌唱。

正午过后,太阳还远没有落山,一只大鹰从东方飞来,带来了西方王侯们令人喜出望外的消息。它高声喊道:

歌唱吧，阿诺尔塔的人民，
索隆王国永覆灭，
黑暗妖塔已摧毁。

歌唱欢庆吧，守卫之塔的人民，
汝等戒守非徒劳，
黑门已攻破，
尊王已闯过，
大功圆满毕成。

歌唱欢喜吧，西方之国的子民，
尊王即将重降，
回归汝等身旁，
日日夜夜依傍。

白树一度枯萎，如今将焕新生，
尊王带回新苗，重植高处王庭，
本城必将蒙福。
歌唱吧，王城万民！

人们以白城的各种方式尽情歌唱。

接下来便是一段黄金岁月，春天和夏天联袂在刚铎的田野里狂欢。骑兵从凯尔安德罗斯疾驰而来，他们带来了一切已尘埃落定的消息，全城都为国王的到来做着准备。梅里应召随装满货物的马车去了欧斯吉利亚斯，再从那里坐船抵达凯尔安德罗斯。但是法拉米尔没有随行，因为他痊愈之后便承担了管理之职，出任宰相，尽管只是临时职务。他的职责是为接替他的人做准备。

伊奥温没有去，尽管她哥哥捎信请求她去科瑁兰原野。法拉米尔对此感到不解，但他忙于各种事务，很少见到她。她仍然住在治疗院里，独自在花园里散步。她的脸色再次变得苍白，仿佛全城只有她一个人尚未痊愈，仍在悲伤。院长感到很不安，便向法拉米尔报告了此事。

于是，法拉米尔来找她，他们再次一起站在城墙上。他对她说："伊奥温，您为什么要留在这里，而不去凯尔安德罗斯那边的科瑁兰狂欢？您哥哥在那里等着您呢。"

她说："您不知道吗？"

但他回答说："可能有两个原因，但哪个是真的，我就不知道了。"

她说："我不想猜谜语，直说吧！"

"公主，那我就直说了，"他说，"您之所以不去，是因为只有您哥哥叫您去，而目睹埃兰迪尔的继承人阿拉贡大人获胜并不会给您带来快乐。或者是因为我不去，而您仍然渴望留在我身旁。也许这两个原因都有，而您自己无法在两者之间做出选择。伊奥温，您是不爱我，还是不愿意爱我？"

"我曾希望另一个人爱我，"她回答，"可是我不需要任何人的怜悯。"

"这我知道，"他说，"您渴望得到阿拉贡大人的爱。因为他位高权重，你希望获得名声与荣耀，远离匍匐于地上的卑贱众生。就像年轻士兵对伟大的将领万分崇敬一样，您对他也无比敬仰，因为他是人中之王，是当今最伟大的人杰。但是，当他给您的只有理解和怜悯时，你便无欲无望，只求在战场上英勇牺牲。看着我，伊奥温！"

伊奥温久久地凝视着法拉米尔。法拉米尔开口道："伊奥温，不要瞧不起怜悯，因为那是一颗温柔的心献上的礼物！但我要献给您的并不是怜悯，因为您是一位高贵勇敢的公主，已经为自己赢得了永垂不朽的名声，而且您是这样美丽，我认为连精灵的语言都无法形容。我爱您。我曾经怜悯过您的悲伤，但是现在，哪怕您不再悲伤，不再恐惧，不再有任何遗憾，哪怕您是刚铎幸福的女王，我仍然会爱您。伊奥温，您不爱我吗？"

伊奥温的心软了，或者说她终于明白了。突然间，冬天离她而去，阳光洒在了她身上。

"我站在太阳之塔米那斯阿诺尔上，"她说，"看哪！魔影已经离去！我将不再当一名女战士，不再与那些伟大的骑兵一争高下，不再只从杀戮歌曲中得到愉悦。我要做一个医者，热爱所有繁衍生长的生灵。"她重新将目光转向法拉米尔，"我再也不想当王后了。"

然后，法拉米尔开心地放声大笑。"太好了，"他说，"因为我不是国王，但只要洛汗的白公主愿意，我愿意迎娶她。如果她愿意，那就让我们渡过大河，在幸福的日子里住在美丽的伊希利恩，在那里建一个花园。只要白公主能来，那里的一切都会快乐地生长。"

"那么，刚铎人，我必须离开我的族人吗？"她说，"难道你会让你骄傲的族人这样说你：'有位大人居然收服了北方未开化的女战士！难道努门诺尔一族就没有女人可以选择吗？'"

"我会的。"法拉米尔说。然后他把她抱在怀里，在阳光灿烂的天空下亲吻着她。他们站在高高的城墙上，周围众目睽睽，可他根本不在乎。他们从城墙上下来，手牵手地走向治疗院。许多人确实看到了他们，也看到了阳光洒在他们身上。

法拉米尔对治疗院院长说："这是洛汗的伊奥温公主，现在她痊愈了。"

院长说："那我这就让她出院，并与她道别，愿她永远不再遭受伤病之苦。在她哥哥回来之前，我把她托付给白城宰相照顾。"

但是伊奥温说："虽然我现在可以离开，但我要留下来，因为对我来说，这座治疗院带给我的幸福远超任何居所。"她一直待在那里，直到伊奥梅尔王到来。

城里的一切都已准备就绪。消息已经传遍了刚铎的每个角落，从明里蒙，甚至到品纳斯盖林，直至遥远的海岸，人们蜂拥而至，所有能来的人都急匆匆地赶到了白城。城里再次挤满了妇女和美丽的孩子，他们满载鲜花回到家中。从多阿姆洛斯来了技冠全域的竖琴手，还有拉琴、吹笛、吹银号的乐师，并有来自莱本宁山谷嗓音清亮的歌手。

终于，夜幕降临，从城墙上可以看到平原上的帐篷，人们守候着黎明的到来，彻夜灯火通明。天空晴朗，当太阳上升到消除了阴影的东方群山之上时，钟声齐鸣，旌旗招展，随风飘舞。城堡的白塔上，宰相的旗帜最后一次在刚铎的上空升起。旗帜在阳光下洁白如雪，上面既没有徽识也没有纹饰。

这时，西方将领们率领大军向白城进发，人们看到他们排列成行向前迈步，盔甲和武器在晨曦中闪着银光，泛起层层波动。他们来到城门前，在离城墙一弗朗处停住脚步。此时还没有重新装上城门，不过入口处设了一道屏障，身穿黑银两色制服、手持出鞘长剑的守卫站在那里。屏障前站着宰相法拉米尔、守护钥匙的胡林、刚铎的其他将领、洛汗的公主伊奥温、元帅埃尔夫海尔姆和许多马克的骑士。大门两边还有一大群穿着五颜六色的衣服、头戴花环的俊美百姓。

米那斯提力斯的城墙前出现了一大片空地，围在四周的是刚铎和洛汗的骑士与士兵，以及城里和全国各地的人。随着一队身着银灰双色制服的杜内丹人从大军中出列，所有人都安静了下来。缓缓走在他们前面的是阿拉贡大人，只见他身着黑甲，腰系银带，披着一件纯白披风，领口扣着一颗巨大的绿宝石，远远望去闪闪发光。但他没有戴头盔，只是用细银丝绑着一颗亮星，佩戴在额前。和他在一起的还有

321

洛汗之王伊奥梅尔、伊姆拉希尔亲王、一身白袍的甘道夫，外加四个让许多人感到惊奇的小身影。

"不，表妹！他们不是小孩，"伊奥瑞丝对站在她身边、来自伊姆络丝美路伊的女性亲戚说，"他们是佩瑞安人，来自遥远的半身人国度，据说是那里非常著名的王子。我知道，因为我们治疗院照顾过他们中的一人。他们虽然身材矮小，却很勇敢。听我说，表妹，他们当中有一个人只带着侍从就进了黑暗国度，与黑暗魔君单打独斗，还放火烧了他的黑暗之塔，你能相信吗？至少全城的人都是这么说的。肯定是与我们的精灵宝石走在一起的那一位。我听说他们是好朋友。精灵宝石大人是个奇迹。你听我说，他虽然说话不客气，但正如俗话所说，他有一颗金子般的心，还有一双能医治人的手。'王者之手乃医者之手'，我当时是这样说的，一切也就是这样被发现的。米斯兰迪尔对我说：'伊奥瑞丝，人们会长久记住你的话。'还有……"

但是伊奥瑞丝无法继续对她那位来自乡下的女亲戚进行教导，因为号角声响起，随之而来的是死一般的寂静。法拉米尔带着钥匙守护者胡林走出城门，身后只跟了四个人，他们戴着高头盔，穿着城堡的铠甲，抬着一个巨大的黑木箱。箱子用莱贝斯隆木制成，镶有银边。

法拉米尔走到众人中央的阿拉贡面前，跪下来说道："刚铎最后一任宰相请求交出他的职权。"他递上一根白色权杖，但阿拉贡接过来后又还给了他，并且说："这个职权并未终结。只要我的血脉得以延续，它将永远属于你和你的继承人。现在行使你的职权吧！"

法拉米尔随即站起来，用清晰的声音说道："刚铎的百姓们，现在请听我这本国宰相一言！看哪！终于有一个人来继承王位了。这是阿拉松之子阿拉贡，阿尔诺的杜内丹人的族长，西方大军的统帅，北方之星的主人，重铸圣剑的持有者。他奏凯而归，双手医治疾病。他是精灵宝石，是努门诺尔的埃兰迪尔之子伊希尔杜之子维兰迪尔的直系后裔埃莱萨。他应该称王，进入白城并居住在那里吗？"

众军民异口同声地高喊："应该！"

伊奥瑞丝对她家女亲戚说："表妹，这只是我们城里的一种仪式而已，因为真像我刚才和你说的那样，他早已进去过。他当时对我说……"她不得不再次打住，因为法拉米尔又说话了。

"刚铎的百姓们，博学大师们说，按照古代的习俗，国王应该在其父临终时从他手中接过王冠；若不能，就应该独自前往安葬其父的陵寝，从他手中取过王冠。但是，时过境迁，我今天只能行使宰相职权，将最后一位国王埃雅努尔的王冠从拉斯迪能带到了这里，他早在我们先祖生活的古代就已经去世。"

于是，那四个禁卫军走上前，法拉米尔打开木箱，取出一顶古老的王冠，将它举过头顶。王冠形似城堡禁卫军的头盔，只是更高，通体雪白，两侧的羽翼由珍珠和白银打造，宛如海鸟的翅膀，因为它象征着诸王越过大海而来。王冠四周镶有七颗钻石，冠顶镶嵌着一颗宝石，散发着火焰般的光芒。

阿拉贡接过王冠，高举着它说道：

"*Et Eärello Endorenna utúlien. Sinome maruvan ar Hildinyar tenn' Ambar-metta！*"

这就是埃兰迪尔乘着风的翅膀跨海而来时说的话："我越过大海，来到中土大陆。我和我的子嗣将居住此地，直至世界末日。"

令许多人感到惊奇的是，阿拉贡没有把王冠戴在自己的头上，而是把它还给了法拉米尔，并说："凭借许多人的努力与勇敢，我才得以继承王位。为了感谢大家，我希望持戒人能将王冠递给我，如果米斯兰迪尔愿意，也请他将王冠戴在我头上，因为他是在背后推动一切的功臣，这是他的胜利！"

弗罗多走上前，从法拉米尔手中接过王冠，递给甘道夫。阿拉贡跪了下来，甘道夫把白色王冠戴在他头上，说：

"国王的时代已经到来，只要维拉的王位尚存，这个时代将永获祝福！"

但是，当阿拉贡站起来时，所有看着他的人都默默地凝视着他，因为他们觉得这是他第一次展现自己的真容。他像古代的海王一样伟岸，身材高于周围所有人。他看似饱经风霜，却正值盛年；他额前透着睿智，手中有着力量和医治人们的能力，周身散发着光芒。然后法拉米尔喊道：

"看哪，我们的国王！"

在那一刻，号角齐鸣，国王埃莱萨迈步来到栅栏前，守护钥匙的胡林把栅栏推开；在竖琴、提琴、长笛的音乐声中，在清晰的歌声中，国王穿过铺满鲜花的街道，来到城堡，走了进去。绣着白树七星的旗帜在最高的塔顶上展开，无数歌谣传唱的埃莱萨王的统治开始了。

在他执政期间，这座城市比以往任何时候都更加美丽，甚至超过它最初的辉煌年代。城内绿树成荫，喷泉叮咚，城门由秘银和钢铁铸成，街道用白色大理石铺就。孤独大山的子民在这里辛勤劳作，森林的子民也欣喜若狂地来到这里。所有的人都痊愈康复。家家户户坐满了男女老少，回荡着孩子们的笑声，不再有遮蔽的窗户，也不再有荒芜的庭院。在第三纪元结束、世界进入新纪元之后，白城保留了昔日的记忆和荣耀。

在加冕后的日子里，国王坐在诸王大厅的宝座上，宣布他的各项判决。各国各族的使节纷纷到来，他们来自东方和南方，来自幽暗森林边界，来自西方的黑蛮地。国王赦免了那些投降的东夷人，让他们自由地离开，并与哈拉德人签订了和平协议。他释放了魔多的奴隶，并把努尔能湖周围所有的土地赐予了他们。许多英勇的人被带到他面你们出发到现在还不到一年。"

"皮平,"弗罗多说,"你不是说甘道夫不像以前那么亲密了吗?我想他当时是厌倦了那份辛劳,现在他缓过来了。"

甘道夫说:"许多人都喜欢事先知道餐桌上会有什么菜肴,但那些辛苦准备大餐的人却喜欢保守自己的秘密,因为惊奇才会使赞美之词更响亮。阿拉贡在等一个信号。"

有一天,甘道夫突然消失了,伙伴们都在纳闷接下来会发生什么事。但甘道夫在夜间带着阿拉贡出了城,带他来到了明多路因山的南侧。他们在那里找到了一条远古时候的小路,现在很少人敢走,因为这条路通向高山,通往一个只有国王才常去的高处圣地。他们沿着陡峭的山路往上走,一直来到山顶积雪下方的一块平地,从这里可以俯瞰白城背后高耸的悬崖。黎明已经到来,大地在他们的眼前一览无余。他们看到在下方远处,白城的尖塔宛如白色铅笔,沐浴着阳光,整个安度因河谷酷似一个花园,阴影山脉笼罩在金色薄雾中。他们朝一侧望去,视线一直延伸到灰色的埃敏穆伊丘陵,拉乌洛斯大瀑布反射着亮光,就像一颗星星在远处闪烁。他们看到另一侧的大河恰似一条缎带,一路逶迤奔向佩拉基尔,再过去还可以看到天边的一道亮光,那便是大海。

甘道夫说:"这是你的国度,也是未来更大国度的核心。这个世界的第三纪元已经结束,新的纪元开始了,而你的使命就是确保新纪元开始时井然有序,保留那些可以保留的东西。要保留的东西是很多,但必须去掉的东西也很多,而且三戒的力量也已终结。你所看到的地方,以及周围的大地,都将成为人类居住之地,因为人类统治的时代已经来临,而老一辈的族人将会淡出或者离去。"

"我知道得很清楚,亲爱的朋友,"阿拉贡说,"但我还想继续得到你的指点。"

"不会太久了,"甘道夫说,"我属于第三纪元。我是索隆的敌人,现在已经完成了使命。我很快就会离去。现在重任必须落在你和你的亲人身上。"

"但我也有离世的那一天,"阿拉贡说,"因为我是凡人,虽然我是王族后裔,又有着纯正的西方种族血统,让我可以拥有比其他人更长的寿命,但那也依然很短暂。当那些尚在女人子宫里的孩子出生、衰老时,我也将衰老。如果我的愿望无法得以满足,那么谁将统治刚铎,统治那些将白城视为女王的人呢?喷泉王庭中的那棵树依然枯槁光秃,我何时才能看到不一样的迹象?"

"把你的目光从绿色的世界移开,看看这个貌似荒芜寒冷的地方!"甘道夫说。

阿拉贡转过身,身后是一个石坡,从积雪边缘延伸下来。当他望着那里时,他意识到那片荒地上有一个正在独自生长的东西。他爬了上去,看到雪地边缘长着一棵不超过三呎高的树苗。它已经长出了长而匀称的嫩叶,叶面为黑色,叶背为银色,细长的树冠上有一小簇花,白色的花瓣像阳光下的雪一样闪闪发光。

阿拉贡大声喊道:"*Yé*!*utúvienyes*![1] 我找到了!瞧!这是那棵最古老圣树的后代!可它怎么会在这里?因为它的树龄还不到七年呢。"

甘道夫上前观看,说道:"这确是美丽之树宁络丝一系的幼树。最古老的圣树泰尔佩瑞安有许多名字,它的果实诞生了加拉希里安,而加拉希里安的后代便是宁络丝。谁能说清楚它如何在约定的时候来到这里呢?但这是一个古老的圣地,在诸王离世或者王庭里的白树

---

[1] 昆雅语:"看哪,我找到它了!"

枯萎之前，必定有一个果实被种在了这里。据说，白树的果实虽然很少成熟，但果实里的生命可以休眠多年，谁也无法预知它何时会苏醒。记住这一点。一旦有果实成熟，就应该将它种下，免得这一系从世上消失。它藏在这山上，就像埃兰迪尔家族藏在北方荒原上一样。不过，埃莱萨王，宁络丝一系比你们家系还要古老。"

阿拉贡轻轻地把手放在树苗上，瞧！它的根似乎在地上扎得很浅，没有受到任何伤害就被拔了出来。阿拉贡把它带回了白城。于是，他们带着崇敬之情将枯萎的白树连根挖起，但是他们没有烧掉它，而是将它安放在寂静的拉斯迪能。阿拉贡把这棵新树栽在喷泉旁的院子里，它开始快乐地迅速生长。6月到来时，它开满了花朵。

"信号已经发出，"阿拉贡说，"那一天不远了。"他在城墙上派了守望的人。

那是仲夏的前一天，有信使从阿蒙丁来到了白城，他们说有一群北方的俊男靓女骑马而来，快要抵达佩兰诺的围墙了。国王说："他们终于来了。让全城做好准备！"

就在仲夏的前夜，天空如蓝宝石般湛蓝，耀眼的星星在东方闪烁，但西方仍然一片金色，凉爽的空气带着芬芳，骑兵沿着北大道来到了米那斯提力斯的大门前。骑在最前面的是高举一面银色旗帜的埃尔洛希尔和埃尔拉丹，然后是格洛芬德尔、埃瑞斯托和幽谷所有人，再往后是加拉德瑞尔夫人和洛斯罗里恩的领主凯勒博恩——他们骑着白色骏马，身旁还有很多他们领地的美丽族人，个个披着灰色斗篷，发间点缀着白宝石。最后是在精灵与人类当中都强大无比的埃尔隆德大人，手握安努米那斯的权杖，他身旁一匹灰马上骑着他的女儿阿尔玟，她族人的暮星。

弗罗多看着她到来，在黄昏中泛着微光，额头缀着星星，身上散发着甜蜜的芳香,他的心中充满了好奇。他对甘道夫说:"我终于明白我们为什么要等了!这才是结局。现在不仅白天将受到钟爱,而且夜晚也将无比美丽、倍受祝福,所有的恐惧都将过去!"

国王欢迎他的客人,他们下了马。埃尔隆德呈上权杖,把女儿的手放在国王的手里,他们一起登上城堡。天空群星璀璨,宛如鲜花绽放。在仲夏那天,埃莱萨国王和阿尔玟·乌多米尔在诸王之城举行了婚礼,他们漫长等待和不辞劳苦的故事终于画上了圆满的句号。

第六章
一别再别
MANY PARTINGS

———— 如果你的伤痛仍在折磨你，如果你对那个负担的记忆依然沉重，那么你可以进入西方，直到所有的创伤和疲惫都得以痊愈。

———— 他有一种感觉，是时候回到夏尔去了。

欢庆的日子终于结束，远征队成员都想回各自的老家。国王和阿尔玟王后坐在喷泉旁的时候，弗罗多去拜见国王。王后唱了一首维林诺的歌，白树在歌声中生长开花。他们欢迎弗罗多，起身迎接他。阿拉贡说：

"我知道你想说什么，弗罗多：你想回家。好吧，最亲爱的朋友，这棵树只有在它祖先的土地上才会生长得最好；但是在西方所有土地上，你将永远受到欢迎。虽然你的族人在伟人们的传说中没有太多名气，但如今他们将比许多消失的辽阔国度更有名气。"

"我确实想回夏尔，"弗罗多说，"但我必须先去一趟幽谷。在这幸运的时刻，如果还缺什么的话，那就是我很想念比尔博。当我在埃尔隆德全家当中看到他没有来的时候，我感到很难过。"

"你对此感到奇怪吗，持戒人？"阿尔玟说，"那个东西已经毁灭，它的力量所造成的一切也都在消逝，但你知道那东西的力量之可怕，而你的亲戚拥有那东西的时间比你更长。依照他们族人的标准，他现在已是百龄眉寿。他在等你，因为他现在只剩下最后一次长途旅行要完成了。"

"那么我请求尽快动身。"弗罗多说。

"我们七天后出发，"阿拉贡说，"因为我们要和你们一起去远方，甚至远到洛汗。伊奥梅尔三天后将会回到这里，把希奥顿接回马克去安葬，我们将与他同行，以纪念那位逝者。不过，在你走之前，我要兑现法拉米尔对你说过的话,也就是说你在刚铎的国度里将永远自由来去,你的同伴们也一样。如果我能给你任何与你的功绩相匹配的礼物,你都应该收下。无论你想要什么,你都可以带回去,而且你还要身着刚铎王子的服饰,风风光光地回去。"

但是王后阿尔玟说:"我要送你一件礼物。我是埃尔隆德的女儿。他动身去灰港时我不会随他而去,因为我的选择和露西恩一样,我也像她那样选择了这个甘苦参半的人生。持戒人,当时机成熟,而且你也愿意,你可以代我远行。如果你的伤痛仍在折磨你,如果你对那个负担的记忆依然沉重,那么你可以进入西方,直到所有的创伤和疲惫都得以痊愈。不过,现在戴上这个,以纪念与你的命运交织在一起的精灵宝石和暮星!"

她的胸前戴着一条银链,上面有一颗酷似星星的白宝石。她取下项链,将它挂在弗罗多的脖子上。"当恐惧和黑暗的记忆困扰你的时候,"她说,"这个会给你带来帮助。"

正如国王所言,三天之后,洛汗的伊奥梅尔骑马来到了白城,随他而来的还有马克最英俊的骑士团——伊奥雷德。他受到了隆重欢迎;当他们坐在宴会大厅——米瑞斯隆德——共进晚餐时,他看到了在场女士们的美貌,不禁赞叹不已。在他去休息之前,他派人找来了矮人吉姆利,并对他说:"格罗因之子吉姆利,你的斧头准备好了吗?"

"没有,大人,"吉姆利说,"但如果需要的话,我可以很快把它拿来。"

"那你自己判断吧,"伊奥梅尔说,"因为我们之间还有对金色森林的夫人妄加评论这个恩怨要了结。现在我已经亲眼看见了她。"

"好吧,大人,"吉姆利说,"你现在有什么要说的?"

"唉!"伊奥梅尔说,"我再也不会说她是世界上最美丽的女士了。"

起，我就一直爱你，而且这份爱将永不褪色。但我现在必须离开一段时间，回我的王国，那里有太多的人需要医治，还有太多的事情需要理顺。至于陨落的国王，等一切就绪，我们将回来迎接他。目前还是让他在这儿安睡一会儿吧。"

伊奥温对法拉米尔说："我现在必须回我的故乡，再看它一眼，为我的兄长效力；但是，等我像父亲一样深爱的人最后入土时，我会回来的。"

快乐的日子就这样过去了。5月8号，洛汗的骑兵做好了准备，沿北大道出发，埃尔隆德的两个儿子与他们同行。从主城门到佩兰诺围墙，所有道路两旁都站满了人，向他们表达敬意和赞美。在这之后，所有住在远方的人都欢欢喜喜地回家去了。但是在这座城市里，许多心甘情愿的人仍在辛勤劳作，或重建，或修复，消除战争造成的一切伤痕和对黑暗的记忆。

几个霍比特人仍然留在米那斯提力斯，与莱戈拉斯和吉姆利在一起，因为阿拉贡不愿意解散他们的团体。"万事皆有结束之时，"他说，"但我希望你们再多等一会儿，因为你们所参与的大事的结局还没有来临。我成年后期盼了多年的那一天即将到来，当它到来的时候，我希望我的朋友在我身边。"但是关于那一天，他什么都不愿意多说。

在那些日子里，魔戒同盟和甘道夫一起住在一座漂亮的房子里，他们可以随心所欲地进进出出。弗罗多对甘道夫说："你知道阿拉贡说的那一天是什么日子吗？我们在这儿住得很愉快，我也不想走，但日子在飞逝，比尔博还在等待着，而夏尔才是我的家。"

"说到比尔博，"甘道夫说，"他也在等着那一天，而且他知道你们为什么会耽搁。至于说日子在飞逝，现在才5月，盛夏还没有到来。虽然一切似乎都变了，仿佛旧纪元已经过去，但是对树木和绿草来说，前，接受他的赞美和奖赏。最后，禁卫军队长把贝瑞冈德带到他面前受审。

国王对贝瑞冈德说："贝瑞冈德，你当初挥剑，血溅圣地，犯了禁忌，而且你没有得到城主或队长的许可就擅自离开岗位。对于这些事，古时的惩罚是死刑。现在我必须宣布你的命运。

"你作战英勇，因而免除你所有的惩罚，更重要的是，因为你所做的一切都是出于对法拉米尔大人的爱。尽管如此，你必须退出城堡禁卫军，必须离开米那斯提力斯城。"

贝瑞冈德的脸上顿时失去了血色，内心受到了很重的打击。他低下了头，但是国王说：

"必须这样，我现在任命你为伊希利恩亲王法拉米尔的白卫队队长，光荣而平静地住在埃敏阿尔能，为你不惜一切代价冒险拯救其生命的人效忠。"

贝瑞冈德感受到国王的仁慈与公正之后非常高兴，跪下来吻了吻国王的手，心满意足地离开了。阿拉贡将伊希利恩赐予法拉米尔作为领地，命令他居住在可以看见白城的埃敏阿尔能山上。

"因为，"他说，"必须彻底摧毁魔古尔山谷中的米那斯伊希尔，尽管它将来可能会得到净化，但没有人能长年生活在那里。"

阿拉贡最后接见了洛汗的伊奥梅尔，他们拥抱在一起，阿拉贡说："我们之间无须说给予、接受或酬谢，因为我们是兄弟。埃奥尔当初从北方策马前来的那一刻是多么快乐啊，从来没有任何人类联盟受到过如此多的祝福，因此任何一方都未曾辜负过对方，过去没有，将来也不会。现在，如你所知，我们已经将名噪天下的希奥顿安葬在圣地的坟墓里，如果你愿意，他将永远与刚铎列王安眠在一起。或者，如果你觉得不妥，我们可以护送他去洛汗，让他安息在自己的子民中。"

伊奥梅尔回答说："自打你从山岗上的绿草地起身迎接我那一刻

"那我必须去拿我的斧子。"吉姆利说。

"不过请先容我解释一下,"伊奥梅尔说,"如果我在别的人群中看见她,我一定会说出你想说的话。但我现在要把暮星阿尔玟王后放在第一位,我已经准备私下里与任何否认我这番话的人决斗。要我取剑吗?"

吉姆利听后深深地鞠了一躬。"不,我原谅你了,大人,"他说,"你选择了黄昏,但我的爱给了清晨。我心中已经有预感,它很快就会永远消失。"

出发的日子终于到了,一大群俊男靓女准备从白城向北骑行。这时,刚铎和洛汗的两位国王去了圣地,来到拉斯迪能的陵寝前,用黄金棺架抬着希奥顿王的遗体,默默穿过白城。然后,他们把棺架安放在一辆大马车上,洛汗的骑兵围在四周,前面举着他的旗帜。梅里作为希奥顿的侍从坐在马车上,负责保管国王的武器。

远征队的其他成员都按他们的身高配备了相应的马匹。弗罗多和山姆怀斯骑行在阿拉贡身边,甘道夫骑着捷影,皮平与刚铎的骑士们在一起,莱戈拉斯和吉姆利像以往那样共同骑着阿罗德。

同行的还有王后阿尔玟、凯勒博恩和加拉德瑞尔及其族人、埃尔隆德和他的两个儿子、多阿姆洛斯的几位亲王,以及众多将领和骑士。马克的任何一位国王都没有谁像森格尔之子希奥顿这样,有如此豪华的队伍一路护送,返回自己的故土。

他们一路平安,不慌不忙地进入阿诺瑞恩,来到阿蒙丁山下的灰色森林。他们听到山上传来类似鼓声的敲击声,却看不见任何生物。这时,阿拉贡下令吹响号角,传令官们大声高喊:

"听着,埃莱萨王驾到!他将德鲁阿丹森林赐予了悍－不里－悍和他的族人,永远属于他们。从今以后,任何人不得擅自进入!"

雷鸣般的鼓声突然响起,随后万籁俱寂。

经过十五天的跋涉,载着希奥顿王遗体的大马车终于穿过洛汗的绿色草原,来到了埃多拉斯。众人在此休息了片刻。金色大厅里挂满了美丽的帷幔,灯火通明,里面举行着自它建成以来最盛大的宴会。三天后,马克的人类为希奥顿举行了葬礼。他的遗体,连同他的武器以及他曾拥有过的许多美丽的东西,被安放在一个石室中,石室上方是巨大的坟丘,覆盖着绿色的草皮和白色的永志花。现在,陵地东侧有了八个坟丘。

接着,王室的护卫骑兵骑着白马,绕着陵地骑行,齐声高唱吟游诗人格利奥威奈为森格尔之子希奥顿所写的歌,这也是这位诗人的绝唱。就连那些听不懂他们语言的人,护卫骑兵们缓慢的歌声也打动了他们的心,但是这首歌的歌词却让马克人眼睛一亮,他们仿佛再次听到遥远的北方雷鸣般的马蹄声和埃奥尔在凯勒布兰特原野的战场上的呐喊声。诸王的故事代代延续,海尔姆的号角响彻群山,直到大黑暗降临,希奥顿王挺身而出,策马穿过阴影冲向大火,壮烈牺牲,而就在那一刻,太阳带着希望重新照耀大地,阳光沐浴着清晨的明多路因山。

> 冲出疑虑破黑暗,一路奔向天光灿。
> 他随旭日东升来,纵声高歌出鞘剑。
> 重燃心中希望火,殷殷企盼魂却断;
> 无畏无怯越生死,命运已终劫已完,
> 超脱离丧别此生,荣光长耀千秋赞。

梅里站在绿色坟丘脚下,不停地哭泣。歌曲唱完后,他站起来大声喊道:

"希奥顿王，希奥顿王！永别了！你曾待我如父，只是那段时间太短。永别了！"

葬礼结束，妇女的哭泣渐渐平息，希奥顿终于独自躺在了坟茔中。人们随后把悲伤放在一边，聚集在金色大厅，举行盛大的宴会，因为希奥顿和他的最伟大的祖先一样，都活到了耄耋之年才捐躯疆场。他们按照马克的习俗举杯纪念诸王，洛汗的伊奥温公主走了出来。她像太阳一样灿烂，又像积雪一样洁白，她端起斟满的酒杯向伊奥梅尔致敬。

然后，一个吟游诗人兼博学大师站了起来，依次念出了马克诸王的名字：年少的埃奥尔；建造金色大厅的布雷戈；不幸者巴尔多之弟阿尔多；弗雷亚、弗雷亚威奈、戈尔德威奈、狄奥和格拉姆；马克沦陷时躲入海尔姆深谷的海尔姆；这就是西面九个坟丘的传承，因为他们这一脉在那时断绝，随后便是东面坟丘这一脉：海尔姆的外甥弗雷亚拉夫，以及利奥法、沃尔达、伏尔卡、伏尔克威奈、奋格尔、森格尔和最后的希奥顿。念到希奥顿的名字时，伊奥梅尔将杯中的酒一饮而尽。伊奥温吩咐侍从将所有酒杯斟满，在场的人纷纷起立，为新国王干杯，高呼："万岁，伊奥梅尔，马克之王！"

最后，宴会快要结束时，伊奥梅尔站起来说："这是希奥顿国王的葬礼宴会，但是在大家离开之前，我要告诉你们一些好消息，因为他是我妹妹伊奥温的慈父，不会介意我这样做的。听着，各位贵宾，来自不同疆域的美丽种族，我这大厅还从未接待过这样的贵客！刚铎的宰相、伊希利恩的亲王法拉米尔请求洛汗的伊奥温公主与他喜结良缘，她完全同意。因此，他们将在你们所有人面前订婚。"

法拉米尔和伊奥温手拉着手走上前，众人为他们高兴，纷纷举杯祝福。"这样一来，"伊奥梅尔说，"马克与刚铎之间的友谊又多了一份纽带，我感到更加高兴。"

"你可真是大方，伊奥梅尔，"阿拉贡说，"居然把贵国之最美给予了刚铎！"

这时，伊奥温看着阿拉贡的眼睛说："祝我快乐，我的领主和我的医者！"

他回答说："自从第一次见到您，我就希望您能永远幸福。看到您有了好的归宿，我更加感到欣慰。"

宴会结束后，那些要走的人分别与伊奥梅尔王告别。阿拉贡和他的骑士们，还有罗里恩和幽谷的人，准备出发了。法拉米尔和伊姆拉希尔仍留在埃多拉斯。阿尔玟也留了下来，她与两位哥哥告别。没有人看到她与父亲埃尔隆德最后一次见面的情景，因为他们上了山，在那里长谈了很久。他们的分别是痛苦的，而且这份痛苦将会持续到世界终结。

最后，在客人们出发之前，伊奥梅尔和伊奥温一起来找梅里，对他说："再见了，夏尔的梅里阿道克，马克的霍尔德威奈！骑向好运，望你能早日回来，我们随时欢迎！"

伊奥梅尔说："为了你在蒙德堡平原上的英勇壮举，古代诸王赐予你的礼物恐怕一辆大马车都装不下，然而你却说，除了赠予你的武器外，你什么都不会要。这让我很痛苦，因为我实在没有配得上的礼物相送。但是我妹妹请求你收下这件小东西，它会让你记住德恩海尔姆，记住黎明到来时马克的号角声。"

伊奥温递给梅里一个古老的号角，小巧但用白银巧妙打造而成，还配有绿色背带。从号嘴到号角口，工匠们雕刻了一排策马奔驰的骑士，外加一些关于美德的符文。

"这是我们家的传家宝，"伊奥温说，"它由矮人打造，来自恶龙斯卡萨的宝藏。年少的埃奥尔将它从北方带来。在必要时吹响它的人，将使敌人心生恐惧,朋友心生快乐,听到的人会来到他的身边。"

于是,梅里接过了号角,因为他无法拒绝这个礼物。他吻了伊奥温的手,他们拥抱了他,然后就此别过。

宾客们已经准备妥当,他们喝了上马酒,带着赞美和友谊离去,最后来到了海尔姆深谷,在那里休息了两天。莱戈拉斯兑现了他对吉姆利的承诺,和他一起去了晶辉洞。他们回来后,他却不愿意多说,只说唯有吉姆利才能找到合适的词语描述那些洞穴。"而且以前还从来没有一个矮人在比拼文字时战胜过精灵,"他说,"我们现在就去范贡森林,我要扳回一局!"

他们从深谷的宽谷骑马来到艾森加德,看到恩特正在忙碌。石环都被推倒和移走了,里面的土地被改造成了一个花园,种满了各种果树和其他树木,一条小溪从花园中流过。但是花园中央有个清澈的小湖,湖水中静静地耸立着欧尔桑克塔,高不可攀,坚不可摧,黑色的石头塔身倒映在池子里。

大家在艾森加德旧大门耸立的地方坐了一会儿,那里现在只有两棵大树,像哨兵一样守护着通往欧尔桑克小径的起点,小径两边绿草如茵。他们惊奇地看着所完成的工作,但远近均看不到一个生灵。然后,没过多久,他们便听到一个声音叫着"呼姆-嚯姆,呼姆-嚯姆",只见树须正沿着小径大步走过来迎接他们,身旁还跟着急楸。

"欢迎来到欧尔桑克树园!"他说,"我知道你们要来,但我正在山谷里干活,还有很多工作要做。不过,我听说你们在南方和东方也没有闲着,而且我听见的都是好消息,非常好。"于是,树须把他们所做的一切大大夸奖了一番,他似乎对这些事很了解。最后,他停下来,久久地望着甘道夫。

"好了,说吧!"他说,"你已经证明自己最强大,你的辛劳没有白费。你现在要去哪里？为什么来这里？"

"来看看你的工作进展如何，我的朋友，"甘道夫说，"感谢你的帮助，让我们取得了这么多成就。"

"嚯姆，好吧，这很公平，"树须说，"因为恩特肯定发挥了他们的作用，不只是对付那个，嚯姆，那个住在这里的该死的砍树佬。还有大批到来的，卟啦噜姆，那些邪恶的——黑手的——长着罗圈腿的——燧石心肠的——爪子尖利的——肮脏肚子的——嗜血如命的墨瑞麦提—辛卡洪达[1]，呼姆，好吧，鉴于你们都很心急，而他们的全名又像这饱受折磨的岁月一样长，我就直接说他们是奥克害虫吧。他们越过大河，从北方来到这里，包围了劳瑞林多瑞南的森林，却怎么也进不去。这多亏了这里的伟大人物。"他向罗里恩的领主和夫人鞠躬行礼。

"同样是这些可恶的东西，在荒野上遇到我们时非常惊讶，因为他们以前从未听说过我们。不过，比他们好的种族也没有听说过我们，记得我们的更少，因为没有多少能从我们身边活着逃出来，大部分都归了大河。这对你来说是好事，因为如果他们没有遇到我们，那么草原之王就无法策马远征，就算他真做到了，可能也无家可归。"

"我们对此非常清楚，"阿拉贡说，"米那斯提力斯和埃多拉斯都永远不会忘记。"

"即便是对我来说，'永远'也过于漫长，"树须说，"你的意思是说，只要你们的王国尚存，就不会忘记。但是你们的王国必须延续很长时间，才会在我们恩特的眼中显得漫长。"

"新纪元已经开始，"甘道夫说，"我的朋友范贡，在这个纪元，人类王国很可能比你们延续得更持久。现在告诉我：我给你布置的任

---

[1] 昆雅语："乌黑的手，肮脏的心。"

务怎么样了？萨鲁曼的情况如何？他还没有厌倦欧尔桑克吗？我估计他不会认为你是在改善他窗外的景色。"

树须久久地凝视着甘道夫，梅里觉得那眼神带着一丝狡黠。"啊！"他说，"我就料到你会提及此事。厌倦欧尔桑克吗？终于非常厌倦了，不过相对于他的塔，我的声音更让他厌倦。呼姆！我给他讲了一些很长的故事，至少是你们所说的那种很长的故事。"

"那他为什么还留下来听？你进去过欧尔桑克塔吗？"甘道夫问。

"呼姆，不，我没有进入过欧尔桑克！"树须说，"但是他会走到窗口，侧耳细听，因为他没有别的办法得到消息。他既不愿意又巴不得听到消息。我看到他全听进去了。不过，我在消息里又加了许多东西，他只要好好想一想就会从中获益。他感到非常厌倦。他向来很急躁，而急躁毁了他。"

"我注意到，我的好范贡，"甘道夫说，"你刚才这番话用的都是过去时，那么现在呢？他死了吗？"

"不，据我所知，他还没有死。"树须说，"可是他已经离开了。是的，已经离开七天了，是我让他走的。他爬出来的时候已经是行尸走肉，至于他那个毛虫一样的手下，完全像个苍白的影子。甘道夫，别跟我提我答应过要保护他的安全，我当然记得。但从那时起，情况发生了变化。我一直在保护他，直到他安全，安全到无法再干坏事。你应该知道，我最讨厌把活着的东西关在笼子里，不到万不得已，我甚至连这样的东西都不愿意关在笼子里。一条没有了毒牙的蛇，想爬到哪儿就爬哪儿去吧。"

"你的话有些道理，"甘道夫说，"但我觉得这条蛇还剩下一颗毒牙。他的声音口蜜腹剑，我猜他甚至说动了你树须，因为他知道你内心的软肋。好了，既然他已经走了，也就没有什么好说的了。但现在欧尔桑克塔归国王所有，属于国王，尽管他可能不需要它。"

341

"那也到以后才知道，"阿拉贡说，"但是我会把整个山谷都交给恩特，让他们去处理，只要他们能继续监视欧尔桑克塔。不经我的许可，任何人不得进去。"

"已经锁上了，"树须说，"我让萨鲁曼把它锁上，然后把钥匙交给我。钥匙在急楸手中。"

急楸像被风吹弯的大树一样鞠了一躬，递给阿拉贡两把形状复杂的黑色大钥匙，上面各有一个钢环。"我再次感谢你们，"阿拉贡说，"现在就与你们告别。愿你们在和平中再次繁茂。等这山谷绿树成荫时，你们也可以开发山脉西面的空地，那里也是你们很久以前生活过的地方。"

树须的脸上满是悲伤。"森林可以繁茂，"他说，"树林可以蔓延，但恩特不会，因为已经没有了小恩特。"

"可如果你寻找的话，或许会多一分希望，"阿拉贡说，"一直封锁着的东方大地将会向你们开放。"

但树须摇着头说："那地方太遥远，如今那里的人类也太多。瞧我，连礼数都忘了！你们要待在这儿休息一会儿吗？也许有些人会很乐意穿过范贡森林，缩短回家的路？"他望着凯勒博恩和加拉德瑞尔。

但是，除了莱戈拉斯，大家都说得赶紧离开了，要么向南，要么向西。"走，吉姆利！"莱戈拉斯说，"现在，承蒙范贡许可，我要去恩特森林深处的一些地方，看看中土世界其他地方见不到的树木。你要遵守承诺随我同去，这样一来，我们还可以一起继续旅行，回到幽暗森林和森林再过去的老家。"对此，吉姆利表示同意，不过似乎并不是很高兴。

"'魔戒同盟'的故事终于结束了，"阿拉贡说，"但我希望你们不久能重返我的国度，带着你们所承诺的帮助。"

"只要我们自己的领主允许，我们会去的，"吉姆利说，"好了，再见了,我的霍比特人!你们现在应该可以安全回到自己家中了,我也不必再为担心你们的安危而彻夜不眠。我们有机会的话会给大家捎信的,而且我们中的一些人也许还会见面,但恐怕再也不会全都聚在一起了。"

随后,树须依次向他们告别,他慢慢地向凯勒博恩和加拉德瑞尔鞠躬三次,满怀敬意。"按照树龄和石龄来算,我们还是很久很久以前见的面。*A vanimar, vanimálion nostari*![1]"他说,"真可惜,我们只有在一切结束时才这样再次见面。这个世界在变化:我在水里感觉到它,在泥土里体会到它,在空气中闻到它。我想我们不会再见面了。"

凯勒博恩说:"我不知道,老大。"但加拉德瑞尔说:"在中土世界是不会了,除非淹没在海浪之下的大地再次隆起。那时,在塔萨瑞南的柳林草地上,我们可以在春天重逢。再见了!"

最后,梅里和皮平向老恩特告别,他望着他们,开心了一些。"好了,我快乐的朋友们,"他说,"你们走之前能和我再喝一杯吗?"

"那当然。"他们说。他带他们来到一边的树荫下,他们看到那里摆放着一个巨大的石罐。树须倒了三碗,他们喝了起来。他们看到他那双奇怪的眼睛正越过碗边看着他们。"保重,保重!"他说,"因为自我上次见到你们之后,你们已经长高了。"他们哈哈大笑,一饮而尽。

"嗯,再见!"他说,"别忘了,如果在你们的国土上听到任何恩特婆的消息,就给我捎个信。"说完,他向所有人挥了挥手,走进了树林。

众人加快了骑行的速度,直奔洛汗豁口而去。终于,阿拉贡在靠

---

[1] 昆雅语:"啊,美丽的生灵,美丽的儿女们的父母!"

近皮平当初窥视欧尔桑克晶石的地方与大家告别。分别时,四个霍比特人泪眼婆娑,因为阿拉贡从来没有让他们失望过,领着他们多次逢凶化吉。

"真希望我们能有一块晶石,能让我们看到所有的朋友,"皮平说,"而且我们还可以从很远的地方和他们说话!"

"现在能用的只剩下一颗了,"阿拉贡回答说,"因为你不会想看到米那斯提力斯的晶石向你展示的东西。但是,我作为国王会继续留着欧尔桑克的帕蓝提尔,所以会看到王国内发生的一切,也会看到仆人们在做什么。别忘了,佩里格林·图克,你是刚铎的骑士,我不会解除你的效忠。你现在只是去休假,但我可能会召你回来。记住,亲爱的夏尔的朋友们,我的王国也在北方,我总有一天会去那里的。"

然后,阿拉贡与凯勒博恩和加拉德瑞尔告别,夫人对他说:"精灵宝石,你穿越黑暗,找到希望,如愿以偿。用好每时每刻!"

但凯勒博恩说:"亲人,再见了!愿你的命运与我的不同,也愿你的财宝永远与你同在!"

说完,他们就分手了,此时正是日落时分。片刻之后,他们回过头来,看到西方之王在骑士的簇拥下骑在马上,落日照耀在他们身上,让他们全身和所有挽具变成了一片金红色,而阿拉贡身上的白色披风更是化作了一团火焰。这时,阿拉贡拿出那块绿色晶石,将它高高举起,他的手中射出一道绿色的火光。

队伍的人数越来越少。他们沿着艾森河一路向西,穿过豁口进入前方的荒原,然后向北,越过黑蛮地的边界。黑蛮地人不是逃走就是躲了起来,因为他们害怕精灵族的人,尽管实际上很少有精灵一族的人来他们这里。但是一行人仍然是个大部队,而且所需的东西都很充足,因此并没有去关注黑蛮地人。他们不慌不忙地前进,想休息时就搭几个帐篷。

与国王分别后的第六天,迷雾山脉在他们的右边绵延,他们穿行在山麓丘陵延伸下来的一片树林中。太阳落山时,他们再次来到开阔地带,追上了一个拄着拐杖的老人。只见老人穿着说不清是灰色还是肮脏白色的破衣服,跟在他后面的是一个无精打采、哭哭啼啼的乞丐。

"哦,是萨鲁曼!"甘道夫说,"你要去哪儿?"

"这跟你有什么关系?"他回答,"我去哪里还要听从你的命令?我的毁灭还不能让你满意吗?"

"你知道答案,"甘道夫说,"不能,也不会。但无论如何,我的辛劳现在就要结束了。国王已经承担起了责任。如果你在欧尔桑克等着,你本可以看到他,看到他会向你展示智慧和仁慈。"

"那就更有理由早点儿离开了,"萨鲁曼说,"因为我对他的智慧和仁慈毫无兴趣。如果你真想听我对你第一个问题的回答,那么我在想方设法离开他的国度。"

"那你又走错路了,"甘道夫说,"而且我看你的旅程没有希望。如果我们给你提供帮助,你会鄙视吗?"

"给我提供帮助?"萨鲁曼说,"不,请不要对我笑!我更希望看到你冲着我皱眉。至于这位夫人,我不信任她,她向来恨我,为你谋利。我毫不怀疑,她带你来这里是为了让你幸灾乐祸地看到我一无所有。早知道你会追来的话,我一定不会让你的阴谋得逞。"

"萨鲁曼,"加拉德瑞尔说,"我们还有其他事情要做,这些事情对我们来说似乎比追捕你更紧迫。更确切地说,你被好运赶上了。现在你有最后一次机会。"

"如果这真的是最后一次,我很高兴,"萨鲁曼说,"因为这可以省去我的麻烦,免得我再拒绝一次。我所有的希望都已破灭,但就算你们还有希望,我也不会占这便宜。"

道亮光在他的眼中转瞬即逝。"滚!"他说,"这些事我研究了那么多年，不是一无所获。你们把自己逼上了绝路，而且心知肚明。一想到你们在毁了我住所的同时也毁了自己的家室，我四处流浪的时候也会感到些许安慰。现在，有什么船能载着你们越过汪洋大海呢？"他嘲讽道，"那将是一艘灰色的船，上面到处是幽灵。"他笑了，但他的声音嘶哑而可怕。

"起来，你这个白痴！"他对坐在地上的另一个乞丐喊道，并且用手杖抽打着他，"转身！要是这些体面的种族跟我们同路，那我们就换一条道。走吧，不然的话，你今晚连面包皮都别想吃到！"

乞丐转过身，无精打采地边走边呜咽道："可怜的老格里马！可怜的老格里马！总是挨打受骂。我多么恨他啊！真希望我能离开他！"

"那就离开他吧！"甘道夫说。

但佞舌只是用充满恐惧的模糊双眼瞥了甘道夫一眼，然后拖着脚步快速跟在萨鲁曼身后。当这两个难兄难弟从人群旁经过时，他们来到了霍比特人身边。萨鲁曼停下来盯着他们，但他们却怜悯地看着他。

"你们也是来看笑话的，对吗，小叫花子们？"他说，"你们不关心乞丐缺什么，对吗？因为你们得到了想要的一切，食物和漂亮的衣服，还有烟斗里装着的最好的烟斗草。哦，是的，我知道！我知道它是从哪里来的。你们不会给乞丐一点烟草，是吗？"

"如果我有的话，我会给的。"弗罗多说。

"我还剩下一点，如果你愿意等的话，可以给你，"梅里说着便下了马，在马鞍上的袋子里找了一番，然后递给萨鲁曼一个皮囊。"都给你了，"他说，"你可以尽情享用，是从艾森加德的废墟里找到的。"

"我的，我的，是的，花大价钱买的！"萨鲁曼叫道，一把抓住皮囊，"这只是象征性的偿还；我敢肯定，你拿了更多。就算小偷只把一点点东西还给乞丐，乞丐也要心存感激。好了，等你们回到家里，发现南区的情况不如你们所想的那么好，那是你们活该。愿你们那里永远没有烟叶!"

"谢谢你!"梅里说,"那样的话,我要把皮囊拿回来,它不是你的,而且已经随我去过很远的地方。用你自己的破布把烟斗草包起来。"

"贼也有被偷的时候。"萨鲁曼说完,转身背对着梅里,踢了佞舌一脚,朝树林走去。

"好吧,瞧这话说的!"皮平说,"我们是贼!那你绑架我们、弄伤我们、派半兽人拖着我们穿越整个洛汗,我们又该叫你什么?"

"啊!"山姆说,"他还居然说'买的'。我想知道他怎么买的。我不喜欢他说南区时的那种强调。我们该回去了。"

"是该回去了,"弗罗多说,"可如果我们想见到比尔博,那就快不了。不管发生什么事,我都要先去幽谷。"

"是的,我想你最好这么做,"甘道夫说,"但萨鲁曼完了!他已经完全废了,恐怕难以再掀起什么风浪。不过,我无法完全赞同树须的话,估计他还会搞点小小的恶作剧。"

第二天,他们继续前进,来到了黑蛮地北部。这里虽然绿意葱茏,令人愉快,如今却没有人居住。现在是9月,白天秋高气爽,夜晚月朗星稀。他们不慌不忙地骑马来到了天鹅泽河,找到了老渡口,也就是河水经由瀑布突然流向低地的地方。在西边很远的地方,迷雾中可以看到池塘与河洲密布,天鹅泽河从中蜿蜒而过,注入灰潮河,那里的芦苇地上栖息着无数天鹅。

他们进入了埃瑞吉安。终于,晨曦映红了迷雾,又一个晴朗的黎明到来,他们站在一座低矮的山丘上,从帐篷向外望去,看见东方照亮了三座高耸入云的山峰:卡拉兹拉斯、凯勒布迪尔和法努伊索尔。他们已经接近墨瑞亚大门。

他们在此停留了七天,因为又到了难舍难分的时刻。不久,凯勒博恩、加拉德瑞尔和他们的族人便会向东而去,经过红角口,沿着黯溪梯下到银脉河，回到他们自己的国度。他们从西边一路绕行，完全是因为有很多话要跟埃尔隆德和甘道夫说，此刻仍逗留在这里与朋友们交谈。在四个霍比特人熟睡很久之后，他们常常会一起坐在星空下，回忆过去的岁月，回忆他们在这个世界上所有的快乐与辛劳，或者聚在一起讨论未来的日子。即使有流浪者碰巧经过，他也不会看到或听到什么，只会觉得自己看到了几个朦胧的石雕人影，用来纪念荒无人烟的大地上某些被遗忘的事情，因为他们一动不动，也不开口说话，只是用心灵在交流。在他们的意念来回穿梭时，只有他们明亮的双眼会眨动并发出异光。

该说的终于都说完了，他们暂时分别，直到三戒消失之时。来自罗里恩的那些披着灰色斗篷的人策马朝着山脉奔去，很快就消失在岩石和阴影中；那些要去幽谷的人则坐在山上望着，直到越来越浓的薄雾中出现了一道闪光，然后就什么也看不见了。弗罗多知道，那是加拉德瑞尔高举她的戒指，以示告别。

山姆转过身，叹了口气说：“真希望我也能回到罗里恩！”

一天晚上，他们终于越过高沼地，像所有出门在外的人一样，突然来到幽谷深谷的边缘，看到了下面远处埃尔隆德家的灯火。他们走了下去，穿过桥来到门口，各家各户灯火通明，到处响起欢乐的歌声。这是人们在欢迎埃尔隆德归来。

四个霍比特人甚至都来不及吃饭洗澡，甚至都来不及脱掉斗篷，就开始寻找比尔博。他们发现他独自一人在自己的小房间里，里面到处乱扔着纸、墨水笔和铅笔，但比尔博正坐在一个明亮的小火炉前的椅子上。他看上去很老，但很平静，昏昏欲睡。

他们进来时，他睁开眼睛，抬头看了看。"大家好，大家好！"他说，"你们回来了？明天也是我的生日。你们真聪明！你们知道我快一百二十九岁了吗？如果能侥幸再活一年，我将与老图克齐平。

我真想超过他,不过我们拭目以待吧。"

庆祝完比尔博的生日之后,四个霍比特人在幽谷住了几天,经常和这位老朋友坐在一起。现在,除了吃饭,他大部分时间都待在自己的房间里。每到吃饭的时候,他总是很准时地醒来,很少错过点儿。他们围坐在火堆旁,轮流讲述他们所能记得的所有旅程和冒险。他起初还假装记笔记,但后来经常睡着,而每次醒来时又会说:"太好了!太妙了!但我们说到哪儿了?"于是,他们就从他开始打盹的地方继续讲故事。

唯一真正引起他注意的部分,似乎是关于阿拉贡加冕和结婚的事。"当然,我也接到了去参加婚礼的邀请,"他说,"我已经等得够久了。可是,到了紧要关头,我发现我在这儿还有很多事情要做,而且收拾行李也太麻烦。"

将近两个星期过去了,弗罗多从窗口望出去,发现夜里下了一场霜,就连蜘蛛网都变成了一张张白网。这时,他突然意识到自己必须离开,与比尔博告别了。经历了人们记忆中最美好的一个夏天之后,天气依然平静、晴朗。可是10月到来,很快就会变天,凄风寒雨即将来临,而他们还有很长的路要走。然而,真正驱使他上路的并不是天气。他有一种感觉,是时候回到夏尔去了。山姆也有同感,前一天晚上就说道:

"好吧,弗罗多少爷,我们去过很远的地方,也见了很多世面,可我觉得没有什么地方比这里更好。这里什么都有,你明白我的意思。夏尔、金色森林、刚铎、国王的房子、客栈、草地和山脉,全都混在一起。可是,不知怎么的,我觉得我们该走了。说实话,我很担心我家老头子。"

"是的，山姆，除了大海，这里什么都有，"弗罗多回答，然后又自言自语道，"除了大海。"

那天，弗罗多与埃尔隆德进行了沟通，约定他们次日动身。让他们高兴的是，甘道夫说："我想我也要去，至少和你们同路到布里。我想看看黄油菊。"

晚上，他们去和比尔博告别。"好吧，既然你们非走不可，那就走吧，"他说，"我感到很遗憾。我会想念你们的。只要知道你们在这里就很好。但是我越来越困了。"然后，他要把自己的秘银甲和刺叮给弗罗多，却忘了他早已给过了。他还给了弗罗多三本他在不同时期写过的学术著作，都是用他细长的手书写的，红色的书脊上标着："自精灵语翻译"，*B.B.* 著。

他给了山姆一小袋金子。"几乎是最后几滴斯矛格陈酿了，"他说，"山姆，要是你想结婚的话，可能会派点用场。"山姆脸一红。

"我没什么能给你们这些年轻人的，"他对梅里和皮平说，"只有一些好建议。"他给了几条建议之后，又用夏尔人的口吻加了最后一句，"别让你们的脑袋长得太大，免得戴不上帽子！如果你们还不尽快停止长个儿的话，帽子和衣服的花销可不便宜。"

"可是，既然你都想打败老图克，"皮平说，"我不明白我们为什么就不能试试打败吼牛呢。"

比尔博笑了，他从口袋里掏出两个漂亮的烟斗，烟嘴镶着珍珠，边上包着做工精致的银边。"你们抽烟的时候多想着我！"他说，"精灵们给我做的，但我现在不抽烟了。"说着，他突然点了点头，睡了一会儿。他醒来后说："我们说到哪儿了？对了，当然是送礼物。这倒提醒了我，你拿走的我的戒指呢，弗罗多？"

"我把它丢了，亲爱的比尔博，"弗罗多说，"我把它处理掉了，你知道。"

"真可惜！"比尔博说，"我还真想再看到它。但是，不，我真傻！你的使命应该就是处理掉它，对吗？但这一切都太令人困惑了，因为似乎还掺杂了许多其他事：阿拉贡的事务、白道会、刚铎、骑马人、南蛮人和毛象——山姆，你真的看到一头了吗？——还有洞穴、高塔、金色的树，天知道还有什么别的东西。

"我上次旅行回来的时候显然走了一条直道。我想甘道夫可能给我指了点路。但如果是那样的话，拍卖会在我回来之前就已经结束了，我遇到的麻烦可能会更多。不管怎么说，现在一切都太晚了，我真觉得坐在这里听你说这些会更舒服。这里的炉火很暖和，吃的东西也很好，需要的时候还能找到精灵。人生如此，夫复何求？"

> 大道漫漫，修远无尽，
> 自此大门，起步初始。
> 遥遥向前，他者循之，
> 新程再启，任由别人。
> 我途已终，我足疲惫，
> 灯火客栈，转身以投，
> 日暮将息，好眠相待。

比尔博喃喃地说出最后一句话，然后头垂到胸前，酣然入睡。

屋里夜色更浓，炉火更亮。比尔博睡着了，他们望着他，看到他脸上露出了笑容。他们默默地坐了一会儿，然后山姆环顾四周，看着墙上晃动的影子，轻声说：

"弗罗多少爷，我觉得我们不在的时候他并没有写多少东西。他再也不会写我们的故事了。"

话音刚落,比尔博仿佛听到了似的,睁开一只眼睛,坐直了身子。"你们瞧,我越来越困了,"他说,"只要有时间能写作,我真的只想写写诗歌。我在想,亲爱的弗罗多,你走之前能不能把东西整理一下?把我所有的笔记和纸张,还有我的日记本都收起来,如果你愿意的话,带上它们。你看,我没有多少时间来做挑选和整理之类的事情。让山姆帮你,弄出一个大概之后再回来,然后我再过一遍。我不会太挑剔的。"

"我当然愿意!"弗罗多说,"我肯定很快就会回来的,路上不会再有危险。现在有了一个真正的国王,他很快就会把所有道路整顿好。"

"谢谢你,我亲爱的朋友!"比尔博说,"我心里一下子轻松了很多。"说完,他又睡着了。

第二天,甘道夫和四个霍比特人在比尔博的房间里向他告别,因为外面很冷。然后,他们向埃尔隆德和他的全家告别。

弗罗多站在门槛上时,埃尔隆德祝他旅途愉快,祝福他,并说:

"弗罗多,除非你能即去即回,否则我觉得你也许不必再回这里,因为明年这个时候,金色树叶挂满枝头之时,你可以在夏尔的树林里找到比尔博。我会和他在一起。"

这些话别人都没有听到,而弗罗多也没有向他们透露。

第七章
回家之旅
Homeward Bound

"好了,现在就剩下我们四个人,和出发的时候一样,"梅里说,"我们一个接一个地把其他的都抛在了后面,简直就像一场慢慢淡去的梦。"

"对我来说不是。"弗罗多说,"对我来说,这感觉更像是再次进入梦乡。"

四个霍比特人终于朝家的方向出发。他们现在急于再见到夏尔，但一开始，他们骑行的速度很慢，因为弗罗多内心感到很不安。他们抵达布鲁伊嫩渡口时，他停了下来，似乎很不情愿骑到河里去。他们注意到，有那么一会儿，他的眼睛似乎既看不到他们，也看不到周围的事物。他一整天都沉默不语。那天是10月6日。

"弗罗多，你身上疼吗？"甘道夫骑在弗罗多身边，轻声问道。

"是的，"弗罗多说，"我的肩膀疼，伤口疼，黑暗的记忆沉重地压在我身上。那正好是一年前的今天。"

"唉！有些伤是无法完全治愈的。"甘道夫说。

"恐怕我就属于这种情况。"弗罗多说，"这不算真正意义上的回家。就算我回到夏尔，也会与从前不同，因为我将不再是从前的我。刀子、毒刺、牙齿和长久的负担已经让我伤痕累累。我能在哪里找到安宁？"

甘道夫没有回答。

第二天快结束时，痛苦和不安已经过去，弗罗多再次喜形于色，高兴得好像忘记了前一天的黑暗。之后，旅途顺利，日子也过得很快。他们悠闲地骑着马，常常在美丽的树林里逗留，那里的树叶在秋日的阳光下一片红黄。他们终于抵达了风云顶。这时，夜幕即将降临，山丘的黑影落在道路上。弗罗多请求他们加快速度，不愿意朝山上看，而是低着头，裹紧斗篷，穿过了山丘的阴影。当天晚上，天气突变，从西边刮来了劲风，还夹带着雨水。凄风苦雨中，黄叶像鸟儿一样在空中盘旋。他们来到切特森林时，枝头的树叶已经所剩无几，一大片雨幕遮住了布里山，挡住了他们的视线。

就这样，在10月末一个狂风骤雨的傍晚，五个旅人沿着上行道路策马而上，来到了布里的南门前。大门紧锁，雨点打在他们的脸上。天空越来越暗，低矮的乌云匆匆掠过。他们的心情不免有些沉重，因为他们原以为会在这里受到更多欢迎。

他们喊了很多次之后看门人才出来，而且手里还拿着一根大棒。他又是害怕又是怀疑地看着他们。但是，当他看到甘道夫在那里，他的同伴是霍比特人时，尽管他们的装备看似奇怪，他顿时喜形于色，向他们表示欢迎。

"请进！"他说着便打开了大门，"晚上又冷又湿，天气又很糟糕，我们不待在这儿等消息。不过，老麦肯定会在跃马客栈那儿欢迎你们，还会把你们想听的都告诉你们。"

"然后他还会拾人牙慧，添油加醋，"甘道夫笑道，"哈里好吗？"

门房皱起了眉头。"走了，"他说，"但你最好问麦曼。晚安！"

"晚安！"他们说着就进了大门。这时，他们注意到路旁的树篱后面盖了一间又长又矮的茅屋，有好几个人从里面走出来，隔着篱笆望着他们。他们来到比尔·蕨尼家时，看到树篱破烂不堪，乱七八糟，窗户都用木板封住了。

"山姆，你觉得他会不会被你那个苹果砸死了？"皮平说。

"我可不抱太大希望，皮平少爷，"山姆说，"可我很想知道那匹可怜的小马后来怎么样了。它多次出现在我的脑海里，还有狼嗥什么的。"

最后，他们来到了跃马客栈，看到它至少外表没有什么变化，楼下窗户的红色窗帘后面有灯光。他们按响了门铃，诺伯来到门口，打开一条缝,朝外望去。看到他们站在灯下时,他惊讶地叫了起来。

"黄油菊先生!主人!"他喊道,"他们回来了!"

"哦,是吗?让我给他们一点教训。"是黄油菊的声音。只见他冲了出来,手里拿着一根棍子,可当他看清楚来客时,他猛地停住脚步,脸上的阴沉变成了惊奇和喜悦。

"诺伯,你这个毛茸茸的傻瓜!"他嚷道,"你就不能报出老朋友们的名字吗?现在这种时候,你不该这样吓唬我。真好,真好!你们从哪里来?说实话,我从没想过还能再见到你们当中的任何一位。跟着神行客进入荒野,周围还到处都是黑衣人。但我很高兴见到你们,更高兴见到甘道夫。进来!进来!和以前一样的房间?它们都空着呢。其实,这些日子大多数房间都空着,我也不瞒你们,因为你们很快就会知道的。我去看看晚饭怎么弄,越快越好,可我现在人手不足。嘿,诺伯,你这个慢性子!告诉鲍伯!啊,我倒是忘了,鲍伯已经走了,天一黑就回家找他家人去了。诺伯,把客人的小马带到马厩去!甘道夫,我相信你会亲自带着你的马去马厩的。我第一次看到它时就说过,真是匹骏马。嗯,请进!别客气!"

黄油菊说话的方式一点没有变,似乎仍然活在上气不接下气的忙碌中。然而,周围几乎没有人,一切都很安静,公共休息室里只有两三个人在轻声低语。黄油菊点燃了两支蜡烛,拿着它们走在前面。他们借着烛光更加清楚地看到,他的脸上布满了皱纹,显得忧心忡忡。

他领着他们穿过走廊,来到一年多前那个奇怪的夜晚他们待过的客厅。他们跟着他,心里有些不安,因为他们能看得出来,老麦曼显然是遇到了什么麻烦,正装出一副勇敢的样子。情况已今非昔比,但他们什么也没有说,只是等待着。

不出所料,黄油菊先生在他们用过晚餐后来到客厅,看看一切是否令他们满意。事实确实如此:不管怎么说,跃马客栈的啤酒和食物一如既往，并没有变糟。"我不会大胆地建议你们今晚去公共休息室，"黄油菊说，"你们都累了，而且今晚那里也没有几个人。不过，要是你们能在睡觉前抽出半个小时来，我非常想和你们聊聊，没有外人，就我们自己。"

"正合我意，"甘道夫说，"我们不累，这一路都很轻松。我们刚才的确又湿又冷又饿，但现在都被你解决了。来吧，坐下来！如果你有烟斗草，我们会祝福你的。"

"唉，你如果要别的东西，我肯定会更高兴，"黄油菊说，"我们现在缺的正是这玩意儿，我们只能种多少抽多少，而地里种出来的根本不够。夏尔那边现在已经没有货过来了。不过我想想办法吧。"

他回来时拿了一团未切的烟斗草，足够他们抽一两天。"南丘叶，"他说，"是我们这里最好的。请原谅，虽然在大多数事情上我站在布里这边，但就像我一直所说的那样，南丘叶根本无法和南区相比。"

壁炉里烧着木柴，他们让他坐在壁炉旁的一把大椅子上，甘道夫坐在壁炉的另一边，几个霍比特人坐在他们之间的矮椅子上。然后他们聊了一个又一个半小时，交换了巴特伯先生想听或者想说的所有消息。对他们的主人来说，他们所讲的大部分事情只是让他感到惊奇和困惑，远远超出了他的想象。他为数不多的评论只有"不会吧"，重复次数多了之后连黄油菊先生都怀疑起了自己的耳朵。"不会吧，巴金斯先生，或者应该叫你山下先生？我都搞糊涂了。不会吧，甘道夫大师！我从来没有想过！在我们这个时代谁能想到呢！"

但他自己也确实说了很多。他会说，情况不太妙，生意不是不好，而是糟透了。"外面的人现在谁也不来布里，"他说，"至于里面的人，他们大多锁上门待在家里。你们可能还记得，这一切都是去年绿大道上开始出现的新来者和流氓造成的，而且后来还来了更多的。有些只是逃离灾祸的可怜人，但大多数都是坏家伙，到处偷鸡摸狗，惹是生非。布里也有了麻烦,是很严重的灾祸。我们干了一场大的,有几个人被打死了,被打死了!你相信我的话吗?"

"我当然相信,"甘道夫说,"死了多少人?"

"三个加两个,"黄油菊说,他指的分别是大人族和小人族,"有可怜的马特·石楠趾、罗利·苹果树和山那边的汤姆·摘荆棘,还有上游来的威利·河岸,和斯泰德来的一个姓山下的。都是好人哪,大家都想念他们。还有,原来在西门的那个哈里·羊蹄甲,外加比尔·蕨尼,他们居然站到了陌生人那边,后来又跟着他们走了。我相信是他们让那些人进来的,我是说打斗的那天晚上。我们在那之前曾经把他们推出了大门,不过那是年前的事,打斗发生在新年伊始,大雪下过之后。

"他们现在当了强盗,住在外面,藏在阿切特那边的树林里,或者北边的荒野里。我说,这有点像旧时候的坏故事。路上不安全,大家都不去远处,早早地就把门锁好了。我们必须在栅栏周围派人看守,晚上还得派很多人守在大门口。"

"嗯,我们一路上没有人打扰,"皮平说,"我们走得很慢,也没有设岗哨。我们以为把所有的麻烦都抛在身后了呢。"

"啊,少爷,天可怜见,绝对没有,"黄油菊说,"怪不得他们不敢碰你们。他们不会去找全副武装的人,就是那种拿着剑、戴着头盔、握着盾牌的人。那会让他们掂量掂量的。我得说,我看见你们的时候都吓了一跳。"

这时,几个霍比特人突然意识到,人家看到他们时万分惊讶,与其说是对他们的归来感到惊奇,不如说是对他们的装备感到震惊。他们自己已经习惯了战争,习惯了整齐划一的骑兵部队,完全忘记了他们披风下露出来的闪亮铠甲、刚铎和马克的头盔、盾牌上精美的纹饰会在他们自己的国家显得有些古怪。甘道夫也骑着他那匹高大灰马,一身白衣，披着一件蓝色和银色相间的大披风，身边还挂着长剑格拉姆德林。

甘道夫放声大笑。"好吧，好吧，"他说，"如果他们连我们五人队伍都害怕，那我们这一路遇到的敌人要可怕得多。不过，无论怎么说，只要我们住在这里，他们晚上就不会来捣乱。"

"那会有多久？"黄油菊说，"我不否认，你们在这里住一阵子，我们会非常高兴。怎么说呢，我们不习惯遇到这种麻烦，而有人告诉我，游侠都走了。我想我们直到现在才明白他们为我们做了什么，因为附近有比强盗更可怕的东西。去年冬天，狼在篱笆周围嗥叫。树林里有一些黑影，那些可怕的东西让人一想起就会毛骨悚然。这件事让人很不安，你懂我的意思吧。"

"我料到了。"甘道夫说，"这些天几乎所有地方都不太平，很不太平。但是要振作起来，麦曼！你一直处在大麻烦的边缘，听到你并没有陷得更深，我很欣慰。不过，好日子就要来了，也许比你记忆中的任何时候都好。游侠回来了，而且是和我们一起回来的。麦曼，现在又有了国王。他很快就会把注意力转向这边。

"然后绿大道就会重新开放，他的使者会来到北方，路上也会人来人往，邪恶的东西就会被赶出荒野。是的，荒原将不再是荒原，曾经的荒野也将有人居住，有田地耕种。"

黄油菊先生摇了摇头。"要是路上有几个体面的正派人，那当然不是坏事。"他说，"可是我们不需要再来什么乌合之众和恶棍了。我们不希望外人进入布里，也不希望外人靠近布里。我们不想被打扰。我可不想看到一大群陌生人在这儿扎营，在那儿定居，破坏这片荒野。"

"不会有人打扰你的，麦曼。"甘道夫说，"艾森河和灰潮河之间有足够的土地，白兰地河南边沿岸也有，布里周围骑马数天的范围内都无人生活。许多人过去住在离这里一百多哩远的北方，在遥远的绿大道尽头，不是在北岗，就是在暮暗湖畔。"

"北边的死人堤坝那里？"黄油菊说，看起来更加疑心重重，"他们说那地方闹鬼。只有强盗才会去那儿。"

"游侠也去那里。"甘道夫说，"你管那地方叫'死人堤'？看样子这名字叫了很多年了，但是麦曼，它正确的名字是弗诺斯特·埃拉因，意思是诸王的北堡。国王总有一天会再去那里，到时候会有一些英俊的人骑马经过这里。"

"好吧，我承认这听起来更有希望，"黄油菊说，"这肯定对生意有好处。只要他不给布里添乱就行。"

"不会的，"甘道夫说，"他知道布里，也热爱这个地方。"

"真的吗？"巴特伯满脸疑惑，"只是我不明白他怎么知道这里？他不是在几百哩外，坐在城堡里的大椅子上吗？我肯定他会用金杯喝葡萄酒。跃马客栈或者几杯啤酒在他眼里又算得了什么呢？甘道夫，我不是说我的啤酒不好。自从你去年秋天来到这里并对它大加赞赏之后，它就好得一塌糊涂。我想说，在这么多麻烦当中，这算是一种安慰。"

"啊！"山姆说，"可他说你的啤酒向来不错。"

"他说的？"

"当然是他说的。他就是神行客，也是游侠队长。你还没有想明白吗？"

黄油菊终于明白了，脸上露出了惊奇的表情。他那张宽脸上的双眼圆睁，嘴也张得老大，还倒抽了一口气，"神行客！"他缓过气来后叫道，"他戴着王冠，拥有一切，还有金杯！呃，我们这是到了什么年代？"

"更好的年代，至少对布里来说是这样。"甘道夫说。

"我希望是这样，我确定。"黄油菊说，"好吧，这是我一个月来最愉快的一次聊天。我不否认，今晚我会睡得更踏实，心情也会更轻松。你们说的话够我思考一阵子了，但我还是会推迟到明天再去琢磨了。我要睡觉了，我相信你们也巴不得上床睡觉呢。嘿，诺伯！"他走到门口喊道，"诺伯，你这慢性子的家伙！"

"诺伯！"他拍着前额自言自语道，"这让我想起了什么？"

"希望你不会又忘记一封信吧，黄油菊先生？"梅里说。

"好了，好了，白兰地鹿先生，别再提醒我这件事了！可是这么一来，你打断了我的思路。我说到哪儿了？诺伯，马厩，啊！这就是了。我这儿有一样东西是你们的。你们还记得比尔·蕨尼和偷马的事吧？你们买下的他的小马，嗯，就在这里。它自己回来了。你们比我更清楚它到底去了哪里。它的毛蓬乱得像条老狗，身子瘦得像晾衣竿，但它还活着。诺伯一直在照料它。"

"什么！我的比尔吗？"山姆喊道，"不管我们家老头子怎么说，我生来就有好运。又一个愿望实现了！它在哪里？"如果不去马厩看一眼比尔，山姆是不会上床睡觉的。

第二天，旅人们在布里待了一整天，反正黄油菊先生到了晚上再也不会抱怨生意不好。好奇心战胜了所有的恐惧，他的店里人满为患。晚上，霍比特人出于礼貌，到公共休息室来了一会儿，回答了许多问题。布里人的记忆力好得出奇，一再询问弗罗多是否把书写完了。

"还没有，"他回答，"我现在要回家整理我的笔记。"他答应一定会将布里发生的那些惊人事件付诸笔端，使那本书多一点趣味，免得只讲述"遥远的南方"发生的无关痛痒的琐事。

这时，一个年轻人建议大家唱首歌。但是他的话刚一出口，周围便一片死寂，人人冲着他皱眉，他的建议也没有得到回应。显然，大家都不希望公共休息室里再发生什么离奇事件。

一行人待在布里的时候,白天风平浪静,晚上寂静无声,布里的宁静丝毫没有受到打扰。但是次日,他们起得很早,因为天仍在下雨,而他们希望在天黑前赶到夏尔。布里的人都来为他们送行,心情比过去一年任何时候都愉快。有些人之前没有见过这些陌生人全副武装的模样,此刻正目瞪口呆地看着他们:蓄着白胡子的甘道夫,他全身散发着光芒,仿佛他身上的蓝色披风只是遮挡阳光的一片云;还有那四个霍比特人,就像从几乎被人遗忘的故事中出来的英雄豪杰。就连那些曾经对国王传闻一笑了之的人也开始觉得这一切有些可信之处。

"好吧,祝你们一路顺畅,也祝你们回家好运!"黄油菊先生说,"如果传闻属实,我应该早提醒你们,夏尔的情况也不大好。他们说,那里出现了古怪的事,只是我自己的麻烦事不断,一件接着一件。不过,恕我直言,你们远行回来后变了样,现在看起来像是能处理麻烦事了。我相信你们很快就会把所有事搞定。祝你们好运!你们回来的次数越多,我就越高兴。"

他们与他道别后便策马离去,穿过西大门,朝夏尔奔去。小马比尔和他们在一起,而且和以前一样驮着很多行李,但它在山姆身边一路小跑,看起来很满意。

"我想知道老麦曼在暗示什么。"弗罗多说。

"我能猜到一些,"山姆沮丧地说,"我在水镜里看到的:树被砍倒了,我家老头子被赶出了袋下路。我应该早点赶回来的。"

"南区显然也出了问题,"梅里说,"烟斗草普遍短缺。"

"不管是什么事,"皮平说,"背后黑手一定是洛索,这一点你们可以肯定。"

"他是深深牵涉在内,但不是背后黑手,"甘道夫说,"你忘了萨鲁曼。他在魔多之前就开始对夏尔感兴趣了。"

363

"反正我们有你在,"梅里说,"事情很快就会好起来的。"

"我现在是和你们在一起,"甘道夫说,"但很快就不会了。我不会去夏尔。你们必须自己解决那里的事,这就是训练你们的目的。你们还不明白吗？我的时代已经结束,我的任务不再是拨乱反正,也不再是帮助人们拨乱反正。至于你们,我亲爱的朋友们,你们不需要帮助。你们已经长大了,不仅身材高大,还跻身于伟人之列,我不再为你们中的任何一人担心。

"但是我要告诉你们一点,我很快就要去往别处了。我要和邦巴迪尔长谈一番,这是我有生以来从未有过的一次谈话。他整天窝在家里,而我则东奔西走。不过,我的颠簸日子就要结束了,现在我们彼此将有许多话要说。"

不一会儿,他们来到了东大道与邦巴迪尔告别的地方。他们希望或者说心存希望,当他们经过的时候,他会站在那里迎接他们。但是,那里没有他的身影。南面的坟岗笼罩着一层灰色的薄雾,远处的老林子更是迷雾重重。

他们停下来,弗罗多愁眉苦脸地望着南方。"我真想再见到那个老头子,"他说,"不知道他现在怎么样了。"

"肯定和以前一样,"甘道夫说,"心静如水。我猜想,或许除了我们拜访恩特的事,他对我们做过什么或者看到过什么都不会太感兴趣。也许过一段时间你可以去看他。但如果我是你,现在就会赶紧回家,否则在大门锁上之前你无法赶到白兰地河桥。"

"可是没有什么大门啊,"梅里说,"至少大道上没有,你很清楚这一点。当然,有雄鹿地大门,可那里的人随时会让我通过的。"

"你是说以前没有大门,"甘道夫说,"我想你现在会见到一些的。你们会在雄鹿地大门遇到超乎想象的麻烦,不过你们会有办法的。再见，亲爱的朋友们！不是最后一次，还不是。再见！"

　　他拨转马头，让捷影下了大道。骏马跃过道旁的绿堤，听到甘道夫一声大叫之后，就像从北方吹来的一阵风，奔向了坟岗。

　　"好了，现在就剩下我们四个人，和出发的时候一样，"梅里说，"我们一个接一个地把其他的都抛在了后面，简直就像一场慢慢淡去的梦。"

　　"对我来说不是。"弗罗多说，"对我来说，这感觉更像是再次进入梦乡。"

第八章
整治夏尔
THE SCOURING OF THE SHIRE

萨鲁曼的尸体周围聚集了一层灰色的薄霭,并且像火堆冒出的青烟一样慢慢上升到高空,化作一个缠着裹尸布的苍白身影,隐约出现在小丘上方。它摇晃了片刻,望着西方,但是西边吹来了一阵寒风,它弯下身子,轻叹一声,化为了乌有。

夜幕降临后，四个人浑身湿透，疲惫不堪，终于来到了白兰地河边，却发现路被堵住了。桥的两端各有一道带尖刺的大门，还可以看到河对岸新建了一些房子。房子是两层建筑，上面开着狭窄的直窗，没有窗帘，光线昏暗，看上去阴森森的，根本不像夏尔的风格。

他们使劲敲着外侧大门，高声呼喊，但一开始没有人回应。接着，出乎他们意料的是，有人吹响了号角，窗户上的灯随之熄灭。一个声音在黑暗中喊道：

"那是谁？滚开！你们不能进来。你们难道没有看到告示吗：从日落到日出，严禁入内？"

"黑暗中我们当然看不见告示，"山姆高声喊道，"如果夏尔的霍比特人在这样潮湿的夜晚被挡在外面，我找到告示后会把它撕了。"

话音刚落，一扇窗户砰的一声关上了，一群霍比特人提着灯笼从左边的房子里拥了出来。他们打开了另一侧的大门，有些人从桥上走了过来。他们看到弗罗多一行人时，似乎很害怕。

"过来！"梅里认出了其中一个霍比特人，"霍伯·篱卫，要是你说不认识我，你会让你认识的。我是梅里·白兰地鹿，我很想知道这一切是怎么回事，像你这样的雄鹿地人在这儿干什么。你以前可是在干草大门那里的。"

"天哪！原来是梅里少爷，穿得这么整齐，准备打仗呢！"老霍伯说，"哎呀，他们都说你死了！据说是在老林子里面失踪的。我很高兴看到你还活着!"

"那就别隔着栅栏瞪我了,把门打开!"梅里说。

"对不起,梅里少爷,但我们有命令。"

"谁的命令?"

"上面袋底洞的老大。"

"老大?老大?你是说洛索先生吗?"弗罗多说。

"我想是的,巴金斯先生,但我们现在只能说'老大'了。"

"是吗!"弗罗多说,"好吧,不管怎样,我很高兴他终于放弃巴金斯这个名字了。不过,现在到了让家族来处理他、让他显露原形的时候了。"

大门里面的霍比特人安静了下来。"这样说没有什么好处,"有个人说,"他会知道的。如果你们弄出太大的动静,就会吵醒老大手下的大块头。"

"我们要用一种让他吃惊的方式把他叫醒,"梅里说,"如果你是想说你们的宝贝老大从野外雇用了一些暴徒,那么我们回来得还不算太晚。"他从小马身上跳了下来,借着灯笼的亮光看到了那张告示,便把它撕下来扔到大门内。霍比特人后退了几步,但仍然没有把门打开的意思。"上啊,皮平!"梅里说,"两个人就够了。"

梅里和皮平爬上大门,霍比特人逃走了。又一个号角响起。从右边那所大房子里,一个虎背熊腰的身影出现在门口的灯光下。

"这是怎么回事?"他一边咆哮着一边往前走,"闯大门?你们给我滚,不然我就扭断你们的小脖子!"然后他停了下来,因为他看到了剑光。

"比尔·蕨尼,"梅里说,"如果你不在十秒钟内打开那道门,你会后悔的。如果你不听话,我就让你尝尝剑的厉害。打开大门后,你赶紧出去,再也不要回来。你是个恶棍,一个拦路强盗。"

比尔·蕨尼畏缩了一下，拖着脚步走到大门口，打开了门。"把钥匙给我！"梅里说。但是那恶棍把钥匙冲着他的脑袋一扔，便头也不回地冲进了黑暗中。当他从马匹身旁经过时，其中一匹小马突然抬腿一踢，正好踢中奔跑中的他。他大叫一声跑进了黑夜，从此再无音讯。

"干得好，比尔。"山姆说，他指的是小马。

"你们的大块头完蛋了，"梅里说，"我们以后再去见那位老大。现在我们要找个地方过夜，既然你们好像把大桥客栈拆掉了，还盖了这么个阴森的东西，你们就得给我们提供住宿。"

"对不起，梅里先生，"霍伯说，"这是不允许的。"

"不允许什么？"

"不允许随便收留人，不允许额外多吃东西，诸如此类。"霍伯说。

"这地方怎么了？"梅里问，"是年成不好还是怎么了？我还以为今年夏天风调雨顺，收获不错呢。"

"不，今年的确风调雨顺，"霍伯说，"我们收了很多粮食，但我们不知道这些粮食后来都去了哪里。我估计都是那些'收粮员'和'分粮员'闹的，他们四处走动，又是计数又是称重，还把粮食储藏了起来。他们收得多，分得少，大部分粮食就这样消失不见了。"

"哦，好了！"皮平打着哈欠说，"今晚这一切对我来说太无聊了。我们袋子里有食物。给我们一个睡觉的房间，至少要比我见过的许多地方都好。"

大门口的霍比特人似乎仍然不自在，显然他们违反了什么规则，但是，这四个人全副武装、气势汹汹，其中两个身材魁梧，相貌非凡，要想拒绝他们也不大可能。弗罗多命令重新锁上大门。既然周围仍然有恶棍在活动，保持警惕还是有道理的。然后，四个伙伴走进霍比特人的警卫室，尽量舒适地安顿下来。警卫室家徒四壁，肮脏不堪，里面有一个简陋的小炉栅，只能生一堆小火。楼上的房间里有几排小小的硬床，每堵墙上都贴着一张告示和一张规定清单。皮平把它们撕了下来。没有啤酒，食物也很少，但是他们几个都带了吃的，分享以后，大家都吃得很饱。皮平违反了第四条规定，把第二天用的大部分木柴都放进了火里。

"那么，抽口烟怎么样？你刚好可以给我们说说夏尔发生了什么事？"他说。

"现在没有烟斗草了，"霍伯说，"就算有，也是老大手下的人抽的。所有存货好像都不见了。我们确实听说，一辆辆满载烟斗草的马车沿着南区的旧大道走了，过了萨恩渡口。那是你们走了之后去年年底的事了。但在那之前就已经有这种事情了，只是规模不大，而且偷偷摸摸的。洛索……"

"你给我闭嘴，霍伯·篱卫！"另外几个人叫道，"你知道说这种话是不允许的。要是老大知道了，我们都会有麻烦。"

"要是你们当中有些人不去告密，他什么也听不到。"霍伯生气地回嘴道。

"好了，好了！"山姆说，"这就足够了。我不想再听了。没有欢迎，没有啤酒，没有烟抽，取而代之的是一大堆规定和奥克似的话语。我原本希望能休息一下，但我知道有活儿和麻烦在等着我们。让我们先睡一觉，这件事搁到明天早上再说！"

新"老大"显然有获取消息的途径。从大桥到袋底洞足足有四十哩，但有人匆匆跑了过去。弗罗多和他的朋友们很快就被发现了。

他们并没有什么明确的计划，只是大概想先一起去克里克洼，在那里休息一会儿。但现在，看到情况是这样，他们决定直接去霍比屯。于是，他们第二天沿着大道出发，一路不停地策马小跑。风减弱了，但天空依然灰蒙蒙的。这片土地看起来相当悲伤和荒凉,但现在毕竟是11月1日,已经是秋末。不过,周围着火的地方似乎多得有点反常,许多地方都冒着烟。远处林尾地的方向正有一大团浓烟在升向天空。

夜幕降临时,他们来到了蛙泽屯附近。这是紧挨着大道的一个村庄,离大桥大约有二十二哩。他们打算在那里过夜,蛙泽屯的浮木客栈还不错。但是,他们来到村东头时,却遇到了一道路障,上面的大木板上写着"此路不通"。路障后面站着一大群夏警,手里拿着棍子,帽子上插着羽毛,一副既神气十足又胆战心惊的模样。

"这究竟是怎么回事?"弗罗多说,心中真想放声大笑一番。

"是这么回事,巴金斯先生,"夏警队长说,也就是帽子上插了两根羽毛的那个霍比特人,"你被逮捕了,罪名包括硬闯大门、撕毁规定、袭击守门人、擅自闯入、未经许可睡在夏尔的建筑里、用食物贿赂守卫。"

"还有什么?"弗罗多问。

"这就够了。"夏警队长说。

"要是你想听,我可以再加几条,"山姆说,"大骂你们的老大,想揍他那张满是疙瘩的脸,还觉得你们夏警看起来像一群傻瓜。"

"好了,先生,这些就够了。老大的命令是把你们悄悄带走。我们要带你们去傍水镇,把你们交给老大。在他审理你们的案子时,你们可以自我辩护。但如果我是你们,就会长话短说,不然的话会在牢洞里关很久。"

弗罗多和他的同伴全都大笑起来,让夏警倍感狼狈。"真是荒唐!"弗罗多说,"我想去哪儿就去哪儿,而且时间得由我定。我刚好要去袋底洞办点事,不过,如果你非要同行的话,那是你自己的事。"

"很好,巴金斯先生,"队长说着便把路障推到一边,"但是别忘了我逮捕了你。"

"我不会的,"弗罗多说,"永远不会。但我可以原谅你。今天我不走了,所以如果你能送我去浮木客栈,我将不胜感激。"

"我不能这么做,巴金斯先生。客栈已经关闭。村子尽头有一个警局,我带你去那里。"

"好吧,"弗罗多说,"走吧,我们跟在后面。"

山姆上上下下打量了一番这些夏警,发现其中一人他认识。"嘿,过来,罗宾·掘小洞!"他喊道,"我有话跟你说。"

名叫掘小洞的夏警胆怯地看了队长一眼,队长满脸怒色,却又不敢干预。他落后两步,走在从小马上下来的山姆身边。

"听着,罗宾老伙计!"山姆说,"你是在霍比屯长大的,应该更有理智,居然干起了拦阻弗罗多少爷这样的事。那客栈关门又是怎么回事?"

"所有客栈都关门了,"罗宾说,"老大不准大家喝啤酒。至少事情是这样开始的,但现在我想是他的手下掌握了一切。他不准大家到处走动,所以不管大家愿意还是无可奈何,都必须去警局解释外出的目的。"

"你居然跟这种胡说八道的东西扯上关系,真该感到害臊,"山姆说,"你过去总是喜欢待在客栈里面,而不是待在外面。不管是不是执勤,你总爱进去喝一杯。"

"所以,山姆,如果可以的话,我还是会进去喝一杯的。但不要对我太苛刻。我能做什么?你知道七年前,在这一切开始之前,我是怎么当上警察的。让我有机会在乡间转转,看看大家,听听消息,知道哪里有好啤酒。但现在不一样了。"

"但是你可以不干呀,如果当警察不再是一份体面的工作,那就不当了。"山姆说。

"我们不允许不干。"罗宾说。

"如果再让我听到'不允许',"山姆说,"我会发火的。"

"我倒是乐意看到你发火呢。"罗宾压低声音说,"要是我们大家集体发火,也许能干点事。可是,山姆,关键在于这些人,老大的人。他把他们派到任何地方,如果我们这些小人物有人站出来维护权利,他们就把他拖到牢洞那儿去。他们先是带走了老面汤团,也就是市长老威尔·白足,然后又带走了更多的人。最近情况越来越糟,他们现在经常打人。"

"那你为什么替他们做事?"山姆生气地说,"谁派你来蛙泽屯的?"

"没人派。我们就驻扎在警局的大房子里。我们现在是东区第一纵队。现在总共有几百个夏警,因为有了这些新规定,他们还准备招更多的人。大多数人都是被迫加入的,但也有一些是自愿的。就算是在夏尔,也有一些人喜欢管别人的事,喜欢说大话。更糟糕的是,还有一些人在为老大和他的手下当密探。"

"啊!所以你们才知道我们的事,是吗?"

"没错。我们现在不准使用原来的快速邮政系统,但是他们可以用,还在不同的地方安排了专门跑腿的人。昨晚有人带着'密件'从白犁沟过来,另一个人在这里接手后继续送往下一站。今天下午有消息传来,说是要逮捕你们,再将你们带往傍水镇,而不是直接去牢洞。显然老大要马上见你们。"

"等弗罗多少爷对付过他之后,他就不会那么急切了。"山姆说。

蛙泽屯的警局与大桥警卫室一样糟糕。房子只有一层,却有着相同的窄窗。整栋建筑用丑陋的灰白色砖块砌成,还砌得歪歪扭扭。屋子阴暗潮湿,毫无生气,一张几周都没有擦洗过的长桌,光秃秃的桌面上摆放着晚餐。环境恶劣,食物更是难以下咽。离开这里时,四个人都非常开心。这里离傍水镇大约有十八哩,他们早上10点出发。

他们本来可以早一点出发的，但是耽搁时间很显然能让队长窝火，所以他们便故意推迟了出发的时间。西风已经转成了西北风，气温降低，但雨已经停了。

一行人离开村子时的那一幕非常滑稽，只是出来围观的几个人似乎不敢肯定放声大笑是允许还是不允许。十多个夏警本来是奉命押送"犯人"，但梅里让他们走在前面，弗罗多和他的朋友骑马跟在后面。梅里、皮平和山姆悠闲地骑在马上，一路笑着、说着、唱着，而那些夏警则脚步沉重，还要竭力装出一副严肃的摆谱样子。然而，弗罗多却沉默不语，看上去很悲伤，若有所思。

他们遇到的最后一个人是个正在修剪树篱的健壮老头子。"你们好，你们好，你们好！"他奚落道，"你们究竟是谁逮捕了谁呀？"

两名夏警立刻离开队伍，向他走去。"队长！"梅里说，"如果你不想让我对付他们，就叫你的人马上回到原位！"

两个霍比特人听到队长的厉声训斥后，悻悻然地回来了。"继续前进！"梅里说。在那之后，四个人故意让身下的小马加快步伐，逼着夏警们拼命跟上。太阳出来了，尽管寒风凛冽，他们还是气喘吁吁，满头大汗。

到了三区石，他们就放弃了。他们已经走了将近十四哩，只是在中午休息了一次。现在是3点钟。他们饥肠辘辘，脚也疼得厉害，根本跟不上。

"好了，你们慢慢走吧！"梅里说，"我们先走一步了。"

"再见，罗宾老伙计！"山姆说，"要是你还记得那地方的话，我会在绿龙酒馆外面等你。不要在路上磨蹭！"

"你们这是在拘捕，"队长懊恼地说，"我可不负责。"

"我们还要拒绝许多东西，都不需要你负责。"皮平说，"祝你好运！"

四个人继续策马小跑，当太阳开始向西边地平线上遥远的白岗落下时，他们来到了宽阔水塘边的傍水镇。在那里，他们经历了第一次非常痛苦的打击。这是弗罗多和山姆的故土，而且他们已经意识到，这个世界上最让他们魂牵梦绕的就是这里。他们熟悉的许多房子已不见踪影，其中一些似乎毁于大火。池塘北岸上那排原本令人愉快的老霍比特洞府如今已空无一人，原本一直延伸到水边的美丽小花园如今杂草丛生。更糟糕的是，在霍比屯路紧挨岸边延伸的池塘边，曾经的林荫大道消失了，取而代之的是一整排丑陋不堪的新房子。他们沮丧地朝袋底洞方向望去，看见远处有一个高高的砖砌烟囱，正冲着傍晚的天空喷出黑烟。

山姆气疯了。"我马上过去，弗罗多少爷！"他大声说道，"我去看看是怎么回事。我要找到我家老头子。"

"山姆，我们得先弄清楚自己的处境，"梅里说，"我猜那个老大的手下肯定有一帮恶棍。我们最好找个人问问这里的情况。"

但是在傍水镇，所有房子和洞府都大门紧闭，没有人来迎接他们。他们对此感到惊奇，但很快就发现了原因。他们来到霍比屯那边最后一栋房子前，看到绿龙酒馆一片死寂，连窗户也破了。他们不安地看到五六个不怀好意的人类无所事事地靠着客栈的外墙，个个皱眉蹙眼，面色灰黄。

"好像布里那位比尔·蕨尼的朋友。"山姆说。

"好像我在艾森加德看到的人。"梅里嘀咕道。

几个恶棍手里拿着棍棒，皮带上塞着号角，但除此以外似乎没有别的武器。四个人骑马过来的时候，他们从墙边走到路上，挡住了去路。

"你们想上哪儿去？"恶棍中块头最大、表情最邪恶的那个说，"你们别想再往前走一步。那些宝贝夏警呢？"

"正好好地走在半道上呢,"梅里说,"也许脚有点疼。我们答应过在这儿等他们的。"

"哎呀,我说什么来着?"恶棍头头对他手下说,"我告诉过沙基,相信那些小傻瓜没用。我们应该派几个伙计过去。"

"请问,那又有什么区别呢?"梅里说,"虽说我们这里不常见到拦路强盗,但我们知道如何对付他们。"

"拦路强盗,是吗?"那人说,"这就是你说话的口气,对吗? 要么你改改口,要么我们让你改改口。你们这些小家伙太自以为是了。不要太相信老大是什么善男信女。现在沙基来了,他会言出必行。"

"那又会怎么样呢?"弗罗多平静地说。

"这个地方需要清醒清醒,需要按规矩办事,"恶棍说道,"这就是沙基要做的。如果你们逼他,只会适得其反。你们需要更大的老大。如果再出现什么麻烦事儿,你们一年不到就会有更大的老大。这样一来,你们这些小耗子就能学到点东西了。"

"确实。我很高兴听到你们的计划,"弗罗多说,"我正要去拜访洛索先生,或许他也会有兴趣听到这些。"

无赖放声大笑:"洛索! 他当然知道,这不用你担心。他会照沙基说的去做。因为,如果老大找麻烦,我们可以换一个老大,明白了? 如果小不点们想闯进不需要他们的地方,我们可以让他们不惹是生非。明白了吗?"

"是的,我明白了,"弗罗多说,"首先,我看得出来,你们这里跟不上时代,也跟不上消息。你们离开南方后发生了很多事。你们的好日子到头了,其他恶棍也一样。黑暗妖塔已经倒塌,刚铎有了国王。艾森加德已经被毁,你们的宝贝主人成了荒野中的乞丐。我在路上与他擦肩而过。从绿大道骑马而来的将是国王的使者,不是艾森加德的恶霸。"

那人盯着他笑了。"荒野中的乞丐!"他嘲讽道,"哦,真的吗?你就吹吧,使劲地吹吧,我的公鸡崽。可那也无法阻止我们住在这肥得流油的小地方,你们在这里好吃懒做得太久了。还有——"他在弗罗多面前打了个响指,"——国王的使者! 去他的! 如果真看到一个,也许我会留心的。"

这番话让皮平怒火冲天。他的思绪又回到了科瑁兰平原,眼前居然有个斜眼流氓把持戒者叫作"公鸡崽"。他撩起披风,亮出长剑,策马向前,刚铎的银黑制服在他身上闪着微光。

"我就是国王的使者,"他说,"你在跟国王的朋友说话,他可是整个西方大地最有名的人之一。你是个恶棍,是个傻瓜。跪在路上请求原谅,否则我就让这把杀过食人妖的杀器扎到你身上!"

剑在夕阳下闪闪发亮。梅里和山姆也抽出剑来,骑马去支援皮平,但是弗罗多没有动。恶棍们退却了。他们充其量只是恐吓布里地区的农民,欺负不知所措的霍比特人。面对手持雪亮宝剑、面孔狰狞、无所畏惧的霍比特人,他们大吃一惊。而且这些新来的人说话时声音里有一种他们以前从未听过的语调。他们吓得魂飞魄散。

"滚!"梅里说,"如果再来这个村子捣乱,你们会后悔的。"三个霍比特人逼上前去,那帮恶棍转身就逃,顺着霍比屯路跑向远处,边跑边吹响了号角。

"好了,我们回来得不算太晚。"梅里说。

"早一天回来就好了,现在或许太晚了,来不及救洛索了。"弗罗多说,"那个可怜的傻瓜,我为他感到难过。"

"救洛索? 你什么意思?"皮平说,"要我说,应该是毁了他。"

"我想你不是很明白现在的情况,皮平。"弗罗多说,"洛索从来没有想过事情会发展到这种地步。他一直是个可恶的傻瓜,但现在被抓起来了。这些恶棍凌驾在他之上,以他的名义聚众抢劫,恃强凌弱,随心所欲地横行霸道，没过多久干脆连他的名义都不用了。我想他现在应该被囚禁在袋底洞，而且非常害怕。我们应该试着救他。"

"唉，我真感到奇怪！"皮平说，"我们一路奔波，却得到一个我最没想到的结果：不得不在夏尔与半奥克和恶棍作战，而且是为了救痘痘洛索！"

"作战？"弗罗多说，"好吧，我想有可能会到那一步的。但是记住：不许屠杀霍比特人，哪怕他们已经投向了另一边。我是说真的投向了另一边，不仅仅是因为害怕才服从恶棍的命令。霍比特人在夏尔从来没有故意杀人，现在也不能破例。如果可以的话，不要杀任何人。要控制住自己的脾气，不到最后一刻不要动手！"

"但如果这样的恶棍很多，"梅里说，"那肯定就会打起来。我亲爱的弗罗多，光凭震惊和悲伤是救不了洛索和夏尔的。"

"是啊，"皮平说，"再吓退他们一次可没有这么容易。他们这次只是措手不及。你听到号角声了吗？附近显然还有其他恶棍。他们一旦有更多人聚集在一起，就会变得更大胆。我们应该考虑晚上找个地方躲一躲。就算是带着武器，我们也毕竟只有四个人。"

"我有个主意，"山姆说，"我们去南小路的老汤姆·科顿家吧！他向来很顽强，还有一大群儿子，全都是我朋友。"

"不！"梅里说，"'躲一躲'是没有用的。大家正是这样做的，而这也正是恶棍们喜欢的。他们只会大举进攻，包围我们，然后把我们赶出去，或者把我们烧死。不，我们得马上做点什么。"

"做什么？"皮平说。

"唤醒整个夏尔！"梅里说，"就是现在！唤醒所有的夏尔人！你可以看到，除了一两个流氓和几个想出人头地但根本不了解实际情况的傻瓜之外，所有人讨厌这一切。但是夏尔人长久以来过得太安逸，根本不知道该怎么办。他们只需要一根火柴，就会化为熊熊烈火。那位老大的手下肯定知道这一点。他们会竭尽全力踩踏我们,尽快把我们这支火苗踩灭。我们没有多少时间。

"山姆,如果你愿意,你可以跑到科顿的农场去。他在这里很有号召力,也是最强壮的。走吧!我要吹响洛汗的号角,让所有人听到他们从未听过的音乐。"

他们骑马回到村子中央。山姆掉转马头,沿着那条通向南面科顿家的小路疾驰而去。没走多远,他突然听到清晰的号角声,响彻云霄,在山峦田野间回响。那声号角令人无法抵抗,就连山姆自己也差一点转身冲回去。他身下的小马直立着嘶鸣不已。

"向前跑,小伙子!向前跑!"他喊道,"我们很快就回来。"

接着,他听到梅里改变了调子,吹起了雄鹿地的紧急号声,让天地为之一震。

**醒醒!醒醒!事发!火起!敌来!醒醒!
火起!敌来!醒醒!**

山姆听到身后传来一阵嘈杂的说话声、巨大的喧闹声和砰砰的关门声。他面前的暮色中亮起了一盏盏灯,狗在吠叫,人在奔跑。他还没有来到小路尽头,农夫科顿就带着三个儿子——小汤姆、乔利和尼克——急匆匆地朝他跑来。他们手里拿着斧子,拦住了去路。

"不对!不是那些恶棍。"山姆听见农夫说,"从体型上看,是个霍比特人,但穿着古怪。嘿!"他喊道,"你是谁?想干什么?"

"我是山姆,山姆·甘姆吉。我回来了。"

农夫科顿走到他跟前,在暮色中盯着他看。"好吧!"他大声说道,"声音没错,脸也没什么变化,可是山姆,你这身打扮,我在街上碰到都会认不出来的。你好像去了国外。我们担心你已经死了。"

"我没有死！"山姆说，"弗罗多少爷也活着。他和他的朋友就在这里。这就是要干的事。他们在唤醒夏尔。我们要除掉这些恶棍，还有他们的老大，现在就开始。"

"好，好！"农夫科顿大声说道，"这么说，终于要开始了！这一年来我总想搞点事，可就是没有人肯帮忙。我还得考虑妻子和罗茜。这些恶棍坏事做尽。不过，孩子们，快跟上！傍水镇起事了！不能缺了我们！"

"科顿太太和罗茜怎么办？"山姆说，"让她们孤零零地待在家里很不安全。"

"我的尼布斯跟她们在一起。不过，如果你有心的话，你也可以去帮他。"农夫科顿咧嘴一笑，然后带着三个儿子朝镇子跑去。

山姆匆匆赶往科顿家。宽阔的院子过去便是台阶，台阶顶上是大圆门，旁边站着科顿太太和罗茜。尼布斯站在她们前面，手里握着一把干草叉。

"是我！"山姆边策马向前边大声喊道，"山姆·甘姆吉！所以，尼布斯，别想用手中的叉子捅我。再说了，我身上穿了锁子甲呢。"

他跳下小马，走上台阶。他们默默地盯着他。"晚上好，科顿太太！"他说，"你好，罗茜！"

"你好，山姆！"罗茜说，"你去哪儿了？他们说你死了，但我从春天起就一直在等你。你一直都没有急着赶回来，是不是啊？"

"也许不是，"山姆不好意思地说，"可我现在不是急着赶来了嘛。我们要去对付那些恶棍，我得回去找弗罗多少爷。但我还是想来看看科顿太太过得怎么样，还有你，罗茜。"

"我们过得很好，谢谢你，"科顿太太说，"要不是窃贼恶棍，我们应该过得很好。"

"呃，你先去吧！"罗茜说，"既然这段时间你一直在照顾弗罗多少爷,那么现在情况危险,你为什么还要丢下他不管呢?"

山姆不知道该怎么回答。要么干脆什么都不说,要么就慢慢说上一个星期。他转过身,骑上小马,可就在他出发时,罗茜跑下了台阶。

"山姆,我觉得你很帅,"她说,"赶紧去吧!一定要小心,把那帮恶棍处理掉之后马上回来!"

山姆回来时,发现全镇的人都动员了起来,不仅有许多年轻小伙子,还有一百多名强壮的霍比特人聚集在一起,手里拿着斧子、沉重的锤子、长刀和粗棍,有几个人甚至还拿着打猎用的弓箭。更多的人正从边远的农场赶来。

镇上有人生了一堆旺火,不只是为了增加气氛,还因为这是老大所禁止的事。夜幕降临,火堆熊熊燃烧。在梅里的命令下,其他人在镇子两端的道路上设置了路障。夏警来到镇南的路口时,一个个都惊呆了。不过,在看到这一幕后,大多数人摘下帽子上的羽毛,参加了起义,其他人则偷偷溜走了。

山姆看到弗罗多和他的朋友们在火堆旁和老汤姆·科顿说话,周围站着一群傍水镇的居民,人人面露钦佩之色,目不转睛地望着他们。

"那么,下一步怎么办?"农夫科顿问。

"我也说不准,"弗罗多说,"但我要先了解更多情况。这些恶棍有多少人?"

"这很难说,"科顿说,"他们四处游荡,没有定数。有时候,他们会有五十个人,住在霍比屯路北面的棚屋里。他们常常从那里出去四处游荡,偷鸡摸狗或者按他们的说法是'收粮'。不过,他们嘴里的那位老大身边一般都会有二十多个人。他待在袋底洞,或者说以前待在那里,只是现在很少在外面露面。说实话,已经有一两个星期没人看见他了,但他的手下不让任何人靠近那里。"

"他们不只有霍比屯这一个据点吧？"皮平说。

"对，真让人感到更加遗憾，"科顿说，"我听说南边的长谷镇和萨恩渡口附近有好几个，还有一些隐藏在林尾地，路汇镇也有他们的棚屋。还有他们所说的牢洞，就是原先的大洞镇仓库隧道，现在成了监狱，关押反抗他们的人。不过，我估计他们在夏尔的总人数不会超过三百，也许更少。只要我们聚在一起，就能征服他们。"

"他们有武器吗？"梅里问。

"他们到目前为止展现出来的只有鞭子、刀子和棍棒，但也足够他们干龌龊事了，"科顿说，"不过，要是真打起来，我敢说他们还有别的装备。反正他们有人有弓箭，还射死过我们一两个人。"

"听到了吗，弗罗多？"梅里说，"我就知道我们必须战斗，嗯，是他们先杀人的。"

"不完全是，"科顿说，"至少用弓箭射杀这方面不是，起头是图克家的人。你瞧，佩里格林先生，你爸爸从一开始就不吃洛索那一套。他说，如果现在有谁想当老大，那应该是正统的夏尔长官，不是什么暴发户。洛索派人过去也没能让他改口。图克家很幸运，他们在绿丘陵有那些很深的洞府，比如大斯密奥什么的，那些恶棍拿他们没办法，他们也不让恶棍进入自己的地盘。如果恶棍们敢那样做，图克家的人就会追捕他们，而且还开弓射死了三个悄悄进来偷东西的恶棍。从那以后，那些恶棍变本加厉，严密监视图克地。现在谁也进不去，出不来。"

"图克家真是好样的！"皮平大声说道，"可是现在总得有人进去呀。我这就去斯密奥。有人跟我一起去图克自治镇吗？"

皮平带着六个小伙子骑着小马走了。"再见！"他喊道，"穿过田野大约只有十四哩。我明天上午将给你们带回来一支图克大军。"他们骑马走进渐浓的夜色中，梅里吹响了号角为他们送行。大家欢呼雀跃。

"尽管如此,"弗罗多对站在旁边的所有人说,"我还是希望不要杀人。除非那些恶棍会伤害霍比特人,否则不到万不得已,就算是他们也不要杀死。"

"好吧!"梅里说,"可我想,霍比屯那帮家伙随时都可能来拜访我们。他们可不只是来讨论问题的。虽说我们会试着和平解决他们,但我们也必须做最坏的打算。我现在有了一个计划。"

"很好,"弗罗多说,"你来安排。"

就在这时,几个被派往霍比屯的霍比特人跑了进来。"他们来了!"他们说,"二十来个,还有两个穿过田野去西边了。"

"那他们是去路汇镇了,"科顿说,"为的是召集更多人手。嗯,单程十五哩。我们暂时不用操心那些人。"

梅里急忙去下达命令。农夫科顿开始清场,让所有人都进屋,只留下那些携带了某种武器的老霍比特人。他们没有等多久。不一会儿,他们听到了叽叽呱呱的说话声,然后是沉重的脚步声,一大群恶棍沿道路而来。他们看到路障后哈哈大笑。他们没有想到,在这片小土地上,还有什么东西能比得上他们二十个人。

霍比特人打开路障,站在一旁。"谢谢你们!"一群恶棍嘲笑道,"趁你们还没挨鞭子,赶紧回家睡觉去。"然后大模大样地沿街行走,高喊着,"把灯熄了!进屋去,待在那儿!不然的话,我们就送你们五十个去牢洞待一年。进屋去!头儿要发脾气了。"

没有人理会他们的命令,而是在恶棍经过时悄悄围上来,跟着他们。一帮恶棍来到火堆前,看到农夫科顿正独自站在那儿暖手。

"你是谁?这是在干什么?"恶棍头子问。

农夫科顿慢慢地看向他。"我正想问你呢,"他说,"这里不是你们的家园,你们不受欢迎。"

"好吧,反正有地方欢迎你,"领头的说,"我们欢迎你。伙计们,把他带走！关到牢洞里去。给他点厉害尝尝，让他闭嘴！"

恶棍们向前走了一步，突然停住了。他们周围响起了一阵喧闹声，他们突然意识到农夫科顿并非孤身一人。他们被包围了。黑暗中，炉火边站着一圈霍比特人，都是从阴影中出来的。他们有将近两百人，全拿着武器。

梅里走上前去。"我们之前见过面，"他对领头的说，"我警告过你不要再回来。我再警告你一遍：你们正站在亮处，弓箭手已经瞄准了你们。只要你们敢动这个农夫一根汗毛，或者敢动任何人一根汗毛，立刻就会有箭射过来。放下武器！"

领头的看了看周围。他是落入了陷阱，但他并不害怕，因为周围有二十个同伴给他撑腰。他对霍比特人知之甚少，不知道自己所面临的危险。他愚蠢地决定战斗，认为脱身是轻而易举的事。

"伙计们，上！"他喊道，"让他们知道厉害！"

他左手拿着一把长刀，右手持着一根棍子，向包围圈冲去，想突破包围后逃往霍比屯。他瞄准挡住他去路的梅里，凶狠地挥出棍子，却连中四箭，倒地身亡。

这对其他恶棍来说足够了。他们立刻投降，武器被夺去后再被人用绳子绑成一串，押送到他们自己建造的空屋里。在那里，他们被捆了手脚，关了起来，还有人看守。死了的首领被拖走埋葬了。

"这似乎太容易了，不是吗？"科顿说，"我说过我们可以征服他们，但我们需要有人号召。你回来得正是时候，梅里先生。"

"还有很多事要做呢。"梅里说，"如果你估计得没错，那我们处理掉的还不到十分之一呢。但是现在天黑了。我想下一拳得等到明天早上，我们到时候去拜访那位老大。"

"为什么不是现在？"山姆问，"现在才刚过6点。我要见我们家老头子。你知道他怎么样了吗，科顿先生？"

"山姆，他身体不太好，但也不算太糟。"农夫说，"那帮家伙挖掉了袋下路，这对他是一个沉重的打击。他住在其中一所新房子里，离傍水镇尽头不到一哩。那些房子是老大的手下还没有放火偷盗之前盖的。但是，他只要一有机会就来找我，我便给他吃点好的东西，比一些可怜的人吃得要好。当然，这都是违反规定的。我本想让他跟我在一起，但他们不允许。"

"真的谢谢你，科顿先生，我永远不会忘记的，"山姆说，"可是我想见他。他们口中的那个老大和沙基，天亮之前可能会对那边动手。"

"好吧，山姆，"科顿说，"挑一两个孩子，去把他接到我家来。你不需要过河接近霍比屯原来所在的地方。我家乔利可以给你带路。"

山姆走了。晚上，梅里安排人在村子周围放哨、守护路障，然后便与弗罗多和农夫科顿一起去了科顿家。大家一起坐在温暖的厨房里，科顿家的人礼貌地问了问他们外出的经历，对他们的回答却兴致寥寥，因为大家更关心夏尔的事情。

"这一切是从痘痘开始的，这是我们给他起的绰号。"农夫科顿说，"弗罗多少爷，你们刚走，这一切就开始了。这家伙满脸长着痘痘，整天胡思乱想，盼望着什么都归他，谁都听他的。没过多久，大家发现他这个人确实有点眼光，只是这点眼光对他没有好处。他弄到手的东西越来越多，包括磨坊、酒店、客栈、农场和烟斗草种植园，可谁也弄不清他从哪里搞到的钱。他好像在来到袋底洞之前就已经买下了山迪曼的磨坊。

"他最初的确从他父亲那里继承了南区的一大笔财产，好像还卖了很多上好烟叶，都是悄悄送走的，已经干了一两年。可是去年年底，他开始一车车地运走很多东西，不只是烟叶。东西开始短缺，冬天也来了。大家很生气，但他有他的对策。许多人类坐着大马车到来，大多是恶棍，有些人把货物往南运走，有些人却留了下来。后来又来了更多的人类。趁着我们还没有反应过来，这些人就已经在夏尔到处扎了根，开始随心所欲地砍树挖洞，为自己搭建棚屋和房子。痘痘起初还会赔偿大家的物资和损失，但不久他们就开始发号施令，需要什么就拿什么。

"接着就有了一点麻烦，但这还不够。市长老威尔前往袋底洞去抗议，却没有能抵达那里。恶棍们抓住了他，把他带走，关在了大洞镇的一个牢洞里，他现在就在那里。在那以后，大概是新年过后不久，这里就没有了市长，痘痘自封为夏警老大，或者就叫老大，想干什么就干什么。只要有谁在他们眼里'不听话'，就会落得和威尔一样的下场，所以情况变得越来越糟。除了老大的手下，没人有烟叶；除了他的手下，谁也不准喝啤酒，因为老大不喜欢喝啤酒，还关闭了所有的客栈。那些规定条款越来越多，而物资却越来越少，除非有人能在恶棍们到处收集东西进行'公平分配'的时候藏一点东西。所谓的'公平分配'就是他们有，我们没有，最多只是警局的残羹剩饭，可那也要咽得下去才行啊。糟糕透了。可沙基来了以后，更是雪上加霜。"

"这个沙基是谁？"梅里问，"我听见一个恶棍提到过他。"

"好像是最大的恶棍，"科顿回答说，"我们第一次听说他是在上次收割的时候，大概是9月底吧。我们没见过他，不过他在袋底洞；我猜他现在是真正的老大。所有恶棍都听他的，而他说的大多是砍了、烧了、毁了，现在轮到杀戮了。他们没有一点罪恶感。他们砍伐树木却随意丢弃在那里，烧毁房屋却又不再新建。

"就拿山迪曼的磨坊来说吧。痘痘一到袋底洞就把它拆了。然后，他请来一群长相邋遢的人类，建了一个更大的磨坊，里面装满了轮子和稀奇古怪的东西。只有那个傻瓜泰德对此感到高兴，他在那里为人类擦洗那些轮子，可他家老头子以前是那里的磨坊主，自己就是老板。

痘痘的想法是磨得更多更快,至少他是这么说的。他还有其他一样的磨坊,可你得有谷子磨呀。原来的老磨坊就够了,有这些新磨坊什么事呀。可是沙基来了以后,他们再也不磨谷子了。他们总是敲敲打打,释放出浓烟和恶臭,霍比屯连晚上也没有安宁。他们故意倾倒脏东西,把下游的水都弄脏了,还流进了白兰地河里。要是他们想把夏尔变成沙漠,他们这样做倒是没有错。我不相信这一切都是那个笨蛋痘痘干的。要我说,准是沙基干的。"

"没错!"小汤姆插话说,"还有,他们连痘痘的老妈,就是那个洛比莉亚,也带走了。就算别人都讨厌她,他还是挺疼她的。有几个霍比特人看到了。她打着旧伞沿着小路走下来,几个恶棍正推着一辆大车往上走。

"'你们要去哪儿?'她说。

"'去袋底。'他们说。

"'去干什么?'她问。

"'给沙基搭几间棚屋。'他们说。

"'谁说你们可以的?'她说。

"'沙基说的,'他们说,'所以,滚一边去,你这唠唠叨叨的老婆娘!'

"'让沙基滚出去,你们这些肮脏的小偷!'她一边说着,一边举起伞,向身材比她大了一倍的头领走去。他们抓了她,不管她一大把年纪,硬是把她拖进了牢洞。虽然他们还带走了我们更怀念的人,但毫无疑问,她比大多数人更勇敢。"

大家正聊到一半,山姆和他家老头子闯了进来。老甘姆古看上去并没有老多少,但听力似乎变差了。

"晚上好,巴金斯先生!"他说,"看到你平安归来,我真的很高兴。不过,恕我冒昧,我还是得说你两句。我总是说,你不应该把袋底洞卖掉。这些麻烦就是打那儿开始的。我家山姆说你们在异乡到处

389

奔波，还把黑暗人类赶到了山上，可他没有说为了什么。但是，就在这期间，那帮家伙来了，挖了袋下路，毁了我的土豆！"

"我很抱歉，甘姆吉先生，"弗罗多说，"可是现在我回来了，我要尽力弥补。"

"好吧，你这话说得再公正不过了，"老头子说，"我向来都说，不管大家对这个姓氏的其他一些人怎么想，请原谅我这么说，弗罗多·巴金斯先生是真正的霍比特绅士。我希望我家山姆表现良好，还令您满意吗？"

"非常满意，甘姆吉先生，"弗罗多说，"真的，如果您相信的话，他现在可是全天下最有名的人物之一了。从这里到大海，再到大河彼岸，人们都在歌颂他的事迹。"山姆脸一红，但还是感激地看着弗罗多，因为罗茜两眼发亮，正冲着他微笑。

"要相信他的话还真不容易，"老头子说，"不过我看得出来，他一直在跟一些奇怪的人交往。他那马甲是怎么回事？我可不喜欢他穿什么铁做成的东西，不管它好不好看。"

第二天一早，农夫科顿一家和所有客人都起了床。夜里没有听到任何动静，但要不了多久，肯定会有更多麻烦到来。"看样子袋底洞的恶棍全跑光了，"科顿说，"但是路汇镇的那帮家伙随时会来。"

早饭后，图克地的一个信使骑马到来。他情绪高涨，说道："长官已经把整个夏尔都鼓动起来了，而且消息像火一样正在四处传播。监视我们那儿的恶棍已经逃向了南方，我是说那些还能活着逃出去的恶棍。长官已经去追赶他们，想挡住那边过来的一大帮家伙，不过他已经把能够派出来的人都让佩里格林先生带回来了。"

下一个消息就不那么好了。梅里整夜都在外面，大约10点钟的时候才骑马赶回来。"四哩外有一大帮恶棍，"他说，"他们正从路汇镇沿大道而来,还有许多零散恶棍加入了进去。他们有一百个左右,一路上到处放火。这些该死的!"

"啊!这些人不会留下来谈判,只要有可能,他们就会杀人。"农夫科顿说,"要是图克家的人没有尽快赶来,我们最好隐蔽起来,直接开弓放箭。弗罗多少爷,要想解决这件事,就必须打上一仗。"

图克一家确实来得比较快。没过多久,一百多号人就在皮平的带领下,从图克自治镇和绿丘陵大步走了过来。梅里现在有了足够的霍比特势力来对付那些恶棍了。派出去侦察的人报告说,那些恶棍全都聚在一起。他们知道这边的村镇都已奋起反抗他们,因而明显打算在对方的中心傍水镇展开无情的镇压。但无论他们多么残酷,他们似乎缺少懂得如何打仗的首领,居然毫无防备地来了。梅里很快就制定了计划。

恶棍们迈着重重的脚步,沿着东大道一路过来,未作停留便拐入了傍水镇大道。这条大道有一截上坡路,左右两边是高高的岸堤,岸堤顶上还有低矮的树篱。在离主大道大约一弗朗远的拐弯处,他们遇到了由推倒的旧农用推车构成的坚固路障。他们停下脚步,注意到两边高出他们头顶的树篱中站着一排排霍比特人。在他们身后,其他霍比特人又推出了一些藏在田野里的马车,挡住了他们的退路。头顶上传来了一个声音。

"好吧,你们已经进入了陷阱,"梅里说,"你们从霍比屯来的同伙也是这样,结果死了一个,其余的都成了俘虏。放下武器!再后退二十步,坐下来。谁想要逃跑,我们会弓箭伺候。"

那些恶棍可不会轻易被吓倒。有几个人打算遵从梅里的命令,却立刻遭到了同伴的阻止。二十多个恶棍向马车冲去,其中六个中箭,但其余的家伙冲了出来,杀死两个霍比特人之后四散开来,越过田野朝林尾地方向跑去。他们跑的时候，又有两个人倒下。梅里吹响了号角，远处传来了回应的号角声。

"他们走不远的，"皮平说，"那里到处都是我们的猎人。"

在他们身后，被困在窄道里的人类仍然有八十个左右，他们试图爬上路障和岸堤，霍比特人不得不射杀他们中的许多人，或者用斧子砍他们。但是，许多最强壮、最绝望的恶棍从西侧突围了出去，猛烈攻击他们的敌人，只想着赶紧逃跑，而不是杀戮。几个霍比特人倒下了，其余的人开始动摇。这时，东侧的梅里和皮平冲了过来，向那些恶棍发起了进攻。梅里亲自杀死了他们的首领，那是一个长着斜眼睛、犹如巨大奥克的凶残家伙。然后，梅里命令大家后撤，让弓箭手将最后剩下的人类包围成一圈。

最后，一切都结束了。将近七十个恶棍倒在地上死了，另外十多个成了俘虏。霍比特人方面有十九人牺牲，大约三十人受伤。恶棍尸体被装上马车，拖到附近的一个旧沙坑，埋了进去。那地方后来被叫作"战斗坑"。牺牲的霍比特人被安葬在山坡上的一座坟墓里，那里后来竖起了一块大石头，周围建了一个花园。1419年的傍水镇之战就这样结束了，这是夏尔的最后一场战斗，也是自1147年远方北区绿野之战后唯一一场战斗。结果，由于以极小的伤亡幸运地赢得了胜利，这场战斗依然在《红皮书》中占了一章，所有参与者的名字都被记载在了名录中，被夏尔的历史学家们牢记于心。科顿家族的名声和财富从此扶摇直上，但是位列所有名录最上方的却是梅里阿道克和佩里格林这两位将领。

弗罗多参加了战斗，但他没有拔剑，他的主要任务是阻止霍比特人因损失惨重而义愤填膺，杀死那些扔掉武器的敌人。战斗结束，安排好后续事宜后，梅里、皮平、山姆和弗罗多一起，随科顿家的人骑马去了他家。他们吃了一顿迟到的午餐，然后弗罗多叹了口气说："好吧，我想现在该对付这位'老大'了。"

"的确是的，而且越快越好，"梅里说，"别太仁慈了！他要为带来这些恶棍和他们所做的一切坏事负责。"

农夫科顿招来了大约二十四个强壮的霍比特人充当护卫。"袋底洞已经没有恶棍了，但这只是一种猜测，"他说，"具体情况我们不知道。"然后，他们步行出发，弗罗多、山姆、梅里和皮平走在前面。

这是他们一生中最悲伤的时刻之一。巨大的烟囱耸立在他们面前，临近河对面的旧村庄时，他们透过道路两旁一排排新建的丑陋房屋，看到了肮脏丑陋的新磨坊全貌：一个宏大的砖结构建筑横跨在溪流之上，冒着热气的污水流入溪流，臭气熏天。傍水镇路两旁的树木都被砍倒了。

他们过了桥，抬头朝山上望去，不由得倒抽了一口冷气。就连在水镜里看到过幻象的山姆，也没有料到会看到眼前这一幕。西边的老谷仓已经被拆毁，取而代之的是一排排刷过柏油的棚屋。所有的板栗树不见了踪影。河岸和树篱支离破碎。大马车杂乱地停在一片被踩得光秃秃的草地上。袋下路变成了到处都是沙子和碎石的采石场，而再过去的袋底洞连个影子都没有了，只能看见一堆大棚屋。

"他们把树砍了！"山姆喊道，"他们砍倒了集会树！"他指着那棵树原先所在的地方，比尔博曾站在那棵树下发表告别演说。树倒在田野里，枝叶都被砍光，已经死了。仿佛这是把人压垮的最后一根稻草，山姆放声大哭。

一阵笑声打断了山姆的哭声。一个粗鲁无礼的霍比特人正懒洋洋地靠在磨坊院子的矮墙上。他满脸油污，双手漆黑。"你不喜欢吗，山姆？"他冷笑道，"可你总是这样软弱。我还以为你坐上了成天挂在嘴边上的那条船，去航海，去航海了。你回来想干什么？我们眼

393

下在夏尔还有事要做。"

"我明白了,"山姆说,"没有时间洗脸洗手,却有时间靠着墙闲扯。但是你给我听好了,我的山迪曼少爷,我在这个村子里有一笔账要清算。你要是再敢嘲笑我,我就让你吃不了兜着走。"

泰德·山迪曼朝墙外吐了一口唾沫。"呸!"他说,"看你敢不敢碰我。我和老大是朋友。你要是再敢对我胡说八道,他会让你尝尝他的厉害。"

"山姆,别在这傻瓜身上浪费口舌了!"弗罗多说,"我希望没有多少霍比特人变成他这样,不然的话,那将是比人类所造成的破坏更糟糕的麻烦事。"

"山迪曼,你又脏又无礼,"梅里说,"而且脑袋瓜子也不好使。我们已经解决掉了你那位宝贝老大的手下,正要上山去除掉他。"

泰德目瞪口呆,因为就在这时,他才看见护卫队在梅里的示意下正从桥对面大步走过来。他冲进磨坊,拿着一个号角跑出来,大声地吹着。

"别白费力气了!"梅里笑着说,"我有一个更好的。"然后,他举起银色号角,将它吹响,嘹亮的号角声响彻了整个小山。霍比屯的洞府、棚屋和破旧的房子里都有霍比特人在回应。他们纷纷拥向屋外,欢呼着,大声叫喊着,跟着这伙人朝袋底洞走去。

队伍在小路顶端停了下来,弗罗多和他的朋友们继续往前走。他们终于来到了曾经深爱的地方。花园里四处可见小屋和棚屋,有些离朝西的旧窗户很近,遮挡了光线。到处都是一堆堆垃圾。门被刮花了,门铃拉绳松垂着,铃也不响。敲门没有回应。他们最后推开门,走了进去。屋里臭气熏天,无比脏乱,似乎有段时间没有人住了。

"那个该死的洛索躲在哪儿?"梅里说。他们把每个房间都搜了一遍,除了家鼠和田鼠外,没有发现任何生物,"要不要让其他人搜一搜那些棚屋？"

"这比魔多还糟糕！"山姆说，"从某种意义上说，要糟糕得多。就像人们说的那样，家翻宅乱；因为那是家，你记得家完全被毁之前的样子。"

"是的，这就是魔多，"弗罗多说，"而且只是魔多的一个手笔。萨鲁曼一直没有闲着，甚至觉得所干的一切都是为了他自己。像洛索那种被萨鲁曼欺骗的人也一样。"

梅里又是沮丧又是厌恶地环顾四周。"咱们出去吧！"他说，"要是早知道萨鲁曼坏事干尽，我就应该把那个皮囊塞进他的喉咙里。"

"没错，没错！但是你没有，所以我可以欢迎你们回家。"站在门口的正是萨鲁曼本人。他看上去吃得很好，心情也不错，眼睛里闪着恶意和愉悦的光芒。

弗罗多突然灵光一现。"沙基！"他喊道。

萨鲁曼放声大笑。"这么说，你听说过这个名字，是吗？我相信艾森加德的人都这么叫我，大概是想表达他们的爱意吧[1]。但你显然没有想到会在这里见到我。"

"我没有想到，"弗罗多说，"但是我或许猜到了。甘道夫警告过我，说你还是有能力搞一点恶作剧的。"

"很有能力，"萨鲁曼说，"而且不止一点点。你们这些霍比特小子居然跟那些伟大的人物并驾齐驱，那么安心，那么沾沾自喜，真把我笑死了。你们自以为建功立业后可以悠闲地回到乡下，享受一段美好的宁静时光。萨鲁曼的家园可以被毁，他可以被赶出去，但谁也不能动你们的老家一丝一毫。哦，不！反正有甘道夫护着你们呢。"

萨鲁曼再次放声大笑："他不会的！你们是他的工具，用完后就

---

[1] 这很可能源自奥克语的"沙库"（sharku），意思是"老头儿"。

被他抛弃了。可你们非得跟在他后面晃悠，磨磨蹭蹭，聊着天，骑着马兜圈子，多跑了一倍的路。'好吧，'我想，'既然他们蠢到了家，我要赶在他们前面，给他们一个教训。恶有恶报。'如果我再多一点时间，多几个人，那将是一个更深刻的教训。尽管如此，我还是略有所成，你们一辈子都别想把这里恢复原状。想到这一点，我就开心不已，足以抵消我受到的伤害。"

"好吧，如果这就是你的乐趣所在，"弗罗多说，"那么我真可怜你。恐怕这只是一个美好的回忆罢了。马上滚，永远不要回来！"

来自不同村子的霍比特人看见萨鲁曼从一间小屋里出来时，就立刻蜂拥来到了袋底洞门前。他们听到弗罗多的命令后愤怒地咕哝道："别让他走！杀了他！他是个恶棍，是个杀人犯。杀了他！"

萨鲁曼看着他们充满敌意的脸，笑了。"杀了他！"他嘲讽道，"我勇敢的霍比特人，如果你们认为人多势众，那就来杀了他呀！"他站直身子，黑眼睛不怀好意地瞪着他们，"但是，不要以为我失去所有财产的时候也失去了所有的力量！谁动手，我就诅咒谁。如果我的鲜血染污了夏尔，这里就会变成荒漠，再也无法复原。"

霍比特人退缩了，但弗罗多说："不要相信他！他已经失去了所有力量，只剩下声音。如果你们听之任之，他的声音仍然可以吓唬你们，欺骗你们。但我不愿意你们杀了他。冤冤相报毫无意义，根本无法让这里复原。走吧，萨鲁曼，快点走吧！"

"佞儿！佞儿！"萨鲁曼喊道；佞舌像狗一样从附近一间小屋爬了出来。"再次上路了，佞儿！"萨鲁曼说，"这些贵人和小爷又赶我们去漂泊了。跟我走！"

萨鲁曼转身要走，佞舌拖着脚跟在他后面。但就在萨鲁曼从弗罗多身边经过时，他手里亮出一把刀，迅速刺了进去。利刃扎在穿在里面的秘银甲上，啪的一声断了。十几个霍比特人在山姆的带领下，喊叫着跳上前去，把那个坏蛋扑倒在地。山姆拔出剑来。

"不，山姆！"弗罗多说，"就算是现在，也不要杀他，因为他并没有伤害到我。无论如何，我不希望他在这种仇恨的情绪中被杀。他曾经也很伟大，出身高贵，我们都不敢举起手来反对他。他已经堕落，我们救不了他，但我还是要饶了他，希望他能幡然醒悟。"

萨鲁曼站起来，盯着弗罗多。他的眼神中夹杂着惊奇、尊敬和仇恨，非常怪异。"你长大了，半身人，"他说，"是的，你长大不少。你很聪明，也很残忍。你夺走了我甜蜜的复仇，现在我必须痛苦地离开，还欠下了你的仁慈之债。我讨厌这种仁慈，也恨你！好吧，我走了，不会再麻烦你了。但是别指望我会祝你健康与长寿，因为这两者你都不会有。不过那和我无关，我只是预言未来。"

他向远处走去，霍比特人让出一条窄道，任由他通过。他们紧握武器，指关节都变白了。佞舌犹豫了一下，然后跟在了主人身后。

"佞舌！"弗罗多喊道，"你不必跟他走。我知道你没有对我做过什么恶事。你可以在这儿休息一会儿，吃点东西，等身体强壮一点后再走。"

佞舌停住脚步，回头看着他，有点想留下来。萨鲁曼转过身。"没有做过恶事？"他咯咯地笑道，"是啊，没有！就算他晚上偷偷溜出去，也只是为了看星星。可我是不是听到有人问可怜的洛索藏在哪里？你知道的，对吧，佞儿？你会告诉他们吗？"

佞舌一边退缩一边呜咽道："不，不！"

"那我来告诉他们吧，"萨鲁曼说，"佞儿杀了你们的老大，那个可怜的小家伙，你们可爱的小老大。是不是，佞儿？我想是趁他睡着时捅了他。希望你把他埋了，不过佞儿最近一直饥饿难耐。不，佞儿真不是个好人，你最好把他交给我。"

佞舌赤红的眼睛里流露出疯狂的仇恨。"是你叫我这么做的，是

397

你逼我的。"他怒吼道。

萨鲁曼笑了。"沙基怎么说你就怎么做,向来是这样,对不对,佞儿?沙基现在说:跟着走!"他朝趴在地上的佞舌脸上踢了一脚,转身走了。但这一脚似乎啪的一声踹断了什么东西,佞舌突然站起来,拔出藏在身上的刀子,像狗一样咆哮着扑到萨鲁曼背上,把他的头往后猛地一拉,割断了他的喉咙,然后大叫一声,顺着小路跑去。弗罗多还没反应过来,也没来得及说一句话,三张霍比特人的弓就发出了嗡嗡声,佞舌倒地而亡。

站在旁边的人万分惊愕:萨鲁曼的尸体周围聚集了一层灰色的薄雾,并且像火堆冒出的青烟一样慢慢上升到高空,化作一个缠着裹尸布的苍白身影,隐约出现在小丘上方。它摇晃了片刻,望着西方,但是西边吹来了一阵寒风,它弯下身子,轻叹一声,化为了乌有。

弗罗多带着怜悯低头看着那具尸体,同时又感到毛骨悚然,因为就在他看着的时候,仿佛长达多年的死亡过程在他眼前突然展现:萨鲁曼的尸体快速萎缩,皱巴巴的脸皮变得像是挂在丑恶骷髅上的破布。他撩起摊在它旁边的脏斗篷的一角,拉过来盖住尸体,然后转身走开。

"终于结束了,"山姆说,"这结局令人恶心,真希望我没有看到。不过总算解脱了。"

"我希望这场战争就此彻底结束。"梅里说。

"我希望如此。"弗罗多叹了口气,"最后一击。但是想想看,这最后一击竟然落在这里,落在袋底洞门口!我有过那么多希望,担心过那么多事情,根本没有想到过这一点。"

"说这一切就此结束还为时过早,我们至少得先把这烂摊子收拾干净,"山姆沮丧地说,"而这需要大量时间和辛劳。"

第九章
灰港
THE GREY HAVENS

———————— 山姆,危险降临的时候,通常必须是这样:必须有人放弃一些东西,失去一些东西,这样别人才能保住这些东西。

———————— 好了,亲爱的朋友们,我们在中土世界的结盟情谊终于在这海边终结了。平安地去吧!我不会说"别哭",因为并非所有眼泪都是罪恶。

清理工作确实需要投入大量人力物力，但所花的时间却比山姆担心的要少。战斗结束后的第二天，弗罗多骑马来到大洞镇，释放了关在牢洞里的人。他们在最先出来的人当中发现了可怜的弗雷德加·博尔杰，但已经瘦得不能再叫他小胖了。他带领一群反抗者躲在斯卡里山丘旁的獾地洞里，却被恶棍们用烟熏出来后遭到逮捕。

他已经虚弱得无法走路，大家只好把他抬出来。皮平看到他后说："可怜的老弗雷德加，你当初要是跟我们走的话，肯定会有更大的成就！"

他睁开一只眼睛，试图挤出一丝笑容。"这个大嗓门的小巨人是谁呀？"他低声问，"不是小皮平吧！你现在戴多大的帽子？"

然后是洛比莉亚。可怜的人，他们把她从窄小的黑牢房里救出来时，她看上去又老又瘦。她非要自己一瘸一拐地走出来。她扶着弗罗多的胳膊，一手仍然握着雨伞，出来的时候赢得了一阵热烈的掌声和欢呼声，这辈子从来没有受到过这样的欢迎。她非常感动，泪流满面地坐车离开了。但洛索被杀的消息让她崩溃，她再也不愿意回袋底洞。她把它还给了弗罗多，然后去了她自己的族人那里，也就是硬瓶镇的编腰带家族。

第二年春天，这个可怜的老人死了——她毕竟活了一百多岁——弗罗多又是惊讶又是感动：她把自己和洛索剩下的钱都留给了他，让他用来帮助因动乱而无家可归的霍比特人。两家人之间的世仇就此结束。

老威尔·白足在牢洞里待的时间比别人都长，虽然他受的罪或许比一些人轻，但他仍然需要饮食调养一段时间后才能胜任市长一职。

于是，弗罗多同意临时当他的副手，直到他恢复健康。作为副市长，他唯一做的就是削减夏警的职能范围和人数。追捕剩余恶棍的任务交给了梅里和皮平，他们很快就完成了。南方的匪帮在听到傍水镇之战的消息后，逃离了这片土地，几乎没有对长官进行抵抗。年底之前，少数幸存的恶棍被包围在树林里，投降的人被带到边境赶走了。

与此同时，恢复原状的工作飞速进行，山姆忙得不可开交。霍比特人在心情大好或者需要的时候可以像蜜蜂一样辛勤忙碌。心甘情愿来干活的人有成千上万，而且来自各个年龄层，既有细嫩而灵巧的霍比特小伙子和姑娘，也有老态龙钟、满手老茧的大爷大妈。尤尔节到来之前，新建的警局和沙基的手下修建的建筑被拆得连一块砖头都不剩，而这些砖被用来修补许多洞府，使其变得更舒适、更干燥。他们发现了大量物资、食物和啤酒，都被恶棍们藏在了棚屋、谷仓和废弃洞穴里，特别是大洞镇和斯卡里旧采石场的那些隧道，所以那一年尤尔节的欢乐气氛远超人们的期望。

霍比屯的首要任务之一就是清理小丘和袋底洞，修复袋下路，甚至连拆除新磨坊的工作都要挪后。恶棍们新挖的沙坑前面已经平整完毕，变成了一个带顶棚的大花园。山丘朝南的一面挖了许多新洞府，深入到山丘内部，而且洞壁由砖头砌成。山姆家老头子搬回到了袋下路三号，而且不管别人是否听到，总是爱说：

"我总说，刮来厄运的风肯定是邪风。只要结果更好，一切都好！"

对于这条新路应该如何命名，大家展开了一些讨论。有人提出"战斗花园"，还有人提出"更好的斯密奥"，但过了一段时间后，按照霍比特人一贯的理智做法，它被称作"新路"。把它称为"沙基末日路"纯属傍水镇的玩笑。

树木的损失和破坏最严重，因为在沙基的命令下，夏尔到处的树木都被无情地砍伐殆尽。山姆对这件事比什么都难过。首先,这种伤害需要很长时间才能痊愈,而且他认为,只有他的曾孙才能看到夏尔本来的模样。

由于一直过于忙碌,他连着几个星期没有去想他的冒险经历。突然有一天,他想起了加拉德瑞尔送给他的礼物。他把盒子拿出来,给其他几个旅人(大家现在都这样称呼他们)看,征求他们的意见。

"我还一直纳闷你什么时候会想起它呢,"弗罗多说,"打开它!"

里面装满了又软又细的灰色尘土,中间有一颗种子,宛如镶着银色页岩的小坚果。"我能用它来做什么?"山姆说。

"在微风吹拂的日子里把它抛到空中,剩下的工作交给它!"皮平说。

"在什么地方?"山姆说。

"选一个地方做苗圃,看看那里的植物会有什么变化。"梅里说。

"现在有那么多人遭受了痛苦,我敢肯定夫人不希望我把这些都用在我自家的花园里。"山姆说。

"山姆,运用你所有的智慧和知识,"弗罗多说,"然后用这份礼物助你一臂之力,把活儿干得更好。一定要省着点用。里面的尘土并不多,我估计每一粒都很宝贵。"

于是,山姆在所有特别漂亮或特别可爱的树木被毁的地方种上了树苗,并且在每棵树的根部放了一粒宝贵的尘土。他不辞辛劳地奔波在夏尔各地,就算他特别关照霍比屯和傍水镇,也不会有人责怪他。最后,他发现还剩下一点尘土,便走到离夏尔市中心不远的三区石前,把尘土抛向空中,并附带上自己的祝福。他把那颗小小的银坚果种在集会场原来那棵大树所在的地方,想知道会有什么结果。整个冬天,他都尽量保持耐心,竭力克制自己,免得动不动就去看看有没有什么变化。

403

春天到来，一切都超出了他最大胆的希望。他种下的树开始发芽生长，时间好像也在加速，想在一年内干完二十年的事。在集会场上，一棵美丽的小树苗破土而出，它有着银色的树皮和长长的叶子，到4月份竟然绽放出了金色的花朵。这的确是一棵玙珑树，也是附近的一大奇观。多年以后，它尽显优雅与美丽，远近闻名，人们长途跋涉前来观赏。这是山脉以西、海洋以东唯一的玙珑树，也是世上最美好的玙珑树之一。

总的来说，夏尔的1420年是非凡的一年，不仅阳光灿烂，风调雨顺，而且似乎还有更多的东西：一种富饶和生长的气氛，一种超越了那些在这片中土世界匆匆而过的平凡夏季的美。那一年出生了很多孩子，个个英俊美丽，身体强壮，大多数长有一头浓密的金发，这在以前的霍比特人中极为罕见。水果的产量极为丰富，小霍比特人几乎沐浴在草莓和奶油中；然后，他们坐在李子树下的草地上吃东西，把果核堆成一座座金字塔，又像征服者用敌人的头颅堆成的小尖塔。在这之后，他们继续去往下一处。没有人生病，每个人都很高兴，只有那些不得不割草的人除外。

南区的葡萄藤上挂满了果实，"烟叶"产量惊人；到了收获季节，成堆的玉米将每个地方的谷仓装得满满的。北区的大麦品质好得出奇，以至于1420年的麦芽啤酒长久为人们所铭记，成了一个代名词。的确，一代人以后，人们可能会听到客栈里一个老头子，喝了一品脱当之无愧的啤酒后，放下杯子，叹口气说："啊！这才是正宗的1420年佳酿，没错！"

山姆起初和弗罗多一起住在科顿家，但是新路修好后，他就和他家老头子搬了出去。除了其他工作外，他还忙于指挥袋底洞的清理和修复工作。不过，他还经常外出，到夏尔各地去植树，所以3月初他不在家，也不知道弗罗多病了。那个月13号，农夫科顿发现弗罗多躺在床上，紧紧握着项链上的一颗白色宝石，似乎处在半梦半醒之中。

"它永远消失了，"他说，"现在只剩下黑暗和空虚。"

但这种症状很快过去，山姆25号回来时，弗罗多已经康复，只字未提自己的事。与此同时，袋底洞已经收拾完毕，梅里和皮平从克里克洼过来，把原先的家具和摆设都搬了回来，旧洞府很快就恢复了以前的样子。

一切终于安排妥当后，弗罗多说："山姆，你什么时候能过来和我一起住？"

山姆看起来有点尴尬。

"如果你不想来，暂时也不急，"弗罗多说，"不过你知道，你们家老头子就住在附近，寡妇朗布尔会好好照顾他的。"

"不是这样的，弗罗多少爷。"山姆说，他的脸涨得通红。

"那么是什么事？"

"是罗茜，罗茜·科顿，"山姆说，"可怜的姑娘，看来她一点也不喜欢我当初跑出去，可我当时没有向她表白，她也不好说什么。我当时之所以没有表白，是因为我得先把活干完。可我现在表白了，她说：'好吧，你已经浪费了一年，为什么还要再等呢？'我说：'浪费？我可不会这么说。'不过我还是明白她的意思。你或许会说，我现在感到左右为难。"

"我明白了，"弗罗多说，"你想结婚，却又想和我一起住在袋底洞，对吗？可是，亲爱的山姆，这太容易了！尽快结婚吧，然后和罗茜一起搬过来住。哪怕你想要一大堆孩子，袋底洞也够你们住的。"

事情就这么定了。山姆·甘姆吉于1420年春与罗茜·科顿结为伉俪（那一年也因为结婚的人太多而著名），他们来到袋底洞，住了下来。如果说山姆觉得自己很幸运,那么弗罗多知道他自己更幸运,因为夏尔没有哪个霍比特人受到过如此无微不至的照顾。当所有恢复原状的工作都计划好并开始落实之后,他就过起了平静的生活,写了很多东西,翻看了所有的笔记。那年仲夏,他在自由集会上辞去了市长副手一职,亲爱的老威尔·白足还得再主持盛宴七年。

梅里和皮平一起在克里克洼住了一段时间,雄鹿地和袋底洞之间来往频繁。这两个年轻旅人凭着歌声、故事、华丽服饰和丰盛聚会在夏尔大出风头。人们尊称他们为"贵族",全是出于善意,因为看到他们骑着马,身穿闪亮铠甲,手持华丽盾牌,一边笑着,一边唱着远方的歌,所有人的心里都感到很温暖。他们除了身材高大伟岸之外,在其他方面没有什么变化,只是比以前更加谈吐文雅、更加活泼、更加快乐。

不过,弗罗多和山姆还是换上了平常衣服,只是在必要时披上精美编织的灰色长斗篷,脖子处扣着漂亮的胸针。弗罗多少爷总是戴着白宝石项链,还经常用手指拨弄着它。

现在万事顺畅,人们心怀希望,觉得日子会越来越好。山姆很忙碌,整天乐呵呵的,这才是霍比特人憧憬的生活。整整一年,除了隐隐约约有点为他家少爷担心外,他过得一帆风顺。弗罗多悄悄退出了夏尔的一切事务,山姆痛心地发现,他家少爷在自己的故乡得到的荣誉微不足道。很少有人知道或者想知道他的事迹与冒险经历,他们的赞美和敬意大多给予了梅里阿道克先生、佩里格林先生和他自己(如果山姆知道的话)。秋天到来,往日烦恼的阴影再次浮现。

一天晚上,山姆走进书房,发现他家少爷的样子很奇怪。他脸色苍白,眼睛似乎能看见远方的东西。

"怎么啦,弗罗多少爷?"山姆问。

"我受伤了,"他回答,"受伤了,永远不会真正痊愈。"

但是,当他站起来的时候,这阵发作似乎已经过去,他第二天便恢复了正常。山姆后来才想起那天是10月6日。两年前的那天，风云顶下的山谷里一片漆黑。

光阴荏苒，1421年接踵而至。3月，弗罗多又病了，但他极力掩饰，因为山姆还有其他更重要的事。山姆和罗茜的第一个孩子是在3月25日出生的，山姆记下了这一天。

"好吧，弗罗多少爷，"他说，"我遇到了一点麻烦。如果是个男孩，而且您也同意的话，我和罗茜决定叫他弗罗多，可现在是个女孩。她是个人人梦寐以求的漂亮少女，而且幸运的是，她更像罗茜。所以我们不知道该怎么办。"

"山姆，"弗罗多说，"旧风俗没有什么不好吧？选一个像罗茜也就是玫瑰这样的花名吧。夏尔一半的女孩都是这样取名字的，还有什么比这更好呢？"

"您说得对，弗罗多少爷，"山姆说，"我出门在外的时候听到过一些漂亮的名字，不过你可能会说，那些名字太高大上，经不起每天消耗。我家老头子说，'取个短一点的名字，省得叫她的时候还要用什么简称。'不过如果是花的名字，我就不必担心长短了。那一定得是一种美丽的花，因为，你看，我觉得她很美，还会长得越来越美。"

弗罗多想了一会儿。"那么，山姆，叫她埃拉诺尔怎么样？就是太阳星的意思。你还记得洛斯罗里恩草地上的那种金色小花吗？"

"您又说对了，弗罗多少爷！"山姆高兴地说，"这正是我想要的。"

小埃拉诺尔快六个月大时，1421年也进入了秋季。这一天，弗罗多把山姆叫进了书房。

"山姆，星期四是比尔博的生日，"他说，"他将一百三十一岁，超过了老图克！"

"他一定会的！"山姆说，"他是一个奇迹！"

"好吧，山姆，"弗罗多说，"我想让你和罗茜谈谈，看看她能不能让你离开几天，这样你和我就可以一起走了。当然，你现在无法去很远的地方，也无法离家太久。"他有点伤感地说。

"这样做是不大好，弗罗多少爷。"

"当然不大好，但是没关系。你送我一程就行。告诉罗茜，你不会离开太久，最多两个星期。你会平安回来的。"

"弗罗多少爷，我真希望能和您一起去幽谷，看看比尔博先生。但我唯一真正想待的地方就是这里。我真是左右为难。"

"可怜的山姆！恐怕真是这种感觉，"弗罗多说，"但你会好起来的。你本来就非常壮实完整，将来也会的。"

在此后的一两天里，弗罗多和山姆一起过了一遍他的文件和手稿，然后把所有重要的东西交给了山姆，包括一本封面没有图案的红皮大书，大开本的书页上几乎全都写满了字。开头部分有许多页都是比尔博那纤细、飘逸的笔迹，但大部分都是弗罗多那坚定、流畅的笔迹。全书分为多个章节，但第八十章没有写完，后面则是一些空白页。扉页上有很多书名，但一个个都被划掉了：

《我的日记》。《我的意外之旅》。《去而复返》。《后记》。

《五个霍比特人历险记》。《主魔戒的故事，由比尔博·巴金斯根据自己的观察及友人的叙述编写》。《我们在魔戒之战中的作为》。

比尔博的笔迹在此终止，下面是弗罗多的笔迹：

魔戒之王的覆灭
与王者归来

（如小人族所见；以夏尔的比尔博和弗罗多之回忆录为主，辅以他们朋友之叙述及智者之学识。）
连同比尔博在幽谷所译《学识汇集》之节选。

"天哪，弗罗多少爷，你已经快写完了！"山姆说，"嗯，我敢说，你一直没有停笔吧。"

"山姆，我已经差不多写完了，"弗罗多说，"最后几页是留给你写的。"

9月21日，他们一起出发。弗罗多骑着从米那斯提力斯一路载着他回来的那匹小马，它现在叫作"神行客"。山姆骑着他心爱的比尔。这是一个晴朗的早晨，金色的阳光洒满大地。山姆没有问他们要去哪里，他想他能猜出来。

他们走的是斯托克大道，翻过丘陵，前往林尾地，一路上让小马悠闲地往前走。他们在绿丘陵露宿了一晚。9月22日，下午渐渐过去时，他们慢慢骑着马来到森林边缘。

"弗罗多少爷，这不是黑骑士刚出现时你躲在后面的那棵树吗！"山姆指着左边说，"现在看起来就像一场梦。"

夜幕降临，星星在东方的天空中闪烁。他们经过了那棵荒废的橡树，转过身，从榛子树林之间下了山丘。山姆沉浸在回忆中，没有说话。不久，他听到弗罗多在轻声唱着那首古老的行路歌，但歌词不太一样。

转角之外，或有新路，
秘密之门，静静等待；
往昔匆匆，过而不入。
终有一日，告别此世，
我将踏上，隐秘小径，
向月之西，赴日之东。

仿佛是要回应他们，下面山谷中的道路上传来了歌声：

A！Elbereth Gilthoniel！
silivren penna míriel
o menel aglar elenath,
Gilthoniel, A！Elbereth！[1]
不敢或忘，吾等居此
大树之下，极远之方，
您洒星光西海上。

弗罗多和山姆停下脚步，默默地坐在柔和的阴影里，直到几位旅人向他们走来时，才看到暗淡的微光。

那是吉尔多和许多美丽的精灵族人，而埃尔隆德和加拉德瑞尔也骑行在他们之中，令山姆惊奇不已。埃尔隆德披着一件灰色大氅，额前有一颗星星，手里拿着银色竖琴，手指上戴着一枚镶着一颗巨大蓝

---

[1] 意为："啊！埃尔贝瑞丝，吉尔松尼尔，
银白璀璨，流泻宝光，
苍穹之上，星主辉煌！"

宝石的金戒指，那就是三戒中最强大的维雅。但加拉德瑞尔骑在一匹白色马驹上，全身披着一件发着微光的白色长袍，宛如月亮周围的云朵，因为她自己本人也散发着柔和的光芒。她的手指上戴着能雅，这枚用秘银打造的戒指上镶有一块白宝石，如寒星般在闪烁。他们身后还有一匹灰色小马在慢慢行走，骑在上面的人似乎在打盹，脑袋不停地上下点着。那正是比尔博。

埃尔隆德庄严而和蔼地向他们问好，加拉德瑞尔则朝他们微笑。"那么，山姆怀斯少爷，"她说，"我听说你把我送给你的东西物尽其用了。夏尔将受到前所未有的祝福和珍爱。"山姆鞠了一躬，却不知道该说什么。他已经忘记夫人有多漂亮了。

这时，比尔博醒了过来，睁开了眼睛。"你好，弗罗多！"他说，"呃，我今天超过老图克了！这件事就这样解决了。我现在觉得我已经做好了准备，可以再去旅行了。你随我一起去吗？"

"是的，一起去，"弗罗多说，"两代持戒人应该一起去。"

"你去哪儿，少爷？"山姆喊道。他终于明白即将发生什么事。

"去灰港，山姆。"弗罗多说。

"我不能去。"

"是的，山姆，至少你现在还不能去。虽然你也曾是持戒人，哪怕只是一小会儿，但你现在最远只能到灰港。你的时间还没有到来。山姆，不要太悲伤。你不能总是左右为难。你要做一个完整的人，生活很多年。你还有那么多的东西要享受，那么多的角色要扮演，那么多的事情要做。"

"可是，"山姆说，眼里涌出了泪水，"你干了那么多大事，我还以为你会在夏尔一年又一年地享受生活呢。"

"我也曾经这样想过，但我受的伤太重了，山姆。我试着拯救夏尔，而且也成功了，却并不是为了我自己。山姆，危险降临的时候，

411

通常必须是这样：必须有人放弃一些东西，失去一些东西，这样别人才能保住这些东西。但你是我的继承人，我所有的和可能拥有的一切都留给了你。你还有罗茜和埃拉诺尔，将来还会有叫弗罗多的男孩，叫罗茜的女孩，叫梅里、戈蒂洛克丝和皮平的孩子，或许还有更多我预见不到的孩子。到处都将需要你的双手和智慧。当然，只要你愿意，你就会当市长，还会成为有史以来最著名的园丁。你会给大家朗读《红皮书》里的内容，让逝去的时代在人们的记忆中鲜活永存，这样人们就会记住那场大危险，更爱他们心爱的地方。只要你的故事还在继续，你就会像其他人一样忙碌和快乐。

"来吧，陪我骑一段！"

埃尔隆德和加拉德瑞尔继续前行。第三纪元已经结束，魔戒时代已经过去，属于那个时代的故事和歌曲就此终结。随他们一起离去的还有许多高贵血统的精灵，他们将不再待在中土世界。山姆、弗罗多和比尔博骑行在他们中间，心中充满了忧伤，但这种忧伤带着美好的祝福，没有丝毫怨恨。精灵们开心地向他们致敬。

虽然从傍晚开始，他们整夜都在骑马穿过夏尔，但除了野生动物，没有人看到他们经过。黑暗中或许偶尔会有一个游荡的人，但他也只看到树下有微光快速掠过，或者在月亮西下时看到有光和影穿过草丛。他们离开夏尔，绕过白岗的南部边缘，来到远山岗和高塔。他们在这里可以眺望远处的大海。他们终于骑马来到了米斯泷德，来到了路恩山脉峡湾中的灰港。

他们来到大门口时，造船匠奇尔丹出来迎接他们。他个子很高，胡子很长，头发灰白，年纪也很大，只是他的眼睛像星星一样锐利。他看着他们，鞠了一躬后说道："一切都已准备就绪。"

然后，奇尔丹领着他们来到港口，那里停泊着一艘白色的船。码头上有一匹灰色骏马，旁边站着一个身穿白袍的人影，正在等着他们。当甘道夫转身朝他们走来时，弗罗多看到他手上不加掩饰地戴着第三枚魔戒——"伟大的纳雅"，上面的宝石红得像火焰。那些准备离去的人都很高兴，因为他们知道甘道夫将登船和他们一起离去。

但是山姆现在心里很悲伤，他似乎觉得，如果说离别很痛苦，那么更痛苦的将是独自回家的漫漫长路。然而，就在他们站在那里，精灵们准备上船，一切都准备就绪的时候，梅里和皮平策马飞奔而来。皮平眼含热泪，哈哈大笑。

"你曾经想甩掉我们，但失败了，弗罗多。"他说，"这一次你差一点成功，但你还是再次失败了。不过，这次出卖你的不是山姆，而是甘道夫本人！"

"是的，"甘道夫说，"因为三个人一起骑马回去总比独自一人骑回去强。好了，亲爱的朋友们，我们在中土世界的结盟情谊终于在这海边终结了。平安地去吧！我不会说'别哭'，因为并非所有眼泪都是罪恶。"

弗罗多亲吻了梅里和皮平，最后又亲吻了山姆，然后才上了船。船帆升起，海风吹拂，船顺着长长的灰色峡湾慢慢驶去。弗罗多身上的加拉德瑞尔水晶瓶发出微光，然后消失。船驶进了公海，继续向西方航行。终于，在一个雨夜，弗罗多闻到了空气中的芬芳，听到了海面上传来的歌声。此时，他觉得自己仿佛置身于邦巴迪尔家中的梦境里，灰色的雨幕变成了银色的玻璃，向后卷起，他看见了白色的海岸，远处是一片碧绿的国土，沐浴在迅速升起的旭日之中。

但是对山姆来说，当他站在港口时，夜晚变得更加黑暗。他望着灰色的大海，只看到水面上有一个影子，很快消失在西方。他久久地站在那里，直到深夜。耳畔只有浪涛拍打中土世界的海岸时发出的叹息和低语声，这些声音深深地印在他的心里。他旁边站着梅里和皮平，也都沉默不语。

三个伙伴终于转身离开,再也没有回头。他们慢慢地骑马回家,在回到夏尔之前,谁也不说一句话。但是,在这漫长的灰色道路上,每个人都从自己的朋友那里得到了极大的安慰。

最后,他们骑马越过丘陵,沿东大道前行。梅里和皮平继续骑马前往雄鹿地,远去的时候早已唱起了歌。山姆掉转方向,前往傍水镇,终于在白昼又一次结束时回到了小丘上。他继续往前走,前方有黄色的灯光,屋里有炉火,晚餐已经做好,大家都在等他。罗茜把他拉进屋,让他坐到椅子上,把小埃拉诺尔放在他腿上。

他深吸了一口气。"好了,我回来了。"他说。

附录

附录 Ⅰ 列王纪事

关于本书附录所涉主要内容（尤其是附录一至四部分有关内容）的资料来源，请参见"楔子"部分文末的说明。附录一第三篇《都林一族》很可能源自矮人吉姆利的叙述，他与佩里格林和梅里阿道克保持着友谊，在刚铎和洛汗多次与两人相聚。

这些资料来源中包含的传奇、历史和传说内容繁杂，这里只遴选部分内容呈现给读者，且相关内容往往经过删减。这么做的主要目的是描绘魔戒大战及其缘起，并对故事主线进行若干补缀。对于比尔博最感兴趣的部分，即第一纪元的古老传奇，只作了简单提及，因为它们关系到埃尔隆德和努门诺尔诸王和族长们的祖先。从较长的纪事和故事中截取的事实以引号标记。后插入的内容以方括号标识。其余内容则为编校注释[1]。

文中的日期，若未标明"第二纪元"或"第四纪元"，均为第三纪元的日期。第三纪元末年定为3021年9月，即三戒消逝之时。但为了刚铎记载的方便，第四纪元元年从3021年3月25日开始计算。关于刚铎纪年和夏尔纪年的转换，请参见卷一和卷三。在年表中，若列王及统治者名号之后只有 个日期，则为其逝世日期。"†"符号表示的是战死或其他非正常死亡情况，但具体情形并未一一阐述。

---

1 一些参见出处来自《魔戒》本版本，以及《霍比特人》精装第四版（1995年重排第四版）。

第一篇

努门诺尔诸王

第一节　　努门诺尔

费阿诺在埃尔达艺术与学问方面造诣最深,但他也最恣肆任性。他制作了三颗宝石,即"精灵宝钻",并在其中注入双圣树(泰尔佩瑞安和劳瑞林)的光辉,双圣树照亮了维拉的土地[1]。大敌魔苟斯觊觎这三颗宝石,毁坏圣树,窃走宝石,并携往中土世界,将其安放在桑格罗德里姆的坚固要塞中[2]。在虚荣心的驱使下,费阿诺违背维拉的意志,率领大部分族人放弃蒙福之地,流亡到中土世界,企图从魔苟斯手中强行夺回宝钻。接下来便是埃尔达与伊甸人对抗桑格罗德里姆令人绝望的战争,最终他们被彻底击败。伊甸人(阿塔尼)包含三个分支,他们最先来到中土世界西部和大海岸边,成为埃尔达对抗敌人的盟友。

---

[1] 见第一部卷二第二章、第二部卷三第十一章,以及第三部卷六第五章:"中土世界再也没有形似金树劳瑞林之物。"
[2] 见第一部卷二第二章;第二部卷四第八章。

埃尔达与伊甸人之间有过三次联姻：分别是露西恩和贝伦；伊德里尔和图奥；阿尔玟和阿拉贡。通过最后一次联姻，半精灵种族长期割裂的两个分支重新联合，家族的血脉得以恢复。

露西恩·缇努维尔是第一纪元的多瑞亚斯国王灰袍辛格尔之女，她的母亲是维拉人梅里安。贝伦是伊甸人第一家族的巴拉希尔之子。两人联手从魔苟斯的铁王冠上夺回一颗宝钻[1]。露西恩成为凡人，失去了精灵身份。她的儿子是迪奥，迪奥的女儿是埃尔玟，她曾保守着这颗宝钻。

伊德里尔·凯勒布林达尔是隐匿之城刚多林国王图尔贡之女。[2]图奥是哈多家族胡奥之子，这一家族是伊甸的第三家族，在对抗魔苟斯的战争中最有名望。他们的儿子是航海家埃雅伦迪尔。

埃雅伦迪尔迎娶了埃尔玟，凭借宝钻的力量穿过魔影[3]来到极西之地，同时作为精灵和人类的使者，并以此身份得到帮助，推翻了魔苟斯。埃雅伦迪尔不得返回凡人地界，他的大船载着宝钻在九天航行，成为天穹中的一颗星星，也成为饱受大敌及其爪牙压迫的中土居民生活的希望。[4]只有三枚精灵宝钻保存着维林诺双圣树的古老光辉，此后双圣树惨遭魔苟斯诛伐；但另外两颗宝钻在第一纪元末期失落。具体情形以及更多关于精灵和人类的内容，在《精灵宝钻》一书中有详细记述，不再赘述。

埃雅伦迪尔育有两个儿子埃尔洛斯和埃尔隆德，也被称作"佩瑞蒂尔"或"半精灵"。他们是第一纪元伊甸人的英男领袖们仅存的血

---

1 见第一部卷二第二章；第二部卷四第八章。
2 见《霍比特人》第四章；《魔戒》第一部卷二第四章。
3 见第一部卷二第一章。
4 见第一部卷二第七章；第二部卷四第八章、第九章；第三部卷六第一章、第二章。

脉；在吉尔－加拉德吉尔－加拉德[1]陨落之后，他们的后代成为中土世界高等精灵诸王唯一的代表。

第一纪元末期，维拉赋予半精灵一次选择归属哪一亲族的机会，并且不容反悔。埃尔隆德选择了精灵族，成为智慧大师。于是，他获得与依然在中土世界徘徊的高等精灵相同的恩典：如若他们对凡人世界感到厌倦，便可乘船从灰港启航，进入极西之地；尽管世界风云变幻，这项恩典依然得以延续。埃尔隆德的子女也面临一个选择：要么随他一起远离尘世，要么留在中土世界，在这里过凡人生活，终老死去。因此，无论魔戒大战结果如何，对埃尔隆德而言结局注定充满悲伤。[2]

埃尔洛斯选择归属人类，与伊甸人待在一起，但他的寿命得到延长，数倍于普通人类。

为了报答伊甸人在对抗魔苟斯大业中做出的牺牲，世界的守护者维拉赐予伊甸人栖息之所，让他们远离中土世界的各种危险。于是，多数伊甸人在埃雅伦迪尔之星的指引下漂洋过海来到埃兰娜大岛，这里是尘世之地的最西端。他们在这里建立了努门诺尔王国。

大岛中央耸立着一座高山，名为梅尼尔塔玛，从山顶上可以望见埃瑞西亚岛上埃尔达港口的白塔。埃尔达从那里前来拜访伊甸人，教给他们知识，赠予他们礼物，但努门诺尔人接到一项命令，即"维拉的禁令"：禁止努门诺尔人向西航行到看不见自家海岸的海域，并不得涉足永生之地。尽管他们获得了长寿，拥有三倍于常人的寿命，他们还是会寿终正寝，因为维拉无权从他们身上剥夺"人类的福音"（抑

---

1 见第一部卷一第二章、第十一章。
2 见第三部卷六第六章。

或是后来所谓的"人类的宿命")。

埃尔洛斯是努门诺尔的首位国王,后来以高等精灵语名字"塔尔-明雅图尔"闻名于世。他的子孙皆有长寿,但终究无法永生。后来他们变得强大起来,对祖先的选择感到不满,渴望像埃尔达一样与天地同寿,开始在私下里抱怨禁令。就这样,他们开始反叛,在索隆的邪恶教唆下,导致努门诺尔陷落、古老世界崩塌,有关内容在《努门诺尔沦亡史》中有所记述。

努门诺尔诸王及女王的名号如下:埃尔洛斯·塔尔 明雅图尔、瓦尔达米尔、塔尔-阿门迪尔、塔尔-埃兰迪尔、塔尔-梅尼尔杜尔、塔尔-阿尔达瑞安、塔尔-安卡里梅(首位执政女王)、塔尔-阿纳瑞安、塔尔-苏瑞安、塔尔-泰尔佩瑞恩(第二位女王)、塔尔-米纳斯提尔、塔尔-奇尔雅坦、"霸主"塔尔-阿塔纳米尔、塔尔-安卡里蒙、塔尔-泰伦麦提、塔尔-瓦妮梅尔德(第三位女王)、塔尔-阿尔卡林、塔尔-卡尔马奇尔、塔尔-阿尔达明。

自阿尔达明之后,诸王采用了努门诺尔语(也称阿督耐克语)名号:阿尔-阿督那霍尔、阿尔-辛拉松、阿尔-萨卡索尔、阿尔-基密佐尔、阿尔-印齐拉顿。印齐拉顿痛恨诸王的种种行径,改名为"远见者"塔尔-帕蓝提尔。他的女儿塔尔-弥瑞尔理应成为第四位女王,但国王的侄子篡夺王位,成为"黄金王"阿尔-法拉宗,即努门诺尔的末代国王。

塔尔-埃兰迪尔统治期间,努门诺尔的船只首次回到中土世界。他的长女是熙尔玛莉恩,儿子是维兰迪尔,是西部土地上首位安督尼依亲王,这些亲王一直与埃尔达保持着深厚的友谊。维兰迪尔的两个儿子分别是末代亲王阿门迪尔和"长身"埃兰迪尔。

第六代国王只有一个女儿。她成为第一位女王,因为依照当时的王室法律约定,国王最年长的孩子,无论男女,将继承王位。

努门诺尔王国延续到第二纪元末,其间王国实力不断增长,威名远扬。半个纪元过去,努门诺尔的知识不断增长,生活充满欢乐。自第十一任国王塔尔-米纳斯提尔统治开始,阴影第一次降临在国人身上。他派出大军支援吉尔-加拉德。他对埃尔达爱妒交加。这时,努门诺尔人已经成为技艺高超的航海专家,他们向东探索大海,开始觊觎西方和禁行水域。随着他们的生活变得越来越欢乐,他们开始渴望埃尔达的长生不死。

在米纳斯提尔之后,诸王开始贪求财富与权力。起初努门诺尔人以凡人师友的身份来到中土世界,帮助他们对抗索隆的折磨;但现在他们的海港变成了堡垒,统治着广阔的海滨地区。阿塔纳米尔及其继任者们征收苛捐杂税,努门诺尔人的船只经常满载着掠夺而来的战利品返航。

塔尔-阿塔纳米尔最先公开反对禁令,声称他理所应当享有埃尔达的寿命。于是,暗影加深,死亡的恐惧将人们的心灵带向黑暗。努门诺尔人分成两派:一派是诸王及其追随者,他们疏远了埃尔达和维拉;另一派是少数自称"忠诚"的人,多数居住在西部土地上。

诸王及其追随者逐步舍弃了埃尔达语,最终,第二十任国王采用了努门诺尔年号,自称"西方领袖"阿尔-阿督那霍尔。对于"忠诚"派而言,这是不祥之兆,因为他们只会以此称呼众维拉之一或者大君王本人。[1]事实上,阿尔-阿督那霍尔开始迫害"忠诚"派,并惩罚公开使用精灵语的人,埃尔达也不再造访努门诺尔。

---

1 见第一部卷二第一章。

然而，努门诺尔人的权力与财富与日俱增；但随着他们对死亡的恐惧不断增加，他们的寿命愈发短暂，欢乐随之消散。塔尔-帕蓝提尔企图补救，但为时已晚，努门诺尔开始出现反叛与争斗。塔尔-帕蓝提尔死后，他的侄子、叛军领袖夺取了王权，成为阿尔-法拉宗国王。"黄金王"阿尔-法拉宗是诸王中最为骄横和强势的一位，渴望称霸世界。

他决心挑战强大的索隆，称霸中土世界，最终，他亲率一支强大的海军在乌姆巴尔登陆。努门诺尔人声势浩大，索隆的亲随纷纷弃他而去。索隆放下身段，宣誓效忠，寻求宽恕。骄傲自大的阿尔-法拉宗将他囚禁起来带回努门诺尔。不久之后，索隆蛊惑了国王，成为其重要谋士。很快，他将除忠诚派之外的努门诺尔人的心引向了黑暗。

索隆欺骗国王，谎称只要占领永生之地，便能长生不死，禁令只是为了防止人类的国王僭越维拉。"但伟大的君王理应当仁不让。"他说。

最终，阿尔-法拉宗听从了这位谋士的建议，因为他感到来日无多，深受死亡恐惧的困扰。他建立了有史以来最强大的舰队，待到万事俱备，他吹响了征服的号角，扬帆起航。他打破了维拉禁令，欲从西方主宰手中夺取永生。但当阿尔-法拉宗踏上蒙福之地阿门洲的海岸时，维拉放下了他们的守护者身份，呼唤独一之神[1]，世界随之改变。努门诺尔被大海吞噬，永生之地则永远从世界上消失。努门诺尔的辉煌就此结束。

忠诚派最后的领袖埃兰迪尔和他的儿子乘着九艘船，载着宁络丝的幼苗以及七颗真知晶石（埃尔达赠予他们家族的礼物）逃离了吞噬。[2] 他们遭遇了风暴，被卷至中土世界的海岸上，在西北部建立了

1　独一之神：即伊露维塔，阿尔达的创世神。
2　见第二部卷三第十一章；第三部卷六第五章。

努门诺尔人的流亡王国：阿尔诺和刚铎。[1]埃兰迪尔是至尊王，居住在北方的安努米那斯；南方则交给他的两个儿子伊希尔杜和阿纳瑞安统治。他们在南方建立了欧斯吉利亚斯，位于米那斯伊希尔和米那斯阿诺尔之间[2]，距离魔多边境不远。他们认为，毁灭并非一无是处，毕竟索隆亦随之覆灭。

但事实并非如此。索隆的确遭遇了努门诺尔船难，他赖以行走的肉身被毁，但他的仇恨之魂借着暗风逃回了中土世界。他再也无法获得人类的形体，但他变得黑暗丑陋，只能使用恐怖力量。他再次进入魔多，在那里潜藏了一段时间。但他得知最可恨的埃兰迪尔逃过一劫，并在他自家门口统治着一个王国，顿感满腔怒火。

因此，过了一段时间，索隆趁流亡者们根基未稳，向他们发起战争。奥罗德鲁因火山再次喷发，在刚铎被重新命名为"阿蒙阿马斯"，即"末日之山"。但索隆操之过急，他的实力尚未恢复，他离开期间吉尔-加拉德吉尔-加拉德的势力已经壮大。为了对抗索隆，最后联盟建立起来，推翻了索隆，夺走了至尊戒。[3]第二纪元告一段落。

第二节 　流亡王国

北方一脉　伊希尔杜的继承人

阿尔诺：埃兰迪尔（†第二纪元3441年）。伊希尔杜（†2年）。维

1　见第一部卷二第二章。
2　见第一部卷二第二章。
3　见第一部卷二第二章。

兰迪尔（249年）。[1]埃尔达卡（339年）。阿兰塔（435年）。塔奇尔（515年）。塔隆多（602年）。瓦蓝都尔（†652年）。埃兰都尔（777年）。埃雅仁都尔（861年）。

阿塞丹：弗诺斯特的阿姆莱斯[2]（埃雅仁都尔的长子，946年）。贝烈格（1029年）。瑁洛尔（1110年）。凯勒法恩（1191年）。凯勒布林多（1272年）。瑁维吉尔（1349年）[3]。阿盖勒布 I（†1356年）。阿维烈格一世（1409年）。阿拉弗尔（1589年）。阿盖勒布二世（1670年）。阿维吉尔（1743年）。阿维烈格二世（1813年）。阿拉瓦尔（1891年）。阿拉方特（1964年）。末代国王阿维杜伊（†1975年）。北方王国覆灭。

族长：阿拉纳斯（阿维杜伊的长子，2106年）。阿拉海尔（2177年）。阿拉努伊尔（2247年）。阿拉维尔（2319年）。阿拉贡一世（†2327年）。阿拉格拉斯（2455年）。阿拉哈德一世（2523年）。阿拉戈斯特（2588年）。阿拉沃恩（2654年）。阿拉哈德二世（2719年）。阿拉苏伊尔（2784年）。阿拉松一世（†2848年）。阿刚努伊（2912年）。阿拉多（†2930年）。阿拉松二世（†2933年）。阿拉贡二世（第四纪元120年）。

南方一脉　阿纳瑞安的继承人

刚铎诸王：埃兰迪尔、（伊希尔杜）、阿纳瑞安（第二纪元3440年）。阿纳瑞安之子梅内尔迪尔（158年）。凯门都尔（238年）。埃雅伦迪尔（324年）。阿纳迪尔（411年）。欧斯托赫尔（492年）。罗门

1　他是伊希尔杜的第四子，出生在伊姆拉德里斯。他的兄长均在金菖蒲沼地被杀。
2　在埃雅仁都尔之后，诸王不再按高等精灵的模式取名。
3　在瑁维吉尔之后，弗诺斯特诸王再次通知整个阿尔诺，并在名字之前添加前缀"阿"，以示纪念。

达奇尔一世（原名塔洛斯塔，541年）。图伦拔（667年）。阿塔那塔一世（748年）。西瑞安迪尔（830年）。接下来是四位"船王"：

塔栏农·法拉斯图尔（913年）。他是第一位没有子嗣的国王，王位由侄子塔奇尔扬继承。埃雅尼尔一世（†936年）。奇尔扬迪尔（†1015年）。哈尔门达奇尔一世（奇尔雅赫尔，1149年）。此时刚铎的国力达到巅峰。

"荣耀王"阿塔那塔二世阿尔卡林（1226年）。纳马奇尔一世（1294年）。他是第二位没有子嗣的国王，王位由弟弟继承。卡尔马奇尔（1304年）。明阿尔卡（1240—1304年担任摄政王），1304年加冕为罗门达奇尔二世，1366年去世。维拉卡（1432年）。在他统治期间，刚铎发生了第一场灾难，即"亲族争斗"。

维拉卡之子埃尔达卡（起初名为维尼特哈亚）1437年被推翻。"篡位者"卡斯塔米尔（†1447年）。埃尔达卡复位，1490年去世。

阿勒达米尔（埃尔达卡次子，†1540年）。哈尔门达奇尔二世（温雅瑞安，1621年）。米纳迪尔（†1634年）。泰伦纳（†1636年）。泰伦纳和他所有孩子都在瘟疫中丧生；其王位由侄子，即米纳迪尔的次子米那斯坦继承。塔隆多（1798年）。泰路梅赫塔·乌姆巴达奇尔（1850年）。纳马奇尔二世（†1856年）。卡利梅赫塔（1936年）。昂多赫尔（†1944年）。昂多赫尔和他的两个儿子都战死沙场。一年之后，即1945年，王位由得胜的将军埃雅尼尔继承，他是泰路梅赫塔·乌姆巴达奇尔的后裔。埃雅尼尔二世（2043年）。埃雅努尔（†2050年）。至此，王脉断绝，直到3019年，埃莱萨·泰尔康塔再续王脉。此间，王国一直由宰相统治。

刚铎的宰相：胡林家族：佩兰都尔（1998年）。他在昂多赫尔殒命一年之后执政，建议刚铎拒绝阿维杜伊继承王位的要求。"猎手"沃隆迪尔（2029年）。[1] "坚定者"马迪尔·沃隆威，他是首位执政宰相。他的继任者们不再使用高等精灵语名号。

执政宰相：马迪尔（2080年）。埃拉丹（2116年）。赫瑞安（2148年）。贝烈贡（2204年）。胡林一世（2244年）。乌苟立安特一世（2278年）。哈多（2395年）。巴拉希尔（2412年）。迪奥（2435年）。德内梭尔一世（2477年）。波洛米尔（2489年）。奇瑞安（2567年）。在他统治期间，洛希尔人来到卡伦纳松。

哈尔拉斯（2605年）。胡林二世（2628年）。贝烈克梭尔一世（2655年）。欧洛德瑞斯（2685年）。埃克塞理安一世（2698年）。埃加尔莫斯（2743年）。贝伦（2763年）。贝瑞冈德（2811年）。贝烈克梭尔二世（2872年）。梭隆迪尔（2882年）。图林二世（2914年）。图尔贡（2953年）。埃克塞理安二世（2984年）。德内梭尔二世。他是最后一位执政宰相，后由次子法拉米尔继承。法拉米尔是埃敏阿尔能的领主，国王埃莱萨的宰相，死于第四纪元82年。

第三节　　埃利阿多、阿尔诺及伊希尔杜的继承人

"埃利阿多是古语，统指迷雾山脉和蓝色山脉之间的全部土地，其南方边界为灰潮河和在沙巴德流入灰潮河的格蓝度因河。

"阿尔诺全盛时期，领土包括埃利阿多全境，但不包括路恩山脉

---

1 见第三部卷五第一章。鲁恩内海附近仍能见到白色野牛，据传说它们是阿拉武之牛的后代。阿拉武是维拉中的猎人，远古时期唯有他经常来到中土世界。他的高等精灵语名字为欧洛米。

以西的地区，以及灰潮河和响水河以东的土地（这里是幽谷和冬青郡）。路恩山脉以西是精灵国，这里树木葱茏、偏僻静谧，人类并不涉足。矮人过去和现在都住在蓝山东侧，尤其是路恩山脉湾南部，他们在那里拥有矿场，至今依然在运作之中。出于这个原因，他们习惯沿着大道去东方，在我们来到夏尔之前，他们已经长期如此。在灰港住着造船匠奇尔丹，据说他仍然住在那里，知道'最后航船'启航前往西方。诸王统治时期，依然留在中土世界的多数高等精灵都随奇尔丹一起居住，或者住在林顿海滨地区。如今依然如此，只是人数已经十分稀少。"

北方王国与杜内丹人

继埃兰迪尔和伊希尔杜之后，阿尔诺先后出现过八位至尊王。埃雅仁都尔之后，他的儿子们意见不合，王国被分成三个部分：分别是阿塞丹、鲁道尔和卡多蓝。阿塞丹位于西北，包括白兰地河和路恩山脉之间，以及大道以北直到风云丘陵之间的土地。鲁道尔位于东北，处于埃滕荒原、风云丘陵和迷雾山脉之间，还包括灰泉河和响水河之间的三角地区。卡多蓝位于南方，以白兰地河、灰潮河和大道为界。

伊希尔杜的血脉在阿塞丹得到传承，但在卡多蓝和鲁道尔很快就断绝了。王国之间常有征战杀伐，加剧了杜内丹的衰落。各方争夺的焦点是风云丘陵和西边邻近布里的土地归属问题。鲁道尔和卡多蓝都渴望占据位于王国交界地区的阿蒙苏尔（风云顶）；而阿蒙苏尔之塔里保存着北方主晶石帕蓝提尔，另外两颗则由阿塞丹保管。

"阿塞丹的瑁维吉尔统治初期，厄运降临阿尔诺。当时，北方埃滕荒原外的安格玛王国崛起，领土覆盖了山脉两侧，聚集了许多邪恶的人类、奥克和其他凶恶的生物。[该地区的领主自称'巫王'，但直到后来人们才知道他实际上就是戒灵之首。他看到刚铎国力强盛，而阿尔诺内部不和，便来到了北方，目的是摧毁阿尔诺的杜内丹人。]"

在珺维吉尔之子阿盖勒布统治期间，由于其他王国没有伊希尔杜的后人，阿塞丹的国王们再度要求统治阿尔诺全境。这一要求遭到鲁道尔抵制。该国杜内丹人数很少，权力落入山区人类的邪恶首领之手，他私下与安格玛结成了同盟。因此，阿盖勒布虽然在风云丘陵加强了防御，[1] 他本人却在与鲁道尔和安格玛的战斗中阵亡。

阿盖勒布之子阿维烈格在卡多蓝和林顿的帮助下，将敌人从风云丘陵赶走；此后多年，阿塞丹和卡多蓝沿风云丘陵、人道和灰泉河下游前线部署了兵力。

1409年，一支大军从安格玛出发，渡河进入卡多蓝，包围了风云顶。杜内丹人被打败，阿维烈格被杀害。阿蒙苏尔之塔被焚毁并夷为平地，但帕蓝提尔被抢救并带回弗诺斯特。鲁道尔被效忠安格玛的邪恶人类占领，[2] 当地残余的杜内丹人或被杀戮，或向西逃窜。卡多蓝遭到洗劫。阿维烈格之子阿拉弗尔尚未成年，但他十分英勇，在奇尔丹的帮助下将敌人从弗诺斯特和北岗击溃。卡多蓝的杜内丹中，剩下的效忠者在提殒戈沙德（坟岗）坚持抵抗，抑或躲藏在后方的老林子中。

据说，安格玛曾向来自林顿的精灵族屈服，也曾向来自幽谷的精灵族屈服，因为埃尔隆德从罗里恩请来了援军。此间，由于战乱不断、对安格玛的恐惧，以及埃利阿多土地贫瘠、气候恶劣，尤其是东部地区，变得不适宜居住，曾居住在（灰泉河和响水河之间）河角地区的斯图尔族向西方和南方逃窜。有些回到大荒野，住在金菖蒲沼地附近，

---

[1] 见第一部卷一第十一章。
[2] 见第一部卷一第十二章。

在河滨以捕鱼为生。

阿盖勒布二世统治期间,瘟疫从东南传到埃利阿多,导致卡多蓝多数居民病亡,明希瑞亚斯的情况尤其惨烈。霍比特人和其他种族遭受重创,但在北方瘟疫有所减弱,阿塞丹北部地区几乎没有受到影响。这时,卡多蓝的杜内丹人走向灭绝,来自安格玛和鲁道尔的邪灵乘虚而入,进入荒无人烟的丘陵并居住其间。

"据说,提殒戈沙德丘陵十分古老,古时被称作坟岗,许多是在第一纪元的古老世界时期,在伊甸人的祖先穿越蓝山进入贝烈瑞安德之前建造而成,现今贝烈瑞安德只剩下林顿。因此,杜内丹人返回之后,对这些丘陵十分敬重;他们的许多王侯贵族埋葬于此。[有人说,持戒人被囚禁的那座坟丘,曾是卡多蓝最后一位亲王的坟墓,这位亲王1409年战死。]

"1974年,安格玛再次崛起,巫王在冬季结束之前发动袭击。他占领了弗诺斯特,将大多数剩余的杜内丹人赶到路恩山脉对岸,其中包括国王的儿子们。但国王阿维杜伊在北岗坚守到最后一刻,然后带领随从北逃,凭借健马得以逃脱。

"阿维杜伊在山脉北端古老的矮人矿井中躲藏了一段时间,最后粮草用尽,不得不向佛洛赫尔的雪人洛斯索斯人[1]求助。他在海边发现一些雪人营地,但对方并不愿意帮助国王,因为他没有什么可以回报对方,身上仅有的几件珠宝对方并不看重,而且对方忌惮巫王,(据

---

1 这个民族很怪异,而且不太友善,属于远古时期的人类佛洛德人的残余,已经适应了魔苟斯王国的酷寒。事实上,那片地区虽然距离夏尔只有一百里格左右,却依然处于酷寒之中。洛斯索斯人在雪中造屋,而且据说他们能将骨头绑在脚上,在冰上奔跑,还拥有无轮车。他们主要生活在佛洛赫尔大海岬上,该海岬延至西北,隔出了庞大的佛洛赫尔海湾,因而敌人无法入侵;但他们常常在海湾南部的海岸上,即迷雾山脉的脚下扎营。

说）他能随心所欲制造或者解除霜冻。但他们一方面对骨瘦如柴的国王及其随从感到同情，另一方面也忌惮他们手中的武器，于是分给他们少许食物，并为他们建造了雪屋。阿维杜伊被迫在此等待，希望南方有援军赶到。他们的马匹已经全部丧命。

"奇尔丹从阿维杜伊之子阿拉纳斯处打听到国王逃往北方，便立即派一艘船到佛洛赫尔搜寻。由于逆风天气，多天之后，船终于抵达，水手们远远望见落难者们用浮木燃起一团火堆，并竭力保持火堆燃烧。但那年的冬天迟迟不肯退却，尽管此时已经时值三月，海冰却才刚刚开始融化，冰面一直从海岸延伸到海水中央。

"雪人看到船后十分惊恐，他们从未在海上见过这样的船，但此刻他们已经变得更加友善，用雪橇将国王及其随从拉过冰面，一直拉到他们不敢靠近的地方。如此一来，船上放下小舟，接应他们。

"但雪人深感不安：他们说从空气中嗅到了危险。洛斯索斯人的首领对阿维杜伊说：'不要登上这个海怪！让他们拿出食物和我们需要的物品，你可以待在这里，直到巫王返回老巢，因为到了夏天他的力量就会减弱，而现在他的呼吸足以致命，他的寒冷手臂伸得很长。'

"但阿维杜伊没有听从他的建议。他感谢对方，分别之际将佩戴的戒指送给对方说：'这枚戒指的价值超乎你的想象。它十分古老。虽然没有魔力，但拥有它的人会得到我们族人的敬意。它不能帮助你，但如果有朝一日你有需要，我的族人一定会万死不辞，竭尽所能，并将它赎回。'[1]

"不知是巧合还是预见，事实证明洛斯索斯人的建议是对的；船

---

[1] 伊希尔杜家族的戒指因此得以幸存，之后由杜内丹人赎回。据说，那正是纳国斯隆德的费拉贡德赠予巴拉希尔的戒指，贝伦冒了巨大危险才将其夺回。

还没有进入外海，就遭遇了一场剧烈的风暴，来自北方的暴雪遮天蔽日；船被推进海冰中，堆叠挤压。奇尔丹的水手束手无策，到了晚上，海冰破坏了船壳，船沉入大海。于是，末代国王阿维杜伊带着他的两颗帕蓝提尔葬身海底。[1]很久之后，人们才从雪人那里听说佛洛赫尔沉船的消息。"

尽管遭受战争摧残，夏尔居民幸存了下来，多数人逃走并过起了隐匿生活。他们派出一些弓箭手援助国王，但这些人再也没有归来；还有一些人参与了推翻安格玛的战斗（这在南方纪事中有更多描述）。在之后的和平时期，夏尔人实行自治并繁荣起来。他们选举出长官取代国王，并对此十分满意。但在很长一段时间内，许多人依然期待着国王归来。最终，这种期待随着时间的推移被人遗忘，只留下一句俗语"等国王归来"，形容无法实现的梦想抑或是无法弥补的罪恶。首位夏尔长官是泽地的布卡，老雄鹿家族自称是他们的后代。他在我们的纪元379年（即1979年）成为长官。

阿维杜伊死后，北方王国覆灭，此时杜内丹人数量稀少，埃利阿多各个种族都开始没落。但国王的血脉在杜内丹人的族长们身上得以延续，其中阿维杜伊之子阿拉纳斯是首位族长。他的儿子阿拉海尔在幽谷被抚养成人，在他之后，所有族长的儿子皆是如此。他们的传家宝贝也保存在那里：包括巴拉希尔之戒、纳熙尔碎片、埃兰迪尔之星

---

[1] 它们是安努米那斯和阿蒙苏尔的两颗晶石。北方仅存的晶石便是面向路恩湾的埃敏贝莱德塔中的那一颗，由精灵守护。尽管我们不知道，但它一直留在那里，直到奇尔丹在埃尔隆德离去时将它送上了船（见第一部卷一第二章、第五章）。但是我们后来得知，它与其他晶石不同，也不与它们同步；它只遥望大海。埃兰迪尔将它安置在那里，以便借着"笔直视线"回望，看到已消逝的西方大地上的埃瑞西亚岛，但下方弯曲的大海已经永远淹没了努门诺尔。

以及安努米那斯权杖。[1]

"王国覆灭之后，杜内丹人穿过暗影，成为隐秘的流浪民族，他们的功绩和辛劳鲜少被人传颂或记录。自埃尔隆德离去之后，关于他们的记忆凤毛麟角。尽管在'警戒和平'结束之前，邪恶再次开始袭击或秘密入侵埃利阿多，但族长们多数非常长寿。据说，阿拉贡一世被狼群残害，此后狼群一直是埃利阿多的威胁，至今仍未消除。阿拉哈德一世统治时期，奥克突然现身，后来才发现，他们很久之前就秘密占领了迷雾山脉的一系列要塞，从而切断进入埃利阿多的所有关隘。2509年，埃尔隆德之妻凯勒布莉安正前往罗里恩，在红角隘口遭到伏击，她的护卫在奥克发动的突袭中被驱散，她被掳走。埃尔拉丹和埃尔洛希尔赶来将她救下，但不久之后她伤口中毒，痛苦不堪。[2]她被带回伊姆拉德里斯，尽管埃尔隆德治愈了她的身体，但她却丧失了在中土世界的一切乐趣，次年便去了灰港并渡海而去。在阿拉苏伊尔统治时代，奥克继续在迷雾山脉繁衍壮大，四处劫掠，杜内丹人和埃尔隆德的儿子们不断抵抗他们。此间，一大批奥克来到西方，进入夏尔，被班多布拉斯·图克赶走。"[3]

---

[1] 国王告诉我们，无论是在努门诺尔还是在阿尔诺，权杖都是王权的主要标志。不过，阿尔诺的国王不戴王冠，而是佩戴单独一颗白宝石，即"埃兰迪尔米尔"，又称"埃兰迪尔之星"，用一根银制头带缚于额上（见第一部卷一第八章，第三部卷五第六章、第八章，卷六第五章）。比尔博提到王冠时（见第一部卷一第十章、卷二第二章），无疑指的是刚铎，而且他似乎对阿拉贡一脉的种种事由了如指掌。努门诺尔的权杖据说已随阿尔-法拉宗一同消失，安努米那斯的权杖是安督尼依诸王的银杖，如今或许是中土世界保存下来的最古老的人类制作之物。当埃尔隆德将它交给阿拉贡时（见第三部卷六第五章），它已经有五千多年的历史。刚铎的王冠则源自努门诺尔作战头盔的形状。它最初确实就是一顶头盔，而且据说正是伊希尔杜在达戈拉得之战中所戴的那一顶（阿纳瑞安死于巴拉督尔抛出的巨石，他的头盔也被砸碎）。但在阿塔那塔·阿尔卡林统治时代，它被换成了镶着珠宝的头盔，也就是阿拉贡加冕时用的那一顶。

[2] 见第一部卷二第一章。

[3] 见第一部楔子；第二部卷六第八章。

先后经历了十五位族长，第十六位也就是最后一位是阿拉贡二世，他再次成为刚铎和阿尔诺共同的国王。"我们称他为'我们的国王'；当他北上来到重建的安努米那斯的住所，在暮暗湖畔待上一阵，夏尔人人感到欢欣鼓舞。但他谨遵自己制定的法律，从不涉足这片土地：大人族不得越过边境。但他经常和许多体面的人一同骑马来到大桥，在那里欢迎朋友和愿意见他的人。有些人随他骑马而去，在他的宫中想住多久就住多久。佩里格林长官就曾多次前往那里，市长山姆怀斯大人也是如此。他的女儿、美丽的埃拉诺尔是暮星王后的侍女。"

这正是北方一脉的骄傲与奇迹：尽管国力式微，人民凋零，他们依然子承父命，生生不息。而且，尽管杜内丹人在中土世界的寿命不断衰减，在刚铎诸王血脉断绝之后衰减的速度更快，但北方许多族长的寿命依然是常人的两倍，远超过我们当中岁数最大的人。阿拉贡实际上活了二百一十岁，是阿维吉尔国王之后最长寿的人。但在阿拉贡·埃莱萨身上，古代诸王的尊严得到再现。

第四节　　刚铎和阿纳瑞安的继承人

阿纳瑞安在巴拉督尔前被杀之后，刚铎一共产生了三十一任国王。尽管边境上战火不断，但一千多年来，南方的杜内丹人在陆地和海洋上财富与实力均不断增加，直到阿塔那塔二世统治期间——他被称作"荣耀王"阿尔卡林。那时，衰落的迹象已然浮现，南方的贵族结婚很迟，子嗣稀少。第一位没有子女的国王是法拉斯图尔，第二位是阿塔那塔·阿尔卡林的儿子纳马奇尔一世。

第七代国王欧斯托赫尔重建了米那斯阿诺尔，此后的国王们夏天都住在这里，不再到欧斯吉利亚斯居住。在他统治期间，刚铎第一次遭到来自东方的野蛮人攻击，但他的儿子塔洛斯塔击败来敌并将他们赶出王国，随后取名"罗门达奇尔"，意思是"东方的胜者"。后来，他在与来犯的东夷人的战斗中被杀，他的儿子图伦拔为他复仇，并向东扩张了领土。

第十二任国王塔栏农开启了船王时代，他们此后建立了海军，将刚铎的版图向西沿海岸扩展，向南抵达安度因河口。为了庆祝自己作为大军统帅取得的胜利，塔栏农接受了王位，取名"海岸王"法拉斯图尔。

他的侄子埃雅尼尔一世继承了他的王位，修复了古老港口佩拉基尔，创立了一支强大的海军。他海陆并进围攻乌姆巴尔，占领该地，使其成为刚铎重要的港口和要塞。[1]但埃雅尼尔获胜之后并没有活多久。他随着众多船只和船员一起，在乌姆巴尔外海的一场大风暴中失踪。他的儿子奇尔扬迪尔继续建造船只；但哈拉德的人类在乌姆巴尔的流亡贵族们领导下，率领大军攻打这处要塞，奇尔扬迪尔在哈拉德地区之战中丧生。

乌姆巴尔被围困多年，但由于刚铎的海上力量不足，始终无法拿下。奇尔扬迪尔之子奇尔雅赫尔等待时机，聚集兵力海陆并进，越过哈尔嫩河，最终击败哈拉德的人类，迫使他们的国王承认刚铎的统治（1050年）。随后，奇尔雅赫尔取名"南方的胜者"哈尔门达奇尔。

后续统治期间，没有人敢挑战哈尔门达奇尔的权威。他在位一百三十四年，在阿纳瑞安一脉中，在位时间居第二位。在他统治期

---

[1] 自古时候起，乌姆巴尔的大海岬和陆地封锁的峡湾就一直是努门诺尔人的领地，但也是国王下属占据的要塞。这些下属后来在索隆的引诱下堕落，被称为黑努门诺尔人，他们最憎恨埃兰迪尔的追随者。索隆被击败之后，他们这一族人数锐减，有些则与中土世界的人类通婚，但他们对刚铎的憎恨代代相传，丝毫没有减弱。因此，夺取乌姆巴尔时付出了惨重的代价。

间，刚铎的势力达到巅峰。王国向北扩张到凯勒布兰特原野和幽暗森林南端，向西抵达灰潮河，向东到了鲁恩内海，向南抵达哈尔嫩河，并从那里沿海岸一路到达乌姆巴尔半岛和港口。安度因河谷的人类承认他的权威，哈拉德诸王向刚铎臣服，他们的儿子皆作为人质在他的宫里生活。魔多地处偏僻，但仍处于守卫关隘的坚固堡垒的监视中。

船王一脉就此结束。哈尔门达奇尔之子阿塔那塔·阿尔卡林生活的时期繁荣华贵，人们说：在刚铎，珍贵的宝石被孩子们当作玩具。但阿塔那塔喜欢安逸，他清静无为，并没有采取措施稳固自己的权力，他的两个儿子也是这副脾性。在他离世之前，刚铎已然呈现颓势，毫无疑问，敌人对此已经尽在掌握。对魔多的监视变得形同虚设。但直到维拉卡统治时期，刚铎才迎来第一次厄运：这便是亲族大战，内战给王国带来巨大创伤，永远难以平复。

卡尔马奇尔之子明阿尔卡精力过人，1240年，纳马奇尔退居二线，任命他为摄政王。从此以后，他以国王的名义治国理政，直到继承父亲的王位。他的主要忌惮是北方人类。

在刚铎国力鼎盛时期，四方和平，北方人类的人口急剧增长。诸王对他们十分恩慈，因为他们是与杜内丹人（大多数都是古代伊甸人先祖的后裔）最亲的常人；诸王赐予他们安度因对岸、大绿林以南的广袤土地，以此抵御东方人的侵袭。过去，东夷人主要是从内海和灰烬山脉之间的平原来袭。

纳马奇尔一世统治期间，他们再次发动袭击，但是起初兵力不足。摄政王心知肚明，北方人类并非诚心效忠刚铎，有些人会因为贪求战利品，或是因为王侯之间的内讧加入东夷。因此，1248年，明阿尔卡率领大军，在罗瓦尼安和内海之间击败东夷人，摧毁了他们位于大海以东的所有营地和据点。随后他取名罗门达奇尔。

罗门达奇尔归来之后加强了安度因西岸直至利姆清河汇流处的防御，禁止陌生人穿越大河进入埃敏穆伊。他在能希斯艾尔入口处建造了阿戈那斯柱子。但由于他需要人手，并渴望加强与刚铎和北方人类的联系，因此将许多北方人类收归己用，并在军队中给予他们很高的职位。

罗门达奇尔十分器重曾在战争中助他一臂之力的维杜加维。维杜加维自称"罗瓦尼安之王"，属于北方人类国王中最有权势的一位，但他的王国处于大绿林和凯尔度因河[1]之间。1250年，罗门达奇尔派儿子维拉卡作为使节到维杜加维处一同生活，并学习了北方人类的语言、礼仪和政策。但维拉卡远超父亲的规划。他喜欢上北方的土地和人民，迎娶了维杜加维之女维杜玛维。几年以后，他回到刚铎。这次联姻后来导致了亲族争斗。

"刚铎的贵族对身边的北方人类已经早有不满，王位继承人或者任何一位王子迎娶身份卑微的异族，更是匪夷所思。国王维拉卡年迈时南方省份已经发生叛乱。他的王后是个美丽高贵的夫人，但由于她是常人，注定寿数有限，杜内丹人担心她诞下的后代也会如此，从而给国王的威严带来损害。而且，他们无法接受她儿子埃尔达卡在异乡出生，年轻时曾取名维尼特哈亚，属于他母亲的族名。

"因此，当埃尔达卡继承父亲的王位后，刚铎爆发了战争。但事实证明，埃尔达卡的王位继承权并不容易遭人剥夺。他的身上除了刚铎的血脉，还平添了北方人类勇猛无畏的性格。他生得风流倜傥，勇敢刚毅，并不比他父亲衰老得更快。当诸王后裔联合起来起兵反叛时，他竭力抵抗，最终被围困在欧斯吉利亚斯并坚守许久，直至粮草匮乏，才被数目庞大的叛军赶走，将城市付之一炬。在这次攻城和大火中，

---

[1] 即奔流河。

欧斯吉利亚斯的真知晶石塔,帕蓝提尔在水中丢失。

"但埃尔达卡逃脱了敌人的追捕,回到罗瓦尼安的北方亲族当中。在那里,许多人聚集到他身边,包括为刚铎效力的北方人类,以及王国北方的杜内丹人。后者当中,许多人渐渐认识到他值得尊敬,更多的人则痛恨篡夺王位者。这个篡夺王位的人名叫卡斯塔米尔,是罗门达奇尔二世的弟弟卡利梅赫塔之孙。他不仅是与国王血缘最近的人,也是叛军中势力最大的一个,因为他是舰队统帅,受到沿海一带、佩拉基尔和乌姆巴尔居民的支持。

"卡斯塔米尔登基不久,就显示出他骄傲自大、睚眦必报的个性。他生性残忍,在攻占欧斯吉利亚斯的过程中就已经有所体现。在俘获埃尔达卡之子奥能迪尔之后,他下令将其处死,还下令在城内大肆屠杀和破坏,残酷程度远超战争的需要。米那斯阿诺尔和伊希利恩人对此永生难忘。他们发现,卡斯塔米尔根本不关注陆地,一心想着舰队,意欲将都城迁到佩拉基尔,于是对他更加失望。

"因此,他只当了十年国王。埃尔达卡发现了机会,从北方兴起大军,卡伦纳松、阿诺瑞恩和伊希利恩的人们也纷纷响应。双方在莱本宁的埃茹伊渡口发生了一场大战,在这场战役中刚铎的大批精英流血牺牲。埃尔达卡与卡斯塔米尔亲自决斗,为奥能迪尔报了仇,但卡斯塔米尔的儿子逃脱,和他的亲族以及舰队在佩拉基尔抵抗了许久。

"他们在那里集合所有力量(因为埃尔达卡没有船只,无法阻挡对手),扬帆而去,在乌姆巴尔建立了据点。他们将那里变成国王敌人的避难所,占据一方。乌姆巴尔一直与刚铎争斗不休,成为该国在海岸一带和海上往来的威胁。直到埃莱萨统治时期,这一地区才彻底被征服,刚铎南方地区成为海盗和诸王之间的冲突之地。

"失去乌姆巴尔对刚铎来说是重大损失,这不仅是因为王国南方领土收缩，从而导致对哈拉德人的控制放松，而且因为那里是努门诺尔末代国王'黄金王'阿尔-法拉宗登陆并挫败索隆之地。尽管后来有邪恶降临，但就连埃兰迪尔的追随者们也满怀自豪地记得阿尔-法拉宗的大军自海上而来，并且在海港上方海岬最高的一座山丘上立起了一根白柱纪念碑。碑顶设有一颗水晶球，它吸收日月光华，像一颗闪耀的明星。天气晴朗的时候，即使在刚铎海岸或是在西方遥远的海域，也能看到。它屹立在此，直到索隆第二次崛起，乌姆巴尔落入他的爪牙之手，而纪念他耻辱的碑柱也被推倒。"

埃尔达卡返回之后，杜内丹王室和贵族与常人的通婚更加普遍。由于许多贵族都在亲族争斗中丧命，埃尔达卡对帮助他夺回王位的北方人类更加器重，大批罗瓦尼安人拥入刚铎，补充了刚铎的人口。

起初，通婚并没有像人们担心的那样加速杜内丹人的衰落，但这种衰落就像之前一样不断发生，日积月累。毫无疑问，主要的原因在于中土世界本身，在星辰之地沦陷之后，努门诺尔人逐步收回了赠礼。埃尔达卡活了两百三十五岁，在位五十八年，其中有十年流亡生活。

在第二十六任国王泰伦纳统治期间，刚铎遭受了第二场也是最大的一场灾祸。泰伦纳的父亲，即埃尔达卡的儿子米纳迪尔在佩拉基尔被乌姆巴尔的海盗杀害。（这些海盗的首领是卡斯塔米尔的曾孙安加麦提和桑加杭多。）此后不久，一场致命的瘟疫随着暗风从东方而来。国王和所有的子嗣都在瘟疫中丧命，刚铎居民，尤其是欧斯吉利亚斯的居民大量亡故。此后，由于人数减少、疲于应对，刚铎停止了对魔多边境的监视，守卫关隘的堡垒也无人值守。

后来人们发现，这些事情发生之际，大绿林中的暗影正不断加深，许多邪恶的事物重新出现，预兆着索隆的崛起。诚然，刚铎的敌人也纷纷遭受损失，否则他们可能会乘机将刚铎征服。但索隆可以等待，或许他期待的正是通往魔多的大门敞开。

国王泰伦纳死后，米那斯阿诺尔的白树也枯萎死亡。但他的侄子塔隆多继承了王位，在城堡内种下了一株树苗。他将王宫永久迁到米那斯阿诺尔，因为欧斯吉利亚斯此时已经部分废弃并渐渐沦为废墟。逃离疫病进入伊希利恩或者西边河谷的人鲜少愿意回来。

塔隆多年轻继位，是刚铎诸王中在位时间最长的一位。他能做的只有重整河山，积蓄力量。但他的儿子泰路梅赫塔依然对米纳迪尔之死耿耿于怀，并且深受海盗的困扰，而海盗不断袭扰沿海地区，触角甚至延伸到安法拉斯，于是他集结兵力于1810年突然袭击攻占了乌姆巴尔。在这场战争中，卡斯塔米尔的后裔终于灭亡，乌姆巴尔再度归于诸王麾下。泰路梅赫塔为自己增添了"乌姆巴达奇尔"的名号。但随后厄运继续降临刚铎，乌姆巴尔再度沦陷，落入哈拉德人之手。

第三次厄运是战车民入侵，战争持续了近百年，国力式微的刚铎气数将近。战车民是来自东方的民族，或者说民族联合，但他们比此前出现的所有敌人都更为强大，装备也更加精良。他们乘着巨大的战车，首领则驾驭双轮战车作战。人们后来发现，他们受到索隆使者的唆使，突然对刚铎发动了袭击。1856年，国王纳马奇尔二世在安度因河外与他们交战时阵亡。罗瓦尼安东部和南部的人民遭到奴役，刚铎的前线收缩到安度因和埃敏穆伊一线。[一般认为，戒灵在此期间重新进入魔多。]

纳马奇尔二世之子卡利梅赫塔在罗瓦尼安起义军的帮助下，为父报仇，1899年在达戈拉得对阵东夷时大败敌人，暂时化解了危机。在北方的阿拉方特和南方的卡利梅赫塔之子昂多赫尔统治时期，两个王国在经历了长久的冷淡和疏远之后再度联合起来共商大计，因为他们终于认识到，有一股势力在调度各地的力量，攻击努门诺尔的幸存者。正是在这个时候，阿拉方特的继承人阿维杜伊迎娶了昂多赫尔之女费瑞尔（1940年）。但两个王国均无法派军支援对方，因为安格玛重新向阿塞丹发动攻击，与此同时，战车民再次集结起大军。

这时，许多战车民已经穿过魔多南部，与可汗德和哈拉德附近的人类联合起来。在这场由北及南的大规模进攻中，刚铎几遭毁灭。1944年，国王昂多赫尔和他的两个儿子阿塔米尔和法拉米尔均在魔栏农北方战死，敌人蜂拥进入伊希利恩。但南方军队统帅埃雅尼尔在南伊希利恩取得大捷，挫败了已经渡过波罗斯河的哈拉德军队。他迅速挥师北上，竭力收编败退的北方军，进攻战车民的大本营。此时敌人正在设宴狂欢，以为刚铎已经被推翻，只等着掠夺战利品。埃雅尼尔突袭了营地，放火烧掉战车，大败敌军，将其赶出伊希利恩。赶在他前面逃窜的敌人也大半淹死在死亡沼泽中。

"昂多赫尔及其儿子死后，北方王国的阿维杜伊要求继承刚铎的王权，理由是他是伊希尔杜的直系后代，也是昂多赫尔唯一幸存的孩子费瑞尔的丈夫，但是这个要求遭到拒绝。其中，国王昂多赫尔的宰相佩兰都尔发挥了主要作用。

"刚铎议会回复：刚铎的王权和王冠只属于阿纳瑞安之子梅内尔迪尔的后代，伊希尔杜已经将王权让给了阿纳瑞安。在刚铎，王位只能由儿子继承，我们并未听说阿尔诺的法令有所不同。

"对此，阿维杜伊答复说：'埃兰迪尔有两个儿子，其中伊希尔杜是长子，也是父亲的继承人。我们听说，埃兰迪尔之名至今依然排在刚铎诸王一脉之首，因为他被奉为杜内丹人所有王国的至尊王。埃兰迪尔在世之际，南方被交给他的儿子共同掌管；但埃兰迪尔死后，伊希尔杜离开，去继承父亲的至尊王权，并像他父亲一样将南方的统治权交

给弟弟。他并没有让出刚铎的王权，更不想将埃兰迪尔的王国分治。'

"'而且，古往今来，努门诺尔的权杖都是传给国王最年长的后代，无论男女。诚然，这项法律在饱受战争蹂躏的流亡王国并未施行，但这是我们种族传承下来的法律，现在我们要遵照执行，因为昂多赫尔的儿子们均已战死，且没有留下子女。'[1]

"对此，刚铎并没有答复。得胜归来的统帅埃雅尼尔要求继承王权，并获得了刚铎所有杜内丹人的认可，因为他出身王室。他是西瑞安迪尔之子，西瑞安迪尔是卡利姆马奇尔之子，卡利姆马奇尔是阿奇尔雅斯之子，而阿奇尔雅斯则是纳马奇尔二世的弟弟。阿维杜伊没有坚持自己的主张；因为他既没有实力也不愿意违抗刚铎的杜内丹人的选择，但他的后代从未遗忘这一主张，尽管他们已经失去王权。而此时，北方王国已经濒临灭亡。

"正如阿维杜伊名字预兆的那样，他的确是末代国王。据说，他的名字是在出生时由先知马尔贝斯所取，此人对他父亲说：'你应该给他取名阿维杜伊，因为他将成为阿塞丹最后一位国王。然而，杜内丹人将面临一个选择，如果他们选择看似无望的选项，那么你的儿子会改掉名字，并成为一个伟大王国的国君。否则，无尽的悲伤将会降临，无数人将失去生命，直到杜内丹人崛起并重新联合起来。'

"在刚铎，埃雅尼尔之后也只有一位国王。如果王权得以联合，或许可以保住王权并避免许多厄运。但埃雅尼尔智力超群，并不傲慢。尽管阿塞丹的诸王血统高贵，但对刚铎的多数人而言，王国看起来并

---

[1] （我们从国王那里得知）这项法律是在努门诺尔制订的。当时的第六代国王塔尔-阿勒达瑞安只留下一个孩子，而且是个女儿。她成为首位摄政女王，即塔尔-安卡里梅。但在她执政之前，法令有所不同。第四代国王塔尔-埃兰迪尔的继承人是他的儿子塔尔-美尼尔都尔，不过他的女儿熙尔玛莉恩年纪更大。然而，埃兰迪尔正是熙尔玛莉恩的后代。

不重要。

"他派人送信给阿维杜伊,声称他根据法律和南方王国的需要,接受刚铎的王冠,'但我并没有忘记阿尔诺的王权,也不会否认我们的亲缘关系,更不希望埃兰迪尔的王国之间变得疏远。如果有可能,我会在你需要的时候出手相助。'

"然而,过了很长时间之后,埃雅尼尔才感觉足够稳妥,从而兑现自己的诺言。国王阿拉方特继续抵挡安格玛的袭击,渐渐力不从心,阿维杜伊继位之后情况也是如此;但最终,1973年秋天,消息传到刚铎,阿塞丹形势危急,巫王正准备向它发动最后一击。于是,埃雅尼尔毫不犹豫派儿子埃雅努尔率一支尽量强大的舰队北上,但是为时已晚。埃雅努尔还没有抵达林顿港,巫王就已经占领阿塞丹,阿维杜伊也已被害。

"但当埃雅努尔来到灰港,精灵和人类都感到欢欣鼓舞,并且大为震惊。他兵多将广、舰船云集,甚至找不到停泊之地,哈泷德和佛泷德已经被塞得水泄不通。船上下来一支强大的军队,携带的武器和补给足以支撑伟大国王的战争。而实际上,对北方人类来说,这只是刚铎全部力量中的一支小队。令人印象深刻的是他们的战马,许多都来自安度因河谷,骑于高大英俊,还有罗瓦尼安骄傲的首领。

"随后,奇尔丹从林顿和阿尔诺召集全部人马,万事俱备之后,大军越过路恩山脉,向北行进,进攻安格玛的巫王。据说,巫王现在住在弗诺斯特,已经占领了王宫,而王宫之内则住满了邪恶的居民。他狂妄自大,并没有被动防御、以逸待劳,而是率军迎战对方,期望像之前一样,将其赶进路恩山脉,一网打尽。

"但西方大军从暮暗丘陵向他发动攻击,在能微奥湖和北岗之间的平原展开一场大战。安格玛的军队已经退却,正撤往弗诺斯特,突然间,骑兵主力绕过山丘,从北方杀来,将其冲散并打败。随后,巫王收拾残军向北逃窜，撤回自己的领地安格玛。在他抵达卡恩督姆之前，刚铎的骑兵追了上来，其中埃雅努尔一马当先。与此同时，精灵领主格洛芬德尔率领的一支军队从幽谷赶来。随后，安格玛被彻底击败，迷雾山脉以西的地方再也没有任何人类或者奥克的踪迹。

"据说，在兵败山倒之际，巫王突然现身。他身着黑袍，头戴黑色面具，骑着一匹黑马，令人不寒而栗。他的胸中充满了仇恨，辨识出刚铎的统帅之后，一声怒吼，纵马直奔对方。埃雅努尔本可以抵挡他的进攻，但他的坐骑无法抵挡，不听号令，掉转头载他远远逃开。

"随后，巫王仰天大笑，恐怖的声音令闻者永生难忘。但这时格洛芬德尔骑着白马迎了上去，巫王笑到一半便转身逃跑，没入阴影之中。夜幕降临战场，他消失得无影无踪，众人无法分辨他去了哪里。

"这时埃雅努尔骑马归来，但格洛芬德尔看到暮色越来越暗便说：'不要追！他不会再回来了。他死期未到，而且不会死于人手。'许多人都记住了这句话，但埃雅努尔怒不可遏，一心想着报仇雪恨。

"于是安格玛邪恶王国就此覆灭，而巫王的仇恨则转移到了刚铎统帅埃雅努尔头上，但这要等到多年以后才会揭晓。"

后来发现，国王埃雅尼尔统治期间，巫王从北方逃离到了魔多，并在那里召集了其他戒灵，成为首领。但直到2000年，他们才从魔多出动，穿过奇立斯温格尔关隘，进攻米那斯伊希尔。2002年，他们攻下该地，并夺得塔中的帕蓝提尔。第三纪元时期，他们并没有被驱逐出去，米那斯伊希尔成为恐惧之地，被重新命名为米那斯魔古尔。伊希利恩的许多遗民都离开了家乡。

"埃雅努尔像他的父亲一样勇猛，但聪明才智相去甚远。他身体健壮，但脾气火暴。他不肯娶妻，唯一的兴趣就是打打杀杀、演练武力。他性格彪悍，刚铎没有人能在他热衷的比武大会上战胜他，与其说他是一位统帅和国王，倒不如说他是个竞技能人。他的勇猛和武功一直维持到晚年，常人难以企及。"

2043年，埃雅努尔继承王位，米那斯魔古尔国王向他发出挑战，要与他一对一决斗，嘲讽他不敢在北方的战斗中与之对决。当时，宰相马迪尔止住了国王的愤怒。米那斯阿诺尔自国王泰伦纳时期就已成为王国的都城和王宫所在地，这时被更名为米那斯提力斯，成为长期抵御魔古尔邪恶的城市。

埃雅努尔继任王位只有七年，魔古尔领主便再度发起挑战，嘲讽国王已经年老力衰。这时，马迪尔再也无法阻止国王，他披挂上马，率领一小队骑士赶到米那斯魔古尔。此后便杳无音信。人们相信，国王中了毫无信义的敌人的埋伏，在米那斯魔古尔被折磨致死，但由于他的死并没有人证，"贤相"马迪尔以他的名义执掌刚铎多年。

此时，诸王的后裔已经寥寥无几。亲族争斗导致他们的人数大大削减，从此以后，诸王对近亲充满嫉妒并心存芥蒂。遭到怀疑的人经常逃往乌姆巴尔并加入叛军，其他人则宣布与家族断绝关系，迎娶没有努门诺尔人血统的女人为妻。

因此，他们找不到血统纯正的人继承王位，也没有哪个人提出的王位继承要求得到批准，所有人都对亲族争斗耿耿于怀，知道如果再起纷争，刚铎必将灭亡。因此，时光流逝，宰相们继续执掌政权，埃雅努尔将埃兰迪尔的王冠留在陵寝中国王埃雅尼尔的膝盖上。

宰相

宰相家族被称作胡林家族，因为他们是国王米纳迪尔（1621—1634年）的宰相、埃敏阿尔能的胡林之后裔，而埃敏阿尔能的胡林则是努门诺尔贵族。在他之后，诸王一直从他的后人中间选拔宰相。在佩兰都尔统治时代之后，宰相制已经成为一种王权，改成了世袭制，子承父位，抑或传给至亲。

每一位新上任的宰相务必宣誓"以国王之名掌管权杖、管理王国，直至国王归来"。但这很快就成为一项仪式，因为宰相们行使着诸王的全部权力。但刚铎依然有许多人相信有朝一日国王能够归来。有人记得北方的古老一脉，据说他们依然生活在阴影之中，但执政宰相们对他们狠下心肠。

然而，宰相们从未坐上古老的王座。他们并不佩戴王冠，也不会手执权杖。他们只拿一根白杖，作为权力的象征。他们的旗帜是白色的，没有纹饰，而王室旗帜是黑底，图案是七星照耀下的一棵繁花盛开的白树。

马迪尔·沃隆威被视作刚铎首任执政宰相。自他之后，又有二十四任，直到第二十六任也就是最后一任德内梭尔二世。起初王国和平无事，因为那是"警戒和平"时期，此间索隆在白道会面前撤退，戒灵还躲在魔古尔山谷之中。但从德内梭尔一世统治时期开始，和平不再，即使刚铎没有发生大战或者公开战斗时，边境也时刻面临威胁。

德内梭尔一世统治末期，乌鲁克族，也就是力量强大的黑奥克，首次从魔多出现，2475年横扫伊希利恩，攻下欧斯吉利亚斯。德内梭尔之子波洛米尔（后来的"九行者"波洛米尔）将他们击败，夺回伊希利恩，但欧斯吉利亚斯最终被毁，大石桥断裂。此后那里便无人居住。波洛米尔是一位伟大的统帅，连巫王都对他心生忌惮。他面容高贵俊朗，身体强健，意志坚定，但他在这场战争中受伤，寿命缩短，饱受伤痛折磨，并在他父亲去世十二年之后撒手人寰。

在他之后，奇瑞安开启了漫长统治。他十分警惕，但刚铎的国土范围缩减，他只能守护边境，而他的敌人们（或者说指使这些敌人的力量）则准备向他发动进攻，对此他无法阻止。海盗不断袭扰沿海地区，但他的心腹大患则来自北方。在罗瓦尼安，位于幽暗森林和奔流河之间的广大地区，如今居住着一支强大的族群，完全受多古尔都的阴影掌控。他们经常穿越森林前来劫掠，直到金菖蒲沼地南方的安度因河谷大半遭到遗弃。同类从东方赶来，这些巴尔寇斯人不断壮大，而卡伦纳松的居民人数减少。奇瑞安艰难地利用该地扼守安度因一线。

"奇瑞安可以预见即将到来的进攻，向北求援，但为时已晚，因为当年（2510年）巴尔寇斯人已经在安度因东岸建造了许多大大小小的舰船，蜂拥而至，横扫守军。从南方调来的军队遭到阻击，被驱赶到利姆清，在此被一群从迷雾山脉赶来的奥克攻击并逼迫到安度因河。这时，令人意想不到的是，北方援军赶来，刚铎第一次听到了洛希尔人的号角。年少的埃奥尔率领骑兵赶来，横扫敌军，在卡伦纳松原野上将巴尔寇斯人追逐杀死。奇瑞安赐予埃奥尔这片土地，对方则向他宣誓，即'埃奥尔之誓'，在需要时伸出援手，并响应刚铎君主的召唤。"

在第十九任执政宰相贝伦统治时期，刚铎遭受了更加严峻的危险。三支准备已久的大型舰队从乌姆巴尔和哈拉德出发，大举进攻刚铎沿海地区；敌人四处登陆，向北直逼艾森河口。与此同时，洛希尔人东西两面遭到进攻，他们的土地遭到侵占，被赶到白色山脉的谷地。这年（2758年）漫长的冬季开始，来自北方和东方的大雪持续了近五个月。洛汗的海尔姆和他的儿子们都在这场战争中丧生，埃利阿多和洛汗都饱经创伤。但在刚铎白色山脉以南地区，情况相对乐观，春天到来之前，贝伦之子贝瑞冈德打败了入侵者。他立即向洛汗派遣援军。他是自波洛米尔以来刚铎最伟大的统帅，继承父亲的权位（2763年）

之后，刚铎国力开始恢复，但洛汗则恢复得较为缓慢。正因为如此，贝伦欢迎萨鲁曼，并将欧尔桑克的钥匙交给他。从这一年开始（2759年），萨鲁曼在艾森加德居住。

贝瑞冈德统治时期，迷雾山脉中爆发了矮人与奥克之战（2793—2799年），传言到了南方，直到奥克从南都西瑞安逃离并企图穿越洛汗在白色山脉定居。河谷地区经过多年战乱，危险才被解除。

第二十一任执政宰相贝烈克梭尔二世死后，米那斯提力斯的白树也随之凋亡，但它依然屹立在原地"等待国王归来"，因为找不到树苗。

图林二世执政期间，刚铎的敌人再次蠢蠢欲动，因为索隆的势力再次壮大，崛起的日子指日可待。除了少数最为坚强的居民之外，伊希利恩的大多数人类都离开伊希利恩，向西越过安度因，因为当地受到魔多奥克侵扰。乌苟立安特在伊希利恩为士兵建立了秘密避难所，其中汉奈斯安努恩驻守的时间最长。他还加强了凯尔安德罗斯岛[1]的工事，保卫阿诺瑞恩。但他面临的主要威胁来自南方，哈拉德人已经在那里占领刚铎南部，波罗斯河一线战事不断。当伊希利恩遭受大军侵袭时，洛汗国王伏尔克威奈履行了"埃奥尔之誓"，报答了贝瑞冈德的援助之情，派大批人马援助刚铎。在他们的帮助下，乌苟立安特在波罗斯河渡口夺取胜利，但伏尔克威奈的两个儿子都战死沙场。骠骑兵按照本族的风俗将他们安葬在同一座墓穴，因为他们是孪生兄弟。这座坟墓位于豪兹-因-格瓦努尔[2]，长期耸立在河岸边，刚铎的敌人不敢越过。

图林之后是图尔贡，他治下的大事，主要是去世前两年，索隆再

---

1 该名称的意思为"长沫之船"，因为此岛的形状犹如一艘大船，高高的船艏正对北方，安度因河水冲击岛上尖利的岩石，溅起层层白沫。
2 辛达语，意为"兄弟之冢"。

度崛起并公开现身，重回准备迎接他的魔多。之后，巴拉督尔再次建立，末日山喷发，最后一批伊希利恩居民也远走他乡。图尔贡死后，萨鲁曼将艾森加德据为己有并加强了防御。

"图尔贡之子埃克塞理安二世智慧超群。他凭借手中的权力，开始加强王国，抵御魔多的进攻。他鼓励远近所有仁人志士为他效力，并给建立功绩的人加官晋爵、进行封赏。他的所作所为，主要是采纳了他喜爱的一位伟大统帅的帮助和建议。刚铎的人都称他为'星之鹰'梭隆吉尔，因为这个人行动敏捷，眼光犀利，斗篷上佩戴一颗银色的星，但他的真实姓名和出生地却无人知晓。他从洛汗来到埃克塞理安，曾在洛汗效忠国王森格尔，但他不是洛希尔人。他是人类的杰出领袖，无论是在陆地上还是在海上都是如此，但他在埃克塞理安的时代结束之前，就消失在阴影中，就像他从阴影中过来时一样。

"梭隆吉尔经常告诫埃克塞理安，如果索隆公开向刚铎发动战争，乌姆巴尔的叛军势必将成为刚铎的心腹大患，也将对南方的封地构成致命威胁。最终，他得到了宰相的肯定，调派一支小型舰队，乘夜前往乌姆巴尔，烧毁了海盗的大部分船只。他自己也在码头的战斗中击倒了港口统帅，随后在遭受较少战损的情况下撤回舰队。但当他返回佩拉基尔时，令人悲伤和惊讶的是，他不愿回到米那斯提力斯去接受等待他的巨大荣誉。

"他致信向埃克塞理安告别，说：'主上，现在有其他事务在召唤我，倘若命中注定我能再次回到刚铎，那也必定需要经历艰险，是许久之后的事了。'尽管没人能猜测到底是什么事务，也不知道他受到了什么召唤，大家都知道他去了哪里，因为他乘船渡过安度因，在那里向随从道别并独自离开。人们最后见到他时，他正朝着阴影山脉的魔影前行。

"梭隆吉尔走后，城里一片忧伤，所有人似乎都如丧考妣，只有埃克塞理安之子德内梭尔除外。如今他已长大成人，可以担任宰相之位，四年之后，他父亲去世，他继承了宰相之位。

"德内梭尔二世个性高傲，身材高大，勇猛无畏，是多少年来刚铎出现的最具王者气质的人。他还十分聪慧且具有远见，博闻强记。的确，他很像梭隆吉尔一样，两人亲缘很近，但无论是在人们心中，还是在父亲的眼里，有了这个陌生人，他总是屈居第二。这时，许多人认为，梭隆吉尔是趁对手成为主上之前选择离开的，但实际上梭隆吉尔与德内梭尔从来没有恩怨，而且作为对方父亲的臣子，也从未做出任何出格之事。只是在一件事上两人有过分歧：梭隆吉尔经常警告埃克塞理安不要相信艾森加德的白袍萨鲁曼，而应该欢迎灰袍甘道夫。但德内梭尔对甘道夫并无好感，埃克塞理安去世以后，米那斯提力斯不再欢迎这位灰袍行者。因此，当一切真相大白时，许多人认为，心思细腻、富有远见和洞察力的德内梭尔已经发现这个外人梭隆吉尔的真实身份，并怀疑他和米斯兰迪尔有意取代他。

"德内梭尔成为宰相（2984年）之后，证明了他是一位贤能的执政者，他一手总揽大权。他寡言少语。他会听从建议，但依然按照自己的意志行事。他结婚较晚（2976年），迎娶了多阿姆洛斯的阿德拉希尔之女芬杜伊拉丝为妻。女方容貌绝代，心地善良，但婚后不到十二年就离开了人世。德内梭尔对她宠爱有加，只有她为他诞下长子除外。但人们认为，这座固若金汤的城池让她凋零，就像海边山谷里的鲜花被种在岩石上一样。东方的阴影令她心怀恐惧，她的眼睛总是看着南方，那里有她朝思暮想的大海。

"她死后，德内梭尔变得更加严厉而沉默，经常一个人坐在塔中，感觉魔多的进攻近在眼前。后来人们认为，他需要知识，但又过于高傲，一味相信自己的意志，竟然冒昧去看白塔中的那颗帕蓝提尔。此前历任宰相都不敢这么做，在米那斯伊希尔陷落、伊希尔杜的帕蓝提尔落入敌手之后，国王埃雅尼尔和埃雅努尔都不敢这么做，因为米那斯提力斯的晶石是阿纳瑞安的帕蓝提尔，与索隆手中的那一颗关系最为紧密。

"这样一来，德内梭尔对王国以及边境之外的地方发生的一切都了如指掌。人们对此惊讶不已，但他为此付出了沉重的代价。他衰老过快，因为他要与索隆的意志进行较量。于是，德内梭尔的傲慢与绝望同时增长，直到他看到白塔之主和巴拉督尔之主之间的对决，不再相信其他抵抗索隆的人，除非对方向他一人效力。

"魔戒大战日期临近，德内梭尔的儿子们长大成人。波洛米尔年长五岁，深受父亲喜爱。他的容貌和孤傲也像父亲一样，但在其他方面，他更像以前的国王埃雅努尔，不愿娶妻，热衷于打打杀杀。他勇敢无畏，身体强壮，但除了古代战争传奇之外对于学问毫无兴趣。他弟弟法拉米尔与他容貌相似但思想迥异。他像父亲一样善于识人，阅读广泛，待人仁慈宽容。他性情温和，爱好学问和音乐，因此人们认为他的勇气不如兄长。但事实并非如此，他只是不愿冒险追求毫无意义的荣耀。甘道夫来到城中时，他欢迎对方，虚心学习他的智慧，除此以外，他在许多事情上都令父亲心中感到不悦。

"然而，这两兄弟自幼手足情深，当时波洛米尔是法拉米尔的助手和守护人。从那以后，兄弟两人并不会为了争夺父亲的宠爱或是众人的夸赞心生嫉妒，也不会钩心斗角。在法拉米尔看来，刚铎不会有人与德内梭尔的继承人、白塔统帅波洛米尔竞争，波洛米尔的想法也是如此，但事实并非如此。魔戒大战中这三个人的遭遇在别的地方另有记述。战争过后，执政宰相的时代随之终结，因为伊希尔杜和阿纳瑞安的继承人归来，王权得以延续，白树旗帜再次在埃克塞理安之塔飘扬。"

第五节   以下为《阿拉贡与阿尔玟的故事》节选

"阿拉多是国王的祖父。他的儿子阿拉松想迎娶狄海尔之女、美丽的吉尔蕾恩为妻,狄海尔是阿拉纳斯的后代。狄海尔反对这桩婚事,因为吉尔蕾恩年纪尚轻,按照杜内丹女子的习俗,还没有达到结婚年龄。

"'而且,'他说,'阿拉松已经成年,性情严肃,会比人们预料的更早担任族长,但我心里有预感,他不会长寿。'

"但他妻子伊沃尔玟也有预知能力,答道:'所以要赶快成全这件事!现在是山雨欲来,大难临头。如果这两人结为夫妇,人们尚能心生希望;如果耽搁下去,就算时代终结,也不会有什么希望。'

"结果,阿拉松和吉尔蕾恩结婚刚满一年,阿拉多就在幽谷北方的冷原被山区食人妖俘获并杀害,阿拉松成为杜内丹人的族长。第二年,吉尔蕾恩为他诞下一个儿子,取名阿拉贡。但阿拉贡只有两岁时,阿拉松和埃尔隆德的儿子们一起骑马与奥克作战,被奥克弓箭射中眼睛,因此丧命。因此,他死时只有六十岁,对这个种族来说,实属短命,之前的预言得到了印证。

"随后,阿拉贡成为伊希尔杜的继承人,和他母亲一起被带到埃尔隆德处居住。埃尔隆德扮演了父亲的角色,待他如同己出。但他被称作埃斯泰尔,意为'希望',在埃尔隆德的授意下,他的真名和血统对外都秘而不宣,因为智者知道敌人正企图找到伊希尔杜的继承人,如果他们幸存于世的话。

"但是当埃斯泰尔只有二十岁时,机缘巧合,他和埃尔隆德的儿子们一起立下汗马功劳,回到幽谷。埃尔隆德看着他,深感欣慰,因为他看到的这位年轻人英俊高贵,早已成人,尽管这位年轻人的身体和心智成长还大有潜力。于是，这一天埃尔隆德呼唤他的真名，告诉他的真实身份和出身，并将他的传家宝交给他。

"'这是巴拉希尔之戒，'他说，'这是我们亲缘关系的见证。这是纳熙尔碎片。有了这些，你可以再树功勋，因为我可以预见，你的寿命将远超人类，除非厄运降临或者你无法经受考验。但这场考验无比艰难，旷日持久。安努米那斯的权杖暂且由我保管，你得用实际行动赢得它。'

"第二天日落时分，阿拉贡独自在林中漫步，他一时兴起，引吭高歌，因为他满怀希望，再加上四周的景色美不胜收。他正唱着歌时，突然看到一位少女在白桦林间的绿茵上漫步。他停下脚步，大吃一惊，以为自己进入了梦境，又或者他获得了精灵族吟游诗人的天赋，能让听者看到他歌唱的场景。

"因为阿拉贡唱的正是《露西恩之歌》，讲的就是露西恩和贝伦在尼尔多瑞斯的森林中相见的情景。天哪！露西恩就在幽谷出现在他眼前，只见她身着银蓝双色披风，美如精灵家园的暮色；她的秀发在风中飘扬，眉间闪耀着灿若星光的宝石。

"一时间，阿拉贡看得目瞪口呆，但他担心她会消失不见，于是向她呼唤，缇努维尔，缇努维尔！就像古时贝伦的呼唤一样。

"这时少女转身对他嫣然一笑，说道：'你是谁？为什么这么叫我？'

"他答道：'因为我以为你就是露西恩·缇努维尔，我正在唱她。就算你不是，你走路的神态也很像。'

"'人家都这么说，'她正色答道，'但那是她的名字，不是我的。尽管我的命运未必与她不同。你是谁？'

"'我叫埃斯泰尔，'他说，'但我是阿拉松之子阿拉贡，伊希尔杜的继承人，杜内丹人的族长。话虽如此，他曾经引以为傲的高贵血统，这时却显得毫无价值，与她的端庄和美貌相比不值一提。'

"但她开心地笑着说：'那我们算是远亲了。我是埃尔隆德之女阿尔玟，也叫乌多米尔。'

"'难怪人们说，'阿拉贡说，'世道艰险的时候人们总会将宝贝珍藏起来。我真佩服埃尔隆德和你的两个哥哥！我打小就住在这里，竟然从来没有听说过你。我们怎么从来没见过面？你父亲果真没有把你锁在深闺？'

"'那倒没有，'她说着，抬头看着东方耸立的群山，'我在我母亲族人的国家住了一段时间，就是遥远的洛斯罗里恩，只是最近才回来探望父亲。我已经多年没有在伊姆拉德里斯散步了。'

"这时阿拉贡心生疑惑，因为她看起来并不比他大，他在中土世界不过生活了二十年。但阿尔玟看着他的眼睛说：'不用疑惑！埃尔隆德的子女拥有埃尔达的寿命。'

"于是阿拉贡感到局促不安，因为他从她眼中看到了精灵之光与岁月的智慧，但从此刻开始，他就对埃尔隆德之女阿尔玟·乌多米尔心生爱慕。

"在接下来的日子里，阿拉贡变得沉默寡言，母亲发现了他身上发生的离奇变化。最终，他向母亲坦白，讲述了森林黄昏中的邂逅。

"'孩子，'吉尔蕾恩说，"虽说你是诸王后嗣，但这不免太过奢望了。这是世上最高贵最美丽的女子。人类与精灵联姻并不合适。'

"'可我们有亲缘关系吧，'阿拉贡说，'我听说过先祖们的故事，如果是真的的话。'

"'故事是真的不假，'吉尔蕾恩说，'但那是很久以前的事，那时还是上一个纪元，当时我们的种族尚未衰落。因此，我很担忧；如果不是埃尔隆德大人仁慈，伊希尔杜的后代就会断绝。但我觉得，在这件事上，埃尔隆德不会允许。'

"'那我的日子就苦了，我会一个人在山野里游荡。'阿拉贡说。

"'那就是你命该如此。'吉尔蕾恩说。但尽管她或多或少对自己族人的命运有一定的预见能力,她并没有吐露任何消息,儿子的话她也没有向任何人提起。

"但埃尔隆德阅人无数,什么事情都看在眼里。于是,在秋天到来之前的一天,他把阿拉贡叫到房里说:'阿拉贡,阿拉松之子,杜内丹人的族长,请听我一言!你面临的是宿命,你要么超越自埃兰迪尔以来所有先辈的荣光,要么和仅存的亲族一起堕入黑暗。你要经历多年的考验。在你时来运转、功成名就之前,你不能娶妻,也不得与任何女人厮守终身。'

"阿拉贡十分疑惑,他说:'莫非是我母亲说了什么?'

"'没有,'埃尔隆德说,'是你的眼睛背叛了自己。但我说的不仅是我的女儿。谁的女儿你都不能迎娶。至于美丽的阿尔玟,她是伊姆拉德里斯和罗里恩的公主,是她族人的暮星,她的血统远高于你,她在世上已经度过无数年岁,相比之下,你不过是一棵幼苗。她比你高贵太多。而且,我觉得她也会这么认为。但即使她不这么看,甚至对你倾心,我依然会因为我们面临的宿命而感到悲伤。'

"'什么宿命?'阿拉贡问。

"'这宿命就是只要我留在这里,她就享有埃尔达的青春,'埃尔隆德回答说,'一旦我离开,她就会跟我一起走,如果她这么选择的话。'

"'我明白了,'阿拉贡说,'我企望的珍宝,不亚于贝伦曾经看中的辛格尔的珍宝。这就是我的命运。'随后,族人的预见突然在他脑海里闪现,他说:'不!埃尔隆德大人,你停留的时间已经屈指可数,你的孩子们很快就得做出抉择:要么离开你,要么离开中土世界。'

"'的确如此,'埃尔隆德说,'尽管我们说时光飞逝,但对人类来说时间依然漫长。可是在我的爱女阿尔玟这件事上别无选择,除非你,阿拉松之子阿拉贡,挑拨我们的关系,让你或者我承受永恒的分别之苦。'他叹了一口气,过了一会儿,严肃地看着年轻人,接着说,'时间的车轮不会停息。我们要等到经历许多事情以后再提这件事。黑暗即将到来,厄运即将降临。'

"于是,阿拉贡怀着对埃尔隆德的敬爱之情向他告别。第二天他又辞别母亲、埃尔隆德的家人和阿尔玟,进入了荒野。此后近三十年,他一直努力对抗索隆。他成为智者甘道夫的朋友,并从他那里学到了许多智慧。他随甘道夫一起经历了许多险象环生的旅程,但随着时光流逝,他更多地孤身旅行。他的日子过得艰辛而漫长,他的相貌变得冷酷,除非他偶尔露出笑容。当他对自己的真实面貌不加掩饰,以一个流亡国王的身份出现,人们觉得他更加可敬。他多次乔装打扮,留下了众多广为流传的化名。他和洛希尔骑兵一起,在陆地和海上为刚铎宰相奋战。到了胜利时刻,他又从西方人的视野中悄然离开,独自一人进入遥远的东方,抑或深入南方,探索着或善或恶的人心,揭露索隆走狗的阴谋诡计。

"于是,他最终成为最坚强的人类。他精通不同技艺,掌握各门学识,又有所超越。他拥有精灵的智慧,目光如炬,定睛凝视时让人难以承受。他面带愁容,表情严肃,因为他时刻准备着迎接宿命,但他内心深处仍然满怀希望,也会言谈欢笑,仿佛岩石中涌出甘泉。

"阿拉贡九十四岁时,从魔多的黑暗疆域归来,这时索隆已经重新盘踞魔多,并四处作恶。他精疲力竭,希望返回幽谷稍作休整,以便再次出发前往遥远的国度。路上,他抵达罗里恩,被加拉德瑞尔夫人邀请进入一片神秘国度。

"他并不知道,阿尔玟·乌多米尔也在那里,她又来到这里和母亲一族同住。只见她容颜未改,因为日月风霜无法侵蚀她的容貌。她的面容更加严肃,鲜少言谈欢笑。但阿拉贡身心已经历练成熟,加拉德瑞尔让他脱去一身旧衣,换上一套银白装束,精灵灰袍,并在他额头上佩戴一块闪亮的宝石。经过装扮，他仪表堂堂，胜过任何一位人类国王，看起来更像是一名来自西方诸岛的精灵贵族。经过长久的分别，阿尔玟再见他时便看到了这副尊容。他在卡拉斯加拉松开满金色花朵的树林中朝她走来时，她已经做出了抉择，也将迎接随之而来的宿命。

"接下来的几个月，他们一起在洛斯罗里恩的林间漫步，直到他继续动身离开。在这个仲夏日的傍晚，阿拉松之子阿拉贡和埃尔隆德之女阿尔玟来到位于王国腹地美丽的凯林阿姆洛斯山，赤足走在埃拉诺尔和尼芙瑞迪尔盛开的长青草地上。他们从这里看到东方的魔影和西方的暮色，两人发誓终身相伴，十分欢乐。

"阿尔玟说：'尽管魔影黑暗，我的心里却十分欢喜，因为你，埃斯泰尔和勇士们会一起将它消灭。'

"但阿拉贡答道：'唉！我无法预见未来，也不知道该如何应对。但只要你有希望，我就有希望。我断然反对魔影。但是，公主，暮色也不属于我，因为我是凡人。暮星，如果你决心和我在一起，你也得放弃暮色。'

"听到这里，她像一株白树一样静静伫立，看着西方，最终说道：'杜内丹人，我心意已决，甘愿放弃暮色，但那里有我的族人和亲人的家园。'她深爱着自己的父亲。

"当埃尔隆德得知女儿的选择之后，他陷入沉默。尽管他内心十分悲伤，觉得他一直以来都在担心的宿命更加令人难以忍受，可当阿拉贡再次来到幽谷时，他还是把阿拉贡叫到身边说：

"'孩子，事到如今，曾经的期望已经无法实现，后事如何我也无从知晓。现在，你我之间已经存在一道阴影。或许，这是命中注定，通过我的牺牲，人类的王脉才能延续。因此，尽管我对你十分疼爱，我不得不告诉你：'阿尔玟·乌多米尔不应该轻易屈尊。她实在不该嫁给刚铎和阿尔诺国王之外的凡人。对我而言，即使我们取得胜利，只能给我带来悲伤和离别——但对你而言，可以带来短暂的欢欣。唉，孩子！我担心到头来阿尔玟会觉得人类的宿命太过残酷。'

"因此，从此以后，埃尔隆德和阿拉贡对这件事绝口不提，而阿拉贡又再次迎接各种危险和苦难。随着世界变得黑暗，恐惧降临到中土世界，索隆的势力不断增长，巴拉督尔愈加强盛。阿尔玟依然留在幽谷，阿拉贡外出时，她用自己的相思守护对方。她为他制作了一面宽大的王者旗帜，只有继承努门诺尔王权的人和埃兰迪尔的继承人才能展示。

"几年之后，吉尔蕾恩离开埃尔隆德，回到位于埃利阿多的本族中独自居住。她很少再见到儿子，因为他一直身处边远的国度。但有一次，阿拉贡回到北方，来探望母亲，她在他临走之前嘱咐说：

"'这是我们最后的道别，埃斯泰尔，我的孩子。我年事已高，就像凡人一般。如今，我无法面对中土世界正在聚集的黑暗，我的大限将至。'

"阿拉贡试图安慰她说：'黑暗之中总能找到光明。果真如此的话，我会让你看到，让你安心。'

"但她只说了这样一句林诺德体诗句：

Ónen i-Estel Edain, ú-chebin estel anim.[1]

"随后阿拉贡心事重重地辞别而去。没等到春天吉尔蕾恩就离开了人世。

"此后时光飞逝，直到魔戒大战。有关内容不再赘述：包括索隆如何被推翻，绝望之中如何重拾希望等。实际情况是，在兵败之际，阿拉贡从海上出现，在佩兰诺平原之战中展开了阿尔玟制作的旗帜。

---

[1] 辛达语，"我将希望留给杜内丹人，自己则毫无保留"。

是日，他第一次被拥为国王。最终，当一切尘埃落定，他成为先辈们的继承人，接受了刚铎的王冠和阿尔诺的权杖。在索隆覆灭的那年仲夏，他与阿尔玟·乌多米尔执手，在诸王之城喜结连理。

"因此，第三纪元以胜利和希望告终，但令人悲伤的是，在这个纪元，埃尔隆德和阿尔玟骨肉分离，因为他们远隔重洋，分别到地老天荒。至尊戒被毁，三戒丧失威力，埃尔隆德最终心力交瘁，离开了中土世界，一去不返。阿尔玟成为凡人女子，但她命中注定，不会在失去所有之前离开人世。

"作为精灵与人类的王后，她和阿拉贡一同生活了一百二十年，享尽荣华喜乐。虽然活了很久，但阿拉贡最终还是感觉年老气衰，知道自己大限将至。这时他对阿尔玟说：

"'暮星夫人，世间最美的女子，我最亲的爱人，我的世界已近黄昏。看吧！我们相识相聚，长相厮守，如今是时候付出代价了。'

"阿尔玟知道他想说什么，也早就料到这一天；尽管如此，她还是悲痛不已：'陛下，难道你大限未到就要抛下你的子民吗？'

"'倒不是说大限未到，'他答道，'即使我现在不走，不久之后我也别无选择。我们的儿子埃尔达瑞安已经成年，足以胜任王位。'

"于是，阿拉贡走到寂静之街的王陵，躺在为他备好的长床之上。他在那里向埃尔达瑞安告别，将带翼的刚铎王冠和阿尔诺权杖交到儿子手中。然后众人离开王陵，留下阿尔玟守在他的床边。可是，尽管她智慧超人、血统高贵，依然忍不住恳求他多待一阵。她还没有厌弃自己的生活，却因此尝到了当初的选择带来的伤痛。

"'乌多米尔夫人，'阿拉贡说，'这一刻必然十分艰难，但自从我们在埃尔隆德的花园白桦树下相遇的那一刻起，一切都已注定，如今花园里再也无人漫步。当我们登上凯林阿姆洛斯，摒弃了阴影和暮色，我们就接受了如此宿命。亲爱的，你好好想想，你是否真的要等到我老态龙钟摔下王座再与我分别。不，夫人，我是努门诺尔人的遗民，也是远古时代的最后一位国王。我的寿命已是中土世界常人的三倍，我还享有自行离去、偿还恩赐的自由。因此，现在我要安息了。

"'我不用安慰你，因为世间的生离死别无法安慰。你面临着一个最终的选择：要么反悔，回到灰港，带着我们共同的记忆回到西方，这样一来这些记忆就能长存，但仅限于记忆；要么，忍受人类的命运。'

"'不，亲爱的陛下，'她说，'选择早就不复存在。现在没有船能载我西去，我必须承受人类的宿命，无论我是否心甘情愿接受：接受那失去和沉默的宿命。但我告诉你，努门诺尔人的国王，直到现在我才理解你的族人的传说和堕落。我曾鄙视他们，认为他们邪恶愚蠢，但最终我开始怜悯他们，因为就像埃尔达说的一样，万物之主给予人类的恩赐，实在难以接受。'

"'看来如此，'他说，'但是，我们不要在最后的考验中失败，我们曾经摒弃了魔影和魔戒。我们必须离去，虽然悲伤，但不绝望。看吧！我们并没有永远被禁锢在这个世界上，在这个世界之外，也不只有回忆。别了！'

"'埃斯泰尔，埃斯泰尔！'她哭喊道，尽管她抓起并亲吻他的手，他还是陷入了长眠。随后，他的面容变得俊美异常，观者都觉得无比惊讶，因为众人同时看到了他年轻时的健美，成年时的英勇和老年时的睿智。他长久躺在那里，成为世界崩裂之前人类国王光荣形象的代表。

"但阿尔玟离开了王陵。她眼中的光芒不再，人们发现她变得冰冷灰暗，仿佛没有星光的冬夜。随后，她辞别埃尔达瑞安，辞别她的女儿们以及挚爱的亲人。她离开米那斯提力斯，到了罗里恩的土地，独自一人住在凋零的森林中，直到冬天到来。加拉德瑞尔已经西去，凯勒博恩也已经离开，大地一片死寂。

"最终,当琋珑树树叶开始飘落,春天尚未到来,[1]她在凯林阿姆洛斯安息。那就是她的绿色坟墓,直到人世变迁,她的事迹被人遗忘,而埃拉诺尔花和尼芙瑞迪尔花再也没有在大海之东绽放。

"故事到此结束,这是从南方流传而来的说法。随着暮星陨落,本书对古老时日的故事不再赘述。"

---

[1] 见第二部卷三第二章。

第二篇
● ● ●
埃奥尔家族

"'年少的'埃奥尔是伊奥希奥德地区人类的领袖。这片土地位于安度因河源头附近,位于迷雾山脉深处和幽暗森林北端之间。伊奥希奥德人早在埃雅尼尔二世统治时期就从卡尔岩和金菖蒲沼地之间的安度因河谷迁到此地,属于贝奥恩一族和森林西部人类的近亲。埃奥尔声称他们的祖先是罗瓦尼安诸王的后代,他们的王国位于幽暗森林。那是战车民入侵之前,因此他们自认为是埃尔达卡之后刚铎诸王的亲族。他们最喜平原地区,喜好骑马,熟悉各种马上技艺,但当时安度因河谷中间有许多人类,而且多古尔都的阴影正在加深。因此,当他们听说巫王被推翻后,就向北方扩张,赶走了迷雾山脉以东的安格玛遗民。但在埃奥尔之父利奥德统治时期,他们人口众多,家园又变得人烟稠密。

"在第三纪元的2510年,一场新的厄运给刚铎带来威胁。一支来自东北的野人大军席卷罗瓦尼安,从褐地南下,乘木筏渡过安度因河。与此同时,不知是出于偶然还是预谋,奥克(此时,他们尚未与矮人开战,势力正盛)从山上发动袭击。入侵者占领了卡伦纳松,刚铎宰相奇瑞安向北方求援，因为安度因河谷的人类和刚铎人之间情谊绵长。但如今河谷里人烟稀少，居住分散，很难集结援兵。最终，刚铎危急的消息传到埃奥尔那里，尽管消息看似已经来迟，他还是派出了一支骑兵大军。

"于是，他加入了凯勒布兰特原野之战。这是位于银脉河和利姆清之间的绿地。在此，刚铎的北方部队遭遇危险：他们在北高原被击败，南方又被截断，被赶到利姆清河对岸后又突然遭到奥克大军攻击，只好撤往安度因河。万念俱灰之际，来自北方的骑兵大军突袭了敌军后方。随后，战局发生扭转，敌人遭到屠戮，被逼渡过利姆清河。埃奥尔率军追赶，敌人对北方骑兵闻风丧胆，北高原的入侵者也陷入恐慌，在卡伦纳松平原被一阵追杀。"

自大瘟疫以来，这一地区人烟稀少，残余的居民多数被东夷屠杀。因此，为了报答对方的援助，奇瑞安将安度因河和艾森河之间的卡伦纳松赐予埃奥尔和他的子民。他们随即派人从北方接回妻小家什，在当地定居下来。他们将它更名为骠骑兵之马克，并自称埃奥尔一族；但刚铎人称他们的土地为洛汗，称那里的人为洛希尔人（意思是"驭马人"）。于是，埃奥尔成为马克的第一任国王，他选择住在一处绿色山丘上，山丘位于他国内南方屏障白色山脉的山脚。在那里，洛希尔人此后过着自由生活，他们有自己的国王和法律，但一直与刚铎结成联盟。

"洛汗的许多歌谣仍然对北方念念不忘，其中提到了许多首领和武士以及美丽勇敢的女子的名字。据说，弗鲁姆加是一位族长的名字，他带领子民来到伊奥希奥德。他的儿子弗拉姆据说杀死了埃瑞德米斯林山中的巨龙斯卡萨，从此以后土地恢复了宁静。因此，弗拉姆赢得了巨大的财富，但他与矮人族结下了仇怨，因为矮人们声称斯卡萨的宝藏属于他们。弗拉姆不愿与之分享财富，只是给对方送去一条斯卡萨牙齿做成的项链，并且说：'如此稀世珍宝足以让你们的宝库相形见绌。'据说矮人不堪此辱,杀了弗拉姆。伊奥希奥德和矮人之间互不待见。

"利奥德是埃奥尔父亲的名字。他擅长驯服野马;那时领地上有许多野马。他捕获了一匹白色的马驹,它迅速长成一匹强健而又高傲的骏马。没有人能驯服此马。利奥德骑上它之后,它载着他跑开,最终将他摔下,利奥德的头撞到石头上丧命。当时他只有四十二岁,儿子还只有十六岁。

"埃奥尔发誓为父亲报仇。他追捕很久,终于发现了这匹马的踪迹。他的随从以为他会悄悄靠近,用弓箭将它射杀。可当他靠近时,埃奥尔站起身大喊道:'过来,你这祸根,我给你取个新名字!'令人吃惊的是,这匹马朝埃奥尔看过来,走到他跟前。埃奥尔说:'我给你取名叫费拉罗夫。你喜欢自由,我不该因此责备你。但你欠我一笔死亡赔偿,你得牺牲自己的自由,向我偿还,一直到死。'

"埃奥尔骑上它,费拉罗夫乖乖驯服。埃奥尔骑着它回到家里,并没有使用辔头或者嚼子。从此以后,他就这样骑它。这匹马懂人话,但只有埃奥尔能骑它。埃奥尔去凯勒布兰特原野时骑的便是这匹马。它的寿命像人类一样长久,它的后代也是如此。这就是美亚拉斯,他们只乘载马克国王和他的儿子们,直到捷影的时代。人们说,肯定是贝玛(埃尔达将其称作欧洛米)从大洋彼岸的西方将它们的祖先带到了这里。

"在马克诸王之中,从埃奥尔到希奥顿,有关'锤手'海尔姆的传说最多。他生性严肃,力大惊人。当时有个人名叫弗雷卡,自称是国王弗雷亚威奈之后,尽管人们都说,他有黑蛮地血统,长着黑色头发。他广有财富、权势煊赫,在阿多恩河[1]两岸都广有田地。在河流源头

---

[1] 该河发源于埃瑞德尼姆拉伊斯之西,注入艾森河。

附近，他建造了一座堡垒，从不将国王放在眼里。海尔姆对他并不信任，但仍然请他前来商议国是，对方偶尔心血来潮也会参加。

"有一次，弗雷卡带着许多随从前来，为自己的儿子伍尔夫求娶海尔姆之女。但海尔姆说：'你比上次来这里时又长大了，恐怕长的都是肥膘吧。'众人听完大笑，因为弗雷卡长得肚大腰肥。

"这时弗雷卡怒气冲冲，辱骂了国王，最后还说：'如果老国王们拒绝接受递来的手杖，可能得双膝跪地。'海尔姆答道：'行啦！你儿子的婚事只是小事。海尔姆和弗雷卡可以私下处理。国王和议会有要事商量。'

"会议结束之后，海尔姆起身将大手搭在弗雷卡的肩膀上说：'国王不允许宫廷之内有人争吵，但到外面去便不受限制。'他令弗雷卡走在前面，从埃多拉斯出去进入田野。弗雷卡的随从走上前来，他斥责道：'滚开！不准偷听我们说话。我们要聊些私事。去找我的部下聊聊吧！'对方一看，发现国王的部下和朋友人多势众，只得退下。'

"'好了，黑蛮地人，'国王说，'你只要对付手无寸铁的海尔姆了。但你已经说得够多，轮到我说几句了。弗雷卡，你这个只长肚子不长脑子的蠢货。你不是说到了手杖吗？如果海尔姆讨厌那根递来的手杖，他就会将它折断。就像这样！'说完，他一拳挥向弗雷卡，对方仰面倒下，昏了过去，随即便一命呜呼。

"随后，海尔姆宣布弗雷卡之子和近亲都是国王的敌人。海尔姆立即派许多骑兵赶往西方的边界，对方已经逃窜。"

四年之后（2758年），洛汗面临巨大灾难，但刚铎无力支援，因为海盗派出三支舰队进攻刚铎，所有海岸都在激战。与此同时，洛汗东面也遭到入侵，黑蛮地人见机从艾森河和艾森加德侵入。人们很快发现，他们的首领是伍尔夫。他们人多势众，中间还有刚铎的敌人，从莱芙努伊河与艾森河口登陆。

洛希尔人被打败,土地被占领;免遭杀戮和奴役的人逃到群山幽谷之中。海尔姆损失惨重,从艾森渡口被击退,逃到号角堡和后方的深谷中躲避(此处后来得名"海尔姆深谷")。他在那里遭到围攻。伍尔夫进攻埃多拉斯,并在美杜塞尔德南面称王。在这里,海尔姆之子哈勒斯在守卫大门的时候最后一个战死。

"不久之后,漫长的冬季开始,大雪覆盖洛汗长达近五个月(从2758年11月到2759年3月)。洛希尔人和敌人均遭到寒冷侵袭,粮草匮乏,饥寒交迫。在海尔姆深谷,尤尔节过后便发生了大饥荒。绝望之中,国王的小儿子哈马罔顾国王的意见,带兵突围,在雪中迷失。饥饿和悲伤之中,海尔姆变得性情暴躁,形容憔悴;在防守号角堡的过程中,他一人给敌人造成的恐惧就抵得上许多人马。他总是一人出战,身着白衣,像雪地食人妖一样潜入敌营,徒手杀死多人。据说,如果他不带兵器,便没有兵器能伤害他。黑蛮地人说如果他找不到食物,就会生咬人肉。这个传说在黑蛮地长久流传。海尔姆有一支大角,他每次出发之前,都会吹响号角,号声在山谷里久久回荡。于是,恐惧开始在敌人中间弥漫,他们不敢集结起来俘虏或是击杀他,而是逃往宽谷。

"一天晚上,人们听到号角吹响,但海尔姆再也没有回来。早上,一道阳光照射下来,这是连日来的第一个晴天,人们看到一个白色人影独自站立在护墙上,但黑蛮地人无人敢上前查看。这就是海尔姆,他像一尊石像一样,膝盖丝毫没有弯曲。但人们说,山谷中时不时地传来号声,海尔姆的鬼魂依然会在洛汗的敌人中间游荡,吓得他们魂飞魄散。

"随后,冬日消散。海尔姆妹妹希尔德之子弗雷亚拉夫从许多人避难的黑蛮祠赶来,率领一小群绝望之兵在美杜塞尔德突袭伍尔夫,将其杀死,重新占领埃多拉斯。大雪之后,洪水突发,恩特泽河谷变成一片沼泽。东方入侵者有的丧命，有的撤退。最终，刚铎援兵从山东西两边的道路赶来。2759年结束之前，黑蛮地人被驱赶出去，甚至被赶到了艾森加德之外。之后，弗雷亚拉夫即位称王。

"海尔姆的遗体从号角堡接了回去，安葬在第九座坟丘中。此后，坟丘上白色的辛贝穆内生长茂盛，看起来如同白雪覆盖。弗雷亚拉夫死后，人们又开辟了一行新的坟丘。"

战争肆虐，饥荒蔓延，牛马倒毙，导致洛希尔人人口锐减。幸好此后多年，国家再也没有面临重大危险，到国王伏尔克威奈统治时期，方才恢复元气。

在弗雷亚拉夫加冕之际，萨鲁曼带着礼物出现，并对洛希尔人的英勇大加赞扬。大家都认为他是一位受到欢迎的客人。很快，他就在艾森加德定居下来。这得到了刚铎首相贝伦的同意，因为刚铎仍然将艾森加德视作本国治下的堡垒，而非洛汗的一部分。贝伦还将欧尔桑克的钥匙交给萨鲁曼保管。从来没有敌人能够进入这座塔，或是对它造成破坏。

这样一来，萨鲁曼开始像人类君主一般行事。他起初将自己视作宰相的副手、塔楼的守护者，这与弗雷亚拉夫和贝伦的想法如出一辙：让艾森加德掌握在一位强大的朋友手中。在很长一段时间内，他的确表现得像是一位朋友，或许一开始他的确如此。但后来，人们开始确信，萨鲁曼来到艾森加德的目的是找到当地的那颗真知晶石，并建立起自己的势力。在最后 次白道会（2953年）之后，尽管他秘而不宣，他对洛汗的企图已经昭然若揭。此后，他将艾森加德据为己有，并让它变得壁垒森严、恐怖弥漫，仿佛要与巴拉督尔一争高下。他还从仇恨刚铎和洛汗的人中挑选朋友和随从，不管他们是人类还是更加邪恶的生物。

马克诸王

第一脉

年份[1]

2485—2545　1. "年少的"埃奥尔。他有如此名号是因为他青春年少时便继承父亲的王位，到死都是一头金发、面色红润。由于东夷重新发动进攻，他寿数大减。埃奥尔在北高原战死，葬在第一座坟丘之中。费拉罗夫也被葬在那里。

2512—2570　2. 布雷戈。他将敌人赶出北高原，此后多年洛汗再也没有遭到攻击。2569年，他建成了雄伟的美杜塞尔德宫殿。宴会之上，他的儿子巴尔多发誓要走"亡灵之路"，并一去不返。[2] 布雷戈第二年悲恸而死。

2544—2645　3. 老阿尔多。他是布雷戈的次子。之所以因"老阿尔多"而闻名，是因为他十分长寿，在位七十五年。在他统治时期，洛希尔人数量增加，留在艾森以东最后的黑蛮地人或被赶

---

[1] 这里的日期以刚铎纪年为准（第三纪元）。左边连线前后的时间为生卒年份。
[2] 见第三部卷五第二章、第三章。

出国境，或俯首臣服。接下来的三位国王，鲜少为人知晓，因为在他们统治时期，洛汗经历着和平与繁荣。

2570—2659	4. 弗雷亚。阿尔多的长子和第四个子女；他即位时已迈入老年。
2594—2680	5. 弗雷亚威奈。
2619—2699	6. 戈尔德威奈。
2644—2718	7. 狄奥。在他统治时期，黑蛮地人经常越过艾森河展开掠夺。2710年他们占领了艾森加德遗弃的环场，无法驱离。
2668—2741	8. 格拉姆。
2691—2759	9. "锤手"海尔姆。在他统治晚期，洛汗在入侵和漫长的冬季遭受重创。海尔姆和他的儿子哈勒斯和哈马殒命。海尔姆的外甥弗雷亚拉夫成为国王。

第二脉

2726—2798	10. 弗雷亚拉夫·希尔德森。在位期间，萨鲁曼来到艾森加德，黑蛮地人已经从这里被驱离。起初，在饥荒和国力衰弱的时期，洛希尔人从他的友谊中得益。
2752—2842	11. 布里塔。他被子民称作利奥法，因为他受到全体子民的爱戴，任何人有所需要，他都施以援手。在他统治时期，与被驱赶到北方、在白色山脉躲避的奥克交战。[1]他死时，人们以为奥克已被全部消灭，但事实并非如此。
2780—2851	12. 沃尔达。他只当了九年国王。他和随从从黑蛮祠山发经山路骑行时，遭到奥克埋伏，全部殒命。
2804—2864	13. 伏尔卡。他是位出色的猎手，但他发誓只要洛汗境内还

---

[1] 见第三部附录一。

有一个奥克存在，他就不会追逐任何一只野兽。当最后一个奥克据点被发现并摧毁之后，他去费瑞恩森林狩猎埃维霍尔特的大野猪。他杀死了野猪，却被野猪刺伤，因此殒命。

2830—2903　14. 伏尔克威奈。他即位之后，洛希人已经恢复了国力。他重新征服了被黑蛮地人占领的西方边界（位于阿多恩河和艾森河之间）。洛汗在厄运降临的日子里曾经得到刚铎的鼎力相助，因此，当他听说哈拉德人正在大举进攻刚铎，便派出许多兵力帮助宰相。他希望亲自领兵出征，但被劝阻，他的双胞胎儿子福尔克雷德和法斯特雷德（生于2858年）替他出征。他们在伊希利恩之战中双双战死（2885年）。刚铎的图林二世派人送给伏尔克威奈大量黄金作为抚恤。

2870—2953　15. 奋格尔。他是伏尔克威奈的三子，在所有子女中排行第四。他声名狼藉，不仅贪财好吃，而且和手下的元帅、自己的子女都关系不睦。他的第三个孩子，也是唯一的儿子森格尔成年之后离开洛汗，在刚铎居住很久，为图尔贡效力期间赢得了荣誉。

2905—2980　16. 森格尔。他结婚很晚，直到2943年才在刚铎迎娶比他小十七岁的洛斯阿尔那赫的墨玟。她在刚铎给他育有三个孩子，其中第二个孩子希奥顿是唯一的儿子。奋格尔死后，洛希人请他回国，他很不情愿地回到国内。但事实证明，他是个贤明的国王，但他在家中使用刚铎语言，而并非所有人都觉得这是好事。墨玟又在洛汗为他生下两个女儿；希奥德温年龄最小，长得最美，出生时（2963年）森格尔已经很老了。她的哥哥很疼她。森格尔归来不久，萨鲁曼就自称艾森加德之王，开始侵犯洛汗边境并支持洛汗的敌人。

2948—3019　17. 希奥顿。他在洛汗传说中被称作希奥顿·埃德纽，因为他受萨鲁曼的魔咒影响而变得衰弱,后被甘道夫治愈,在他生命的最后一年崛起并率兵在号角堡取得胜利,不久之后又前往佩兰诺平原,参加这一纪元最大规模的战斗。他在蒙德堡大门前倒下。他在自己出生的国度与刚铎诸王在一起安息了一段时间,而后被带回国内,安放在埃多拉斯本族的第八座坟丘之中。之后,新的一脉开启。

第三脉

2989年,希奥德温嫁给了马克大元帅东伏尔德的伊奥蒙德。她的儿子伊奥梅尔于2991年出生,女儿伊奥温于2995年出生。当时,索隆再度崛起,魔多的阴影蔓延到洛汗。奥克开始在东部地区展开劫掠,屠杀和盗窃马匹。其他种族也从迷雾山脉下来,许多是为萨鲁曼效命的乌鲁克,但过了许久人们才意识到这一点。伊奥蒙德的主要任务是防守东方边界。他喜爱马匹,憎恶奥克。劫掠的消息传来,他经常怒气冲冲地前去追捕,行动十分鲁莽,而且几乎不带随从。结果,3002年他被杀害。当时他追逐一小股敌人到了埃敏穆伊边界,被埋伏在乱石中的大军突袭。不久之后,希奥德温染病去世,国王悲伤不已。他将她的子女带回家中抚养,视同己出。他自己只有一个孩子,那就是他二十四岁的儿子西奥德雷德。王后埃尔芙希尔德死于难产,希奥顿没有再婚。伊奥梅尔和伊奥温在埃多拉斯长大成人,目睹了魔影降临在希奥顿的宫殿。伊奥梅尔有先祖之风,但伊奥温身材高大清瘦,拥有来自南方洛斯阿尔那赫的墨玟的优雅与尊严,洛希尔人将其称作"钢泽"。

2991— 第四纪元63 (3084年)	伊奥梅尔·埃亚迪格。他年少时即成为马克元帅(3017年)并接替父亲的职务防守东方边界。在魔戒大战中,西奥德雷德在艾森渡口与萨鲁曼的战斗中阵亡。于是,希奥顿在佩兰

诺平原战死之前，已经指定伊奥梅尔为继承人，并称他为国王。当天，伊奥温也一战成名，因为她乔装骑马，参加了这场战斗。此后，她在马克享有"执盾女士"[1]之美誉。

伊奥梅尔成为一名伟大的君主，年轻时继承王位，在位六十五年，除了年老的阿尔多之外，超越了之前的所有国王。在魔戒大战中，他与国王埃莱萨和多阿姆洛斯的伊姆拉希尔建立了友谊，因而他经常骑马前往刚铎。在第三纪元末年，他迎娶了伊姆拉希尔之女洛希瑞尔。他们的儿子、俊美的埃尔夫怀恩后来继承了王位。

伊奥梅尔统治期间，马克人迎来了渴望已久的和平，谷地和平原的人口都开始增长，马匹数量也大幅增加。国王埃莱萨统治着刚铎和阿尔诺。古时王国除洛汗之外的所有土地都归在他的麾下。他再次将奇瑞安的赠礼赐予伊奥梅尔，伊奥梅尔则再次许下"埃奥尔之誓"。他经常履行诺言。尽管索隆已经逝去，他培植的憎恨与邪恶却并未消亡，在白树和平生长之前，西方国王还得征服众多敌人。只要国王埃莱萨开始征战，伊奥梅尔必坚定追随。远到鲁恩内海，南至遥远的平原，都能听到马克骑兵雷鸣般的呼啸，绿底白马的旗帜四处飘扬，直到伊奥梅尔暮年。

---

[1] 这是因为她执盾的手臂被巫王用狼牙棒打断，但巫王也被打成虚无，因而格洛芬德尔很久以前对国王埃雅努尔所说的话得到了应验：巫王不会死于人类的男人之手。马克的歌谣中唱道，伊奥温立下此项功绩时得到了希奥顿侍从的帮助，而这位侍从也不是人类，而是一位来自遥远他乡的半身人。伊奥梅尔后来在马克给予他殊荣，并赐予他霍尔德威奈之名。这位霍尔德威奈正是雄鹿地统领——"神采奕奕的梅里阿道克"。

第三篇
● ● ●
都林一族

关于矮人的起源,埃尔达和矮人族都有自己奇妙的传说,但由于这些传说离我们的时代极其久远,此处不再赘述。都林是矮人族七位先祖中最年长的一位,他是所有长须之王[1]的祖先。他独自沉睡,直到时间流转,这个种族终于醒来。他来到阿扎努尔比扎尔,在迷雾山脉以东凯雷德-扎拉姆上方的山洞里定居下来,这里便是后来歌谣中提到的墨瑞亚矿坑所在。

他在这里生活了许久,成为众所周知的"永生者都林"。但最终,在远古时代结束之前,他还是寿终正寝,死后被葬在卡扎杜姆。但他这一脉并没有消亡,他这一族有五位继承人,由于他们与先祖相像,也都取名都林。矮人认为他不断重生,因为他们对于自身和命运有许多奇特的传说和信仰。

第一纪元结束之后,卡扎杜姆的权力和财富大幅增加,因为位于蓝山中的诺格罗德和贝列格斯特古城在桑格罗德里姆被攻破时遭到损

---

1 见《霍比特人》。

毁，卡扎杜姆的人口、知识和技艺都得到了补充。墨瑞亚的权力在黑暗时期和索隆统治时期延续下来。这是因为尽管埃瑞吉安被毁，墨瑞亚大门紧闭，卡扎杜姆宫殿固若金汤，里面又有众多精兵强将，索隆从外面无法侵入。因此，虽然人口开始减少，它的财富却长久珍藏了下来。

第三纪元中期，都林六世成为国王。魔苟斯的爪牙索隆再度崛起，只是人们还不了解对墨瑞亚虎视眈眈、位于丛林中的魔影为何物。各种邪恶事物都在蠢蠢欲动。矮人采矿越来越深，他们在巴拉辛巴[1]下寻找秘银。这是一种无价金属，但开采难度越来越大。[2]他们在此过程中惊醒了一个恐怖的怪物[3]。这个怪物从桑格罗德里姆飞到这里，自西方大军到来便隐藏在地底：这就是魔苟斯的炎魔。都林被它残害，一年之后，他的儿子纳因一世也惨遭毒手。随后，墨瑞亚荣光不再，族人或被消灭，或远走他乡。

多数逃离的人去了北方，纳因之子瑟莱因一世来到埃瑞博山，即靠近幽暗森林东缘的孤独大山，并在那里重整旗鼓，成为山下之王。他在埃瑞博山发现了一颗旷世之宝，那就是"大山之心"阿肯宝钻。[4]但他的儿子梭林一世迁到了更北的地方，到了灰色山脉，多数都林族人正在那里聚集，因为这些山脉矿藏丰富，几乎没有开采。但荒地里有恶龙出没，而且经过多年以后，恶龙再次繁衍壮大，向矮人发动了战争，掠夺他们的财富。最终，达因一世与他的次子弗罗尔一起，在自家大厅门口被一条大冰龙杀死。

在大多数都林一族放弃灰色山脉之后不久，达因之子格罗尔带着

---

1 即红角峰。
2 见第一部卷二第四章。
3 或者将它从囚禁中释放了出来。它很可能已经被索隆的恶意唤醒。
4 见《霍比特人》。

许多随从去了铁丘陵,但达因的继承人瑟罗尔和他父亲的兄弟波林以及剩余的族人一起回到埃瑞博。瑟罗尔将阿肯宝钻带回瑟莱因的大殿,他和族人变得繁荣富裕,与在附近居住的所有人类都建立了友谊。他们不仅制造神奇美妙的东西,也制造珍贵的武器和护甲。他们内部之间,以及与铁丘陵的亲族之间存在大量矿石交易。因此,居住在凯尔度因河(奔流河)和卡尔嫩河(红水河)之间的北方人类变得强大,击退了东方的各路敌人。矮人生活富足,埃瑞博的宫殿里夜夜歌舞盛宴不绝。[1]

于是,有关埃瑞博财富的流言不胫而走,传到了恶龙们的耳朵里,最终当时最大的一条恶龙"金龙"斯毛格在毫无预警的情况下袭击国王瑟罗尔,喷吐着火焰降临在山上。不久之后,王国被毁,河谷城遭到破坏和遗弃。斯毛格进入大殿,躺在一堆金子上。

瑟罗尔的许多家人逃过了劫难和大火。最后,瑟罗尔和他的儿子瑟莱因二世从一个密门逃了出来。他们带着家人[2]向南逃窜,开始漫长的流浪生涯。与他们一起流浪的还有一小股亲族和忠诚的随从。

多年以后,瑟罗尔步入老年,变得贫穷而绝望,于是将仅存的珍宝,即七戒中的最后一枚交给了儿子瑟莱因,然后和一个老随从一起离开。分别之际,他对瑟莱因说起戒指:"尽管可能性不大,但或许你能凭借它积累新的财富。唯有金子才能生出金子。"

"您真不打算回埃瑞博了?"瑟莱因问。

"到了我这个年纪,不打算回去了,"瑟罗尔说,"向斯毛格报仇

---

[1] 见《霍比特人》。
[2] 这些当中包括瑟莱因二世的子女:梭林(橡木盾)、弗雷林和狄丝。按照矮人的算法,梭林当时还是个少年。人们后来得知,从孤独大山下逃出来的矮人数量超过人们最初的希望,但这些矮人大多去了铁丘陵。

的事就交给你和你的儿子们。我已经厌倦了贫穷和人们的鄙夷。我要去看看我能找些什么。"他并没有透露要去哪里。

或许是衰老、不幸和对先祖时代墨瑞亚辉煌的长久沉思让他变得有些疯狂，又或者是魔戒的主人已经苏醒，魔戒变得邪恶，让他走向了愚昧和毁灭。他带着纳尔，从现在居住的黑蛮地出发，穿越红角隘口，来到阿扎努尔比扎尔。

瑟罗尔到达墨瑞亚时，大门敞开着。纳尔提醒他小心，但他没有理会，骄傲地走了进去，就像是一位归来的继承人。但他再也没有回来。纳尔悄悄在附近待了多日。有一天，他听到一声大喊，接着响起了号角声，一具尸体被抛到台阶上。他担心是瑟罗尔的尸体，便悄悄爬到附近，但门里传来一声呼喊：

"来吧，胡子老头儿！我们看到你了。但你今天不必害怕。我们要让你捎信回去。"

于是纳尔走上前去，发现尸体正是瑟罗尔，但他的头已经被砍掉，面朝下躺在地上。他跪在那里，听见奥克在阴影中大笑道：

"如果叫花子不在门口等待，而是偷偷摸摸溜进来，等待他的就是这个下场。如果你的族人再敢把肮脏的胡须伸进来，也会是这个下场。滚回去，告诉他们！不过，要是他的家人想知道这里现在谁是国王，名字就写在他的脸上。字是我写的！人是我杀的！我才是这里的主宰！"

纳尔把人头反过来，看到额头上用矮人文字写着"阿佐格"。[1]这个名字刻在了他的心里，后来也刻在了所有矮人的心里。纳尔停下来拾起头颅，但阿佐格说：

"把它放下！赶紧滚吧！这是你的路费，你这个叫花子胡子老头

---

[1] 阿佐格是波尔格的父亲，见《霍比特人》。

儿。"一个小包打在他身上。里面装着几枚硬币。

纳尔一边抹泪,一边逃离银脉河,但他回头望了一眼,看到奥克已经从门里走出来,正将尸体剁碎喂一群黑色的乌鸦。

这就是纳尔带给瑟莱因的事情经过。听完之后,瑟莱因不停落泪,撕扯胡须,陷入沉默。他整整坐了七天七夜,一言不发。然后他站起身说:

"这决不能容忍!"矮人与奥克的战争便由此开始,这场战争旷日持久,死伤无数,大多发生在地下。

瑟莱因立即派使者将事情经过传到了北方、东方和西方,但直到三年之后,矮人才集结起力量。都林一族集结全部军力,其他先祖家族的部队也加入他们,因为这是对矮人族最年长一脉继承人的羞辱,令众人怒不可遏。待一切准备停当,他们便发动进攻,一处接一处地攻占了从贡达巴德山到金菖蒲沼地奥克的所有坚固要塞。战斗的双方毫不留情,死亡和暴行夜以继日。但矮人凭借强大的兵力,无与伦比的武器装备以及满腔的怒火,在山下的每一处巢穴搜捕阿佐格。

最后,所有从战场逃脱的奥克都集结到墨瑞亚,矮人大军尾随而至,抵达阿扎努尔比扎尔。这是 处大河谷,位于凯雷德-扎拉姆湖边的山脉环抱之中,古时曾是卡扎杜姆王国地界。矮人看到山坡上古老城邦的大门后,便大喊一声,声如洪雷。大量敌人在山坡上一字排开,大批奥克从大门中拥了出来,这是阿佐格最后的底牌。

起初,命运没有眷顾矮人。这是一个没有太阳的冬日,大气灰暗,奥克并没有退让,他们人数占优,又占有高地优势。于是,阿扎努尔比扎尔战役(精灵语称作南都西瑞安战役)打响,许久之后,想到这场战役,奥克依然会瑟瑟发抖,矮人也会潸然泪下。瑟莱因率领前锋发动的第一波进攻被击退,部队损伤惨重,瑟莱因被驱赶进一处长满大树的树林，这片树林距离凯雷德-扎拉姆不远。在这里，他的儿子弗雷林战死，亲族芬丁以及众多将士，包括瑟莱因和梭林双双负伤。[1]其他地方，交战你来我往，屠戮无数，直到最后铁丘陵的战士扭转了战局。格罗尔之子纳因的重甲武士们终于抵达战场，冲进奥克中间，一直抵达墨瑞亚的门槛，他们一边用鹤嘴锄砍杀挡路的敌人，一边高呼"阿佐格！阿佐格！"

随后纳因站到门前高声呼喊："阿佐格！你要是在里面，赶紧滚出来！你是不是觉得，山谷里上演的大戏太残忍了？"

于是阿佐格走了出来。这是个体形高大的奥克，头上戴着硕大的铁盔，但行动敏捷，身体强壮。跟他一起出来的还有许多像他一样的奥克，都是他的卫兵。他们开始与纳因的随从交战，他则转向纳因说："怎么？门口又来了一个叫花子？我是不是也给你刺个字？"话音未落，他冲向纳因，两人开始交手。但纳因满腔怒火，几乎失去了理智，再加上他久战疲乏，而阿佐格则刚加入战斗，又十分狡猾。很快，纳因用尽浑身气力发动一击，但阿佐格闪到一边，踢了纳因的腿，结果鹤嘴锄打在了阿佐格之前站着的石头上，而纳因则向前跌去。阿佐格敏捷地挥舞武器砍中了对方的脖子。纳因的护甲挡住了刀刃，但这一击如此沉重，折断了纳因的脖子，他应声倒下。

阿佐格放声大笑，然后仰头发出一声胜利的欢呼，但笑声立即停了下来，因为放眼望去，他看到自己的军队在山谷中大败，矮人对他们一路砍杀，奥克向南逃窜，一路奔跑一路惊叫。他的卫兵也几乎全部战死。他转身朝大门奔去。

一个手持红色斧头的矮人跟在他身后纵身跃上台阶。来者是纳因

---

[1] 据说，梭林的盾当时被劈裂了，于是他将盾抛置一旁，用战斧砍下一根橡木枝，握在左手中抵挡敌人的攻击，同时将它用作棍棒挥舞击敌。他因此得名"橡木盾"。

之子"铁足"达因。阿佐格进门之前，他追上对方，砍下了对方的头。这被视作一个伟大的壮举，因为按照矮人的标准达因当时只不过是个毛头小子。迎接他的将是长寿和无数的战争，直到年老力衰，他依然不肯服输，最终在魔戒大战中丧生。但这一刻他坚忍不拔、满腔怒火，据说他从大门走下来时，脸色铁灰，仿佛感受到了巨大的恐惧。

战争胜利之后，剩下的矮人聚集在阿扎努尔比扎尔。他们取下阿佐格的脑袋，将那个装着零钱的小袋子塞进它嘴里，然后将它插在木桩上。但当晚既没有宴会也没有歌唱，因为矮人阵亡无数，大家悲痛不已。据说，还能站立或者有望康复的将士不足一半。

然而，到了早上，瑟莱因站到他们面前。他一只眼睛瞎了，一条腿也受了伤，只能瘸着走路，但他说："好吧！我们获胜了。卡扎杜姆属于我们了！"

但矮人们答道："你或许是都林的继承人，但就算你只剩一只眼睛也能看清，我们此战是为了复仇。如今我们已经成功复仇，但结果并不如意。如果这算是胜利，那我们实在无法接受。"

那些不属于都林一族的人们也说："卡扎杜姆不是我们先祖的家园。如果找不到财宝，对我们有什么用呢？但是现在，如果我们必须离开，又得不到应有的奖赏，我们还是尽快回到自己的家乡为妙。"

这时，瑟莱因转向达因说："但我自己的亲族不会抛弃我吧？""不会，"达因说，"你是我们一族的长辈，我们已经为你流过血，以后也会如此。但我们不会进入卡扎杜姆。你也不能进入卡扎杜姆。只有我看穿了大门的阴影。阴影后方，都林的克星依然在等着你。世界必须改变，在都林一族在墨瑞亚行走之前，某种其他势力必须到来。"

于是，阿扎努尔比扎尔战役过后，矮人再次分开。他们首先费力将所有死者的装备收拾起来，以免奥克前来获取大量武器铠甲。据说，从战场返回的每一名矮人都背负着沉重的装备。然后，他们码起许多柴堆，将亲族的尸体烧掉。这样一来，山谷里大量树木被砍伐，从此以后成为不毛之地，焚烧的火光甚至传到了罗里恩。[1]

当恐怖的火焰熄灭，联军各自返乡，"铁足"达因领着父亲的族人回到铁丘陵。然后，瑟莱因站在大木桩前，对梭林·橡木盾说："有些人会觉得，为了这颗头，我们付出了太大代价！至少我们已经为之付出了我们的王国。你是跟我一起回去打铁，还是打算寄人篱下？"

"去打铁，"梭林答道，"至少，铁锤能锻炼我的双臂，直到它们能再次挥动更加锋利的工具。"

于是，瑟莱因和梭林带领剩余人员（包括巴林和格罗因）返回黑蛮地，不久之后，他们迁移并流浪到埃利阿多，最后在路恩河对岸的埃瑞德路因以东建立了流亡家园。那些日子，他们打造的大多是铁器，但他们又繁荣起来，人口逐步回升。[2]但正如瑟罗尔所言，金子才能生出金子，他们并没有金子或者贵重金属。

关于这枚戒指，应该提及一下，据说都林一族的矮人认为它是七枚戒指中最早铸成的一枚。他们说，这枚戒指是精灵工匠们，而不是索隆，亲自赠送给卡扎杜姆国王都林三世的，但戒指中蕴藏着索隆的

---

[1] 矮人认为，这样处理亡者的尸体是件十分不幸的事，有悖他们的习俗。但是，若是按照风俗修建坟墓（他们只肯把亡者葬入岩石，而非土地），将花费多年时间。因此，他们将自己的亲族付之一炬，而不是留给鸟兽和吃死人的奥克糟蹋。但那些战死在阿扎努尔比扎尔的矮人都被载誉铭记，直至今日，一个矮人仍会自豪地这样描述先祖："他是个被火化的矮人。"而这胜过千言万语。
[2] 他们的女性非常少，当时在那里的有瑟莱因之女狄丝。她是菲力和奇力的母亲，在埃瑞德路因生下了他们。梭林终身未娶。

邪恶力量，因为他在七枚戒指的铸造过程中提供了协助。不过，魔戒的所有者并没有展示或者提及戒指，他们不到弥留之际很少交出戒指，因此外人并不知道它被交给何人。有人认为它还在卡扎杜姆，就保存在诸王的秘密陵寝之中，如果这些陵寝还没有遭到洗劫的话。但都林继承人的亲族们（错误地）认为，瑟罗尔鲁莽地返回时佩戴着它。戒指后来下落如何无人知晓。阿佐格的尸体上并没有发现这枚戒指。[1]

然而，如今矮人相信，索隆可能已经凭借妖术发现了最后一枚魔戒的所在，都林继承人所遭受的不幸主要是他造成的。因为事实证明，这种方式无法令矮人屈服。魔戒对他们产生影响的唯一途径就是激起他们对黄金和珍宝的贪欲，这样一来，除了财宝之外其余的各种美好事物在他们眼中都显得分文不值，他们心中将会充满愤怒，渴望向夺走这些财宝的人复仇。但他们从一开始属于那种能抵抗任何统治的种族。尽管他们会被杀死或者打败，他们并不会被削弱到成为阴影、任人奴役的地步；出于同样的原因，他们的生命不受任何戒指影响，也不会因为戒指长寿或者短命。这让索隆更加憎恨那些持有魔戒的矮人，并企图夺走他们的戒指。

因此，或许正是因为魔戒的怨恨，几年以后，瑟莱因变得焦躁不安、愤愤不平。他心里一直渴望得到黄金。最终，他无法忍受，他一心想着埃瑞博，下定决心回到那里。他没有将自己的想法告诉梭林，而是与巴林、德瓦林和其他人一起，向众人告别后离去。

此后他身上发生的故事没人知道。现在看来，他带着随从一出国境，就被索隆使者们追捕。饿狼追逐他，奥克伏击他，邪恶的鸟儿在他经过的路上盘旋，他越是决心向北，越是遭到种种不幸。在一个漆

---

[1] 见第一部卷二第二章。

黑的夜里,他和同伴们正在安度因河对岸的土地上游荡,天突然下起大雨,他们只得在幽暗森林边缘躲避。第二天早上,他从营地里消失,同伴们怎么呼唤都是徒劳。他们寻找了许多天,最后只得放弃希望,离开那里,回到梭林身边。许久之后,人们才发现瑟莱因被活捉并押送到多古尔都的地牢。他在那里备受折磨,魔戒遭到掠夺,最终惨死牢中。

于是梭林·橡木盾成为都林的继承人,但他却前程无望。瑟莱因失踪之际,他二十五岁,心高气傲,但他似乎对留在埃利阿多心满意足。他辛勤劳作,从事贸易,一心积累财富。许多流浪的都林族人听说了他住在西部,便纷纷投靠他,他手下的人口数量因而得以增加。此时,他在山中拥有华丽的宫殿,存有大量货物,生活似乎并不艰难,尽管他们一直在歌唱遥远的孤独大山。

岁月流逝。梭林心中又涌起执念,想起家族犯下的错误,以及他担负着向恶龙复仇的责任。他想起了武器装备和联盟,锻造起硕大的锤子,但军队已经解散,联盟已经破裂,族人的斧头已经屈指可数。他锤打着火红的铁块,心中燃起绝望的怒火。

但后来甘道夫与梭林的一次偶然会面改变了都林一族的命运,还造成了其他巨大的影响。有一天,[1]梭林旅行归来,回到西部,在布里过夜。甘道夫也在那里,正准备前往夏尔,而他上一次去夏尔还是二十年前的事。他十分疲惫,想在那里休憩一阵。

他心事重重,最担心的是北方的危险局势,因为他已经获悉索隆企图发动战争,一旦他羽翼丰满,就会进攻幽谷。但如今要抵制来自东方的入侵,重新夺回安格玛的土地和群山中的北方关隘,只能依靠

---

1 2941年3月15日。

铁丘陵的矮人。在他们背后,是恶龙制造的荒凉之地。索隆可能会利用恶龙的影响。那么,如何才能铲除斯毛格?

正当甘道夫坐在那里思考这个问题之际,梭林站到他的前面说:"甘道夫大人,我和你只有一面之交,但我很高兴和你交谈,因为我最近经常想到你,就像我注定要找到你一样。的确,如果我知道你在哪里的话,我早就应该找到你了。"

甘道夫惊讶地看着他。"真是怪事,梭林·橡木盾,"他说,"我也想到了你。尽管我要去夏尔,我心想,这条路也能通向你的宫殿。"

"你要是想称之为宫殿也罢,"梭林说,"那只不过是流亡时的寒舍而已。但欢迎你光临,如果你愿意的话,因为大家都说你智慧超群,对世间万事比任何人都清楚。我的心里有许多问题,希望征求你的建议。"

"我会去,"甘道夫说,"因为我猜我们至少有一个共同的麻烦。我心里想着埃瑞博的恶龙,恐怕瑟罗尔之孙也不会将它忘记吧。"

关于这场会面的经过,在别的地方已有记述:甘道夫帮助梭林制定了一项奇妙的计划,梭林和他的同伴从夏尔出发,前去孤独大山探险,导致了令人难以预料的结局。这里只提那些与都林一族有关的事情。

恶龙被埃斯加洛斯的巴德屠杀,但在河谷邦发生了战斗。奥克一听说矮人归来,立即来到埃瑞博。他们的首领是阿佐格之子波尔格,阿佐格已经被达因年轻时所杀。在河谷邦的第一次战斗中,梭林·橡木盾受了重伤不治身亡,他被葬在山下的陵墓中,胸前放着阿肯宝钻。他的外甥菲力和奇力也双双战死。但是从铁丘陵赴来支援的堂弟,也是他的合法继承人"铁足"达因,成为国王达因二世,山下王国复兴,正如甘道夫所愿。事实证明,达因是一位聪明贤能的国王,在他治下,矮人再次繁荣强大起来。

同年(2941年)夏末,甘道夫终于说服萨鲁曼和白道会进攻多古尔都，索隆撤退，进入魔多，以为那里可以远离敌人，确保安全。因此，当魔戒大战最终打响后，主要进攻方向转向了南方。尽管如此，如果不是达因王和布兰德王从中阻挡，索隆庞大的势力可能会给北方带来巨大的厄运。这正如甘道夫后来对弗罗多和吉姆利所说的那样，他们当时一起在米那斯提力斯居住了一段时间。不久之后，远方的消息就传到了刚铎。

"我为梭林之死感到悲伤，"甘道夫说，"如今，就在我们在此奋战时，我又听说达因在河谷邦继续战斗时牺牲了。应该说这是惨重的损失，也是一个奇迹，到了他这个年龄，依然能够挥舞大斧，就像传言所说的一样，屹立在埃瑞博大门前布兰德王的尸体旁，直到黑暗降临。

"但事情的结果可能会大不一样，或许更加糟糕。当你们回想伟大的佩兰诺之战时，不要忘记了河谷邦的战斗和都林一族的英勇。想想如果没有他们事情会怎么样。埃利阿多的恶龙之火和毁灭之剑，幽谷陷入黑夜。刚铎可能失去王后。获胜之后迎接我们的可能是断壁残垣。但这一切都没有发生，因为临近春天的一个傍晚我和梭林·橡木盾在布里会面。用我们中土世界的话说，这次会面纯属偶然。"

狄丝是瑟莱因二世之女。她是唯一名垂史册的矮人女性。据吉姆利说，女性矮人数量稀少，不超过总人数三分之一。如非必要，她们很少出门。若必须出门，她们的嗓音、外貌和服饰都和男性一样，其他种族很难分辨。因此，人们便愚昧地以为矮人没有女性，甚至认为矮人是"从石头缝里冒出来的"。

正是因为矮人女性相对较少，所以这一种族的人口增长缓慢。没有安全的住所，种族便面临危机。男性矮人婚配的比例不到三分之一，因为并非所有矮人女性都愿意结婚：有些不愿结婚；有些想嫁的人又得不到，于是选择终身不嫁。而对于男性来说，许多都一心从事技艺，不愿结婚。

格罗因之子吉姆利是护送至尊戒的"九行者"之一，他因此闻名。他在魔戒大战期间，一直陪伴在国王埃莱萨左右。他被称为精灵之友，因为他和瑟兰杜伊尔王之子莱戈拉斯之间情谊深厚，也因为他对加拉德瑞尔夫人敬重有加。

索隆覆灭之后，吉姆利将埃瑞博山的一部分矮人带到南方，成为晶辉洞的领主。他和族人在刚铎和洛汗工作十分出色。他们用秘银和钢铁为米那斯提力斯锻造了大门，替换被巫王损坏的大门。他的朋友莱戈拉斯也带来了大绿林中的精灵，他们在伊希利恩定居下来，该地再次成为西方土地中最美的地区。

但当国王埃莱萨辞世时，莱戈拉斯最终追随自己的心愿，渡海而去。

埃瑞博山矮人谱系

由格罗因之子吉姆利为埃莱萨国王所列

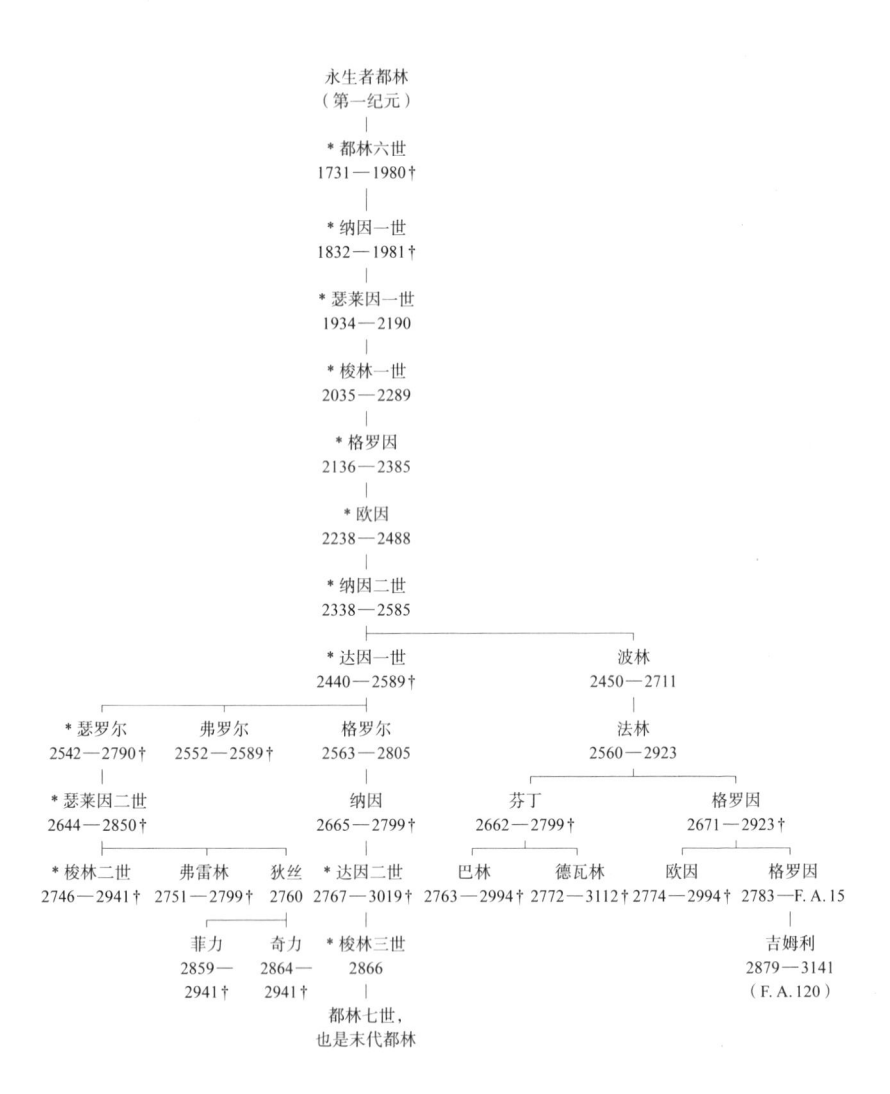

```
永生者都林
（第一纪元）
    │
＊都林六世
1731—1980†
    │
＊纳因一世
1832—1981†
    │
＊瑟莱因一世
1934—2190
    │
＊梭林一世
2035—2289
    │
＊格罗因
2136—2385
    │
＊欧因
2238—2488
    │
＊纳因二世
2338—2585
    │
    ├──────────────────────────┐
＊达因一世                      波林
2440—2589†                    2450—2711
    │                           │
    ├────────┬──────┐          法林
＊瑟罗尔   弗罗尔   格罗尔      2560—2923
2542—2790† 2552—2589† 2563—2805  │
    │                │           ├──────────┐
＊瑟莱因二世        纳因         芬丁        格罗因
2644—2850†       2665—2799†   2662—2799†   2671—2923†
    │                │           │           │
    ├────┬────┐    ＊达因二世   巴林  德瓦林  欧因  格罗因
＊梭林二世 弗雷林 狄丝 2767—3019 2763— 2772— 2774— 2783—F.A.15
2746—2941† 2751—2799† 2760  │   2994† 3112† 2994†   │
    │                        │                     吉姆利
  菲力   奇力             ＊梭林三世               2879—3141
  2859—  2864—            2866                   （F.A.120）
  2941†  2941†              │
                        都林七世，
                        也是末代都林
```

1999年	埃瑞博建立。
2589年	达因一世被一条恶龙屠杀。
2590年	返回埃瑞博。
2770年	劫掠埃瑞博。
2790年	谋杀瑟罗尔年。
2790—2793年	矮人集结。
2793—2799年	矮人与奥克之战。
2799年	南都希瑞安战役。
2841年	瑟莱因流浪。
2850年	瑟莱因之死,魔戒丢失。
2941年	五军之战与梭林二世之死。
2989年	巴林前往墨瑞亚。

* 标记的均为都林一族的国王,包括流亡国王。梭林·橡木盾前往埃瑞博山旅途中的其他同伴中,欧瑞、诺瑞和多瑞也来自都林家族,是梭林的远亲。比弗、波弗和波姆布尔是墨瑞亚矮人的后代,但不属于都林一脉。关于†标记,前文已有说明。

以下为《红皮书》结尾的注释之一

我们听说,莱戈拉斯带着格罗因之子吉姆利和他同去,因为两人情谊深厚,超越了所有精灵与矮人之间的情谊。如果此言不虚,倒真有些奇怪:一个矮人心甘情愿为了情谊离开中土世界,或者说埃尔达愿意接受他,又或者说西方的领主允许这件事发生。但据说吉姆利也是心甘情愿离开,想再次看到加拉德瑞尔的美貌。或许是因为她在埃尔达中间能力强大,为他赢得了这份恩典。关于这一点不再赘述。

附录 II 编年史（西部地区编年史）

第一纪元以大战告终，战争中维林诺大军大败桑格罗德里姆，[1] 推翻了魔苟斯。之后，多数诺多精灵回到极西之地[2]并居住在埃瑞西亚，这里能够看到维林诺。许多辛达精灵也渡海而去。

第二纪元以推翻魔苟斯的爪牙索隆并夺取至尊戒宣告终结。

第三纪元以魔戒大战结束告终；但一般认为第四纪元直到埃尔隆德大人离开方才开始。人类开始统治，中土世界其他"能说话的种族"从此衰落。[3]

到了第四纪元，之前的纪元通常被称作"远古时期"，但这个称呼只适用于魔苟斯被驱逐之前的年代。那时的故事，本书并无记载。

第二纪元

这是对中土世界的人类而言相对黑暗的年代，但属于努门诺尔的辉煌时期。关于中土世界历史的记录少而又简，有关日期也常常语焉不详。

在这一纪元初期，许多高等精灵依然留在中土世界，其中多数居

---

[1] 见第一部卷二第二章。
[2] 见第二部卷三第十一章；另见《霍比特人》。
[3] 见第三部卷六第五章。

住在埃瑞德路因以西的林顿。但是在巴拉督尔建造之前，许多辛达精灵向东移动，有些在遥远的森林里建立了王国，他们的族人多数是西尔凡精灵。其中之一便是位于大绿林北方的国王瑟兰杜伊尔。流浪中的诺多诸王最后一位继承人吉尔-加拉德吉尔-加拉德则居住在路恩山脉河以北的林顿。他被尊为西部精灵族的至尊王。在路恩山脉河以南的林顿，有一段时间居住着辛格尔的亲族凯勒博恩，他的妻子是最伟大的女性精灵加拉德瑞尔。她是芬罗德·费拉贡德的姐妹，而芬罗德·费拉贡德则是人类的朋友，也曾是纳格斯隆德之王，为拯救巴拉希尔之子贝伦而献出了自己的生命。

后来，有些诺多精灵去了埃瑞吉安，那里位于迷雾山脉以西，靠近墨瑞亚西大门。他们这么做是因为听说墨瑞亚已经发现了秘银。[1] 诺多精灵是伟大的工匠，他们对矮人不像辛达精灵那么不友好，但都林人和埃瑞吉安的精灵铁匠之间的友谊是这两个种族之间最亲密的代表。凯勒布林博是埃瑞吉安领主，也是最杰出的工匠。他是费阿诺一族的后裔。

年份

1	灰港和林顿建立。
32	伊甸人抵达努门诺尔。
约40	许多矮人离开埃瑞德路因的众多旧城，前往墨瑞亚，墨瑞亚人口大增。
442	埃尔洛斯·塔尔-明雅图尔辞世。
约500	索隆又开始在中土世界骚动。
521	熙尔玛莉恩在努门诺尔出生。

---

1 见第一部卷二第四章。

600	努门诺尔人的第一批船在沿海出现。
750	诺多精灵建立了埃瑞吉安。
约1000	索隆对努门诺尔人不断崛起的势力感到担忧,选择魔多作为要塞。他开始建造巴拉督尔。
1075	塔尔-安卡里梅成为努门诺尔首位执政女王。
1200	索隆努力引诱埃尔达。吉尔-加拉德吉尔-加拉德拒绝与他交往,但埃瑞吉安的工匠被他说服。努门诺尔人开始建造永久港口。
约1500	精灵工匠在索隆的指导下,技艺臻于巅峰。他们开始铸造力量之戒。
约1590	三戒在埃瑞吉安铸造完成。
约1600	索隆在奥罗德鲁因铸造至尊戒。他建成了巴拉督尔。凯勒布林博发觉了索隆的企图。
1693	精灵与索隆之战开始。三戒被隐藏起来。
1695	索隆的大军入侵埃利阿多。吉尔-加拉德吉尔-加拉德派埃尔隆德到埃瑞吉安。
1697	埃瑞吉安沦为废墟。凯勒布林博去世。墨瑞亚诸门关闭。埃尔隆德与诺多残余力量撤退,建立了伊姆拉德里斯避难所。
1699	索隆攻占埃利阿多。
1700	塔尔-米纳斯提尔派遣一支庞大的海军从努门诺尔抵达林顿。索隆被击败。
1701	索隆被赶出埃利阿多。西部土地迎来长期和平。
约1800	从这时开始,努门诺尔人开始在沿海建立领地。索隆势力东扩。阴影降临努门诺尔。
2251	塔尔-阿塔纳米尔辞世。塔尔-安卡里蒙接过权杖。努门诺尔人开始出现反叛与分裂。大约在这个时候,九戒奴隶,那

	兹古尔抑或戒灵,第一次出现。
2280	乌姆巴尔被打造成努门诺尔的一处大型堡垒。
2350	佩拉基尔建成,成为努门诺尔人忠诚派的主要港口。
2899	阿尔-阿督那霍尔接过权杖。
3175	塔尔-帕蓝提尔痛改前非。努门诺尔发生内战。
3255	"黄金王"阿尔-法拉宗夺取权杖。
3261	阿尔-法拉宗启航并在乌姆巴尔登陆。
3262	索隆被俘并被带往努门诺尔;3262—3310年期间,索隆引诱国王并让努门诺尔人变得堕落。
3310	阿尔-法拉宗开始组建无敌舰队。
3319	阿尔-法拉宗进攻维林诺。努门诺尔陷落。埃兰迪尔和他的儿子们逃走。
3320	阿尔诺和刚铎流亡王国建立。七晶石被分开。[1] 索隆回到魔多。
3429	索隆进攻刚铎,占领米那斯伊希尔并焚毁白树。伊希尔杜逃到安度因河下游,进入北方的埃兰迪尔。阿纳瑞安守卫米那斯阿诺尔和欧斯吉利亚斯。
3430	精灵与人类最后联盟结成。
3431	吉尔-加拉德吉尔-加拉德和埃兰迪尔向东行进到伊姆拉德里斯。
3434	联盟大军越过迷雾山脉。达戈拉得战役爆发,索隆战败。开始围攻巴拉督尔。
3440	阿纳瑞安被杀。
3441	索隆被埃兰迪尔和吉尔-加拉德吉尔-加拉德推翻,两人在战斗中牺牲。伊希尔杜取得至尊戒。索隆消失,戒灵进入阴影。第二纪元结束。

---

[1] 见第二部卷二第十一章。

第三纪元

这一时期埃尔达开始衰落。长期以来，索隆熟睡，至尊戒下落不明。埃尔达处于和平之中，掌握着三戒，但他们不思创新，而是沉湎于过去。矮人们深藏不露，守护着宝藏，可当邪恶开始躁动，恶龙重新出现时，他们的古老宝藏一一遭到劫掠，以至于他们只得浪迹天涯。长期以来，墨瑞亚尚且安全，但人口逐渐减少，许多宏伟的楼堂都变得漆黑空荡。努门诺尔人则由于与凡人通婚，寿命也不断缩减。

大约过了一千年，第一抹黑影降临在大绿林上，中土世界出现了伊斯塔尔或称巫师。后来据说他们来自极西之地，是被派来对抗索隆的使者，旨在联合所有愿意抵抗索隆的力量。但他们不得以暴制暴，也不得通过武力或者恐吓统治精灵或者人类。

于是，他们虽然并不年轻，却以人类的相貌出现，只是衰老的速度很慢，而且心灵手巧。他们很少向人类透露自己的真实姓名，[1]只使用别人对他们的称呼。这一种族中有两位地位最高（据说共有五位），被埃尔达称作"技艺高强者"库茹尼尔和"灰袍行者"米斯兰迪尔，但北方的人类称他们为萨鲁曼和甘道夫。库茹尼尔经常到西方旅行，但最终在艾森加德定居下来。米斯兰迪尔与埃尔达的友谊最近，主要在西方流浪，从来没有选择长久住所。

在整个第三纪元期间，三戒守护之责属于谁，只有拥有三戒的人才知道。但最终，人们发现它们起初被三位最伟大的埃尔达所有：吉

---

[1] 见第二部卷三第十一章。

尔-加拉德吉尔-加拉德、加拉德瑞尔和奇尔丹。吉尔-加拉德吉尔-加拉德临终前将戒指交给了埃尔隆德，奇尔丹后来将戒指交给米斯兰迪尔，因为奇尔丹比中土世界的任何其他人都看得更远。他在灰港欢迎米斯兰迪尔，知道他来自何方，又将归向何处。

"收下这枚戒指，大人，"他说，"因为你肩上责任重大，但它会帮你撑起肩上的重担。这是火之戒，有了它你能在日趋冰冷的世界上重燃人们的激情。但对我来说，我的心与大海在一起，我要在灰色海岸居住，直到最后一条船启航。我会等你。"

年份

2	伊希尔杜在米那斯阿诺尔种下一株白树幼苗。他将南方王国迁到梅内尔迪尔。金菖蒲沼地惨祸，伊希尔杜和他三个年长的儿子被杀。
3	欧赫塔将纳熙尔碎片带到伊姆拉德里斯。
10	维兰迪尔成为阿尔诺国王。
109	埃尔隆德迎娶凯勒博恩之女凯勒布莉安。
130	埃尔隆德的两个儿子埃尔拉丹和埃尔洛希尔降生。
241	阿尔玟·乌多米尔出生。
420	国王欧斯托赫尔重建米那斯阿诺尔。
490	东夷第一次入侵。
500	罗门达奇尔一世击败东夷。
541	罗门达奇尔战死。
830	法拉斯图尔开启刚铎的船王一脉。
861	埃雅仁都尔离世，阿尔诺分裂。
933	国王埃雅尼尔一世占领乌姆巴尔，该地成为刚铎要塞。
936	埃雅尼尔一世在海上失踪。

1015	国王奇尔扬迪尔在围攻乌姆巴尔时被杀。
1050	哈尔门达奇尔征服哈拉德。刚铎权力臻于巅峰。大约在此时，阴影降临大绿林，人们开始将其称作幽暗森林。随着毛脚族来到埃利阿多，佩里安纳斯首次出现在记录中。
约1100	智者（伊斯塔尔和埃尔达首领）发现邪恶势力已经在多古尔都建立要塞。人们认为这是那兹古尔之一。
1149	阿塔那塔·阿尔卡林统治时期开始。
约1150	白肤族进入埃利阿多。斯图尔族越过红角隘口，迁到河角地区或黑蛮地。
约1300	邪恶事件再次频繁涌现。迷雾山脉中的奥克增加，对矮人发动进攻。那兹古尔再次出现，其首领向北来到安格玛。佩里安纳斯向西迁移，许多在布里定居下来。
1356	国王阿盖勒布一世在与鲁道尔的战争中被杀。大约在这个时候，斯图尔族离开河角地，有些返回大荒野。
1409	安格玛巫王入侵阿尔诺。国王阿维烈格一世被害。弗诺斯特和提殒戈沙德被守住。阿蒙苏尔之塔被毁。
1432	刚铎国王维拉卡去世，亲族争斗开始。
1437	欧斯吉利亚斯被焚，帕蓝提尔丢失。埃尔达卡逃至罗瓦尼安，他的儿子奥能迪尔被谋杀。
1447	埃尔达卡归来，将篡位者卡斯塔米尔赶走。埃茹伊渡口之战。围攻佩拉基尔。
1448	叛军逃脱并占领乌姆巴尔。
1540	国王阿勒达米尔在对阵哈拉德和乌姆巴尔海盗的战争中被杀。
1551	哈尔门达奇尔二世击败哈拉德人。
1601	许多佩里安纳斯从布里迁走，阿盖勒布二世赐予他们巴兰度因对岸的土地。

约1630	来自黑蛮地的斯图尔族加入他们。
1634	海盗洗劫佩拉基尔并杀害国王米纳迪尔。
1636	大瘟疫洗劫刚铎。国王泰伦纳和他的子女染病去世。米那斯阿诺尔的白树死亡。瘟疫向北方和西方蔓延,埃利阿多多地变得荒凉。巴兰度因河对岸的佩里安纳斯人幸存下来,但遭受了重大损失。
1640	国王塔隆多将王宫迁往米那斯阿诺尔,并种下一株白树苗。欧斯吉利亚斯开始陷落毁坏。魔多无人警戒。
1810	国王泰路梅赫塔·乌姆巴达奇尔夺回乌姆巴尔,赶走海盗。
1851	战车民开始进攻刚铎。
1856	刚铎东部陷落,纳马奇尔二世在战斗中阵亡。
1899	国王卡利梅赫塔在达戈拉得击败战车民。
1900	卡利梅赫塔在米那斯阿诺尔建造了白塔。
1940	刚铎和阿尔诺重新建立联系并结成同盟。阿维杜伊迎娶刚铎的昂多赫尔之女费瑞尔。
1944	昂多赫尔在战斗中阵亡。埃雅尼尔在伊希利恩南部击败敌军。随后他在营地之战中获胜,将战车民赶进死亡沼泽。阿维杜伊要求继承刚铎王位。
1945	埃雅尼尔二世接受王位。
1974	北方王国灭亡。巫王推翻阿塞丹,占领弗诺斯特。
1975	阿维杜伊在佛洛赫尔湾溺亡。安努米那斯和阿蒙苏尔的帕蓝提尔失落。埃雅努尔率舰队抵达林顿。巫王在弗诺斯特之战中被击败,被追赶到埃滕荒原,从北方消失。
1976	阿拉纳斯接受了杜内丹族长的头衔。阿尔诺的传家宝交给埃尔隆德保管。
1977	弗鲁姆加带领伊奥希奥德进入北方。

1979	泽地的布卡成为夏尔首任长官。
1980	巫王来到魔多,并在那里聚集那兹古尔。墨瑞亚出现一只炎魔,杀害了都林六世。
1981	纳因一世被杀。矮人从墨瑞亚逃走。罗里恩的许多西尔凡精灵逃到南方。阿姆洛斯和宁姆洛德尔陷落。
1999	瑟莱因一世来到埃瑞博,建立一个"山之下"矮人王国。
2000	那兹古尔从魔多出动,围攻米那斯伊希尔。
2002	米那斯伊希尔陷落,此后成为众所周知的米那斯魔古尔。帕蓝提尔被夺走。
2043	埃雅努尔成为刚铎国王。他受到巫王挑战。
2050	挑战再次发起。埃雅努尔骑马赶往米那斯魔古尔后失踪。马迪尔成为第一任执政宰相。
2060	多古尔都势力崛起。智者担心这或许是索隆再次成型。
2063	甘道夫去了多古尔都。索隆撤退并隐藏到东方。"警戒和平"期开始。米那斯魔古尔的那兹古尔依旧安静。
2210	梭林一世离开埃瑞博前往北方,抵达灰色山脉,都林一族多数残余民众聚集于此。
2340	埃萨姆布拉斯一世成为第十三任长官和图克一脉第一位长官。老雄鹿家族占领了雄鹿地。
2460	"警戒和平"期结束。索隆势力大增,返回多古尔都。
2463	白道会成立。大约在这个时候,斯图尔族的迪戈发现至尊戒,并被斯密戈谋杀。
2470	大约在这一年,斯密戈-咕噜躲进了迷雾山脉。
2475	对刚铎的进攻再次发起。欧斯吉利亚斯最终被毁,石桥断裂。
约2480	奥克开始在迷雾山脉中建造秘密要塞,以便阻挡进入埃利阿多的所有关隘。索隆开始利用本族物种殖民墨瑞亚。

2509	凯勒布莉安在前往罗里恩途中在红角隘口遭到伏击，伤口中毒。
2510	凯勒布莉安从海上离开。奥克和东夷侵占卡伦纳松。"年少的"埃奥尔在凯勒布兰特原野之战中获胜。洛希尔人在卡伦纳松定居。
2545	埃奥尔在伏尔德战役中阵亡。
2569	埃奥尔之子布雷戈建成金色宫殿。
2570	布雷戈之子巴尔多进入禁门并失踪。大约在这个时候，恶龙在遥远的北方再次现身，并开始骚扰矮人。
2589	达因一世被一条恶龙杀害。
2590	瑟罗尔回到埃瑞博。他的兄弟格罗尔去了铁丘陵。
约2670	托博德在南区种下"烟斗草"。
2683	艾森格里姆二世成为第十任长官并开始开挖大斯密奥。
2689	埃克塞理安一世在米那斯提力斯重建白塔。
2740	奥克再度入侵埃利阿多。
2747	班多布拉斯·图克在北区击败一支奥克军队。
2758	洛汗的西方和东方遭到攻击，并被占领。刚铎受到海盗舰队攻击。洛汗的海尔姆在海尔姆深谷避难。伍尔夫攻占埃多拉斯。2758—2759年：漫长的冬季开始。埃利阿多和洛汗遭受巨大损失和人口伤亡。甘道夫前来帮助夏尔居民。
2759	海尔姆去世。弗雷亚拉夫将伍尔夫驱逐出去，开启了马克诸王第二脉。萨鲁曼在艾森加德定居。
2770	恶龙斯毛格降临埃瑞博。河谷城被毁。瑟罗尔与瑟莱因二世、梭林二世逃走。
2790	瑟罗尔在墨瑞亚被一个奥克杀害。矮人聚集起来发动复仇之战。盖伦修斯，即后来有名的老图克，在这一年出生。
2793	矮人与奥克之战开始。

2799	墨瑞亚东门前发生南都西瑞安之战。"铁足"达因返回铁丘陵。瑟莱因二世和他的儿子梭林向西流浪。他们在夏尔以西的埃瑞德路因南方定居（2802年）。
2800—2864	来自北方的奥克再次袭扰洛汗。国王沃尔达被对方杀害（2861年）。
2841	瑟莱因二世出发，准备重访埃瑞博，但遭到索隆属下的追踪。
2845	矮人瑟莱因被囚禁在多古尔都，七戒中的最后一枚从他身上被夺走。
2850	甘道夫再次进入多古尔都，发现该地首领确实是索隆。索隆正在收集所有戒指，寻找至尊戒和伊希尔杜继承人的下落。甘道夫找到瑟莱因并拿到埃瑞博的钥匙。瑟莱因死于多古尔都。
2851	白道会举行会议。甘道夫敦促进攻多古尔都。萨鲁曼的意见胜出。[1] 萨鲁曼开始在金菖蒲沼地附近搜寻。
2872	刚铎的贝烈克梭尔二世离世。白树死亡，找不到幼苗。死树被保留在原地。
2885	在索隆使者们的唆使下，哈拉德人越过波罗斯河，进攻刚铎。洛汗的伏尔克威奈的两个儿子在保卫刚铎时牺牲。
2890	比尔博在夏尔出生。
2901	由于魔多的乌鲁克族奥克进攻伊希利恩，当地多数遗民逃离家园。汉奈斯安努恩秘密避难所建成。
2907	阿拉贡二世的母亲吉尔蕾恩出生。
2911	严酷寒冬。巴兰度因河及其他河流冻住。白色狼群自北方入侵埃利阿多。

---

1 后来的情况非常明显，萨鲁曼当时已经开始渴望占有至尊戒。他希望，如果索隆不管不问一段时间，至尊戒便会因寻找主人而现身。

2912	大洪水侵袭埃奈德地区和明希瑞亚斯。沙巴德被毁并遭遗弃。
2920	老图克去世。
2929	杜内丹的阿拉多之子阿拉松迎娶吉尔蕾恩。
2930	阿拉多被食人妖杀害。埃克塞理安二世之子德内梭尔二世在米那斯提力斯出生。
2931	阿拉松二世之子阿拉贡于3月1日出生。
2933	阿拉松二世被杀。吉尔蕾恩将阿拉贡带到伊姆拉德里斯。埃尔隆德将他收作养子,为他取名埃斯泰尔(意为"希望");他的出身被隐藏。
2939	萨鲁曼发现索隆的属下在金菖蒲沼地附近的安度因河里搜寻,索隆也因此听说了伊希尔杜的结局。他警觉起来,但对白道会只字未提。
2941	梭林·橡木盾和甘道夫在夏尔拜访比尔博。比尔博和斯密戈-咕噜相遇,找到至尊戒。白道会举行会议,萨鲁曼同意进攻多古尔都,因为如今他希望阻止索隆搜索河流。索隆已经制定好计划,他放弃了多古尔都。河谷邦爆发了五军之战。梭林二世去世。埃斯加洛斯的巴德杀了斯毛格。铁丘陵的达因成为山下国之王(达因二世)。
2942	比尔博带着至尊戒回到夏尔。索隆秘密返回魔多。
2944	巴德重建河谷城并成为国王。咕噜离开迷雾山脉并开始寻找魔戒窃贼。
2948	洛汗国王森格尔之子希奥顿出生。
2949	甘道夫和巴林在夏尔拜访比尔博。
2950	多阿姆洛斯的阿德拉希尔之女芬杜伊拉丝出生。
2951	索隆公开现身,并在魔多聚集力量。他开始重建巴拉督尔。咕噜投向魔多。索隆派遣三个那兹古尔重新占领多古尔都。

	埃尔隆德向"埃斯泰尔"透露他的真实姓名和出身,将纳熙尔剑的碎片交给他。刚从罗里恩归来的阿尔玟在伊姆拉德里斯的树林中与阿拉贡相遇。阿拉贡启程进入荒野。
2953	白道会召开最后一次会议。与会者就魔戒展开辩论。萨鲁曼谎称至尊戒已经沿着安度因河冲入大海。萨鲁曼撤回艾森加德,将其据为己有并加固设施。出于对甘道夫的嫉妒和畏惧,他派人监视对方的一举一动,并留意到甘道夫对夏尔很感兴趣。他很快便开始在布里和南区安插线人。
2954	末日山再度喷发。伊希利恩最后一批居民逃到安度因对岸。
2956	阿拉贡遇见甘道夫,两人的友谊自此开始。
2957—2980	阿拉贡开始周游各地,建立功勋。他以梭隆吉尔的身份,乔装打扮先后为洛汗的森格尔和刚铎的埃克塞理安二世效力。
2968	弗罗多出生。
2976	德内梭尔迎娶多阿姆洛斯的芬杜伊拉丝。
2977	巴德之子巴因成为河谷邦之王。
2978	德内梭尔二世之子波洛米尔出生。
2980	阿拉贡进入罗里恩,在当地再次见到阿尔玟·乌多米尔。阿拉贡赠予她巴拉希尔之戒,两人在凯林阿姆洛斯山上定下山盟海誓。大约在这个时候,咕噜抵达魔多边境,结识了希洛布。希奥顿成为洛汗国王。山姆怀斯出生。
2983	德内梭尔之子法拉米尔出生。
2984	埃克塞理安二世辞世。德内梭尔二世成为刚铎宰相。
2988	芬杜伊拉丝早逝。
2989	巴林离开埃瑞博进入墨瑞亚。
2991	伊奥蒙德之子伊奥梅尔在洛汗出生。
2994	巴林去世,矮人领地被毁。

2995	伊奥梅尔之妹伊奥温出生。
约3000	魔多的魔影延长。萨鲁曼斗胆使用欧尔桑克的帕蓝提尔，但被拥有伊希尔晶石的索隆掌控。萨鲁曼成为白道会的内奸。他发送奸细报告说夏尔受到游侠严密保护。
3001	比尔博举办告别宴会。甘道夫怀疑他的戒指即为至尊戒。夏尔的警卫加倍。甘道夫打探咕噜的消息，并寻求阿拉贡的帮助。
3002	比尔博成为埃尔隆德的宾客，并在幽谷定居。
3004	甘道夫在夏尔拜访弗罗多，接下来的四年里他时常这么做。
3007	巴因之子布兰德成为河谷邦之王。吉尔蕾恩去世。
3008	秋天甘道夫最后一次拜访弗罗多。
3009	甘道夫和阿拉贡在接下来的八年时间里时常追捕咕噜，足迹遍及安度因河谷、幽暗森林、罗瓦尼安和魔多边境。其间，咕噜进入魔多，被索隆俘获。埃尔隆德派人去接阿尔玟，她返回伊姆拉德里斯；迷雾山脉地区及东部各地都面临危险。
3017	咕噜被从魔多释放。他在死亡沼泽被阿拉贡抓住，并带给幽暗森林的瑟兰杜伊尔。甘道夫拜访米那斯提力斯并阅读伊希尔杜古卷。

重要年份纪事

3018年

4月

12日	甘道夫抵达霍比屯。

6月

20日	索隆进攻欧斯吉利亚斯。大约在同一时间，瑟兰杜伊尔遭到攻击，咕噜逃跑。

7月

4日　　波洛米尔从米那斯提力斯出发。

10日　　甘道夫被囚禁在欧尔桑克。

8月

咕噜踪迹全无。人们认为大约在这时，由于咕噜同时受到精灵和索隆爪牙的追捕，他跑到墨瑞亚躲避，但当他最终发现通往西门的路时，却已经无法出去。

9月

18日　　甘道夫凌晨从欧尔桑克逃脱。黑骑士越过艾森河渡口。

19日　　甘道夫像乞丐一样来到埃多拉斯，被拒绝入内。

20日　　甘道夫进入埃多拉斯。希奥顿命令他离开："马儿随便你挑，但你必须在明天天黑之前离开！"

21日　　甘道夫遇见捷影，但这匹马不让他靠近。他跟着捷影在田野里走了很远。

22日　　黑骑士傍晚抵达萨恩渡口；他们赶走游侠守卫。甘道夫追上捷影。

23日　　四个黑骑士在黎明前进入夏尔。其他骑士则向东追逐游侠，然后返回监视绿大道。一名黑骑士入夜时分来到霍比屯。弗罗多离开袋底洞。甘道夫驯服捷影，骑马离开了洛汗。

24日　　甘道夫越过艾森河。

26日　　老林子。弗罗多来到邦巴迪尔家。

27日　　甘道夫越过灰潮河。弗罗多又在邦巴迪尔家过了一夜。

28日　　霍比特人被一个坟岗尸妖俘获。甘道夫抵达萨恩渡口。

29日　　弗罗多夜晚抵达布里。甘道夫造访甘姆吉老头子。

30日　　克里克洼和布里的客栈凌晨遭到袭击。弗罗多离开布里。甘道夫来到克里克洼，晚上抵达布里。

10月

1日　　　　　甘道夫离开布里。

3日　　　　　甘道夫夜间在风云顶遭到袭击。

6日　　　　　风云顶下的营地夜间遭袭。弗罗多负伤。

9日　　　　　格洛芬德尔离开幽谷。

11日　　　　 格洛芬德尔将骑手赶过米斯埃塞尔大桥。

13日　　　　 弗罗多通过米斯埃塞尔大桥。

18日　　　　 格洛芬德尔黄昏时找到弗罗多。甘道夫抵达幽谷。

20日　　　　 逃离并越过布鲁伊嫩渡口。

24日　　　　 弗罗多康复并苏醒过来。波洛米尔夜间抵达幽谷。

25日　　　　 埃尔隆德召开会议。

12月

25日　　　　 魔戒远征队黄昏时离开幽谷。

3019年

1月

8日　　　　　远征队抵达冬青郡。

11、12日　　 卡拉兹拉斯降下大雪。

13日　　　　 凌晨遭到狼群袭击。夜幕降临时，远征队抵达墨瑞亚西门。咕噜开始跟踪持戒人。

14日　　　　 在第二十一大厅过夜。

15日　　　　 甘道夫从卡扎杜姆大桥坠落。远征队深夜抵达宁姆洛德尔。

17日　　　　 远征队晚上来到卡拉斯加拉松。

23日　　　　 甘道夫追赶炎魔，一直追到兹拉克 - 兹吉尔峰。

25日　　　　 甘道夫将炎魔打下山顶，并失去意识。他的身体躺在峰顶。

2月

15日　　　　 加拉德瑞尔的魔镜。甘道夫复活，并陷入昏迷。

503

16日	告别罗里恩。咕噜躲在西岸,看到远征队离去。
17日	格怀希尔载着甘道夫抵达罗里恩。
23日	船只夜间在萨恩盖比尔附近遭到攻击。
25日	远征队经过阿戈那斯,在帕斯嘉兰扎营。第一场艾森河渡口之战爆发;希奥顿之子西奥德雷德被杀。
26日	魔戒同盟解散。波洛米尔去世;他的号角声传到了米那斯提力斯。梅里阿道克和佩里格林被俘。弗罗多和山姆怀斯进入东埃敏穆伊。阿拉贡傍晚出发,追赶奥克。伊奥梅尔听说一群奥克从埃敏穆伊下来。
27日	阿拉贡在日出时抵达西边悬崖。伊奥梅尔违背希奥顿的号令,午夜时分从东伏尔德出发前去追赶奥克。
28日	伊奥梅尔在范贡森林外追上奥克。
29日	梅里阿道克和皮平逃脱并遇到树须。洛希尔人日出时发动攻击,击败了奥克。弗罗多从埃敏穆伊下来,遇到咕噜。法拉米尔发现波洛米尔的葬船。
30日	恩特大会开始。伊奥梅尔返回埃多拉斯之际遇到阿拉贡。
3月	
1日	弗罗多拂晓时开始穿越死亡沼泽。恩特大会继续。阿拉贡遇到白袍甘道夫。两人出发前往埃多拉斯。法拉米尔离开米那斯提力斯,前往伊希利恩。
2日	弗罗多来到沼泽尽头。甘道夫来到埃多拉斯将希奥顿治愈。洛希尔人向西行进,对抗萨鲁曼。第二场艾森河渡口之战。埃肯布兰德战败。恩特大会下午结束。恩特向艾森加德前进,夜间抵达。
3日	希奥顿撤退到海尔姆深谷。号角堡战斗开始。恩特彻底摧毁艾森加德。

504

4日	希奥顿和甘道夫从海尔姆深谷出发前往艾森加德。弗罗多抵达魔栏农荒地边缘的熔渣丘。
5日	希奥顿中午抵达艾森加德。在欧尔桑克与萨鲁曼谈判。会飞的那兹古尔从多尔巴兰营地上空掠过。甘道夫与佩里格林一起出发前往米那斯提力斯。弗罗多躲藏在能看见魔栏农的地方，黄昏时离开。
6日	阿拉贡在凌晨被杜内丹人追上。希奥顿离开号角堡前往祠边谷。阿拉贡稍晚出发。
7日	弗罗多被法拉米尔带到汉奈斯安努恩。夜幕降临时，阿拉贡来到黑蛮祠。
8日	阿拉贡破晓时取道"亡灵之路"，午夜时抵达埃瑞赫。弗罗多离开汉奈斯安努恩。
9日	甘道夫抵达米那斯提力斯。法拉米尔离开汉奈斯安努恩。阿拉贡从埃瑞赫出发并来到卡伦贝尔。弗罗多黄昏时抵达魔古尔大道。希奥顿来到黑蛮祠。黑暗开始从魔多涌出。
10日	无晓日。洛汗集结大军：洛希尔人从祠边谷出发。法拉米尔在城门外被甘道夫营救。阿拉贡越过凛格罗。一支来自魔栏农的军队占领凯尔女德罗斯并进入阿诺瑞恩。弗罗多穿过十字路口，看到魔古尔大军出动。
11日	咕噜造访希洛布，但见到熟睡的弗罗多差点后悔。德内梭尔派法拉米尔前往欧斯吉利亚斯。阿拉贡抵达林希尔并进入莱本宁。洛汗东部遭到来自北方的入侵。罗里恩遭到第一次进攻。
12日	咕噜引领弗罗多进入希洛布的巢穴。法拉米尔撤回主道双堡。希奥顿在明里蒙下扎营。阿拉贡将敌人追向佩拉基尔。恩特击败洛汗的入侵者。
13日	弗罗多被奇立斯温格尔的奥克俘获。佩兰诺被占领。法拉米

	尔受伤。阿拉贡抵达佩拉基尔并夺回舰队。希奥顿来到德鲁阿丹森林。
14日	山姆怀斯在塔中找到弗罗多。米那斯提力斯遭到围攻。洛希尔人在野人带领下来到灰色森林。
15日	凌晨巫王攻破城门。德内梭尔点火自焚。鸡鸣时,洛希尔人的号角声响起。佩兰诺平原之战。希奥顿被杀。阿拉贡举起阿尔玟制作的旗帜。弗罗多和山姆怀斯逃脱并向北沿着魔盖前进。幽暗森林树林中发生战斗;瑟兰杜伊尔击退多古尔都的军队。罗里恩遭到第二次进攻。
16日	指挥官之间发生争论。弗罗多从魔盖朝营地之外望去,看到末日山。
17日	河谷邦战役。布兰德王和"铁足"达因王牺牲。许多矮人和人类在埃瑞博山中避难并遭到围困。沙格拉特将弗罗多的斗篷、锁子甲和剑带到巴拉督尔。
18日	西方大军从米那斯提力斯进军。弗罗多看见艾森毛兹;在从杜尔桑到乌顿的路上,他被奥克追上。
19日	大军来到魔古尔山谷。弗罗多和山姆怀斯逃脱,并沿着通往巴拉督尔的路前进。
22日	恐怖的夜晚来临。弗罗多和山姆怀斯离开大陆,转向南方,前往末日山。罗里恩遭到第三次进攻。
23日	大军离开伊希利恩。阿拉贡遣散了意志动摇的人。弗罗多和山姆怀斯丢弃武器装备。
24日	弗罗多和山姆怀斯走完最后一段路,到达末日山脚下。大军在魔栏农荒地安营扎寨。
25日	大军在熔渣丘上遭到围困。弗罗多和山姆怀斯抵达萨马斯瑙尔。咕噜夺走魔戒,掉进末日之隙。巴拉督尔陷落,索隆消亡。

黑暗妖塔倒塌、索隆灭亡之后，所有反抗他们的人心中的魔影随之消失，但恐惧和绝望降临到他的爪牙和同盟头上。罗里恩曾遭到多古尔都三次攻击，但除了这片土地上的精灵种族无比英勇之外，那里驻留的力量也非常强大，只有索隆本人才能征服。尽管边境地区的美丽森林遭到严重破坏，但敌人的每次进攻都被击退。当魔影散尽，凯勒博恩前来，率领罗里恩军队乘坐众多船只渡过安度因河。他们攻占了多古尔都，加拉德瑞尔推倒城墙，填平地洞，森林得到清理。

　　北方也遭受了战争和厄运。瑟兰杜伊尔王国遭到入侵，森林里经历了长久的战斗，大火带来了巨大破坏，但最终瑟兰杜伊尔取得了胜利。在精灵族新年这天，凯勒博恩和瑟兰杜伊尔在林中相会。他们将幽暗森林改名"埃林拉斯嘉兰"，意思是"绿叶之林"。瑟兰杜伊尔将所有北方地区，远到山脉的地方，都纳入自己的王国版图；凯勒博恩则将狭地以南的森林据为己有，将其命名为东罗里恩；中间的广袤森林被赐予贝奥恩人和林中的人类。但加拉德瑞尔西行之后没过几年，凯勒博恩就厌倦了自己的王国，搬去伊姆拉德里斯和埃尔隆德的儿子们同住。在大绿林中，西尔凡精灵依然过着平静的生活，但在罗里恩，只有少数之前的居民还继续在此悲戚地生活，卡拉斯加拉松再也没有光明和歌声。

　　在大军围攻米那斯提力斯之际，一支由索隆的盟军组成、长期以来在布兰德王国边境制造威胁的大军渡过卡尔嫩河。布兰德被赶回河谷邦。他在那里得到埃瑞博山矮人的援助，孤独大山脚下发生了一场大战。战斗持续了三天，但最终布兰德王和"铁足"达因王都被杀死，东夷赢得了胜利，但他们没有攻下城门。许多矮人和人类到埃瑞博山避难，并被围困在那里。

　　南方胜利的消息传来，索隆的北方军队士气低落。被困的人们冲出包围，大败敌人。敌人的残兵败将逃到东方，不再侵扰河谷邦。随后，布兰德之子巴德二世成为河谷邦国王，达因之子"石盔"梭林三世成为山下之王。他们派遣使者参加国王埃莱萨的加冕仪式。在他们有生之年，他们的王国与刚铎维持了友谊，他们因而受到西方国王的统治和保护。

从巴拉督尔倒塌到第三纪元结束期间的重要日期[1]

3019年（即夏尔纪年1419年）

3月

27日　　巴德二世和"石盔"梭林三世将敌人赶出河谷邦。

28日　　凯勒博恩越过安度因河；多古尔都的毁灭开始。

4月

6日　　凯勒博恩和瑟兰杜伊尔会面。

8日　　持戒人在科瑁兰原野受到敬重。

5月

1日　　国王埃莱萨加冕；埃尔隆德和阿尔玟从幽谷出发。

8日　　伊奥梅尔和伊奥温同埃尔隆德的儿子们一起前往洛汗。

20日　　埃尔隆德和阿尔玟来到罗里恩。

27日　　阿尔玟及其护卫队离开罗里恩。

6月

14日　　埃尔隆德的儿子们遇到阿尔玟一行并将他们带到埃多拉斯。

16日　　一行人出发前往刚铎。

25日　　国王埃莱萨找到白树的小树苗。

---

[1] 月份和日期依照夏尔历法而定。

莱斯一日	阿尔玟来到白城。
年中日	埃莱萨与阿尔玟大婚。
7月	
18日	伊奥梅尔返回米那斯提力斯。
22日	国王希奥顿葬礼护卫队出发。
8月	
7日	葬礼护卫队来到埃多拉斯。
10日	国王希奥顿的葬礼。
14日	宾客们告别国王伊奥梅尔。
15日	树须释放萨鲁曼。
18日	他们来到海尔姆深谷。
22日	他们来到艾森加德；日落时与西方国王告别。
28日	他们赶上萨鲁曼；萨鲁曼转向夏尔。
9月	
6日	他们在能看到墨瑞亚山脉的地方停下来。
13日	凯勒博恩与加拉德瑞尔离去，其他人出发前往幽谷。
21日	他们返回幽谷。
22日	比尔博一百二十九岁生日。萨鲁曼来到夏尔。
10月	
5日	甘道夫和霍比特人离开幽谷。
6日	他们渡过布鲁伊嫩渡口；弗罗多第一次感觉到疼痛再度发作。
28日	他们入夜时分抵达布里。
30日	他们离开布里。"旅人们"天黑时来到白兰地桥。
11月	
1日	他们在蛙泽屯被捕。
2日	他们来到傍水镇并鼓动夏尔民众。

3日	傍水镇之战，萨鲁曼身亡。魔戒大战结束。

3020年（夏尔纪年1420年，丰收之年）

3月	
13日	弗罗多生病（这一天正是他被希洛布毒害一周年）。
4月	
6日	珺珑树在集会场开花。
5月	
1日	山姆怀斯迎娶罗茜。
年中日	弗罗多辞去代理市长一职，威尔·白足恢复原任。
9月	
22日	比尔博一百三十岁生日。
10月	
6日	弗罗多再次生病。

3021年（夏尔纪年1421年，第三纪元最后一年）

3月	
13日	弗罗多再次生病。
25日	山姆怀斯之女"美丽的"埃拉诺尔出生。[1] 按照刚铎纪年，第四纪元从这一天开始。
9月	
21日	弗罗多和山姆怀斯从霍比屯出发。
22日	他们在林尾地遇到三位持戒人最后一次骑行。

---

[1] 她因美貌而成为闻名遐迩的"美丽的埃拉诺尔"，许多人说她看上去与其说像霍比特人，还不如说更像精灵少女。她有着一头金发，这在夏尔非常罕见。不过，山姆怀斯的另外两个女儿也是金发，而这段时期出生的许多孩子发色也一样。

29日	他们来到灰港。弗罗多和比尔博与三位持戒人一起渡海离去。第三纪元结束。
10月	
6日	山姆怀斯回到袋底洞。

关于魔戒同盟成员的后续

夏尔纪年

1422	按照夏尔纪年，第四纪元从这一年年初开始，但夏尔纪年的年份依然延续使用。
1427	威尔·白足辞职。山姆怀斯当选夏尔市长。佩里格林·图克迎娶长谷镇的黛蒙德。国王埃莱萨颁布法令，禁止人类进入夏尔，他将夏尔变成一个自由邦，受到北方王国保护。
1430	佩里格林之子法拉米尔出生。
1431	山姆怀斯之女戈蒂洛克丝出生。
1432	被称为"神采奕奕"的梅里阿道克成为雄鹿地首领。国王伊奥梅尔和伊希利恩夫人伊奥温派人送来大量礼物。
1434	佩里格林成为大图克和长官。国王埃莱萨任命长官、首领和市长为北方王国的顾问。山姆怀斯大人第二次当选市长。
1436	国王埃莱萨骑马北上，在暮暗湖边住了一段时间。他来到白兰地桥，并在那里迎接朋友。他将杜内丹之星赠予山姆怀斯大人，埃拉诺尔成为阿尔玟女王的荣誉侍女。
1441	山姆怀斯大人第三次成为市长。
1442	山姆怀斯大人和他的妻子以及埃拉诺尔骑马前往刚铎，并在那里待了一年。托曼·科顿大人担任代理市长。
1448	山姆怀斯大人第四次成为市长。

1451	"美丽的"埃拉诺尔嫁给远山岗绿丘的法斯特雷德。
1452	西界,即从远山岗到塔丘(埃敏贝莱德),[1] 被国王赠予夏尔。许多霍比特人迁居到了那里。
1454	法斯特雷德和埃拉诺尔之子埃尔夫斯坦·俊童出生。
1455	山姆怀斯大人第五次成为市长。
1462	山姆怀斯大人第六次成为市长。在他的要求下,长官任命法斯特雷德担任西界的守护人。法斯特雷德和埃拉诺尔在塔丘塔下安家,他们的后代,即塔丘的俊童家族,世世代代生活在此。
1463	法拉米尔·图克迎娶山姆怀斯之女戈蒂洛克丝。
1469	山姆怀斯大人第七次也是最后一次成为市长,任期于1476年结束,时年九十六岁。
1482	山姆怀斯大人之妻罗茜夫人在年中日去世。9月22日,山姆怀斯大人从袋底洞骑马离开。他来到塔丘,将《红皮书》交给埃拉诺尔,这也是埃拉诺尔最后一次见他。该书此后一直由俊童家族保管。从埃拉诺尔开始便形成一个传统,说山姆怀斯经过群塔,去了灰港,作为最后一位持戒人渡海而去。
1484	春天,洛汗有消息传到雄鹿地,说国王伊奥梅尔想再见一次霍尔德威奈大人。此时梅里阿道克已经年迈(一百零二岁),但依然精神矍铄。他和朋友佩里格林长官商议,随即将财产和职责传给儿子们,之后骑马经过萨恩渡口,从此在夏尔消失了踪迹。后来听说梅里阿道克大人来到埃多拉斯,陪伴国王伊奥梅尔,直到国王秋天去世。之后,他和长官佩里格林去了刚铎,在王国度过了残年,去世后被安葬在拉斯迪能,与刚铎的先贤们葬在一起。

---

1 见第一部楔子;另见第三部附录一。

1541　这一年[1]3月1日,国王埃莱萨去世。据说,梅里阿道克和佩里格林的墓台就在这位国王旁边。随后,莱戈拉斯在伊希利恩建造了一条灰船,沿安度因河顺流而下,渡海而去。据说,矮人吉姆利跟着他。随着这艘船离开,魔戒同盟在中土世界彻底结束。

---

[1] 第四纪元120年(刚铎历法)。

附录 Ⅲ　家族谱系

这些家谱中的人名只是从众多人名中遴选的一部分。其中多数或是比尔博告别宴会上的宾客，或是他的直系祖先。宴会上的客人名字加了下划线。这里还给出了其他与文中记述的事件有关的人名。此外，山姆怀斯是加德纳家族的创始人，后来颇有盛名，与之相关的家谱信息也一并提供。

人名后的数字代表出生日期（以及死亡日期，如果有记录的话）。所有日期依据的都是夏尔纪年，元年（即第三纪元1601年）始于马尔科和布兰科兄弟渡过白兰地河之时。

霍比屯的巴金斯家族

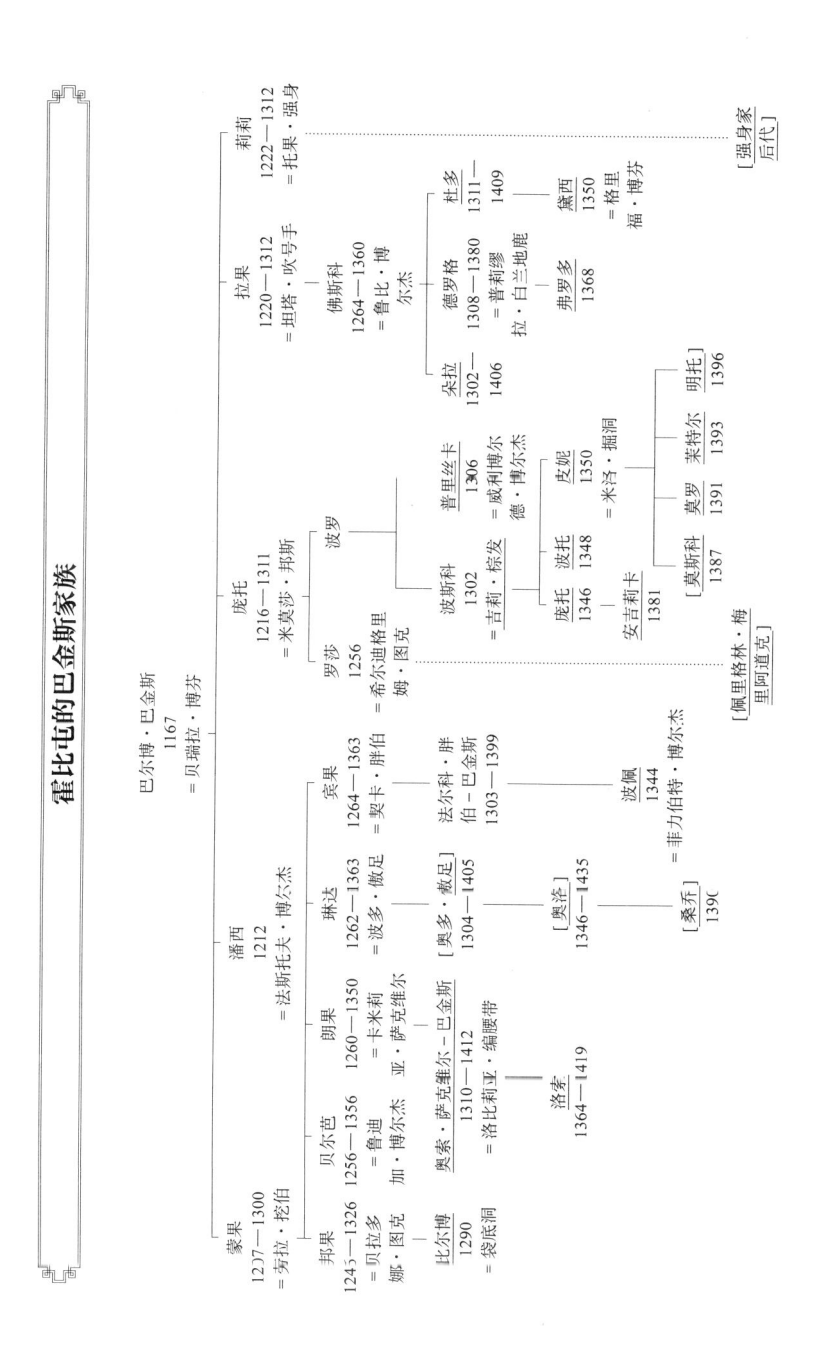

巴尔博·巴金斯
1167
＝贝瑞拉·博芬

- 蒙果 1237—1300 ＝刃拉·挖伯
  - 邦果 1245—1326 ＝贝拉多娜·图克
    - 比尔博 1290
    - [袋底洞]
  - 贝尔芭 1256—1356 ＝鲁迪加·博尔杰
  - 朗果 1260—1350 ＝卡米莉亚·萨克维尔
    - 奥索·萨克维尔－巴金斯 1310—1412 ＝洛比利亚·编腰带
      - 洛乔 1364—1419
  - 琳达 1262—1363 ＝波多·傲足
    - [奥多·傲足] 1304—1405
  - 宾果 1264—1363 ＝契卡·胖卡
    - 法尔科·胖伯－巴金斯 1303—1399
      - [奥泽] 1346—1435
- 潘西 1212 ＝法斯托夫·博尔杰
- 庞托 1216—1311 ＝米莫莎·邦斯
  - 罗莎 1256 ＝希尔迪格姆·图克
  - 波托 ＝吉莉·棕发
    - 波斯科 1302
      - 普里丝卡 1306 ＝威利博尔德·博尔杰
      - 庞托 1346
      - 波妮 1348
    - 波莎 1350 ＝米洛·掘洞
      - 安吉莉卡 1381
      - [莫斯科] 1387
      - 莫罗 1391
      - 茉特尔 1393
      - [明托] 1396
  - 波佩 1344 ＝菲力伯特·博尔杰
    - [桑乔] 1390
- 拉果 1220—1312 ＝坦塔·吹号手
  - 佛斯科 1264—1360 ＝鲁比·博尔杰
    - 朵拉 1302—1406
    - 德罗格 1308—1380 ＝普莉缪拉·白兰地鹿
      - 弗罗多 1368
    - 杜多 1311— 1409
      - 黛西 1350 ＝格里福·博芬
- 莉莉 1222—1312 ＝托果·强身

[佩里格林·梅里阿道克] [强身家后代]

博杰津的博尔杰家族

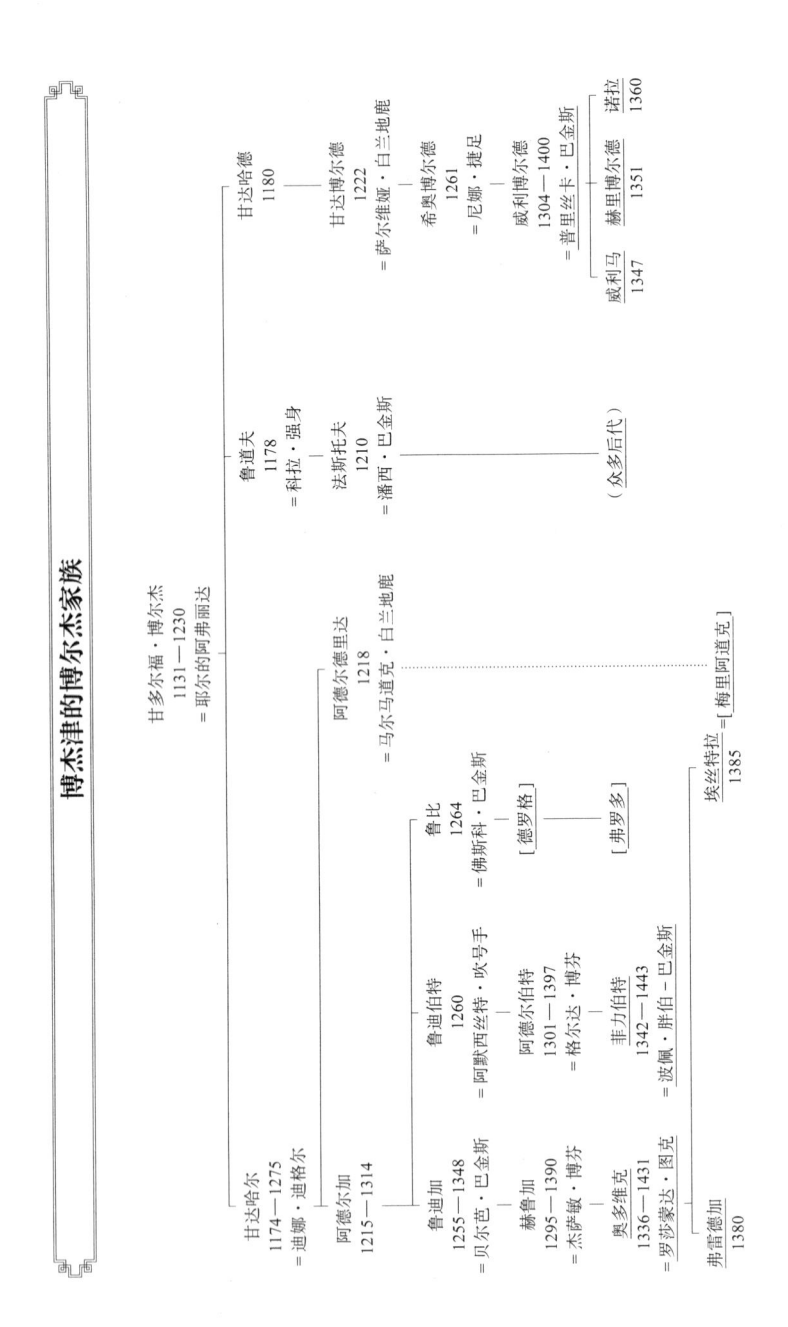

甘多尔福·博尔杰
1131—1230
= 耶尔的阿弗丽达

├── 甘多哈德 1180
│   └── 甘达博尔德 1222
│   = 萨尔维娅·白兰地鹿
│   ├── 希奥博尔德 1261
│   │   = 尼娜·捷足
│   └── 威利博尔德 1304—1400
│   = 普里丝卡·巴金斯
│   ├── 威利马 1347
│   └── 赫里博尔德 1351 ── 诺拉 1360

├── 鲁道夫 1178
│   = 科拉·强身
│   └── 法斯托夫 1210
│   = 潘西·巴金斯
│   └── （众多后代）

└── 阿德尔里达 1218
    = 马尔马道克·白兰地鹿

甘多哈尔 1174—1275
= 迪娜·迪格尔

阿德尔加 1215—1314

鲁迪加 1255—1348
= 贝尔芭·巴金斯

赫鲁加 1295—1390
= 杰萨敏·博芬

奥多维克 1336—1431
= 罗莎蒙达·图克

鲁迪伯特 1260
= 阿黛西丝特·吹号手

阿德尔丝特 1301—1397
= 格尔达·博芬

菲力伯特 1342—1443
= 波佩·胖伯-巴金斯

鲁比 1264
= 佛斯科·巴金斯

[德罗格]

[弗罗多]

埃丝特拉 1385 = [梅里阿道克]

弗雷德加 1380

耶尔博芬家族

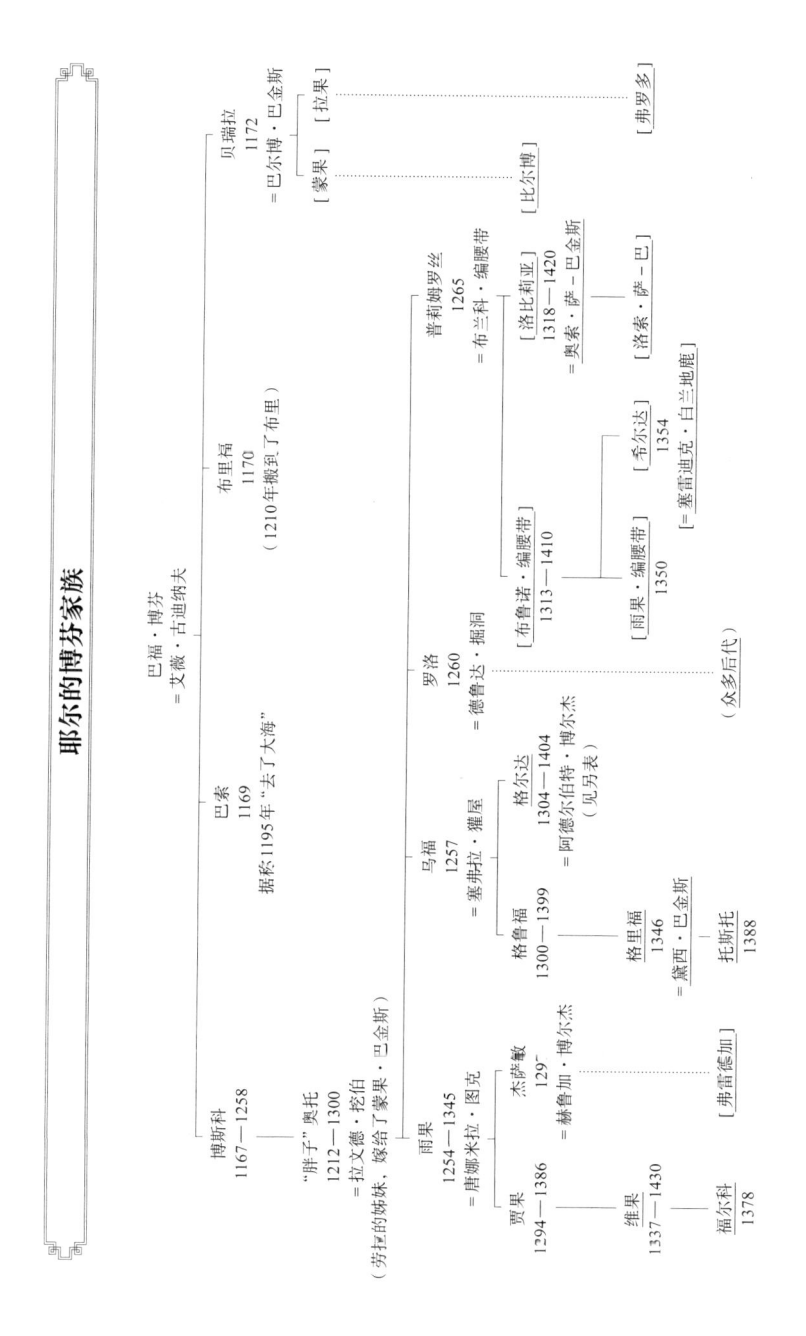

巴福·博芬
=艾薇·古迪纳夫

博斯科
1167—1258

"胖子"奥托
1212—1300
=拉文德·挖伯
（劳拉的姊妹，嫁给了蒙果·巴金斯）

雨果
1254—1345
=唐娜米拉·图克

贾果
1294—1386

维果
1337—1430

福尔科
1378

杰萨加
129?
=赫鲁拉·博尔杰

[弗雷德加]

巴索
1169
据称1195年"去了大海"

马福
1257
=塞弗拉·獾屋

格鲁福
1300—1399

格里福
1346
=黛西·巴金斯

托斯托
1388

格尔达
1304—1404
=阿德尔伯特·博尔杰
（见另表）

罗洛
1260
=德鲁达·掘洞

[布鲁诺·编腰带]
1313—1410

[雨果·编腰带]
1350
（众多后代）

布里弗
1170
（1210年搬到了布里）

贝瑞拉
1172
=巴尔博·巴金斯

[蒙果]　[拉果]

[比尔博]

普莉姆罗丝
1265
=布兰科·编腰带

[洛比莉亚]
1318—1420
=奥索·萨·巴金斯

[希尔达]
1354
=塞雷迪克·白兰地鹿

[洛索·萨·巴]

[弗罗多]

517

大斯密奥的图克家族

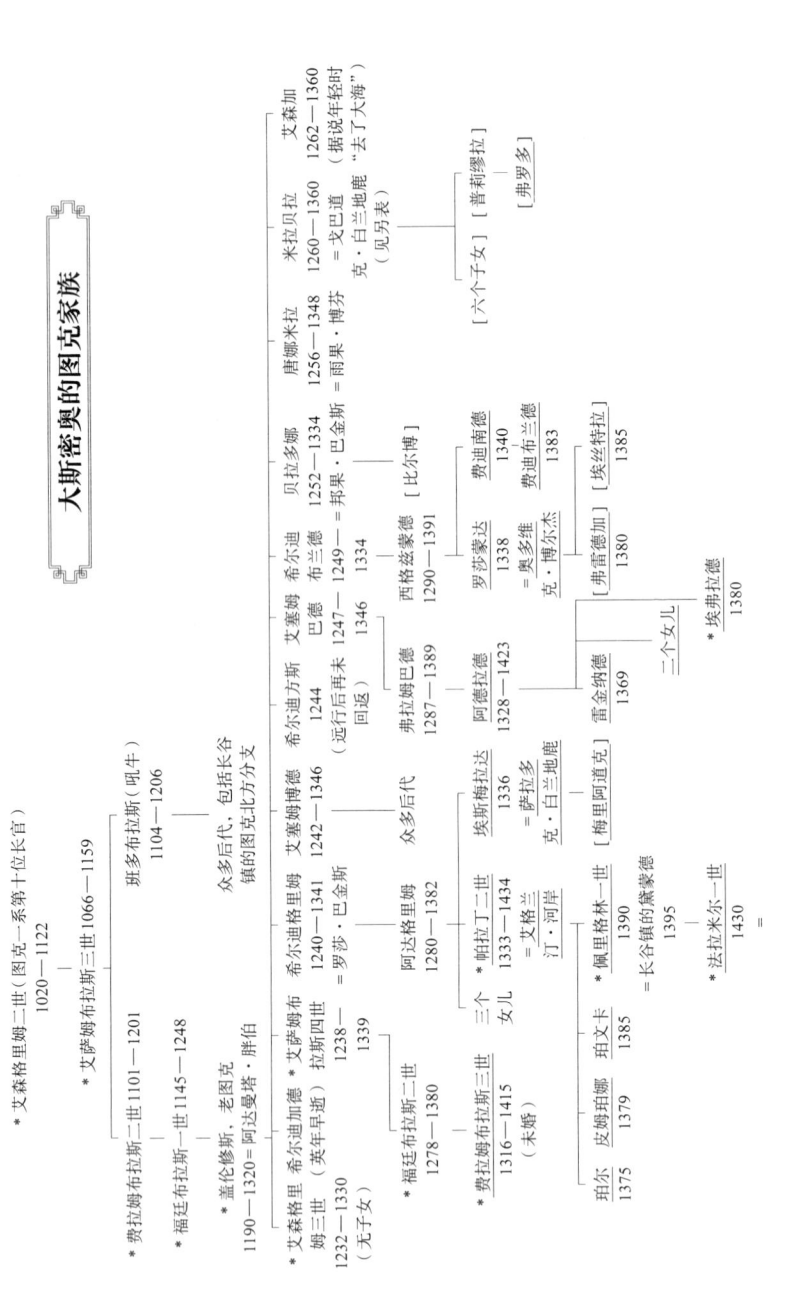

* 艾森格里姆二世（图克一系第十位长官）
1020—1122

* 艾萨姆布拉斯三世 1066—1159

├─ 费拉姆布拉姆二世 1101—1201
├─ 福廷布拉斯二世 1145—1248
└─ 班多布拉斯（吼牛）1104—1206

* 盖伦修斯・老图克
1190—1320 = 阿达曼塔・胖伯

众多后代，包括长谷镇的图克北方分支

├─ 艾萨姆布拉斯四世 1238—1339
├─ 艾森格里姆三世（英年早逝）1232—1330（无子女）
└─ 希尔迪加德 1240—1341 = 罗莎・巴金斯

├─ 希尔迪布拉斯 1244（远行后再未回返）
├─ 艾赛姆博德 1242—1346
├─ 阿达格里姆 1280—1382
└─ 众多后代

├─ 福廷布拉斯二世 1278—1380
├─ 费拉姆布拉斯三世 1316—1415（未婚）
├─ 三个女儿
└─ 帕拉丁二世 1333—1434 = 艾格汀・河岸

├─ 皮姆珀娜 1379
├─ 珀文卡 1385
├─ 佩里格林一世 1390 = 长谷镇的黛蒙德 1395
└─ 法拉米尔一世 1430

├─ 希尔迪布兰德 1247—1346
├─ 埃斯梅拉达 1336 = 萨拉多克・白兰地鹿
└─ 珀拉

├─ 弗拉姆巴德 1287—1389
├─ 阿德拉德 1328—1423
├─ 雷金纳德 1369
└─ 二个女儿

├─ 贝拉多娜 1252—1334 = 邦果・巴金斯
├─ 西格兹蒙德 1290—1391
├─ 罗莎蒙达 1338 = 奥多维克・博尔杰
├─ [梅里阿道克]
├─ [弗雷德加]
└─ * 埃弗拉德 1380

├─ 唐娜拉 1256—1348 = 雨果・博芬
├─ [比尔博]
├─ 费迪南德 1340
├─ 费迪布兰德 1383
└─ [埃丝特拉] 1385

├─ 米拉贝拉 1260—1360 = 戈巴道・白兰地鹿（见另表）
├─ 艾森加 1262—1360（据说年轻时"去了大海"）
├─ [六个子女]
└─ [普莉缪拉] [弗罗多]

518

雄鹿地的白兰地鹿家族

泽德的戈亨达德·老雄鹿于740年前后开始修建白兰地厅，并将家族姓氏改为白兰地鹿。

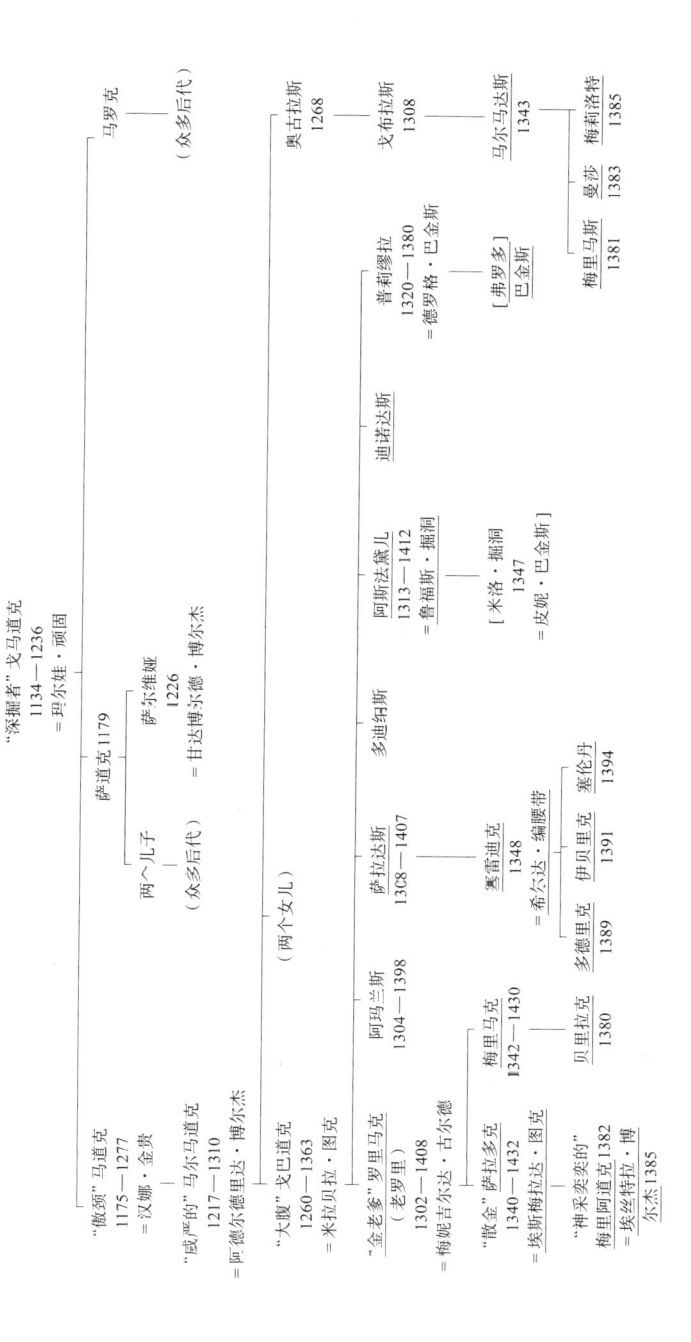

"深握者"戈马道克
1134—1236
＝玛尔娃·顽固

- 马罗克
  （众多后代）

萨道克 1179
- 萨尔维娅 1226
  ＝甘达博尔德·博尔杰

两个儿子
（众多后代）

"傲颈"马道克
1175—1277
＝汉娜·金贵

"威严的"马尔马道克
1217—1310
＝阿德尔德里达·博尔杰

"大腹"戈巴道克
1260—1363
＝米拉贝拉·图克

（两个女儿）

阿玛兰斯
1304—1398

"金爹爹"罗里马克
（老罗里）
1302—1408
＝梅妮戈尔达·古尔德

萨拉达斯
1308—1407

塞雷迪克
1348
＝希分达·编腰带

多迪纳斯

阿斯法黛儿
1313—1412
＝鲁福斯·掘洞

迪诺达斯

普莉缪拉
1320—1380
＝德罗格·巴金斯

奥古拉斯
1268

戈布拉斯
1308

马尔马斯
1343

梅里马克
1342—1430

伊贝里克
1391

[米洛·掘洞
1347
＝皮妮·巴金斯]

[弗罗多
巴金斯]

梅里马克
1381

梅莉洛特
1385

"散金"萨拉多克
1340—1432
＝埃斯梅拉达·图克

贝拉克
1380

多德里克
1389

塞伦丁
1394

曼莎
1383

"神采奕奕的"
梅里阿道克 1382
＝埃丝特拉·博尔杰 1385

519

山姆怀斯大人的父系大家族图

（亦显示小丘的加德纳家族和塔林地俊童家族的兴起）

```
甘米奇的汉姆法斯特
1160
│
怀斯曼·甘米奇                          霍布曼·霍比屯 1210
1200
(迁住绳索场)                    ┌──────────────┼──────────────┐
│                              │              │              │
绳匠霍布·甘米奇 = 罗恩         哈尔弗雷德·绳手  厄林           罗丝 = 科特曼     科特 1220
("老甘米奇")  1249              ("园丁")1251   1254          1262  1260      │
1246                           │                                   │    ┌────┴────┐
│                              │                           傍水镇的霍尔  卡尔 1263
霍布甘米奇                      霍尔曼·绳手                  曼·科特顿
（绳匠甘米奇）                   1292                       （"长身霍姆"）
1285—1384                                                     1302
│
安德怀斯                        与"堂兄"                   托曼·科顿          威尔科姆
绳索场的绳匠("安迪")             霍尔曼                     "汤姆"            （"威尔"）
1323                            一起在                    1341—1440         1346
│                               霍比屯                    = 莉莉·布朗
│                               当园丁
汉姆法斯特                       汉姆·甘米吉            ┌──────┼──────┐
("老古德柴尔迪")                  "老头儿"              │      │      │
│                               1326—1428           哈尔弗雷德  玛丽戈德  罗茜     托曼     威尔科姆  鲍曼  卡尔
│                               = 贝尔·古德柴尔迪     1369      1383     1384     1380      1384   1386  1389
安姆森                                                                            ＝                 （尼克）（尼布斯）
1361                           ┌────────┬──────┬─────┬─────┤        山姆·甘姆吉
(随绳匠伯父生活)                 │        │      │     │     │            │
                               汉姆法斯特 黛西   梅里   罗茜   皮平           │
                               1365      1372  1427  1425  1429          │
                               (迁住北区)                                  │
                                                          过山村的哈尔弗雷德  │
                                                          1332              │
                                                          │                 │
                                                          哈尔法斯特          │
                                                          1372              │
                                                                            │
                                                                    ┌───────┴─────────┬──────┬──────┬──────┬──────┐
                                                                    │                 │      │      │      │      │
                                                                山姆怀斯  罗茜·科顿  汉姆法斯特 黛西  普莉姆罗丝 比尔博 罗宾 托曼（汤姆）
                                                                1380     ＝         1432   1433  1435      1436  1438  1440  1442
                                                                 =       山姆·甘姆吉
                                                                罗茜·科顿

"美丽的"埃拉诺尔
1421
│
绿丘的法斯特雷德·霍尔法斯特·加德纳
1462
│
小丘的哈丁
1501
```

法拉米尔一世，长官嗣重
格林一世之子

他们迁住了西界，那片新开垦的乡野位于远冈和塔丘之间，是埃尔王的赠礼。塔底居的俊童家族随之而来，成为"西界守护"。他们继承了《红皮书》，添加了各种注释以及后续增补的内容，并誊写了若干份。

附录 Ⅳ 历法

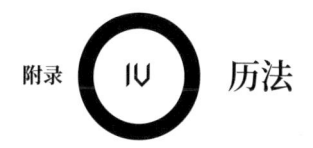

夏尔历法
适用于所有年份

每年始于一周的第一天,即星期六,结束于一周的最后一天,即星期五。"年中日"(*Mid-year's Day*)和闰午中的"闰莱斯"(*Overlithe*)均没有星期几的名称。年中日前的"莱斯日"被称为"莱斯一日"(1 *Lithe*),后一天的莱斯日则被称作"莱斯二日"(2 *Lithe*)。年末的尤尔日是"尤尔一日"(1 *Yule*),而年初的尤尔日则是"尤尔二日"(2 *Yule*)。闰莱斯是一个特殊的节日,但是它在主魔戒历史上的重要年份都没有出现过。1420年出现了闰莱斯,而那一年五谷丰登,夏季怡人,热闹的狂欢场面据说远超人们的记忆和史书记载。

各地历法

夏尔的历法在几个方面与我们的不同。一年的长度虽然相同[1],但是霍比特人有记载,在遥远的过去(如果用今天人类的年数和寿命来计算,的确是遥远的过去,但是按照大地的记忆来计算,那并不算非常遥远),他们还是一个流浪民族,没有"周"这个概念。虽然他们有"月",大致由月亮所定,但他们对日期和时间的计算很模糊,非常不准确。他们开始在埃利阿多西部地区定居下来之后,采用了杜

---

[1] 即365天5小时48分46秒。

内丹人的"国王纪年",而这种方法其实源自埃利阿多。但是夏尔的霍比特人对其进行了一些小小的修改,这种新的历法被称为"夏尔纪年",最终也被布里采用,只是布里人没有像夏尔人那样将他们定居夏尔那一年定为元年。

人们很难从古老的传说和传统中发现在他们这个时代众所周知、习以为常的一些事物的准确信息(例如字母的名称、一周每一天的名称、月份的名称和长度)。但是,由于他们普遍对家系很感兴趣,而且在魔戒之战过后,他们当中那些博学的人对古代史也产生了浓厚的兴趣,夏尔的霍比特人似乎对年代产生了极大的兴趣,甚至绘制了复杂的表格来显示他们的体系与其他体系的关系。笔者不擅长这些事情,可能犯过许多错误,但不管怎么说,夏尔纪年中1418和1419这两个重要年份发生的所有大事在《红皮书》中均有详细记载,所以人们对当时的日期和时间不会有太大的怀疑。

很明显,正如山姆怀斯所说,中土世界的埃尔达有更多的时间可以支配,所以用很长的时间单元来计算,昆雅语中通常翻译成"年"的 *yén* 实际上等于我们的144年。埃尔达喜欢尽可能地以6和12为单位来计算。他们把太阳的"一日"叫作 *ré*,从日落算到第二天日落,而一个 *yén* 有52596日。为了仪式而不是出于实际目的,埃尔达将六天算作一周或者 *enquië*;一个 *yén* 包含8766个这样的 *enquië*,周而复始地以这种方式计算。

中土世界的埃尔达也观察到了较短的周期,即太阳年。如果从天文学的角度来考虑,太阳年被称为 *coranar* 或"太阳周期";但精灵通常从植物所显示的季节性变化来考虑问题(尤其是在西北部地区),所以太阳年通常又被称为 *loa*(生长)。一个 *loa* 分为几个时段,每个时段可以被视为"长月"或"短季"。这些毫无疑问又因地区不同而有所区别,但霍比特人只提供了有关伊姆拉德里斯历法的信息。这种历法包括六个这样的"季节",昆雅语的名字分别为 *tuilë*, *lairë*, *yávië*, *quellë*, *hrívë*, *coirë*,可以翻译成"春、夏、秋、枯、冬、萌"。它们的辛达语名字是:*ethuil*, *laer*, *iavas*, *firith*, *rhîw*, *echuir*。"枯"也被称为 *lasse-lanta*(叶落),或者辛达语中的 *narbeleth*(日亏)。

Lairë 和 *hrívë* 各包含72天,其余各含54天。*loa* 始于"春"的前一天 *yestarë*,终于"萌"之后的第一天 *mettarë*。"秋"和"枯"之间还插入了三个 *enderi*(中间日)。这样一来,一年便有了365天,每12年多插入三个"中间日"(也就是额外增加3天)。

如何处理由此产生的误差尚不确定。如果当时的一年与现在一样长,那么 *yén* 多出的时间要超过一天。《红皮书》历法部分中的一个注释显示的确存在误差:在《幽谷历法》中,每第三个 *yén* 的最后一年缩短了三天,那一年本应该多添加的三个"中间日"省掉了,"但这种事情在我们这个时代还没有发生过"。至于其他误差是如何调整的,没有任何记录。

努门诺尔人改变了这些安排。他们把 *loa* 分成更短的时段,长度更有规律,而且他们还遵循着新年始于仲冬这一习俗,这也是他们第一纪元的祖先、西北部的人类沿用的习俗。他们后来又将一周定为七天,并且将日出(升出东方大海)至次日日出算作一天。

努门诺尔体系被称为"诸王纪年"(kings' Reckoning),在努门诺尔、阿尔诺和刚铎一直沿用到诸王时代结束。正常年份有365天。每一年被分成十二个 *astar*(月),其中十个有30天,两个有31天。长的 *astar* 位于年中前后,大约是我们的6月和7月。一年的第一天叫作 *yestarë*,年中日(第183天)叫作 *loëndë*,最后一天叫作 *mettarë*;这三天不属于任何一个月。每隔四年,便会有两个 *enderi*(年中日)取代 *loëndë*,只有每百年(*haranyë*)的最后一年除外。

在努门诺尔,年代从第二纪元元年开始计算。从每百年最后一年减去1天造成的"亏空"一直要等到千年的最后一年才会调整，因此每千年的亏空为4小时46分40秒。努门诺尔在第二纪元的1000年、2000年和3000年分别增补了这些"亏空"。在努门诺尔于第二纪元3319年垮台后，这个体系由流亡者维持，但随着第三纪元的开始以及新的计算方法的启用，这个体系被扰乱了：第二纪元的3442年变成了第三纪元的元年。第三纪元4年取代第三纪元3年成为闰年，这就等于强行多插入了一个只有365天的短年，从而造成了5小时48分46秒的亏空。千年增补也晚了441年，直到第三纪元1000年（即第二纪元4441年）和第三纪元2000年（即第二纪元5441年）才实行。为了减少由此造成的误差和千年亏空的累积，宰相马迪尔颁布了修订过的历法，于第三纪元2060年开始生效，而2059年（即第二纪元5500年）则额外增加了2天，以消除实行努门诺尔体系以来五个半千年造成的误差，但这仍留下了8个小时的亏空。宰相在2360年增加了1天，尽管亏空并没有累积到1天的时间。在那以后，再没有进行任何调整。（在第三纪元3000年，由于战争迫在眉睫，这些问题被忽略了。）到了第三纪元末期，尽管过去了660多年，亏空仍未达到1天。

马迪尔推出的修正历法被称为"宰相纪年"（stewards' Reckoning），最终被大多数使用西部语言的人所采用，只有霍比特人除外。每个月都是30天，外加不属于任何月份的2天：1天在第三和第四个月（3月、4月）之间，1天在第九和第十个月（9月、10月）之间。不属于任何月份的5天，即 *yestarë*、*tuilérë*、*loëndë*、*yáviérë* 和 *mettarë*，都是节假日。

霍比特人比较保守，继续使用符合他们习俗的诸王纪年。每个月长度相同，均为30天，但是在6月到7月之间，他们有三个"夏日节"（*Summerdays*），在夏尔被称为"莱斯"（*Lithe*）或"莱斯节"（*Lithedays*）。每年的最后一天和次年的第一天被称为"尤尔节"。由于尤尔节和莱斯节均不属于任何月份，所以1月1日是一年的第二天，而不是第一天。除了百年的最后一年，[1]每隔四年便会有四个莱斯节。莱斯节和尤尔节是主要的节日，也是人们举办盛宴的时刻。额外的一个莱斯节加在年中日之后，因此闰年的第184日也叫作"闰莱斯"，是人们特别欢庆的日子。完整的"尤尔季"（*Yuletide*）长达六天，包括每年的最后三天和次年的头三天。

夏尔人引入了一项他们自己的小创新（最终也被布里采用），他们称之为夏尔改革。他们发现，与每年的日期相比，星期几的名称变化既不规律又不方便。于是，在艾森格里姆二世执政期间，他们做了如下安排：打断顺序的那一天不能采用星期几的名称。在那之后，年中日（以及闰莱斯）只称呼其节日名称，不属于任何星期。由于实行了这一改革，一年总是从一星期的第一天开始，在一星期的最后一天结束；任何一年的某一天，都与其他年份同一天有着相同的星期几名称，所以夏尔人不再费事把星期几写在他们的信件或日记里。[2]他们发现这在夏尔很方便，一旦去比布里更远的地方，就不太方便了。

与正文相同，笔者在上述注解中提及月份和星期几时使用的都是我们的当代名称，当然，无论是埃尔达、杜内丹人还是霍比特人，他们实际使用的都不是这些名称。为了避免混淆，将西部语言所用的名称翻译过来便显得至关重要，而且我们名称中的季节含义也大致相同，至少在夏尔是这样的。然而，年中日似乎在尽可能地与夏至相对

---

1 在夏尔，元年对应的是第三纪元1601年。在布里，元年对应的是第三纪元1300年，也是百年的第一年。
2 只要大致浏览一下夏尔历，就会注意到：月份的起始日可以是一星期中的任何一天，唯独星期五除外。如果有人说"1号星期五"，那在夏尔就是一个玩笑，因为这是子虚乌有的一天，或者像猪会飞、（在夏尔）树会走路一样，属于不太可能发生的事件。完整说法是"夏满1号星期五"。

应。这样一来，夏尔的日期实际上比我们的要早十天左右，我们的新年差不多是在夏尔的1月9日。

在西部，昆雅语的月份名称通常被保留了下来，正如拉丁语名称在许多异国语言中得以保留一样。这些月份名称是：*Narvinyë*, *Nénimë*, *Súlimë*, *Víresse*, *Lótessë*, *Nárië*, *Cermië*, *Úrime*, *Yavannië*, *Narquelië*, *Hísimë*,*Ringarë*。它们的辛达语（只有杜内丹人使用）名称是：*Narwain*, *Nínui*, *Gwaeron*, *Gwirith*, *Lothron*, *Nórui*, *Cerveth*, *Úrui*, *Ivanneth*, *Narbeleth*, *Hithui*, *Girithron*。

然而，无论是在夏尔还是在布里，霍比特人的这种命名方式都与西部语的用法不同，而是沿用了他们自己的老式当地名称，即他们从古代安度因河谷的人类那里学来的名称。相同的名称也出现在河谷邦和洛汗。这些由人类创造的名称，哪怕霍比特人最初知道这些名字的真实含义，现在也无一例外早就被他们忘得一干二净了。这些名称的书写形式也因此变得很模糊：例如，一些月份名称末尾的 *math* 便是 *month*（月）的缩写。

夏尔历中列出了月份的夏尔名称。需要注意的是，*Solmath* 通常被念成（有时也被写成）*Somath*；*Thrimidge* 常常被写成 *Thrimich*（古体为 *Thrimilch*）；*Blotmath* 可以念成 *Blodmath* 或者 *Blommath*。在布里，月份的名称有所不同，分别为 *Frery*, *Solmath*, *Rethe*, *Chithing*, *Thrimidge*, 莱斯（*Lithe*），夏日（*The Summerdays*），*Mede*, *Wedmath*, *Harvestmath*, *Wintring*, *Blooting* 和 *Yulemath*。*Frery*, *Chithing* 和 *Yulemath* 也在东区使用。[1]

---

[1] 在布里，提及"（泥泞）夏尔的冬秽日"就是一个玩笑，但据夏尔居民说，*Winterfilth* 在布里称作 *wintring*，改自一个更古老的名字，原本指一年在冬季之前完满结束。*Winterfilth* 传自采用国王纪年之前，当时的新年始于收获以后。

霍比特人的星期概念源自杜内丹人，每一天的名称翻译自古代北方王国时期的名称，而后者又源自埃尔达的做法。埃尔达定为每星期六天，以敬奉对象或命名对象取名，依次为星辰、太阳、月亮、双圣树、天空和维拉（即众神），最后一天在一周中最重要。这些名称在昆雅语中分别为 *Elenya*, *Anarya*, *Isilya*, *Aldúya*, *Menelya*, *Valanya*（或 *Tárion*）；在辛达语中分别为 *Orgilion*, *Oranor*, *Orithil*, *Orgaladhad*, *Ormenel*, *Orbelain*（或 *Rodyn*）。

努门诺尔人保留了这些名称的敬奉含义和顺序，但是将第四天的名称改为了 *Aldëa*（辛达语为 *Orgaladh*），单指白树——努门诺尔王庭中的那棵宁洛丝据说便是它的后代。努门诺尔人还希望能有第七天，而由于他们曾是伟大的航海家，于是便在"天空日"之后添加了"大海日"，即 *Eärenya*（辛达语为 *Oraearon*）。

霍比特人采用了这一改变，但很快便忘记了或者不再关心这些名称翻译过来后的含义，它们的书写形式也大大简化，日常发音中更是如此。努门诺尔人采用的名称大约在第三纪元结束前两千年或更早的时候首次翻译完成，而北方的人类当时也采用了杜内丹人的星期形式（这是杜内丹人纪年最早被其他种族采用的部分）。与月份的名称一样，霍比特人始终沿用这些翻译的星期名称，但是西部语言流行的其他地区则使用昆雅语名称。

夏尔保存的古代文献并不多。第三纪元结束时，最著名的幸存文献是《黄皮书》，即《塔克自治镇年鉴》。[1] 它最早记载的内容似乎比弗罗多的时代早了至少九百年，其中许多被引用在《红皮书》编年史和族谱中。在这些记载中，星期几的名称以古体形式出现，最古老的形式为：（1）*Sterrendei*，（2）*Sunnendei*，（3）*Monendei*，（4）*Trewesdei*,

---

[1] 记载图克家族中出生、婚姻、死亡以及其他事务，如土地交易和夏尔各类大事。

(5)*Hevenesdei*，(6)*Meresdei*，(7)*Hihdei*。在魔戒之战时期所使用的语言中，这些名称变成了 *Sterday, Sunday, Monday, Trewsday, Hevensday*（或 *Hensday*），*Mersday, Highday*。

笔者也把这些名称翻译成我们自己的名称，自然是从星期日和星期一开始，因为夏尔的这两个名称与我们的名称完全相同，其余名称按顺序重新命名。不过，必须指出的是，这些名称在夏尔的相关含义完全不同。星期五（*Highday*）是一周的最后一天，不仅最为重要，而且（午后）是假日，晚上是盛宴。这样一来，星期六更接近于我们的星期一，星期四更接近于我们的星期六。[1]

还有一些名称虽然没有被用来进行精确的计算，却因为与时间有关也可能会被提到。季节通常被命名为 *tuilë*（春季），*lairë*（夏季），*yávië*（秋季，或收获季），*hrívë*（冬季），但是这些名称没有确切的定义，*quellë*（或 *lasselanta*）也被用来表示秋末和初冬。

埃尔达特别关注（偏北地区的）"微光时段"，主要指群星淡去和群星展露的时段。他们给这两个时段起了许多名字，其中最常见的是 *tindómë* 和 *undómë*；前者通常指黎明时分，后者通常指黄昏。辛达语中的"微光时段"为 *uial*，两个时段则分别为 *minuial* 和 *aduial*。在夏尔，这两个时段常常被叫作 *morrowdim*（晨暗）和 *evendim*（暮暗）。见 *Lake Evendim*（暮暗湖），那便是能微奥湖（*Nenuial*）的译名。

在讲述魔戒之战的过程中，唯一重要的是夏尔纪年和日期。《红皮书》中涉及的星期几、月、日都翻译成了夏尔术语，或者在注解中进行了等值翻译。因此，《魔戒》中从头至尾所采用的月份和星期几的名称均参照了《夏尔历》。夏尔历与我们的历法之间存在一些区别，

---

1 因此，笔者在比尔博的歌中（见第一部卷一第九章）使用了"礼拜六"和"礼拜日"，而不是"星期四"和"星期五"。

这些区别只对3018年底至3019年初（即夏尔纪元1418和1419年）故事关键时期的几个时间点至关重要：1418年10月只有30天，1419年1月1日是当年的第二天，2月份有30天；因此，如果我们的年份开始于相同的季节，那么巴拉督尔覆灭的3月25日就相当于我们的3月27日。然而，3月25日这一天是按照诸王纪年和宰相纪年计算出来的。

新纪年于第三纪元3019年在重建的王国启用。这是对诸王纪年的一种回归，经过调整后与埃尔达的 loa 一样自春季开启一年。[1]

按照新纪年，一年始于旧历的3月25日，以纪念索隆的覆灭和持戒者的事迹。月份保留了原来的名称，现在从 Víressë（4月）开始，但所指时段通常比以前提前了五天开始。每个月都有30天。Yavannië（9月）和 Narquelië（10月）之间有3个 Enderi（中间日，其中第二天被称作 Loëndë），分别对应旧历中的9月23日、24日、25日。但是，为了向弗罗多表示敬意，与他的生日（旧历9月22日）相对应的 Yavannië 30日被定为节日，称作 Cormarë（魔戒节），每逢闰年，节日的天数会多一倍。

第四时代被认为始于埃尔隆德大人离去之时，即3021年9月；但为了便于记录，第四纪元元年按照新纪年始于旧历3021年3月25日。

在埃莱萨国王统治期间，他的所有辖地都采用了新纪年，只有夏尔除外。夏尔保留了旧历，并继续使用夏尔纪年。第四纪元元年因此被称为1422年；如果说霍比特人思考过纪元更迭的话，那便是他们坚持认为新纪元始于1422年的"尤尔2日"，而不是前一年的3月。

夏尔人是否纪念3月25日或9月22日，没有任何记录；但是在西区，特别是在霍比屯小丘周围的乡村，那里逐渐形成了一种风俗，将

---

[1] 不过，新纪年中的 yestarë 其实比伊姆拉德里斯历中的更早，它在后者中大致对应夏尔的4月6日。

4月6日定为节日,并且在天气允许的情况下,去集会场欢庆、跳舞。有人说那一天是老园丁山姆的生日,有人说那是1420年金树第一次开花的日子,还有人说那是精灵的新年。在雄鹿地,每年11月2日日落时分,马克的号角便会响起,随之而来的是篝火和盛宴。[1]

---

[1] 这是3019年马克的号角首次在夏尔吹响的周年纪念日。

附录

文字与拼写

第一篇

单词与名称的发音

西部语也称通用语，已经完全等值翻译成了英语。所有霍比特人的名称和特殊单词的发音都需相应改变：例如，博尔杰（*Bolger*）中的 g 与 *bulge* 中的 g 发音相同，而 *mathom* 与 *fathom* 同韵。

笔者在翻译这些古老手稿时，尽量准确地再现原有的发音（只要能确定），同时也尽量创造出用现代字母表述时看上去不太粗俗的单词和名称。高级精灵语，即昆雅语，在发音许可的范围内，都尽量拼写成了拉丁语的形式。因此，两种埃尔达语言中的 k 都尽量由 c 代替。

那些对细节感兴趣的人可能会注意到以下几点。

辅音

C 永远等同于 k，即便在字母 e 和 i 之前也一样：*celeb*（银）的发音应该为 *keleb*。

CH 只用于代表德语或威尔士语 *bach* 中的 ch，而不是英语 *church* 中的 ch。除了在词尾和字母 t 之前，这个音在刚铎语中弱化为

h，可以从一些名称中看出这种变化，例如 *Rohan*（洛汗），*Rohirrim*（洛希尔人）。（*Imrahil* 是努门诺尔语人名。）

DH 等同于英语 *these clothes* 中的（轻）浊辅音 *th*。它通常与 *d* 有关，如辛达语中的 *galadh*（树）及昆雅语中相对应的 *alda*；但有时由 n+r 派生而来，如 *Caradhras*（红角）源自 *caran-rass*。

F 等同于 *f* 音，只有出现在词尾时算作例外，此时的 *f* 发 *v* 音（就像英语中的 *of*），例如 *Nindalf*、*Fladrif*。

G 等同于 *give* 和 *get* 中的 *g* 音，*Gildor*、*Gilraen* 和 *Osgiliath* 中的 *gil*（星）发音与英语 *gild* 相同。

H 单独没有其他辅音相伴时发音如 *house* 和 *behold* 中的 *h* 音。昆雅语中的 *ht* 组合发音如德语 *echt* 和 *acht* 中的 *cht* 音，例如 *Telumehtar*（猎户座）[1]这个名称。另见 CH，DH，L，R，TH，W，Y。

I 只有在辛达语中，位于词首且出现在另一个元音之前时等同于 *you* 和 *yore* 中的辅音 *y*，例如 *Ioreth*、*Iarwain*。见 Y。

K 用于来自精灵语言以外的名称中，发音与 *c* 相同；因此，*kh* 等同于 *ch* 音，例如奥克语中的 *Grishnákh* 一词或者阿督耐克语（即努门诺尔语）中的 *Adûnakhôr* 一词。关于矮人语（*Khuzdul*），见注释部分。

L 基本等同于英语词首的 *l* 音，如 *let*。然而，如果它出现在 *e*、*i* 和一个辅音之间，或者出现在词尾的 *e* 和 *i* 之后，就需要对它进行一定程度的"腭化"处理（埃尔达可能会把英语中的 *bell* 和 *fill* 记录成 *beol* 和 *fiol*）。LH 等同于清辅音 *l*（通常由词首的 *sl-* 派生而来）。这个组合在（古体）昆雅语中写成 *hl*，但在第三纪元通常读作 *l*。

NG 等同于英语 *finger* 中的 *ng* 音，只有出现在词尾时才等同于英

---

[1] 通常在辛达语中称为 *Menelvagor*（见第一部卷一第三章），在昆雅语中称为 *Menelmacar*。

语 sing 中的 ng 音。后一种发音也出现在昆雅语单词的词首，但是已经按照第三纪元的发音记录成了 n，例如 Noldo。

PH 等同于 f 音。它用在（a）f 音出现在词尾时，例如 alph（天鹅）；（b）f 音与 p 音相连或者由 p 音派生而来，如 i-Pheriannath（半身人，单数为 perian）；（c）f 音出现一些单词中间，等同于 ff（源自 pp），如 Ephel（外屏障）；（d）f 音出现在阿督耐克语和西部语中，例如 Ar-Pharazôn（pharaz 的意思为"金"）。

QU 等同于 cw，这种组合在昆雅语中比较常见，但没有出现在辛达语中。

R 在所有位置都发颤音 r，在辅音之前不能省略（如英语单词 part）。据说奥克和一些矮人会用口腔后部或者小舌来发 r 音，而埃尔达觉得这种声音很讨厌。RH 表示 r 不发音的（通常源自较老的首字母组合 sr-)。它在昆雅语中写成 hr。见 L。

S 永远是清辅音，与英语 so 和 geese 中的 s 相同；当代昆雅语和辛达语均没有 z 音。西部语、矮人语和奥克语中出现的 SH 发音与英语中的 sh 相似。

TH 等同于英语 thin cloth 中的清辅音 th。这个组合虽然在昆雅语中已经变成了 s，但是在书写时仍然采用不同字母，例如昆雅语的 Isil 和辛达语的 Ithil（月亮）。

TY 代表一个可能与英语 tune 中 t 相似的音。它主要是从 c 或 t+y 派生而来。英语的 ch 音在西部语中很常见，使用该语言的人用 ch 代替 ty。另见 Y 条目下的 HY。

V 与英语 v 发音相同，但最终没有被采用。见 F。

W 与英语 w 发音相同。HW 为 w 的清辅音，如英语北方发音中的 white。它作为昆雅语词首音并不少见，只是本书中似乎没有出现这样的例子。笔者在翻译昆雅语的过程中，尽管昆雅语的拼写与拉丁

533

语相似，却仍然采用了 *v* 和 *w*，因为这两个音的起源截然不同，而且都出现在昆雅语中。

　　Y 在昆雅语中被当作辅音 *y* 使用，与英语 *you* 中的 *y* 相同。辛达语中的 *y* 是元音（见下文）。*HY* 与 *y* 的关系和 *HW* 与 *w* 的关系相同，并且等同于一个经常在英语中听到的音，例如 *hew* 和 *huge* 中的 *h* 音；昆雅语 *eht* 和 *iht* 中的 *h* 发音相同。英语 *sh* 的发音在西部语中很常见，说西部语的人经常用它来替代 *hy*。见上文 *TY* 条目。*HY* 通常由 *sy-* 和 *khy-* 派生而来，在这两种情况下，相关的辛达语单词都以 *h* 开头，比如昆雅语的 *Hyarmen* 和辛达语的 *Harad*（南方）。

　　注意，双写的辅音字母，例如 *tt*、*ll*、*ss* 和 *nn*，则代表长辅音或"双辅音"。如果单词超过一个音节且双写辅音字母出现在词尾，那么这个单词通常会被缩减，例如 *Rohan*（洛汗）源自 *Rochann*（古体为 *Rochand*）。

　　在辛达语中，*ng*、*nd*、*mb* 等组合早期曾在埃尔达的不同语言中特别受欢迎，后来却经历了各种变化。*mb* 无一例外变成了 *m*，但为了重音仍然被视为一个长辅音（见下文），因此，在一些重音存疑的情况中，仍被写作 *mm*。[1] *ng* 保持不变，只是在词首和词尾变成了简单的鼻音（就像英语中的 *sing*）。*nd* 通常变成了 *nn*，例如 *Ennor*（中土世界），昆雅语为 *Endóre*；但是在全重音单音节词的词尾则保留为 *nd*，例如 *thond*（根）（参见 *Morthond*，黑源河），并且在 *r* 之前保留为 *nd*，例如 *Andros*（长沫）。这个"*nd*"也出现在一些来自更早时期的古老名称中，如 *Nargothrond*、*Gondolin* 和 *Beleriand*。在第三纪元，长单词词尾的 *nd* 已经从 *nn* 变成了 *n*，例如 *Ithilien*、*Rohan* 和 *Anórien*。

---

[1] 例如 *galadhremmin ennorath*（见第一部卷二第一章），"中土世界林木交织之地"。*Remmirath*（见第一部卷一第三章）包含 *rem*（"细网"，昆雅语为 *rembe*）和 *mîr*（"珠宝"）。

元音

元音字母包括 *i*、*e*、*a*、*o*、*u* 和（仅限于辛达语）*y*。能够确定的是，这些字母（除了 *y*）所代表的音都为正常音，但毫无疑问，许多方言变化音未被发现。[1] 也就是说，无论出现多少次，这些音与英语 machine、were、father、for 和 brute 中 *i*、*e*、*a*、*o* 所代表的音大致相同。

在辛达语中，长元音 *e*、*a*、*o* 与短元音发音相同，都是在相对较近的时期由短元音衍生而来（旧的 *é*、*á*、*ó* 已发生了变化）。在昆雅语中，长元音 *é* 和 *ó* 在正确发音时（如埃尔达那样），要比短元音更紧凑、"更靠前"。

在当代语言中，只有辛达语包含"变体"或靠前的 *u*，比较接近法语 lune 中的 *u* 音。它在一定程度上是 *o* 和 *u* 的变体，部分源自更古老的双元音 eu 和 iu。这个音以 *y* 来表示（如同古代英语中的 *y* 音），例如 *lýg*（蛇，昆雅语为 leuca），或者 emyn（山丘，amon 的复数形式）。在刚铎，这个 *y* 通常读作 *i*。

长元音通常带"重音符"记号，可以在费阿诺书写体的一些变体中见到。在辛达语中，重读单音节词中的长元音标有声调符号（circumflex），因为长元音在这些情况中往往需要特别延长，[2] 而我们

---

[1] 在西部语和西部语使用者转译的昆雅语名称当中，广为流传的一种发音方式是将长元音 *é* 和 *ó* 发成 ei 和 ou，大致相当于英语单词 say 和 no 中的元音读法，因此本书均拼写为 ei 和 ou（或者它们在当时文字中的等价写法）。但这种发音被认为是错误或土气的，却在夏尔司空见惯。因此，那些按照英语自然读法来读 yéniúnótime（"无尽岁月"）一词的人，会大致读成 yainy oonoatimy，这种读法与比尔博、梅里阿道克和佩里格林的差不多，都是错的。据说，弗罗多极为擅长"发外国音"。

[2] 另见分别受到相关单词 dûn（西方）和 rhûn（东方）影响的 Annûn（日落）和 Amrûn（日出）。

可以通过比较 *dún* 与 *Dúnadan* 来发现这一点。在阿督耐克语和矮人语等其他语言中，声调符号的使用没有特别的意义，只是用来标记这些词来自其他语言（就像使用字母 *k* 一样）。

词尾的 *e* 不像英语那样永远不发音或者仅仅标记长度。为了标记词尾的 *e*，通常（但并非永远）将它写成 *ë*。

出现在辅音之前或之后的字母组合 *er*、*ir* 和 *ur* 不能读成英语 *fern*、*fir*、*fur* 等单词中类似组合的发音，而要读成英语中的 *air*、*eer* 和 *oor*。

在昆雅语中，*ui*、*oi*、*ai* 和 *iu*、*eu*、*au* 是双元音（也就是说，在一个音节中发音）。所有其他两个元音的组合都属于双音节，常常能从书写形式中看出来，比如 *ëa (Eä)*、*ëo*、*oë*。

辛达语中的双元音写成 *ae, ai, ei, oe, ui* 和 *au*。其他组合不是双元音。词尾的 *au* 按英语习惯写成 *aw*，但在费阿诺拼写中，这种写法并不少见。

所有这些双元音[1]都是"降调"双元音，重音在第一个音素上，由简单的元音合在一起组成。因此，*ai, ei, oi, ui* 的发音分别与英语 *rye*（不是 *ray*），*grey, boy, ruin* 中的元音相同；"*au (aw)*"等同于 *loud* 和 *how* 中的元音，而非 *laud* 和 *haw* 中的元音。

英语中没有与 *ae, oe, eu* 紧密对应的元音；*ae* 和 *oe* 可能读成 *ai* 和 *oi*。

重音

"重读"或重音的位置并没有标记，因为在涉及的不同埃尔达语

---

[1] 最初如此。但是在第三纪元，昆雅语中的 *iu* 通常念成升调双元音，如英语 *yule* 中的 *yu*。

言中，重音的位置由单词的形式所决定。在双音节单词中，重音几乎总是落在第一个音节上。在更长的单词中，重音落在倒数第二个音节上，但是该音节必须包含一个长元音，一个双元音，或者一个元音后跟两个(或更多)辅音。如果倒数第二个音节包含一个短元音，后面跟着一个(或者没有)辅音(这种情况比较常见)，那么重音落在它前面的音节，即倒数第三个音节上。最后这种形式的单词在不同的埃尔达语中比较常见，尤其是昆雅语。

在下面的例子中，重读元音以大写字母标记：*isIldur*，*Orome*，*erEssëa*，*fËanor*，*ancAlima*，*elentÁri*，*dEnethor*，*periAnnath*，*ecthElion*，*pelArgir*，*silIvren*。昆雅语中很少见到像 *elentÁri*（星辰之后）这样的单词，因为昆雅语中的重读元音为 *é*，*á*，*ó*，除非（如该例子所示）它们是复合词；重读元音 *í* 和 *ú* 大写的情况更常见，如 *andÚne*（日落，西方）。辛达语中没有这种书写形式，除非单词为合成词。注意：辛达语中的 *dh*，*th* 和 *ch* 都是单辅音，在原来的文字中均为单个字母。

注释

如果名称来自埃尔达语之外的其他语言，只要前文没有特别交代，那么字母的读音应该完全相同，只有矮人语除外。矮人语没有前文用 *th* 和 *ch* (*kh*) 所表示的音，*th* 和 *kh* 为送气音，即 *t* 或 *k* 后面跟着一个 *h*，大致与 *backhand* 和 *outhouse* 的发音相同。

出现 *z* 时，它的发音与英语中的 *z* 相同。黑语和奥克语中的 *gh* 为"后摩擦音"（与 *g* 相关，就如同 *dh* 与 *d* 相关一样）：如 *ghâsh* 和 *agh*。

矮人们"对外的"或"人类化的"名称都写成了北方语言的形式，但字母发音与所描述的相同。洛汗的人名和地名（如果没有被翻译

537

成现代形式）也一样处理，只是这里的 *éa* 和 *éo* 为双元音，可以用英文 *bear* 中的 ea 和 *Theobald* 中的 eo 表示，而 y 是修改后的 u。译成现代形式的词很容易识别，发音和英语一样。它们大多是地名，如 *Dunharrow*（替代了 *Dúnharg*，黑蛮祠），但 *Shadowfax*（捷影）和 *Wormtongue*（佞舌）除外。

第二篇

文　字

　　第三纪元使用的文字和字母均源自埃尔达语，即便在当时也非常久远。它们已经发展到了具有完整字母表的阶段，但一些更古老的书写模式仍在使用，其中只有辅音由完整字母表示。

　　字母表有两种主要形式，各自独立起源：一种是"滕格瓦"（Tengwar）或"提乌"（Tîw），本书译为"字母"；一种是"凯尔塔"（Certar）或"奇尔斯"（Cirth），译作"如尼文"。滕格瓦为用软笔和硬笔书写而发明，其方块式的铭文则是由书写形式衍生而成。凯尔塔为刻画铭文而发明，并且大多用于此目的。

　　滕格瓦更为古老，因为它们是诺尔精灵在流亡之前很久发明的，而诺尔精灵在埃尔达族中最擅长这类事务。最古老的埃尔达字母是"鲁米尔的滕格瓦"，却没有在中土世界使用。后来出现的字母是"费阿诺的滕格瓦"，虽然借鉴了鲁米尔滕格瓦的字母，但在很大程度上属于新发明。它们被流放的诺尔精灵带到中土世界，因而被伊甸人和努门诺尔人所知。在第三纪元，它们的使用已经扩展到与使用通用语言的地区大致相同的地方。

奇尔斯最早由辛达精灵在贝烈瑞安德发明，长期以来只用于在木头或石头上刻写名字和简短的铭文。它们带棱角的形状归功于辛达精灵的发明，虽然与我们这个时代的如尼文非常相似，却在细节上存在差异，排列顺序更是截然不同。奇尔斯以其更古老、更简单的形式在第二纪元时期向东传播，为许多种族所熟知，包括人类、矮人甚至奥克，他们都根据自己的技能或不足对其加以改变，以适应他们的目的。河谷邦的人类至今仍使用其中一种简单的形式，洛希尔人也使用一种类似的形式。

但是在贝烈瑞安德，第一纪元结束之前，奇尔斯受到诺多滕格瓦的部分影响，字母重新排列后得到了进一步的发展。它们最丰富、最有序的形式被称为"戴隆字母表"，因为按照精灵传说所称，发明者是多瑞亚斯之王辛格尔的吟游诗人兼博学士戴隆。在埃尔达族中，戴隆字母表并没有发展成真正的花体书写形式，因为在书写方面，精灵们采用了费阿诺字母。西部的精灵确实在很大程度上完全放弃了使用如尼文。然而，在埃瑞吉安境内，戴隆字母表一直在使用，并从那里传到了墨瑞亚，成为矮人最喜欢的字母表。矮人一直使用该字母表，并将它传播到了北方。因此，它后来经常被称为"安盖尔沙斯·墨瑞亚"，即"墨瑞亚的长排如尼文"。矮人不仅在说话时借用当时流行的语言，在书写时也借用了当时流行的形式。许多矮人都能娴熟地书写费阿诺字母，但他们坚持使用奇尔斯来记录自己的语言，并从中发展出了硬笔书写形式。

第一节 费阿诺字母

滕格瓦

	I	II	III	IV
1	1 p	2 p	3 q	4 q
2	5 ᴘ	6 ᴘ	7 cq	8 cq
3	9 b	10 b	11 d	12 d
4	13 ᴃ	14 ᴃ	15 ccl	16 ᴅ
5	17 cc	18 m	19 ccɑ	20 ɯ
6	21 n	22 n	23 ɑ	24 u
	25 y	26 ȝ	27 ⌐	28 ⌐
	29 ϭ	30 ᓄ	31 ȝ	32 ȝ
	33 λ	34 p	35 λ	36 o

541

该表以书本的形式展示了第三纪元西方各国普遍使用的所有字母。这种排列方式在当时最为常见，其中的字母通常按名称背诵。

这种书写形式究其根源并非"字母表"，因为字母表是一组随意的字母，每个字母都有自己的独立价值，按照传统的顺序背诵，既不涉及它们的形状，也不涉及它们的功能。[1]更准确地说，这是一种辅音符号系统，具有相似的形状和风格，由埃尔达任意方便使用，用来代表他们观察到（或设计出）的语言中的辅音。这些字母本身并不含有固定音值，但它们之间的某些关系还是逐渐得到了承认。

这套系统包含24个基本字母，即1—24，排列成四个 *témar*（系列），每个系列又有6个 *tyeller*（等级）。另外还有"附加字母"，其中25—36便是例子，而在这些附加字母中，只有27和29是严格独立的字母，其余的均为其他字母的变体。还有一些 *tehtar*（符号）有着不同用途，但这些没有出现在表中。[2]

每个主字母分别由一个 *telco*（竖）和一个 *lúva*（弓）组成。1—4为正常形式。竖可以延长，如字母9—16；也可以缩短，如字母17—24。弓可以是开口形状，如系列 *I* 和系列 *III*；也可以是封闭形状，如系列 *II* 和系列 *IV*；而且在这两种情况下都可以加倍，如字母5—8。

在第三纪元，上述理论上的自由应用已经按习俗进行了修正，结果便是：系列 *I* 通常用于齿音，也称 t 系列（*tincotéma*）；系列 *II* 用于唇音，也称 p 系列（*parmatéma*）。系列 *III* 和系列 *IV* 的应用则根据不同语言的要求而有所不同。

---

[1] 在英语字母表中，埃尔达唯一能理解的只有 P 和 B 之间的关系，并且会觉得将这两个字母分开以及将它们与 F、M 和 V 分开非常荒唐。
[2] 它们的许多例子出现在本书扉页中，也出现在第一部卷一第二章的戒指铭文里（誊写在第一部卷二第二章中）。它们主要用于表达元音，在昆雅语中通常被视为相伴辅音的变体，或者用于更加简洁地表达一些出现更为频繁的辅音组合。

像西部语这样的语言，由于使用了很多辅音（比如英语中的 ch, j, zh）[1]，系列 III 通常用于表示这些音。在这种情况下，系列 IV 用于表示正常的 k 系列音（calmatéma）。昆雅语除了 k 系列的音外，还有腭音系列（tyelpetéma）和唇音系列（quessetéma），其中腭音以费阿诺的变音符号表示"后接 y"（通常为下加两点），而系列 IV 则是 kw 系列。

在这些一般性应用中，还可以普遍观察到下列关系。正常的字母，即等级 1 字母，被用于表示"闭塞清辅音"：t, p, k，等等。弓的加倍表示"浊辅音"，因此，如果 1, 2, 3, 4 = t, p, ch, k（或者 t, p, k, kw），那么 5, 6, 7, 8 = d, b, j, g（或者 d, b, g, gw）。竖的延伸表示该辅音开口后变成"摩擦音"，因此，假设等级 1 代表上述音值，那么等级 3（9—12）= th, f, sh, ch（或 th, f, kh, khw/hw），等级 4（13—16）= dh, v, zh, gh（或 dh, v, gh, ghw/w）。

费阿诺系统最初还包括字母中的竖朝上下两个方向延伸的一个系列，通常代表送气辅音（如 t+h, p+h, k+h），但也可能代表其他所需的辅音变化。使用这种文字的第三纪元语言并不需要该系列，但这些延伸竖的书写形式大多用于等级 3 和等级 4 的变音（以便更加清晰地区别于等级 1）。

等级 5（17—20）通常用于鼻辅音，因此字母 17 和字母 18 是 n 和 m 最常见的标记。根据上文所观察到的原则，等级 6 应该代表清鼻音；但由于此类音（例如威尔士语中的 nh 或古英语中的 hn）在相关语言中很少出现，等级 6（21—24）最常用来表示各个系列中最弱或"半元音"的辅音。它由基本字母中最小、最简单的形状构成。因此，字母 21 常被用作弱化的（不发颤音的）r，它最初出现在昆雅语中，并

---

[1] 此处表示这些音的方法与前文描述并采用的记录方法相同，只是这里的 ch 代表英语 church 中的 ch 音，j 代表英语中的 j 音，zh 代表 azure 和 accasion 中听到的音。

且在昆雅语系统中被认为是 *t* 系列中最弱的辅音；字母22被广泛用于表示 *w*；当系列 *III* 用来表示腭音系列时，字母23通常表示辅音 *y*。[1]

由于等级4的一些辅音发音变得较弱，并且与等级6中的辅音接近或融合（如上文所述），等级6中的许多字母在各种埃尔达语言中不再具有明确的功能，而用于表示元音的字母主要由这些字母派生而来。

注释

昆雅语的标准拼写与上述字母的应用有所不同。等级2用于表示 *nd*，*mb*，*ng*，*ngw* 等使用频率较高的音，因为 *b*，*g*，*gw* 只出现在这些组合中，而 *rd*，*ld* 则使用特殊字母26和28。（因为许多人，尤其是精灵，使用 *lb* 来代替 *lv*，而不是 *lw*。它的写法是字母27 + 字母6，因为 *lmb* 不可能出现。）同样，等级4被用来表示非常频繁的组合 *nt*，*mp*，*nk*，*nqu*，因为昆雅语中没有 *dh*，*gh*，*ghw*，字母22则表示 *v*。见下文中的昆雅语字母名称。

附加字母。字母27普遍用于 *l* 音。字母25（最初是字母21的变体）用于"完全"颤音 *r*。字母26和字母28是这两个字母的变体，分别用来表示清音 *r* (*rh*) 和 *l* (*lh*)。但是在昆雅语中，它们被用来表示 *rd* 和 *ld*。字母29表示 *s*，字母31（双倍曲线）在那些需要它的语言中表示 *z*。倒写形式的字母30和字母32虽然可以作为单独的符号使用，但根据书写的方便程度，它们大多只是字母29和字母31的变体，例如，它们常常与上标的符号一起使用。

1　墨瑞亚西门铭文为一种模式提供了一个例子，该模式用于拼写辛达语，其中等级6表示简单鼻音，等级5表示辛达语中大量使用的双鼻音或长鼻音：字母17表示 *nn*，字母21表示 *n*。

字母33最初代表字母11的一些（较弱的）变体，在第三纪元最常用来表示 h。字母34主要用于表示（如果有的话）清音 w (hw)。字母35和字母36作为辅音时，大多分别表示 y 和 w。

元音有许多模式，以符号显示，通常置于辅音字母之上。在昆雅语这样的语言中，大多数单词以元音结尾，符号出现在前面的辅音之上；在辛达语中，大多数单词以辅音结尾，符号出现在后面的辅音之上。如果所需位置没有辅音，符号则出现在"短竖"上，其常见形式是一个不加点的 i。在不同的语言中，将这些用作元音符号的实际情况不胜枚举。所提供的例子已经显示，符号最常见的情况是 e, i, a, o, u（的各种变体）。在正式文本中，a 最常见的写法是带三个点，但在各种快捷文体中也有不同的写法，类似经常使用的音调符号。[1] 单独的一个点和"重音符"经常用于表示 i 和 e（但在一些模式里也表示 e 和 i）。弧用于表示 o 和 u。在魔戒铭文中，向右开放的弧表示 u；但在扉页中，它则表示 o，向左开放的弧表示 u。向右开放的弧更为普遍，具体用法取决于所涉及的语言：在黑语中，o 很少出现。

长元音一般通过把符号放在"长竖"上来表示，它的常见形式为不加点的 j，但也可以通过加倍的符号来实现相同目的。然而，只有弧经常这样写，有时还加上"重音符"。两个点通常用来表示"后接 y"。

墨瑞亚西门铭文展示了一种"完整写法"的模式，元音由单独的字母代表。辛达语使用的所有元音字母均一一显示出来。可以看到的是，字母30代表元音 y，而双元音则是通过把符号放在表示"后接 y"的元音字母上方来表达。在这种模式中，表示"后接 w"的符号（表

---

[1] 在昆雅语中，a 出现的频率非常高，它的元音符号常常被完全省略。因此，calma（灯）可以写成 clm。这自然要念成 calma，因为 cl 在昆雅语中不可能成为词首组合，而 m 也从不出现在词尾。另一种可能的读法是 calama，但这个词根本不存在。

达 *au* 和 *aw* 时必不可少）是代表 *u* 的弧，或者其变体 ~。但是双元音常常如铭文中那样完整地写出来。在这种模式中，元音的长度通常用"重音符"表示，并且被称作 *andaith*（长音符号）。

除了已经提到的，还有一些其他符号，主要用于缩写，特别是在表达常见辅音组合时，不必将它们完整写出来。在这些符号中，辅音字母上方出现的横杠（或者像西班牙语中的鼻音化符号）经常用来表示它前面有相同系列的鼻音（如在 *nt*, *mp*，或 *nk* 组合中）。然而，如果辅音字母下方出现一个类似的符号，那么该符号主要用来表示长辅音或双辅音。一个附在弓上的下钩（如扉页最后一个单词，*hobbits*）用来表示"后接 *s*"，特别是在 *ts*, *ps*, *ks* (*x*) 的组合中，这些在昆雅语中比较常见。

当然，能够表示英语特征的"模式"并不存在。我们可以从费阿诺体系中设计出一种语音学上可行的模式。扉页上的简短例子并非用于展示这一点。它更像是一个刚铎人类的作品，在熟悉的字母音值模式和传统的英语拼写之间犹豫不决。值得注意的是，字母下方的点（它的一种用法是表示模糊的弱元音）在这里被用来表示非重读的 *and*，但也被用来表示 *here* 结尾处不发音的 *e*；*the*, *of* 以及 *of the* 由缩写形式（延长的 *dh*，延长的 *v*，以及延长的 *v* 下方加一撇）表示。

字母名称。无论是在何种模式中，每个字母和每个符号都有一个名称，但这些名称被设计成适合或描述每种特定模式下的语音用法。然而，人们希望每个字母本身作为一种字形必须具有一个名称，特别是在描述该字母在其他模式中的用法时。为了这个目的，昆雅语的"全名"被普遍使用，即便它们所指的是昆雅语特有的用法也一样。在昆雅语中，每个"全名"都是一个包含该字母的真实单词。只要有可能，它便是这个词的第一个音，但如果表达的音或者音的组合没有出现在词首，它就会紧跟在词首的元音之后。表中字母的名称为（1）

tinco（金属），parma（书），calma（灯），quesse（羽毛）；（2）ando（门），umbar（命运），anga（铁），ungwe（蜘蛛网）；（3）thúle 或 súle（灵魂），formen（北），harma（财宝）或 aha（怒火），hwesta（微风）；（4）anto（嘴），ampa（钩），anca（腭），unque（洼地）；（5）númen（西），malta（黄金），noldo（旧体为 ngoldo，诺多族的亲属之一），nwalme（旧体为 ngwalme，折磨）；（6）óre（心，内心），vala（天使之力），anna（礼物），vilya（旧体为 wilya，空气，天空）；rómen（东），arda（区域），lambe（舌头），alda（树）；silme（星光），silme nuquerna（反写的 s），áre（阳光）或 esse（名字），áre nuquerna（反写的 áre）；hyarmen（南），hwesta sindarinwa（灰精灵语中的 hw），yanta（桥），úre（热）。有些字母的名称有多种变体，原因在于这些名称出现的时间较早，之后才出现一些变化，影响了流亡者所使用的昆雅语。因此，字母 11 在表示任何位置的摩擦音 ch 时都称为 harma，但是当这个音变为词首的送气音 h 时（尽管仍然位于词中间），便有了 aha 这个名称。[1] áre 起初是 áze，但是当这个 z 与字母 21 合并时，这个符号便被用于表达昆雅语中频繁出现的 ss，同时被给予了 esse 这一名称。hwesta sindarinwa，即"灰精灵语中的 hw"，之所以得名，是因为在昆雅语里，字母 12 表示 hw 的音，且不需要不同的符号来表示 chw 和 hw。最著名、使用最广泛的字母名称包括表示 n 的字母 17、表示 hy 的字母 33、表示 r 的字母 25、表示 f 的字母 10，其名称分别为：númen（西），hyarmen（南），rómen（东），formen（北）。（参见辛达语中的 dûn 或 annûn，harad，rhûn 或 amrûn，forod）。这些字母常常用来表示东西南北四方，

---

[1] 对于送气音 h，昆雅语最初使用一个提升的竖这种方法来表示，不含弓。它被称为 halla（高），可以被放置在一个辅音之前，表示该辅音为送气清辅音；清音 r 和 l 通常都是这样表达的，书写成 hr 和 hl。后来，字母 33 用来表示单独的 h，而 hy 的音值（其更古老的音值）以添加代表"后接 y"的符号来表示。

即便在用词截然不同的语言中也一样。在西部地区，它们以始于西方的顺序命名；hyarmen 和 formen 其实指的是该顺序的左方地区和右方地区（与许多人类语言中的安排相反）。

第二节 ～～～～ 奇尔斯

安盖尔沙斯

音值

1	p	16	zh	31	l	46	e
2	b	17	nj—z	32	lh	47	ĕ
3	f	18	k	33	ng—nd	48	a
4	v	19	g	34	s—h	49	ā
5	hw	20	kh	35	s—'	50	o
6	m	21	gh	36	z—ŋ	51	ŏ
7	(mh) mb	22	ŋ—n	37	ng*	52	ö
8	t	23	kw	38	nd—nj	53	n*
9	d	24	gw	39	i (y)	54	h—s
10	th	25	khw	40	y*	55	*
11	dh	26	ghw,w	41	hy*	56	*
12	n—r	27	ngw	42	u	57	ps*
13	ch	28	nw	43	ū	58	ts*
14	j	29	r—j	44	w		+h
15	sh	30	rh—zh	45	ü		&

凯尔沙斯·戴隆（*Certhas Daeron*）最初的设计目的是代表辛达语的发音。最古老的奇尔斯包括字符1、2、5、6；8、9、12；18、19、22；29、31；35、36；39、42、46、50，以及一个介于13至15之间的奇尔斯。音值的分配并不具有系统性。字符39、42、46、50是元音，在后来的发展中始终不变。字符13、15用于表示 *h* 或 *s*，正如字符35用于表示 *s* 或 *h* 一样。这种在为 *s* 和 *h* 赋值时犹豫不决的倾向在

549

以后的安排中继续存在。在那些由"竖"和"枝"组成的字符中，也就是1—31，如果附加的"枝"只在一边，那么它们通常是在右边。相反的情况并不少见，但从语音的角度来说没有意义。

凯尔沙斯的这种扩展和细化，其较为古老的形式被称为安盖尔沙斯·戴隆（Angerthas Daeron），因为对旧奇尔斯的增补和重组都归功于戴隆。然而，最重要的增补，即字符13—17和字符23—28这两个新的系列，实际上最有可能是埃瑞吉安的诺多发明的，因为它们被用以代表的音并不存在于辛达语中。

在重新编排安盖尔沙斯的过程中，可以观察到以下原则（明显受到费阿诺系统的启发）：（1）给一个"枝"添加一个笔画，意味着添加"浊音"；（2）颠倒奇尔斯表示发出"摩擦音"；（3）将"枝"置于竖的两侧，意味着同时添加浊音和鼻音。这些原则按规范得到了执行，但有一点除外。对于（古体）辛达语来说，需要用符号来表示摩擦音 m（或者鼻音 v），因为这可以通过反写代表 m 的字符来完成，所以可以反写的字符6被赋予了 m 音，而字符5则被赋予了 hw 音。

字符36理论上的音值为 z，但它在辛达语和昆雅语中却被用于拼写 ss：参见费阿诺字母31。字符39用于表示 i 或者 y（辅音）；字符34、35分别表示 s；字符38虽然形状与齿音没有明显相关性，却被用于表示常见的序列 nd。

在音值表中，每当出现分隔符时，左侧字母采用旧体安盖尔沙斯的音值，右侧字母采用矮人的安盖尔沙斯·墨瑞亚（Angerthas Moria）音值。[1]正如我们所见，墨瑞亚的矮人引入了许多非系统性的音值改变，以及某些新的奇尔斯：字符37、40、41、53、55、56。音

---

[1] （）中的音为仅见于精灵语用法的音值，★标注出的为只有矮人使用的奇尔斯。

值的错位主要有两个原因：(1)字符34、35、54所表示的音值分别改为 h,'（库兹都语中以元音开头的词，其词首发出的清音或腭音）、s；(2)矮人弃用了字符14、16，以字符29、30取而代之。我们还可以观察到：矮人后来用字符12表示 r，发明了字符53来表示 n（与字符22混淆了）；使用字符17表示 z，以配合字符54所表示的 s；以及随后使用字符36表示 q 和新的奇尔斯字符37表示 ng。新的字符55和56最初是字符46的半音形式，用于像在英语 butter 中听到的那些元音，而这些元音在矮人语和西部语中很常见。在弱读或轻读时，它们常常简化为没有竖的一撇。这种安盖尔沙斯·墨瑞亚在墓碑铭文中可以见到。

埃瑞博山的矮人使用了该系统进一步的修改版，被称为埃瑞博体，在《马扎布尔之书》中可以见到例证。其主要特点为：用字符43代表 z；字符17代表 ks (x)，并发明了字符57和58这两种新的奇尔斯来代表 ps 和 ts。他们还重新引入了字符14和16来代表 j 和 zh，用字符29和3代表 g 和 gh，或者仅仅代表字符19和21的变体。除了特殊的埃瑞博奇尔斯字符57和58外，这些独特用法均未包括在表中。

附录 Ⅵ

第一篇
● ● ●
第三纪元的语言和种族

在这段历史中，本书的英语表述所代表的是第三纪元中土世界西部地区的通用语——"西部语"。在该纪元期间，它已经成为居住在阿尔诺和刚铎这两个古老王国边界内几乎所有使用语言的种族（精灵族除外）的母语，其范围包括从乌姆巴尔向北直至佛洛赫尔湾的所有沿海地区，以及远到迷雾山脉和埃斐尔度阿斯的内陆地区。它还沿安度因河向北传播，遍及大河以西、迷雾山脉以东各地，远至金菖蒲沼地。

在魔戒之战时期，即该纪元末期，尽管埃利阿多大部分地区都荒无人烟，而金菖蒲沼地与拉乌洛斯瀑布之间的安度因河两岸也很少有人类居住，上述地区仍将西部语当作母语。

一些远古时期的野人仍然隐居在阿诺瑞恩的德鲁阿丹森林中，还有一个古老的民族残部滞留在黑蛮地的丘陵中，均为刚铎许多地区从前的居民。这些人坚持使用自己的语言。洛汗平原上如今生活着一个北方民族——洛希尔人，他们在大约五百年前来到这片土地。但是，对于所有依然保留本族语言的种族而言，甚至包括精灵族，西部语仍然是他们交流的第二语言。使用西部语的地区不只是阿尔诺和刚铎，而是整个安度因河谷，乃至向东延伸到幽暗森林边缘。即便是对其他种族避之不及的野人和黑蛮地人，也有一些会说西部语，只是不流畅而已。

精灵

早在远古时代，精灵就分成了两大分支：西方精灵（即埃尔达）和东方精灵。幽暗森林和罗里恩的大多数精灵都属于后者，但是他们的语言并没有出现在这段历史中，所有精灵语的名称与词汇均采用埃尔达语的形式。[1]

本书包含了两种埃尔达语：高等精灵语（昆雅语）和灰精灵语（辛达语）。高等精灵语是大海彼岸的埃尔达玛尔使用的古老语言，也是第一种以书写形式记录下来的语言。它已经不再在日常生活中使用，而是成为一种"精灵拉丁语"，仍然由第一纪元末流亡到中土世界的高等精灵在典礼以及记载重大事件的学识和歌谣中使用。

灰精灵语与昆雅语同宗同源，是那些来到中土世界海岸的埃尔达的语言，他们并没有越过海洋，而是滞留在贝烈瑞安德沿海地区。他们的王是多瑞亚斯的灰袍辛格尔。在漫长的微光年代，他们的语言随着凡人世界的变化而改变，与大海彼岸埃尔达的语言差异越来越大。

流亡者们居住在数量比他们更多的灰精灵当中，将辛达语用作了

---

[1] 罗里恩的精灵在这段时期使用的是辛达语，但该地区大多数精灵都出身于西尔凡一族，因而常常带有一种"口音"。这种"口音"再加上弗罗多对辛达语了解有限，造成他产生了一定的误解（正如《长官之书》中刚铎的一位评论者所指出的那样）。本书第一部卷二第六、七和八章中引用的所有精灵词汇其实都是辛达语，大多数地名和人名也一样。但是"罗里恩""卡拉斯加拉松""阿姆洛斯"和"宁姆洛德尔"可能源自西尔凡语，后来改为辛达语形式。

日常语言，因而辛达语便成为这段历史中出现的所有精灵和精灵诸王的语言。他们均属于埃尔达种族，即使他们所统治地区的子民属于次等亲族。其中最高贵的当数菲纳芬王室的加拉德瑞尔夫人，她也是纳格斯隆德国王芬罗德·费拉贡德之妹。在流亡者的心中，对大海的渴望是一种永不平静的骚动；在灰精灵的心中，这种渴望却在沉睡，而一旦唤醒便无法平息。

人类

西部语是人类的语言，但在精灵语的影响下变得更为丰富、柔和。它最初是埃尔达称为"阿塔尼"或"伊甸人"，即"人类先祖"的人类的语言。这些人类尤其指精灵之友的三大家族之人，因为他们在第一纪元西行进入贝烈瑞安德，并且在对抗北方暗黑力量的"精灵宝钻之战"中援助过埃尔达。

在黑暗力量被推翻后，贝烈瑞安德大部分地区或者沉没或者崩裂，精灵之友们得到了一项奖赏：他们也可以像埃尔达那样渡海西行。但由于永生之地不容他们踏入，一个巨大的岛屿便被单独分开后赐予了他们。该岛名为"努门诺尔"（西方之地），位于凡人世界最西端。于是，大多数精灵之友纷纷离去，居住在了努门诺尔，并在那里变得伟大而强盛，成为著名的航海家和拥有许多船只的王者。他们脸色白皙，身材高大，寿命是中土世界人类的三倍。他们便是"人中王者"努门诺尔人，精灵称他们为杜内丹人。

在所有人类种族中，只有杜内丹人懂得并且会说精灵语，因为他们的祖先学过辛达语，又将这种语言作为一种学问传给自己的子孙后代，并未随时光流逝而有所改变。他们当中的智者还学会了高级精灵的昆雅语，将其视为所有语言之首，并用它为许多闻名于世的敬仰之地以及许多王室成员和声名显赫之人命名。[1]

但是努门诺尔人的母语在很大程度上依旧保留了他们祖先的人类语言：阿督耐克语。他们的王公贵族在后来的自豪时期弃用了精灵语，重新使用这门语言，只有少数坚持与埃尔达保持古老友谊的人除外。在他们掌权的年代，努门诺尔人在中土世界的西海岸维护着许多要塞和港口，给他们的船只提供帮助，其中重要的一处位于安度因河口附近的佩拉基尔。那里的人使用阿督耐克语，它在混杂了许多次等人语言的词汇后，成为一种通用语言，从此在沿海地区所有与西方之地打交道的人类当中传播开来。

努门诺尔沉没之后，埃兰迪尔带领精灵之友的幸存者回到了中土世界的西北海岸。居住在那里的许多人类当时已经全部或部分具有努门诺尔人的血统，但记得精灵语的人寥寥无几。杜内丹人虽然是长寿、强大和智慧的统治者，但他们的人数从一开始就比他们共同生活并统治的次等人类少得多。因此，他们在与其他民族打交道、治理广阔的国土时均使用通用语，但他们用精灵语言的许多词汇扩充并丰富了自己的语言。

在努门诺尔诸王统治时期，这种高贵化的西部语广泛传播，就连他们的敌人也在使用。杜内丹人也越来越多地使用这种语言，因此在魔戒之战时期，只有一小部分刚铎人懂精灵语，日常使用它的人更少。这些人大多住在米那斯提力斯和邻近的城镇，以及诸位多阿姆洛斯亲

---

[1] 比如，"努门诺尔"（或者其完整形式"努门诺瑞"，*Númenóre*）"埃兰迪尔""伊希尔杜""阿纳瑞安"等名字均为昆雅语，而刚铎王族的所有人名，包括"埃莱萨"（即"精灵宝石"），也都是昆雅语。杜内丹人中其他男性和女性的名字，例如"阿拉贡""德内梭尔""吉尔蕾恩"大多数都是辛达语形式，而且常为第一纪元的歌谣和历史中流传下来的精灵或人类的名字（如"贝伦""胡林"）。还有少数是多种语言混合的结果，如"波洛米尔"。

王统治的附属领地中。然而，在刚铎王国，几乎所有地名和人名都带有精灵语的形式和含义。有些名称的起源已被人遗忘，但无疑是从努门诺尔人的船只航行在大海之前流传下来的，例如乌姆巴尔、阿尔纳赫、埃瑞赫，以及山脉的名称艾莱那赫和里蒙。佛朗这个名字也是如此。

西部地区北部区域的大多数人类都是第一纪元伊甸人或其近亲的后代，因此他们的语言与阿督耐克语有着关联，有些仍然保留着与通用语的相似之处。居住在安度因河谷上游的民族就是这类人，即贝奥恩一族和幽暗森林的林中人类，以及再往北和往东生活在长湖和河谷邦的人类。从金菖蒲沼地和卡尔岩城之间的地带来了一群刚铎人，他们被称为洛希尔人和"驭马者"。他们仍然使用祖先的语言，并用它给新国度几乎所有的地方取了新的名称。他们称自己为"埃奥尔人"或"马克驭马地人"。但这个民族的诸王经常使用通用语，并且如他们的刚铎盟友一样谈吐高雅，因为西部语自刚铎传播而来，在那里仍然保持着一种更为优雅古老的风格。

德鲁阿丹森林里的野人所用的语言截然不同，黑蛮地人的语言也大相径庭，或者说只有少许相似之处。这些人都是遥远的过去居住在白色山脉谷地中的民族残余。黑蛮祠的亡灵是他们的亲属。但是在黑暗年代，其他人已经搬迁到了迷雾山脉南麓，而其中的一些人又从那里进入了无人地区，往北直到坟岗。布里的人类便是他们的后代，但他们很久以前就成为北方阿尔诺王国的臣民，并开始使用西部语。只有在黑蛮地，这个种族的人类还保留着他们古老的语言和举止。他们作为隐匿民族既仇视杜内丹人，又憎恨洛希尔人。

本书没有涉及这些人的语言，唯一的例外是他们给洛希尔人起的名字"弗格伊尔"（据说意思是"稻草人"）。黑蛮地和黑蛮地人是洛希尔人给他们取的名称，因为他们肤色黝暗，头发漆黑，因此，这些名称中的 dunn 与灰精灵语中的 Dûn（西方）一词之间没有任何关联。

霍比特人

　　此时，夏尔和布里的霍比特人使用通用语大概已经有一千年了。他们以自己的方式随意而漫不经心地使用它，但他们当中比较有学问的人在必要时仍能掌握比较正式的语言。

　　没有记录显示霍比特人有过自己独特的语言。在古时候，他们似乎总是使用居住地附近或周围的人类的语言。因此，他们在进入埃利阿多之后，很快便学会了通用语，而等他们在布里定居下来时，他们已经开始忘记自己原先的语言了。那显然是安度因河上游人类的一种语言，与洛希尔人的语言相近，但南方的斯图尔族似乎在北上来到夏尔之前就已经采用了一种与黑蛮地语相关的语言。[1]

　　在弗罗多时代，仍然可以从当地的词汇和名称中找到上述语言的一些蛛丝马迹，其中许多都与河谷邦或洛汗的词汇和名称非常相似。最值得注意的是日、月和季节的名称，还有其他仍在普遍使用的同类型的词汇（如马松和斯密奥），但更多的则保留在布里和夏尔的地名中。霍比特人的名字也很奇特，很多都是从古代流传下来的。

　　夏尔人通常将所有同类称为霍比特，人类称他们为半身人，精灵则称他们为佩里安纳斯。"霍比特"一词的起源已被人们遗忘。然而，它最初似乎是白肤族和斯图尔族给毛脚族取的名称，而洛汗还保存着一个更完整的单词"霍尔比特拉"（"造洞者"），"霍比特"可能是"霍尔比特拉"的残留形式。

1　返回大荒野的河角地斯图尔族早已采用了通用语，但迪戈（Déagol）和斯密戈（Sméagol）这两个名字用的是金菖蒲沼地附近地区的人类语言。

其他种族

恩特。生存至第三纪元的最古老种族是欧诺德族或称恩尼德族。恩特是洛汗语对他们的一种称呼。他们在远古时代就为埃尔达所熟知,恩特将自己对语言的渴望归功于埃尔达,但是并不认为自己所使用的语言也应该归功于他们。他们创造的语言与众不同:缓慢、洪亮、连贯、重复,甚至有些冗长。这种语言由多个差异微妙的元音以及独特的声调和音质构成,就连埃尔达中的学识大师都无法用文字将其记录下来。他们只在彼此之间使用该语言,也无须对其进行保密,因为没有谁能学得会。

然而,恩特本身精通各种语言,能很快地学会,而且永远不会忘记。但他们更喜欢埃尔达的各种语言,尤其喜欢古老的高等精灵语。因此,在霍比特人的记录中,树须和其他恩特使用的那些奇怪的词汇和名字,就是精灵语,或者是精灵语的片段,以恩特的方式串在一起。[1] 其中有些是昆雅语,如 *Taurelilómëa-tumbalemorna Tumbaletaurëa Lómëanor*,可以翻译成"森林之荫 —— 深谷之黑 —— 深谷之林 —— 幽谷",树须的大致意思是:"在森林的深谷中有一个黑影"。有些是辛达语,比如范贡(树须),或者菲姆布瑞希尔(纤细的桦树)。

奥克语和黑语。"奥克"是其他种族给这个肮脏种族所取的名称,比如洛汗语。辛达语则称呼其为"奥赫"。黑语中的"乌鲁克"这个词无疑与此相关,不过该词按照规定仅指当时从魔多和艾森加德出动的

---

[1] 霍比特人似乎也尝试过描述恩特发出的较短的咕哝声和呼唤声,但 *a-lalla-lalla-rumba-kamanda-lindor-burúme* 也不是精灵语,而是现存唯一的(很可能非常不准确的)描述真正恩特语片断的尝试。

强壮奥克士兵，寻常奥克则被称作"斯那嘎"（意思是"奴隶"），乌鲁克族尤其喜欢这么说。

奥克最初于远古时代由北方的黑暗力量培育而成。据说，他们没有自己的语言，但他们吸收了其他语言，并按照自己的喜好对其进行歪曲。然而，他们只会说一些野蛮的土语，甚至连他们自己的日常需求都难以充分表达，除非是用于诅咒和辱骂。这些生物充满了恶意，甚至对自己的同类也怀有仇恨，很快就发展出了许多野蛮的方言，一如他们的种族群体或定居点。因此，他们的奥克语在不同部落之间的交流过程中几乎毫无用处。

于是，在第三纪元，不同种族的奥克使用西方语进行相互交流。事实上，许多古老的部落，比如那些仍然滞留在北方和迷雾山脉中的部落，长期以来一直把西部语当作自己的母语，只是将它使用得如同奥克语一样令人生厌。在这种土语中，"图克"（刚铎人）便是昆雅语"塔奇尔"的贬义形式，而"塔奇尔"一词在西部语中特指努门诺尔的后人。参见卷六第一章。

据说，黑语由索隆在黑暗年代发明，他曾想让他的所有爪牙使用该语言，却未能做到。然而在第三纪元，奥克当中广泛流传的许多词汇都源自黑语，例如"嘎什"（火），但是在索隆第一次被推翻之后，所有人都忘记了这种古老的语言，只有那兹古尔除外。当索隆再次崛起时，黑语再次成为巴拉督尔和魔多首领们的语言。魔戒上的铭文采用的便是古老的黑语，而第二部中魔多奥克的咒骂则是黑暗妖塔士兵使用的一种更低级的形式，他们的头领便是格里什那赫。这种语言中的"沙库"意为"老头"。

食人妖。食人妖一词为辛达语 Torog 的译文。这些生物在远古时代的微光中诞生，天生迟钝笨拙，与野兽一样没有语言。但是索隆将他们收为己用，把他们所能学到的东西教给他们，并用邪恶来增加他们的智慧。因此，食人妖从奥克那里学会了他们所能掌握的语言。在西部地区，岩石食人妖说一种低俗形式的通用语。

但在第三纪元末期，一个前所未见的食人妖族出现在了幽暗森林南部和魔多的山脉边界。他们在黑语中被称为"奥洛格族"。毫无疑问，他们是索隆培育出来的，但他们的来历却不得而知。有些人认为他们不是食人妖，而是巨大的奥克，但奥洛格族在身心两方面都与最大的奥克完全不同，并且在体型和力量上远超奥克。他们是食人妖，但充满了他们主人的邪恶意志：一个残忍的种族，强壮、敏捷、凶猛、狡猾，却比石头更坚硬。与微光年代诞生的古老种族不同，只要索隆的意志支配他们，他们便不怕阳光。他们很少说话，唯一知道的语言是巴拉督尔的黑语。

矮人。矮人是一个与众不同的种族。《精灵宝钻》讲述了他们奇异的起源，以及为什么他们与精灵和人类既相似又不同，但中土世界的次等精灵对这个故事一无所知，而后来的人类所讲述的故事中又混杂了其他种族的记忆。

矮人大体上属于坚忍不拔、相貌丑陋的种族，神秘而勤劳，对伤害（和恩惠）念念不忘。相较于有生命的东西，他们更喜欢石头、宝石，以及那些在工匠手中成形的物件。不管人类的传说如何夸大其词（古时候的人类觊觎矮人的财富和他们的手工制品，因而双方存在敌意），但他们本性并不邪恶，心甘情愿地为大敌效劳的少之又少。

但是到了第三纪元，人类和矮人在许多地方建立了亲密的友谊，而且，按照矮人们的天性，在他们古老的城邦被毁之后，他们在这些地方旅行、劳作和交易，就应该采用他们居住地的人类的语言。然而，他们秘密地（与精灵不同，他们不愿意透露这个秘密，哪怕是对朋友也不行)使用自己奇怪的语言。这种语言并未随着时间的推移有任何改变,因为它已经变成了一门学问,不再是日常用语,矮人们将它视为昔日的财富来打理和保护。很少有其他种族能成功地学会它。在本书所涉及的这段历史中,它只出现在吉姆利向他的同伴们透露的地名中,以及他在号角堡围困战中的战斗口号中。这至少不是什么秘密,因为自世界诞生之初,这句话就已经在许多战场上广为流传。*Baruk Khazâd！ Khazâd ai-mênu！*——"矮人的战斧！矮人向你冲来！"

不过,吉姆利本人的名字,以及他所有亲属的名字,都源自北方语(人类语)。矮人们从不向任何异族人透露过自己"对内的"秘密名字,即他们的真名,就连墓碑上也不会刻上他们的名字。

第二篇
●●●
翻译原则

为了将《红皮书》记载的事件作为历史呈现给当代读者，本书的整体语言设定为尽可能地将其翻译成当代语言，只有那些与通用语不同的语言保留了它们的原始形式，但这些主要出现在人名和地名中。

通用语作为霍比特人日常使用和叙事时采用的语言，不可避免地被翻译成了现代英语。在这一过程中，西部语在使用中可观察到的不同变体之间的差异已经弱化。人们曾试图用英语的各种变体来表达这些变体，但夏尔人的发音和习语与精灵或刚铎贵族的西部语之间的差异比本书所展现的还要大。霍比特人说的大部分都是乡村方言，而刚铎和洛汗人使用的是一种更古老的语言，更正式，更简洁。

这种差异有一点需要在此指出，因为这一点虽然重要，却难以体现。西部语的第二人称代词（也常见丁第二人称代词）无论出现多少次，均有"熟稔"和"敬语"之间的区别。然而，夏尔方言的一个特点是，口语中已不再使用敬语形式，敬语只在村民们表达亲昵时使用，尤其是在西区。刚铎人说起霍比特语的怪异之处时，就提到了这一点。例如，在米那斯提力斯的最初几天里，佩里格林·图克使用"熟稔体"来称呼各个阶层的人，包括宰相德内梭尔本人。这让年长的宰相忍俊不禁，但他的仆人们一定很惊讶。毫无疑问，这种随意使用人们熟悉的语言形式的做法助长了谣言的流传，即佩里格林在其家乡地位显赫。[1]

可以注意到的是，像弗罗多这样的霍比特人，以及像甘道夫和阿拉贡这样的其他人，他们的风格也会有所变化。这是故意为之。霍比特人越有学问、越能干，就越懂得夏尔人所称的"书面语言"，他们很快就会注意到并采纳他们所遇之人的风格。因而，经常旅行的人说话的方式或多或少会与他们所接触到的人相同，这是很自然的事，尤其是接触到像阿拉贡这种常常竭力隐瞒自己的出身和职业的人。不过在那些日子里，大敌的所有敌人都尊敬古老的东西，尤其是在语言方面，他们会根据自己的知识对古老语言产生兴趣。埃尔达最善于使用语言，因而掌握了多种风格，不过，他们在以最接近他们语言的方式说话时最为自然，而这种方式甚至比刚铎的语言还要古老。矮人们说话也很有技巧，很快就会适应周围同伴的说话方式，尽管他们的声音听起来有些刺耳。但奥克和食人妖说话时随心所欲，对用词和事物缺乏爱意。他们的语言实际上比笔者展示的更下流、更肮脏。虽然很容易找到一些例子，但我认为任何人都不愿意看到更真实的翻译。我们可以从那些思维如奥克的人当中听到类似的口吻：枯燥而重复，包含着憎恨与鄙视，与美好的事物相隔太久，连语言都失去了活力，只有那些将脏话视为强大的人才会接受。

当然，这种翻译现象比较常见，也是翻译历史文献过程中难以避免的。虽然很难有所改进，但笔者还是解决了这一难题：笔者按照词

---

[1] 笔者曾在一两处尝试过用 thou（您）这个前后不一致的词来暗示这种区别。这个代词如今很少使用，而且又是古体词汇，所以主要用来表达仪式语言。但是，在没有其他办法解决这个问题的情况下，如果将 you（你）改为 thou 或 thee（宾格的"您"），那有时会意味着从敬语到熟稔体，或男女之间从正常到亲密的重大转变。

义翻译了所有西部语名称。本书中出现英文名称或头衔时，表明通用语中的名称在当时已经存在，或者与异类语言（通常是精灵语）并存，或者已经替代了异类语。

西部语名称一般都是更古老名称的译名，如幽谷、灰泉河、银脉河、长滩、大敌、黑暗妖塔。一些译名的含义有所不同，如"末日山"译自"奥罗德鲁因"（燃烧的山），或者"幽暗森林"译自"陶尔·埃-恩代德洛斯"（大恐怖森林）。还有一些是精灵语名称的变体，如"路恩山脉"源自"舒恩"，"白兰地河"源自"巴兰度因"。

这样的处理可能需要一些解释。在笔者看来，如果把所有名称都以最初的形式呈现出来，那会掩盖霍比特人所认为的那个时代的一个基本特征（而笔者想要保留的正是他们的看法）：两种语言之间的对比——一种广为流传，对他们而言就像英语对我们一样，属于普普通通的习惯性语言；另一种则是更古老、更高贵语言的残留。如果只是照搬照抄的话，所有名称对现代读者来说似乎都同样遥远，例如，如果精灵语名称"伊姆拉德里斯"和西部语译名"卡尔宁古尔"都保持不变，那么读者的体会便会如此。但是，如果把"幽谷"称作"伊姆拉德里斯"，那就如同把"温彻斯特"称作"卡米洛特"一样，除了一点：这里所指的对象是明确的，而幽谷仍然住着一位声名显赫的领主，即便亚瑟今天仍然是温彻斯特的国王，这位领主也比他远远年长得多。

因此，夏尔（或者 *Sûza*）这一名称以及所有其他霍比特地名都进行了"英语化"处理。这没有多少难度，因为这些名称通常由一些元素构成，类似于我们比较简单的英语地名中使用的元素；有些词仍然流行，比如"山丘"或"平原"，有些则已经简化，比如"屯"（*ton*），而不是镇（*town*）。但是，正如前文所提，有些词源自弃用的古霍比特词汇，只能用类似的英语事物来代表：如 *wich*（湿草地）、*bottle*（住处）、*michel*（大）。

但是，就人名而言，夏尔和布里的霍比特人名在当时非常特别，尤其是他们在数个世纪之前形成了一种习惯，即不同家族均有所继承的姓氏。这些姓氏大多具有明显的含义，或者来自开玩笑时的昵称，或者来自地名，或者来自植物和树木的名称（尤其是在布里）。翻译这些名字并不困难，但还有一两个古老名字的含义已经被人遗忘，笔者只能满足于在拼写时将它们"英语化"，比如图克（用 Took 代替 Tûk）和博芬（用 Boffin 代替 Bophin）。

笔者尽量用相同的方式处理霍比特人的本名。霍比特人通常用花或珠宝的名称给女孩取名，但是给男孩取的本名通常在日常用语中没有含义，而一些女性的本名也非常相似。这类本名包括比尔博、邦戈、波罗、洛索、坦塔、尼娜等等。还有许多本名不可避免地与我们目前所用或所知的名字相同，但这些纯属巧合，如奥索、奥多、德罗格、朵拉、科拉等等。这些本名笔者都保留了下来，只是在对它们进行英语化处理的过程中改变了它们的词尾，因为在霍比特人的名字中，a 是阳性词尾，o 和 e 是阴性词尾。

但是，一些古老的家族，特别是像图克和博尔杰这种最初属于白肤族的家族，仍然习惯于取一些响亮的名字。由于这些名字似乎大多来自霍比特和人类过往的传说，而且许多名字虽然对如今的霍比特人而言毫无意义，却与安度因河谷、河谷邦或马克的名字极为相似，笔者只能把它们转换成我们仍然使用或者在史书中仍能见到的古名，以源自法兰克语和哥特语的名字为主。无论如何，笔者保留了名字和姓氏之间的滑稽对比，这一点霍比特人心知肚明。使用带有古典色彩的名字极为罕见，因为在夏尔学识中，最接近于拉丁语和希腊语这些古典语言的是各种精灵语，而霍比特人很少在命名时使用精灵语。无论什么时候，他们当中都很少有人懂得他们所称的"诸王的语言"。

雄鹿地的人名与夏尔其他地区的人名不同。如前所述，泽地居民及其白兰地河对岸的分支在许多方面都很特别。他们那些非常怪异的名字无疑是从南方斯图尔族之前使用的语言中继承而来的。笔者通常没有改变这些人名,因为它们无论是现在还是过去一直显得很怪异。这些人名让我们隐约有一种"凯尔特人"风格的感觉。

由于斯图尔族和布里人类的古老语言有一些痕迹幸存了下来,而这些痕迹恰好又与英格兰幸存的凯尔特元素相似,笔者在翻译时有时会模仿凯尔特语。因此,"布里""科姆""阿切特"和"切特森林"便根据意思模仿了英语命名法中幸存的凯尔特元素:"布里"(山丘),"切特"(树林)。但依照该原则进行改动的人名却只有一个。梅里阿道克之所以被选中,是因为这个人物名字的简称"卡里"在西部语中的意思是"快乐,开心",而它实际上是现在已毫无意义的雄鹿地人名"卡里马克"的缩写。

笔者在翻译过程中没有采用希伯来语或类似语言的人名。霍比特人名中不存在与我们名字中这种元素相对应的东西。像山姆、汤姆、蒂姆、马特这样简短的人名很常见,都是霍比特人真实名字的缩写,比如汤姆巴、托尔马、马塔等等。但是山姆和他父亲汉姆的真名是"班"和"兰",是"班纳奇尔"和"兰努加德"的缩写,最初为昵称,意思是"懵懂,单纯"和"居家"。这些词虽然已经从口语中消失,但是在某些家庭中依然是传统的人名。因此,笔者试图通过使用山姆怀斯(*Samwise*)和汉姆法斯特(*Hamfast*)来保留这些特征,属于对意思相近的古英语词 *samwís* 和 *hámfæst* 的现代化处理。

既然已经将霍比特人的姓名和语言进行了现代化处理,并且让读者对其有所了解,笔者发现自己不得不继续进一步探索。在笔者看来,与西部语相关的人类语言应该转化成与英语相关的形式。于是,笔者将洛汗语转化为与古英语相似,因为它既与通用语有着(较远的)关联,又与北方霍比特人之前的语言有着(非常近的)关联,而且还能与古体西方语进行比较。《红皮书》中有几个地方指出，当霍比特人听到洛汗人说话时，他们辨认出了许多单词，感觉洛汗语类似于他们自己的语言，所以，如果任由所记录的洛希尔人的名称和词汇保持其全然不同的风格，那会非常荒唐。

笔者在几个地方将洛汗地名的形式和拼写进行了现代化处理，如黑蛮祠（*Dunharrow*）和雪河（*Snowbourn*），但笔者遵循霍比特人的习惯，并未始终如一。霍比特人的做法与笔者如出一辙：如果他们听到的名称由他们辨别出的元素构成，或者与夏尔的地名相似，他们便会改动；但许多地名他们像笔者一样听之任之，比如"埃多拉斯"（王庭）。出于同样的原因，一些人名也进行了现代化处理，比如捷影和佞舌。[1]

这种同化处理也为展现源自北方的那些独特的霍比特本地用语提供了一种便捷的方式。它们被赋予了失传英语用词（如果这些用词能流传至今的话）本该有的形式。因此，"马松"（*mathom*）意在唤起人们对古英语词 *máthm* 的记忆，也体现了霍比特人实际用词 *kast* 与洛汗语用词 *kastu* 之间的关系。同样，"斯密奥"（*smial* 或 *smile*，意思为"洞穴"）很可能是 *smygel* 的一种衍生形式，能很好地显示霍比特人用词 *trân* 和洛汗语 *trahan* 之间的关系。在北方语言中，"*Trahald*"是"掘地、钻进去"的意思，"*Nahald*"是"秘密"的意思，与这两个名字对等的"斯密戈"（*Sméagol*）和"迪戈"（*Déagol*）也是以同样方式造出的同义词。

更为偏北的河谷邦语在本书中仅见于来自该地区的矮人人名中，因而采用了生活在那里的人类的语言——他们"对外的"人名就是

---

[1] 这一语言学过程并不意味着洛希尔人和古英格兰人在文化、艺术、武器和战斗方式等其他方面也十分相似，他们只是因所处环境而在整体上有些相似：都是更为淳朴、更为原始的民族，生活中与另一个更高等也更古老神圣的文明有所接触，并且所占据的土地还曾是那个文明的辖地的一部分。

用该语言取的。可以看出，尽管词典中"dwarf"（矮人）的复数形式是"dwarfs"，本书和《霍比特人》一样，均采用了 dwarves 这种形式。如果一个词的单复数形式各自独立变化，那么"矮人"的复数形式应该是 dwarrows（或 dwerrows），正如 man 的复数形式为 men、goose 的复数形式为 geese 一样。但是矮人在我们日常交谈中出现的频率远远低于人，甚至低于鹅，人类的记忆不再鲜活，无法记住一个如今仅存于民间传说或者荒诞故事中的种族的特殊复数形式，尽管民间传说至少保留了一丝真相，而在荒诞故事中他们已经沦为了滑稽角色。但在第三纪元，他们旧有的性格和力量虽然有所减弱，却仍能窥见一斑。他们作为远古时代瑙格人的后裔，心中仍然燃烧着工匠宗师奥力的古老火焰，对精灵的长期怨恨也余火未尽，手中仍有无人能及的石雕技艺。

正是为了说明这一点，笔者大胆地使用了 dwarves 这一形式，或许这样能让他们在后世那些更愚蠢的故事中形象稍微高大一点。使用 Dwarrows 这个形式本来会更好，但笔者只在 Dwarrowdelf 一词中使用了该形式，以代表墨瑞亚在通用语中的名称：*Phurunargian*。这个词的意思是"矮人挖掘之所"，而且已经是一个古老的词。但"墨瑞亚"属于精灵语名称，起这样的名称没有任何爱意，因为黑暗力量及其爪牙经营着地下要塞，埃尔达在对抗他们的艰苦战争中，并不会选择住在这种地方，尽管必要时他们也可以这样做。他们热爱绿色的大地和天堂的光芒，而"墨瑞亚"在精灵语言中的意思是"黑裂隙"。但是矮人们自己称其为"卡尔杜姆"，即"卡尔德人的城邦"，而且丝毫没有掩饰这个名字的意思，因为这是他们为自己的种族所起的名字，自从奥力在远古时候创造他们并赐予他们这一名字之后一直如此。

笔者采用"精灵"一词来翻译两个名称：一个是"昆迪"（能言者），这个高等精灵语名称指所有这一类精灵；另一个是"埃尔达"，即寻找永生疆域并在创世之初抵达该地的三大宗族（除了辛达）的总称。这个古老的字眼的确是唯一的选择，它曾经与人类对该种族的记忆相匹配，或者说与人类大脑臆想出来的大同小异的形象相匹配。但"精灵"一词的含义已经弱化，如今它对许多人而言暗示着可爱或愚蠢的幻想之物，与古时候的昆迪相去甚远，不啻蝴蝶与迅捷的猎隼之间的差异——至少昆迪身上从来没有长过翅膀，而翅膀无论是长在他们身上还是长在人类身上都显得非常不自然。他们属于一个高大美丽的种族，是这个世界更古老的儿女，其中的埃尔达更是如同已经逝去的王者，是大迁徙之民、星辰之民。他们身材高大，皮肤白皙，有着灰色眼睛和一头黑发（菲纳芬的金发家族除外）。[1] 他们的嗓音比现在听到的任何凡人的嗓音都更为委婉动听。他们很勇敢，但那些回到中土世界的流亡者的历史却很悲惨。虽然他们的历史在遥远的过去与人类先祖的命运有过交集，但他们的命运与人类不同。他们的统治很久以前就已结束，而且他们如今居住在这个世界之外，永不回返。

对霍比特人、甘姆吉和白兰地河这三个名称的注释

霍比特这个名字是发明出来的。在西部语中，只要提及这个种族，使用的词都是"班纳基尔"（半身人），但是在那个年代，夏尔和布里的居民使用的是 kuduk 一词，而这个词在其他地方都见不到。不过，梅里阿道克真实地记录了洛汗王使用过 kûd-dûkan（穴居者）一词。如前所述，霍比特人曾经使用过一种与洛希尔人语密切相关的语言，因而 kuduk 很可能是 kûd-dûkan 一词的残留形式。由于之前解释过的原因，笔者将 kûd-dûkan 翻译成了"霍尔比特拉"（holbytla）。如果

---

[1] 事实上，这些描述脸部和头发特征的词汇仅仅适用于诺多精灵。见《失落的传说之书》第一部。

这个名称真的在我们自己的古老语言中出现过,那么"霍比特"这个词便是"霍尔比特拉"的残留。

甘姆吉。根据《红皮书》记载的家族传统,"加尔巴西"(*Galbasi*)这个姓氏或者其简化版的"加尔普西"(*Galpsi*),均源自"加拉巴斯"(*Galabas*)村这个地名。该地名通常被认为由galab(游戏)和相当于英语wick和wich的古老元素bas-衍生而来,因此"甘米奇"(*Gamwich*,读音为*Gammidge*)算是比较贴切的翻译。然而,把"甘米奇"变成"甘姆吉"来代表"加尔普西",并没有刻意暗指山姆怀斯和科顿家族之间存在联系的意思,但如果他们的语言中确实有这层含义,那倒是颇具霍比特风格的玩笑。

实际上,"科顿"(*Cotton*)代表的是*Hlothran*,一个在夏尔相当常见的村名,源自hloth(两居室住处或洞府)和ran(u)(山坡上一小群此类居所)。作为姓氏,它可能是hlothram(a)(村民)的变体。*Hlothram*是农夫科顿祖父的名字,笔者将它译成了"科特曼"(*Cotman*)。

白兰地河。这条河的霍比特名称属于精灵语"巴兰度因"(*Baranduin*,重音在and上)的变体,源自baran(金棕色)和duin(大河)。"白兰地河"似乎是"巴兰度因"的现代退化形式。实际上,更早的霍比特名称是*Branda-nîn*(界河),译作*Marchbourn*可能会更贴切。现在翻译成"白兰地河"一是因为习惯所致,指它的颜色,二是因为一个玩笑——这条河当时通常被称为*Bralda hîm*(上头的麦芽啤酒)。

然而,必须注意的是,当老雄鹿家族(*Zaragamba*)将他们的名字改为白兰地鹿(*Brandagamba*)时,第一个词素的意思是"边界地",所以"边界鹿"(*Marchbuck*)或许更为贴切。只有非常胆大的霍比特人敢当面称呼雄鹿地首领为*Braldagamba*(醉鬼鹿)。